Liane Mars

Asrai

Das Portal der Drachen

Drachenmond Verlag

Drachenmond Verlag GmbH
Auf der Weide 6
50354 Hürth
https://www.drachenmond.de
E-Mail: info@drachenmond.de

Lektorat & Korrektorat: Michaela Retetzki
Satz & Layout: Astrid Behrendt
Umschlag- und Farbschnittdesign: Alexander Kopainski
www.kopainski.com
Bildmaterial: Shutterstock
Karte: Liane Mars

Druck: Booksfactory

ISBN 978-3-95991-532-8

Für Carmela!

Diesmal kommen dein Baby und mein Buch
nicht wie beim letzten Mal am gleichen Tag auf die Welt.
Stattdessen gibt es aber zumindest eine Widmung.

Pax
Yorinst
Janara
Lark
Zamm
Arlynn
Ko
Altuntasberge
Drachenhort
Menschenstadt

Xana
Eisberge
Embra
Xentis
Pietro
Riata
Zor
Norlin
Goldin
Üste

I

Das Heulen des Alarmsignals riss mich aus meinen Träumereien und sorgte dafür, dass ich mich abrupt aufsetzte. Gras klebte feucht an meinem Rücken, genau wie vermutlich ein paar Hinterlassenschaften der Schafe, die um mich herum friedlich weideten. Das alles war mir egal, denn jetzt passierte endlich das, worauf ich seit gut einer Stunde gewartet hatte.

Das Horn ertönte. Es bedeutete für gewöhnlich, dass die Rettungsdrachen gerufen wurden.

Von meinem Hügel aus hatte ich einen grandiosen Rundumblick. Etwa hundert Schritte unter mir lagen die Drachenstallungen mit den Vorhöfen, dahinter die Trainingsplätze und die Schlaf- und Übungsräume der Drachenreiter. Dort sprang soeben die Tür auf. Zwei Männer und eine Frau rannten aus dem Gebäude zu den Reitplätzen. Offenbar waren sie heute für die täglich anfallenden Rettungseinsätze zuständig. Das Horn verstummte, kaum dass sie bei ihren Drachen ankamen. Die majestätischen Tiere warteten auf dem Vorplatz zur Landebahn, jederzeit bereit, sich in die Lüfte zu schwingen.

Ich seufzte bei ihrem Anblick leise auf. Sie wirkten so beeindruckend. So wunderschön. Der Drache des Anführers war beinahe so groß wie der Vorratsschuppen direkt neben den Heilerunterkünften. Seine dunkelgrünen Schuppen glänzten in der aufgehenden Morgensonne. Ein Bulle, wie die eindrucksvollen vier Hörner an seiner Stirn bewiesen. Die Weibchen trugen statt der Hörner eine gewaltige Hornplatte am Kopf, die sich von den Schläfen, über die Stirn bis zur anderen Seite zog. Von dort wand sich ein langer Zackenkamm vom Kopf bis zu den Schulterblättern. Je nach Ausprägung war er manchmal kaum zu sehen. Bei anderen sah er aus wie eine aneinandergereihte Schnur glänzender Schwerter, wie das bei dem Bullen der Fall war. Alle standen fest mit ihren vier gewaltigen Beinen auf der Erde. Die Pfoten gingen in fünf Krallen über, die bei jedem Schritt die Erde aufrissen. Dieser Bulle hatte sogar Stacheln, die seinen gesamten Schwanz bis zur Spitze überzogen.

Bei den Weibchen dieser Formation waren die Stacheln eher abgerundet und kaum zu sehen. Eine von ihnen schlug mit den beeindruckenden Flügeln. Sie ähnelten denen einer Fledermaus, nur schimmerten sie dunkelgrün. Manche Drachen hatten Krallen an der Spitze, andere lediglich runde Platten. Der Kopf sah bei den meisten aus wie bei einem Krokodil, nur viel größer. Der Bulle hatte auch hier mehr Zacken als die Weibchen und einen Hornkamm auf der Nase sowie mehrere unter dem Kinn. Das war je nach Drache unterschiedlich. Trotzdem gehörten sie alle zu der gleichen Gattung.

Der Gattung der Hortdrachen. Einige sahen martialisch aus, andere wirkten filigran und anmutig. Gemein hatten sie, dass sie gern bei den Menschen lebten und sich von ihnen reiten ließen.

Drachen waren friedlich. Zumindest, solang man sie nicht reizte.

Genau, dachte ich bitter. *Weil du schon so häufig mit Drachen auf Tuchfühlung gegangen bist.*

Um ehrlich zu sein, war ich bislang noch nie näher als vier Meter an die gigantischen Wesen herangekommen. Obwohl ich mein ganzes Leben hier am Hort verbracht hatte, gab es diese unsichtbare Trennlinie. Eine Sperre, die uns normale Menschen von den Drachenreitern abschottete. Wir hatten auf den Übungsbereichen nichts zu suchen, und die Stallungen waren absolut tabu. Selbst in die Unterkünfte der Reiter durften wir nur auf Befehl gehen. Wir waren das Fußvolk. Sie die Helden, um die sich alles drehte.

Vielleicht kam daher auch meine Schwärmerei für die Magiewesen. Alles Verbotene faszinierte mich. Bei den Drachen war es nahezu eine Sucht geworden.

Die Reiter schwangen sich soeben auf ihre Drachen. Elegant. Selbstsicher. Absolut routiniert. Zügel wie beim Pferd fehlten, dafür gab es jede Menge Halteriemen, damit der Reiter nicht herunterstürzte. Ein einziger Mann befand sich noch am Boden und reichte den bereits Aufgesessenen die Satteltaschen hinauf. Da ich sie selbst gepackt hatte, wusste ich genau über den Inhalt Bescheid: Verbandsmull, Salben, Kräuter, Scheren und was man sonst für die Versorgung eines Schwerkranken benötigte.

Das brachte mich gedanklich wieder zum Alarm zurück. Suchend blickte ich in die Ferne, musterte den Horizont. Lark lag wie alle Horte auf einer Anhöhe, thronte quasi über der Erde auf einem Felsmassiv, sodass wir rundum gute Sicht in alle Richtungen hatten. Gewaltige Mauern schotteten den Hort von der Außenwelt ab. Eine Festung am äußersten Rand der Altuntasberge. Von hier konnten wir ins Tal von Arlynn blicken, bis zum Vulkankrater und je nach Wetterlage sogar bis zu den Eisbergen.

Irgendwo musste ein Alarmfeuer zu sehen sein. Wenn die Drachenreiter gerufen wurden, war es ernst. Die meisten Ortschaften hatten ihre eigenen Heilkundigen. Eine Drachenformation wurde nur geholt, wenn es um Leben und Tod ging.

Beinahe hätte ich meine Suche aufgegeben, da entdeckte ich doch noch das Signalfeuer am Horizont. Es war dunkelrot eingefärbt. Das Zeichen, dass der Rettungstrupp benötigt wurde. Wäre es purpurfarben, hätte meine Mentorin Maai mitfliegen müssen. In dem Fall gab es Probleme bei einer Geburt. Als beste Hebamme im ganzen Land durfte sie als Nichtdrachenreiterin auf diesen wunderschönen Geschöpfen sitzen.

Und genau das war mein Ziel: Ich wollte so gut werden wie Maai, um bei derartigen Einsätzen gerufen zu werden. Meine einzige Möglichkeit, um jemals in die Nähe der Drachen zu gelangen.

Mein wahres Lebensziel wagte ich nicht einmal zu denken – und dennoch war es da. Ich wollte Drachenreiterin werden. Natürlich war das lächerlich, gerade für eine Waise wie mich, aber träumen konnte mir zumindest niemand verbieten.

In dem Moment erschien Maai auf dem Vorplatz. Groß, schlank, mit grauweißen Haaren und dem Gang von jemandem, der sich seiner

Position bewusst war. Als Anführerin der Heilergilde hatte sie genau wie die Drachenreiter auf den Rettungsruf reagiert. Sie sprach kurz mit dem Kommandanten der Schar und nickte, als der sie mit einem Handwink fortschickte. Keine Geburt. Sie wurde nicht benötigt.

Ich beobachtete, wie die Drachenreiter warteten, damit sich Maai wieder hinter der Absperrung in Sicherheit bringen konnte. Dann trotteten die Magiewesen los, stellten sich hintereinander auf und bereiteten sich auf den Start vor. Kurz bevor der erste losfliegen konnte, ertönte erneut ein Alarmsignal. Diesmal eine Trompete.

Die Jägerschar wurde gerufen.

In unserem Hort Lark gab es jede Einsatzgilde der Drachenwelt, da hier alle Reiter ausgebildet wurden: Jägerschar, Rettungstrupp, Verteidiger, Versorgungseinheit, Verbindungstruppe und die Botendrachen. Das waren die sechs Einheiten, unter denen ein Reiter wählen konnte. Manchmal gab es auch der Körperbau des eigenen Drachen vor: Botendrachen waren zum Beispiel häufig schlanker und graziler, mit überdimensional ausgeprägten Schwingen, sodass sie schneller fliegen konnten. Andere Drachen kamen als Giganten zur Welt, prädestiniert, um schwere Lasten zu tragen. Wer einen Drachen mit besonders vielen Stacheln bekam, wurde fast immer zur Jägerschar oder zum Rettungstrupp beordert. Ausnahmen bestätigten die Regel, aber meine Beobachtungen waren da recht eindeutig.

An einigen Standorten fehlte manchmal eine Gilde, weil es auf der Welt nicht genug Drachen gab. Auf Pax zum Beispiel gab es keine Heiler und auf Embra keine Verbindungstruppen. Die sorgten normalerweise dafür, dass sich die Drachenreiter gut mit den magielosen Menschen verstanden, flogen in die Dörfer und hielten den Kontakt zur Bevölkerung. Embra lag allerdings so tief in den Eisbergen, dass sich dorthin eh kaum ein Mensch verirrte. Eine Verbindungstruppe war daher unnötig.

Lark hingegen galt als Vorzeigehort, sodass hier alle Gruppen vertreten waren. Zum Glück für mich. Denn ich liebte die Jägerschar.

Die kam schneller als die Reiter der Rettungsdrachen aus den Unterkünften heraus. Sieben waren es, alle bis an die Zähne bewaffnet. Sie galten als die Elite der Drachenreiter. Als Eingreiftruppe wurden sie bei eskalierenden Streitigkeiten angefragt, organisierten Suchtrupps, verhafteten Diebe, Mörder und Gesetzesbrecher und waren insgesamt für die Durchsetzung des Rechts zuständig. Ich fand sie total toll. Wenn ich eine Drachenreiterin werden könnte, dann würde ich versuchen, in diese Gruppe zu kommen, selbst wenn ich natürlich als beinahe ausgebildete Heilerin besser zu dem Rettungstrupp passte.

Als ob. Ich schüttelte über den Gedanken selbst den Kopf. Das würde ohnehin niemals eintreten.

Mittlerweile war der Rettungstrupp gestartet. Das Schlagen der Drachenschwingen wehte bis zu mir herüber. Musik in meinen Ohren. Ich lauschte andächtig und musterte dabei das Signalfeuer, das nun dunkelgrün geworden war. Die Jäger und die Retter waren zeitgleich gerufen worden. Womöglich eine Schlägerei? Auf jeden Fall eine Auseinandersetzung mit Schwerverletzten.

Ich legte den Kopf in den Nacken, um den Flug der Drachen möglichst lang beobachten zu können. Kaum waren sie nacheinander gestartet, formierten sie sich in einem perfekten Dreieck. Anders als sonst flogen sie nicht direkt los, sondern warteten noch auf die Jäger. Offenbar wollten sie gemeinsam zum Einsatz.

Kein Wunder. In letzter Zeit gab es Gerüchte über wilde Drachen, die in den Bergen leben sollten. Die Anwesenheit einer wilden Herde war lange Zeit als bloßes Gerede abgetan worden. Jetzt bekam das Gerücht neue Nahrung. Gleich mehrere Patrouillen hatten unbekannte Drachen über der riesigen Bergkette Koloss erspäht. Sie waren allerdings so schnell wieder verschwunden gewesen, dass niemand es mit Gewissheit hatte sagen können.

Trotzdem waren die Drachenreiter nun vorsichtiger geworden. In der Vergangenheit hatte es wohl häufiger unangenehme Begegnungen mit den wilden Geschöpfen gegeben. In Freiheit lebende Drachen galten als angriffslustig und territorial. Sie verteidigten ihre Gebiete. Im letzten Jahrhundert hatte sie nur kaum jemand gesichtet, sie hatten als ausgestorben gegolten.

Bis jetzt.

Ich fand allein den Gedanken total spannend. Da gab es womöglich wilde Drachen, und sie waren so schnell, dass sie wie geheimnisvolle Geister verschwanden. Niemand war sich wirklich sicher, sie gesehen zu haben. Eine Schuppe. Ein Schwanz. Ein Grollen.

Weg waren sie.

Wie aufregend.

Was man von meinem Alltag nicht gerade sagen konnte. Ich hatte nicht aufgepasst und mich zu lang aufrecht hingesetzt, um den davonfliegenden Drachen hinterhersehen zu können. Dadurch hatte mich Maai entdeckt und kam auf mich zu. Sie winkte. Ich erwiderte den Gruß eher halbherzig.

Ich liebte meine Mentorin wie eine Mutter. Wirklich. Leider neigte sie dazu, sich an manchen Tagen wie eine Sklaventreiberin aufzuführen. Aus irgendeinem Grund hatte sie sich in den Kopf gesetzt, dass ich ständig beschäftigt werden musste, um mich von Unsinn abzuhalten. Dabei war ich zumindest im letzten Jahr so brav gewesen wie ein Lämmchen. Na ja. Fast.

Maai war neben mir angekommen und hockte sich hin. »Hier steckst du«, sagte sie lächelnd und streckte einem kleinen Schaf ein Kleeblatt hin, das es friedlich mümmelte. »Bist du denn fertig mit deinen Aufgaben?«

In Gedanken stöhnte ich leise auf. Mit Maais endloser Aufgabenliste würde ich nie fertig werden. »Ich arbeite seit zwölf Stunden wie eine Besessene. Die Rettungstaschen sind alle gepackt, die Kranken in Lager eins und zwei versorgt, die Kräuter gegossen, das Unkraut gezupft, die Phiolen ausgewaschen, die Verbände gerollt, die –«

»Schon gut, schon gut«, ging Maai lachend dazwischen und ließ wieder ihre wunderschönen Lachfältchen im Gesicht aufblitzen. Sie war in Würde gealtert und noch immer eine attraktive Frau. Die mittlerweile weiß-grauen Haare trug sie zu einem strammen Zopf gebunden, wodurch sie strenger aussah, als sie in Wirklichkeit war. »Ich gönne dir deine Pause, aber zur Mittagsstunde musst du zu Jama und ihm mit den Abrechnungen helfen.«

Jetzt stöhnte ich nicht nur gedanklich auf, sondern auch laut. Jama war der einzige Drachenreiter, der mit mir redete – und der ranghöchste noch dazu. Als Hortanführer war er beschäftigter als Maai und Chefkoch Geon zusammen. Unter normalen Umständen hätte ich es sehr genossen, mich mit Jama zu unterhalten, leider rief er mich immer nur zu sich, wenn es um die Abrechnungen der Heilergilde ging. Die war Teil des Rettungstrupps der Drachenreiter, allerdings bestand sie aus ganz normalen Menschen ohne Magie. Sie ordnete sich dem Drachenvolk unter, genau wie die Reinigungsgilde oder die Versorgungsgilde. Ich war als Schülerin der Heilergilde zunächst Maai unterstellt, die wiederum auf unseren Hortanführer zu hören hatte. Leider ließ er mich regelmäßig wegen der Buchhaltung antanzen. Eine mühsame und langweilige Aufgabe. Listen durchzugehen war nun wirklich nicht mein Ding.

»Muss das sein? Kann das nicht Kora übernehmen?«, murrte ich. »Ich hab das die letzten fünf Mal auch schon gemacht.«

»Ich weiß, und so wird es auch bleiben. Es ist wichtig, dass dich Jama im Blick hat. Auf diese Weise vergisst er dich nicht. Irgendwann wirst du seine Fürsprache wieder brauchen.«

Wieder. Maai war die Königin darin, mit dem Zaunpfahl zu winken. Um ehrlich zu sein, hatte mich Jama schon einige Male vor der Verbannung gerettet.

Als Schülerin der Heilergilde galt ich eigentlich als magieloser Mensch, der sich den magiebegabten Drachenreitern unterzuordnen hatte. Jeder Mensch mit einer magischen Begabung konnte theoretisch Drachenreiter werden – zumindest, wenn man dahingehend geprüft worden war. Das war allerdings teuer, daher war der Test bei mir nicht gemacht worden, und voraussichtlich würde das auch nie geschehen. Trotzdem waren die magielosen Menschen der festen Überzeugung, dass ich magisch beeinflusst wurde, denn meine Träume waren … ungewöhnlich. Mal vorsichtig ausgedrückt. Ich besaß eine Ausstrahlung, die andere zur Vorsicht ermahnte und zum Geschichtenspinnen anregte. Man schrieb mir ständig Dinge zu, die ich nicht getan hatte. Die Kuh hatte ihr Kalb verloren und ich hatte sie kurz vorher gestreichelt? Das musste dann wohl meine Schuld sein. Ein Kranker hatte sich zusätzlich zum Schienbeinbruch noch einen Schnupfen eingefangen? Auch meine Schuld. Der mich ständig ärgernde Drachenreiter hatte dauerhaftes Nasenbluten? Ganz klar meine Handschrift. Die Liste ließ sich unendlich lang fortsetzen, wobei ich zugegebenermaßen nicht immer völlig unschuldig gewesen war. Das mit dem Kalb und dem Schnupfen ging natürlich nicht auf mich zurück. Das mit dem Nasenbluten leider schon. Ich hatte dem Drachenreiter was in sein Wasser getan. Ein fieser Streich ganz ohne Magie. Denn magisch – das wäre ich gern, doch fürchtete ich, dass meine seltsamen Träume und wilden Ausbrüche in der Nacht eher meiner Fantasie entsprangen.

Wobei es natürlich spannender klang, wenn ich von Visionen sprach.

Als ich mich an das Drama meines letzten Tagtraums erinnerte, gab ich nach. »Ich bin pünktlich«, versprach ich.

Maai musterte mich noch einmal eindringlich, anschließend nickte sie und steckte mir eine Butterblume hinter die Ohren. »Braves Mädchen«, sagte sie, weil sie genau wusste, dass mich das ärgerte. Dann lief sie pfeifend zurück zum Hauptgebäude.

Ich sah ihr sehnsüchtig hinterher und kämpfte mit meinem Neid. Maai war überall so dermaßen angesehen, dass es schon wehtat. Sie war zugleich der herzlichste Mensch, den ich kannte. Zum Glück für mich. Keine andere hätte ihre schützende Hand über das verwaiste Baby mit den unheimlichen Augen gehalten.

Sie waren hellblau. Beinahe weiß. Je nach Lichteinfall gruselte es mich manchmal selbst vor meinem Anblick, vor allem, weil mein früher blondes Haar ebenfalls immer blasser wurde. Noch konnte man es mit gutem Willen als weißblond bezeichnen, aber auch das würde nicht mehr lang der Fall sein.

Wenigstens war meine Haut braun gebrannt. Nicht auszudenken, wenn ich zusätzlich zu den Augen und der Haarfarbe wie ein Gespenst hätte herumlaufen müssen. Dann hätte sich vermutlich kein einziger Patient mehr von mir behandeln lassen.

Ich ließ mich rücklings ins Gras fallen und starrte in den Himmel hinauf. Ein wenig Erholung, bevor man mir erneut auf den Nerv ging, konnte nie schaden. Lang hielt ich es allerdings nicht aus, denn eine Reiterei flog in mein Blickfeld.

Jungdrachenreiter.

Das versprach, amüsant zu werden. Wenn Schüler den Anflug auf einen fremden Hort trainierten, gab es immer was zu lachen. Die ebenso jungen Drachen hatten oft mit den noch viel zu langen Schwingen zu kämpfen und mussten sich erst auf ihre Reiter einstellen. Je nach Ausbildungsgrad klappte das mal mehr, mal weniger gut.

Hier auf Lark gab es den Hauptteil der Drachenreiterschule. Bei uns wurden die Jungreiter zwei Jahre lang ausgebildet und bekamen ihren Feinschliff verpasst. Lark bestand daher zum großen Teil aus Jugendlichen, die allerhand Unfug im Kopf hatten. Der Hort Janara war dann die nächste Station, dort spezialisierten sie sich. Bei den Botendrachen dauerte die Ausbildung ein Jahr, und wer ein Hortanführer werden wollte, musste vier Jahre investieren. Zwischen Janara und Lark gab es meist einen regen Betrieb, da die beiden Standorte nicht nur am nächsten zueinander lagen, sondern sich auch auf die Ausbildung konzentrierten. Dennoch. Das Herz der Ausbildung war hier in Lark, hoch oben in den Altuntasbergen, einem seitlichen Ausläufer des Felsmassivs Koloss. Eine kleine Stadt mit gewaltigen Gebäudekomplexen, in den Berg gehauenen Höhlengängen und verschiedensten Landebahnen.

Das Einzige, was Lark fehlte, waren die Bruthöhlen. Vermutlich hatte jemand überlegt, dass sich wilde Jungreiter nicht mit Babydrachen vertrugen, und die gesamte Eikolonie auf die anderen vier besetzten Horte verteilt. Schade eigentlich. Babydrachen zu beobachten wäre mir ein echtes Vergnügen gewesen.

So musste ich mich eben mit den Jungdrachen begnügen. Doch auch die waren immer für eine Sensation gut.

Der vorderste grüne machte seine Sache zusammen mit seinem Reiter gut. Sie landeten gekonnt und räumten dann den Platz für die nachkommenden. Der Drache danach musste zweimal anfliegen, ehe er halbwegs im markierten Landebereich aufkam.

Und der dritte?

Sofort war ich hellwach. Dieser Drache sah anders aus. Die Schwingen waren etwas größer als gewöhnlich, mit einem stachelbesetzten Schwanz. An der Stirn hatte er gleich acht Dornen. Doch vor allem waren seine Schuppen, anders als bei den übrigen Drachen, schwarz.

Das war vollkommen ungewöhnlich. Alle Hortdrachen waren vom Grundton her grün. Einige wichen Richtung Braungrün ab, andere hatten gelbliche Nuancen dazwischen. Aber doch nicht schwarz.

Er stach hervor, sodass ich ihn schon länger beobachtete.

Seine Bewegungen wirkten so grazil, so außergewöhnlich – und um ehrlich zu sein: Sein Reiter war auch etwas Besonderes. Nicht nur der Drache bewegte sich wie ein Tänzer, sondern auch der Mann, der auf ihm saß. Von Weitem hatte ich ihn schon häufig ganz heimlich angeschmachtet. Nur für mich, sodass es niemand bemerkt hatte.

Auch diesmal legten die beiden eine Punktlandung hin. Echte Streber. Ich klatschte instinktiv Beifall, woraufhin die Schafe aufhörten zu kauen und mich fragend anblickten. »Die beiden haben das wirklich gut gemacht«, erklärte ich ihnen und lachte über ihre blöden Gesichter. Ich mochte Schafe. Die waren wenigstens unkompliziert und knuddelten gern.

Der dunkle Drache trottete soeben von der Landebahn und gähnte gelangweilt, während sich sein Reiter bereits von den Halteriemen löste. Eigentlich durfte man das nicht während des Laufens machen, doch das schien den jungen Mann nicht sonderlich zu interessieren. Ein Rebell. Sofort flog ihm mein Herz zu. Rebellen gab es unter Drachenreitern eher weniger. Da herrschten Drill und Ordnung.

Ich würde eine grässliche Drachenreiterin abgeben. Schon allein die Tatsache, dass ich so genau über die vielen Gesetze der Drachenwelt Bescheid wusste, entlarvte mich als Regelbrecherin. Ich hatte mir vor Jahren mehrere Standardwerke für Drachenreiterschüler stibitzt. Sollte mich jemals ein Reiter damit erwischen, hatte ich ein ernstes Problem. Es war verboten, sich derartiges Wissen anzueignen. Dank meiner Recherchen konnte ich allerdings so manchen Jungreiter mit meiner Theorie an die Wand spielen.

Ich fand die Geheimniskrämerei rund um die Drachen lächerlich. Wissen war immer nützlich. Warum es vor anderen verstecken?

Mist. Jetzt hatte ich nicht aufgepasst und der dunkle Drache war aus meinem Blickfeld verschwunden. Ich reckte den Hals, konnte ihn jedoch nirgendwo entdecken. Auf dem Vorplatz stand er jedenfalls nicht. War er schon in den Stall gestapft? Dann war er schnell gewesen.

Ich drehte den Kopf, um einen Blick in die passende Richtung zu erhaschen, und schrie erschrocken auf. Völlig unerwartet stand da plötzlich ein Kerl vor mir, keine vier Meter von mir entfernt. Er hatte sich so leise und unauffällig genähert, dass ich es gar nicht mitbekommen hatte.

Er war groß, schlank und durchtrainiert, wie es sich für Drachenreiter gehörte. Die dunkle Lederkleidung lag eng an, um möglichst wenig Widerstand und genügend Schutz vor der Kälte in der Höhe zu bieten. Ein Schwertgurt hing an seiner Hüfte, darüber vier Abzeichen. Schüler in Ausbildung. Jägerschar. Hortanführerausbildung. Letztes Jahr.

Einer von den ganz großen Möchtegernhelden.

Seine braunen Haare trug er rebellisch anders, als es eigentlich die Vorschriften vorgaben: Normalerweise mussten sich die Männer die Haare abrasieren. Den Frauen war es erlaubt, einen fest geflochtenen Zopf oder einen Dutt zu tragen. Der Reiter vor mir hatte das Deckhaar am Oberkopf lang wachsen lassen und es mit einem Band nach hinten gebunden. Alles darunter hatte er abrasiert. Es stand ihm beinahe unverschämt gut. Immerhin war er glatt rasiert, sonst hätte sein Ausbilder garantiert protestiert. Auch so wunderte ich mich, dass man ihm die Frisur hatte durchgehen lassen.

Markantes Kinn, absolut symmetrische Gesichtszüge und ein schön geschwungener Mund. Seine Augenbrauen waren vielleicht einen Hauch zu ausgeprägt, und ich entdeckte eine Narbe, die von der unteren Lippe quer über sein Kinn bis zum Halsansatz führte. Das machte ihn gleich viel düsterer. Gefährlicher. Eine weitere Narbe fand ich quer über seiner rechten Wange. Fast sah sie wie von einem Dolchschnitt aus.

Der Gedanke verpuffte, als ich in seine Augen blickte. Sie waren beinahe gruselig dunkel. Stahlgrau mit ein wenig Blau darin. So genau konnte ich das nicht sagen, denn letztlich war die Farbe egal. Der Ausdruck darin war entscheidend.

Der Kerl starrte mich soeben in Grund und Boden. Reglos. Dass seine Hand in die Richtung seines Schwertgriffs wanderte, brachte mich schließlich auf die Füße.

»Was tust du hier?«, knurrte er mich an.

»Bleib mal locker«, antwortete ich vermutlich eine Spur zu wenig unterwürfig. »Ich mach nur Pause.«

»Wovon?«

»Wer will das wissen?«

Seine Augen verengten sich zu Schlitzen. Als er einen winzigen Schritt auf mich zu machte, war das eindeutig drohend. Sein gesamter Körper war angespannt. Viel mehr, als es dieser Situation angemessen war. Vielleicht ein Reiter auf Drogen? Das kam vor. Das Ausbildungsprogramm war hart, und nicht alle hielten das durch, ohne sich mit Medikamenten aufzuputschen. Allerdings wirkte der Kerl dafür zu aufmerksam. »Ich frag gern noch einmal: Was tust du hier?«

Er spannte seine muskulösen Oberarme an, seine Hemdsärmel hatte er hochgeschoben, sodass ich auf nackte Haut sehen und die darunter arbeitenden Muskeln gut erkennen konnte. Am linken Unterarm hatte er eine gewaltige Narbe, die vom Handgelenk bis zur Ellenbeuge führte. Unheimlich. Der Mann roch nach Ärger. So viele Narben waren doch nicht mehr normal.

Definitiv Zeit, einen auf liebreizend zu machen. Das fiel mir meistens etwas schwer, aber in diesem Moment übernahm mein Überlebensinstinkt das Sagen. Der Mann meinte es ernst.

»Ich bin eine Schülerin der Heilergilde«, sagte ich hastig und wedelte in die Richtung der uns zugewiesenen Unterkünfte.

Er musterte meine Kleidung. »Deine Abzeichen fehlen.«

»Die wurden mir aberkannt.«

Sofort kehrte das Misstrauen in sein Gesicht zurück. »Also bist du doch keine Schülerin der Heilergilde.«

»Meine Mentorin bildet mich aus – mit dem Segen des hiesigen Hortanführers. Jama. Er kennt mich gut. Frag ihn.«

Er behielt sein Starren bei. Eine Sekunde. Drei. Zehn. So unverhohlen war ich wohl noch nie gemustert worden. Dabei ließ er sich absolut nicht anmerken, ob ihm mein Anblick gefiel oder nicht.

Ich war eher zart gebaut, hatte aber an gewissen Stellen genau die richtigen Rundungen, damit sich so mancher Mann und auch einige Frauen nach mir umdrehten. Meine langen weißblonden Haare trug ich meist in einem dicken Zopf über der Schulter. Seltsamerweise waren meine Augenbrauen dunkel und recht lang gezogen für mein ansonsten schmales Gesicht. Um die Rebellin in mir heraushängen zu lassen, hatte ich mir einen kleinen Ring durch die Nase stechen lassen. Er fiel eigentlich kaum auf, doch ich liebte ihn sehr. Meine Art zu sagen, dass ich mich nicht sämtlichen Konventionen beugen würde. Nasenringe waren bei Drachenreitern leider verboten. In der Heilergilde wurden sie zumindest zähneknirschend toleriert.

Mein Gegenüber schien ihn in diesem Moment entdeckt zu haben, denn er runzelte leicht die Stirn. Der musste gerade so tun mit seiner eigenwilligen Frisur. Da war mein kleiner Ring harmlos gegen. Ich rang weiter mit meiner Nervosität und hielt still, wagte nicht einmal zu atmen. Drachenreiter waren ein kompliziertes Volk. Ständig gereizt. Ständig in Alarmbereitschaft. Das lag vermutlich an ihrer Magie. Sie erwarteten dauerhaft Angriffe, wo es keine gab. Unsere Welt war schon lange ein sehr friedlicher Ort – mal von der einen oder anderen Schlägerei abgesehen.

»Jetzt komm mal runter«, sprach ich schließlich den Satz aus, den ich seit geraumer Weile in meinem Kopf herumspuken hatte. »Sich davonzustehlen und heimlich eine Pause einzulegen ist kein Grund, mich derart anzugehen.«

Kaum hatte ich das gesagt, hielt ich die Luft an. Solche Sätze hatten mir schon oft Schwierigkeiten eingebracht. Reize niemals den Kerl mit dem Schwert an der Hüfte. Vor allem nicht, wenn du nur ein Küchenmesser dabeihast.

Als sich der junge Mann prüfend nach rechts und links drehte, um sich nach potenziell möglichen Zeugen umzusehen, spannte ich mich an. Das war kein gutes Zeichen. Vor allem, weil er zwei Schritte auf mich zu machte. Hastig zog ich mein Küchenmesser und hielt es in die Höhe. »Ich werde nicht kampflos aufgeben«, erklärte ich. »Und so muss das nicht laufen. Wenn du mich in Ruhe lässt, dann mach ich das auch.«

Einen Moment wirkte der Mann verdutzt, starrte mein kleines Messer an, anschließend mir in die Augen. Die Spannung zwischen uns war weiter vorhanden, doch schließlich nickte er. Langsam und bedächtig. »In Ordnung. Komm mir nur bloß nie wieder in die Quere.«

Alles klar. Der Kerl hatte sie nicht mehr alle. Trotzdem zwang ich meinen Kopf zu einem braven Nicken und wartete, bis er sich ein paar Meter von mir entfernt hatte. Erst dann ließ ich das Küchenmesser sinken und brüllte: »Mach endlich mal Pause und entspann dich, du Vollidiot!«

Bevor er herumwirbeln konnte, hatte ich bereits die Beine in die Hand genommen. Denn im schnellen Davonlaufen war ich mehr als trainiert.

2

Als ich mit hochrotem Gesicht in Jamas Amtszimmer erschien, sah der mich sofort alarmiert an. »Was hast du angestellt?«, fragte er.

»Nichts. Wieso?«

»Weil ich das letzte Mal, als du hier angelaufen kamst, eine ganze Meute erboster Leute beruhigen musste. Darum.«

Ach, das. Das war schon Lichtjahre her. Damals hatte ich eine meiner richtig üblen Visionen gehabt.

Die Welt brannte, stand in Flammen. Überall sah ich brüllende Drachen, grün blitzende Leiber, die zu entkommen versuchten. Ich befand mich unter ihnen und rief immer und immer wieder »Flieht! Flieht!«. Doch es gab keinen Ort, an den sie hätten fliehen können.

Sie verbrannten.

Ich hatte während dieser Vision das Gefühl gehabt, die Hitze des Feuers auf meiner Haut zu spüren, und war im realen Leben brüllend durch die Gänge des Hortes gerannt, um die Leute dazu zu bewegen, mit mir wegzulaufen. Als das keiner getan hatte, war ich zugegebenermaßen etwas rabiater vorgegangen. Unter anderem hatte ich ein Baby aus seiner Wiege genommen und war damit abgehauen. Nicht gerade meine Sternstunde.

Es hatte Wochen gedauert, bis sich die Gemüter beruhigt hatten. Maai hatte mich in der Zeit mit Beruhigungsmitteln vollgepumpt und sie erst abgesetzt, als ich nur noch weinend in der Ecke gesessen hatte.

Ich winkte lässig ab, setzte mich und wollte zur Tagesordnung übergehen. Leider ließ Jama das nicht zu. Vehement zog er mir die erste von sechs Listen vor der Nase weg. »Was ist los?«, fragte er diesmal mit mehr Nachdruck.

Ich glaubte bis heute, dass er und Maai heimlich ein Paar waren. Sonst war es nicht zu erklären, dass Jama bei mir immer wieder ein Auge zudrückte. Beweise für meine Theorie hatte ich außer gelegentlich anschmachtender Blicke leider nicht.

Jama war eine beeindruckende Gestalt. Groß und eher bullig, mit meist finster zusammengezogenen Augenbrauen und einem strengen Zug um die Mundwinkel. Wenn er jedoch gelegentlich freundlicher guckte, sah man die vielen Lachfältchen rund um seine Augen. In den meisten Fällen behielt er jedoch seine strenge Haltung bei, die durch die vielen kleinen Narben im Gesicht noch unterstrichen wurde. Woher er die hatte, wusste niemand. Angeblich war ihm beim Training eine Magiekugel explodiert. Selbstverständlich trug er die Haare tadellos kurz, allerdings hatte er sich einen Bart wachsen lassen – eine recht ansehnliche Mischung aus Schnurr- und Kinnbart. Die Kombination erinnerte mich immer an einen Anker, aber Jama stand es sehr gut, es machte seine eckigen Gesichtszüge etwas weicher. Dass er überhaupt Bart tragen durfte, lag an seinem Status. Nur Hortanführern stand das zu. Daher gab es leider die kuriosesten Bartfrisuren in der Führungselite.

»Da war so ein Drachenreiter …«, rückte ich schließlich zögerlich mit der Sprache raus.

Jama seufzte tief. »Hast du wieder rumgepöbelt?«

»Nein! Das war er! Ich lag nur im Gras und hab meine Pause genossen, und was macht er? Motzt mich an und baut sich drohend vor mir auf.«

»Hast du ihm vorher erklärt, dass er bald eines grausamen Todes sterben wird?«, fragte Jama ungerührt.

»Nein, das hab ich mir mittlerweile abgewöhnt.«

»Fein. Darauf reagieren Drachenreiter nämlich allergisch.«

Ja, das hatte ich auf die harte Tour kapieren müssen. Leider war es so, dass ich mich nicht immer vollständig unter Kontrolle hatte, wenn mich eine Vision überfiel. Dann war ich wahrhaftig der Meinung, dass bald alle Drachenreiter eines grausamen Todes sterben mussten. Sie zu warnen war da eigentlich recht höflich – bloß sahen die das gemeinhin anders. Sie hielten das für eine Drohung, und in dem Fall neigten sie leider zum Gegenangriff.

»Er hat mich wirklich ohne Grund angegangen«, sagte ich etwas sanfter. »In letzter Zeit hatte ich auch keine Visionen. Alles paletti in meinem Oberstübchen.« Ich tippte mir gegen die Stirn.

»Wie sah er aus?«

»So wie Ihr. Groß, trainiert, dunkle Haare, Ringe unter den Augen, grimmiger Ausdruck im Gesicht, leichte Genervtheit im Blick und immer diese Gereiztheit. Könnte Euer Sohn gewesen sein. Ihr Drachenreiter seht doch alle gleich aus.«

»Elaja! Ich mein es ernst.«

Da gab ich auf und beschrieb meinen mysteriösen Unheimlichen etwas spezifischer. Als ich die Frisur erwähnte, verdrehte Jama die Augen. »Klingt nach Ian. Ich spreche mit ihm.«

»Bloß nicht! Ich regele meine Angelegenheiten selbst.«

»Ja, genau. So lang, bis sie zu meinen Angelegenheiten werden, weil deine Art der Regelung durchaus bedenkenswert ist. Ich spreche mit ihm. Du hältst dich schön brav zurück, vor allem bei Ian. Er ist etwas … spezieller.«

Wir wussten beide, dass brav nicht so ganz zu mir passte. Ich nickte trotzdem als Zeichen des guten Willens. Danach wandten wir uns endlich unseren endlosen Listen zu, während uns das Ticken von Jamas überdimensionaler Standuhr begleitete. Ich wusste aus Erfahrung, dass sie zu jeder vollen Stunde rappelte – und damit unser Treffen beendete. Jamas Terminkalender war so vollgepackt, dass er nie länger als eine Stunde für mich erübrigen konnte. Zum Glück.

»Lark hat fünf Kisten Kräuter an die Stadt Pietro geschickt, wovon eine nach Embra weitergeleitet werden sollte. Macht dreißig Kronen«, las ich laut vor.

»Dreißig? Seid ihr unter die Wucherer gegangen?«

»In letzter Zeit wachsen die Kräuter nicht mehr ganz so üppig. Der Winter steht an. Nachfrage und Angebot bestimmen den Preis«, erwiderte ich altklug. »Pietro will noch mal nachverhandeln.«

»Das kann ich verstehen.« Kopfschüttelnd trug Jama die Zahlen ein, und ich setzte schwungvoll einen Haken auf meiner Liste. Auf diese Weise gingen wir nacheinander die einzelnen Punkte durch.

Die Horte tauschten normalerweise kostenlos Waren untereinander. Der nordwestlichste gelegene Standort Embra lag zum Beispiel so hoch in den Eisbergen, dass sich Kräuter dort kaum anbauen ließen. Im Gegenzug versorgten uns die Bergbewohner mit Eissalat und Eiskraut, das für die Medizin zwar unnütz, geschmacklich aber hervorragend zum Würzen von Pasteten war. Die normalen Städte, in denen die magielosen Menschen lebten, mussten hingegen blechen, wenn sie die wertvollen Waren der Drachenwelt haben wollten.

Unsere Medizinkräuter waren beispielsweise um ein Vielfaches wirksamer als Pflanzen, die fernab der magischen Zauberkraft von Drachen heranwuchsen. Die Magie verfing sich in den Blättern. Ein einziges Kraut von Lark hatte oft die Kraft von zwanzig normalen Kräutern. Maai verdiente für uns ein Vermögen. Ein Segen, denn jeder Standort musste sich langfristig selbst finanzieren. Die dort lebenden Drachen mit ihren Reitern stellten den normalen Menschen ihre Dienste wie die Rettungseinsätze in Rechnung, im Gegenzug sorgten sie für Recht und Ordnung.

In den Städten tummelten sich meist die magielosen Menschen, während sich in der Nähe der Drachen all jene versammelten, die über ein wenig oder sehr viel Magie verfügten. Wer genug hatte, durfte Drachenreiter werden. Die übrigen träumten von dieser Karriere oder suchten sich innerhalb des Hortgefüges eine andere Verwendung. Natürlich lebten hier auch noch ganz normale Menschen – so wie ich. Wir verrichteten niedere Dienste oder schafften es in eine Gilde und stiegen dadurch auf. Ich wollte Heilerin werden, hatte meinen Platz aber noch nicht recht gefunden. Listen mit Jama abzugleichen war jedenfalls nicht mein Traumberuf.

»Aus Janara bekommen wir noch eine Lieferung Verbandsmull«, sagte Jama zu mir.

»Schon wieder?«

»Die haben nichts anderes zum Tauschen.«

Ich verdrehte die Augen. »Na, gut. Ich versuche es Maai beizubringen.« Ganz klein vermerkte ich den Hinweis, dass wir aus dem Hort bald die so gruselig kratzigen Mullbinden erhalten würden. Mit etwas Glück überlas meine Mentorin die Notiz, und ich konnte behaupten, es ihr mitgeteilt zu haben. Sobald Maai davon Wind bekam, hatte sie tagelang schlechte Laune. Wir mussten die Dinger nämlich extra noch mal zum Sterilisieren baden und anschließend stundenlang aufwickeln. Meine Hand pikte noch immer von der vergangenen Lieferung.

Gerade wollte ich einen Haken an den letzten Punkt setzen, als meine Sicht verschwamm. Ach herrje. Nicht ausgerechnet vor Jama. Ich blinzelte hektisch und betete, dass ich es aufhalten konnte.

Zu spät.

Eben saß ich noch auf dem ungemütlichen Holzstuhl vor Jamas eindrucksvollem Schreibtisch, und eine Sekunde danach kauerte ich auf einem unebenen, weiß aussehenden Untergrund und sah auf brennende Städte und Dörfer hinab. Der Wind wehte mir die schneeweißen Haare aus dem Gesicht. In meinen Visionen waren sie immer weiß. Immer. Was jetzt kam, kannte ich bereits. Vor mir tauchten mehrere Drachen auf, dunkle, unheimliche Schemen, die mit rasiermesserscharfen Krallen nach mir griffen. Ich hingegen blieb erstaunlich locker und machte diesen speziellen Handwink, den ich schon tausendmal gesehen hatte. Ein reißender Schmerz in meinem Inneren folgte, und schwupp! Schon saß ich wieder vor dem Mahagonitisch und bemühte mich, mir nichts anmerken zu lassen.

Früher war das der Moment, in dem ich aufgesprungen und panisch herumgelaufen war. Zumindest was das anging, war ich mittlerweile schlauer. Ich blieb sitzen und versuchte, nicht auf Jamas Unterlagen zu kotzen. Das war lediglich die Vision mit den angreifenden Drachen gewesen. Es gab schlimmere. Weitaus schlimmere.

»Elaja? Bist du noch anwesend?«, fragte mich Jama vermutlich nicht zum ersten Mal. Er saß mittlerweile nicht mehr, sondern war aufgestanden, starrte mich alarmiert an.

Ich nickte mühsam. »Alles fein«, log ich offensichtlich.

»Hier.« Jama schob mir ein Glas Wasser rüber, das ich in vielen kleinen Schlückchen austrank. »Wieder eine Vision?«, fragte er mitfühlend.

»Nein«, log ich erneut.

»Du solltest noch mal mit Maai darüber sprechen. Vielleicht gibt es ja doch ein Kraut, das deine Tagträume kontrollieren hilft.«

»Hmhmhm«, brummelte ich, setzte hastig das Glas ab und machte einen für Jama gut sichtbaren Riesenhaken an all meine Punkte auf der Liste. »Fertig. Bis zum nächsten Mal.« Ich war schon aus der Tür, bevor Jama mich zurückpfeifen konnte.

Schwer atmend verkrümelte ich mich in den nächsten Gang und sank dort auf den kühlen Boden, bemühte mich um mein inneres Gleichgewicht. Mann! Mental kam ich mit dieser Vision klar, nur körperlich nicht. Mir war selbst Stunden danach noch übel. Sofort ärgerte ich mich über meinen schwachen Moment. Und das ausgerechnet vor Jama! Er mochte mich aus irgendeinem Grund und ich ihn. Da war es meine Pflicht, ihm so wenig wie möglich auf die Nerven zu gehen.

Wenigstens war es diesmal nur die Szene mit der komischen Handbewegung gewesen. Damit wusste ich umzugehen. Die mit der brennenden Erde und den schreienden Menschen war viel heftiger. Oder die, wo ich einem mir unbekannten Kerl gegenüberstand und genau wusste, dass ich geliefert war. Meine Todesangst verspürte ich danach noch mehrere Wochen lang.

Ich brauchte eine ganze Weile, um genügend Energie zu sammeln, um wieder aufzustehen. Als ich dann zu Maai huschen wollte, wäre ich beinahe einer Horde Jungreiter in die Arme gelaufen. In letzter Sekunde brachte ich mich mit einem beherzten Sprung in einer Nische in Sicherheit. Nicht dass Jungreiter ständig rumpöbelten, nur … na ja. Sie hatten die doofe Angewohnheit, nie aus dem Weg zu gehen – und da mir das ebenfalls schwerfiel, kam es bei solchen Begegnungen regelmäßig zu recht unangenehmen Kollisionen. Meist zog ich den Kürzeren, aber das war es mir wert. Wenn die so taten, als wäre ich unsichtbar, dann konnte ich das auch!

In diesem Fall war ich jedoch froh, rechtzeitig aus dem Weg gesprungen zu sein. Der Fiesling vom Hügel war unter ihnen. Der Rest der Truppe lief herumalbernd und sich gegenseitig kumpelhaft boxend an mir vorüber und tat so, als wäre ich inexistent. Der Fiesling hingegen warf mir den Blick des Todes zu und ließ es sich nicht nehmen, auch noch drohend die Augen zuzukneifen. Ich deutete einen spöttischen Knicks an und huschte dann weiter, bevor ich mir eine Tracht Prügel einfing.

Als ich schließlich unfallfrei in meiner Unterkunft angekommen war, ließ ich mich mit einem erleichterten Seufzer auf meine Pritsche hinten an der Wand fallen. Ich schlief mit den anderen Heileranwärterinnen in einem großen Schlafraum, und obwohl ich all meine Rangabzeichen wegen meiner Babyentführungsszene verloren hatte, hatte mir niemand die hinterste Pritsche streitig gemacht. Es hatte auch durchaus Vorteile, als unheimlich und gefährlich zu gelten.

Hier hatte ich mich so gemütlich eingerichtet, wie es als denunzierte und verurteilte Verrückte nun einmal ging: Das Kissen hatte ich mit gelben Sonnen und roten Herzchen bestickt, die Bettdecke mit kleinen Regenbögen verziert und über mir einen gewaltigen Drachen mit grüner Tinte an die Decke gemalt. Er war mir echt gut gelungen, selbst wenn ich mich manchmal selbst davor gruselte. Er hatte sein Maul weit aufgerissen und starrte mich aus zornfunkelnden, geschlitzten Augen an. Ich nickte ihm huldvoll zur Begrüßung zu und zog dann müde mein ergaunertes Buch über Drachenpflege unterm Bett hervor. Darin las ich, bis es im Schlafraum zu voll wurde. Die meisten meiner Mitschülerinnen rotteten sich im Laufe des Abends zusammen, um entweder gemeinsam zu lernen oder über Liebschaften zu diskutieren. Ich blieb lieber in meiner Ecke und tat so, als würde ich den Gesprächen nicht zuhören. In Wirklichkeit war ich bestens informiert, doch behielt ich all die kleinen und großen Geheimnisse natürlich für mich. Wem hätte ich auch davon erzählen sollen? Es sprach ja nie jemand mit mir.

Kurz bevor ich die Augen schloss, verabschiedete mich noch eine letzte Vision. Ich sah mich, wie ich mich prüfend nach rechts und links umsah und dann ein Stück Papier in einem Buch versteckte.

Na prima. Ein weiteres Rätsel, dessen Entschlüsselung mir nur Ärger einbringen würde. Bücher gab es reichlich, und ich hatte mir längst abgewöhnt, in einer Vision genauer hinsehen zu wollen. Was verborgen war, blieb verborgen. Erst mit den Jahren würde ich vermutlich den Buchrücken erkennen können, vielleicht sogar ein wenig mehr von meiner Umgebung.

Und ganz vielleicht sogar das Gesicht von dem Kerl, der mir das Schwert bis zum Heft in die Eingeweide rammte.

Wäre ganz nett zu wissen, wer das war, oder?

3

Etwas riss mich gewaltsam aus meinem Schlaf. Schmerz, Angst, dann ein grässlicher, lang gezogener Schrei. Er hörte sich so gequält an, dass ich wie unter einem heftigen Blitzeinschlag zusammenzuckte.

Ach, verdammt! Eine weitere fiese Vision, wobei sich diese ganz anders anfühlte als die sonst üblichen.

Ich bemühte mich aufzuwachen, hatte jedoch keinen Erfolg. Hilflos blieb ich zwischen den Welten hängen, war nicht mehr am Schlafen und auch nicht wach. Dunkelheit herrschte um mich herum, ich sah nichts, spürte aber genug. Etwas war in der Nähe. Etwas Großes, vielleicht Gefährliches.

Nein, nein, nein!

Ich wollte das echt nicht mehr. *Lass mich gefälligst in Ruhe*, schrie ich in Gedanken und wurde natürlich ignoriert.

Wieder rief jemand. Noch lauter. Noch eindringlicher. In meinem Kopf. In meinem ganzen Körper. Lauter und lauter. Mein Verstand rebellierte, während sich mein Gehirn anfühlte, als würde sich dort jemand festkrallen.

Diesmal war ich es, die brüllte. Ich war es auch, die sich in ihrem Bett krümmte, die Fingernägel in der alten Decke verhakte und seltsame Dinge von mir gab. Meine Augen waren weit offen, das bemerkte ich. Dennoch sah ich nichts. Nur Dunkelheit. Vernahm einen allgegenwärtigen Schreck, die Panik eines anderen.

Das war neu. Normalerweise war ich es, die Todesangst ausstand. Jetzt hingegen spürte ich die Schmerzen eines anderen – und das mehr als deutlich. Ganz instinktiv wandte ich mich demjenigen zu, griff testweise im Geiste nach ihm und ignorierte dabei, dass sich jede Bewegung wie ein fieser Peitschenhieb anfühlte. Dennoch ließ ich nicht locker. Da!

Ich spürte seine Haut für einen winzigen Moment, wollte zupacken. Zu spät. Etwas zerrte ihn von mir fort. Eine Macht, der ich nichts entgegenzusetzen hatte. Der nun folgende Schrei ließ meine Ohren klingeln, woraufhin ich mich verzweifelt nach vorn warf. Beinahe hätte ich ihn erwischt, doch da wurde mein wirklicher Körper abrupt gerüttelt. Meine Wange brannte. Hatte mich jemand geschlagen?

Beim Drachenfeuer! Der Moment der Ablenkung war jedenfalls fatal gewesen. Ich spürte ihn nicht mehr. Er war weg. Im Nichts verschwunden, und ich war allein in dieser merkwürdigen Zwischenwelt. Vermutlich hatte ich ihn unbewusst aus meinen Gedanken geworfen, um mich selbst zu schützen.

Oder …

Auweia. Er kam zurück. Schneller und heftiger als zuvor. Als würde er noch einmal all seine Kraft zusammennehmen. Vor sich her trieb er eine Welle aus Gefühlen und Empfindungen.

Angst, Verzweiflung, Panik, Einsamkeit, Unverständnis, ein letzter Versuch, sich zu wehren, sich zu retten, dann …

… ein Schrei.

So schnell, wie die Welle gekommen war, verschwand sie wieder, und ich wurde mit solcher Gewalt in meinen wirklichen Körper zurückgestoßen, dass ich vor Schmerzen aufstöhnte und mich abrupt aufsetzte.

Ich war nass und fror, meine Wange brannte und meine Oberarme schmerzten. Jemand hatte über mir einen Eimer Wasser ausgeschüttet. Vermutlich, um mich zu wecken. Und die Wange? Ich meinte mich an eine Ohrfeige erinnern zu können.

Eine Frau sprach mich an. Oder schrie sie sogar? Ich hörte hauptsächlich ein dumpfes Dröhnen. Ein Schatten wandelte von links nach rechts vor meinem Gesicht vorbei und zurück; etwas schnipste neben meinem Ohr und legte sich danach auf meine Stirn. Eine Hand, die sich furchtbar eisig anfühlte. Oder glühte ich?

Noch einmal blinzelte ich, und endlich, endlich sah ich klarer. Die Schatten wurden zu meinen Mitschülerinnen, die wandelnde Silhouette zu einer Hand, die vor meinem Gesicht umherfuhr, die Stimmen zu aufgeregtem Gemurmel und Geschnatter, die Fremdsprachen zu erkennbaren Worten und die seltsamen Laute zu meinem eigenen Versuch, gleichmäßig zu atmen, um nicht zu ersticken.

Fünf Augenpaare starrten mich entsetzt an. »Elaja? Bist du wieder wach?«, fragte mich Maai.

Ich wollte fluchen, doch kein Laut kam über meine Lippen. Stattdessen erinnerte ich mich. Drachenmist! Ich stieß die helfenden Hände wüst zur Seite und versuchte aufzustehen. »Er stirbt, er stirbt«, sagte ich immer wieder.

»Niemand stirbt, Mädchen. Und jetzt beruhige dich. Es war nur eine deiner üblichen Visionen. Nichts Wildes!«

Nein! Wenn ich eins wusste, dann das: Meine Visionen fühlten sich anders an. Das hier war real gewesen. Ich erwiderte den Blick meiner Mentorin voller Feuer. »Das war keine normale Vision. Ich muss gehen. Sofort!«

Mit einem Ruck warf ich die ohnehin schon halb auf dem Boden liegende Decke von mir fort, wich Maais Händen aus und rollte mich seitlich von ihr weg und von meinem Strohbett hinunter.

Die umstehenden Schülerinnen schnatterten aufgeregt und sprangen mir hastig aus dem Weg, sobald ich in ihre Nähe kam.

»Elaja, bleib stehen«, brüllte mir Maai hinterher. »Jetzt dreh nicht wieder durch!«

»Ich drehe nie durch«, brüllte ich zurück. »Er stirbt, und ich muss ihm helfen. Ich weiß, was ich tue.« *Zumindest meistens*, setzte ich hinzu. Gleichzeitig wurde ich schneller und schneller, erreichte die Tür und riss sie hastig auf. Ein eisiger Windhauch fuhr mir entgegen. Ich ignorierte die Kälte und rannte weiter, natürlich verfolgt von einer ganzen Schar aufgeregter Heilerinnen.

»Ich wusste es gleich, dass sie irre ist. Diese Augen sind nicht von dieser Welt«, hörte ich eine schimpfen.

»Elaja«, mischte sich Maai ein. »Das ist viel zu kalt draußen. Du …« Sie unterbrach sich, als sie meine Entdeckung ebenfalls erkannte.

Drachen. Überall wimmelte es von Drachen. Vom Transportdrachen bis zum Kriegsdrachen. Sie alle hatten sich draußen versammelt und starrten in den Himmel. Neben ihnen liefen ihre aufgeregten Reiter herum und machten das Chaos komplett.

Was war hier bloß los?

Abrupt blieb ich stehen, den Kopf genau wie alle anderen in den Nacken gelegt. Selbst in der Luft war unglaublich viel los. Ich zählte mindestens zwei Patrouillen, die über uns ihre Kreise zogen. So etwas war noch nie geschehen. Schon gar nicht am späten Abend.

Mittlerweile war auch Maai neben mir angekommen. Keuchend blickte sie sich um. »Langsam wirst du mir tatsächlich etwas unheimlich«, stellte sie trocken fest. »Deine Visionen werden immer realer.«

Im Gegensatz zu den anderen Frauen in unserem Quartier hatte sie mich noch nie für verrückt oder irrsinnig gehalten. Vielmehr hatte sie stets behauptet, ich sei etwas Besonderes. Ob das jetzt besser oder schlechter war, hatte sie nie näher ausgeführt. Wenigstens nahm sie mich auch jetzt ernst.

»Ich habe doch gesagt, dass er stirbt«, sagte ich trocken.

»Aber wer?«

»Weiß ich nicht.«

»Und warum weißt du dann, dass er stirbt, wenn du nicht mal weißt, wer er ist?«

»Weil er mich um Hilfe angefleht hat. Verdammt. Maai! Ich muss den Drachenreitern Bescheid sagen.«

Entschlossen stapfte ich los und hielt auf den nächstbesten Reiter zu. Maai zerrte mich in der gleichen Bewegung wieder zurück.

»Was willst du ihnen denn sagen?«, fuhr sie mich an. »Da ist jemand, der Hilfe braucht, nur ich weiß nicht wer? Elaja! Reiß dich zusammen! Noch eine weitere verrückte Aktion und ich kann dich nicht länger schützen. Die schmeißen dich endgültig aus dem Heilerinnenprogramm.«

Ich warf ihr einen glühenden Blick zu und bemerkte dabei die Sorge in ihren grauen Augen. Sofort verpuffte meine Wut. Sie hatte ja recht. »Aber …«, setzte ich an.

»Kein aber! Das ist nicht dein Problem. Sieh dich um. Sollen sich die Drachenreiter einen Kopf darüber machen. Wir warten hier und verhalten uns unauffällig.«

Der nun folgende Blick war eindeutig. »Unauffällig« kam bei mir eher selten vor. Obwohl ich recht klein und zierlich war, neigte ich dazu, unangenehm die Aufmerksamkeit auf mich zu ziehen. Sei es durch Fluchen, seltsame Krampfanfälle oder der Neigung, mich mitten in der Nacht auf der Landebahn wiederzufinden und laut »Manila« zu brüllen. Kein Mensch kannte eine Manila oder wusste, was das sein sollte. Ich auch nicht, nur machte es das natürlich nicht viel besser.

»Ich glaube, dass es ein Drachenreiter war, der sich mit mir in Verbindung gesetzt hat«, sagte ich aufgeregt.

»Das bezweifle ich stark. Die reden ja nicht mal im wachen Zustand mit uns. Warum sollte sich dann einer im Traum an dich wenden?«

»Weil –«

»Schau nur!«

Ich folgte der Richtung ihres ausgestreckten Fingers und erkannte einen Punkt hoch oben am Himmel. Waren das Drachen? Ja! Definitiv. Es war eine ganze Traube von ihnen, die dicht gedrängt in einem Pulk flogen. Von einer geordneten Formation konnte keine Rede sein. Das war äußerst ungewöhnlich für das sonst so überkorrekte Drachenvolk. Abstandsregeln, Sicherheitsvorkehrungen, Vorschriften und Benimmregeln bestimmten ihr Leben. Kein Wunder, dass ich mich mit dieser Spezies so schwertat.

Die Drachen kamen rasch näher. Erst jetzt erkannte ich, dass der Pulk merkwürdig schwankte. Einige flogen so laut schreiend um den Kern des Pulks, dass ich ihre Rufe noch am Boden hören konnte.

»Die tragen etwas«, sagte ich eher zu mir als zu Maai. »Nur was? Oder …« Ich packte die Heilerin so fest am Oberarm, dass sie vor

Schreck quietschte. »Das ist er! Das ist mein Drachenreiter, der mich um Hilfe gebeten hat!«

»Lass das bloß niemanden hören. Ein Drachenreiter, der … he! Wo willst du hin?«

»Näher ran!«

Maai fluchte und setzte mir nach. Ich wich ihren zupackenden Händen aus und sah dabei permanent in den Himmel. Beinahe wäre ich gegen einen kaum zu übersehenden Drachen gelaufen, der mich entsprechend böse anbrummelte. Ich ignorierte ihn und lief einfach weiter.

»Sie wollen hier landen.« Fasziniert beobachtete ich die übrigen Drachen, die von der Landebahn hasteten. Im letzten Moment hüpfte ich zur Seite, sonst hätte mich ein zierlicher Botendrache über den Haufen gerannt. Im Gegensatz zu den meisten anderen Drachen um ihn herum hatte er nicht eine einzige Zacke am Körper. Ein pfeilschneller Sportler, wie ich nur mit einem einzigen Blick auf seine ungewöhnlich großen Schwingen feststellte. Aus geschlitzten Pupillen in den dunkelgrünen Iriden warf er mir einen finsteren Blick zu, der alles sagte. Ich hatte hier nichts zu suchen.

»Elaja, bleib stehen und komm zurück!« Maai klebte mir noch immer an den Fersen. Warum sie sich derart um mich kümmerte, war mir bis heute ein Rätsel. Ich war ihr wirklich dankbar dafür, verstehen konnte ich es jedoch nicht. Ich war nicht gerade das, was man als einfaches Pflegekind bezeichnen würde. Eher der pure Horror. Dabei meinte ich es nicht mal böse. Ich lebte in meiner eigenen Welt. Mal mehr, mal weniger ausgeprägt – je nach Gemütslage.

»Maai!«

Der Ruf sorgte dafür, dass sogar ich mich umdrehte. Die Stimme kannte ich nur allzu gut. Sie gehörte zu Jama, der wirklich wild aussah, als er neben uns ankam. Vermutlich war er geradewegs aus dem Bett gesprungen. Seine kurzen Haare standen ab, sein Hemd war falsch geknöpft und sein Hosenschlitz noch offen. Ich verzichtete gnädig, ihn darauf hinzuweisen. Ein wenig gesunder Menschenverstand floss auch durch mein Gehirn.

»Es gibt gleich Arbeit für dich«, sagte er zu Maai. »Zumindest unter der Bedingung, dass sie heil ankommen.«

»Wer ist denn …«, hob ich an, woraufhin Maai mir so heftig auf die Zehen trat, dass ich die Drachenbabys piepsen hörte.

»Natürlich. Wir kümmern uns«, sagte Maai laut und zog mich herrisch zu sich rum. »Elaja, hol meine Verbandstasche, bring auch die gelbe mit! Nein, Mädchen! Wir diskutieren nicht darüber. Wenn du deinem Reiter helfen willst, dann gehorch mir.«

Sie hatte recht, und daher folgte ich ihrem Befehl, wirbelte herum und bahnte mir rücksichtslos einen Weg durch die Menge. Die bestand mittlerweile beinahe vollständig aus Dienstboten, Heilerschülerinnen und Gehilfen. Da mich die meisten unheimlich fanden, machten sie mir nur zu gern Platz. Die Drachenreiter dazwischen waren hingegen ein anderes Kaliber, doch ich fluchte genug, um mir Respekt zu verschaffen. Endlich war ich raus aus dem Pulk der Gaffer. Der Weg war frei.

Mit rasantem Tempo stürmte ich in das Krankenlager, machte einen Hocksprung über eines der Betten und erreichte in Rekordzeit die zwei Taschen, die ordentlich wie immer auf einem Tisch am Ende des Raumes standen. Ich riss sie an mich und wollte genauso schnell zur Tür zurück, als ich das Gewicht meines Gepäcks spürte. Augenblicklich ging ich in die Knie. Danach bedachte ich die viel zu schweren Dinger mit einigen meiner übelsten Schimpfwörter und zog sie schließlich mit fest zusammengebissenen Zähnen hinter mir her, quer über den Vorplatz, rüber zur Heilerin.

Maai war in ein Gespräch mit einem Krieger verwickelt, der gar nicht richtig zuzuhören schien. Immer wieder warf er nervös einen Blick in den Himmel, wo sich der Drachenpulk unaufhaltsam näherte. Er schwankte jetzt heftig und war noch größer geworden. Drachen aus unserem Hort hatten sich in die Lüfte geschwungen, sich dazugesellt.

»Ist der Drache verletzt? Oder der Reiter? Oder beide?«, fragte ich ohne Begrüßung und erntete prompt einen warnenden Blick von Maai. Wie immer ignorierte ich ihn.

»Wissen wir nicht genau«, antwortete der Krieger vermutlich eher instinktiv. Normalerweise ignorierten mich die Leute vom Drachenvolk ungefähr genauso, wie ich gerade Maais Warnung in den Wind geschossen hatte. Der Krieger deutete auf den Pulk. »So wie sich die Drachen benehmen, sind vermutlich beide betroffen.«

Ich ließ meine Last zu Boden sinken und musterte nun den Pulk mit neuen Augen. Ein verletzter Drache in der Luft. Das war nicht gut. Das wusste selbst ich.

In der Sekunde verließ ein einzelner Drache die Gruppe. Er sackte ein ganzes Stück mit dicht an den Körper gelegten Flügeln in die Tiefe und breitete sie erst im letzten Moment wieder aus, um sich abzufangen und mit deutlich erhöhtem Tempo die Landebahn in Angriff zu nehmen.

Ein Raunen ging durch die Menge.

Es war ein junger Drache. Seine Bewegungen waren eckig und eher ungelenk. Schlaksig.

Ich hatte auf meinem Hügel viel Zeit damit verbracht, die Drachen zu beobachten, daher wusste ich ganz genau, dass dieser Jungdrache verzweifelt war. Jede Bewegung seiner Flügel war ein Beweis dafür. Er flog panisch und zugleich wild entschlossen. Um das zu bekräftigen, stieß er ein lang gezogenes Brüllen aus, das aus Dutzenden von Kehlen erwidert wurde. Dabei hielt er auf die Landebahn zu, sank immer tiefer und tiefer.

In dieser Sekunde wusste ich es.

Dieser Drache gehörte zu dem Reiter, der mich gerufen hatte. Ich spürte es tief in mir drin. Ein Kribbeln. Ein Ziehen in meinem Innersten. Doch damit nicht genug. Das war auch zugleich der Reiter, der mich auf dem Hügel so aggressiv angemacht hatte. Der Kerl mit dem Zopf. Ian, wie Jama ihn genannt hatte. Aber … warum sollte mich ausgerechnet der Kerl um Hilfe anflehen?

Jetzt erkannte ich auch die schwarzen Schuppen des Drachen, dessen Farbe sich kaum gegen die Nacht um ihn herum abhob. Acht Hörner an der Stirn, so lang wie Schwerter. Dazu ein stachelbesetzter Schwanz und übergroße Schwingen.

»Der verletzte Reiter«, sagte ich zu Maai. »Er kommt.«

»Wo?«

»Da!« Ich zeigte auf den Drachen und stutzte. Von wegen verletzter Reiter. Da fehlte was. Normalerweise saß er zwischen den Flügeln am Halsansatz, aber die Stelle war leer. Nur dass ein Drache niemals ohne Reiter flog. Nie! Zwar waren sie durchaus in der Lage, ganz normale Flugrunden ohne Hilfe zu drehen, doch sie taten es einfach nicht. Es war gegen die Regeln. Gegen die Magiegesetze.

Als mein Blick auf seine Beine fiel, begriff ich endlich. Das Tier trug etwas in den Krallen seiner linken Hinterpfote. Hatte er etwa seinen Reiter dort drin? Hoffentlich nicht!

In dem Moment schwebte der Drache an mir vorbei, knapp über dem Erdboden. Für gewöhnlich setzten Drachen bei der Landung zunächst die Hinterpfoten auf, danach die Vorderpfoten. In dem Fall nicht. Die linke Hinterpfote konnte er schlecht aufsetzen, denn damit hielt er etwas fest.

»Das sieht nicht gut aus«, murmelte der Reiter neben mir. Wir hielten wohl alle die Luft an, als uns die Panik des Jungtieres bewusst wurde.

Der Drache war viel zu schnell. Viel zu wackelig für eine schöne Landung. Trotzdem setzte er die freie Hinterpfote auf, versuchte die fehlende zweite Pfote mit den Flügeln auszugleichen. Ein Fehler. Er geriet ins Straucheln. Um dennoch zu landen, tat er das einzig Machbare: Er knickte den rechten Flügel ein und legte sich auf die Seite, fing den Sturz mit seinem eigenen Körper ab. Es krachte, als der riesige Drache aufkam. Das Tier schrie jämmerlich. Schuppen flogen durch die Luft. Blut und Dreck.

Ich schrie gleich mit und konnte dennoch nicht wegschauen. Durch seinen Schwung schlitterte er ein ganzes Stück weiter. Dabei hielt er die linke Hinterpfote verzweifelt so hoch, wie er nur konnte.

Als er endlich lag, herrschte für einen Moment Stille. Niemand sagte etwas, alle starrten den Fleck an, an dem der junge Drache so dramatisch niedergegangen war. Der lag nun reglos da und gab keinen Ton von sich.

Ganz langsam ließ er seine linke Hinterpfote langsam nieder, bis sie neben der rechten auf dem Boden lag. In genau diesem Moment rannte ich los, ohne noch länger darüber nachzudenken.

»Elaja«, rief Maai erschrocken hinter mir her, dann hörte ich Schritte, die mir folgten, allerdings etwas langsamer. Die Heilerin konnte nicht so schnell folgen, weil sie jetzt den schweren Verbandskoffer tragen musste, den ich hatte stehen lassen.

»Mädchen, bleib hier! Der Drachen könnte gefährlich sein!«, brüllte mich ein Mann an.

Auch seine Warnung ignorierte ich, denn ich hatte nur Augen für mein Ziel. Für den Drachen. Für seinen Reiter. Mittlerweile war ich mir absolut sicher. Die Magie knisterte tief in mir und schob mich voran. Der Drang war so übermächtig, dass ich mich nicht dagegen wehren konnte.

Ich erreichte den Drachen in dem Moment, als er damit anfing, leise Jammertöne von sich zu geben. Sie klangen so gequält, dass es mir das Herz zerriss. Schlitternd kam ich kurz vor dem Kopf des Tieres zum Stehen.

Zum Glück hatte mir Maai genug über verletzte Lebewesen beigebracht. Instinktiv rief ich mein Wissen nun ab. »Ruhig, Junge«, sprach ich ihn an und bekam als Antwort ein klägliches Brummen, voller Schmerz und Angst.

»Alles wird gut.« Langsam trat ich von seinem Kopf fort und wollte mich möglichst unauffällig seinen Hinterpfoten nähern, als er mit einem wilden Laut sein riesiges Haupt hob und leicht nach mir schnappte. Eine deutliche Warnung. Seine Hinterpfote war tabu für mich. Sofort blieb ich stehen und starrte ihn an.

Das Tier war wie von Sinnen vor Angst. Blut floss von seiner Kopfhaut. Die Haut hing nur noch in Fetzen am Knochen. Anscheinend war er mit dem Kopf auf dem Boden aufgekommen, hatte sich die Schuppen abgeschält.

Wieder dieses drohende Fauchen, dazwischen ein Gurgeln, das mir Sorgen bereitete. Ein winziger Blutstrahl floss dem Tier aus dem Maul. Nicht gut. Gar nicht gut. Blut aus dem Mund, egal bei welchem Wesen, war stets ein Grund zur Besorgnis. Vielleicht hatte er sich nur auf die Zunge gebissen, vielleicht hatte es gefährlichere Gründe.

Sein undurchdringlicher, fast wilder Blick verließ mich und wanderte zu den Menschen, die auf ihn zugelaufen kamen. Mit einem

Mal bekam er noch mehr Angst. Ich spürte dieses Gefühl so deutlich, als wäre es mein eigenes.

Der Drache zappelte, versuchte sich aufzurichten, ohne dabei seine linke Pfote auf den Erdboden zu setzen. Er wollte aufstehen und schaffte es nicht. Dadurch geriet er nur noch mehr in Panik.

Erde flog mir um die Ohren. Mit seinen rudernden Vorderpfoten hätte er mich um ein Haar erwischt. Ich machte im letzten Moment einen Satz nach hinten, duckte mich. Erst jetzt bemerkte ich die anderen Drachenreiter, die sich unaufhaltsam seinem gestrandeten Körper näherten.

Drehte er wegen ihnen so durch?

War ich gar nicht der Grund für seine Panik?

Ich musste was unternehmen. Sofort. Das Tier würde in seinem Zustand niemals zulassen, dass man ihm seinen Schatz fortnahm. Er war viel zu durcheinander, um Freund von Feind zu unterscheiden. Die Einzige, die er näher an sich herangelassen hatte, war ich. Wahrscheinlich war ich noch zu jung beziehungsweise zu klein, um eine Gefahr darzustellen.

»He, Drache«, rief ich zu ihm rauf. Augenblicklich ruckte sein hoch aufgerichteter Kopf herum. Er sah mich von oben herab an, überragte mich wie ein bedrohlicher Vulkan kurz vor dem Ausbruch.

»Hab keine Angst.«

Ich gab so viel Freundlichkeit, wie ich aufbringen konnte, in meine Stimme. Mit riesigen schwarzen Augen musterte er mich so eindringlich, so voller Misstrauen, dass es mir durch Mark und Bein ging. Ich hatte Angst, zwang mich jedoch zu bleiben.

Noch nie war ich einem Drachen so nahe gekommen. Jetzt stand ich ganz dicht vor seinem schwarzen Halsansatz, knapp vor seinen Vorderpfoten, die lang ausgestreckt neben mir lagen. Ich spürte die Hitze seines Körpers, roch seine Aufregung. Sofort verspannte ich mich ebenfalls.

Ruhig, ermahnte ich mich. *Wenn du jetzt auch panisch wirst, machst du alles nur noch schlimmer.* Wobei es schlimmer kaum noch ging. Der Drache hatte nämlich in seiner Aufregung nach dem ersten heraneilenden Reiter geschnappt.

Ohne weiter nachzudenken, berührte ich seinen Hals und war überrascht. Ich hatte immer gedacht, Drachenhaut fühlte sich glatt wie Eis an. Stattdessen war sie rau, von Tausenden winziger Rillen durchzogen, die von einer einzigen großen Kerbe in der Mitte der Schuppe abzweigten. Ähnlich wie bei einem Blatt, nur viel wärmer und lebendiger.

In der Sekunde knurrte es bedrohlich von oben, und ich hob den Kopf, sah ein Drachenmaul direkt über mir. Es war leicht geöffnet, wodurch ich die vielen Zähne sehen konnte. Jeder einzelne war in etwa so lang wie mein Unterarm. Blut troff mir auf die Haare.

Ich befand mich in Lebensgefahr.

»Ich will dir nur helfen«, sagte ich mit vor Angst leicht zitternder Stimme. »Beruhig dich.«

Das galt dann wohl auch für mich. Erneut berührte ich ihn, diesmal fester, ging mit der Hand langsam seinen Hals hinauf, so weit ich konnte, und tätschelte ihn wie ein Pferd.

»Leg dich hin, Junge, komm, leg dich hin«, lockte ich, verstärkte den Druck meiner Hände und machte unmissverständlich meinen Wunsch deutlich. »Wir tun dir nichts!«

Ein tiefer, seltsam hilfloser Laut drang aus der Kehle des Tieres. Ich erinnerte mich, diesen Laut von kleinen Drachen gehört zu haben, die sich verletzt oder Angst hatten.

Abermals drückte ich, und diesmal reagierte der Drache, senkte seinen Hals. Ich folgte seiner Bewegung mit den Händen und bewegte ihn dazu, seinen Hals weiter Richtung Boden zu senken, bis er schließlich gänzlich auf dem Boden lag und sein Kopf knapp neben mir ruhte.

»Und jetzt zeig uns deinen Schatz, mein Kleiner«, sagte ich eindringlich zu ihm und legte zögernd meine Hand auf den riesigen Wangenknochen. Sie sah merkwürdig verloren auf der schwarzen Haut aus. Sein mir zugewandtes Auge bewegte sich, um einen Blick auf die Menschen zu werfen, die sich rund um ihn versammelt hatten.

Er versuchte den Kopf ein wenig zu drehen, woraufhin ich mich rasch so hinstellte, dass er mich bei der Drehung hätte wegstoßen müssen. Das wollte er anscheinend nicht.

»Elaja! Komm da weg!« Maai war mittlerweile ebenfalls bei mir angekommen und etwa zehn Schritte entfernt stehen geblieben. »Wenn du dich umbringen willst, gibt es einfachere Methoden.«

»Der Drache braucht mich jetzt.«

»Was er braucht, ist ein erfahrener Drachenreiter und keine naseweise Heilkundeschülerin kurz vorm Rauswurf.«

»Aber er hat sich doch beruhigt. Dank mir.«

Das konnte sie schlecht wegdiskutieren, daher schnaufte sie genervt. »Und was denkst du, wie lange das noch gut geht?«

»Hoffentlich so lange, bis er mir seinen Reiter gezeigt hat.«

»Du und dieser Reiter!« Ich hörte Maais Frustration aus jedem Wort heraus.

»Er ist in der Hinterpfote. Da bin ich mir sicher.« Ich zeigte in die Richtung.

»Elaja!« Das war Jama. Auch er war beim Spektakel angekommen. »Sag dem Drachen, dass er seine Hinterpfote öffnen soll.«

»Genau das hatte ich vor, nur habt ihr mich unterbrochen.«

»Elaja! Benimm dich«, rief Maai.

Ich beschloss, alle um mich herum zu ignorieren, und wandte mich dem Drachen zu. Der hatte sich ein wenig beruhigt. Vorsichtig legte ich meine Hand wieder auf seinen Wangenknochen und drehte mich so, dass ich aus den Augenwinkeln die sich nähernden Drachenreiter beobachten konnte.

Die Männer waren nun nahe an seinen Hinterkrallen, die kraftlos auf dem Boden ruhten. Ich selbst konnte die Hinterpfoten nicht komplett sehen, weil die Vorderbeine im Weg lagen. Kurz vor den Krallen blieben die Männer stehen und sahen mich fragend an.

Warteten sie etwa auf mein Zeichen? Ich hatte doch keine Ahnung von Drachen!

Aber von Gefühlen, dachte ich. »Wer wird denn hier gleich in Panik geraten?«, fragte ich ihn freundlich und beugte mich so weit vor, dass ich ihm in die geschlitzten Pupillen sehen konnte. »Du musst uns jetzt deinen Schatz übergeben. Es ist dein Reiter, nicht wahr? Wir können ihm helfen – wenn du uns lässt. Also sei vernünftig und rück ihn raus.«

Der Drache sah mich durchdringend an. Eine Sekunde. Zwei. Dann schloss er seine Augen und entspannte sich. In der gleichen Sekunde brach hektische Betriebsamkeit im Bereich seiner Pfoten aus. Anscheinend hatte er seinen Reiter tatsächlich freigegeben.

Einen Moment später sah ich vier Männer, wie sie den schwer verletzten Mann davontrugen. Ich erhaschte einen kurzen Blick auf seinen Zopf, dann war er fort. Maai war dem Schwerverletzten hinterhergeeilt, nur Jama blieb in meiner Nähe.

»Lass die Hand, wo sie ist«, sagte er zu mir. »Sonst dreht er nachher wieder durch. Makon ist der misstrauischste Drache, den ich kenne, und lässt ungern Fremde an sich heran. Ich hole einen Drachenheiler. Im Anschluss sehen wir weiter.«

Ich nickte lediglich und sah meinem Hortanführer hinterher, der mit riesigen Schritten zum Haupthaus eilte. Um mich herum wurde es seltsam still.

Ich war allein.

Allein mit einem riesigen, schwer verletzen Drachen.

Mit Makon.

Und nun?

4

Du musst die Nadel tiefer in die Schuppe treiben. Nimm den Hammer. Nein! Nicht so! Der Winkel ist falsch.«

Genervt ließ ich mein Werkzeug sinken und lynchte den Drachenheiler mit Blicken. Seit drei Tagen terrorisierte mich der Mann, mäkelte an mir rum, motzte wie ein Fuhrmann und ließ kein gutes Haar an mir. Wenn mir nicht das Schicksal des Drachen am Herzen gelegen hätte, wäre ich längst ausgeflippt.

»Die Wunde ist verschlossen. Es sieht nicht schön aus, hält aber«, sagte ich trotzig.

»Das hält nicht lange genug.«

»Für den Moment muss es genügen.«

»Wer ist jetzt hier der Fachmann? Du oder ich?«

»Ihr seid der Fachmann, ich die Bestimmerin. Das mag Euch nicht passen, ist mir nur egal!«

Der Heiler schnaubte empört und winkte gleich darauf einem ganz bestimmten Mann zu, der in regelmäßigen Abständen bei uns vorbeischaute. Ich seufzte tief. Jama hatte es nicht leicht in letzter Zeit.

»Ich verlange, dass diese Person ausgewechselt wird«, sagte der Drachenheiler mit hochrotem Kopf zu meinem Anführer, kaum dass er neben ihm angelangt war. »Diese Göre ist eine Frechheit! Was befähigt sie dazu, sich um diesen Drachen zu kümmern?«

»Sie ist die Einzige, den der Drache an sich heranlässt.«

»Das ist Schwachsinn. Schickt nach jemandem aus Janara oder Riata. Nach jemandem, den er kennt. Dann können wir diese Ausgeburt an Inkompetenz auswechseln.«

»Hallo? Ich stehe keine fünf Meter von Euch entfernt und höre jedes Wort!«

»Hat sie irgendeine nennenswerte Qualifikation, um an einem Drachen herumzudoktorn?«, ereiferte sich der Störenfried weiter und ignorierte meine Worte ganz einfach.

»Sie ist die Assistentin von Maai, unserer Obersten Heilerin.«

»Also hat sie von Drachen keine Ahnung. Wir müssen sie auswechseln.«

»Ich höre noch immer zu«, rief ich dazwischen. Weil mich die zwei Männer weiterhin mit Nichtbeachtung straften, warf ich schließlich einen nassen Schwamm nach ihnen. Ich hatte eigentlich nicht vor, jemanden zu treffen. Leider sah der Schwamm das anders. Er blieb an Jamas Brust kleben. Nun hatte ich natürlich ihre ungeteilte Aufmerksamkeit. »Ich tue mein Bestes«, sagte ich möglichst ruhig. »Aber der Kerl hier sorgt dafür, dass ich mich nicht konzentrieren kann. Er ist gemein und rechthaberisch. Könntet Ihr ihn bitte auswechseln?«

»Also wirklich«, explodierte der Drachenheiler sofort. »So ein dreistes Ding ist mir noch nie untergekommen. So lasse ich nicht mit mir reden.«

»Sie hat sich das genauso wenig ausgesucht wie Ihr, also reißt Euch bitte beide zusammen«, entgegnete Jama nun deutlich ungehaltener.

»Wer hat es sich denn bitte sonst ausgesucht?«, zischte der Drachenheiler.

»Der Drache«, sagte Jama.

»Der Reiter«, sagte ich.

Daraufhin erntete ich erst mal verwirrte Blicke. Ich tat nach außen hin entspannt, doch so langsam zehrte die ganze Situation auch an meinen Nerven. Selten zuvor hatte ich mich so unwillkommen und unnütz gefühlt, dabei gab ich alles. Leider war auch das nicht genug. Bei Drachenreitern war das anscheinend immer so.

»Der Reiter hat mich um Hilfe angefleht. In meinem Kopf«, erklärte ich nun etwas kleinlauter.

Jama starrte mich an wie eine Erscheinung, während der Heiler verächtlich schnaubte. »Das hast du wohl geträumt.«

»Nein. Warum sonst hätte ich sofort gewusst, wo sich der Reiter befand? Warum sonst lässt mich der Drache als Einzige in seine Nähe? Weil sein Reiter es ihm befohlen hat. Die beiden vertrauen mir. Fragt ihn, wenn Ihr mir nicht glaubt.«

»Das geht nicht. Dem Reiter geht es nach wie vor sehr schlecht. Er ist noch nicht aufgewacht.«

Oh. Das waren keine guten Neuigkeiten. Bislang hatte ich mich nicht getraut, mich nach seinem Wohlbefinden zu erkundigen. Vermutlich hatte ich die Wahrheit nicht hören wollen. Sie demotivierte nicht nur mich, sondern auch den Drachen. Der bewegte sich prompt unruhig neben mir. Obwohl er die Augen geschlossen hielt, lauschte er unserem Gespräch äußerst interessiert. Das spürte ich ganz genau.

»Ich verlange dennoch eine Ablösung für sie. Wie alt ist sie eigentlich? Sie –«

»Ich bin einundzwanzig. Alt genug, um zu wissen, was ich tue.«

»Das wage ich zu bezweifeln. Du –«

»Ihr solltet jetzt gehen«, unterbrach Jama die Ausführungen des Drachenheilers. Allein seine Körperhaltung machte deutlich, dass er nicht weiter mit sich diskutieren lassen würde. »Wir suchen einen Ersatz für Euch. In der Zwischenzeit lasse ich nach Sean schicken. Vielleicht kommt er ja an Makon heran, ohne dass Blut fließt. Elaja? Versuch einfach die Wunden zu verarzten und lass dich nicht umbringen.« Er nickte mir zu, packte den Heiler am Oberarm und zerrte den fluchenden Mann fort.

Ich sah ihnen staunend hinterher und wagte dann zum ersten Mal seit Tagen, tiefer durchzuatmen.

»Endlich Ruhe«, sagte ich möglichst locker zu dem Drachen. »Dann lass uns dich mal wieder auf die Beine bringen.«

Das stellte sich als beinahe unmöglich heraus. Makon war so geschwächt, dass er trotz meiner Zusprüche nicht in der Lage war, sich aufzuraffen und in den Stall zu wanken. Er konnte sich nicht mal in die Höhe stemmen, geschweige denn laufen. Stattdessen döste er vor sich hin und wurde mit jeder Minute, jedem Tag schwächer.

Ich blieb bei ihm und wachte über das bisschen Leben, das noch in ihm steckte. Je schlechter es seinem Reiter ging, desto weiter verließ auch Makon diese Welt. Folgte seinem Herrn auf die letzte Reise seines Lebens, wie es schon Hunderte von Drachen vor ihm getan hatten.

Doch diese Drachen hatten niemals mich neben sich sitzen gehabt.

Ich hielt Makon am Leben. Mit meiner ganzen Kraft und Beharrlichkeit, die in mir steckte. Unermüdlich wechselte ich seine Verbände, flößte ihm Wasser ein und sprach ihm Mut zu, obwohl er mich wahrscheinlich gar nicht registrierte.

Die Tage vergingen, und es trat kaum eine nennenswerte Veränderung ein. Makon schlief, wachte manchmal in seltenen Momenten auf und wimmerte dann wie ein verletztes Kätzchen. Üblicherweise sah er mich in solchen Augenblicken aus dunklen, tieftraurigen Augen an, wohl wissend, dass für ihn der Weg seines Lebens zu Ende ging. Und trotzdem atmete er weiter. Immer und immer wieder. Als ob ihn eine innere Uhr dazu trieb, nicht aufzugeben. Er kämpfte. Genau wie ich.

Sein Reiter fiel zweieinhalb Wochen später ins Koma. Mit dem Schwinden seines Geistes verlor auch Makon allen Mut. Sein Atem wurde leiser, die Augen öffneten sich nicht mehr, das Fieber stieg stetig und vergiftete seinen Körper.

Er wäre wohl in diesen Tagen gestorben, wenn nicht plötzlich ein junger Mann wie aus dem Nichts aufgetaucht wäre. Im Gegensatz zu allen anderen durchdrang er den Sicherheitsabstand zu uns wie selbstverständlich und umarmte die Drachenschnauze, bevor ich überhaupt »Vorsicht«, brüllen konnte.

Der schwarze Drache zuckte zusammen und grummelte drohend. Kurz bevor er ungehalten reagieren konnte, erkannte er wohl sein Gegenüber.

»Makon, bei allen Dracheneiern. Was ist denn nur passiert?«, sagte der Fremde zu dem Drachen und umarmte ihn gleich noch einmal.

Zu meinem größten Erstaunen entspannte sich das Tier sofort und fiepte und jammerte zur Antwort. Ich stand verwirrt neben ihnen und fühlte mich äußerst unwohl. Als sich der Fremde allerdings an mich wandte, wurde ich sogar noch nervöser.

Da stand ein Drachenreiter vor mir. Ein echter Drachenreiter. Ich gab es nicht gern zu, aber in den meisten Fällen schüchterte mich das ein. Selbst wenn ich das gut zu überdecken wusste.

»Du musst Elaja sein«, sagte der Fremde. Er trug seine aschblonden Haare für einen Schüler angemessen kurz, allerdings standen sie ihm wirr nach allen Seiten ab und lockten sich ganz leicht. Dadurch sah er jugendlicher aus, als er vermutlich war. Ich schätzte ihn auf Mitte zwanzig. Seine braunen Augen blitzten lebendig. Vermutlich war er ein Frauenschwarm, denn durch seine beeindruckenden Schultern, die ebenmäßigen Gesichtszüge und das verschmitzte Lächeln sah er wirklich hübsch aus. Vor allem, wenn er zwinkerte.

So wie jetzt.

Er ließ die Drachenschnauze los, trat auf mich zu … und nahm mich kräftig in die Arme.

Ich hing wie ein nasser Sack da und wagte mich nicht zu rühren. »Äh«, war alles, was ich hervorbrachte.

»Ich danke dir. Für alles. Deine Hilfe ist unglaublich. Für Makon. Für Ian. Für Shy. Du weißt schon.« Er ließ mich so schnell wieder los, wie er mich angefallen hatte, klopfte mir schmerzhaft auf die Schulter und nahm mich gleich noch mal in die Zange.

Hilfe!

»Ich bin Sean«, stellte er sich dann endlich vor. »Der beste Freund von Ian. Entschuldige, dass ich erst jetzt hier auftauche. Ich war beim Überlebenstraining, und die Nachricht erreichte mich viel zu spät. Wie geht es Shy? Weißt du das?«

»Äh …« Ich wusste nicht einmal, wer oder was Shy war.

»Nein? Mit dir redet also auch keiner. Diese verflixten Geheimniskrämer. Warst du wenigstens schon bei Ian?«

»Äh …«

»Auch nicht? Unglaublich! Makon, ich schwöre dir, ich hole deinen Reiter jetzt zu dir. Das ist längst überfällig. Wartet hier.«

Damit stapfte er einfach von dannen, und mir blieb nichts anderes übrig, als ihm staunend hinterherzublicken. »Was bei allen Drachenhintern dieser Welt war *das* denn?«, fragte ich dann schwach.

Der Drache brummelte als Antwort und wirkte zum ersten Mal seit langer Zeit etwas munterer. Er schöpfte neue Hoffnung. Genau wie ich.

Leider kam Sean unverrichteter Dinge wieder zurück.

»Ian ist schwerer verletzt, als ich den Erzählungen nach erwartet habe. Es sieht nicht gut aus.«

Seans vorher so muntere Ausstrahlung war komplett verschwunden. Er wirkte zutiefst erschüttert. Sogar die Haare lagen nun platt am Kopf. Als wäre all die Kraft daraus verschwunden.

»Was hat er denn eigentlich? Als sie ihn weggebracht haben, konnte ich kein Blut erkennen.« Darüber dachte ich schon lange nach.

»Die Pfortenwelt tötet die Reiter innerlich und hinterlässt keine Spuren. Drachen überleben länger darin, daher sind Makon und Shy mental unbeschadet rausgekommen.«

»Pfortenwelt?«

Sean sah mich irritiert an, musterte mich nun eingehender. »Du weißt nicht, was das ist? Bist du denn keine Drachenreiterschülerin?«

Ich lachte trocken auf. »Schön wäre es. Nein. Ich bin nur die Assistentin einer Heilerin. Für Menschen.«

»Jama hat behauptet, Ian hätte sich mit dir magisch in Verbindung gesetzt, um nach Hilfe zu rufen.«

»Ich wüsste nicht, dass ich Magie wirken kann.«

»Wenn du dich sowohl mit Ian als auch mit Makon verständigt hast, dann ist das definitiv der Fall. Bist du denn noch nie getestet worden?«

»Setz ihr keine Flöhe in den Kopf.«

Wir hatten gar nicht bemerkt, dass sich Jama zu uns gesellt hatte. Wie immer hielt er einen Sicherheitsabstand von gut drei Mannslängen ein, hatte aber jedes Wort verstanden. Er hatte wirklich Ohren wie ein Fuchs.

Sean verbeugte sich hastig. »Hortanführer Jama. Es ist mir eine Ehre. Bitte entschuldigt, dass ich Euch nicht sofort aufgesucht habe. Ian, Makon und die ganze Situation ließen mich etwas kopflos agieren.«

Faszinierend. Ich hätte Sean gar nicht für einen Schleimer gehalten, vor allem, weil er so ungestüm und überschwänglich wirkte. Jetzt legte er tadellose Manieren an den Tag. Sofort fühlte ich mich unbehaglich. Leute mit einem Sinn für Benehmen waren normalerweise keine, die mich mochten.

»Ist schon in Ordnung, Sean. Ich weiß, dass es momentan Wichtigeres zu tun gibt als einen Anstandsbesuch beim Anführer. Du warst bei Ian?«

»Ja. Er ist sehr weit in sich zurückgedriftet. So weit, dass ich befürchte, sein Geist könnte verloren sein.«

Die Reaktion des schwarzen Drachen war unheimlich. Er gab einen schrecklichen Jammerton von sich, der in ein lang gezogenes Brüllen überging. Da ich direkt neben ihm stand, klingelten mir davon die Ohren. Ich hielt sie mir zu und fluchte.

Es dauerte lange, bis Makon sich wieder beruhigt hatte. Danach hatte ich gute Lust, Sean zu lynchen. »Noch so ein schlauer Spruch und du bekommst Besuchsverbot«, knurrte ich.

»Wie ich sehe, habt ihr zwei euch bereits bekannt gemacht. Elaja, sei nett zu Sean. Er wird einmal ein Hortanführer wie ich. Wir haben Großes mit ihm vor. Sean, du bist jederzeit willkommen. Kümmer dich um Makon und Ian und … hab ein Auge auf Elaja.«

Ich zog verärgert die Nase kraus, bevor ich es verhindern konnte. Jama ignorierte wie immer mein unschickliches Benehmen und machte, dass er von seinem Problembereich wegkam.

»Wenn du eine Drachenreiterin werden willst, solltest du dich mit Jama gut stellen«, merkte Sean nach einer sehr unangenehmen Gesprächspause an.

Ich schnaubte. »Als ob ich jemals Drachenreiterin werden könnte. Für die bin ich nur ein lästiges Insekt.«

»Aber ein Insekt, das sie an den richtigen Stellen kitzelt und sich weder verscheuchen noch ignorieren lässt. Du solltest das nutzen, statt dich wie die Axt im Walde aufzuführen.« Er sah mich aus seinen braunen Augen milde strafend an. Einen Blick, den ich bereits von Maai gut kannte.

»Ich bin nur leider eine stumpfe Axt, wenn du mich fragst«, sagte ich schließlich, um das Gespräch in Gang zu halten.

»Auch eine stumpfe Axt kann wehtun«, antwortete Sean im selben Tonfall. »Aber wer bin ich, dir gute Ratschläge zu erteilen? Wir kennen uns ja kaum.« Er grinste, um seine harten Worte abzumildern, gleichzeitig blieben seine Augen voller Sorgen. »Du siehst aus, als hättest du eine Mütze voll Schlaf und ein warmes Bad bitter nötig. Soll ich dich ablösen?«

»Nein, du könntest mich stattdessen aufklären. Wer ist Shy? Mittlerweile weiß ich zumindest, dass der Drache hier Makon heißt, Ian ist sein Reiter. Und Shy?«

Makon wurde unruhig, sobald ich Shy erwähnte. Auch Sean wirkte auf der Hut.

»Shy ist Ians zweiter Drache. Frag besser nicht, wie es dazu kam. Das ist eine lange Geschichte.« Er winkte ab, um diese Gesprächsrichtung direkt abzuwürgen. »Lass uns lieber Makons Wunden verarzten. Gemeinsam können wir aus diesem Flickwerk vielleicht was Lebensrettendes zaubern.«

Wir bemühten uns vier weitere Tage. Trotzdem verschlechterte sich die Lage zusehends. Alles lag an Ian und seinem Zustand. Wenn der Reiter starb, folgte ihm sein Drache grundsätzlich immer. Schließlich fasste ich mir ein Herz, um das Offensichtliche auszusprechen.

»Sean? Ich habe wenig Ahnung von der Beziehung zwischen Reiter und Drachen, doch so viel weiß ich: Es ist nicht gut für sie, so lange voneinander getrennt zu sein. Das hat Maai schon immer gesagt, wenn ein Reiter auch nur drei Tage auf der Krankenstation liegen musste. Körperliche Nähe ist genauso wichtig. Ich weiß, dass Ian nicht bei Sinnen ist. Können wir ihn trotzdem herholen? Vielleicht bringt das ja was.«

»Daran habe ich auch schon gedacht, wobei mein Ansatz ein anderer ist. Sie sollten zusammen sein, wenn … wenn es zu Ende geht.«

»Sag bitte so etwas nicht.«

»Es ist die bittere Wahrheit. Ich will unbedingt verhindern, dass Ian so weit entfernt von seinem Drachen seinen letzten Atemzug macht. Makon sollte bei ihm sein, wenn das geschieht. Ich werde Ian jetzt holen.«

Als ich den Kummer in Seans Augen sah, wusste ich Bescheid. Wir sprachen nicht länger von Tagen, sondern von Stunden.

Ich brauchte meine ganze Willenskraft, um nicht an Ort und Stelle in Tränen auszubrechen. Die vergangenen Wochen hatten auch von mir ihren Tribut gefordert, und mein Nervenkostüm war nicht mehr das beste. Hinzu kam, dass ich mich emotional viel zu sehr in die Sache verstrickt hatte. Wie denn auch nicht? Makon war so freundlich und vertrauensvoll zu mir. So lieb. Beinahe war es, als könnte er mein eigener Drache sein. Ein Teil meines Lebens.

Genau. Träum weiter.

Auch Sean kämpfte mit seinen Emotionen. Wie immer in den letzten Tagen, sah er aus, als wäre er soeben aus dem Bett gestiegen, obwohl es bereits später Abend war. Das kurze lockige Haar stand ihm wirr zu Berge, völlig ungekämmt und vom Wind zerzaust. Die dunklen Ränder unter seinen braunen Augen zeugten von zu wenig Schlaf, und seine gesamte Haltung erzählte von Stress, Anspannung und Erschöpfung. Und Trauer. Pure Trauer.

Ian war sein Freund. Er war erst einundzwanzig Jahre alt, noch nicht mal fertig mit seiner Ausbildung, und stand am Anfang seines Lebens. Das sollte es jetzt gewesen sein?

Sean erhob sich wie ein alter Greis, klopfte sich die Hose ab und blickte sich um. Sein Drache Zair lagerte ein paar Mannslängen von Makon entfernt, ein stachelbewehrter und dennoch grazil wirkender Riese. Er besaß nur zwei Hörner auf der Stirn, dafür waren die besonders lang und breit. Sein Kamm sah eher wie eine Wellenform aus, genau wie die Dornen auf seinem Schwanz, wodurch er für einen Drachen der Jägerschar ungewöhnlich friedlich erschien. Seine Schuppen gingen allerdings eher ins Dunkelgrün, sodass er allein durch die Farbe schon wieder unheimlicher aussah.

Ohne ein weiteres Wort zu sagen, ging Sean los. Gesenkten Kopfes, mit hängenden Schultern und schlurfenden Schrittes. Sein Drache folgte ihm auf leisen Sohlen, stand ihm in diesen schweren Minuten zur Seite.

Ich blieb allein zurück und legte meine Hand auf die warme Nase des Drachen. Makon blinzelte mich müde aus verkrusteten Augen an und wartete mit mir.

Wartete auf seinen Herrn, den er schon so lange Zeit nicht mehr gesehen hatte.

Als Sean schließlich zurückkehrte, kam er in Begleitung zweier Männer, die eine Trage zwischen sich balancierten. Auf der lag eine dunkle Gestalt. Nicht irgendjemand, das wusste ich. Sondern der Reiter meines Drachen. Makons Herr. Ian.

Der Mann vom Hügel.

Vor Aufregung war mir ganz schwindelig, und das Gefühl von Beklemmung wurde noch schlimmer, als ich die Geräusche um mich herum wahrnahm. Sämtliche Drachen im Hort sangen. Ganz leise. Ganz zart. Es hörte sich an wie ein Totenlied. Ein Abschied.

Es war schön und schaurig zugleich, verursachte mir eine Gänsehaut und trieb mir erneut Tränen in die Augen. *Bleib stark*, dachte ich immer wieder, doch innerlich zitterte ich, und jeder Muskel in meinem Körper schmerzte. Fühlte man sich immer so, wenn ein wichtiger Mensch starb? Ich wusste es nicht, denn ich hatte noch niemals einen mir nahestehenden Menschen verloren, um den ich hätte trauern müssen.

Meine Eltern hatte ich nie kennengelernt.

Endlich waren Sean und seine Begleiter bei uns angekommen. Er bedeutete den Trägern, ihre Last direkt neben dem Drachen abzulegen. Diesmal blieb Makon ruhig, ließ die Nähe zu. Die Männer beeilten sich, Ian zu platzieren. Der Drache beobachtete jede ihrer Bewegungen und peitschte dabei mit dem stachelbewehrten Schwanz.

Ian war dick in Decken eingepackt. Nur dort, wo sich sein Gesicht befand, konnte ich einen hellen weißen Fleck ausmachen. Ich rückte etwas näher. Er sah so jung aus! Viel zu jung zum Sterben. Die Augen hatte er geschlossen, den Mund zu einem festen Strich zusammengepresst. Als hätte er selbst im Schlaf schlimme Schmerzen. Seine Wangen waren beinahe hohl vom Nahrungsentzug, und die Augen lagen tief in den Höhlen. Durch die bleiche Haut sah ich die lange Narbe von den Lippen über das Kinn bis zum Haaransatz noch viel deutlicher, genau wie die auf der Wange. Er sah krank aus.

Sterbenskrank.

Von dem agilen Kerl, der mir allein durch seine Körpersprache eine Heidenangst eingejagt hatte, war nicht mehr viel übrig.

Mit einem Mal verstummten sämtliche Drachenstimmen, und eine fast unheimliche Stille breitete sich aus. Noch nie hatte ich den Hort so still erlebt. Normalerweise hallten immer irgendwelche Stimmen durch die Korridore. Immer brummelte irgendein Drache vor sich hin. Jetzt herrschte hingegen absolute Stille.

Sean hatte sich mittlerweile neben Ian gesetzt und dessen Kopf in seinen Schoß gebettet. Die anderen beiden Männer waren von mir unbemerkt wieder verschwunden, ließen uns in den dunklen Abendstunden allein mit unseren Sorgen.

Zögernd setzte auch ich mich, saß nun direkt neben dem lang ausgestreckten Körper des jungen Mannes. Das alles fühlte sich seltsam unwirklich an.

Wir schwiegen zunächst und beobachteten den Sonnenuntergang. Die letzten Vögel zwitscherten in den Bäumen über uns und verstummten schließlich, als die Nacht unaufhaltsam hereinbrach und die Kälte Einzug hielt. Auf der Landebahn gab es keinen Schutz, und wir waren dem heftigen Wind ausgeliefert. Doch das ignorierte ich natürlich. Hier ging es nicht um mich. Es ging um meinen sterbenden Drachen. Ja, mittlerweile betrachtete ich Makon als meinen Drachen. Zumindest die Spitze einer Schuppe.

Während die Zeit voranschritt, sagten wir kein Wort. Allerdings zerrte das an meinen Nerven, denn Schweigen war nicht wirklich mein Ding. Schließlich hielt ich es nicht mehr aus. »Du schuldest mir noch eine Erklärung. Was ist die Pfortenwelt? Ich möchte gern verstehen, was Makons Reiter umbringt.«

Sean zögerte zunächst. Vermutlich überlegte er, ob er mich einweihen durfte. Immerhin war ich keine Drachenreiterin. Letztlich gab er nach, nahm einen Stock zur Hand und zeichnete grob die

Landkarte unseres Reiches in den Staub. Vermutlich war er genau wie ich froh, sich ablenken zu können.

»Es gibt sechs Horte in den vier Ländern dieser Welt, davon sind zwei nicht besetzt. Sie alle liegen weit auseinander, und dazwischen schneidet der Koloss unsere Welt in zwei Hälften. Über die Bergkette zu fliegen ist möglich, allerdings schwierig und gefährlich. Zum Glück haben die Drachenreiter einen großartigen Trick auf Lager, um Wege abzukürzen. Sie können durch die sogenannte Pfortenwelt fliegen. Dazu benötigen wir nur einen Drachen, magische Begabung, genug Geschwindigkeit und eine große Portion Mut und Können. Manche Eingänge sind winzig klein und nur schwer anzufliegen, andere sind riesig. Direkt vor deinem Hort gibt es eine Pforte so groß wie fünf Scheunentore. Es ist kinderleicht, sie zu durchqueren. Trotzdem haben viele Jungreiter große Probleme, sie wirklich zu treffen. Da hilft nur üben, üben, üben.«

Ich starrte unbewusst in den Himmel, suchte mit den Augen das dunkle Firmament ab. Sean lachte leise.

»Die Pforten sind für normale Augen unsichtbar. Du musst sie mit Magie zum Schimmern bringen, doch auch dann übersieht man sie oft.«

»Und wenn ich drin bin?«

»Dann solltest du so schnell wie möglich wieder rauskommen. Diese Welt ist tödlich für jeden Menschen, und selbst Drachen sterben, wenn sie zu lange darin verweilen. Dort gibt es kaum Luft zum Atmen, es ist unnatürlich kalt und die ganze Atmosphäre sorgt dafür, dass man sich klein, unbedeutend und schrecklich fühlt. In dieser Welt kommt man auf viele Arten um: durch Ersticken, pure Verzweiflung oder Panik. Es gibt in diesem Nichts auch Wesen, die einen jagen. Schatten, die an einem reißen und einen vom Weg abdrängen.«

»Klingt nach einem richtig lauschigen Plätzchen.«

»Ich hasse diese Welt, aber sie ist für uns Drachenreiter unumgänglich. Wir nutzen sie sehr häufig, um möglichst schnell von einem Ort zum anderen zu gelangen. Denn die Flugstrecke zwischen den einzelnen Pforten ist winzig. Ein Zwanzig-Stunden-Flug dauert da nur fünf Sekunden.«

»Und wie orientiert man sich?«

Sean seufzte. »Das sollte ich dir besser nicht verraten. Es gibt Geheimnisse, die wirklich nur den Drachenreitern vorbehalten sind, wobei ich bei dir guter Dinge bin.«

Sofort horchte ich auf. »Wie meinst du das?«

»Du besitzt Drachenmagie. Da kann Jama protestieren, wie er will. Meiner Meinung nach gehörst du ausgebildet.«

Ich starrte Sean eine ganze lange Weile ungläubig an und fand keine Worte für eine Entgegnung. »Und wenn schon«, sagte ich schließlich leise. »Wer würde mir schon die Möglichkeit geben?«

»Es gibt immer Mittel und Wege. Sieh dir Ian an. Auch er war mittellos, als er zu den Drachenreitern kam. Trotzdem wird er jetzt zum Hortanführer ausgebildet.«

Sofort sah ich auf den sterbenden jungen Mann hinunter. Sein Gesicht war mittlerweile seltsam grau und grün zugleich. Er sah schon jetzt wie ein Toter aus.

»Er war also zu lange in der Pfortenwelt?«, schlussfolgerte ich.

»Viel zu lange. Dass er überhaupt noch atmet, ist ein Wunder. Die Welt zerstört den Verstand und verwirrt den Geist. Ich kenne viele Reiter, die nach solch einem Vorfall nach und nach verrückt geworden sind. Anderen ergeht es so wie Ian: Sie kommen leblos heraus und sterben innerhalb weniger Tage, ohne jemals wieder aufzuwachen.« Seans Worte klangen nüchtern, allerdings sah ich die verkrampfte Haltung seines Körpers. Er litt. Genau wie Makon.

»Ich war dabei«, sagte ich nach einer Weile zögernd. »Er hat mich um Hilfe angefleht.«

»Jama erzählte so etwas. Ich konnte es kaum glauben. Jetzt, wo ich dich erlebe, kann ich es mir zumindest vorstellen. Du hast etwas … unnatürlich Magisches an dir.«

»Unnatürlich?«

»Versteckt. Schlummernd. Ich kann es schlecht in Worte fassen. Elaja … Ich überlege nun schon seit geraumer Zeit, und vermutlich sollte ich nicht fragen oder dich darum bitten, nur … es geht mir nicht aus dem Kopf.«

»Dann frag mich doch einfach.«

»Es könnte gefährlich sein.«

»Es ist auch gefährlich, einem durchdrehenden Drachen die Hand auf den Kopf zu legen. Trotzdem lebe ich noch. Also spuck es aus.«

Sean atmete tief ein, sammelte Mut. »Du hast eine spürbare Magieverbindung zu Makon aufgebaut. Mir ist völlig schleierhaft, wie das funktioniert, da Makon bereits einen Herrn hat, aber ich kann es fühlen. Das Band ist vorhanden. Deshalb hat er auch auf dich gehört und seine Krallen geöffnet, als du ihn darum gebeten hast. Ich frage mich, ob es dieses Band auch zu Ian gibt, und würde dich gern magisch abtasten. Da das unangenehm sein kann, wollte ich –«

»Probier es aus. Sofort«, platzte ich dazwischen. »Alles, was Makon retten kann, sollten wir versuchen.«

»Ich weiß gar nicht, ob es ihn wirklich retten kann. Es ist eher eine Theorie.«

»Dann lass sie uns testen.«

Sean zögerte noch einige Sekunden, blickte in das totenbleiche Gesicht seines Freundes, danach in meins. Langsam nickte er. »In Ordnung. Ich probiere es. Sollte es eine Verbindung geben, werde ich sie kitzeln. Das wirst du als scharfen Schmerz im Kopf spüren, und dadurch wird sie dir erst richtig bewusst. Pack diesen Strang so fest es geht und zieh daran – zeitgleich mit Makon. Der Drache versucht seit Tagen, Ian an seinem Strang zurückzuziehen, aber die Verbindung zerbröselt immer mehr. Ian ist zu schwach, um sie lange zu halten. Mit zwei Tauen könnte es funktionieren.«

Stränge? Taue? Ich verstand kein Wort und nickte trotzdem. »Dann los. Muss ich die Augen schließen?«

»Es ist zumindest einfacher, sich zu konzentrieren.«

Also tat ich genau das. Ich kniff die Augen so fest zusammen, wie ich konnte. Dadurch hörte ich meinen Herzschlag und meinen viel zu schnellen Atem noch viel deutlicher. Ich war schrecklich nervös und hatte …

Bei den Höllendrachen dieser Welt! Das tat *weh*!

Es fühlte sich an, als hätte Sean mein Hirn mit Eiswasser überflutet und mit einem Gartenmesser darin herumgebuddelt.

Für einen winzigen Moment zuckte ich zurück und wollte ihn anbrüllen, dann sah ich ein merkwürdiges Etwas vor meinem inneren Auge aufleuchten. Es war ernsthaft eine Art Strang!

In Form gegossene Magie.

Entschlossen packte ich das Ding und zog mit aller Kraft daran. Gleichzeitig rief ich Makon lautlos zu, er solle mithelfen. Ob der Drache das tat, konnte ich nicht erkennen, zumindest bei mir rührte sich was. Der Strang schillerte weißlich-bläulich auf und sprang mir regelrecht entgegen, peitschte gegen mich. Ich kreischte vor Schreck auf und öffnete instinktiv die Augen, um dem Schockmoment in meinem Kopf zu entkommen.

Zeitgleich fuhr Ian in die Höhe und schrie dabei wie ein Verrückter. Auch Makon brüllte auf, allerdings klang es nicht länger schmerzerfüllt, sondern triumphierend und erleichtert.

Ians Blick blieb einen Atemzug lang völlig leer, doch dann fand er meinen und verhakte sich damit. Sein Brustkorb hob und senkte sich so hektisch, als wäre er gesprintet. Ich konnte regelrecht dabei zusehen, wie die Dunkelheit und der Irrsinn in seinen Augen verschwanden.

»Du …«, flüsterte er heiser. »Ausgerechnet du.«

Na toll. Was für eine Begrüßung. »Gern geschehen«, antwortete ich möglichst liebenswürdig.

Er starrte mich so intensiv an, dass es mir komisch wurde. Seine Augen waren stahlgrau mit einem Hauch Blau darin. Dunkel wie die See. Unergründlich wie ein eisiger Teich. Ein schwarzer Ring umrahmte seine Iriden, wodurch die Augen noch unheimlicher aussahen. »Du lebst wirklich«, sagte er und klang dabei vollkommen fassungslos.

Ich warf Sean einen hilflosen Blick zu. »Was redet er denn da?«

»Ich bin nicht dein Feind«, setzte Ian noch viel rätselhafter hinzu.

»Da bin ich aber froh«, antwortete ich.

Sean hieb seinem Kumpel recht ruppig eine Hand auf die Schulter und zog ihn an sich. »Hör auf, kleine Mädchen zu erschrecken. *Du* lebst. Das hier ist die eigentliche Neuigkeit. Beim Hintern von Zair, hast du uns einen Schreck eingejagt.«

Ian schien erst jetzt Sean bemerkt zu haben. Er drehte sich und ließ es zu, dass sein Freund ihm einen Arm um die Schultern schlang.

»Was ist passiert?«, murmelte er und erzitterte zeitgleich bis ins Mark.

»Das wüssten wir alle gern. Du bist mit Shy in die Pfortenwelt rein und mit Makon wieder raus. Was da drin passiert ist, wisst nur ihr drei. Beide Drachen kamen äußerlich verletzt wieder heraus. Auch du hattest seltsamerweise eine Menge Blessuren. Ich musste dir sogar Blut spenden. Doch am schlimmsten war, dass dich die Pfortenwelt mental eingesogen hat. Du warst eine sehr lange Zeit nicht bei Bewusstsein. Wir hatten wenig Hoffnung, dass du noch mal die Augen öffnest. Diese junge Frau hat dich aus dem Sumpf gezogen. Also sag brav Danke und gib ihr einen Kuss.«

Bloß nicht, dachte ich panisch. Ich hatte Angst vor dem Kerl. Jetzt, wo er wach war, hatte er wieder diese finstere Ausstrahlung. Total düster. Vermutlich lag es an seinen unheimlichen Augen oder dem starren Blick. Dass er mir auf dem Hügel hatte an den Kragen gehen wollen, gab ihm bei mir nicht gerade Sympathiepunkte. Immerhin redete er ungefähr genauso wirr wie ich nach einer heftigen Vision. Wobei Sean auch seltsame Dinge von sich gab. Shy hatte Ian in die Pfortenwelt reingetragen und Makon ihn wieder rausgeholt? Das war mir neu. Unwillkürlich schauderte ich.

Was war nur bloß geschehen?

Makon mischte sich in unser Gespräch, indem er den Kopf senkte und sich seitlich gegen seinen Reiter drückte. Ich tätschelte seine Schnauze, während sich Ian erschöpft gegen ihn lehnte. Dabei ließ er mich nicht eine Sekunde aus den Augen.

»Danke, Elaja«, sagte er zu meiner Überraschung. »Für alles.«

Ein Danke. Ach herrje. Damit kam ich gar nicht klar. Leute, die auf Konfrontation gingen, kannte ich. Aber Drachenreiter, die höflich zu mir waren? Und dann noch dieser spezielle? Das ließ sich mein viel zu lockeres Mundwerk sofort überschlagen.

»Gern geschehen«, sagte ich daher. »Pass nur beim nächsten Mal besser auf. Ich kann dich nicht immer retten. Das tut nämlich weh, verdammt weh. Mein Schädel brummt noch immer.«

In Ians Augen blitzte es kurz kämpferisch auf, dann nickte er mir kaum merklich zu. Ein letztes Danke, das ich lieber übersah, weil ich damit überfordert war.

Wir blieben noch etwa eine Stunde an Ort und Stelle, dann erst rappelten wir uns auf. Ian konnte nicht laufen und musste von den Trägern abgeholt werden. Makon hingegen war plötzlich wieder so munter wie ein Fisch im Quellwasser. Er hatte definitiv noch Schmerzen, doch die finstere Aura um ihn herum war komplett verschwunden.

Wir nutzten den Moment, um ihn Richtung Stallungen zu bringen. In der Wärme würde er viel schneller heilen als im eisigen Wind.

Erst als ich neben Makon herstapfte, wurde mir eine Sache bewusst, die ich durchaus bemerkt und lediglich nicht so richtig eingeordnet hatte.

Elaja.

Ian hatte meinen Namen gesagt.

Aber … woher kannte er den denn?

5

Sie muss geprüft werden. Das sagen sogar die Drachenreiter Ian und Sean.«

»Das sehe ich ja auch ein. Und wer bezahlt dafür?«

Unser Hortanführer wirkte mit jeder Sekunde, in der er Maai gegenüberstand, verzweifelter. Sie war eine würdige Gegnerin, mit der nicht zu spaßen war. Wenn sich Maai etwas in den Kopf gesetzt hatte, dann ließ sie nicht locker.

Ich wartete lediglich stumm ab und machte mich möglichst klein. Seit Tagen kam Maai jeden Morgen zu mir, um sich mit mir zusammen um Makon zu kümmern. Sie hatte mich von einigen meiner Pflichten entbunden, damit ich Zeit für den Drachen hatte. Der hatte noch immer mit den Auswirkungen seiner schlimmen Verletzungen zu kämpfen und war ansonsten recht entspannt. Es war einfach, sich um ihn zu kümmern.

Ich liebte es, bei ihm zu sein! Um nichts auf der Welt wollte ich das aufgeben. Für mich waren es die schönsten Stunden meines Lebens. Es hatte etwas unglaublich Befriedigendes an sich, die Schuppen zu polieren, Verbände zu wechseln oder einfach nur an Makons Schnauze gelehnt vor mich hin zu dösen. Meine Ruheoase in einer völlig verrückten Welt.

Von Ian hatte ich die letzten Tage nichts mehr gehört und gesehen, was mir nur recht war. Der düstere Mann bereitete mir Albträume. Er hatte mich so komisch angesehen. Als wüsste er mehr über mich als ich selbst. Ich war daher nicht scharf auf eine neue, irritierende Begegnung.

Zum Glück war er noch sehr geschwächt und musste das Bett hüten. Dafür hatte man ihn sogar zu seinem eigentlichen Hort nach Janara gebracht, wenige Kilometer von hier entfernt. Angeblich gab es dort die einzige Heilquelle, die in solchen Fällen wirklich helfen konnte. Da er darin baden sollte, war er gegen seinen Willen weggebracht worden. Ein Reiter war niemals gern lang von seinem Drachen getrennt, doch in dem Fall hatten die Anführer nicht mit sich reden lassen. Sie waren der Meinung, dass das Heilwasser notwendig war. Punkt. Makon hatte hierbleiben müssen. Die Strecke hätte er in seinem Zustand nicht geschafft.

Für mich war die Situation natürlich perfekt. Ich war Ian los und hatte meinen Drachen für mich allein beziehungsweise hätte das gern so. Heute Morgen war leider Maai zu mir gekommen und hatte unseren Hortanführer im Schlepptau. Seitdem starrten mich die beiden mit bedeutungsschweren Blicken an. Mir wurde die ganze Sache mit jeder Sekunde unangenehmer.

»Für was muss ich geprüft werden?«, fragte ich schließlich zaghaft und ahnte bereits, worum es ging.

»Maai ist der Meinung, dass du Drachenmagie in dir trägst.«

Sean hatte das bereits erwähnt, daher war es nicht so richtig überraschend für mich. Neu war allerdings, dass Jama es offenbar ebenfalls in Betracht zog. Oder warum war er sonst gekommen?

Ich hatte mittlerweile heimlich noch mal mehr über die Drachenmagie in meinem gestohlenen Buch nachgelesen. Sie war eine Voraussetzung, um Drachenreiter werden zu können, und sorgte dafür, dass sich Reiter und Drachen untereinander unterhalten konnten. Sie wurde vom Vater vererbt. Konnte das sein? Als Kind einer Bauernfamilie irgendwo im Eisgebirge in einem einsamen Bergdorf war das kaum vorstellbar. Meine Eltern waren an der tödlichen Pockenkrankheit gestorben. Maai hatte mich zu sich an den Hort geholt.

Ich musterte Jama eingehend, der mich seinerseits genauso in Augenschein nahm. Zu meiner Verblüffung sah ich nicht mehr länger absolute Ablehnung in seinem Blick, sondern so etwas wie Verständnis. Konnte es sein? Änderte Jama seine Meinung?

Als mir klar wurde, welche neuen Möglichkeiten sich mir eröffneten, richtete ich mich abrupt auf. »Ich … ich könnte Drachenreiterin werden«, sprach ich unsere gemeinsamen Gedanken aus.

Jama seufzte tief. »Genau darauf will Maai hinaus. Ich hingegen sehe da durchaus einige Schwierigkeiten.«

Ich konnte vor Aufregung nicht mehr länger neben Makon sitzen bleiben und stand auf, legte meine Hand auf seine warmen Schuppen. »Du spürst es auch, nicht wahr?«, flüsterte ich begeistert. Wie toll wäre es, wenn ich mich mit Makon richtig unterhalten könnte?

Vorausgesetzt, man zeigte es mir.

»Elaja«, riss mich Jama aus meinen Träumereien. »Genau deshalb habe ich noch nichts gesagt. Damit du dir keine Hoffnungen machst. Der Test ist teuer. Die Magie muss erst nachgewiesen werden, bevor du bei den Drachenreitern aufgenommen wirst. Dafür musst du in eine heilige Bruthöhle und deine Hand auf ein Ei legen. Leuchtet es bei deiner Berührung, besitzt du Drachenmagie. Bleibt es dunkel, fehlt dir die Magie.«

»Das klingt nicht nach besonders viel Aufwand. Warum ist das so teuer?«

»Weil dich niemand einfach zum Spaß deine Hand auf ein kostbares Ei legen lässt. Die meisten Eier sind schon seit Jahren an ihre zukünftigen Reiter verkauft. Mein Vater hatte meins gekauft, da war ich nicht mal einen Monat alt. Erst wenn du ein Ei besitzt, darfst du den Test machen. Hast du keine Magie, kannst du das Ei noch immer teuer verkaufen. Auch dass die Eier später getauscht werden, kommt häufig vor. Nicht jedes Ei passt zu jedem Reiter. Bloß in deinem Alter … mit deiner Herkunft … es ist fast unmöglich, dir ein Ei zu organisieren.«

Meine Hoffnung zerbarst. Ich war so nah dran gewesen. So nah! Doch dann kam mir meine Herkunft in den Weg. Wieder einmal. Wie immer.

Ich ließ den Kopf sinken. Makon brummte beruhigend, öffnete aber nicht die Augen. Das machte er eigentlich nie, solange Besuch anwesend war. Sein stummer Protest, dass man seinen Reiter fortgebracht hatte. Das hatte er Jama übel genommen, da er seitdem Heimweh hatte. Er litt.

Still und heimlich.

»Das ist unfair«, hob Maai an. »Für solche Fälle wie Elaja sollte es Ausnahmen geben. Sie hat Makon das Leben gerettet. Das muss unbedingt berücksichtigt werden.«

»Das wird es ja auch, sonst würden wir gar nicht darüber diskutieren. Sean liegt mir deswegen seit Wochen in den Ohren, und jetzt fängt Ian auch noch an.«

Sofort spitzte ich die Ohren. Wann immer die Rede auf die beiden Männer kam, war ich sehr interessiert. Sean hatte es mir ohnehin angetan, und Makons Schicksal war fest mit Ians verbunden. Jede Information über ihn sog ich auf wie ein nasser Schwamm das Wasser.

Dass er jedoch für mich Partei ergriff, überraschte mich.

»Bei Ian habt ihr auch eine Ausnahme gemacht«, warf Maai plötzlich ein. »Er hatte ebenfalls kein Geld.«

»Bei Ian sah die Lage völlig anders aus. Ich … ich überlege mir was. Vielleicht finde ich jemanden, der Elaja kostenlos die Hand auflegen lässt. Aber selbst wenn der Eitest ein Erfolg ist: Es wird schwierig für sie, einen Drachen zu finden. Die Jungtiere sind alle vergeben.«

»Meine Hand ist ganz klein. Ich mache auch nichts kaputt. Ich schwöre!«, warf ich ein.

Zum ersten Mal lächelte Jama mir zu, nickte zum Abschied und verschwand. Zurück ließ er eine weiterhin finster dreinblickende Maai und mich, die ich jetzt wieder voller Hoffnung war.

»Wir finden eine Lösung«, sagte ich zuversichtlich zu ihr.

»Das System ist überholt«, brummte Maai verstimmt. Ich beachtete ihre schlechte Laune nicht, sondern trat auf sie zu und nahm sie fest in die Arme.

Sie hatte sich immer dagegen gewehrt, wie eine Mutter für mich zu sein. Die Verantwortung für ein Kind? Niemals! In Momenten wie diesen offenbarte sie ihre wahren Gefühle: Sie sorgte sich um mich. Mehr als jeder andere.

»Danke«, flüsterte ich und war in dieser Sekunde einfach nur glücklich. Ob Drache oder nicht: Maai hielt zu mir. Und wie es aussah, taten das Sean und Ian ebenfalls.

Es dauerte noch fast vier Wochen, bis sich eine Lösung fand. Eine, die mich sehr überraschte. Jama tauchte plötzlich in Makons Box auf und grinste breit. »Ian hat jemanden gefunden, der sich auf die Sache einlässt. Du fliegst morgen zusammen mit Makon zu seinem Hort. Dann ist der Drache auch wieder bei seinem Reiter, und du kannst dein Händchen auf ein Ei legen.«

Die Nachrichten waren toll und schrecklich zugleich. Ich konnte mich testen lassen und verlor gleichzeitig Makon. Das musste ich erst mal verdauen.

»Makon ist noch viel zu krank«, protestierte ich schwach.

»Den Flug schafft er. Sean kommt mit Zair, um ihn zu begleiten. Dann wird das wohl dein erster Drachenflug.« Jetzt trat Jama näher, legte mir sogar eine Hand auf die Schulter. »Ich hoffe, du trägst die Magie in dir«, sagte er feierlich und überraschte mich damit mehr, als ich in Worte fassen konnte. Eigentlich hatte ich erwartet, dass Jama mich auf keinen Fall als Drachenreiterin ausbilden lassen wollen würde. Dazu war ich viel zu nervig.

Ich spürte, wie mir die Röte in die Wangen stieg. »Und wenn das Ei reagiert?«, fragte ich.

»Dann werde ich dich hier am Hort ausbilden, denn was du mit Makon getan hast, war eine Meisterleistung. Das kann ich nicht ignorieren. Jetzt schau nicht so skeptisch. Das wird schon.«

»Klar wird das was«, mischte sich da jemand von hinten ein. Sean!

Ich ließ Jama einfach stehen, sprang an ihm vorbei und direkt in Seans ausgebreitete Arme. »Du bist ja schon da!«, sagte ich und strahlte ihn an.

»Ich dachte mir, wir bringen es einfach hinter uns. Ian ist ein Nervenbündel und du garantiert auch. Hallo, Makon. Du siehst ja noch immer ganz leidend aus!«

Der Drache hob zumindest den Kopf an und brummte beleidigt. Daraufhin zog Sean eine Augenbraue in die Höhe. »Kann er fliegen?«

»Keine Ahnung. Ich habe ihn seit Tagen nicht mehr aus der Box rausbekommen. Vermutlich hat er eine Depression.«

»Der schafft das schon«, mischte sich Jama in unser Gespräch ein. »Schließlich hat er einen großen Anreiz: seinen Reiter endlich wiederzusehen. Wie geht es Ian?«

»Könnte besser sein. Ihm wird ständig schwindelig und er kotzt viel, daher ist er noch recht wacklig auf den Beinen. Zumindest kann er wieder aufstehen und sich bewegen. Das komische Baden in der Heilquelle hilft tatsächlich, und sobald Makon bei ihm ist, geht es bestimmt steil bergauf. Dann mal los, ihr zwei!«

»Jetzt?«, fragte ich erschrocken.

»Jetzt. Oder hast du noch was Besseres vor? Je eher wir loskommen, desto schneller kannst du den Dracheneitest machen und Ian die Daumenschrauben von Hank lösen.«

Ich verstand kein Wort. »Wer ist Hank?«

»Hank ist der Besitzer des Eis. Er hat es für seine Tochter gekauft, und zufällig schuldet er Ian noch was. Ihm gefällt die Situation natürlich ganz und gar nicht, daher sollten wir uns beeilen, bevor er zu viele Lehrbücher liest.« Sean zwinkerte mir vergnügt zu, was mich nicht sonderlich beruhigte.

Ian hatte die Sache mit dem Ei eingefädelt? Ich war geschmeichelt, allerdings gefiel es mir nicht, ihm etwas schuldig zu sein. Wenn es nach mir gegangen wäre, hätte ich den Mann so gut es ging gemieden. Etwas schlug tief in mir Alarm, sobald ich an ihn dachte. Auf der anderen Seite hatte ich mich wochenlang um seinen Drachen gekümmert. Vielleicht war das seine Art, Danke zu sagen?

Die Antwort darauf konnte mir nur einer geben: Ian. Vorher mussten wir Makon jedoch zu ihm bringen. Das allein würde schon schwierig genug werden.

Sean klatschte in die Hände und betrat die Box, klopfte Makon beharrlich auf die Nase. »Aufstehen, mein Junge! Es geht los!«

Ich hätte Stein und Bein geschworen, dass sich der Drache nicht rühren würde. Die Aussicht auf ein Wiedersehen mit Ian machte ihn allerdings munter. Er schnaufte, brauchte zwei Anläufe und stand dann unsicher auf vier Beinen. Wir lotsten ihn aus der Box, durch den Stall, raus auf die Startbahn.

Dort blinzelten wir alle in die Sonne. Zair begrüßte seinen Kumpel begeistert und musterte ihn dabei kritisch. Makon sah schlimm aus. Noch immer schälten sich einige Schuppen. Er hatte viele blanke, blutige Hautbereiche, und seine Kopfhaut würde vermutlich niemals wieder normal aussehen. Auch die Pfoten hatten ordentlich was abbekommen.

»Kann Makon denn ohne Reiter fliegen?«, fragte ich nervös. Auf keinen Fall wollte ich den Drachen in Gefahr bringen.

Sean lachte mich frech aus. »Natürlich kann er das. Loopings und gewagte Manöver sind ohne Reiter unmöglich, aber jeder Drache ist auch allein ein fliegerisches Ass. Sie fliegen nur lieber mit Unterstützung. Ein Alleinflug ist nur im Notfall erlaubt. So einer wie der hier. Nein, und denk nicht mal dran, Elaja! Du fliegst bei mir mit. Makon hat genug mit sich selbst zu tun.«

Sean hatte mich ertappt. Ich wäre wirklich gern auf Makons Rücken geflogen, sah jedoch ein, dass es nicht ging. Also beeilte ich mich, zu Zair zu kommen. Sobald ich vor dem riesigen Tier stehen blieb, schluckte ich. Noch nie in meinem Leben hatte ich auf einem Drachen gesessen. Ich hätte nie gedacht, dass ich das jemals tun würde. Jetzt, wo es so weit war, bekam ich Angst. Die Tiere waren riesig! Und was, wenn mir schlecht wurde? Wenn meine gerade so zart beginnende Karriere als Drachenreiteranwärterin womöglich daran scheiterte? Weil mein Magen nicht mitspielte? Weil ich luftkrank wurde?

»Keine Panik. Jeder hatte vor seinem ersten Flug Angst. Musst du nicht haben. Zair und ich passen auf dich auf. Fuß hoch!«

Ich tat, wie mir befohlen. Sean faltete seine Hände zur Räuberleiter, sodass ich meinen Fuß hineinstellen konnte. Sekunden später hievte mich Sean wie eine Puppe auf Zairs Rücken. Ich quietschte auch nur ganz leise vor Schreck, als ich so abrupt hochgeschleudert wurde. Zum Glück bekam ich den Haltering zu fassen und zog mich den Rest des Rückens hinauf.

Hilfe, war das hoch!

Ein Drachenreiter saß stets an der Stelle, wo der Hals des Drachen in den Oberkörper überging. Hier fehlte auch der gezackte Kamm, der bei den meisten Drachen nur am Hals und am Schwanz zu finden war. Eine Kuhle markierte den Bereich zwischen den beiden Vorderpfoten. Direkt dahinter schlossen sich die Schwingen an. Diese Stelle war der einzige Bereich, wo der Reiter den Drachen nicht beim Flug behinderte. Hier gab es auch die für Reiter so wichtige weiche Schuppe, auf der sie die Befehle durch winzige Handzeichnungen an den Drachen weitergaben. Das Geschirr um mich herum diente lediglich dazu, den Reiter zu sichern, und war nicht wie bei Pferden dazu gedacht, die Tiere zu lenken.

Ein Hoch auf mein gestohlenes Drachenbuch und meine Beobachtungsgabe.

Sean zog sich vor mich und verdrehte sich danach, um mich mit vielen Seilen zu sichern. Vor Aufregung konnte ich kaum mithelfen und ließ es willenlos über mich ergehen. Sean kam mir dabei recht nah, doch das bemerkte ich kaum. Ich war viel zu sehr damit beschäftigt, die Welt um mich herum aus dieser Höhe zu bestaunen.

Makon hatte sich neben uns gesellt und schlug testweise mit den Flügeln. Sein rechtes Bein war noch immer dick bandagiert und behinderte ihn beim Laufen. Bei jedem Schlag kniff er die Augen zusammen, als hätte er Schmerzen. Sofort wurde ich panisch.

»Makon schafft das nicht. Wir müssen unseren Plan überdenken!«

»Makon heilt am schnellsten, wenn er bei Ian ist. Wir hätten ihn niemals fortbringen dürfen. Das war eine echte Schnapsidee. Nur wollten die hohen Herrschaften partout nicht auf meine Einwände hören. Die reagieren immer so seltsam, wenn was mit Ian ist. Mach dir keine Sorgen. Makon ist zäh.«

Das hoffte ich und bezweifelte es zugleich. Der Drache war nicht zäh. Er war emotional völlig durcheinander und blockierte dadurch seine eigene Heilung. Zumindest war das meine unbestätigte Theorie. Nicht dass ich großartig Erfahrung in Drachenpsychologie hatte.

Mein weiterer Protest ging in Zairs Gestampfe unter. Der Drachenbulle trottete Richtung Startbahn, dicht gefolgt von Makon.

Humpelnd kam er wesentlich langsamer voran, doch je länger er lief, desto geschmeidiger sah es aus.

»Siehst du? Die Bewegung tut ihm gut.« Sean drehte sich, um mir zuversichtlich zuzulächeln. Ich erwiderte seine Geste eher verkrampft, was Sean falsch verstand. »Du kannst dich gern auch an mir festhalten. Das stabilisiert.«

Ich zögerte kurz, dann nahm ich sein Angebot an und legte ihm beide Arme um die Taille. Jetzt war ich nicht mehr nur wegen des Flugs aufgeregt. So nah war ich einem jungen Mann in meinem Alter schon lang nicht mehr gewesen!

Ich verdrängte den Gedanken, da ich momentan Wichtigeres zu überlegen hatte. Kaum war Zair am Startplatz angekommen, verrenkte ich mir den Hals, um Makon weiter sehen zu können.

»Guck nach vorn, Elaja. Sonst wird dir beim Start schlecht«, ermahnte mich Sean. Hatte der Kerl Augen am Hinterkopf?

»Und genieß es. Du fliegst nur einmal im Leben das erste Mal.«

Mit diesen Worten gab er Zair das Startzeichen. Ich rutschte aufgrund der Beschleunigung ein ganzes Stück nach hinten und hielt mich hastig an den Sicherungsseilen fest. Zwei Schläge, drei … dann verlor Zair den Boden unter den Füßen und hob ab.

Das war der Moment, in dem ich die Arme in die Luft warf und vor Begeisterung quietschte. »Ich fliege«, brüllte ich so laut ich konnte. Der Flugwind wehte mir nun heftiger um die Nase und ich musste die Augen zusammenkneifen. Das tat meiner Freude natürlich keinen Abbruch.

Es fühlte sich an wie der Wahnsinn! Wie Freiheit.

Wie pures Vergnügen.

Meine Lebensfreude sprang auf Zair über. Er trompetete als Unterstützung zu meinem wilden Gekreische und schlug noch kräftiger mit den Flügeln. Ich spürte seine Muskeln unter meinem Hintern. Die unglaubliche Kraft, die in diesem Körper steckte.

»Es ist WAAAAAHNSINNN«, schrie ich. »Zair, du bist so toll!«

Sean lachte lauthals, während ich ganz klar bemerkte, dass sich die Schuppen des Drachens vor Freude leicht röteten. Dann erst erinnerte ich mich an Makon.

Hastig beugte ich mich vor, sah nach unten. Waaah! Waren wir schon hoch! Die Welt wurde kleiner und kleiner. Aus dem Hort war längst ein dunkler Klecks geworden. Die Straßen sahen aus wie dunkle Flüsse, die Bäume wuchsen zu einem grünen Bereich zusammen. Es war, als wäre ich aus der Welt gefallen. Die einzelnen Felsen der Altuntasberge verschmolzen zu einem großen grauen Fleck, der sich vor mir Richtung Osten erstreckte. Zair verließ allerdings bereits die felsigen Bereiche und hielt auf eine große grüne Fläche zu. Die Hochebenen von Arlynn und das Zuhause von Tausenden von Schafen. Es ging Richtung Norden, nach Janara, wo Ian auf seinen Drachen wartete.

»Nicht so weit vor«, warnte mich Sean, als ich mich noch mehr zur Seite lehnte. Endlich entdeckte ich Makon. Er flog ein ganzes Stück unter uns und kämpfte eindeutig mit seinen Kräften.

»Das sieht nicht gut aus«, merkte ich an und deutete mit dem Zeigefinger auf ihn.

Sean warf einen Blick hinunter. »Wir machen so oft Pause, wie es möglich ist. Die paar Kilometer schafft er!«

Wie sich herausstellte, irrte sich Sean in dem Punkt. Makon musste so häufig landen, dass wir nervös wurden. Nach jeder Landung brauchte er länger, um zu Kräften zu kommen, und hatte noch größere Mühe, wieder zu starten.

Wir waren natürlich die Attraktion schlechthin. Die Landbevölkerung hatte selten Gelegenheit, Drachen aus der Nähe zu sehen. Die Tiere bewachten ihr Land und flogen dabei meist in großer Höhe über sie hinweg. Dass einer direkt in ihrem Vorgarten landete, kam so gut wie nie vor.

Heute machten wir daher eine Menge Kinder glücklich. Ich hätte es theoretisch ebenfalls genossen. Wann war ich jemals derart bewundert und beneidet worden? In meinem ganzen Leben nicht! Ein Traum war in Erfüllung gegangen. Ich ritt ernsthaft auf einem Drachen. Und dann auch noch auf solch einem tollen!

Doch Makons Schwierigkeiten überschatteten meine Begeisterung fürs Fliegen. Ich machte mir große Sorgen. Sean hingegen wirkte nach wie vor gelassen und ruhig. »Es dauert dann eben länger«, sagte er lediglich. »Irgendwann kommen wir schon an.«

Er hatte recht. Natürlich kamen wir an, nur war es schon beinahe dunkel. Entsprechend fertig mit den Nerven waren wir. Makons letzte Landung sah dann auch sehr unelegant aus. Er humpelte jetzt stärker als zuvor und zog die Flügel kraftlos hinter sich her über den Boden. Zair blieb ganz nah bei ihm und brummte ermutigend.

»Können die Drachen miteinander sprechen wie mit uns?«, fragte ich neugierig. Was das anging, war mein Lehrbuch recht vage geblieben.

»Sie haben ihre eigene Drachensprache, aber ja. Sie kommunizieren miteinander über Telepathie. Das funktioniert über einen Abstand von etwa fünfzig Meter, je nach Magiestärke können einige auch weitere Strecken überbrücken. Das ist wie bei uns Menschen. Einige können lauter brüllen als andere.« Sean musste sich verdrehen, damit ich ihn verstand. Dass er das machte, sorgte für ein warmes Gefühl in meinem Inneren. Er nahm mich ernst und wollte mir etwas beibringen. Das bedeutete mir viel.

Bevor ich weiter nachfragen konnte, holte mich die Betriebsamkeit meiner Umgebung ein. Ians und Seans Hort Janara war deutlich größer als meiner. Hier gab es mindestens zehn Start- und Landebahnen und noch mehr Drachen. Ein Dutzend von ihnen kam näher, um uns zu begrüßen. Sie wirkten erleichtert, dass es Makon bis hierher geschafft hatte.

»Wo ist Ian?«, fragte ich und sah mich um. Makons Reiter entdeckte ich dabei leider nicht.

»Er kümmert sich vermutlich um Shy, damit es keinen Ärger gibt. Lass uns die Drachen erst mal versorgen. Dann suchen wir Hank für deine Eiprüfung.«

Ich riss die Augen auf. »Heute noch?«

»Ja. Ian hat Angst, dass sich Hank die Sache anders überlegt. Die Zeit drängt. Außerdem bist du bestimmt genauso neugierig wie ich, oder?«

Das war ich. Und wie! Allerdings war ich zu Tode erschöpft und gleichzeitig emotional überfordert. Eine Atempause wäre schön gewesen. An Seans Miene erkannte ich jedoch, dass diskutieren zwecklos war.

Also saßen wir ab beziehungsweise ich ließ mich wie ein nasser Sack von Zairs Rücken plumpsen und Sean fing mich auf. Danach hastete ich neben den beiden her und Makon humpelte hinterdrein. Ich wollte auf ihn warten, doch Sean pfiff mich ran. »Behindere auf keinen Fall einen Drachen mit Schmerzen. Makon würde dir niemals absichtlich etwas tun, allerdings achtet er gerade nur auf sich selbst, um nicht zusammenzubrechen. Also bleib bei mir.«

Wieder einmal wurde mir klar, wie wenig ich von den Verhaltensregeln als Drachenreiterin kannte. Wie denn auch? Aber mit etwas Glück – nein, mit ganz viel Glück – durfte ich vielleicht sogar auf die Drachenschule auf Lark gehen!

Der Stall lag dankenswerterweise direkt neben der Landebahn, sodass Makon sich nicht weit quälen musste. Er sank mit einem tiefen Seufzer in das Strohlager und war eingeschlafen, bevor ich überhaupt etwas zu ihm sagen konnte.

»Wir sollten seine Wunden versorgen«, sagte ich besorgt.

»Wir müssen ihn eher in Ruhe lassen. Schlafen hilft. Komm mit. Wir haben es eilig.«

Sean packte mich am Ellbogen und dirigierte mich aus dem Stall. Ich tappte irritiert neben ihm her. Als eine Gruppe Drachenreiter auf uns zukam, änderte Sean abrupt die Richtung und hastete mit mir um die Ecke.

»Verstecken wir uns vor denen?«, fragte ich nervös.

»So was in der Art.« Sean war damit beschäftigt, mich möglichst unauffällig um eine Ecke nach der nächsten zu lotsen. Dabei drehte er sich immer wieder um und warf besorgte Blicke zurück. Ich wurde noch aufgeregter als ohnehin schon. Was ging hier vor sich?

Ein Pfiff ertönte.

»Da winkt jemand«, machte ich Sean auf eine Gestalt aufmerksam, die an einer Hauswand gelehnt auf uns wartete. Jetzt erkannte ich Ian. Die große Gestalt, die düstere Aura, die ungewöhnliche Frisur – ich hätte ihn unter Dutzenden identifiziert. Sein Gesicht war noch immer bleich wie die Wand, sodass es als Einziges in der

Dämmerung gut zu erkennen war. Er winkte abermals, diesmal hektischer.

»Komm!« Sean rannte los und ich folgte. Das alles wurde immer seltsamer!

Erst als wir uns atemlos gegen die Hauswand pressten, wagte ich einen weiteren Vorstoß. »Sean, was ist los?«

Die beiden Reiter wechselten einen kurzen Blick untereinander. Dann seufzte Sean. »Sagen wir so: Eine Eiprüfung ist normalerweise ein ziemlich komplexer Akt. Fünf Prüfer müssen anwesend sein, plus Hortanführer, Zeugen und mindestens drei Drachen. Das ist nicht nur teuer, sondern auch schwierig zu organisieren. Deshalb kürzen wir etwas ab.«

Ich kniff die Augen zusammen. »Das klingt illegal.«

»Ist es nicht. Nur unüblich«, mischte sich Ian ein. Er klang heiser und verwirrend müde.

Ich musterte ihn scharf. Ian sah … schlecht aus. Als würde er unter schrecklichen Kopfschmerzen leiden. Seine sonst vollen Lippen hatte er zu einem festen Strich zusammengepresst, und obwohl er riesig war, wirkte er seltsam geschrumpft. Er hielt sich nicht gerade, sondern etwas gekrümmt. Ständig kniff er dabei die stahlgrauen Augen zusammen, als blendeten ihn unsichtbare Mächte.

»Hallo«, sagte ich zu ihm. Dann deutete ich auf den Stall. »Dein Drache liegt übrigens dort drüben. Vielleicht hättest du ja die Muße, ihm mal Guten Tag zu sagen.«

»Elaja, das ist jetzt nicht der Zeitpunkt, um mit Ian Streit anzufangen. Makon kann warten. Du hingegen nicht. Also los!« Sean packte mich erneut am Ellbogen und zog mich entschlossen hinter sich her. Ian sicherte den Rückweg und folgte deutlich langsamer. Er wirkte nicht besonders gut zu Fuß, hielt aber einigermaßen mit.

Mittlerweile bedauerte ich meine harschen Worte. Was hatte mich da nur wieder geritten? Ian hatte die Eiprüfung für mich eingefädelt. Ich war ihm dafür was schuldig. Und was tat ich? Ich machte spitze Bemerkungen, weil er sich zu wenig um seinen Drachen kümmerte.

Und trotzdem wurmte es mich. Ich hätte meine rechte Hand dafür gegeben, Makons Reiterin zu sein. Ian hatte sogar zwei Drachen! Warum kümmerte er sich nicht um seinen Bullen?

»Hier rein.« Sean riss mich aus meinen Gedanken, indem er mich unsanft in eine Öffnung in einem Berg zerrte. Janara war noch mehr in den Felsen gehauen worden als Lark, sodass es weniger Außengebäude und mehr Höhlenbereiche gab. Hitze schlug mir entgegen. Ich roch warmen Sand und die Ausdünstungen von Drachenkörpern. Da es allerdings stockdunkel um mich herum war, sah ich rein gar nichts.

Jemand trat mir kräftig in die Hacken und schubste mich nach vorn, drängte mich gegen Sean. Ich keuchte. »Geht weiter«, zischte mir Ian ins Ohr. »Wir haben keine Zeit. Die haben uns gesehen!«

Ich wollte gar nicht erst wissen, wer »die« waren. Vermutlich würden wir das ohnehin bald herausfinden. Sean lief auch schon längst los. Diesmal hatte er meine Hand genommen und schleifte mich auf diese Weise hinter sich her. Ich stieß mir schmerzhaft den Ellbogen an der dunklen Steinwand und stolperte hinterdrein.

Endlich! Sean hatte eine Tür geöffnet und strahlendes Licht flutete in den schmalen Gang, in dem wir uns befanden. Ich blinzelte verwirrt. Wo waren wir?

Als Erstes sah ich Sand. Sehr viel Sand. Danach entdeckte ich ganz viel Granitsteine und … Dracheneier.

»Eine Bruthöhle«, flüsterte ich ehrfürchtig. Ich löste mich aus Seans Umklammerung und ging wie hypnotisiert in die Höhle. Der Sand knirschte unter meinen Füßen. Jetzt roch ich auch nasse Felsen und …

Ich blieb abrupt stehen, als sich ein riesiges Drachenmaul vor mir öffnete und mir einen drohenden Knurrer entgegenrülpste. Sean zog mich in der gleichen Sekunde hastig zurück.

»Wir sind mit Hanks Erlaubnis hier. Elaja darf sein Ei prüfen«, erklärte er der Drachendame. Sie war hellgrün mit gelben Einsprengseln und deutlich kleiner als die Weibchen, die ich kannte. In der Regel waren die Bullen gut einen Kopf größer als die weiblichen Drachen. In diesem Fall mussten es mindestens zwei Köpfe sein. Ihre Hornplatte am Kopf war kaum sichtbar, und sie trug keine einzige Zacke am Körper. Kein Wunder. Um Eier zu behüten, waren gefährliche Waffen am Körper eher kontraproduktiv. Selbst ihre

Krallen wirkten runder und waren kleiner als bei anderen Drachen. Sie war eindeutig die perfekte Wahl, um auf Eier aufzupassen. Verärgert über die Störung schlug sie mit den kurzen Stummelflügeln und zog parallel ihre scharfen Zähne aus meinem Blickfeld.

Sofort atmete ich auf.

Dann erst hatte ich Zeit, die vielen Eier zu bewundern. Es waren mindestens dreißig Stück in unterschiedlichen Größen. Manche waren so groß wie ich, andere passten in meine Hand. Sie alle lagen in einer Ecke der Höhle dicht gedrängt aneinander und schimmerten in unterschiedlichen Farben. Mal bläulich, mal rötlich. In einem besonders großen meinte ich einen Schatten zu erkennen. Das Drachenbaby, das sich bewegte.

»Unglaublich«, flüsterte ich ehrfürchtig. »Ich war noch nie in einer Bruthöhle.«

»Das wirst du auch nicht mehr lang sein. Los jetzt. Wo ist Hanks Ei?« Das war Ian, der die Drachendame direkt ansprach. Das Weibchen kniff die Augen zusammen und machte damit klar, was sie von seiner rüden Ansprache hielt, stapfte dann aber zu einem recht kleinen Ei am Rand des Pulks. Liebevoll stupste sie es mit der Schnauze an, sodass es uns entgegenkullerte.

Mein Herz überschlug sich vor Aufregung. Das war es! Das war der Moment. Gleich würde ich erfahren, ob …

»Ian, Sean! Was macht ihr hier?« Ein gertenschlanker Mann mit dunklem Vollbart und Glatze polterte in die Höhle. Er kam aus dem gleichen Gang wie wir und wurde flankiert von drei weiteren Männern. Als er mich sah, blieb er abrupt stehen. Dann verfinsterte sich seine Miene. »Was an meiner Aussage ›wir müssen uns ans Protokoll halten‹ habt ihr nicht verstanden?«, schnauzte er meine beiden Begleiter an.

Ian ignorierte ihn einfach. Er nahm meinen Arm und zerrte mich mit einem Ruck zum Ei. Bevor ich überhaupt nachdenken oder mich wehren konnte, hatte er meine Hand bereits auf die Schale gepresst.

Sie war rau, warm und pulsierte.

Einen kurzen Moment geschah nichts. *Nein*, dachte ich panisch und sah bereits meinen Traum zerplatzen. Dann spürte ich es.

Etwas regte sich in mir. Ein Prickeln unter der Haut. Sehr angenehm und kaum spürbar. Ein Blubbern folgte. Etwas stieg von tief in mir nach oben bis in meine Fingerspitzen, traf jene Stelle, an der ich das Ei berührte.

Das reagierte darauf, indem es in allen Regenbogenfarben zu leuchten begann. Der dunkle Schatten im Inneren bewegte sich, drückte sich gegen meine Hand. Ich meinte eine Schnauze zu spüren, die mich anstupste. Zwar war die Eierschale noch zwischen uns, doch ich fühlte es genau.

Das Drachenbaby sagte Hallo.

Vor Rührung schossen mir die Tränen in die Augen, dicht gefolgt von Seans Jubelschrei und Ians lautem Ruf: »Sie ist eine Drachenreiterin. Sie hat Magie. Ihr müsst sie ausbilden!«

Als ich aufblickte, sah ich in das verblüffte Gesicht des fremden Mannes. Vermutlich der Hortanführer von Janara. Er hatte wohl nicht damit gerechnet, dass das Ei auf mich reagieren könnte. Sean führte indessen einen Minifreudentanz im Sand auf. Erst dann bemerkte ich, dass Ians Hand noch immer warm auf meiner lag. Sie drückte sanft gegen das Ei, hielt mich fest. Auch seine Hand hatte zu leuchten begonnen. Ganz zart. Er ließ mich hastig los. Zum Glück leuchtete das Ei auch ohne seine Berührung. Es war meine Magie, auf die es reagiert hatte.

Unsere Blicke begegneten sich. Er stand mir weiterhin so nah, dass ich ihn riechen konnte. Seine Hitze spürte. Er nickte mir zu. Ganz leicht. Einen Moment meinte ich so etwas wie Sorge und Angst in seinem Blick zu sehen, doch dieser Ausdruck verschwand. Stattdessen trat er einen Schritt zurück und lächelte zum ersten Mal, seit ich ihn kannte. Auch er freute sich für mich.

Ein warmes Gefühl breitete sich in meinem Magen aus und ein Kribbeln folgte, als ich die volle Tragweite erfasste.

Ich hatte Drachenmagie.

Und das wiederum bedeutete, dass ich zur Ausbildung zugelassen war.

Ich würde eine Drachenreiterin werden können!

6

Ich konnte mein Glück leider nicht sehr lang genießen, denn die Hölle brach gleich darauf über uns herein. Der Hortanführer brüllte Ian und Sean an, dass die Drachenbabys in ihren Eierschalen nervös hüpften. Daraufhin warf uns die Drachendame raus, woraufhin der Hortanführer nur noch lauter brüllte.

Sean und Ian wurden auf ihre Zimmer geschickt, ich zurück an meinen Hort gebracht. Das war der schlimmste Moment von allen. Ich hatte panische Angst, dass alles umsonst gewesen sein könnte. Zum Glück hatte Jama von dem Plan gewusst. Für ihn war nicht wichtig, wie die Prüfung stattgefunden hatte. Ihm kam es lediglich auf das Ergebnis an.

Ich hatte bestanden.

Das bedeutete, dass mir Jama noch auf dem Landeplatz einen Stapel Dokumente in die Hände drückte. »Unterschreiben«, knurrte er. Etwa zwei Minuten später war ich offiziell aufgenommen worden.

Ich durfte auf die Drachenschule gehen und mich ausbilden lassen. Unfassbar!

Eine kleine, winzige Sache fehlte mir allerdings noch zu meinem Glück. Um genau zu sein, war es eine recht große Sache: nämlich ein Drache. Schließlich musste ich nicht nur die theoretische Prüfung bestehen, sondern auch die praktische.

Wie aber sollte das ohne Drache gehen?

»Wir haben einen Monat, um das zu regeln«, sagte Jama zu mir. »Irgendwo wird es ja wohl noch ein Ei geben, aus dem ein Drache für dich schlüpft.«

Ich fand seinen Optimismus wirklich löblich, allerdings etwas weit hergeholt. Weil ich von niederem Stand war und kein Geld besaß, hatte ich mir natürlich nie ein Ei gekauft. Wovon denn auch? Ich wusste nicht mal, wie teuer die Dinger waren! Das hieß, ich brauchte einen Förderer, nur so schnell ließ sich keiner auftreiben. Ganz davon abgesehen, dass die meisten Eltern ihren Kindern die Eier direkt nach der Geburt kauften. Wann ein Drache schlüpfte, hing von seiner Magie ab. Manche Tiere kamen schon nach einem Jahr auf die Welt, andere brauchten zehn. Verrückterweise passte sich der Drache fast immer an seinen Käufer an. Musste es schnell gehen, war er relativ früh schlüpfbereit. Hatte er Zeit, träumte er sehr lang im Ei. Mein Drache musste ziemlich schnell reifen. Ein Monat war selbst für einen zügig schlüpfenden Drachen rekordverdächtig.

Aber zuerst musste ich an ein Ei kommen.

»Ich lasse mir etwas einfallen«, versprach mir Jama. »Zunächst musst du dich ja ohnehin erst mal in der Schule einrichten. Willkommen bei den Drachenreitern.«

Er fackelte auch nicht lang. Noch am selben Abend wurde ich ausquartiert und bekam ein neues Zimmer bei den Drachenreiterinnen. Das ging so schnell, dass ich kaum fassen konnte, was mit mir geschah. Vor Freude hätte ich platzen können, merkte jedoch ziemlich schnell, dass nicht alles eitel Sonnenschein war.

Ich wurde von den anderen beäugt wie eine räudige Katze. Wie eine Streunerin mit Flöhen, oder schlimmer noch: wie jemand, der bei den Drachenreitern nichts zu suchen hatte.

»Du bist der Almosenfall ohne Drache?«, wurde ich von einer besonders schnippischen jungen Frau empfangen, die Jama zu sich herangepfiffen hatte. Sie sollte mich herumführen. Der Auftrag war ihr in etwa so zuwider wie Latrinenputzen. »Ich weiß überhaupt nicht, was der ganze Aufstand soll. Dass du innerhalb von einem Monat einen flugfähigen Drachen auftreibst, ist ja wohl unmöglich.

Also mach es dir hier gar nicht erst gemütlich. Du bist schon angezählt, bevor du überhaupt begonnen hast, Heilerschülerin.«

Das letzte Wort hatte sie verächtlich gesagt und damit klargemacht, wo sie meinen Platz sah. Dann kniff sie die Augen zu Schlitzen zusammen. »Bist du nicht sogar die Irre? Natürlich! Du bist die Verrückte, die immer was von sterbenden Drachen herumschreit.«

Sie lachte gackernd. Ich hätte ihr gern eine reingehauen, aber damit wäre meine Drachenreiterkarriere nach fünfzehn Minuten beendet gewesen. Um die nächsten zwanzig irgendwie zu schaffen, benötigte ich meine gesamte Selbstbeherrschung, zumal sich meine Begleiterin es sich nicht nehmen ließ, mich all ihren Freundinnen als »die Bekloppte« vorzustellen.

»Bist du fertig mit deinem Rundgang?«, fragte ich nach einer Stunde, in der ich erniedrigt, vorgeführt und gedemütigt worden war. Wenn so meine nächsten Jahre hier aussahen, dann konnte ich einpacken. Doch halt. Im Moment sah es ja ohnehin nur nach einem Monat aus. »Kannst du mir jetzt endlich meinen Schlafraum zeigen?«

Meine Begleiterin musterte mich wie ein besonders ekliges Insekt und rümpfte sogar die Nase. »Da hab ich sogar das perfekte Zimmer für dich.«

Ich hätte selbst ein Brett mit Nägeln diesem Rundgang vorgezogen.

Hauptsache, ich hatte es hinter mir.

Tatsächlich hielt sie auf die letzte Tür im Schlafbereich zu, klopfte nicht mal an, sondern schob mich einfach hinein. »Viel Spaß, ihr zwei«, flötete sie und war schneller weg, als ich sie verfluchen konnte.

Verwirrt stand ich in einem Schlafraum mit vier Betten an der Wand. Allerdings war lediglich eins davon besetzt, von dem sich gerade eine junge Frau erhob und mich verdutzt anstarrte.

Ihre schwarzen Haare hatte sie zu einem wippenden Pferdeschwanz zusammengebunden, wodurch ihre hohe Stirn betont wurde. Sie war bestimmt einen Kopf größer als ich, kompakt gebaut und wirkte auf den ersten Blick eher schüchtern. Vermutlich lag das an dem nervösen Ausdruck in ihren hellbraunen Augen.

»Hallo«, begrüßte ich sie schwach. »Ich soll bei dir einziehen.«

»War das gerade Werl, die dich hier reingeschubst hat?«

»Ja«, bestätigte ich vorsichtig und möglichst neutral.

»Du Bedauernswerte«, sagte sie mitfühlend und tat dann etwas äußerst Seltsames: Sie nahm mich einfach in die Arme.

»War es sehr schlimm?«

»Du machst dir keine Vorstellung.«

Als wir uns voneinander lösten, grinsten wir uns zögernd an. Dabei bemerkte ich nicht nur ihre schneeweißen Zähne, sondern auch ihre ausgeprägten Lippen. Ein Schneidezahn war vorn schräg abgebrochen. Ein Makel, der sie irgendwie verwegener aussehen ließ.

»Ich bin Elaja«, sagte ich.

»Ich bin Hora. Freut mich.« Ihr Grinsen wurde noch breiter. »Du bist echt Elaja? Dein Name ist hier legendär, denn deine Rettungsaktion für Makon war beeindruckend. Ich freue mich total, dass du den Eitest bestanden hast. Jetzt können wir gemeinsam Außenseiter sein.«

Was für eine Feststellung.

»Ich hab gehört, du bist echt arm.«

»Äh. Ja.«

»Mach dir keine Sorgen. Mein Vater hat Geld wie Heu und ich bin Einzelkind. Entgegen der landläufigen Meinung teilen Einzelkinder gern.« Verwirrt sah ich dabei zu, wie Hora in Windeseile einige von ihr ausgemusterte Sachen in einen leeren Spind räumte.

»Drachenreiteruniform. Superteuer. Ich nehme an, du hast auch kein Geld für Bücher?«

Herrje. Ich war wirklich der von Werl angekündigte Almosenfall.

»Keinen Penny«, gab ich zu.

»Macht nichts.« Schon landete ein Stapel Bücher auf einem unbenutzten Bett. »Allerdings hat die Sache einen Haken.«

Da war er. Der Haken. Er begleitete mich schon mein Leben lang. Sofort wappnete ich mich gegen die nächste große Enttäuschung. War Hora womöglich doch nicht so nett?

»Ich schnarche brutal laut. Deshalb will auch niemand das Zimmer mit mir teilen. Außerdem leide ich unter juckender Haut und kratze mich ständig. Die Abmachung ist, dass ich dir helfe, wo ich kann, und du sprichst meine Marotten niemals an. In Ordnung?«

Ich starrte Hora fasziniert an. Ernsthaft jetzt? Das waren ihre Bedingungen? »Ich mag dich jetzt schon«, sagte ich als Antwort, und da war der Moment: Wir wussten einfach, dass wir zwei richtig gut miteinander auskommen würden.

Wir grinsten uns verschwörerisch an. »Ich hab reale Visionen«, sagte ich schließlich zögernd. »Falls ich also mitten in der Nacht in unserem Zimmer stehe und schreie, dass die Welt untergeht, wunder dich nicht.«

»Keine Sorge. Bei meinem Schnarchen überhör ich das glatt.«

Wir kicherten so lange, bis Hora geschäftig die Hände aneinanderrieb. »Also gut. Du wirst schrecklich viel Unterrichtsmaterial nachholen müssen. Das wird heftig.«

»Das ist mein kleinstes Problem, das ich mit viel Fleiß in den Griff bekommen kann. Nur was mache ich, wenn ich keinen Drachen finden kann?«

»Wenn Jama sagt, er lässt sich was einfallen, dann macht er das auch. Dass du plötzlich Drachenreiterin werden darfst, kam ja auch recht überraschend. Kommt Zeit, kommt Rat.« Sie zeigte auf die vier Betten. »Du hast freie Wahl. Ich hab das in der Ecke genommen. Wenn du das haben willst, nehme ich auch ein anderes.«

»Nein, alles gut.« Ich warf meinen kleinen Beutel auf das Bett daneben und sah mich neugierig um. Ein schmaler Schreibtisch in der Ecke, auf dem sich jede Menge Bücher über Drachen stapelten, die Spinde gegenüber, daneben die Betten. Das war alles. Sehr spartanisch, und trotzdem war ich völlig überwältigt.

»Deinen kleinen Nasenring müsstest du allerdings rausnehmen, genau wie die Ohrringe. Sonst ist das der erste Regelverstoß, wegen dem du Ärger bekommst«, sagte Hora nach kurzem Zögern.

Ich seufzte. Dass der Moment kommen musste, war mir klar gewesen. Eher widerwillig legte ich den einzigen Schmuck ab, den ich je besessen hatte. Die Ohrringe waren ein Geschenk von Maai, und meinen rebellischen Nasenring hatte ich mir selbst gebastelt. Es fühlte sich seltsam an, die Sachen abzulegen. Trotzdem wollte ich es nicht riskieren, deswegen direkt angegangen zu werden.

Hora wartete, bis ich fertig war. »Komm! Ich zeig dir alles. Wahrscheinlich hat dich Werl, die Ziege, gar nicht richtig rumgeführt.« Sie zog mich zur Tür, raus aus dem Schlafbereich. Ich ließ mich ziehen und folgte ihr von einem Zimmer zum nächsten.

»Die Lehre über Drachenpflege wird hier abgehalten. Pfortenwelt-Geografie ist hier. Magietraining hier. Kampfkunst hier. Schwert- und Bogenübungen finden draußen statt. Kopplungsvertiefung und Drachensprache hier«, zählte Hora auf.

Jeder einzelne Unterrichtsraum war viel größer als die der Heilerinnenschule – so groß, dass ein Drache darin hätte Platz finden können. Es waren unglaublich viele, und erst jetzt begriff ich, was es bedeutete, zur Drachenschule gehen zu dürfen. Hier lernte die Elite der Gesellschaft, das Land zu verteidigen.

Die Bibliothek faszinierte mich am meisten, und ich hätte mir am liebsten direkt tausend Bücher ausgeliehen, doch dazu war es leider zu spät. Wir wurden auf den nächsten Tag vertröstet. Also gingen wir in den Speisesaal mit den vielen alten Bänken und Tischen, um uns noch etwas Obst für die Nacht von dem stets gut gefüllten Büfett zu holen. Ich war überwältigt von dem Überfluss. So etwas hatte es bei den Heilerinnen nicht gegeben.

»Wichtig sind die Lerngruppen. Es ist eine Menge Stoff, den wir in unsere Köpfe bekommen müssen. Hinzu kommt das Magietraining, das auch körperlich sehr kräftezehrend sein kann, vom Schwertkampf, Boxen, Taktik- und Anstandsunterricht ganz zu schweigen. An manchen Tagen habe ich den Eindruck, unterzugehen. An anderen macht es echt Spaß.«

»Kann ich in eure Lerngruppe kommen?«

Hora strahlte mich an. »Ich hatte gehofft, dass du das fragst. Narel! Du kannst rauskommen und unser neues Lernmitglied begrüßen!«

Ein schlaksiger junger Mann mit für einen Drachenreiter etwas zu langen und hoffnungslos verwuschelten Haaren kam zögernd hinter einer Ecke hervor und lupfte vor mir einen imaginären Hut.

»Ich bin Narel und gehe in eure Klasse«, sagte er mit einem schrägen Grinsen auf den Lippen. Beinahe hatte ich den Eindruck, dass er sich dafür entschuldigen wollte, über den gleichen Boden zu wandeln wie ich. Sein rechtes Auge wirkte etwas größer als das linke, allerdings hatte ich selten so riesige Iriden gesehen. Dazu noch hellgrün, die Augen umrahmt von dicken schwarzen Wimpern. Seine Haltung war genauso freundlich wie sein Blick.

»Willkommen«, sagte er.

Ich lächelte erleichtert und wusste sofort, dass ich die richtige Gruppe getroffen hatte. Narel, Hora und ich hatten auf den ersten Blick direkt etwas gemein: Wir gehörten alle nicht zu den angesagten jungen Leuten und würden es nie sein. Dafür waren wir dankbar für jede Freundlichkeit, die man uns entgegenbrachte.

Hora hatte nicht untertrieben, als sie das unfassbare Lerntempo der Drachenschule erwähnt hatte. Schon nach einer Woche war mir klar, dass ich hoffnungslos unterzugehen drohte. Ohne Hora und Narel hätte ich direkt einpacken können. Meine fehlende Kenntnis über Drachenanatomie, Aerodynamik, Landesgeschichte oder über den Drachenreiterkodex konnte ich nur durch puren Fleiß ausgleichen. Ich schlug mir Nächte um die Ohren, um ein Buch nach dem nächsten durchzugehen, und lernte, lernte, lernte.

Besonders die Drachenreitergeschichte hatte es mir angetan. Nachts, wenn alle schliefen, las ich meist in meinem Geschichtsbuch und verstand allmählich, wieso die Drachenwelt so aufgebaut war, wie sie war.

Sechs Horte, aber nur vier waren besetzt, denn es gab schlicht nicht genug Reiter. Selbst in den in Betrieb genommenen Horten gab es noch reichlich Platz. Lark war zum Beispiel nur zur Hälfte belegt.

Tief in Gedanken versunken blätterte ich zu der Stelle, die ich nach wie vor gruselig und gleichzeitig total faszinierend fand. Vor dreihundert Jahren hatte es einen verheerenden Vulkanausbruch im Herzen des Koloss-Gebirges gegeben, direkt bei unserem Haupthort Riata. Der war dem Erdboden gleichgemacht worden, genau wie

Xana in den Eisbergen ganz im Norden. Die Horte Lark und Janara waren weit genug weg gewesen, hatten jedoch mit den anschließenden Lavaströmen und Feuersbrünsten zu kämpfen gehabt. Janara lag im Landesteil Yorinston, der dicht bewaldet war. Neunzig Prozent der Vegetation ging in Flammen auf. Vom Hort war danach nur noch das Gerippe übrig geblieben. Auch Lark war schwer beschädigt worden und hatte für lange Jahre aufgegeben werden müssen. Die Drachen hatten in dieser Zeit mit den Reitern in den Altuntasbergen gehaust, bis sie genügend Energie für den Wiederaufbau gesammelt hatten. In dieser Zeit war die Drachenpest bereits ausgebrochen. Sie befiel als Erstes die Tiere und sprang dann durch die magische Verbindung auf die Reiter über. Beide starben innerhalb von wenigen Stunden. Einzig die Jungdrachen und die Eier hatten diese schwere Zeit überstanden.

Ich blätterte in den wenigen Seiten, die diese grausamen Tage zusammenfasste. Dafür, dass sie so prägend für die nächste Generation gewesen waren, gab es erstaunlich wenig Informationen darüber. Die Jungdrachen waren mit Überleben beschäftigt gewesen und die meisten Bibliotheken bei dem Vulkanausbruch abgebrannt. Das komplette kollektive Gedächtnis der Drachengemeinschaft war ausradiert worden.

Unwillkürlich schauderte ich, als ich mir noch einmal die Eckdaten durchlas. Einzig der Hort Goldin war unbeschädigt geblieben, doch da hatte ohnehin kaum jemand gelebt. Er lag an der äußersten Grenze unseres Reiches in einer Art Wüstenlandschaft. Dort zu bleiben war nach dem Vulkanausbruch noch schwieriger geworden. Er war aufgegeben worden.

Riata wurde neu erbaut und zum Haupthort ernannt. Die überlebende Generation an Drachenreitern war jung. Der älteste gerade mal zwanzig. Sie hatten das schwere Los gezogen, die Drachenwelt neu zu erfinden – und genau das taten sie.

Um so viele Jungspunde unter Kontrolle zu bekommen, erließ der neu ernannte Fürst der Drachenreiter eine Menge strenger Gesetze. Damit die wenigen Eier noch besser geschützt werden konnten, wurden sie auf Riata und Janara verteilt. Die Drachenschule gründete sich wenig später auf Lark. Es musste eine schwierige, aufregende Zeit gewesen sein.

Langsam ließ ich das Buch sinken, starrte blicklos ins Dunkel. Diese Drachenreiter hatten auch nicht aufgegeben. Obwohl sie ohne Führung gewesen waren, hatten sie sich zusammengerauft, waren zu einer Gemeinschaft geworden. Um genug Reiter zu finden, durften nun auch normale Menschen ihre Hände auf die Eier legen. Der Magietest war erfunden. Zuvor waren die Drachenreiter komplett unter sich geblieben. Das funktionierte mit den wenigen Überlebenden nicht länger. Um Geld für den Wiederaufbau zu beschaffen, wurde der Verkauf der Eier eingeführt. Diese Unsitte hatte sich bis heute gehalten und dafür gesorgt, dass die Drachenreiter als elitär und reich galten. Trotzdem gab es immer wieder Ausnahmen.

Solche wie mich.

Müde legte ich das Buch zur Seite und zwang mich, die Augen zu schließen. Morgen würde wieder ein heftiger Tag werden, an dem mir alles abverlangt wurde, denn ein Test jagte den nächsten. Anfangs fiel ich bei jedem durch, doch nach und nach ergatterte ich zumindest ein *genügend* und landete schließlich bei *befriedigend*. Damit musste ich mich zunächst begnügen, denn meine Problembaustelle war nicht die graue Theorie, sondern das Magietraining.

Mein Körper hatte bis vor Kurzem gar nicht gewusst, dass es Magiestränge unter meiner Haut gab. Sie waren wie Muskeln, die es zu formen galt. Eine beinahe unmögliche Aufgabe für mich, denn ich musste das aufholen, was andere bereits von Kindesbeinen an trainierten. Hora ermutigte mich immer wieder, nach Wutanfällen, Verzweiflungsausbrüchen und Selbstzermarterung weiterzumachen. Sonst wäre ich vermutlich wahnsinnig geworden.

Ständig hatte ich Angst, dass meine Übungen womöglich Visionen hervorrufen könnten. Einen Tagtraum direkt vor den Augen meiner ohnehin auf mich herabblickenden Klasse hätte mir echt noch gefehlt. Zum Glück entging ich meinem Schicksal gerade eben: Ich schaffte es bei meinem ersten Versuch noch bis zu den Latrinen, ehe ich mich auf diesem seltsamen Untergrund wiederfand und die kryptische Handbewegung ausführte. Mittlerweile hatte ich gelernt, dass das vermutlich ein Zauberwink war: ein Hilfsmittel, um einen besonders großen Magieschub zu lenken. Blieb die Frage, was er bewirkte. Sämtliche meiner Recherchen waren bislang im Sande verlaufen, und meine Lehrer wollte ich nicht fragen. Nachher war das der Handwink, um Monster auf die Welt loszulassen. Bei meinem Glück konnte das durchaus sein.

Also übte ich. Und übte. Und übte. Aufgeben war keine Option, denn ich hatte keine Zukunftsalternative. Entweder ich wurde Drachenreiterin oder ich stand auf der Straße. Meine Heilerinnenausbildung bei Maai hatte ich abbrechen müssen. Dass ich sie jemals wieder aufnehmen konnte, hielt ich für eher unwahrscheinlich. Maai hatte auch so schon zu kämpfen gehabt, damit ich bei ihr Exklusivunterricht bekommen durfte. Dass wir das weitermachen konnten, wenn ich als Drachenreiterin scheiterte, würde für einen Sturm der Entrüstung sorgen. Es gab also nur den einen Weg: Zähne zusammenbeißen und sich durchmogeln.

Bloß würden mir alle Anstrengungen nichts nützen, denn die Uhr tickte. Trieb ich nicht in den nächsten zwei Wochen ein Ei oder sogar einen ausgewachsenen Drachen auf, war meine zweifelhafte Drachenreiterkarriere ohnehin beendet.

»Vielleicht kannst du ja einen Drachen zur Pflege nehmen?«, überlegte Hora, die mittlerweile ähnlich verzweifelt war wie ich. Auf keinen Fall wollte sie ihre neue Mitbewohnerin verlieren. Wir passten perfekt zueinander.

»Welche Pflegedrachen denn? Die sterben doch alle, sobald ihre Reiter das Zeitliche gesegnet haben.«

»Oder ein Leihei?«

»Gibt es so was überhaupt?«

Wir sahen uns ratlos an und seufzten zeitgleich. »Dann versuch die allerbeste Magieschülerin dieser Klasse zu werden. Vielleicht geben sie dir dann ja einen Extramonat.«

Diesen Rat nahm ich mir zu Herzen. Mit guten Noten konnte es durchaus möglich sein, dass meine Gnadenfrist verlängert wurde. Also übte ich weiter.

»Du hast zum Glück sehr viel Magie in deinen Strängen«, pflegte Narel in den Momenten meiner absoluten Erschöpfung zu sagen. »Es reicht, wenn du sie nur ein wenig anzapfst. Nimm nicht gleich alles. Das macht dich nur müde und fertig. Fang erst mal klein an!«

Der hatte gut reden. Ich hatte nicht mal richtig Ahnung, wie ich das anstellen sollte. Die Magiestränge waren ein seltsamer Fremdkörper in mir, auf den ich eher zufällig Zugriff hatte. Wie die verkümmerten Muskeln am Ohr, die man zum lustigen Ohrenwackeln benutzte und sonst nie brauchte.

Ich bemühte mich wirklich und wälzte einen Ratgeber nach dem anderen. Aus Verzweiflung nahm ich mir sogar die Kinderfibel für Drachenreiter vor. Endlich ein Buch, das ich verstand. Hora unterstützte mich so gut es ging, doch bei ihr sah die Lage vollkommen anders aus: Ihre Stränge waren richtig gut trainiert, sie verfügte nur leider über zu wenig Magie.

Und ich? Ich hatte nicht mal einen Hauch von Ahnung, wie ich die Magie überhaupt anzapfen konnte.

»Sie ist wie eine dritte oder vierte Hand«, sagte Hora nicht zum ersten Mal. »Du musst nur lernen, damit zuzugreifen. Sie zu lenken. Ihr Befehle zu erteilen. Mach noch mal die Augen zu und spür in dich hinein. Wie war es denn, als du das Ei mit der Hand berührt hast? Da hat sich deine Magie auch gezeigt.«

Mit geschlossenen Augen dachte ich an den Moment zurück. Tatsächlich hatte sich etwas unter meiner Haut gerührt. War hervorgekommen. Ein Prickeln. Ein sanftes Gefühl. Wie Blubberblasen. Es war aus mir herausgekrochen und hatte sich dabei ganz natürlich angefühlt. Es …

»Jaaaa! Deine Handflächen leuchten. Du schubst die Magie aus dir raus«, unterbrach Hora meine Erinnerungsübung.

Überrascht öffnete ich die Augen, und tatsächlich: Meine Handinnenflächen leuchteten ganz sanft. Ein feiner Film goldener Flüssigkeit.

»Das ist meine Magie?«, fragte ich fassungslos.

»Du visualisierst sie gerade. Der erste und wichtigste Schritt. Sieh sie dir genau an und mach dich mit ihr bekannt. Klingt bescheuert? Glaub mir. Das machen kleine Kinder normalerweise tagelang.

Meine Magie hatte sogar einen Namen. Fluffi. Auf diese Weise lernen wir spielerisch mit ihr umzugehen.«

Also Fluffi. Damit konnte ich arbeiten. Erstaunlicherweise gelang es mir danach viel schneller und viel einfacher, meine Magie hervorzulocken. Sie einzusetzen war nach wie vor schwierig, aber sie war mir zumindest nicht mehr fremd. Sie wurde zu einem Teil von mir. Dem Teil, um den es sich in meiner Ausbildung drehte.

Nach und nach gelang es mir in den nächsten Tagen, sie für Kleinigkeiten einzusetzen. Ich konnte sie losfliegen lassen, um die Tür zu schließen. Sie half mir, die Buchseite wie durch Zauberhand umzublättern. Sie zog mir die Socken an. Alles Winzigkeiten, die mich auf die wirklich großen Sachen vorbereiteten.

Die Übungen fürs Drachenreiten, zum Beispiel.

»Es ist alles eine Frage der Konzentration, des Willens und der eigenen Konstitution«, pflegte mein Magietrainer in solchen Momenten zu sagen. »Du kannst erst einen Drachen in einem Looping magisch unterstützen, wenn du den Flugzauber beherrschst. Dafür trainieren wir mit einem Hühnerei. Lass es mithilfe deiner Magie um dich herumfliegen. Je schneller, desto besser. Zerbricht es, ist dein Drache leider zerschellt. Nicht wahr, Elaja?«

Ich galt schon sehr bald als Eiermörderin. Meine Magie war für solche komplexen Ausführungen noch nicht bereit. Die Eier zerschellten. Eins nach dem anderen. Trotzdem übte ich. Jeden Morgen, jeden Mittag, jeden Abend. Das Ergebnis ließ zu wünschen übrig, wodurch Hora und ich ständig Eimatsch wegwischen mussten. In unserem Zimmer stank es schon bald verräterisch.

Zum Glück verlor Hora nie ein böses Wort darüber. Sie wusste, was es hieß, ein Ziel nur mit ganz viel Mühe zu erreichen. Auch sie musste ständig trainieren, damit ihre wenige Magie kräftiger als andere war, um den Mangel auszugleichen. Und trotzdem waren wir nur unterster Durchschnitt. Leider.

Die Lehrer machten keinen Hehl daraus, dass sie mein Training für reine Zeitverschwendung hielten. Ich hatte nicht mal einen Drachen und kaum Aussicht, einen zu bekommen. Warum also sollte man sich mit mir abmühen?

Wenigstens konnte ich in der Theorie weiter glänzen. In Politik und Gesellschaftswissenschaften machte mir so schnell keiner was vor. Ich wusste bis ins Kleinste, wie unsere Welt politisch aufgebaut war.

Da waren die Könige der vier Länder, die über die magielosen Städte, Dörfer und Gemeinschaften befehligten. König Esken von Brentau, über siebzig Jahre alt, ein Freund von Frieden und fairen Prozessen, befehligte das größte Land Arlynn, wo auch die Drachenhorte Lark und Riata angesiedelt waren. Dank seines Führungsstils war er überall anerkannt und gut gelitten und verstand sich mit den Drachenreitern hervorragend.

Die Könige Darlyn und Derrin waren Brüder. Der erste regierte Norlin, ein eher unwirkliches Land im Nordosten mit viel Wüstenbereichen und wenig fruchtbaren Ländern. Der andere saß auf dem Thron von Xentis und kämpfte mit zu viel Eis und Frost. Beide galten als eher unnahbar und zugleich gerecht.

Das wohlhabendste Land war Yorinston. Es war die Kornkammer für alle Reiche und wurde von Königin Marenge regiert. Sie war eine knallharte Geschäftsfrau und die unangefochtene Wortführerin aller vier Länder. Ich fand sie von allen am faszinierendsten, da sie sich in einer von Männern dominierten Wirtschaftswelt gut zu behaupten wusste.

Alle vier stellten zusammen ein recht bescheidenes Heer, das im Kriegsfall komplett dem Fürsten der Drachenreiter unterstellt wurde. Fürst und Monarchen waren bis zu diesem Fall zumindest formal gleichgestellt, im Kriegsfall hatte der Fürst der Drachenreiter das Sagen. Zum Glück war das in den letzten Jahrhunderten nie notwendig gewesen.

In normalen Zeiten wie diesen trafen sich die Könige, die Königin und der Fürst regelmäßig, um Steuern, Gesetzesänderungen und Vorfälle zu diskutieren. Die Treffen mussten recht entspannt sein. Zu ernsten Streitigkeiten war es zumindest in den letzten fünfzig Jahren nie gekommen.

Bei den Menschen war das Wort der Könige und der Königin Gesetz, denn die strenge Monarchie ließ gar nichts anderes zu. Der Titel wurde vererbt, anders als der des Fürsten. Dieser wurde vom sogenannten Rat der Drachenreiter über Mehrheitsentscheid gewählt. Er konnte vom Rat überstimmt werden, einem Gremium, in dem verschiedene Vertreter der einzelnen Einheiten des Drachenvolkes hineingewählt wurden. Das kam einer Demokratie schon ziemlich nahe, wobei das alles im Kriegsfall vorbei war.

Wurde das Drachenvolk angegriffen, bekam der Fürst die komplette Macht zugesprochen. Momentan war das Larian, der zugleich Hortanführer auf Riata war. Dieser Hort lag zentral zwischen den vier Ländern und galt als unser Haupthort. Hier tagte auch der Rat der Drachenreiter einmal im Monat. Hier wurden die Entscheidungen gefällt. Hier stellte man die Weichen für die Zukunft.

Ob ich wohl auch schon mal Gesprächsthema bei einem dieser Treffen gewesen war? Die junge Frau ohne Drache, aber mit zu viel Magie in den Adern? Und ob sie sich mal Gedanken darüber gemacht hatten, wie es mit mir weitergehen sollte?

Mittlerweile war meine letzte Woche angebrochen, und weit und breit war kein Drache zu sehen.

In meiner Verzweiflung bat ich schließlich Hora, sich über ihren Drachen mit Zair in Verbindung zu setzen. Sean war bereits im letzten Ausbildungsjahr für die Hortanführer. Vielleicht hatte er ja eine Idee. Die Antwort ließ schrecklich lang auf sich warten, doch schließlich kam Hora aufgeregt zu mir gerannt.

»Zair sagt, dass sie kommen.«

»Wer sind denn ›sie‹?«

Hora stutzte. »Ich hatte gedacht, du wüsstest das.«

Nein, da gab es reichlich Möglichkeiten, allerdings wollte ich nicht rumnerven und beschloss, einfach abzuwarten. Etwas, das mir nicht wirklich lag.

Wie sich herausstellte, war Seans »sie« eine ganze Truppe Jungreiter. Die Nachricht verbreitete sich in Windeseile, dass eine Trainingseinheit von Janara zu uns fliegen würde, um hier einige Zeit zu üben. Auch Seans Name fiel in diesem Zusammenhang. Vor Erleichterung hätte ich heulen können.

Kein Wunder also, dass ich wie alle anderen Schülerinnen und Schüler rausrannte, um in den Himmel zu starren, aber außer ein paar Wolken entdeckte ich leider nichts.

»Ach herrje. Unser Almosenfall ist auch hier.«

Ich drehte mich zu der Sprecherin gar nicht erst um, denn ich wusste auch ohne hinzusehen, wer da blöde Sprüche riss.

Werl. In einem anderen Leben hätte ich ihr schon lang eine runtergehauen, doch als Drachenreiteranwärterin flog man für so was von der Schule. Ein guter Grund, meine juckende rechte Hand zu besänftigen. Irgendwann kam ich zu meiner Rache – und wenn es nur während einer Übungsstunde war. Außerdem entdeckte ich just in diesem Moment ein kleines Geschwader von sieben oder acht Drachen.

»Da kommen sie«, stellte ich fest und deutete in die Höhe. Mit einem Schlag war ich komplett vergessen und alle Köpfe hoben sich, um in die angedeutete Richtung zu blicken.

Die Gruppe sank bilderbuchmäßig in die korrekte Höhe, um in die Platzrunde einzufliegen. Unsere sich in der Luft befindlichen Drachen flogen respektvoll ein wenig beiseite, um den Neuankömmlingen Platz und Übersicht zu verschaffen.

Es war ein wunderschöner Anblick, wie sich die Formation langsam und ordentlich anordnete, um zur Landung überzugehen. Jetzt flog Drache hinter Drache, immer mit dem korrekten Sicherheitsabstand. Der vorderste Drache, ein dunkelgrüner Bulle mit nur zwei gigantischen, aber dadurch sehr langen Hörnern und einem Kamm in Wellenform, ging tiefer, bog ruhig in den Queranflug ein, zog eine gerade Linie parallel zur Platzkante und nahm dann den Endanflug in Angriff.

Das war ganz sicher kein Neuling. So ruhig und sicher, wie er seine Runde zog, sanft, routiniert, keinerlei Wackler oder Unsicherheiten sichtbar, musste das …

Mir blieb gefühlt das Herz stehen. Das war … oder? Ja! Ja! Kein Zweifel! Ich unterdrückte nur mit Mühe ein albernes Winken und zwang mich, stattdessen ganz still zu stehen und mich lautlos zu freuen. Der junge Drachenbulle schwebte in der Zwischenzeit majestätisch an mir vorüber, um ganz am hinteren Ende zu landen. Auf diese Weise hatten seine Nachfolger genug Platz zum Anpeilen. Zair! Das war eindeutig Zair, Seans Drache!

Er sah immer noch wunderschön aus, seine Schuppen glänzten wie beim letzten Mal in der Sonne. Die Flügel waren etwas gewachsen, während sein Körper ungefähr die gleiche Größe maß. Der Kopfkamm hatte sich innerhalb eines Monats an den Rest angeschlossen. Ein Zeichen, dass er nun ausgewachsen war. Die Krallen blitzten rabenschwarz und fast gefährlich, während die dunkle Umrandung der riesigen Augen ihm einen noch immer kindlichen Ausdruck erhalten hatte.

Ich wäre gern sofort zu ihm gelaufen, leider war ich derart eingekeilt zwischen den Schaulustigen, dass ich mich kaum bewegen konnte. Also sah ich stattdessen zunächst den anderen Tieren zu, wie sie eins nach dem anderen mehr oder weniger elegant landeten.

Ein Drache ging neben dem Landeplatz auf der Wiese nieder, was nicht weiter schlimm war, da der Landeplatz im Prinzip auch nur aus fest getrampelter Erde bestand, die Tausende von Drachenpfoten zu einer festen Bahn zusammengedrückt hatten.

Dann kam der letzte Drache. Für solch ein gewaltiges Tier regelrecht zierlich, schmal, graziös. Statt Hörner am Kopf hatte es eine Hornplatte. Also ein Weibchen. Ansonsten war es recht stahlbewehrt: Der Schwanz war so mit Zacken übersät, wie ich es noch nie bei einem Drachen gesehen hatte. Ähnlich sah es beim ungewöhnlich langen Hals und unterm Kinn aus. Erstaunlich für ein Weibchen.

Noch erstaunlicher war die Farbe. Rot. Ich hatte noch nie einen roten Drachen gesehen!

Im Endanflug machte er eine sehr sichere Figur, und gerade hatte ich mich dafür entschieden, dass es sich hierbei um einen älteren Drachen handeln musste, als das Tier mit einem schrillen Schrei plötzlich anfing, in der Luft zu zappeln.

Der Reiter reagierte schnell, brachte es hastig wieder unter Kontrolle. Der Anflug sah dennoch eher aus wie ein unsicheres Herantasten an den unbekannten Erdboden. Dann sah ich, dass das Tier gar nicht auf die Landebahn schaute, sondern mit weit aufgerissenen Augen die Menschenmenge anstarrte, die ihrerseits jede seiner Bewegungen beobachtete.

»O nein, das sieht böse aus«, hörte ich Narel neben mir brummeln. Dass er sich beinahe unbemerkt neben mich gestellt hatte, war mal wieder typisch für ihn. Der Kerl konnte sich trotz seiner beeindruckenden Größe wie ein Geist durch eine Menschenmenge bewegen.

»Warum zappelt das Tier nur so schrecklich herum?«, fragte ich ihn irritiert.

»Keine Ahnung. Das Weibchen ist furchtbar …« Narel unterbrach sich, als das Tier mit einem erneuten wilden Schreckensschrei abdrehte und eine so steile Kurve flog, dass ein erschrockenes Raunen durch die Menge ging.

Man sah, wie der Reiter erstaunlich schnell auf diese Wendung der Ereignisse reagierte, seinen Drachen mithilfe seiner Magie abstützte und wieder steigen ließ. Das Weibchen schoss wie ein Blitz in den Himmel und richtete sich erst wieder auf, als es nur noch ein großer Punkt am Himmel war.

»… ängstlich«, vollendete Narel nach einer langen Pause seinen Satz. »Ach, Drachenmist!«

»Kennst du den Drachen?«, hakte ich nach.

»Ein wenig. Ich habe eine Zeit lang auf Janara ausgeholfen. Als Stallbursche. Kurz bevor ich in die Drachenschule aufgenommen worden bin. Es war uns streng verboten, auch nur in die Nähe dieses Weibchens zu gehen. Sie ist unberechenbar.«

Ich schauderte. Nichts war schlimmer als ein hysterischer Drache.

Mittlerweile war der durchgestartete Drache nur noch als kleiner Punkt am Himmel zu erkennen. Das Spektakel war also zunächst vorüber. Zeit, hier zu verschwinden. »Ich gehe erst einmal zu Sean und seinem Drachen«, sagte ich möglichst nebenbei. Niemand brauchte zu wissen, wie sehr ich mich über das unerwartete Wiedersehen freute – und wie viel Hoffnungen ich in dieses Treffen steckte. Sean hatte es möglich gemacht, dass ich meine Hand auf ein Drachenei hatte legen dürfen. Vielleicht hatte er auch eine Idee, wie ich im Drachenreiterprogramm bleiben durfte.

Narel hörte mir ohnehin nicht zu und starrte weiterhin wie gebannt in den Himmel, wo jetzt das Drachenweibchen kleinere und größere Kreise zog. Wahrscheinlich beschäftigte der Reiter das Tier mit einfachen Übungen, um es wieder zu beruhigen. Hora hatte sich bereits der Landebahn genähert, um sich nach potenziell hübschen Jungreitern umzusehen.

Also los! Ich brauchte einige Zeit, um mich durch die dichte Traube Schaulustiger zu kämpfen, und tat dann etwas Verbotenes: Ich benutzte die Landebahn wie einen normalen Weg. Solange die anderen Drachen darauf standen, würde mich hoffentlich kein heranfliegender Drache töten, der zur Landung kam.

Zu Fuß durch eine Reiterei zu stapfen war sogar noch verbotener, doch ich huschte möglichst unauffällig von Drache zu Drache, bis ich endlich vor dem wunderschönen grünen Drachenbullen stand. Dieser schien mich vorerst gar nicht zu bemerken, weil er gebannt in den Himmel sah, wo das Weibchen immer noch seine Kreise zog und sich dabei vom Hort entfernte.

»Hallo, Großer«, sprach ich den Drachen schließlich an. Augenblicklich ruckte Zairs riesiger Kopf in meine Richtung. Als er mich erkannte, stieß er ein erfreutes Schnauben aus – und schlabberte mich von oben bis unten ab.

Ich prustete, wich zurück und brachte ein schwaches »Bäääh!« heraus. Allerdings freute ich mich viel zu sehr, um mich lange zu ekeln. Fast zeitgleich bemerkte ich Sean, der gerade um seinen Drachen herumging und bei meinem Anblick zu lächeln begann.

»Elaja«, rief er. »Schön, dich zu sehen!«

Ich hatte eigentlich angenommen, dass er mir die Hand geben würde oder wir etwas verlegen voreinanderstehen würden, um uns zu begrüßen. Aber nein. Sean war da einfach anders. Er nahm mich ohne Umschweife in die Arme und drückte mich fest.

»Es freut mich auch, dich wiederzusehen, Sean«, stammelte ich überrumpelt hervor.

»Wie geht es dir?«, fragte er noch immer charmant strahlend und ließ mich endlich los, trat einen kleinen Schritt zurück. Seine braunen Augen funkelten ungestüm. Wie immer standen ihm dabei die aschblonden Haare frech nach allen Seiten ab. Er hatte sie etwas gekürzt, sodass nur an den Schläfen die leichten Locken sichtbar wurden.

»Mir geht es eigentlich ganz gut. Mal abgesehen von der Angst, bald aus der Drachenschule verbannt zu werden. Daher auch mein Hilferuf. Du bist echt gekommen«, stellte ich fassungslos fest.

»Ja klar. Wir können dich doch in höchster Not nicht allein lassen.«

»Und dafür bringst du ein ganzes Drachengeschwader mit?«

Sean lachte leise. »Alles nur Tarnung, um herfliegen zu dürfen. Ich bin der Aufpasser vom Dienst, damit die Schüler nicht allzu viel Unfug auf ihre jungen Tage anstellen!«

»Jetzt sag bitte nicht, dass du ein Lehrer bist!«

»Bei den Eiern der Drachenbullen, nein! Nur der Aufpasser! Ich muss dafür Sorge tragen, dass alle gesund ankommen und mit genauso vielen Flügeln zurückflattern, wie sie gekommen sind.«

»Den da hast du anscheinend vergessen«, meinte ich und deutete mit dem Daumen über meine Schulter in die Luft, wo das einsame Drachenweibchen immer noch stumpf seine Kreise zog.

»Nicht wirklich …« Er drehte sich in die angegebene Richtung und seufzte tief. »Das ist eine ganz andere Sache. Lass uns das nicht vertiefen. Kein Ei in Sicht, he?«

»Was ist mit dem?«, fragte ich stur, gar nicht gewillt, das Thema zu wechseln.

»Irgendwo treiben wir garantiert einen Drachen für dich auf!«

»So einen wie der da oben?«, entgegnete ich genervt, beide stur wie eh und je. Plötzlich war unsere gute Laune wie weggeblasen.

»Du hättest dich ruhig mal in den letzten Wochen melden können«, meinte ich schließlich trocken.

»Ja, tut mir leid.«

»Mir auch. Ich meine, ihr habt auch so viel für mich getan, allerdings … wäre eine kleine Nachricht von euch zur Eingewöhnung ganz nett gewesen. Was war los?«

»Ich habe keine gute Erklärung, Elaja. Nur die, dass ich in den letzten Wochen selbst kaum an meinem eigenen Hort gewesen bin. Ich bin versetzt worden. Zu einem sehr weit entfernten Hort. Nach Embra.«

»Ach, komm schon. Durch die Pforten ist das ein Katzensprung«, sagte ich unwillig. Die Dinger waren mir selbst nach den ersten Magiestunden suspekt. Jeder Reiter konnte sie passieren, benötigte dafür aber auch Magie. Das Vorbereitungstraining war entsprechend hart. War man einmal drin, gab es kein Zurück. Zumindest wurde Hora nicht müde, das zu erzählen.

»Es war mir verboten, mich vom Hort zu entfernen, und wenn ich es dann durfte, so habe ich meist Janara als Ziel gewählt. Es tut mir leid, Elaja. In den kommenden Monaten habe ich wieder mehr Zeit!«

»Da habe ich keine Zeit«, schnappte ich zurück. »Wahrscheinlich bin ich da eh keine Drachenreiterin mehr. Meine Zeit ist so gut wie abgelaufen.«

»Tut mir wirklich leid.« Mit diesen Worten nahm er mich einfach fest in den Arm und mir damit gleichzeitig den Wind aus den Segeln. Wie sollte ich ihm da noch böse sein?

Ein Drachenkopf senkte sich neben uns, stupste uns beide an und wollte ganz eindeutig ein Teil der Umarmung sein. Unmöglich.

Dazu war er dann doch ein wenig zu groß. Ich lachte leise und tätschelte ihn beruhigend. »Alles gut, Zair. Dir verzeihe ich auch. Und was ist mit Ian und Makon?«

Sean machte abrupt ein verkniffenes Gesicht. »Das ist etwas anderes.«

»Ach?«

»Ian ist seit dem Unfall nicht mehr derselbe, Elaja. Er ist … anders. Distanzierter, ruhiger … sehr, sehr traurig. Es war für ihn bislang unmöglich, hierher zurückzukommen, wahrscheinlich zu viele Erinnerungen, böse noch dazu. Sei nicht wütend auf ihn.«

Erstaunt stellte ich fest, dass ich keinesfalls böse war. Ich hatte nie damit gerechnet, ihn wiederzusehen. Nicht wirklich zumindest.

»Außerdem hat er gerade versucht, hier zu landen. Hat ja offensichtlich nicht funktioniert!«

Einen Moment begriff ich nicht, was Sean mir sagen wollte, dann drehte ich mich um und blickte zu dem winzigen Punkt hinauf, der oben am Himmel schwebte.

»Wie?«, fragte ich irritiert. »Das war nicht Makon. Den erkenne ich unter Millionen. Das war ein anderer Drache. Ein Reiter sitzt immer nur auf seinem eigenen Drachen!«

»Shy ist auch Ians Drache, Elaja. Es ist möglich, wenn auch selten, dass ein Reiter zwei Drachen bekommt. Schon vergessen?

Ian hat zwei Drachen, ein Weibchen und ein Männchen. Shy und Makon.«

Das war Shy? Fassungslos starrte ich Sean an und versuchte mir den sanften Makon und dieses hibbelige Drachenweibchen als Gespann vorzustellen. Ein Ding der Unmöglichkeit.

»Aber … sie ist so ganz anders als Makon«, wandte ich ein. »Sie wirkt so unberechenbar.«

»Glaub mir, das ist sie auch.«

»Was meinst du?«

Im ersten Moment hätte ich gedacht, dass er tatsächlich antwortete, doch dann schüttelte er den Kopf. »Es ist kompliziert. Der Unfall, Makons Verletzung, Ians Beinahetod. Das hat die Beziehung der drei maßgeblich verändert. Was immer in der Pfortenwelt geschehen ist, war so markerschütternd, dass keiner der drei mehr so ist wie zuvor. Es ist, als ob sie sich gegenseitig belauern. Statt Vertrauen ist da pure Wut. Leider redet Ian nicht mit mir darüber, daher kann ich nur raten, was los ist.«

»Und was denkst du?«

»Es ist nur eine Theorie. Sobald ich sie ausspreche, ist sie in der Welt. Sie ist eigentlich zu ungeheuerlich, um wahr sein zu können.«

Im ersten Moment wollte ich nachhaken, so wie ich es eigentlich immer tat, doch ich spürte instinktiv, dass ich nachgeben musste. Auf keinen Fall wollte ich Sean so sehr bedrängen, dass er gar nicht mehr reden wollte.

Dennoch war meine Neugierde natürlich entfacht. Es ging hier immerhin um den Drachenbullen, der mir am allerwichtigsten auf der Welt war. Ich wollte ihn beschützen. Ihm helfen. Was hatte Sean für eine Theorie? Und warum war sie zu ungeheuerlich, um sie auch nur zu denken?

7

Und? Hast du eine Idee, wie ich einen Drachen bekommen kann?«, fragte ich Sean schließlich die Frage aller Fragen.

Der wirkte mit einem Mal nervös. »Ich nicht. Ian schon.«

»Ian?«

»Ja, er –«

Unser trautes Gespräch wurde von unserem Hortanführer unterbrochen, der mit schnellen Schritten auf uns zukam, knapp vor uns stehen blieb und Sean die Hand schüttelte, freudige Floskeln austauschte und mich mal wieder völlig übersah.

Pah.

Ich wartete zunächst, dass Jama wieder ging, aber offenbar hatte er nicht mitbekommen, dass er das wichtigste Gespräch meines Lebens unterbrochen hatte. Er verstrickte Sean in so viele Fragen, dass der kaum mit Antworten hinterherkam. Als Jama Sean ernsthaft von mir fortlotste, sah er mich verzeihungsheischend an.

»Wir reden nach dem Essen, verspochen«, rief Sean noch. Dann war er weg.

Ich sah ihnen als nervöses Wrack hinterher und verfluchte mein verdammtes Pech. Was hatte Sean bloß sagen wollen?

Eine Weile wandelte ich ziellos zwischen den Drachenreitern hin und her, die nun allesamt quer über den Vorplatz verstreut waren, sich hier und da lachend begrüßten, sich freundschaftlich hauten oder nur Höflichkeitsfloskeln austauschten.

Hora unterhielt sich angeregt mit einem mir völlig unbekannten jungen Mann, während Narel voller Interesse danebenstand und immer wieder bestätigend nickte, obwohl die anderen keinerlei Notiz von ihm zu nehmen schienen.

Da ich wenig Lust verspürte, mich ebenso dämlich danebenzustellen, bog ich in Richtung Hauptgebäude ab und blieb unschlüssig stehen. Ich hatte drei Möglichkeiten, die mir allesamt nicht sonderlich behagten.

Erstens: Ich konnte mich auf mein Zimmer verkriechen und lernen. Äußerst langweilig und zugleich nützlich ob der nahenden Prüfung.

Zweitens: Ich konnte in den Magietrainingsraum gehen und ein paar Eier zerschlagen. Sehr deprimierend, aber definitiv notwendig.

Drittens und letztens: Ich konnte essen gehen, denn die Verpflegung war immerhin als Drachenreiterin wesentlich besser als im Bereich der Heilerinnen. Mein knurrender Magen entschied für mich und führte mich direkt in den Speisesaal, der brechend voll war. Wie üblich. Heute quoll er jedoch förmlich über, da wir Gäste beherbergten, die immerhin auch versorgt werden wollten.

Ich war ein wenig enttäuscht, da sich die Aufpasser beziehungsweise die Prüfer an einen anderen Tisch setzen mussten als die Schüler. Sean saß bereits ein ganzes Stück entfernt, und ich hatte keinerlei Möglichkeit, mich mit ihm zu unterhalten, geschweige denn meine so drängenden Fragen zu stellen.

Immerhin saß ich neben einem recht netten Jungen, den ich nicht kannte und der mir folglich jede Menge mir unbekannte Geschichten erzählen konnte. Endlich kam mal wieder etwas Neues in die Gerüchteküche.

Offenbar wurde das Training der Jägerschar intensiviert. Man munkelte, dass sie sich auf unruhige Zeiten einstellten. Warum, wusste niemand so genau. Die Führungselite blieb da äußerst vage.

Interessant.

Außerdem gab es neue Gerüchte über die wilden Drachen in den Bergen. Ein Gelege mit fast zwanzig Eiern war entdeckt worden.

Spannend.

In der Magiebrandwüste hatte es die üblichen Feuer gegeben, und der Stadthalter von Norlins Hauptstadt Zor hatte aus Altersgründen abgedankt. Aha. Nicht ganz so spannend.

Ich mochte dieses allabendliche Theater. Alle Leute gingen sich gegenseitig auf die Nerven, jeder wollte das oder jenes angereicht haben und es wurde wild durcheinandergeredet. Da wurde gestöhnt, gejammert und angegeben, dass sich die Balken bogen. Ich lauschte meistens nur, denn ich war lange genug das Zentrum vieler Lästergespräche gewesen. Da war man instinktiv vorsichtig. Trotzdem fand ich es mal ganz angenehm, dass über andere gesprochen wurde als über mich.

Plötzlich hörten alle gleichzeitig auf zu kauen und zu erzählen, und es wurde für einen Moment still. Drachenrufe ertönten von draußen, sie begrüßten jemanden, der landete. Eine mir völlig fremde, helle Drachenstimme erwiderte diesen Ruf, allerdings recht giftig.

»Shy landet«, kam es trocken aus einer Ecke des Saales, und ich erkannte Seans dunkle Männerstimme.

Als Antwort kam ein Schnauben von irgendwem, und das Essensgetöse begann wieder, als wäre nichts geschehen. Ich aber saß wie auf heißen Kohlen und wollte nichts lieber, als meinen Platz zu verlassen und nach draußen zu stürmen, um Ian wegen seines fulminanten Plans bezüglich meines Drachenproblems zu fragen.

Allerdings war es unhöflich, während des Essens aufzustehen.

Ich wollte mich gerade wieder meinem Teller zuwenden, als ich bemerkte, dass Sean aufstand und gen Tür strebte. Das war auch mein Startzeichen. Mit einem Satz war ich auf den Beinen und schob mich durch den schmalen Gang zwischen den einzelnen Bankreihen.

Drei Sekunden nach Seans Verlassen des Raumes stand ich ebenfalls draußen und war mit ein paar riesigen Schritten neben ihm. »Habe mich schon gefragt, wie lange du es auf deinem Stuhl aushältst.«

»Zwei Atemzüge. Neuer Rekord.« Wir grinsten uns an und zogen gleichzeitig die Schultern hoch. Es war kalt heute Abend, und ich hatte keine dicke Jacke zur Verfügung. Als Drachenreiterin bekam ich die Ausbildung kostenlos, aber meine Kleidung musste ich mir verdienen. Ein schwieriger Balanceakt. Hora hatte es bislang nicht geschafft, von ihrem Vater eine zweite Jacke geschenkt zu bekommen.

Wir betraten den Vorplatz, wodurch wir Einblick auf die Landebahn hatten. Sogleich steigerte sich meine Nervosität. Da! Da saß ein mittelgroßer Drache, die Flügel noch etwas abgespreizt und in einer merkwürdigen Hockstellung, fast so, als ob er jederzeit wieder losfliegen wollte. Sich mit einem einzigen, kraftvollen Flügelschlag in die Luft schwingen konnte, sollte Gefahr drohen.

Als wir näher kamen, bemerkte ich den schmalen, wenn auch kräftigen Körperbau. Shy war um einiges kleiner als die Drachenbullen. Für ein Weibchen war sie schon wieder relativ groß, was durch ihre riesigen Schwingen verstärkt wurde.

Ich hatte noch nie solch gewaltige Flügel gesehen. Bei keinem der Drachen, ob männlich oder weiblich. Dagegen hatte sie einen recht zarten Kopf, und auch die Größe ihres Rumpfes schien nicht so richtig zu diesen gigantischen Flügeln zu passen.

Je näher wir kamen, desto mehr konnte ich von dem seltsamen Tier erkennen. Es sah komplett anders aus! Und wirklich. Ich hatte mich beim Landeanflug nicht geirrt. Shy war tatsächlich dunkelrot. Je nachdem, wie das letzte Sonnenlicht einstrahlte, brach es sich auf den Schuppen und verwandelte es in winzige feurige Schimmer, die hin und her tanzten, sobald sich der Drache bewegte.

»Darf ich dir vorstellen? Shy«, sagte Sean leise zu mir, betrat nun die Landebahn und lief hinüber zu dem Drachenweibchen, das ihn misstrauisch beobachtete.

Große, dunkelbraune Augen, die vielleicht auch einen Stich Rot enthielten … schimmernde, glänzende Opale, mit einem Funken Düsternis. Ich starrte fasziniert in diese unheimlichen Iriden und vergaß ganz, weiterhin dicht hinter Sean zu bleiben.

Als ich es bemerkte, war ich bereits um einiges zurückgefallen und musste mich beeilen, um anzuschließen. Als ich es geschafft hatte, war Sean bereits an seinem Ziel angekommen: dem Drachenweibchen.

Es war eindeutig nervös, denn es trat unruhig von einem Bein aufs andere, schlug mit den immer noch gespreizten Schwingen und peitschte den Schwanz hin und her.

Ihr hoch aufgerichteter Oberkörper ließ sie größer erscheinen, als sie eigentlich war. Das lag wohl genau in ihrer Absicht. Feinde verschrecken. Welcher Art auch immer. Einmal glaubte ich sogar das Weiß in ihren stürmischen Augen sehen zu können, aber ich war mir nicht ganz sicher.

»Na, Mädel?«, sprach Sean sie schließlich an, nachdem er ihren kleinen Tanz eine Weile beobachtet hatte. Augenblicklich senkte sich ihr gesamter Brustkorb nach vorn, ihr Gewicht verlagerte sich auf die Vorderpfoten und ihr Kopf ruckte nach unten.

Sie fletschte leicht die Zähne, riss die Augen auf und knurrte leise. Kehlig, bitterböse. Sean ließ sich nicht beirren, ich hingegen trat erschrocken einen Schritt zurück und musterte dieses wilde Geschöpf, von dem ich nicht wusste, ob es denn nun nur ängstlich oder aggressiv war.

»Ksch«, kam es plötzlich von oben, laut, scharf; eindeutig ein Befehl. Augenblicklich reagierte das Weibchen, richtete sich wieder auf und verstummte. Ihre Körperhaltung zeigte allerdings ihre wahren Gefühle. Am liebsten hätte sie weiter gedroht, wenn nicht sogar angegriffen.

Diesen Gedanken vergaß ich recht schnell, denn ich blickte hoch und starrte ihren Reiter an. Ian. Er schwang ein Bein über ihren Rücken und hüpfte mit einem Satz runter. Das schien er nicht zum ersten Mal gemacht zu haben, denn das Tier reagierte nicht darauf, wie es bei jedem Drachen von uns der Fall gewesen wäre. Ich erinnerte mich, dieses Manöver schon auf dem Hügel beobachtet zu haben. Anscheinend Ians Art, abzusteigen.

Mit einer eleganten, fast graziösen Bewegung federte sich Ian seidenweich ab und stand dann sicher vor uns.

»Angekommen?« Sean hieb seinem Kumpel kräftig auf die Schultern, doch Ian beachtete ihn gar nicht. Er musterte mich so eingehend, dass ich mich sofort unwohl fühlte.

»Hallo, Elaja«, sagte er zu mir. Seine Stimme klang jetzt anders, als ich sie in Erinnerung hatte. Dunkler, sanfter, nicht mehr so kehlig.

Vermutlich lag es daran, dass es ihm deutlich besser ging. Zumindest hatte er wieder Farbe im Gesicht. Ian war dennoch weiterhin dünn, schon fast dürr. In der Zeit seines Deliriums hatte er furchtbar abgenommen und sich davon offenbar noch nicht ganz erholt.

Trotzdem wirkte er nicht wirklich schwächlich. Eher das Gegenteil. Jeder Drachenreiter hatte Muskeln, ob er nun wollte oder nicht. Vom Schwertkampf, vom Training, selbst vom Fliegen. Vom Putzen, Bohnern und Wienern. Vom Herumrennen und natürlich vom Arbeiten am Hort. Ian war da keine Ausnahme.

Groß, das war das Erste, was ich sofort sagen konnte. Er überragte mich um mindestens eineinhalb Köpfe.

Und schön. Zumindest in meinen Augen. Die Nase war etwas krumm. Das war mir bislang noch gar nicht richtig aufgefallen, doch der Mund war perfekt, genau wie seine großen Augen. Sein braunes, fast schwarzes Haar trug er weiterhin in seiner eigenwilligen Frisur. Ob er deswegen regelmäßig Ärger bekam? Es stand ihm wirklich gut und unterstrich seine stolze Körperhaltung.

Einzig der unterschwellig traurige Ausdruck in seinen dunklen Augen störte meinen Gesamteindruck. Das Stahlgrau wirkte noch immer genauso intensiv, und der äußere schwarze Kranz war noch breiter geworden, nur toste eine Stimmung darin, die mich beunruhigte.

Wortlos, still, ruhig und sehr, sehr traurig.

Und leider noch etwas: Dunkelheit, Düsternis … Bedrohung.

Eine noch nie gekannte Unruhe setzte in mir ein. Ich musste meinen Blick abwenden, um nicht vor Ian zurückzuschrecken. Etwas stimmte nicht mit diesem jungen Mann. Ganz und gar nicht.

»In Ordnung«, unterbrach Sean unsere gegenseitige Betrachtung. »Seid ihr fertig damit, euch in Grund und Boden zu starren? Da bekommt man es ja mit der Angst zu tun. Seid lieb zueinander. Soll Shy in den Stall oder lieber hier draußen bleiben?«

Sofort hatte er Ians volle Aufmerksamkeit. »Willst du ein Blutbad auslösen? Dann kannst du sie gern zu den anderen in den Stall bringen.«

»Dann bleibt sie also draußen«, seufzte Sean und musterte kopfschüttelnd das nervöse Drachenweibchen. Es stand weiterhin breitbeinig da, die Krallen tief in den festen Erdboden gehakt, die Augen weit aufgerissen.

Was stimmte nur mit diesem …

… wuuuah! Shy nahm mich ganz plötzlich aufs Korn. In einem Moment hatte sie noch ihren Reiter angesehen, im nächsten starrte sie mich an, als ob sie mich fressen wollte. Ein eisiger Schauer rieselte über meinen Rücken, als mir ihr Blick durch und durch ging. Er war so voller Abneigung, gar Hass, dass es mir die Sprache verschlug.

Ich machte instinktiv einen Schritt nach hinten. Ein Fehler. Weiche niemals vor einem aggressiven Drachen zurück. Er könnte …

Ian riss mich in der Sekunde zurück, in der das Weibchen einen Schritt auf mich zu machte, den Kopf senkte und eindeutig nach mir schnappte. Seine Kiefer prallten genau dort aufeinander, wo ich kurz zuvor gestanden hatte. In einer fließenden Bewegung zerrte mich Ian so heftig hinter sich, dass ich ins Stolpern kam. Ich blieb nur auf den Beinen, weil er mich fest gepackt hielt.

In der nächsten Sekunde ließ er mich los und hob die Arme. Knisternde Magie umgab uns mit einem Schlag. So intensiv, dass ich sie schmecken und riechen konnte. Ians Magie. Ich kannte sie von Makon und von dem Moment, als ich Ian aus seiner Ohnmacht zurückgeholt hatte. Vertraut und fremd zugleich.

»Zurück«, brüllte Ian und warf eine brutzelnde Masse auf seinen Drachen. Shy keifte ihn ernsthaft an und duckte sich, als wollte sie zum Angriff übergehen. Ich konnte vor Schreck kaum fassen, was ich sah.

War das ein Dolch in Ians Hand?

»Sean, bring sie hier weg.« Ians Stimme ging beinahe im Zischen seiner Magie unter. Abermals warf er eine schimmernde Kugel auf den Drachen, zwang sie zum Rückzug.

Im ersten Moment verstand ich nicht, wer mit »sie« gemeint war. Shy? Doch dann packte mich Sean am Oberarm und zerrte mich im Laufschritt Richtung Stallungen. Wir hielten erst an, als Ian und Shy nur noch zwei kleine Punkte auf der Landebahn waren.

»Was bei allen Drachengeistern –«, setzte ich an und wurde mehr als ruppig von Sean unterbrochen.

»Dieser Vorfall hat nie stattgefunden«, sagte der sonst so ruhige Reiter. Er packte mich an den Schultern und rüttelte mich. »Hörst du? Das ist nie passiert!«

»Was … aber –«

»Kein aber. Schwör es mir, Elaja. Kein Wort über das gerade Geschehene.«

Ich starrte in Seans aschfahles Gesicht und zögerte mit meiner Antwort. »Shy hat mich angegriffen«, fasste ich schließlich das zusammen, was ich vergessen sollte, und musste es zumindest aussprechen, um die Ungeheuerlichkeit zu erfassen.

Sean ließ mich abrupt los und trat einen Schritt zurück. Dann nickte er. »Sieht so aus. Oder es könnte auch ein Scheinangriff gewesen sein. Lediglich eine Überreaktion. Sie ist einfach sehr nervös.«

Wir wussten beide, dass das nicht stimmte. Shy hatte zugebissen, und zwar sehr gezielt. Das hätte ich beinahe laut ausgesprochen, bis ich die pure Verzweiflung in Seans Augen sah und nachgab. »Stimmt. Sie hätte mich auf keinen Fall erwischt«, log ich ganz offensichtlich.

Sofort änderte sich Seans angespannte Haltung. Er atmete vorsichtig durch. »Danke«, sagte er leise. »Lass uns reingehen. Ich gebe dir einen Saft aus.«

Mir war eher nach einem Schnaps, doch das sagte ich nicht laut. Schweigend folgte ich ihm Richtung Essensbereich und hielt ihn kurz vorm Betreten des Gebäudes noch einmal zurück. »Wie gefährlich ist Shy wirklich?«, fragte ich ihn.

Sean schüttelte langsam den Kopf. »Frag so etwas nicht. Denk es nicht mal.«

Das war nicht die Antwort, die ich mir erhofft hatte. Mit einem unguten Gefühl ließ ich Sean vorausgehen und drehte mich kurz vor der Tür noch einmal Richtung Landebahn um. Shy hockte dort noch immer, und wenn ich mich nicht irrte, stand Ian direkt daneben.

Neben einem Drachen, der ganz offensichtlich völlig unberechenbar war. Machte ich einen Fehler, den Vorfall nicht zu melden? Ian und Sean waren beide noch in der Ausbildung. Im letzten Jahr, aber trotzdem. Ich hatte nicht das Gefühl, dass sie die Lage im Griff hatten. Wenn Ian nur eine Sekunde später reagiert hätte … wenn er nicht mit Magie eingegriffen und mich geschützt hätte …

Nicht auszudenken!

Äußerst nachdenklich trank ich meinen Orangensaft aus und war erleichtert, als sich Sean recht zügig von mir verabschiedete. Auch er wirkte geknickt und müde. Der Schreck steckte ihm genau wie mir in den Knochen. Einen Moment blieb ich noch in dem sich leerenden Speisesaal sitzen, dann beschloss ich, auf mein Zimmer zu gehen. Kaum war ich jedoch aus dem Raum, änderte ich meine Meinung. Beinah wie von selbst stapfte ich zur Absperrung der Landebahn und setzte mich dort auf den Zaun, um zu Ian und Shy hinüberzustarren. Sie waren so weit entfernt von den Stallungen, wie es nur ging.

Es dauerte eine ganze Weile, bis mein Starren Erfolg hatte. Ein kleiner Punkt löste sich von dem großen und kam auf mich zu. Da er sich erstaunlich schnell näherte, musste Ian wohl rennen. Je näher er kam, desto deutlicher wurde, wie beunruhigt er war. Sein Gesicht war genauso ernst wie blass. Kein Zweifel. Er machte sich große Sorgen.

Etwas atemlos blieb er vor mir stehen und maß mich mit einem seiner besonders intensiven Blicke. Ich bemühte mich, ihn möglichst ruhig zu erwidern. Das war keineswegs einfach für mich. Zum ersten Mal seit damals auf dem Hügel waren wir zwei ganz allein.

»Sean hat mich bereits gebeten, den Vorfall zu vergessen«, eröffnete ich das Gespräch.

»Und? Wirst du das machen?«

»Kommt drauf an.«

»Worauf?«

»Auf deine Erklärung.« Ich holte tief Luft, um die nächsten Worte möglichst selbstbewusst vortragen zu können. »Ian! Shy hat mich angegriffen. Das macht kein normaler Drache.«

»Ich weiß, aber … Shy ist momentan nicht sie selbst. Sie …« Er unterbrach sich selbst, wandte sich von mir ab und blickte zu seinem Weibchen rüber. »Ach, was mache ich mir selbst vor? Shy war noch nie normal und wird es vermutlich nie sein, nur … was soll ich denn tun?« Müde fuhr er sich mit der Hand übers Gesicht und wirkte in diesem Moment so zerschlagen wie ich ihn selbst direkt nach dem Aufwachen aus dem Koma nicht gesehen hatte.

Eine Welle Mitleid überschwemmte mich, doch ich kämpfte gegen das Gefühl an. Ian brauchte Lösungen und kein Bedauern. »Wie wäre es, wenn du dich einem Lehrer anvertraust? Wenn du berichtest, mit was für Schwierigkeiten ihr zu kämpfen habt? Vielleicht gab es ähnliche Fälle in der Vergangenheit und eine Lösung, die ihr momentan in eurer Verzweiflung nicht seht.«

»Wir sind seit dem Unfall ohnehin unter ständiger Beobachtung. Niemand glaubt mir meine Version der Geschichte. Shy steht schon auf der Abschussliste.«

Abschuss… WAS? Mir rieselte es kalt den Rücken runter. »Was meinst du damit?«, fragte ich atemlos.

»Shy gilt als unberechenbar. Die meisten Hortanführer sind sich sicher, dass sie mich in die Pfortenwelt gebracht hat, um mich zu … um …« Er brach ab und trat kopfschüttelnd ein ganzes Stück von mir fort. Dabei mied er meinen Blick. »Für Shy sieht es jedenfalls im Moment nicht gut aus. Wenn du den Vorfall meldest, ist es aus.«

»Aus?« Ich verstand es noch immer nicht. Was meinte er bloß? Ich hatte mir noch nie Gedanken darüber gemacht, was mit einem gewaltbereiten Drachen geschehen sollte. So etwas gab es einfach nicht. Und dennoch … Shy war das beste Beispiel, dass ich mich da irrte.

Endlich blickte Ian auf und ließ es zu, dass ich seine Miene sehen konnte. Er wirkte traurig, aber gefasst. Und vor allem entschlossen. »Ich werde bis zum Schluss für Shy kämpfen. Sie ist mein Drache. Ich bin für sie verantwortlich. Was immer gerade nicht stimmt, ist vermutlich meine Schuld. Also tu, was du nicht lassen kannst. Ich könnte es sogar verstehen.«

»Ian! Ich will dir nur helfen. Was ist, wenn sie dich angreift und du einmal zu langsam reagierst? Was ist, wenn –«

»Ich hab sie unter Kontrolle, Elaja. Lass das mein Problem sein.«

»Ach ja? Das sah gerade ganz anders aus.«

»Ich habe dich doch beschützt, oder? Ist nichts passiert, soweit ich das gesehen habe. Du hast nicht mal einen Kratzer.«

Wir wussten beide, dass es im Fall eines Drachenangriffs keine Kratzer gab. Tod oder lebendig. Ein Zwischending existierte nicht.

»Was sagt denn Makon dazu?«, fragte ich nach einer äußerst unangenehmen Gesprächspause.

»Was soll er sagen? Shy gehört zu uns. Wir kämpfen auf derselben Seite.«

Dass er das so betonte, beunruhigte mich. Es klang dadurch eher nach dem Gegenteil. »Was ist deine Version des Unfalls? Die, die keiner glaubt.«

Ians Blick verfinsterte sich. »Die brauchst du nicht zu hören. Das geht dich nichts an.«

»Soweit ich weiß, hast du mich damals um Hilfe angefleht. So laut, dass mein Gehirn fast zerplatzt wäre. Warum ich, Ian? Warum hast du ausgerechnet mich ausgesucht?«

»Ich habe keine Ahnung. Vermutlich, weil deine und meine Magie sich unglaublich ähnlich sind. Das hat Shy auch gespürt, genau wie Makon. Deshalb war er auch sofort so zugänglich. Shy hingegen macht die Ähnlichkeit schier verrückt. Vermutlich hat sie dich deshalb angegriffen.«

»Vermutlich? Warum fragst du sie nicht einfach? Ich dachte, Reiter und Drachen können miteinander sprechen?«

»Ich … weil …« Ian wandte sich abrupt von mir ab und verschränkte die Arme vor der Brust. Eine eindeutige Abwehrhaltung. »Das geht dich noch viel weniger an«, grummelte er.

Ich hatte trotzdem meine Antwort. »Sie spricht nicht mehr mit dir«, stellte ich trocken fest.

Sofort wirbelte Ian zu mir herum, machte sogar einen drohenden Schritt auf mich zu. Vor Schreck wäre ich beinahe vom Zaun gefallen. Ian sah mit einem Schlag finster aus. Noch unheimlicher als sonst. »Hör auf, dich in meine Angelegenheiten einzumischen«, zischte er mich an.

»Dann sollte dein Drache nicht versuchen, mich zum Abendbrot zu verspeisen«, erwiderte ich nicht minder zornig.

»Du hast von Drachen doch überhaupt keine Ahnung. Solange du keinen eigenen Drachen hast, kannst du nicht mitreden. Also verschon mich mit deinen Plattitüden.«

Das hatte gesessen, genau an dem Punkt, an dem ich am empfindlichsten war. Ich starrte Ian zwei Atemzüge lang an, dann wollte ich wortlos gehen. Der konnte mich mal kreuzweise. In letzter Sekunde erinnerte ich mich an meinen Grundsatz, niemals einer Konfrontation auszuweichen, bei der ich im Recht war. Also sprang ich direkt neben Ian vom Zaun auf den Boden und pikte ihm mit einem Zeigefinger gegen die Brust.

»Du hast recht. Ich habe keinen eigenen Drachen, doch ich habe Makon gespürt. Tief in mir drin. Das Band mag nur locker gewesen sein, aber allein das hat mir einen Vorgeschmack auf die magische Verbindung mit einem Drachen gegeben. Wenn du dir nicht helfen lassen willst, dann mach es wenigstens für Makon. Er ist verzweifelt und hat Angst. Erst jetzt begreife ich, warum das so ist. Shy ist außer Kontrolle. War sie das womöglich auch, als sie in die Pfortenwelt gewechselt ist?«

Ian starrte mich an, rang mit sich. Wut, Verzweiflung, Schmerz. Das alles entdeckte ich in seinem Gesichtsausdruck. Und noch mehr. Ich hatte voll ins Schwarze getroffen. Es war Angst in seinen Augen.

»Sean hat sich geweigert, mir seine Theorie über den Unfall mitzuteilen. Willst du meine hören?«, hakte ich unbarmherzig nach.

»Eigentlich nicht.«

»Musst du trotzdem. Alle haben mir erzählt, dass du mit Shy unterwegs gewesen bist. Du hast auf ihr gesessen und bist in die Pfortenwelt gewechselt. Nur bist du nicht wieder mit ihr gelandet. Makon hatte dich in den Krallen und war verletzt. Ich mag noch Neuling in der Drachenwelt sein, doch das ist sicher: Die Pfortenwelt tötet nur innerlich. Nicht äußerlich. Woher kamen Makons viele Wunden? Die am Kopf, zum Beispiel? Die abgerissenen Schuppen? Und vor allem: Wie bist du in Makons Krallen ge–«

»Hör auf«, brüllte Ian dazwischen. Er packte mich sogar an den Schultern und schüttelte mich durch. »Ja, verdammt. Du hast es erkannt. Shy ist durchgedreht, in die Pfortenwelt gewechselt und ließ sich dort nicht wieder rauslotsen. Makon ist hinterhergekommen. Er hat sie angegriffen. Sie haben gekämpft. Es war das Schrecklichste, was ich je erlebt habe. Ich dachte, sie bringen sich gegenseitig um. Keine Ahnung, wie Makon mich schließlich in die Krallen bekam.

Ich weiß es nicht mehr. Ich weiß nur noch, dass ich gefühlt von allen Seiten angegriffen wurde. Von Shys Magie, von Makon, von der Pfortenwelt. Es war schlimm. Unvorstellbar. Grausam. So heftig, dass ich einfach nicht darüber sprechen kann.«

Er schubste mich fort, sodass ich ein paar Schritte zurücktaumelte, gegen den Zaun prallte. Atemlos starrten wir einander an. »Bist du jetzt zufrieden?«, brachte er schließlich erschöpft hervor. »Neugierde befriedigt?«

»Ich –«, hob ich an, doch Ian unterbrach mich mit einem ärgerlichen Wink.

»Verschwinde einfach, Elaja. Wenn du Shy melden willst, mach das. Dann haben wir es wenigstens hinter uns.«

Ian drehte sich um, wollte mich ernsthaft stehen lassen und zu seinem Drachen zurückgehen. Ich starrte einen Moment verdattert seinen Rücken an, dann setzte ich ihm nach. Im ersten Moment wollte ich ihn packen und herumreißen, überlegte es mir aber anders. Womöglich wertete Shy das als Angriff und kam rüber zu uns. Daher umrundete ich Ian lediglich und verstellte ihm den Weg.

»Ich will dir helfen. Glaub mir: Ich weiß über das Gefühl Bescheid, wenn man Gegenstand von Klatsch und Tratsch ist. Wenn man ein Geheimnis hat, das niemand erfahren darf und das einen quält. Es hilft, wenn man darüber redet. Dann klären sich oft auch die Gedanken und man kommt auf Lösungen, die vorher unsichtbar waren.«

»Ich kann mit niemandem darüber sprechen. Sie würden es melden. Jeder Einzelne.«

»Ich nicht. Ich bin da anders. Solange man mir triftige Gründe gibt, die Regeln zu brechen, mache ich das auch.«

»Das weiß ich.«

Er wusste das? Woher? Wir kannten uns schließlich kaum. Und trotzdem war da eine Verbindung zwischen uns, die ich einfach nicht leugnen konnte. Vermutlich lag es an der magischen Verknüpfung mit Makon.

»Wie gefährlich ist Shy wirklich?«, fragte ich schließlich vorsichtig.

»Keine Ahnung. Ich weiß nur, dass der Rat beunruhigt ist und bereits Sitzungen wegen unserer Situation abgehalten hat. Fürst

Larian und Hortanführer Jama mussten beide mehrmals aussagen. Dadurch ist auch Makon ins Visier geraten. Seit dem Unfall wirkt auch er nicht mehr so zuverlässig auf andere. Meine Schwierigkeiten mit Shy färben auf ihn ab.« Ians Wut auf mich war mit einem Schlag verpufft. Jetzt wirkte er nur noch erschöpft. »Wir drei sind eine Einheit. Was geschieht, wenn der Rat Shy als Gefahr für die Allgemeinheit einschätzt? Was ist, wenn er das Äußerste verlangt? Das könnte nicht nur mich, sondern auch Makon umbringen. Du hast also das Leben von uns dreien in der Hand. Ich hoffe, du entscheidest nicht aus dem Bauch heraus, sondern gibst mir noch etwas Zeit, eine Lösung zu finden.« Ian sah mich eindringlich an. »Bitte!«

Wie hätte ich nachtreten sollen, wo er schon am Boden lag? Entgegen der warnenden Stimme in meinem Bauch nickte ich und gab damit wortlos mein Einverständnis zur Verschwiegenheit.

Gleichzeitig fragte ich mich, ob ich dadurch Ian nicht erst recht in tödliche Gefahr brachte. Das Weibchen war gefährlich. Allein die Art, wie es mich gerade aus weiter Entfernung musterte, war unheimlich. Sie wollte meinen Tod. Die Frage war nur warum.

Ich starrte sie einen langen Moment an, und mir fiel etwas anderes ein. Etwas, das sich nicht um Ians Probleme, sondern um meine drehte. »Sean sagte, du hättest eine Idee, wie ich zu einem Drachen kommen kann«, wechselte ich abrupt das Thema.

Ian wirkte einen kurzen Moment verwirrt. »Hat er was gesagt?«

»Nein, wir wurden unterbrochen. Ich bin aber für jede Idee, sei sie noch so irre, dankbar. Also? Her damit.«

Ian starrte mich lange an. Eine Sekunde. Zwei. Dann atmete er tief ein und sagte schließlich: »Ich will dir meinen Drachen geben.«

8

Shy?«, fragte ich ungläubig. »Willst du mich umbringen?« Er schnaubte genervt. »Natürlich nicht Shy. Makon. Ich spreche von Makon.«

»Du machst Scherze, oder?«

»Nein. Mir war es nie ernster.«

»Geht das überhaupt? Ich dachte immer, die Verbindung zwischen Reiter und Drache sei einmalig.«

»Unsere Magiearten sind einander ähnlich. Es könnte funktionieren. Bloß weil es noch nie jemand versucht hat, heißt es nicht, dass es unmöglich ist.«

»Das steht in meinen Lehrbüchern komplett anders. Der Reiter braucht Monate, um eine magische Verbindung zu seinem Drachen aufzubauen. Sie knüpfen ein Band, das sie für immer aneinanderschweißt. Das geht so weit, dass der Drache stirbt, sobald der Reiter draufgeht. Wenn du mich fragst, klingt das nicht nach einer magischen Kleinigkeit, die du da planst.«

»Makon wird nie dein richtiger Drache sein. Vermutlich wirst du dich gar nicht mental verständigen können, aber du kannst ihn zumindest reiten. Statt Magie benutzt ihr Handzeichen. Mit ein bisschen gutem Willen sollte es funktionieren.« Das klang nach ein bisschen sehr viel gutem Willen. Mein Unglauben sah man mir offenbar an der Nasenspitze an, denn Ian wirkte genervt. »Ich hätte dich für experimentierfreudiger gehalten«, sagte er giftig.

»Bloß experimentieren wir hier mit meiner Zukunft«, antwortete ich im selben Tonfall. »Und mit der magischen Verbindung zwischen dir, deinem Drachen und mir. Hast du mit Shy nicht schon genug Chaos in eurem Trio?«

Autsch. Das hätte ich besser nicht gesagt. Ian drehte sich wortlos um und ging, ließ mich einfach stehen. Ich beeilte mich, hinterherzukommen. »Jetzt sei nicht gleich beleidigt«, schimpfte ich. »Vor den Problemen wegrennen hilft dir nicht weiter.«

Ian stoppte abrupt und packte mich so unvermittelt am Kragen, dass mir die Luft wegblieb. Purer Zorn funkelte in seinen Augen. »Sag mir nicht, was ich zu tun habe«, schnauzte er mich an. »Das ertrag ich schon mein ganzes Leben. Was ich aber nicht ertrage, ist so viel Negativität. Jeder erklärt mir, was alles *nicht* möglich ist, während ich verzweifelt nach Lösungen suche. Ja, ein Drachentausch ist ungewöhnlich. Unser Experiment könnte schiefgehen. Die Alternativen enden allerdings alle noch schlimmer. Makon, Shy und ich sterben, und du musst deine Ausbildung abbrechen. Wie klingt das?«

Ich hob die Arme zum Zeichen des Friedens. Mehr war leider nicht möglich, denn Ian schnürte mir mit seinem Griff die Luft ab. Er hatte mich sogar ein Stück hochgehoben. Hilfe. Der Kerl war wirklich kräftig. »Bleib ruhig«, brachte ich japsend hervor.

Endlich ließ er mich los, maß mich mit einem langen, zornfunkelnden Blick. Bevor er mich wieder anbrüllen konnte, grätschte ich dazwischen. »Ich bin für ungewöhnliche Pläne jederzeit zu haben. Wirklich. Doch dieser hier scheint mir nicht wirklich durchdacht zu sein. Kein vernünftiger Drachenreiter leiht seinen Drachen aus. Schon gar nicht an eine Schülerin im ersten Monat ihrer Ausbildung.«

»Kein vernünftiger Drachenreiter. Da magst du recht haben. Aber ein verzweifelter.« Ians Zorn auf mich verpuffte. Er atmete tief durch, zwang sich sichtbar zur Ruhe.

Danach deutete er mit dem Daumen über seine Schulter, rüber zu Shy. »Ich bin mit ihr überfordert. Makon macht die Sache nicht viel besser.«

Sofort fühlte ich mich genötigt, meinen heiß geliebten Drachen zu verteidigen. »Makon? Reden wir von dem sanften, lieben Makon, den ich über Monate pflegen durfte? Was soll er dir denn für Probleme bereiten?«

»Makon und Shy verstehen sich im Moment nicht besonders. Sie … haben da so ein paar Differenzen. Meinungsverschiedenheiten, die langsam zu einem ernsten Problem werden. Ich …«

Und schon wieder geschah es. Ians Zorn war zurück. »Warum rechtfertige ich mich dir gegenüber überhaupt? Du brauchst einen Drachen. Ich habe einen und biete ihn dir an. Entweder du nimmst ihn oder du lässt es bleiben.«

Der letzte Satz war lächerlich. Natürlich mussten wir darüber sprechen. Natürlich mussten wir das Für und Wider abwägen. Vor allem, weil ich in seinem Blick so viel mehr sah, als er aussprach. Da war eine tiefe Verzweiflung. Und Angst. »Du willst das doch gar nicht«, stellte ich fest. »Das ist Wahnsinn. Ihr drei gehört zusammen.«

»Wir drei zusammen sind der Wahnsinn. Das geht nicht mehr lange gut. Ach, vergiss es einfach. Ich überlege mir einen anderen Ort, wo er unterkommen kann, bis ich Shy wieder unter Kontrolle habe.«

Ian wandte sich erneut ab und wollte mich stehen lassen. Ich sprang ihm in den Weg und rempelte diesmal sogar unsanft gegen ihn. »Ich nehme ihn«, sprudelte ich hastig hervor. Dann grinste ich breit. »Natürlich nehme ich ihn. Er ist mein absoluter Traumdrache.«

Ian erwiderte mein Grinsen um keinen Millimeter. Sein Gesicht war eine Maske aus Eis, zumindest bemühte er sich darum. Dahinter meinte ich eine Spur Erleichterung und so etwas wie Frustration zu erkennen. »Gut«, sagte er knapp. »Dann ist ja alles geklärt.«

Mit diesen Worten passierte er mich, um zu Shy zu gehen, und ließ mich einfach stehen. Diesmal akzeptierte ich seinen Wunsch nach Alleinsein, obwohl mein Herz vor lauter Fragen geradezu überquoll.

Nach einiger Zeit gab ich mir schließlich einen Ruck und hielt auf das Hauptgebäude zu, in dem sich unsere Schlafräume befanden. Dabei sang mein Herz vor Freude und mein Verstand vor Besorgnis. Ich bekam einen Drachen! Ian gab mir Makon. Des einen Leid war des anderen Freud. In diesem Fall war das mehr als deutlich.

Ich blieb abrupt stehen, als ich Sean vor der großen Flügeltür warten sah.

»Er hat es dir gesagt«, begrüßte er mich.

Ich nickte. »Makon wird mein neuer Pflegedrache.« Weil Sean so ernst blickte, bemühte ich mich um eine möglichst neutrale Miene, doch die verrutschte. Ich musste einfach strahlen. »Ich liebe Makon!«

»Ich weiß. Nur deshalb habe ich ihm den Blödsinn nicht mit aller Macht ausgeredet. Du weißt, wie viel Vertrauen er damit in dich setzt?«

Hilfe, Sean konnte ja richtig streng gucken. Ich nickte brav. »Natürlich.«

»Und wie verzweifelt er sein muss, um so etwas zu tun?«

Es fühlte sich an wie ein Schlag in meine Magengegend. Sofort verging mir meine gute Laune. »Ja«, sagte ich kleinlaut. »Das ist mir bewusst, und ich werde alles dafür tun, um es Makon so angenehm wie möglich zu gestalten.«

Das war wohl der Satz gewesen, den Sean hatte hören wollen. Er hob die Arme und umarmte mich kumpelhaft, drückte mich an sich. »Herzlichen Glückwunsch. Dann wird ja wohl doch noch eine richtige Drachenreiterin aus dir.« Er wuschelte mir spielerisch durch die Haare, allerdings spürte ich genau, dass ihm eigentlich nicht nach Freude zumute war. Er machte sich Sorgen um seinen Freund, denn in der Hinsicht hatte er natürlich mehr als recht: Dass Ian Makon abgab, war wirklich nicht normal.

Dieser Ansicht war dann auch Jama, als Ian ihm am nächsten Morgen unseren Plan mitteilte. Ich sollte vermutlich gar nicht eingeladen sein. Jama holte mich dennoch dazu. Mir war schlecht vor Aufregung, als mir klar wurde, dass hier womöglich meine Rettung zerschellen könnte.

Ian wirkte abgekämpft und genervt, als er mich hereinkommen sah. Er stand vor Jamas Schreibtisch, als wollte er fliehen. An seiner gesamten Körperhaltung erkannte ich, dass er sich weit weg wünschte.

»Elaja«, begrüßte mich Jama streng. »Setz dich.«

Im Gegensatz zu Ian tat ich, wie mir geheißen, ließ mich auf dem harten Holzstuhl vor Jamas Tisch nieder und bemühte mich um ein freundliches Gesicht. Jamas und Ians Mienen waren finster genug.

»Hast du Ian in irgendeiner Weise unter Druck gesetzt?«

»Was? Ich? Wie hätte ich das denn tun sollen?«

»Mir fällt kein triftiger Grund ein, warum ein Reiter seinen Drachen an eine naseweise junge Frau abgeben sollte, die noch dazu als unzuverlässig und unberechenbar gilt.«

Autsch. Das tat weh. »Ich bin nicht unzuverlässig oder unberechenbar«, sagte ich zornig. »Man gibt mir nur nie die Gelegenheit, das Gegenteil zu beweisen.«

»Du hast schon drei Schulstunden verpasst.«

»Da war ich unpässlich.«

»Ohne Entschuldigung.«

»Meine Unpässlichkeit kam unerwartet.« Nie im Leben würde ich zugeben, dass mich an drei Tagen hintereinander meine Visionen überrollt hatten. Ich hatte es noch gerade in den nächsten Wandschrank im Unterrichtsraum geschafft und war danach dort eingesperrt geblieben. Wenn man es genau nahm, war ich sogar anwesend gewesen. Nur unsichtbar. Leider konnte ich das so nicht zugeben.

Jama zog ein Blatt Papier hervor, das verdächtig nach einer Notenübersicht aussah. »Du hast nicht eine wirklich akzeptable Note zu verzeichnen, und in Magietraining hinkst du weit hinterher. Du –«

»Sie wird besser«, unterbrach Ian die Ausführungen meines Hortanführers. »Ich habe mich erkundigt. Sie strengt sich an, und nur das zählt für mich. Ihre Lernkurve ist beeindruckend.«

Seine Feststellung nahm Jama hinreichend den Wind aus den Segeln. Auch ich war überrascht. Vor allem, dass Ian nette Worte für mich übrig hatte – und ich angeblich eine beeindruckende Lernkurve vorwies. Trotzdem war Jama noch nicht gewillt, seinen Segen zu geben. Er kniff die Augen streng zusammen. »Ian, du hast noch immer nicht verstanden, dass du eine besondere Stellung in unserer Drachenwelt hast. Insbesondere mit Makon. Du kannst nicht einfach so entscheiden, deinen Drachen an einen anderen Ort zu verfrachten und ihn an eine Schülerin auszuleihen, die mehr als fragwürdig ist. Das müssen wir mit Fürst Larian besprechen. Und wie stellst du dir das vor, wie wir die Pfortenübergänge mit dir üben sollen? Das funktioniert nur mit Makon.«

»Im Moment funktioniert nichts mit Makon«, sagte Ian ruppig. »Mir ist durchaus bewusst, was auf dem Spiel steht. Glaubt mir. Ich weiß es. Ihr lasst mich das jeden Tag spüren. Und gerade deshalb bleibt mir keine andere Wahl. Shy gehört zu uns. Ich werde sie nicht kampflos aufgeben. Wenn Ihr Makon und mich als Gespann haben wollt, dann müsst Ihr Shy endlich mit in diese Gleichung nehmen. Da es in dieser Hinsicht hakt, gibt es nur diese eine Option. Elaja hat eine Magie, die meiner sehr nahe kommt. Sie wird sich gut um Makon kümmern können, bis Shy und ich das zwischen uns geklärt haben. Also entweder akzeptiert Ihr meinen Plan oder wir haben ein ganz anderes Problem.«

Die beiden starrten sich mit finsterster Miene an. So böse, dass ich mich gezwungen sah, einzuschreiten. »Wie wäre es, wenn wir es erst mal probieren, und sollte es nicht funktionieren, eine andere Lösung suchen?«

Jama löste sich höchst unwillig aus Ians stahlhartem Blickduell. »Das ist keine Kleinigkeit, die man einfach mal probieren könnte. Es geht hier nicht nur um deine Karriere, sondern um viel mehr. Makon ist nicht irgendein Drache.« Jetzt sah er wieder Ian an. »Es gefällt mir nicht, dass du das gegen unseren Willen durchdrücken wirst.«

»Gewöhnt Euch dran.«

Das war unhöflich – und mehr als respektlos. Entsprechend sprachlos war Jama. Unser Glück. Er spürte vermutlich, dass er bei dieser Konfrontation den letzten Rest seiner Autorität verlieren konnte, daher knickte er ein. »Du wirst zwei Wochen auf Lark bleiben und zusehen, dass sich Makon und Elaja aufeinander einstellen. Nein. Was das angeht, lasse ich nicht mit mir reden. Entweder das, oder wir sehen uns vor dem Rat wieder, dann muss der entscheiden. Sehe ich in diesen zwei Wochen keinen Sinn in eurem Plan, werde ich die Aktion abbrechen. Du kannst dich in dieser Zeit gern nützlich machen. Unsere Schüler müssen schneller auf das Kommende vorbereitet werden.« Jetzt sah er mich an, woraufhin ich mich instinktiv duckte. »Du wirst kein einziges Wort über dieses Gespräch weitererzählen. Wer fragt, dem sagst du, dass wir etwas Neues ausprobieren. Drachentausch. Mehr braucht niemand zu wissen.«

Damit waren wir wohl entlassen. Ian war schon aus der Tür, ehe ich überhaupt aufgesprungen war. Das nutzte Jama noch einmal, um mich zurückzupfeifen und unter vier Augen mit mir zu sprechen. »Sei vorsichtig mit Makon und Ian«, sagte er leise zu mir. »Die beiden machen eine schwere Zeit durch. Ich bin mir nicht sicher, ob es für dich gut ausgeht, wenn du zwischen die Fronten gerätst.«

»Ich kann gut auf mich aufpassen.«

Endlich lächelte Jama. Ganz leicht. »Ich weiß. Nur deshalb habe ich letztlich meinen Segen gegeben. Wenn sich einer durch dieses Chaos durchboxen kann, dann du.«

Das kam einem Lob schon recht nahe. Entsprechend strahlte ich ihn an und machte dann, dass ich aus dem Raum kam. Draußen rannte ich regelrecht in Ian hinein. Uff. Das tat weh. Der Kerl hatte wahrhaftig harte Brustmuskeln. Sogar meine Nase tat von dem Aufprall weh. Peinlich berührt stolperte ich rückwärts und musste ärgerlicherweise den Kopf in den Nacken legen, um ihn ansehen zu können.

»Du solltest an deinen Manieren arbeiten«, sagte ich streng zu ihm. »Jama meint es nur gut.«

»Jama hätte niemals sein Einverständnis gegeben, wenn ich nicht fies geworden wäre«, antwortete Ian gelassen. »Er geht am liebsten den Weg des geringsten Widerstandes. In dem Fall wäre dabei Shy draufgegangen. Also entschuldige, falls ich deinen geliebten Hortanführer zu scharf angegangen bin.«

Ich hob die Hände. »Jetzt geh nicht gleich auf mich los. Ich bin in friedlicher Absicht hier. Allerdings müsstest du mir noch eine Sache erklären.«

»Die wäre?«

»Was ist an Makon und dir so besonders? Klang ja geheimnisvoll.«

Ian reagierte auf meinen vor Neugierde nur so sprühenden Blick eher gelangweilt. »Das ist nichts, was du wissen müsstest.«

»Wenn ich deinen Drachen übernehme und alle deswegen völlig ausflippen, sollte ich zumindest im Bilde sein. Findest du nicht?«

Ian zögerte. Anscheinend überlegte er, wie viel er mir sagen durfte. »Makon und ich haben spezielle Fähigkeiten.«

»Magische Fähigkeiten?«

Er nickte knapp.

»Habe ich die auch? Ich meine, wenn deine Magie und meine Magie …«

»Elaja! Hör auf! Du wühlst da in Dingen, die dich definitiv nichts angehen. Lern erst mal, dich auf einem Drachenrücken zu halten, dann reden wir weiter. Bis dahin vergisst du besser das Gehörte.«

Der Kerl ging echt schnell in die Luft. Offenbar war seine Geduld erschöpft. Um keinen Streit zu provozieren, gab ich nach. »Verstehe«, sagte ich, obwohl ich absolut nichts verstand. »Also, wie sieht dein Plan aus?«

Ians Gesicht wurde noch finsterer. »Eigentlich hatte ich mit Shy zurückfliegen und mit Makon zurückkommen wollen. Ich kann sie aber nicht zwei Wochen allein auf Janara lassen. Die nimmt da den Stall auseinander. Deshalb bleibt sie für die paar Stunden hier, ich hole rasch Makon und anschließend … sehen wir weiter. Immer einen Schritt nach dem anderen.«

»Weiß Makon von deiner Idee?«

»Natürlich – und er findet sie bescheuert. Das wird er dich auch spüren lassen. Entschuldige also, falls auch er an seinen Manieren arbeiten sollte.« Er verzog spöttisch das Gesicht, woraufhin ich ihm gern einen Klaps auf den Hinterkopf gegeben hätte. Da das nur in einem fulminanten Streit hätte enden können, verkniff ich mir das.

Stattdessen wedelte ich wie eine Königin mit der Hand. »Dann los. Was stehst du hier noch rum? Lass es uns hinter uns bringen.«

Also flog Sean seinen Freund nach Janara, um dessen Drachen zu holen. Für mich. Damit ich meine Ausbildung beenden konnte – und damit sich seine Drachen nicht gegenseitig umbrachten.

Wie sich herausstellte, lästerten die Drachenreiter sogar noch mehr untereinander als erwartet. Dass Ian mir seinen Drachen geben würde, hatte sich blitzartig herumgesprochen. Entsprechend war ich auch nicht allein, als ich nervös vor der Landebahn auf die Ankunft meines zukünftigen Begleiters wartete. Hora bemühte sich, mich vor den anderen abzuschirmen. Mit mäßigem Erfolg. Zu meiner Überraschung hatte sich eine andere junge Frau neben mich gestellt und blockte auf dieser Seite zu neugierige Fragen und fiese Bemerkungen ab.

»Verzieh dich«, sagte sie zum Beispiel zu Werl. »Noch so einen Spruch und ich hau dir eine runter.«

Hora und ich wechselten einen irritierten Blick untereinander, nahmen die Rückendeckung aber dankbar an. Es wurde erst besser, als Narel seinen Drachen kurzerhand quer hinter uns stellte und uns auf diese Weise von den schaulustigen Vollidioten abschirmte.

»Dieser Hort ist echt die Hölle«, brummte die junge Frau neben mir. Sie musste von Janara kommen, denn ich hatte sie bislang noch nie gesehen. Ihre blonden Haare hatte sie zu einem kunstvollen Zopf am Hinterkopf hochgesteckt. Vor allem fielen mir sofort ihre riesigen blauen Augen auf, mit denen sie mich offen und eher neugierig anblickte. Anders als die meisten Drachenreiter war sie etwa genauso groß wie ich, nur noch zarter gebaut. Vermutlich war sie die zierlichste Frau der gesamten Zuschauermenge.

»Eigentlich ist es hier ganz schön«, antwortete ich ihr. »Die Sonne scheint häufig, das Essen ist gut, die Lehrer engagiert, und mal abgesehen von Werl sind die Schüler einigermaßen in Ordnung. Aus der Ferne und von hinten zumindest.«

Die junge Frau lachte neben mir, dann hielt sie mir ihre Hand hin. »Ich bin Neth. Unter normalen Umständen bin ich auch einigermaßen in Ordnung, entspannt und freundlich. Ab und zu kann ich aber auch anders.«

»Hab ich gemerkt.«

»Ich hasse es, wie sie Ian, Makon und Shy ständig angehen. Auf Janara war es zum Schluss beinahe unerträglich.« Neth schüttelte angewidert den Kopf, dann zog sie eine Augenbraue in die Höhe. »Ist es denn wahr? Makon bleibt bei dir?«

Als besonders misstrauischer Mensch reagierte ich auf diese Frage entsprechend passiv. Ich brummelte lediglich eine undeutliche Antwort vor mich hin, sodass sie auch nicht schlauer war. Im Gegensatz zu manch anderen Leuten verstand sie den Wink jedoch: Ich wollte nicht drüber reden. Anerkennend nickte sie mir zu und deutete dann in den Himmel.

»Da kommen sie.«

Augenblicklich verstummten wir und starrten hinauf in den Himmel, wo sich jetzt ein dunkler Fleck abzeichnete, der nach und nach an Konturen zunahm. Ein Drache. Makon.

Ich konnte vor Aufregung kaum noch still stehen, und aus irgendeinem Grund brach mir der Schweiß aus allen Poren. Endlich würde ich meinen Drachen wiedersehen. Endlich.

Mit Argusaugen beobachtete ich, wie Makon in den Queranflug einkurvte, dann in den Endanflug und schließlich die Geschwindigkeit reduzierte und an Höhe verlor. Je langsamer das Tier flog, desto besser konnte die Magie des Reiters eingreifen und den Drachen genau dort landen, wo er hinwollte.

Ich war wie elektrisiert. Makon war ein Stückchen gewachsen und noch größer, als ich ihn in Erinnerung hatte. Noch majestätischer und schöner. Noch eleganter und graziler.

Noch schwärzer.

Das Tier hatte mittlerweile eine derart dunkelschwarze Farbe angenommen, dass es mir unwillkürlich einen Schauer über den Rücken laufen ließ. Noch nie hatte ich solch eine Farbe gesehen. Es sah schön und unheimlich zugleich aus.

Er landete ruhig und routiniert direkt vor unserem Zaun, knapp zehn Meter von uns entfernt. Und diesmal ordentlich. Erst beide Hinterpfoten, dann die Vorderpfoten. Wie es sich gehörte.

Mit eherner Ruhe faltete er seine Flügel auf dem Rücken, streckte sich und erwiderte den Willkommensruf eines ortsansässigen Drachen. Sein Laut hallte gebieterisch über den Vorplatz. Majestätischer als jeder Ruf, den ich sonst von einem Drachen gehört hatte.

Vielleicht sah ich Makon auch durch meine rosarote Brille. Für mich war er einfach der beste und eleganteste Drache der Welt.

Ich wollte gerade lossprinten, da fragte Narel trocken: »Was sagt eigentlich Jama zu der ganzen Sache?« Er sah unseren Tausch ähnlich wie

Sean als alarmierendes Signal. Wenn ein Reiter seinen Drachen abgab, stimmte etwas nicht. Vor allem, weil es so was noch nie gegeben hatte.

»Jama hat es abgesegnet. Zwei Woche zur Probe. Wahrscheinlich ist er insgeheim sogar froh über die Lösung. Endlich nerve ich ihn nicht wegen eines Drachen.« Ich sagte es so trotzig wie ich konnte, denn ich war nicht gewillt, mir wegen des Tausches ein schlechtes Gewissen einreden zu lassen. Makon war der Ausweg. Die Lösung schlechthin. Meine Rettung!

Mit einem Satz lief ich so schnell ich konnte zu Makon hinüber, der mir bereits entgegenblickte. Sein Schwanz peitschte hin und her wie bei einem Hund. Ein Zeichen der Freude, aber auch der Unsicherheit. Genauso verhielt sich Shy, bloß war es da ausgeprägter.

Ich stoppte kurz vor seiner riesigen Schnauze, streckte atemlos die Hand aus und tätschelte seine Nase, lachte und freute mich. Innerhalb von zwei Sekunden sprudelte ich alles Mögliche heraus, hüpfte aufgeregt auf und nieder und wurde schließlich von Makon unterbrochen. Er stupste mich so fest an, dass ich beinahe umfiel. Seine Art, Hallo zu sagen.

Ich grinste breit und presste ein undeutliches »Willkommen« hervor. Vor Glück traten mir sogar Tränen in die Augen, und ein Kloß so dick wie ein Gänseei verstopfte meine Kehle. Es war Wirklichkeit. Makon war hier.

Ian stieg in der Zwischenzeit ab und kam langsam zu uns rüber, dicht gefolgt von Sean. Meine Freunde standen am Zaun und beobachteten respektvoll die Szene, die Sonne durch ihre an die Stirn gelegten Hände abschirmend.

Makon hob seinen Kopf und drehte ihn zu seinem Herrn, der ein paar Schritte von mir entfernt stehen geblieben war. Erst jetzt bemerkte ich die tiefe Trauer in den Augen des Tieres. Ein leises Brummen ertönte, und Ian legte seine Hand auf die breite Stirnfläche seines Tieres, knapp unterhalb der acht Dornen. Er ließ sie dort eine Weile liegen und starrte seinem Drachen in die dunkelbraunen Augen.

»Wir schaffen das«, sagte er dann so leise, dass ich es kaum verstehen konnte. Die Ohren des Drachen schnellten nach vorn, bereit, jedes Wort seines Herrn in sich aufzunehmen.

Die Hand fing an zu zittern, woraufhin Makon leise zu schnurren begann und spielerisch nach ihm knuffte. Die Reaktion seines Reiters war erschreckend. Er sprang hastig zurück, der gesamte Körper von jetzt auf gleich in Alarmbereitschaft. Wenn ich nicht irrte, wurde er sogar blass.

Makon erstarrte in der gleichen Sekunde, genau wie ich. Es war nur eine kleine Szene gewesen. Ein winziger Augenblick, doch ich hatte endlich das Grundproblem begriffen. Es ging nicht nur um Shy oder darum, dass sich die Drachen untereinander bekriegten.

Ian hatte Angst vor Makon.

Weil die Szene gewiss nicht für meine Augen bestimmt gewesen war, bemühte ich mich darum, mir nichts anmerken zu lassen. Mit vertuschen kannte ich mich aus, und ich konnte Ian sogar verstehen. Meine Momente der Schwäche ließ ich auch lieber unkommentiert. Daher trat ich betont locker zwischen die beiden und legte mich halb auf Makons riesigen Schädel. »Ich freue mich auf unsere gemeinsamen Abenteuer«, sagte ich zu ihm. »Natürlich ist mir klar, dass du das anders siehst, aber wenn sich jeder von uns ein wenig zusammenreißt, wird das schon werden. Es ist ja ein überschaubarer Zeitraum. Ein Wimpernschlag, schon bist du wieder bei Ian und ich hab meine Drachenreiterausbildung in der Tasche. Zumindest den ersten Teil. Das wird super. Versprochen. Ein Abenteuer.« Vermutlich durchschauten Ian und Makon meine aufgesetzte Fröhlichkeit. Es wirkte trotzdem. Die beiden entspannten sich sofort.

»Ich schlage vor, dass ihr zwei euch erst mal aneinander gewöhnt und ich mich mit Shy ans andere Ende des Hortes zurückziehe«, sagte Ian. »Morgen können wir gern die wichtigsten Punkte für unseren Drachentausch durchgehen. In die Pfortenwelt werdet ihr nie wechseln können – das wäre viel zu gefährlich, solange Makon nicht dein vollwertiger Drache ist. Alles andere Prüfungsrelevante wird möglich sein. Für den Pfortenwelt-Test müssen wir uns etwas anderes einfallen lassen. Wichtig ist jetzt zunächst, dass ihr eine Einheit bildet, euch miteinander verbindet und euch auf magischer Ebene annähert. Dann steht einem ersten Flug in den nächsten Wochen nichts im Weg.«

Ich hatte Ian noch nie so viel an einem Stück reden gehört und war überrascht, wie ruhig und vernünftig er dabei klang. Beinahe normal. Als ich mich umdrehte und ihn musterte, bemerkte ich, dass wir von normal weit entfernt waren. Er wirkte angespannt. Bei einem anderen Menschen als ihm wäre ich vermutlich hingegangen und hätte ihn umarmt. Mich bedankt und ihn beruhigt. Bei Ian traute ich mich das nicht.

»Wir schaffen das«, wiederholte ich seine eigenen Worte von zuvor und lächelte ihn möglichst optimistisch an.

Ian reagierte nicht sichtbar darauf, sondern klopfte Makons Schuppen und winkte dann. »Rauft euch zusammen. Ich bin erst mal weg und komme heute Abend vorbei. Bis dahin will ich keine Klagen hören. Von keinem von euch.«

Wir sahen ihm hinterher, und mit jedem seiner Schritte spürte ich, wie Makon unruhiger wurde. Trauriger. Ians Plan wurde mit einem Schlag real. Makon würde bei mir bleiben.

Er gab ihn wirklich ab.

Was für mich pure Freude war, war für den Drachen ein Fiasko. Weil ich das wusste, ließ ich ihm die Zeit, das Geschehene zu erfassen. Dabei rang ich mit meiner unbändigen Freude und meiner gleichzeitig immer heftiger aufkeimenden Sorge.

Wenn Ian Angst vor Makon hatte – musste ich die dann auch haben? War womöglich nicht nur Shy der Problemdrache, sondern der Bulle ebenfalls?

Ich war verunsichert und schwor mir gleichzeitig, die Wahrheit herauszufinden.

9

Ich konnte Makon überreden, in den Stall überzuwechseln. Der war in drei verschiedene Bereiche eingeteilt: Ganz vorn standen die Einsatzdrachen, die jederzeit rausstürmen mussten. Dahinter die Jungdrachen in Ausbildung und ganz hinten waren ursprünglich die Babydrachen untergebracht gewesen. Da es auf Lark keine gab, war hier jede Menge frei.

Ich nötigte Makon dorthin und gab ihm das beste Futter, das ich auftreiben konnte. Trotzdem besserte sich seine Laune nicht sichtbar. Schließlich setzte ich mich einfach zu ihm und erzählte ihm von meinem letzten Monat. Da war ja immerhin allerhand passiert. Makon hörte aufmerksam zu, doch der Ausdruck von purer Trauer verschwand keine Sekunde.

»Wie läuft es?«, wurden wir von Sean unterbrochen.

»Mäßig«, gab ich zu und drehte mich zu ihm um.

Der junge Mann stand mit Zair im Eingang und deutete auf eine zierliche Gestalt neben sich. »Neth kennst du ja bereits. Ihr Drache Naim und Makon waren auf Janara Stallgefährten. Ich dachte mir, vielleicht hilft das ein wenig. Zair darf hier nicht hin. Der gehört zu den Einsatzdrachen.«

Ich winkte Neth begeistert näher, die gleich darauf mit dem zartesten Drachen hereinkam, den ich je gesehen hatte. Das Weibchen war deutlich gelber als unsere mit dem hellsten Grün, das man sich vorstellen konnte. Dadurch sah sie fröhlich und wahnsinnig charmant aus. Sie passte perfekt zu ihrer Herrin.

Makon und Naim begrüßten sich, indem sie die Schnauzen kurz aneinanderdrückten und sich gegenseitig in die Nüstern pusteten. Sean beobachtete das noch, dann winkte er und verließ mit Zair unseren Stallbereich. Naim ließ sich in der Zwischenzeit neben meinem Drachen nieder.

Mein Drache.

Der Gedanke war noch immer ungeheuerlich. Der pure Wahnsinn. Ich schwankte minütlich zwischen Euphorie, Selbstzweifel und purer Panik.

»Na, drehst du schon durch?«, fragte mich Neth freundlich und reichte mir ein geschmiertes Brot. »Ihr seid echt das Gespräch der Drachenwelt. Ich dachte mir, du könntest Hunger haben. War ja ein aufregender Tag.«

Und wie! Dankbar nahm ich das Brot an und biss hinein. »Ich sterbe vor Nervosität«, gab ich dann zu. »Alle Augen sind auf uns gerichtet. Alle warten darauf, dass unser Experiment scheitert. Das fühlt sich grässlich an. Aber Aufmerksamkeit bin ich gewohnt, da steh ich drüber. Ich hoffe nur, dass sich der Rest auch noch gibt. Der Start war jetzt nicht so übermäßig erfolgreich.«

Wir sahen zeitgleich zu dem trauernden Drachen, der jetzt seinen Kopf von uns fortgedreht hatte und die Wand anstarrte. Das konnte heiter werden.

»Er versteht nicht, warum Ian ihn fortgegeben hat. Lass ihm Zeit, das zu verarbeiten.« Neth hatte sich ebenfalls ein Brot mitgebracht und knabberte wie ein Mäuschen daran herum. Ich hatte meins bereits verschlungen. »Ich vermute mal, ihr setzt gerade ein Zeichen. Von einem Drachentausch habe ich noch nie gehört. Und dann auch noch Makon. Fürst Larian dreht vermutlich gerade durch.«

Sofort horchte ich auf. »Der Fürst? Was hat der denn mit der Sache zu tun?«

»Alles, was Ian angeht, hat mit dem Fürsten zu tun. Ian ist sein Schützling. Zumindest munkelt man das. Ich glaube eher, dass Ian darauf vorbereitet wird, sein Nachfolger zu werden.«

Ich hatte in einer Falte meiner Hose noch einen Krümel Brot gefunden, ihn in den Mund gesteckt und verschluckte mich jetzt prompt daran. Hustend krächzte ich ein ungläubiges »Was?« hervor.

Neth klopfte mir lachend auf den Rücken. »Du bändelst da gerade mit deinem zukünftigen Anführer an.«

»Ich bändel nicht an! Eigentlich hab ich nur seinen Drachen übernommen.«

Neths Blick war bezeichnend. »Garantiert hätte er Makon nicht jedem gegeben. Meinen Namen kann er sich nicht mal merken.«

Ich spürte, dass ich rot wurde. Von den Zehen bis zur Haarspitze. An so was hatte ich nicht eine Sekunde gedacht. Ian und ich? Neeee! Der wollte nichts von mir, sondern hatte lediglich meine Hilfe benötigt. »Seine und meine Magie sind sich wohl ähnlich«, murmelte ich abwehrend.

»Das sind die von Sean und mir auch. Trotzdem würde er mir nie seinen Drachen leihen. Nicht mal, um mit ihm um die nächste Ecke zu reiten.« Als Neth mich erbleichen sah, winkte sie hastig ab. »Jetzt bekomm wegen dieser Gerüchte nicht auch noch Panik. Ist völlig egal, was die über dich und Ian reden.«

Ich überlegte kurz, haderte mit mir, ob ich mich zu weit aus dem Fenster lehnte. Dann fragte ich doch nach. »Jama meinte, dass Ian und Makon etwas Besonderes wären. Weißt du mehr darüber?«

Neth verdrehte die blauen Augen. »Da machen sämtliche Leute ein riesiges Geheimnis raus. Ich weiß nur, dass Ian schon von Anfang an mit den Jagdgeschwadern üben musste. Andere übten auf- und absitzen, er musste die richtig fiesen Übungen mitfliegen. Angeblich ist was mit seiner Magie.«

Ja, so schlau war ich mittlerweile auch. Mein ungutes Gefühl biss mir wieder kräftig in den Hintern. Mühsam kämpfte ich es nieder und bemühte mich um eine fröhliche Miene.

Neth schien ähnlich zu denken. Sie grinste breit. »Scheiß was auf die Geheimniskrämerei der Drachenreiter. Du hast jetzt endlich einen Drachen und kannst deine Ausbildung weitermachen. Herzlichen Glückwunsch.« Sie hob ihr Brot wie zum Anstoß, und zum ersten Mal ließ ich es wirklich zu: diese unbändige Freude darüber, doch noch Drachenreiterin zu werden.

Meine Euphorie hielt leider nur zwei Tage an. Dann musste ich einsehen, dass Makon wirklich sehr litt. Ian war in der Zeit nur zweimal kurz da gewesen und hastig wieder gegangen. »Ich blockiere nur eure Eingewöhnung«, hatte er gesagt und war rasch verschwunden.

Ich konnte das Argument verstehen und bezweifelte gleichzeitig den Sinn. Der Übergang war zu abrupt. Makon gab mir die Schuld, dass sich sein Herr von ihm trennte. Weil ich einen Drachen brauchte, musste er gehen.

»Es ist nur für eine begrenzte Zeit«, versuchte ich ihn aufzumuntern und stieß dabei auf Granit. Immerhin durfte ich ihn putzen und füttern. Er fraß mäßig, aber wenigstens fraß er überhaupt. Aus der Box ließ er sich trotz meines Zuspruchs nicht bewegen.

Leider hatte mir Jama nur zwei Tage unterrichtsfrei gegeben. Am dritten musste ich in meinen Alltag zurückkehren und Makon damit allein in seiner Box zurücklassen. Das schmeckte mir nicht, doch weitere Befehlsverweigerungen würden mir schlecht bekommen. Also fügte ich mich zähneknirschend.

Hora freute sich sehr, als ich mich am dritten Morgen wieder zu der Klasse gesellte. »Du hast spannende Sachen verpasst«, sagte sie zu mir und klopfte neben sich auf den für mich frei gehaltenen Stuhl. »Ich erzähl dir die Kurzzusammenfassung.«

Sie kam nicht mal zu einem nächsten Wort, denn die Tür des Seminarraums flog auf und spuckte drei kantige Kerle hinein. Die sahen verdächtig nach Nahkampftrainer aus. Bitte nicht! Ich war darin eine echte Niete. Hinterdrein stapfte unser Magielehrer und räusperte sich unwohl.

»Unser Lehrplan wurde erneut auf den Kopf gestellt. Die Bedrohungsskala wurde hochgestuft, und wir befinden uns damit auf zweithöchster Alarmstufe. Das hat auch Auswirkungen auf unsere Ausbildung. Sagt alle privaten Nachmittagstermine ab, kündigt eure Nebenverdienstmöglichkeiten. Ab sofort werdet ihr euch nur noch auf eure Ausbildung konzentrieren. Wir ändern auch den

Lehrplan. Mit sofortiger Wirkung lernt ihr deutlich mehr Selbstverteidigung und Angriffstaktiken. Auch Luftkampf wird mit aufgenommen. Dafür teile ich euch nun in verschiedene Gruppen ein.«

Ein Raunen ging durch die Menge. Ich selbst fühlte mich, als hätte mir jemand in den Bauch geboxt. Luftkampf? »Aber wer sollte uns denn angreifen? Wir sind ein Volk«, flüsterte ich Hora zu.

»Frag mich was Einfacheres. Die Gerüchte halten sich seit Tagen hartnäckig. Larian geht von einem Drachenangriff aus. Nur von wo, ist allen ein Rätsel.«

Von hinten beugte sich Narel vor. Er saß gern in der letzten Reihe und hatte den Überblick über alles. »Im Koloss-Gebirge gab es angeblich Sichtungen.«

»Da leben nur die wilden Drachen«, widersprach ich.

»Womöglich hat man sich da geirrt.«

Ich schauderte unbehaglich, kam aber zu keiner Antwort. Unser Lehrer begann, eine sehr lange Liste herunterzuleiern. Hora und ich kamen zum Glück in die gleiche Gruppe und erhielten genau die Trainingseinheiten, in denen wir wirklich schlecht waren. Nahkampf, Schwert, Bogen, Magie und vor allem: Luftkampf.

»Ich bin mit Makon ja noch nicht mal abgehoben«, sagte ich schaudernd. Hora kicherte lediglich nervös. Sie war blass wie die Wand.

In der Sekunde klatschte unser Magielehrer in die Hände. »Aufsitzen! Antreten in zwanzig Minuten auf den Startbahnen.«

Mein Puls schoss augenblicklich in die Höhe. Während alle aufgeregt auf die Füße sprangen, blieb ich sitzen. Meine Beine trugen mich vermutlich gar nicht.

»Was ist?«, fragte Hora ungeduldig. »Wir müssen uns sputen, wenn wir nicht zu spät kommen wollen.«

»Makon steht nicht mal auf. An Fliegen ist nicht zu denken.«

»Versuch es zumindest. Momentan ist nicht die Zeit für Extrawürste. Alle sind nervös. Da kann man sich um keinen Almosenfall kümmern.«

Ich starrte Hora schockiert an und sah einen langen Arm, der von hinten heranschoss und ihr einen gewaltigen Klaps auf den Hinterkopf gab. »Hora, du Fiesling. Sag so was noch mal und du musst uns eine Woche lang mit Eure Hoheit anreden«, fauchte Narel aufgebracht.

Hora wurden ihre Worte erst jetzt bewusst. »Entschuldige, Elaja. Meine Nerven liegen blank.«

»Ja klar. K-kein Ding«, stotterte ich, doch der Schaden war angerichtet. Dass mich ausgerechnet meine beste Freundin in Gedanken als Almosenfall ansah, traf mich tief.

Entsprechend steif lief ich hinter den beiden her. Narel bemühte sich um eine entspanntere Atmosphäre und blödelte herum, nur Hora und mir war die Laune komplett vergangen. Erst recht, als ich in den Stall an all den anderen Drachen vorbeigehen musste und meinen Drachen liegend fernab des Tumults in der Box vorfand.

Von Naim war keine Spur zu sehen. Neth war in einer anderen Gruppe und vermutlich bereits auf der Startbahn. Verdammt.

»Makon, steh auf. Bitte, bitte, steh auf! Wir müssen zum Training!« Ich klopfte ihm so fest ich konnte auf den Hals, danach auf die Nase. Schob und drückte, flehte und drohte. Nichts half.

»Antreten«, bellte es bereits zum dritten Mal durch die Gänge. »Elaja, beeil dich, sonst sperre ich dich für die Übung.«

»Ich komme«, rief ich und nestelte voller Verzweiflung am Kriegszaum herum, ein Zaumzeug mit deutlich mehr Schnürungen, Haken und Sicherungsleinen. Den an einen liegenden Drachen anzulegen war jedoch so gut wie unmöglich. Ganz davon abgesehen, dass ich das noch niemals gemacht hatte. In der Theorie wusste ich genau, wo was hinkam. Die Handgriffe waren mir trotzdem neu.

»Wo bleibt ihr?« Narel tauchte wie aus dem Nichts im Eingang auf.

»Makon rührt sich nicht. Was mach ich jetzt?«

Mein Freund zögerte keine Sekunde. »Ich laufe los und hole Ian.«

»Nein, bitte …« Mein »nicht« hörte Narel nicht mal, denn er war bereits weg.

Nein, nein, nein. Das Letzte, was ich gebrauchen konnte, war ein aufgebrachter Ian, der erst mit mir und danach mit Makon schimpfte.

»Komm schon hoch«, bat ich ein letztes Mal eindringlich. »Es gibt Arbeit.«

Nichts zu machen. Makon ignorierte mich und starrte stoisch in eine andere Richtung. Das tat er noch immer, als ich schnelle Schritte auf dem Gang hörte. Ich drehte mich in der Sekunde um, in der ein schweißgebadeter Ian vor uns auftauchte. Er war in voller Kriegsmontur und – ja, ich musste es einfach neidlos anerkennen – eine wirklich beeindruckende Gestalt. Eng anliegende Hose, hochgeschnürte braune Stiefel, ein wollenes Oberteil und darüber eine schwarze Lederweste mit genug Laschen und Ösen für Dolche, Messer, Pfeile und sonstiges Mordwerkzeug. An seiner Hüfte trug er ein zierliches Schwert und auf dem Rücken einen Langbogen. Er sah martialisch aus und wirklich … heiß.

»Was zur Hölle macht ihr hier noch drin?«, blaffte er uns an.

»Makon steht nicht auf.«

Ian starrte mich einen Moment verblüfft an, dann trat er an seinen Drachen und brachte ihn mit einem gezielten Klaps gegen die Brust auf die Beine. »Bist du völlig bescheuert?«, brüllte er den Bullen an. »Das ist jetzt nicht die richtige Zeit, einen auf beleidigt zu machen.«

Makon brummte und versuchte seinen gewaltigen Schädel an seinem Herrn zu reiben. Der drängte ihn vehement zur Seite, woraufhin mein Herz blutete. Dass er seinen Drachen so von sich stieß, tat mir in der Seele weh.

Ian hingegen ignorierte Makons verletzten Blick vollkommen und begann hektisch, den Kriegszaum zu richten. »Jetzt hilf mit, Elaja. Für solche Zickereien hab ich keine Zeit«, schnauzte er mich an.

Hastig tat ich, wie mir befohlen, kam allerdings nur dazu, einen einzigen Haken einzuklicken. Den Rest hatte Ian bereits erledigt.

»Los, rauf mit dir!«

Ian packte mich und schob mich auf Makons Rücken. Ich zog mich hoch und hatte oben nicht mal den Hauch einer Ahnung, in welche Ösen die vielen Schnüre eingehakt werden sollten. Hilflos ließ ich sie erst mal liegen und beugte mich zur Seite, wo ich Ian vorausstapfen sah. »Wir können doch unmöglich so starten«, brüllte ich ihm hinterher.

»Erst mal schaff ich euch auf die Landebahn. Los jetzt! Ich müsste eigentlich längst in der Luft sein.«

Makon tat mir den Gefallen und trottete seinem Herrn hinterher. Dabei brummelte er vor sich hin. Es klang verdächtig nach deftigen Flüchen, nur eben in Drachensprache.

Mir war zum Heulen zumute. Wenigstens hatte ich mittlerweile die Beinschnüre identifiziert und begann damit, mich festzuzurren.

Wir kamen natürlich als Letzte an, aber immerhin waren wir raus aus dem Stall. Der Drachentrainer war trotzdem erzürnt. »Elaja, das geht so nicht. Du musst dein Training ernster nehmen.«

Mir wurde der Kopf so heiß wie ein Vulkan, erst recht, als sich alle Köpfe zu mir drehten. Auch die eines kompletten Jagdgeschwaders, das ungeduldig vor der Startbahn stand. Ach herrje. Warteten die wirklich auf Ian? Offenbar ja.

Der Truppführer brüllte in der Sekunde bereits los. »Ian, das geht so nicht. Dieser Drachentausch ist eine absurde Idee. Jetzt schnapp dir Makon und los!«

»Ich fliege mit Shy«, antwortete der genauso laut zurück und warf mir von unten einen glühenden Blick zu. »Heute kein Flug für euch. Mach einfach das Bodentraining mit, in Ordnung? Wir reden am Abend.«

»Wir brauchen Makon. Shy bringt nur alles durcheinander. Wenn du trainiert bist und dein Drache nicht, hilft uns das auch nicht weiter«, brüllte der Kommandant. »Jetzt werf Elaja da runter und komm mit Makon hierher. Das ist sonst gequirlter Drachenmist.«

Doch Ian ignorierte sämtliche Einwände. Er rannte stattdessen wie ein Pfeil die Landebahn entlang zu der am anderen Ende wartenden Shy. Die brüllte nicht zum ersten Mal zornig quer über den ganzen Platz. Nur Sekunden später hob sie ab und schoss viel zu knapp über uns hinweg. Dabei schnappte sie in unsere Richtung und war zum Glück hoch genug, um keinen Schaden anzurichten. Trotzdem duckten wir Schüler uns alle ganz instinktiv.

Der Kommandant des Jagdgeschwaders fluchte noch ein wenig ungehalten vor sich hin, dann gab er endlich den Befehl zum Abflug. Ich atmete allerdings erst auf, als der Letzte in der Luft war. Unser Trainer hatte gewartet, bis das Rauschen der Flügel leiser geworden war. Dann wandte er sich uns zu.

»Wie ihr seht, ist es im Moment über uns recht voll. Wir halten über Riata eine Großübung ab, bei der Lark ebenfalls mit eingebunden wird. Das Jagdgeschwader, das gerade gestartet ist, wird Lark verteidigen, sobald die Angriffstruppe aus Riata hier ist. Ihr Ziel ist es, die Fahne am Hauptgebäude zu ergattern. Unsere Truppen müssen sie schützen. Wir bleiben hier unten und sehen zu. Danach besprechen wir die verschiedenen Taktiken und üben das Kapern eines Drachen in der Luft. Keine Sorge. Zunächst machen wir das hier am Boden. Alles klar. Dann Köpfe in den Nacken und aufgepasst.«

Uff. Erst mal mussten wir nicht fliegen. Ich entspannte mich, während Makon noch immer vor sich hin grummelte. Dass sein Herr ihn derart angegangen war, musste ein Schock für ihn gewesen sein. Ich verstand ihn sehr gut und hätte ihn gern getröstet, doch momentan hatte ich andere Sorgen.

Lark wurde nämlich soeben attackiert.

Eigentlich hatte ich erwartet, dass die Angreifer aus der Heimatpforte von Lark herausfliegen würden. Die verband Janara durch die Pfortenwelt mit unserem Hort, sodass man damit in kürzester Zeit die Distanz überbrücken konnte. Allerdings wären sie direkt in die wartende Reiterei von Lark hereingeflogen. Die sicherten die Pforte nach allen Seiten hin ab.

Um diesen heiklen Moment zu umgehen, kamen sie von unten. Vermutlich hatten sie eine Pforte weiter weg gewählt und waren dann im Tiefflug hierhergekommen. Völlig unerwartet schossen sie über die Hortkante hoch und hielten auf die Fahne zu. Einer von ihnen war kurz davor, sie zu erreichen, als sich vor ihm ein schwarzes Loch auftat – und ihn verschluckte.

Was …? Ich blinzelte irritiert. Wohin war der Drache denn verschwunden?

Die anderen in der Formation wichen dem seltsamen Loch noch rechtzeitig nach rechts und links aus, verpassten dadurch aber auch ihr Ziel. In der gleichen Sekunde waren nun endlich die Verteidiger da. Der Jagdtrupp, den wir vor Kurzem hatten starten sehen, stürzte sich auf die Gruppe aus Riata. Erst jetzt bemerkte ich, dass jeder Drache ein farbiges Banner am Bauch und am Rücken trug. Blau stand wohl für Riata, rot für Lark. Sobald ein Drache dem anderen das Banner abgerissen hatte, galt dieser als ausgeschaltet und musste landen.

Ich sah fasziniert zu, wie sich zwei Drachen mit engen Wendungen umeinander gegenseitig zu Boden zwangen. Sie legten eine halbe Bruchlandung hin, woraufhin die Reiter von ihren Rücken sprangen und ebenfalls aufeinander losgingen. Jetzt verstand ich endlich auch, warum man uns im Nahkampf drillte. Ganz davon abgesehen, dass ich ungläubig mitansehen musste, wie ein Reiter von Riata von seinem Drachen absprang und auf einem von Lark landete. Ein Schwertkampf auf einem Drachen? Ernsthaft?

Die Luft war erfüllt vom Brüllen der Tiere. Ich meinte die Magie zu schmecken, die über unseren Köpfen knisterte und brutzelte. So viel Energie hatte ich noch nie vernommen. Ein Drache musste landen, nachdem ein Magiestrahl sein Banner zerfetzt hatte. Ein anderer verpasste die Fahne am Hauptgebäude und krachte recht unsanft in den Baum daneben. Der Reiter zögerte jedoch nicht eine Sekunde und sprang von seinem Drachen, rannte nun zu Fuß auf die Fahne zu.

In der Sekunde tauchte wie aus dem Nichts ein roter Drache direkt hinter ihm auf und warf ihn mit einer Kralle zu Boden. Er rollte sich noch relativ elegant ab und blieb dann benommen liegen. Shy wollte noch im Flug nachfassen und wurde in letzter Sekunde von Ian daran gehindert. Nicht auszudenken, wenn es ihr gelungen wäre. Aus einem Spiel wäre bitterer Ernst geworden.

Ian zwang Shy daraufhin zur Landung und sprang von ihrem Rücken runter, wollte sich nach dem womöglich Verletzten umsehen. Da kamen gleich drei Riata-Drachen auf ihn zu. Seltsamerweise ignorierten sie die Fahne vollkommen. Ihr Ziel war eindeutig Ian. Shy grollte wütend und schlug mit den Flügeln, blieb aber, wie ihr befohlen, am Boden. Ian hingegen schien seinen taktischen Fehler erkannt zu haben und hob die Arme. Wollte er sich ergeben?

Magie knisterte und etwas Seltsames geschah. Ein weiteres schwarzes Loch tat sich direkt vor der Nase des vordersten Drachen auf, verschluckte ihn. Die anderen beiden hatten damit gerechnet und wichen aus, stürzten sich auf Shy und Ian.

Das war die Sekunde, in der es Makon reichte. Sein Herr wurde angegriffen. Dass er danebenstehen und zugucken sollte, lag jenseits seiner Vorstellung. Er machte einen gewaltigen Sprung nach vorn und warf mich beinahe ab. Wäre ich nicht festgeschnürt gewesen, hätte ich mir vermutlich bei dem anschließenden Sturz sämtliche Knochen gebrochen. So hielt ich mich noch so gerade eben fest und schrie. »Makon, nein!«

Der Bulle ignorierte mich einfach, breitete seine Flügel aus und wäre vermutlich abgehoben, wenn Ian nicht eingegriffen hätte. Obwohl er so weit entfernt von mir war, sah ich es dennoch ganz genau. Er riss sich das Banner von der Brust, um sich selbst aus dem Kampf zu nehmen, und hob die Arme, bedeutete Makon hektisch, wegzubleiben. Ich sah seine weit aufgerissenen Augen und pure Angst. Vor allem, weil Shy Makon nun ebenfalls bemerkt hatte und sich nur liebend gern auf ihn gestürzt hätte.

»Makon, Scheiße! Du bringst uns um«, rief ich und hieb ihm mit aller Kraft auf die empfindliche Nackenschuppe. Als das nichts brachte, schoss ich einen magischen Blitz hinterher. Vermutlich kitzelte ihn das lediglich und tat nicht wirklich weh, doch es wirkte.

Er blieb stehen. In genau der Sekunde, in der die beiden angreifenden Drachen Ian und Shy unter sich begruben und ein dritter in der Luft die Fahne ergatterte.

Eine Fanfare ertönte. Die Übung war beendet. Riata hatte gewonnen und Lark war gefallen. Ich hörte meine Kameraden hinter mir aufstöhnen, hatte dafür allerdings keinen Blick. Stattdessen starrte ich auf die Stelle, an der der Angreifer Ian erwischt hatte. Auch Makon war angespannt.

Wir atmeten erst auf, als wir seinen Reiter schließlich entdeckten. Er war über und über mit Dreck besudelt und humpelte leicht, ansonsten schien er sich nichts getan zu haben. Er hob kurz die Hand und winkte in unsere Richtung, bedeutete uns, dass wir wieder zur Gruppe gehen mussten. Ich winkte zur Bestätigung zurück.

»Los, Makon. Du folgst jetzt gefälligst meinen Befehlen«, knurrte ich meinen Drachen an. Zu meinem Erstaunen gehorchte er sogar. Mit gesenktem Kopf trotteten wir zurück in die Reihe.

»Toll gemacht, Elaja. Danke«, sagte der Drachentrainer eisig zu mir. »Du hast unsere beste Verteidigung im denkbar ungünstigsten Moment abgelenkt. Lark ist gefallen. Wegen eurem bescheuerten Drachentausch.«

Ich ließ genau wie Makon den Kopf hängen und mied die finsteren Blicke meiner Mitschüler. Dadurch hörte ich eher, als dass ich sah, wie sich die Drachen aus Riata wieder formierten und zurückflogen. Shys Gegner musste von Maai versorgt werden, und auch der Drache hatte etwas abbekommen. Generell hatte es einige Verletzte auf beiden Seiten gegeben.

Aus den Augenwinkeln sah ich, dass Ian Shy zu Fuß ans andere Ende des Hortes brachte und danach allein zurückkam. Er sah wild aus. Dreckig, zerschunden, müde und vor allem frustriert.

Es dauerte eine ganze Weile, bis sich der Rest unserer Truppen versammelt hatte. Wir Schüler waren das Herz, um das sich alle scharten. Jama trat schließlich in die Mitte und stieg auf seinen Drachen, damit ihn alle hören und sehen konnten.

»Wir haben verloren. Das tut weh, war jedoch absehbar gewesen. Riata hat wirklich all seine Angriffstruppen in die Waagschale geworfen. Eine Übermacht. Dennoch gab es einige taktische Fehler, die wir besprechen sollten und müssen. Besonders das Zusammenspiel zwischen Ian und dem Rest müssen wir noch üben. Dass Ian zum Ziel sämtlicher Angriffe wird, hätte uns bewusst sein sollen. Wir müssen ihn besser schützen, damit er uns und nicht sich selbst verteidigen kann. Verstanden?«

Die Reiterinnen und Reiter um uns herum nickten betreten, nur einer hob die Hand. Es war der Kommandant von Ians Jagdtrupp. »Mit Makon wäre das nicht passiert«, sagte er trocken. »Ian ist nur wegen Shy gelandet, sonst hätten wir gewonnen. Makons Eingreifen hat die Sache verkompliziert. Die ganze Drachentauschgeschichte bricht uns noch das Genick. Jama, du solltest dem ein Ende bereiten.«

Zustimmendes Nicken.

Ian stand als Einziger ohne Drache am Boden und ließ die finsteren Blicke gelassen über sich ergehen. Den vorwurfsvollen Blick des

Kommandanten erwiderte er noch viel eisiger. »Ich reite ab sofort Shy. Gewöhnt euch dran.«

Das Schweigen war bezeichnend. Vor allem, weil jetzt alle mich böse ansahen. Ich zog den Kopf ein und betete, dass dieser unangenehme Moment einfach vorbeigehen würde.

Jama räusperte sich lautstark. »Darüber reden wir noch einmal in Ruhe. Lasst uns nun in Kleingruppen das Manöver durchsprechen. Die Truppführer zu mir. Ian? Du auch. Der Drachentrainer übernimmt wieder die Schüler. An die Arbeit!«

Mir war übel von der vielen Aufmerksamkeit. Vor allem, weil mir klar war, dass ich nun noch mehr unter Beobachtung stand. Alle wollten mich scheitern sehen, damit Makon zu Ian zurückkehren musste. Nur ich wollte für unser Experiment kämpfen. Und Ian.

»In Ordnung! Wir haben sechs verschiedene Manöver in Echtzeit gesehen, die wir jetzt auf dem Boden üben werden. Punkt eins: Das blitzschnelle Lösen der Halteseile, um von euren Drachen runterzukommen. Ungeschützt auf seinem Rücken seid ihr leichte Beute für zupackende Drachen. Danach trainieren wir das Abrollen über den Drachenrücken und die Landung am Boden, um direkt in den Angriff überzugehen. Sollte euer Drache bei der Landung umgekommen sein, habt ihr noch etwa eine Stunde Zeit, bevor euch der Magiekollaps in die Knie zwingt. Eine Stunde, in der ihr kriegsentscheidend agieren könnt. Morgen üben wir, wie ihr auf einen Drachenrücken aufspringen und den dort sitzenden Reiter angreifen könnt. Also los. Punkt eins: Lösen der Halteseile. Jetzt!«

Die nächsten vier Stunden vergaß ich meine Sorgen. Ich war viel zu beschäftigt damit, mithalten zu können. Das Lerntempo war der Wahnsinn. Immerhin hatte ich nun einen Drachen, an dem ich üben konnte. Makon stand wie ein Fels und ließ alles geduldig über sich ergehen. Wahrscheinlich steckte auch ihm der Anschiss in den Knochen.

Abseilen hatte ich recht zügig drauf, nur die Landung bereitete mir Probleme. Mein anschließender Angriff sah selbst nach dem zehnten Versuch eher mau aus. Doch mit der Zeit hatte ich den Bogen einigermaßen raus.

»Das muss alles fließender aussehen«, brüllte unser Trainer erbost und gab schließlich auf. »Bringt die Drachen in den Stall. Taktikbesprechung in zehn Minuten. Besorgt euch was zu trinken und was zu essen. Nahrungsaufnahme gibt es ab sofort bei der Theorie. Los, los, los!«

Hektisch brachte ich Makon zurück in die Box, zäumte ihn ab und warf ihm noch etwas Futter zu, ehe ich den Speisesaal erstürmte, mir so viel ich konnte an Essen schnappte und nur wenig später drei Stunden lang mit Kampftaktiken überhäuft wurde.

Jetzt sehnte ich mich nach meinen friedlichen Eijonglier-Stunden zurück. Das war ja der Horror.

Im Anschluss mussten wir laufen gehen und dabei Schießübungen mit Pfeil und Bogen abhalten. »Ein guter Drachenreiter ist gleichzeitig auch ein guter Schütze«, feuerte uns der Trainer an. Erst als wir nur noch rumtaumelten, hatte er Erbarmen mit uns und ging in ein meditatives Training mit uns über.

Vermutlich schlief die halbe Klasse dabei ein. Ich hingegen bemühte mich, die Lektionen bis ins Kleinste zu befolgen. Meditation war der erste Schritt zu den so immens wichtigen Telepathieübungen. Und nur über Telepathie würde es mir gelingen, eine magische Verbindung mit Makon aufzubauen. Die hatten wir bitter nötig, um als Einheit zusammenzuwachsen.

Die Verbindung zwischen Drache und Reiter war etwas ganz Besonderes. Nur wenn sie stark und fest war, konnten wir die Gedanken der Tiere auffangen. Ein schwieriger, langwieriger Prozess. In der Regel sprachen nur Drachen untereinander oder mit ihrem jeweiligen Reiter. In ganz seltenen Fällen öffnete sich ein Drache auch für einen fremden Menschen. Sehr magiebegabte Drachenreiter konnten sich angeblich mit allen Drachen unterhalten, nur blockten das die Drachen meistens ab. Was das anging, waren sie eigen. Zeit, es zu ändern. Blieb nur die Frage, ob ich es schaffte, zu Makon eine so tiefe Verbindung aufzubauen, dass er überhaupt mit mir reden wollte. Im Moment war er ganz auf Ian fixiert.

Zum Glück war ich stur und übte selbst für das beinahe Unmögliche. Wenn es auch nur ein Einziger in der Vergangenheit geschafft hatte, dann sollte mir das doch auch gelingen, oder?

Als die anderen mehr tot als lebendig ins Bett taumelten, wäre ich ihnen gern gefolgt. Doch ich erinnerte mich nur zu gut an Ians Worte. »Wir reden am Abend.«

Also machte ich mich auf die Suche nach ihm und fand ihn zu meiner Überraschung bei Makon im Stall. Er lehnte gegen seinen Drachen und unterhielt sich eindeutig in Gedankensprache mit ihm. Makon wirkte zum ersten Mal seit Tagen friedlich und entspannt. Ian hingegen nicht. Er trug noch immer seine dreckige Lederkluft. Beim Kampf hatte er sich offenbar eine blutige Nase zugezogen und die Spuren davon eher nebenbei weggewischt. Er sah unheimlich aus.

Im krassen Kontrast dazu stand die Tatsache, dass er seinen Drachen streichelte. Erst die eine Schuppe, dann die andere, bis er sich unterbrach und sich umdrehte. Offenbar hatte er mich bemerkt.

»Dein Absprung sieht noch immer erbärmlich aus«, begrüßte er mich.

»Und du stinkst wie ein Iltis.«

Er brachte ein schwaches Lächeln zustande. »Im Gegensatz zu dir habe ich hart gearbeitet. Da darf man stinken.«

Ich streckte ihm die Zunge raus und kam zögernd näher. Naim lag abseits von uns und tat so, als würde sie schlafen. Vermutlich wollte sie uns etwas Privatsphäre lassen. Ich umrundete sie, um Makon nun ebenfalls eine Hand auf die Schuppen legen zu können. Dabei seufzte ich leise.

»Ach, Ian. Ich glaube, das war eine echte Schnapsidee. Makon hasst unseren Plan und wird sich niemals darauf einlassen.«

»Er muss und er wird.«

»Du hast es doch gesehen. Er hört nicht auf mich.«

»Gib ihm Zeit.«

»Die haben wir aber nicht – und du auch nicht. Mir war nicht klar, dass alle Augen auf dich gerichtet sind. Ich dachte, du wärst ein ganz normaler Drachenreiter mit Hortanführerambitionen.«

Ian schnaubte. »Schön wäre es.«

Eine unangenehme Pause entstand, in der ich mit mir und meiner Neugierde rang. Schließlich gab ich meinem inneren Drang nach. »Du hast da was gemacht mit deiner Magie. Der angreifende

Drache … es sah aus, als hättest du ihn in einem schwarzen Loch versenkt. Wo ist er hin?«

»Dem geht es gut. Ich hab ihn über Riata ausgespuckt.« Als er meinen fragenden Blick sah, winkte er ab. »Die Hortanführer wollen nicht, dass ihr Schüler deswegen verwirrt seid. Es ist nichts, was euch in den nächsten Tagen oder Monaten zu interessieren hat. Was ich kann und was nicht, hat auch nichts mit unserem Drachentausch zu tun. Es …«

»Doch! Es hat eine ganze Menge damit zu tun. Die Leute hassen mich, weil Makon jetzt bei mir ist, anstatt mit dir zu üben. Was auch immer ihr zwei mit dem Jagdgeschwader veranstaltet – es ist wichtig für die gesamte Drachengemeinschaft. Und das wiederum heißt, dass unser Drachentausch jeden etwas angeht.«

»Das ändert trotzdem nichts an der Tatsache, dass du Makon übernehmen musst. Shy dreht sonst durch. Das Beste wäre, wenn ich so schnell wie möglich von hier verschwinden könnte. Dann würde Makon auch nicht mehr unerwartet auf Situationen wie heute Nachmittag reagieren.«

Wir starrten uns an und wussten, dass er sich was vormachte.

»Makon wird immer spüren, wenn du in Gefahr bist«, sagte ich trocken. »Dabei ist es egal, ob du direkt neben ihm oder am anderen Ende des Landes stehst.«

»Er wird sich lösen, sobald er mit dir Kontakt aufgenommen hat.«

»Aber wie denn nur? Er ist nicht mein Drache und weigert sich, den entscheidenden Schritt auf mich zuzugehen – immer unter der Prämisse, dass das überhaupt möglich ist.«

Ian wandte sich von mir ab, um seinen Drachen strafend anzusehen. »Darüber habe ich gerade mit ihm gesprochen. Wir wissen, was wir dir schuldig sind. Er wird dir zukünftig helfen und dich nicht länger sabotieren.«

Makon brummte. Zum ersten Mal klang es etwas freundlicher. Tatsächlich richtete er sich auf und stupste mich mit dem Maul an. Ich konnte es kaum glauben.

»Gut, jetzt, wo er steht, gibt es Einzelunterricht für dich«, erklärte Ian.

Ich sah ihn ungläubig an. »Jetzt? Ich bin total fertig – und du im Übrigen auch.«

»Wir haben aber keine Zeit. Also los. Deine Zaumkünste sind noch miserabler als deine komischen Absprünge vom Drachenrücken. Das kannst du besser. Ich zeig es dir.«

Und so begann mein Privatunterricht bei Ian. Er verriet mir all seine Tricks, um das Zaumzeug so schnell es ging auf Makons Rücken zu bekommen, übte mit mir das Anschnallen und Lösen und ein seltsames Manöver, um vom Drachenrücken zu gleiten, ohne ins Stolpern zu geraten. Jetzt, wo man mich nicht dabei anbrüllte und mich ständig bewertete, funktionierte es erstaunlich gut.

»Du lernst schnell und bist zugleich noch schneller gehemmt. Leg die Selbstzweifel ab und mach dich locker. Vertrau deinem Körper. Der fängt dich schon auf. Trainier die Oberschenkelmuskulatur noch mehr und vor allem deinen Nacken. Dein Kopf wackelt völlig unkontrolliert hin und her. Da wird man ja seekrank. Und hier. Nicht immer in der Hüfte einknicken. Stabilisier deinen Rücken.« Er packte mich eher ungeniert an sämtlichen Körperstellen an, korrigierte vehement hier, drückte da an mir herum. Mir war das am Anfang total unangenehm, doch nach und nach gewöhnte ich mich dran. Er war dabei so hoch konzentriert bei der Sache, dass er vermutlich nicht mal bemerkte, wie oft er meine Privatsphäre durchbrach. Wenigstens kam ihm kein einziger anzüglicher Satz über die Lippen. Es ging einzig nur ums Training. Nicht mehr und nicht weniger.

Als er nach zwei Stunden auf die Idee kam, mit mir auf die Startbahn gehen zu wollen, stoppte ich ihn. »Ganz ehrlich, Ian? Wir zwei brauchen dringend eine Pause. Entspann dich bitte mal. Du siehst aus, als würdest du gleich im Stehen einschlafen.«

»Wir haben keine Zeit zum Schlafen.«

»Und zum Zusammenklappen auch nicht. Wann hast du das letzte Mal etwas gegessen? Dich ausgeruht? Wo schläfst du überhaupt? Ich hab dich im Bereich der Wohnräume noch nie gesehen.«

»Ich bleibe draußen bei Shy. In der Nacht ist sie oft unruhig.«

»Draußen? Es ist eisig!«

»Und ich hab keine Wahl. In Ordnung. Also kein Landebahntraining. Dann noch eine letzte Übung, bevor wir schlafen gehen.« Er schnappte sich meine Hände und legte sie vehement auf Makons

Nase. Sein Griff war zupackend, aber nicht schmerzhaft. Ich spürte sogar die Schwielen an seinen Fingern und die Wärme seiner Haut.

»Schließ die Augen und konzentrier dich auf Makon. Mach dich mit ihm vertraut. Das solltest du ab sofort in jeder freien Minute tun. Ihr müsst euch aufeinander zubewegen und eurer Magie klarmachen, dass sie Freunde sein müssen.«

Er ließ seine Hände auf meinen und schloss selbst die Augen, konzentrierte sich. Ich war von seiner Nähe noch völlig überrumpelt. Er war viel drahtiger als gedacht, pure Muskelmasse und dabei viel zu dünn. Er musste essen. Dringend.

»Hör auf, mich anzustarren, und schließ die Augen«, knurrte mich Ian mit fest geschlossenen Lidern an.

Hastig tat ich, wie mir befohlen, doch sosehr ich mich auch konzentrierten wollte: Solange Ian mir so nah war, wanderten meine Gedanken unweigerlich zu ihm. Unsere Schultern berührten sich sogar, genau wie unsere Hüften. Allein das trieb mir den Schweiß in den Nacken. Herrje. Der Kerl brachte mein Blut in Wallung, obwohl ich das Gefühl mit aller Macht unterdrücken musste.

Es war ja nicht so, als hätte ich nicht bereits Erfahrungen mit Männern gemacht. Nur nicht mit so einem. Und seitdem ich als komplett durchgedreht galt, waren auch die letzten Interessenten auf Abstand gegangen. Daher war es schon ziemlich lange her, dass mich mal jemand berührt hatte.

Und schon gar nicht jemand wie Ian.

Es dauerte nicht lange, da ließ er schließlich los. »In Ordnung. Du bist völlig durch den Wind. Das hat keinen Sinn. Versuch es morgen früh noch mal mit frischem Kopf. Ich mach jetzt erst mal Pause. Bis morgen.« Er klopfte seinem Drachen noch einmal aufmunternd auf die Schuppen, nickte mir zu und war dann wie ein Geist verschwunden.

Mich ließ er verwirrt und aufgewühlt zurück. Makon hingegen brummte freundlich und stupste mich vorsichtig an. In seinen Augen meinte ich zum ersten Mal ein vergnügtes Funkeln zu erkennen.

»Er ist echt verboten heiß«, sagte ich trocken zu ihm und lachte, als Makon ein glucksendes Geräusch von sich gab. Offenbar konnten Drachen tatsächlich kichern.

10

Als ich mich am nächsten Morgen aus dem Bett quälte, fühlte ich mich wie erschlagen. Ich ließ mich eher rausplumpsen, als dass ich wirklich aufstand. Danach verharrte ich einen Moment schaudernd mitten im Raum und versuchte meine müden Knochen dazu zu überreden, mir zu gehorchen. Als ich aufblickte, stand ich zu meiner Überraschung Neth direkt gegenüber. Sie trug ihre blonden Haare ausnahmsweise offen, sodass sie ihr bis zur Schulter fielen. »Nanu, was machst du denn in unserem Zimmer?«, wunderte ich mich.

»Ich wurde euch gestern Abend zugeteilt, oder besser gesagt: Ich hab mich euch zugeteilt. In unserem Raum haben wir zu sechst geschlafen. Der pure Horror. Sobald ich hörte, dass hier noch ein Bett frei ist, bin ich zu euch gezogen.« Sie warf Hora einen kurzen Blick zu, die noch immer im Bett lag und schnarchte. »Selbst wenn ich allmählich ahne, warum hier noch was frei war.«

Ich lachte und klopfte ihr freundschaftlich auf die Schulter. »Willkommen«, sagte ich dann und schrie gleich darauf Hora an. »Aufstehen! Ein neuer Tag ist da!«

Hora grunzte lediglich und zog sich die Bettdecke über den Kopf. Jetzt lugten nur noch ihre langen schwarzen Haare hervor. Ich wusste aus Erfahrung, dass sie einzig ein Schwall eiskalter Luft aufwecken konnte. Also öffnete ich das Fenster und erstarrte.

Ian lief nämlich gerade mit der Mannschaft eines mir unbekannten Jagdgeschwaders direkt unter mir her. Da wir uns im zweiten Stock befanden, sah er mich zum Glück nicht. Ich ihn hingegen schon.

»Macht der nie Pause?«, krächzte ich. »Das ist doch nicht mehr normal.«

Neth warf ebenfalls einen Blick aus dem Fenster und seufzte.

»Ians Trainingsprogramm ist mörderisch. Dass er das durchhält, liegt nur an seiner Sturheit.«

»Müssen alle Fürsten durch so eine Hölle?«

»Nur Fürsten, die auf einen Krieg vorbereitet werden, schätze ich.«

Scheiße. Krieg. Ich fröstelte nicht nur wegen der kühlen Luft. »Wisst ihr in Janara mehr?«, fragte ich vorsichtig.

»Nein. Ich weiß nur, dass von jetzt auf gleich alle durchgedreht sind. Seitdem gibt es kaum noch Rettungseinsätze, sondern nur noch Kriegsvorbereitungen. Echt unheimlich.«

Das stimmte. Nachdenklich beobachtete ich Ian, wie er Liegestütze mit den anderen machte und abrupt aufhörte, seine Schultern und Arme ausschüttelte. Er sah jetzt schon müde aus. Als hätte er meinen Blick gespürt, sah er während einer Dehnungsübung auf und entdeckte mich natürlich prompt, wie ich ihn am Fenster stehend begaffte, mit nichts anderem am Leib als meinem halb durchsichtigen Nachthemd.

Seine Augen blitzten auf, als er das bemerkte, und zum ersten Mal registrierte ich ein wirklich herzliches Grinsen auf seinem Gesicht. Eher spöttisch hob er eine Hand zum Gruß. »Hübsches Kleidchen«, brüllte er zu mir hoch, woraufhin sämtliche Leute seiner Trainingseinheit natürlich verdutzt ebenfalls hochsahen.

Ich beeilte mich, das Fenster schnell zuzumachen. Neth stand seitlich neben mir und lachte herzlich. »Er steht voll auf dich«, sagte sie bedeutungsschwanger und warf mir gleichzeitig meine abgetragenen Sachen zu. »Los jetzt. Wir haben viel vor.«

Hora aus dem Bett zu bekommen, war dann noch so eine Sache. Ich war ihr weiterhin leicht böse wegen ihres Almosenfall-Spruchs und versuchte verzweifelt, nicht nachtragend zu sein. Hora bemühte sich um gut Wetter, wodurch unsere Gespräche schrecklich steif waren. Ich war froh, als wir endlich beim Frühstück saßen und Narel dazukam, der umgehend über Ians Morgentraining sprechen wollte. Anscheinend war das sogar in den Schülerschlafsälen bemerkt worden. »Der Kerl ist doch nicht normal«, sagte er düster und stupste mich an. »Aber er mochte dein Nachthemd.«

Ich gab ihm spielerisch einen Klaps auf den Hinterkopf. »Ach, sei still, du.«

Unsere Lehrer unterbrachen uns. »Selbstverteidigung in zehn Minuten. Antreten!«, brüllten sie, woraufhin alle hektisch versuchten, sich ihr Frühstück einzuverleiben. Ich hingegen erwischte mich, wie ich rasch ein Brot schmierte, das gar nicht für mich bestimmt war. Schinken, Käse, noch mal Schinken. Das sollte ihn durch den Morgen bringen.

Sobald wir aus dem Hauptgebäude strömten und zum Trainingsplatz liefen, musste ich mich rasch umsehen und entdeckte mein Ziel ein wenig seitlich von uns. Ian hatte seine Laufeinheit beendet und bereitete sich ganz offensichtlich auf einen Übungsflug vor. Zumindest zog er sich gerade seinen Kälteschutz über.

Ich lief möglichst unauffällig an ihm vorüber und drückte ihm in dem Moment, in dem niemand hinsah, das Brot in die Hand. »Du passt auf mich auf, ich auf dich. Iss!«

Dann war ich auch schon weg, ehe überhaupt jemand bemerkt hatte, dass wir miteinander gesprochen hatten. Ian sah mir etwas verwirrt hinterher, hob dann das Brot in die Höhe und biss herzhaft hinein. Ich grinste erleichtert und beeilte mich, zu den anderen aufzuschließen.

Den Rest des Morgens dachte ich nicht mehr an ihn, denn ich benötigte meine volle Konzentration. Nach der Selbstverteidigung mussten wir unsere Drachen holen, und ich betete, dass sich Makon nicht noch einmal so kindisch benahm. Zu meiner Erleichterung stand er bereits in der Box und erwartete mich. Beim Aufzäumen half er sogar aktiv mit und zuppelte sich selbst mit dem Maul die Seile zurecht, weil ich dort zu schludrig gewesen war. Wir kamen sogar als Erste am Vorplatz an und wurden dafür mit einem anerkennenden Nicken des Lehrers belohnt.

Mein Stolz verflog allerdings, als wir von einem Podest auf den Rücken unserer Drachen springen mussten, um ein Kapern fremder Drachen zu üben. Was das anging, war ich wirklich und wahrhaftig talentfrei. Wenigstens brach ich mir nichts. Beim Abwehrtraining angreifender Drachenreiter war ich dann erstaunlich geschickt. Trotzdem war ich unendlich froh, als wir etwas anderes machten.

»Mittagessen. Dabei Lagebesprechung und zehn Minuten Pause, damit ihr euch umziehen könnt. Schwerttraining. Ich will Schutzkleidung sehen«, ordnete unser Lehrer an.

Wir stöhnten alle, aßen danach unseren Eintopf im Stehen in einem viel zu vollen Raum und bekamen eine Schnelleinweisung, wie Drachen Bodentruppen unterstützen konnten.

»Welche Bodentruppen denn?«, flüsterte mir Hora zu.

Ich zuckte ratlos mit den Schultern. »Vielleicht sind die Städte auch in Alarmbereitschaft?«

Ehe ich sie daran hindern konnte, schoss ihr Arm in die Höhe. Der Lehrer nahm sie eher widerwillig dran. »Heißt das, wir werden mit den Armeen der vier Königsländer zusammenarbeiten?«

»Korrekt. Übungen sind für nächste Woche angesetzt.«

Wir wechselten ungläubige Blicke untereinander, ehe wir schon wieder rausgescheucht wurden, um uns umzuziehen. In meinem Fall ließ ich die gleichen Klamotten an. Für Schutzkleidung hatte ich kein Geld.

»Willst du zumindest meine Lederweste anziehen?«, fragte mich Neth mitfühlend.

Ich musterte die Weste und schüttelte dann den Kopf. »Zu klein, aber danke dir. Damit kann ich mich nicht bewegen.«

Wir schafften es noch so gerade eben zu den Latrinen, ehe es auch schon wieder auf den Übungsplatz ging. Jede von uns bekam ein Schwert in die Hand gedrückt. Ich kannte bislang nur die Holzdinger, die eher wie Spielzeuge ausgesehen hatten. Das hier wog viel schwerer und sah gefährlich scharf auf.

»Wir haben euch stumpfe Übungsschwerter rausgesucht. Trotzdem kann man damit verletzen und bei einem gut platzierten Schlag auch töten. Also hackt euch bitte nicht in zwei Teile und nehmt die Sache dennoch ernst.« Unser Lehrer winkte hektisch eine andere Gruppe heran. »Wir mischen die Einheiten, damit ihr nicht immer gegen die gleichen kämpfen müsst. Haltet Abstand voneinander. Wir gehen die zehn Angriffspositionen zunächst durch, danach machen wir einen Übungskampf.«

Ich kam kaum zum Luftholen und spürte die Schwere meiner Muskeln bereits jetzt. Dass wir so viel körperlich trainierten und so wenig flogen, kam mir natürlich gelegen und verwirrte mich zugleich. Normalerweise bestanden die Tage aus deutlich mehr Trainings in der Luft. Auf der anderen Seite war da unglaublich viel los über uns. Die bereits ausgebildeten Reiter übten ebenfalls, wodurch für uns zunächst kein Platz war.

»Stellt euch gegenüber auf. Stopp. Verbeugen. Angriff.«

Ah! Ich hatte nicht aufgepasst und den Wechsel unserer Partner falsch eingeschätzt. Plötzlich stand ich einem Hünen gegenüber, der mich geradewegs von den Füßen fegte. Ehe ich mich's versah, lag ich schon auf dem Boden, eine Schwertspitze an der Kehle. »Tot«, sagte er mit einem fiesen Grinsen.

Verärgert über meine Träumerei, rollte ich mich seitlich weg und stand auf. »Noch mal«, sagte ich, blockte den Schlag gerade eben ab und bekam einen Treffer in die Seite, der mich direkt in die Knie gehen ließ.

»Tot«, sagte der Hüne erneut. »Beim dritten Mal tut es richtig weh.«

»Mistkerl«, antwortete ich, rappelte mich auf und atmete tief durch. Ein stechender Schmerz zog durch meine Seite.

»Telmen, bring sie nicht um. Sie ist erst seit einem Monat im Programm«, ermahnte ihn unser Lehrer, der die Reihen abging.

»Kann ich doch nichts für. Dann hat sie halt bei den Drachenreitern nichts verloren.« Er bleckte die Zähne. »Bist du nicht der Almosenfall von Ian? Das Mädchen, das er vögelt?«

Das reichte. Diesmal griff ich an und schwang mein Schwert mit aller Kraft. Der Aufprall war heftig, und mir war sofort klar, dass ich Telmen allein körperlich weit unterlegen war. Eigentlich brauchte ich eine andere Taktik, nur war es dafür leider zu spät. Er schob meine Klinge zur Seite und packte mit der Hand zu, zielte auf meine Kehle. Schon wieder.

In der Sekunde verschob sich meine Welt. Eine Vision überrollte mich, so heftig, dass ich sie nicht hatte kommen sehen. Ein anderer Gegner. Ein anderer Schwertkampf. Er wurde nur genauso erbittert geführt. Ich hatte mein Schwert fest in der Hand, bereit, den Mann vor mir zu töten. Mit einem Schrei warf ich mich zur Seite, entging seinem Schlag und konterte, riss meine Klinge erst nach links, dann nach rechts. Er reagierte in letzter Sekunde. Blockte, parierte. Eine Drehung. Wieder ein Schlag. Ich erwischte seinen Oberarm und er brüllte auf, taumelte.

Böse lächelnd umkreiste ich ihn, suchte nach einer Schwachstelle. Mit mehreren Schwertstößen dicht hintereinander trieb ich ihn zurück. Er hatte Mühe, mir standzuhalten, strauchelte. Als er fiel, sah ich die offene Deckung und nutzte sie natürlich. Ich stieß zu, wollte mein Schwert tief in seinem Bauch versenken.

Jemand schrie. Rief. Eine Warnung. Halt. Halt. Ein Name. Elaja. Ich kannte keine Elaja.

Einzig mein Gegner war wichtig. Ich musste ihn erledigen, bevor er das mit mir tun konnte.

»Nein, Elaja!« Die Stimme war jetzt nahe, direkt neben mir. In der Sekunde, in der mein Schwert die Haut meines Gegners berührte, riss mich jemand um, seitlich weg.

Ich brüllte vor Zorn und schaffte es gerade noch, mein Schwert festzuhalten. Mein neuer Gegner landete hart auf mir drauf. Ich schlug nach ihm, bereit, ihn mit allen Mitteln von mir runterzubekommen. Er blockte meinen Schwertschlag mit der bloßen Hand ab, indem er meinen Unterarm packte, zur Seite drückte. Ich trat nach ihm und beförderte ihn dadurch von mir herunter, kam mit einer fließenden Rolle wieder hoch.

Drohend schwang ich das Schwert in seine Richtung, woraufhin mein Blickfeld kurz flackerte. Ich meinte ein Schwert in seinen Händen zu sehen. Oder auch nicht. Oder doch? Vision und Realität flossen ineinander über.

»Nicht. Wir müssen keine Feinde sein«, sagte einer meiner Gegner. Vielleicht waren es auch beide. Oder gab es in der Realität nur einen?

Ich hingegen heftete meinen Blick fest auf den rechten, spürte die Energie in mir. Die unbändige Kraft und den Willen, es endlich zu beenden. Also griff ich an. Mein Gegner tauchte in letzter Sekunde unter der Klinge durch, sprang zurück.

»Nicht, Elaja. Komm zu dir. Komm zu dir«, rief ein Mann, während der Gegner mit dem Schwert in den Händen mich angriff. Was war real? Was nicht?

Ich blockte das Schwert und schlug dabei ins Leere, verlor kurz das Gleichgewicht. Das nutzte der andere ohne Schwert, um mich zu packen. Ein heftiger Schlag in meinen Unterleib trieb mir den Atem aus der Lunge. Mein Körper war erstaunlich schwach, doch mit meiner Kampfkunst konnte ich das ausgleichen. Ich drehte mich und akzeptierte, dass ich dadurch das Schwert aus den Händen verlieren würde. Dann musste ich ihn eben ohne plattmachen.

Und genau das tat ich auch. Ich landete einen Treffer in seinem Gesicht, trat ihm die Beine unter dem Körper weg und schlug seitlich mit dem Ellbogen auf seinen Hals. Er ging zu Boden, schaffte es aber noch, meine Füße zu erwischen, mich ebenfalls zu Fall zu bringen. Ich trat ihm abermals direkt ins Gesicht oder wollte es zumindest. Der Kerl war leider verteufelt schnell.

Genau wie er kam ich wieder hoch und spürte, wie etwas in mir aufbegehrte. Das fühlte sich alles falsch an.

»Hör auf«, sagte mein Gegner nun noch eindringlicher.

»Elaja, hör auf!«

Eine Stimme in meinem Kopf. Laut und beharrlich. Es fühlte sich an, als würde mir jemand meinen Schädel spalten. Magie biss nach mir. Fremde Magie. Sie hakte sich in meinen Kopf, ließ sich nicht abschütteln.

»Hör auf, gegen Ian zu kämpfen. Komm zu dir! Er tötet dich sonst.«

Das sollte er mal versuchen. Als mein Gegner angriff, blockte ich mit doppelter Härte ab und schlug doppelt so grimmig zu. Dabei brüllte ich in meinem Kopf. *»Verschwinde. Hau ab. Raus aus meinem Schädel.«*

Als das nichts half, war ich bereit zum Äußersten. Meine Magie brodelte ihn mir. Heiß und gefährlich. Ich hieß sie willkommen und holte sie hervor, ließ meine Handflächen in Flammen aufgehen.

»Scheiße, stopp, Elaja.« Jetzt klang mein Gegner deutlich verzweifelter.

Ich fixierte ihn als Antwort. Bereit, zuzuschlagen. Bereit, ihn zu vernichten. Doch kurz bevor ich meine zur tödlichen Waffe zusammengeschmolzene Magie fliegen lassen konnte, krachte es erneut in meinem Kopf.

Das war Ian, der da vor mir stand. Ian! Mit ausgebreiteten Armen und weit aufgerissenen Augen. Ohne Waffe. Er hatte nicht einmal seine eigene Magie zur Verteidigung erhoben. Als könnte er nicht glauben, dass ich tatsächlich zuschlagen würde.

Ein Teil meines Verstandes rebellierte. *»Töte ihn«*, zischte ein uralter Gedanke durch meinen Kopf. *»Bring es zu Ende, bevor es angefangen hat. Jetzt!«*

Ich kannte diese Stimme bereits. Sie gehörte mir und auch wieder nicht. Ein Hall, tief in meinem Inneren. Nicht zum ersten Mal hatte sie mich in Schwierigkeiten gebracht.

»Es ist eine Vision, Elaja. Nicht real.«

Eine andere Stimme mischte sich dazwischen. Ruhiger. Sanfter. Männlich. Eine fremde Macht, die so vertraut und mir gleichzeitig völlig unbekannt war. Zumindest in meinem Gehirn. Ich hörte die Worte nicht richtig, sondern erspürte sie.

»Akzeptier Ians Schlag. Nicht angreifen«, sagte sie, und ich erkannte die Stimme, obwohl ich sie noch nie gehört hatte. Makon.

Mein Drache sprach zu mir. Er hatte das Unmögliche vollbracht und eine Verbindung zu mir aufgenommen. Durch Magie. Telepathie. Der Gedanke holte mich ein Stück zurück, ließ mich innehalten.

Als Ian unvermittelt direkt vor mir auftauchte, reagierte ich ohnehin zu spät. Er tauchte unter meinen Armen hindurch, schlang mir von hinten mit unglaublicher Kraft einen Arm um den Hals und drückte zu, nahm mich in den Würgegriff. So fest, dass ich augenblicklich Sternchen sah. Rücklings zerrte er mich zu Boden. »Runter mit den Händen«, knurrte er und presste noch stärker zu. »Nimm die Magie zurück. Jetzt!«

Ich rang verzweifelt nach Luft, zappelte nun instinktiv gegen seinen Griff. Trotzdem schaffte ich es, meine feurigen Hände zu schließen und die Magie zum Verschwinden zu bringen. Irgendwie hielt er seine Umklammerung bei, drückte sogar fester zu.

»Ian, hör auf. Du bringst sie sonst um«, schaltete sich Makon dazwischen. Mein Blickfeld verschwamm, doch ich meinte ihn am anderen Ende des Übungsplatzes auftauchen zu sehen. Er war aus dem Stall gekommen. *»Ian! Lass den Scheiß! Sie hat es verstanden.«*

Endlich verging der brutale Druck. Ian ließ mich los, sodass ich keuchend nach Luft schnappen konnte. Würgend und hustend drehte ich mich zur Seite, weg von ihm, und sog gierig die Luft in mich. Mit jedem Atemzug klärte sich mein Sichtfeld. Mit jedem Atemzug wurde mir das Geschehene bewusster.

Eine Vision. So mächtig wie noch nie. Ich kannte sie, hatte sie schon öfter gehabt. Der Schwertkampf auf Leben und Tod. Am Ende waren mein Gegner und ich beide draufgegangen.

Ich krümmte mich noch am Boden, als Ian längst aufgestanden war. Es herrschte eine beinahe unheimliche Stille um uns herum. Trotzdem war mir natürlich klar, dass wir nicht allein waren. Wir hatten inmitten der anderen Schüler gekämpft. Unmöglich, dass das niemand bemerkt hatte.

»Was zur Hölle war das gerade?«, hörte ich meinen Lehrer prompt zischen. »Hat sie ernsthaft versucht, dich umzubringen?«

»Nein. Nur eine kleine Übungseinheit, die etwas außer Kontrolle geraten ist.« Ian klang irritierend ruhig.

Ich zwang mich, in den Sitz hochzukommen und mich aufzurichten. Alles tat mir weh. Wirklich alles. Mein Kopf dröhnte, und mir war übel. Trotzdem kämpfte ich jede Schwäche nieder und blinzelte so lange, bis ich klarer sah.

Tatsache. Alle Blicke ruhten auf mir und Ian. Niemand, wirklich niemand war noch am Trainieren. Telmen schon mal gar nicht. Der hockte etwa fünf Meter neben mir und wirkte völlig entgeistert.

»Die ist irre«, sagte er schließlich. »Die Furie wollte mich lynchen.«

»Verdient hättest du es«, krächzte ich.

»Elaja!« Das war Ian.

Mein Lehrer fand das kein bisschen lustig. Verständlicherweise. »Das reicht mir jetzt. Sie ist raus aus dem Programm. Ich dachte ja, dass das nur Gerüchte sind, aber sie ist wirklich verrückt.«

»Ist sie nicht. Makon hat im denkbar ungünstigsten Moment Kontakt mit ihr aufgenommen. Da ist sie durchgedreht.«

Der Satz sorgte mit einem Schlag dafür, dass ich komplett klar im Kopf wurde. Da war tatsächlich was gewesen. Die Stimme in meinem Kopf. Makons Stimme. Aber woher wusste Ian das? Verdutzt sah ich ihn an, der sich in diesem Moment gelassen zu mir umdrehte. »Ist doch so, oder, Elaja?« Herausfordernd hob er eine dunkle Augenbraue.

»Äh. Ja«, sagte ich zögernd.

»Schiebt mir ruhig die Schuld in die Schuhe. Ich gelte ja nur schon als Drachenkiller. Da kann ich auch noch meine Reiter terrorisieren«, brummte die Stimme in meinem Kopf verstimmt.

Ian hingegen hielt mir die Hand hin, half mir auf die Beine. Zitternd stand ich neben ihm und bemühte mich wirklich, die Welt geradezurücken. Dass es hier um meine Zukunft ging, war offensichtlich. Der Lehrer glaubte uns kein Wort.

»Sie ist eine begnadete Schwertkämpferin. Mich von den Füßen zu holen kann nicht jeder – und im Nahkampf wird sie für uns sehr wertvoll sein. Es wäre dumm, sie jetzt aus dem Programm zu nehmen. Sie bleibt. Wenn du dich beschweren willst, dann wende dich an Larian. Der kennt das schon.« Ian tat betont lässig, dabei bemerkte ich durchaus, wie angespannt er war.

Der Lehrer sah zwischen uns hin und her, dann klatschte er unerwartet heftig in die Hände. »In Ordnung, die Vorführung ist vorbei. Einpacken. Zehn Minuten Pause. Und ihr zwei kommt mit zu Jama. Sofort!«

Ach Mann. Nicht schon wieder. Seufzend wollte ich mein Schwert vom Boden aufheben, doch Ian bellte mich hastig an. »Liegen lassen!« Also ließ ich es zurück und folgte ihm Richtung

Haupthaus. Vor uns stapfte mein Lehrer, ganz eindeutig stinkwütend. Ian sah nicht viel besser aus.

Er packte mich kurz am Unterarm und hielt mich auf, vergrößerte den Abstand zwischen uns und dem Lehrer. »Wenn du diesen Tag überstehen willst, dann erwähnst du nichts von deiner Vision. Kein Wort. Niemals wieder. Und lass mich reden.«

Ich brachte ein schwaches Nicken zustande. Mein Kopf war ohnehin noch ganz benebelt. Als wir schließlich vor Jama standen, konnte ich kaum noch stehen. Der Kampf hatte mich körperlich derart erschöpft, dass mir beinahe die Augen zugefallen wären.

Ich hielt mich möglichst unauffällig an einem Stuhl fest und bemühte mich, das Gespräch um meine Zukunft zu verfolgen. Dass ich dabei nur Zuschauerin war, störte mich ausnahmsweise einmal weniger. Ian regelte das für mich erstaunlich gut.

»Es war ein Unfall. Makon ist mächtig und hat ihren Geist vermutlich überspült. Da ist sie ausgeflippt. Das hätte jedem passieren können«, sagte er ruhig.

»Nur ist es ihr schon häufiger passiert.«

»Ich vermute, dass sie magisch hochbegabt ist. Mit einem eigentlich fremden Drachen eine telepathische Verbindung einzugehen ist nicht einfach. Es geschieht sehr selten und zeigt, dass wir sie dringend weiter ausbilden müssen. Sie könnte am Echo leiden.«

»Echo? Ich dachte, das sei ein Mythos.«

»Ich hatte das auch. Mit ein bisschen Übung bekommt man es in den Griff.«

Daraufhin kniff Jama die Augen zusammen und bekam einen ganz anderen Gesichtsausdruck. Lauernd. Alarmiert. »Ist sie etwa wie du?«

»Nein. Unsere Magie ist sich nur ähnlich. Wahrscheinlich hat was von uns auf sie abgefärbt, und nun muss sie erst mal damit klarkommen.«

Der Lehrer schnaubte. »Ohne Drachentausch wäre so was nie vorgekommen. Das konnte ja nur schiefgehen.«

»Ohne Drachentausch hätten wir ihr Potenzial nie erkannt«, entgegnete Ian ruppig. »Sie hat mich mit einem Handwink um ein Haar pulverisiert.«

Abrupt drehten sich alle zu mir um, woraufhin ich nervös winken wollte. Als mir die Bewegung bewusst wurde, ließ ich die Hand hastig wieder sinken. Besser keine potenziell pulverisierenden Armbewegungen auch nur andeuten. »Ich bin total normal«, merkte ich trotzdem noch an.

Ganz einfach, weil ich daran glauben musste.

Jama antwortet mit einem Seufzen. »Nichts, was mit dir zusammenhängt, ist normal. Wie dem auch sei. Ich glaube auch, dass sie unausgebildet gefährlicher ist, als wenn wir uns um sie kümmern. Ian? Sie ist dein Schützling. Kümmer dich drum. Fürs Erste bleibt sie im Programm, aber auf Probe.« Er sah mich böse an, woraufhin ich meine beste Unschuldsmiene aufsetzte. »Verstanden?«

Ich nickte knapp und bemühte mich, dass die Welt nicht mehr gar so arg schlingerte und schwankte. Mir war furchtbar übel.

»Verstanden.«

Der Lehrer wollte noch protestieren, doch Ian schob mich bereits aus dem Raum und den Gang entlang. »Klapp jetzt nicht zusammen«, zischte er mir zu. »Das war alles völlig harmlos.«

»Ich müsste mal kotzen.«

»In Ordnung. Warte.« Er zog mich in einen schmaleren Gang und durch einen Nebeneingang nach draußen. Da zeigte er auf einen Busch. »Bitte schön.«

Es war beinahe skurril, aber ja: Ich trat wortlos an ihm vorbei und kotzte mir die Seele aus dem Leib. Er schloss daraufhin die Tür hinter uns, damit mich die Geräusche nicht verrieten.

Als ich fertig war und mich umdrehte, begegneten sich unsere Blicke. Er sah noch immer grimmig aus. Böse. Der Schreck saß auch ihm in den Gliedern.

»Tu das nie wieder, Elaja«, sagte er mit ernster Miene zu mir. »Beim nächsten Mal töte ich dich, bevor du mich in einen Kampf verwickeln kannst.«

Damit drehte er sich um und ließ mich allein mit mir und meinem Busch zurück. Gern wäre ich ihm nachgegangen, nur konnte ich nicht. Stattdessen beugte ich mich erneut über das Gestrüpp und ließ meinen rebellierenden Magen bestimmen.

Es war Neth, die mich schließlich entdeckte. Vielleicht hatte Ian ihr auch gesagt, wo sie mich finden würde. Mitfühlend rieb sie mir den Rücken und reichte mir Wasser und ein feuchtes Tuch.

»Besser?«

»Ich fühle mich furchtbar.«

»Als Naim das erste Mal mit mir gesprochen hat, hab ich mir in die Hose gepinkelt. Vor versammelter Mannschaft.«

Das ernüchterte mich schlagartig. »Ernsthaft?«

»Ernsthaft.«

Ich lächelte ihr dankbar zu und setzte mich mit ihrer Hilfe ein Stück entfernt vom Busch hin. »Jetzt halten mich alle für komplett irre.«

»Und wir für megabegabt.« Neth grinste. »Darf ich mich ein wenig in deinem Ruhm sonnen? Telmen hatte schon lange eine Abreibung verdient, und Ian … hui! Den hast du ganz schön ins Schwitzen gebracht. Wenn da die Mordlust in deinen Augen nicht gewesen wäre, hätte ich dich angefeuert.«

Ich stöhnte laut auf. »Sag doch so was nicht.«

»Ist aber so. Keine Sorge. Niemand wird jemals wieder wagen, dich blöd anzumachen. Bei dummen Sprüchen musst du nur einmal ›Buh!‹ sagen, schon rennen alle schreiend weg.« Neth lachte leise in sich hinein, woraufhin ich sie knuffte.

»Nur du nicht. Du bist hier.«

»Ich mag dich. Du bist so ein herrlich schräger Vogel. Außerdem bin ich so brav, da tut mir eine verrückte Freundin ganz gut.«

Wir lächelten uns an und wussten, dass wir das von nun an auch wirklich waren. Freundinnen.

Hora unterbrach uns, indem sie durch die Tür polterte und beinahe über uns flog. »Hier seid ihr!«, rief sie. »Entschuldigt. Ich hab die falsche Tür genommen.« Sie zauberte etwas Brot und noch mehr Wasser zutage. »Hunger? Hab gehört, zum Gespräch der gesamten Drachenwelt zu werden lässt den Magen knurren.«

Mein Herz flog auch ihr zu. Vergessen war der dumme Satz. Es war nichts weiter gewesen als ein Spruch. Hora war hier, und nur das zählte. Als sie sich dicht neben mich setzte, legte ich einen Arm um sie und drückte sie fest an mich.

»Danke«, hauchte ich.

»Ja, schon gut. Puh, du stinkst nach Kotze.« Dann sah sie Neth an. »So, ihr zwei. Wir müssen reden. Wer war jetzt heißer? Elaja mit ihrer katzenhaften Profikillertechnik oder Ian mit seinem verzweifelten Bemühen, sie auszuschalten und dabei nicht versehentlich umzubringen?«

Wir zögerten keine Sekunde.

»Elaja«, sagten Neth und Hora gleichzeitig.

»Ian«, sagte ich.

II

Ich bekam den Rest des Nachmittags frei. Mein Lehrer war noch immer sauer auf mich und wollte mich nicht sehen. Außerdem hatte er Angst, dass ich die Schüler zu sehr ablenken würde. Zunächst trollte ich mich zu Maai und erzählte ihr flüsternd von meinen Ängsten, Sorgen und auch von dem kleinen Sieg. Dass meine Visionen erneut meine Zukunft in Gefahr gebracht hatten. Dass Ian mich hatte angreifen müssen. Dass Makon mit mir Kontakt aufgenommen hatte.

Maai reagierte gewohnt ruhig und strich mir sogar mit einer mütterlichen Geste über die Wange. »Du bist nicht rausgeflogen. Das allein zählt. Und Makon hat mit dir gesprochen?«

»Ja, aber ich muss warten, bis die Schüler weit genug weg sind, um mich zu ihm in den Stall zu stehlen. Seit meinem Ausraster schweigt er.«

»Wahrscheinlich ist er nur vorsichtig. Das solltest du auch sein. Mit deiner Magie ist nicht zu spaßen.«

Ja, das hatte ich auch bemerkt. Eine Weile drückte ich mich noch bei Maai herum, doch das weckte unangenehme Empfindungen, zumal mich die Heilerinnen mit misstrauischem Blick beobachteten. Wahrscheinlich hatten sie Angst, dass ich zu ihnen zurückkommen würde.

Nicht in diesem Leben, schwor ich mir.

Sobald ich die Luft als rein betrachtete, huschte ich zum Stall und lief geduckt am Rand entlang, bis ich atemlos vor Makon zum Stehen kam. Der hatte mich längst bemerkt und begrüßte mich mit einem freundlichen Brummen. Ich warf mich ihm umgehend an den Hals.

»Du sprichst mit mir. Ich bin so froh. Es ist also tatsächlich möglich.«

»Wenn du deswegen noch mal so ausrastest, dann lass ich das in Zukunft lieber.«

Die Magie zwickte erneut unangenehm in meinem Kopf, nur war es schwächer als zuvor. Als würde ich mich daran gewöhnen. »Ich bin nicht wegen dir ausgerastet«, hob ich an.

»Ich weiß, nur lass uns das nicht zu laut aussprechen. Ians Ausrede ist klug und wird dir den Allerwertesten retten. Wäre sonst wirklich schade drum.« Makon brachte ernsthaft ein verschmitztes schiefes Grinsen zustande. Erstaunlich, dass Drachen solch eine Mimik hatten. Das war mir vorher noch nie bewusst gewesen. *»Du wolltest doch, dass wir zusammenschmelzen. Bitte sehr, ich stehe zur Verfügung. Es ist ein bisschen hakelig mit unserer Magie, aber wenn wir es beide genug wollen, sollte es funktionieren.«* Er schob die Drachenschnauze dicht an meinen Kopf heran, prustete mir durchs Haar und schnupperte quer über mein Gesicht.

Ich konnte mein Glück kaum fassen. Endlich hatte ich einen richtigen Drachen. Einen Drachen, der mich als Partnerin betrachtete und sogar mit mir sprach! Wir hatten allen Skeptikern zum Trotz das Unmögliche wahr gemacht.

»Danke«, flüsterte ich gerührt, lehnte mich an seinen Kopf und streichelte ihn zwischen seinen Augen. Andächtig schloss er sie und schnurrte wie eine Katze, die zufrieden mit sich und der Welt ist.

Den Rest des Tages verkroch ich mich bei ihm. Wir trainierten unsere magische Verbindung, und ich gewöhnte mich an die Stimme im Kopf. Tatsächlich schaffte ich es sogar, ihn nicht wegen meiner Visionen zu löchern, bis ich es nicht mehr länger aushielt. »Ian hat sie als Echo bezeichnet. Weißt du mehr darüber?«

»In eure Menschenmagie mische ich mich lieber nicht ein. Da frag besser Ian.«

Das hatte ich befürchtet. Nachdem er so abrupt gegangen war, hatte ich ein ganz schlechtes Gefühl in der Magengegend. »Er ist sauer auf mich«, murmelte ich.

»Er ist schockiert darüber, dass du auf ihn losgegangen bist wie ein Berserker. Erklär es ihm. Entgegen der landläufigen Meinung ist Ian ein lieber Kerl.«

Ich musste lächeln. Das hatte ich tatsächlich schon lange festgestellt. »Trainiert er denn noch?«

Makon lauschte mit schräg gelegtem Kopf. *»Die anderen sind zum Essen gegangen, aber Ian … ich glaub, der sieht gerade erst mal nach Shy.«*

Wir sahen uns seufzend an. »Der Kerl betreibt Raubbau mit seinem Körper.«

»Kannst du ihm was zu essen organisieren?«

»Ich versuche es.«

Wie sich herausstellte, war das ein echter Spießrutenlauf. Hora besorgte schließlich Essen für uns beide, weil sich die Leute ständig zu mir umdrehten und laut miteinander tuschelten. Vermutlich musste ich mich daran gewöhnen, nur heute hatte ich dafür keine Kraft. Daher war ich ausgesprochen froh, als mir Hora eine Scheibe Brot und sehr viel Käse in die Hand drückte. »Reicht das?«

Ich dankte ihr und verzog mich hastig wieder nach draußen, froh, dem Getuschel entkommen zu sein. Na, das konnte ja noch eine Ausbildung werden.

Um weiter zu Ian zu gehen, benötigte ich dann allerdings meinen gesamten Mut. Ich erinnerte mich nämlich nur zu gut an seinen Gesichtsausdruck. Er hatte es ernst gemeint mit seiner Drohung. Noch einmal würde er sich nicht von mir angreifen lassen. Vorher würde er mich ausschalten.

Ein wenig konnte ich ihn sogar verstehen.

Als ich mich Shy schließlich so weit genähert hatte, dass ich Ian erkennen konnte, war ich ein nervliches Wrack. Der Reiter saß erstaunlich weit von seinem Drachen entfernt im Schneidersitz. Als er meine Anwesenheit spürte, drehte er sich zu mir um, stand jedoch nicht auf. Kein gutes Zeichen. Ich meinte sogar zu erkennen, dass sich sein Gesicht verfinsterte.

»Er beißt nicht. Geh einfach hin und bring es hinter dich. Wie ein Pflaster abreißen«, ermunterte mich Makon zu meiner Überraschung. Anscheinend hatte er einen Teil meiner Unsicherheit in meinen Gedanken aufgefangen und wusste daher, wohin ich mich bewegte. Und obwohl er im Stall stand, konnte er sich weiterhin mit mir unterhalten. Offenbar war unsere Verbindung mittlerweile so stark, dass wir uns sogar über eine weitere Entfernung hinweg unterhalten konnten. Angeblich funktionierte das mit ausreichend Übung auch über noch größere Entfernungen hinweg.

Ich atmete tief durch und ging drei Schritte weiter. Blieb wieder stehen. »Ich bringe ein Friedensgeschenk«, rief ich ihm zu.

»Leg es hin. Ich hol es mir gleich.«

Damit drehte er sich betont desinteressiert von mir fort und starrte Shy an, die mich natürlich ebenfalls längst bemerkt hatte. Sie hockte wie ein Geier mit leicht gespreizten Flügeln da und knurrte böse. Jetzt erst registrierte ich die dicke Kette um ihren Hals, die im Boden verankert war. Ian hatte sie tatsächlich gefesselt.

Ich rührte mich nicht, war hin- und hergerissen. Einerseits wollte ich am liebsten dieser seltsamen Atmosphäre entkommen, andererseits brauchte ich Antworten. Außerdem konnte ich das zwischen uns nicht so stehen lassen.

»Ich wollte dir nicht wehtun«, sagte ich schließlich leise.

»Ich weiß. Mach dir keinen Kopf.«

So wie er es sagte, klang das nicht so, als würde er es selbst glauben. Eher zögernd ging ich weiter und blieb direkt neben ihm stehen.

»Es tut mir ehrlich leid«, setzte ich hinzu, und da geschah es. Ich war all die Jahre über so tapfer gewesen. Hatte die fiesen Blicke ertragen und meine Ausgrenzung akzeptiert. Selbst bei meiner Herabstufung im Heilerinnenprogramm hatte ich gute Miene zum bösen Spiel zur Schau getragen und so getan, als wäre das alles nicht wichtig. Dass mir in Wirklichkeit das Herz geblutet hatte, war mein Geheimnis gewesen. Keine Schwäche zeigen. Niemals.

Doch jetzt, in dieser Sekunde, wurde das alles zu viel. Es war schon wieder passiert. Meine Visionen hatten mir meine Zukunft verbaut und Ian verprellt.

Das Brot fiel mir aus den Händen, und ich war plötzlich zu kraftlos, um weiterzukämpfen. Stattdessen hob ich die Finger vors Gesicht und versuchte das Drama noch aufzuhalten, allerdings zu spät. Ich hatte zu weinen begonnen. Dicke, runde Kullertränen stürzten mir aus den Augen.

Ian hatte das natürlich bemerkt. Ein Scharren ertönte, als er aufstand. Sein Schatten fiel auf mich, jetzt, wo er größer als ich war. »Bitte nicht heulen«, sagte er. »Ich kann mit weinenden Frauen nichts anfangen.«

Ich nickte und weinte trotzdem weiter, drehte mich schließlich von ihm fort, um mich wieder unter Kontrolle zu bringen. »Entschuldige«, würgte ich hervor. »Meine Nerven liegen blank.«

»Verständlich.« Er rührte sich nicht, genauso wenig wie ich.

Stattdessen standen wir voneinander abgewandt da und warteten reglos darauf, dass ich mich beruhigte.

»O Mann, Ian. Jetzt sei kein Eisklotz und nimm sie in die Arme«, wehte Makons Stimme durch meine und vermutlich auch Ians Gedanken.

»Ich bin kein Eisklotz. Nur mit so vielen Emotionen überfordert. Komm schon, Elaja. Erspar dir und mir diese unangenehme Atmosphäre und atme tief durch. Setz dich hin und trink was. Im Trösten bin ich echt der Falsche.«

Ich haderte noch mal kurz mit mir, dann setzte ich mich schließlich im Schneidersitz auf den Boden und bemühte mich um meine innere Balance. Sie zu finden fiel mir erstaunlich schwer. Es gelang mir erst, als sich Ian direkt vor mich hockte und mir einen braunen Klumpen in die Hand drückte. »Schon mal Schokolade gegessen?«

Ich kannte das Zeug nur aus Erzählungen. Es sah … unleckerer aus als beschrieben.

»Es ist süß und beruhigt.« Er nahm mir den Klumpen noch mal weg und brach sich selbst ein Stück davon ab, steckte es sich in den Mund. »Meine Grundnahrung, um nicht durchzudrehen«, vertraute er mir dann an.

Ich lächelte ihn aus einem Tränenschleier vorsichtig an und schob mir etwas davon in den Mund. Gleich darauf riss ich die Augen auf.

»Gut?«, fragte Ian lächelnd.

»Gut! Ich bin jetzt schon süchtig«, antwortete ich und bemerkte beinahe sofort, wie ich mich entspannte. Die angespannte Atmosphäre zwischen uns verpuffte.

Er ließ sich aus der Hocke auf den Boden sinken und saß nun genau wie ich im Schneidersitz vor mir. Kerzengerade. Stoisch. Statt zu reden, teilten wir uns zunächst die Schokolade, wodurch es mir mit jeder Sekunde besser ging. Meine Tränen versiegten, bis sie mir regelrecht peinlich waren.

»Ich bin eigentlich gar nicht nah am Wasser gebaut«, sagte ich schließlich. »Aber dass mir meine Visionen schon wieder meine Zukunft zerstören könnten, ist ein verdammter Schock.« Obwohl ich die Schokolade noch immer wahnsinnig lecker fand, hatte ich mit einem Schlag einen staubtrockenen Mund. »Ich bin von der Heilerinnenschule geflogen, weil ich ein Baby entführt habe. In meiner Vision musste ich es vor einer Feuersbrunst retten. Und in den drei Fehlstunden, die ich in meiner Drachenreiterkarriere angesammelt habe, saß ich im Schrank, damit nicht alle Welt meinen Tagtraum von kämpfenden Drachen in meinem Kopf miterleben muss. Die Leute halten mich für verrückt, und nach heute kann ich es aus tiefstem Herzen nachempfinden.« Ich schluckte mühsam. »Stimmt es, dass es dafür eine Erklärung gibt? Das Echo? Oder hast du das nur erfunden, um mich aus der Misere zu retten?«

Ian schwieg zunächst und reichte mir einen Wasserschlauch. Offenbar war ihm nicht entgangen, dass ich vor Aufregung kaum schlucken konnte. Dann nickte er. »Ich kenne das Gefühl eines Echos. Dieser Moment, wenn Realität und Traum ineinander überdriften. Mich wundert, dass Jama nicht längst an ein Echo gedacht hat, da er deine Geschichte schon kennt. Allerdings gilt das Echo als reines Hirngespinst – was es nicht ist. Genauso wenig wie angreifende Drachen oder Magiekriege. Das, was du da erlebst, wird von zu viel Magie in dir hervorgerufen. Jahrtausendealte Magie, die viel erlebt und viel durchlitten hat. Mit jedem Atemzug atmen wir Magie ein und lassen sie wieder frei. Ein Kreislauf. Magie wandert von einem zum anderen. Dass sie ein kollektives Gedächtnis hat, wird von vielen abgewunken. Ich glaube, dass das möglich ist. Zumindest erklärt es das Echo. In dem Fall sammelt sich zu viel Magie in einem Magier an und gibt irgendwann vergangenes Erlebtes an ihn weiter. Tagträume entstehen, die sich unglaublich realistisch anfühlen.«

Ich starrte Ian entgeistert an. »Abgefahren«, war das Erste, was mir in den Sinn kam.

»Ja, nicht wahr.« Ian pflückte gedankenverloren etwas Gras vom Boden und zerbröselte es. Offenbar fiel ihm das Stillsitzen schwer. Wenigstens eine Sache, die er nicht perfekt beherrschte. »In deinem Fall hat sich vergangenes Können auf dich übertragen. Vermutlich hat die Magie in dir lange Zeit in einer begnadeten Schwertkämpferin gesteckt. Recht sicher eine magisch begnadete Drachenreiterin. Ihre Magiekugel hätte mich definitiv in Stücke gerissen.«

»Entschuldige«, hauchte ich daraufhin.

Er zuckte betont lässig die Schultern, nur sein Blick blieb wachsam. Als könnte ich doch etwas dafür, dass ich auf ihn losgegangen war. Ein Teil von ihm war mir böse. Misstraute mir. »Ich muss noch mit mir selbst klären, was ich davon halte. Ich vertraue dir Makon an. Dir. Nicht dieser Person, die mich vierteilen wollte.«

»Jama gegenüber hast du gesagt, du könntest das abstellen.« Eifrig richtete ich mich auf und hob die Hand, als wollte ich ihn berühren. Da er sich augenblicklich versteifte, ließ ich es lieber bleiben. Zu viel Nähe war eindeutig unerwünscht. So viel zu Neths Theorie, dass er auf mich stand. »Wie bist du die Visionen losgeworden? Und wieso haben ausgerechnet wir zwei sie und sonst keiner?«

»Ich werde nicht müde zu betonen, dass wir uns magietechnisch beunruhigend ähneln. Vermutlich liegt es daran. Und ja: Man kann das abstellen. Durch ständigen Magieaustausch. Du musst das alte Zeug loswerden und dafür neue Magie aufnehmen. Das ist anstrengend, aber machbar. Nur … das, was du heute gezeigt hast, hätte nicht jede so machen können. Das Wissen abzurufen ist eine Sache. Es anzuwenden eine ganz andere. Du konntest da magietechnisch locker mithalten – und das ist eine echte Leistung.«

»Hast du mich gerade gelobt?«

»Ja, hab ich in Menschenführung gelernt. Loben und motivieren.« Er grinste vorsichtig. »Das soll für die Weiterentwicklung des Untergebenen enorm wichtig sein.«

Ich starrte ihn an, und da passierte es: Mein Herz flog ihm zu. Nicht einfach so. Nein. Es schwoll an und quoll über vor Glück. Weil er der erste Mensch war, der mir wirklich helfen wollte. Der mir zugehört hatte. Der mich nicht mit Medikamenten vollpumpen oder wegschicken wollte.

Der sich vor mich geworfen hatte, um mich zu schützen.

»Ich werde dich jetzt umarmen«, warnte ich ihn mit todernster Miene. »Also bereite dich vor.«

Verwirrt runzelte er die Stirn. »Dafür braucht es eine Vorwarnung? Greifst du mich wieder an?«

»Nein, nur habe ich den Eindruck, dass du nicht gern angefasst wirst. Allmählich wird es allerdings Zeit.«

»Wofür?« Er wirkte immer verwirrter.

Ich änderte meine Sitzposition und kniete nun vor ihm, beugte mich in seine Richtung und legte betont langsam und vorsichtig erst einen Arm, dann den zweiten um ihn, zog ihn an mich. »Um Danke zu sagen«, flüsterte ich leise. Er versteifte sich zunächst, wie befürchtet. Nach etwa einem Atemzug lockerte er sich. Beinahe hatte ich den Eindruck, dass er die Umarmung ganz leicht erwiderte. Die Arme legte er zwar nicht um mich, doch immerhin lehnte er sich sanft gegen mich und ließ für einen winzigen Moment den Kopf gegen meine Schulter sinken. »Danke«, sagte ich. »Für alles.« Ich lächelte, was er natürlich nicht sehen, aber vielleicht an meiner Stimme hören konnte. »Makon spricht jetzt wirklich mit mir.«

»Das habe ich mitbekommen. Er hat mich absichtlich als Eisklotz bezeichnet und dafür gesorgt, dass wir es beide hören konnten.«

Ich spürte, dass sich Ian von mir lösen wollte, also tat ich ihm den Gefallen. »Kannst du mir beibringen, wie ich das Echo abstelle?«, fragte ich zaghaft.

»Lehrbuch *Telepathie und Meditation für Magiebegabte*, Seite 301«, sagte er trocken. »Diese Übung ist eine Offenbarung.«

Ungefragt nahm er meine Hand und drehte sie nach oben. Mit dem Daumen strich er über die Innenseite, um meine Finger auseinanderzubiegen. Eine einfache Geste, in die er vermutlich nicht viel hineininterpretierte. Mir hingegen zog sich der Magen zusammen, und ein Kribbeln setzte ein, das ich so noch nie gespürt hatte. Ich bemühte mich, ihn nicht anzustarren, doch das war schwierig. Mein Blick schien an seinem Gesicht festgeklebt zu sein. An seinen dunklen, schönen Augen, die momentan allerdings auf die Hände gerichtet waren.

»Du musst einen Magieteich erschaffen. Übung Seite 243. Lass die Magie erst hineinfließen.« Auf meiner Handinnenfläche sammelte sich eine blaue, schimmernde Flüssigkeit. War das etwa Ians Magie? Sie fühlte sich sanft an. Es kitzelte nur ganz leicht. Anders als sonst, biss sie nicht zu. Normalerweise bekämpften sich Magiearten untereinander bis aufs Blut. »Diese Essenz ist friedlicher. Sanft. Reine Kraft, die nicht zum Zaubern geeignet ist. Lass sie nun durch die Finger herauströpfeln.« Gemeinsam sahen wir zu, wie die Essenz zu Boden fiel. Tropfen für Tropfen. »So lange, bis sich dein Gehirn leichter anfühlt. Glaub mir, du wirst wissen, was ich meine, sobald du es mit deiner eigenen Essenz ausprobiert hast. Mach das jeden Morgen und jeden Abend, und in der Sekunde, in der du eine Vision herannahen spürst. Das wird helfen. Versprochen.«

Ian zog seine Hand zurück und sah mich auffordernd an. Ich hingegen war ganz benommen von dem schönen Gefühl seiner Magie auf meiner Haut und der Wärme seiner Nähe. Da war ich zu keinem klaren Gedanken fähig. »Ich hab noch eine Vision gehabt«, murmelte ich. »In der hab ich immer diese komische Handbewegung gemacht. Kennst du sie?«

Ehe ich nachgedacht hatte, führte ich sie aus. Zumindest hätte ich das getan, wenn Ian nicht hektisch zugepackt und mich festgehalten hätte. »Bist du wahnsinnig«, zischte er mich an. »Das ist ganz alte Drachenmagie. Bevor du keinen Schimmer von der Bedeutung dieser Zeichen hast, darfst du sie niemals ausführen.«

»Aber –«

»Kein aber. Verdammt, Elaja. Du bist echt eine wandelnde Katastrophe mit viel zu viel Magie.« Er tippte mir aufgebracht mit einem Zeigefinger gegen die Stirn. »Erst denken, dann zaubern.«

Ich spürte, wie mir siedend heiß wurde. Derart von Ian gescholten zu werden, war schrecklich peinlich. Vor allem, weil er recht hatte. »In Ordnung«, gab ich zerknirscht zu. »Das war gefährlich. Kommt nicht wieder vor.«

»Hoffentlich. Und lass bloß niemanden sehen, dass du so was kennst. Jama dreht durch. Diese Art der Magie wird nicht mehr praktiziert. Viel zu gefährlich.«

»Inwiefern?«

Er zögerte, dann seufzte er. »Du kennst die Geschichte rund um den Vulkanausbruch und die Drachenpest?«

»Natürlich.«

»Ich hab da meine eigene Theorie zum Vulkanausbruch.« Er deutete auf meine Finger. »Und dieser Handwink ist ein großer Teil davon.«

Ich brauchte eine Weile, um zu begreifen. Dann riss ich die Augen auf. »Du meinst, jemand hat den Vulkanausbruch magisch verursacht?«

Ians Schweigen war Antwort genug, doch letztlich nickte er zusätzlich noch und beugte sich vor, damit unsere Gesichter ganz nahe beieinander waren. Sein Blick bohrte sich in mich, sorgte dafür, dass ich auch wirklich zuhörte. »Es gibt nicht viele, die zu so etwas in der Lage sind. Ich kann es. Deine Echo-Drachenreiterin ebenfalls – und du vermutlich auch.«

Ach du Scheiße. Entgeistert starrte ich Ian an, der mich keine Sekunde aus den Augen ließ. »Weißt du jetzt, warum ich so empfindlich reagiere, wenn du mit deiner Magie herumspielst? Du musst vorsichtig sein«, sagte er eindringlich. »Und unauffällig. Die Drachenreiter sind nach wie vor sehr misstrauisch, sobald jemand Regeln bricht. Die Regeln haben uns damals im Chaos gerettet. Sie haben dafür gesorgt, dass wir wieder auf die Beine kamen und neu anfangen konnten. Regelbrecher sind nicht gern gesehen.«

»Solche wie du?«

Er runzelte irritiert die Stirn. »Wie ich?«

»Zwei Drachen? Und dann gibst du einen davon ab. Auch das wird nicht gern gesehen.«

»Das stimmt, nur bin ich in einer anderen Position. Mich brauchen sie. Dich wollen sie loswerden.«

Mein Herz begann schneller zu schlagen. »Stimmt es, dass du der neue Fürst werden sollst?«, fragte ich schließlich vorsichtig.

»Larian ist noch lange nicht tot«, antwortete Ian ausweichend.

»Aber du wirst dafür ausgebildet.«

Ein knappes Nicken. Mehr hatte er dazu offensichtlich nicht zu sagen. Ich hingegen war nicht gewillt, ihn aus diesem Gespräch zu entlassen. »Alle betonen immer wieder, wie wichtig Makon ist. Dass er trainiert werden muss. Genau wie du. Steht uns wirklich ein Krieg bevor?«

Ian machte dicht. Komplett. Ich sah es genau in seinem Gesicht, seiner gesamten Körperhaltung. Abrupt stand er auf und bedeutete mir, es ihm gleichzutun. »Das sind Dinge jenseits deiner Ausbildungsstufe. Konzentrier du dich lieber darauf, mit Makon fliegen zu lernen und die Ausbildung zu schaffen. Den Krieg überlass mir.«

Ich kam ebenfalls auf die Beine, blieb jedoch an Ort und Stelle stehen. »Bloß wird es so nicht funktionieren. Wenn wir angegriffen werden, müssen auch wir Jungreiter ran. Ian …« Ich zögerte, denn alles in mir wollte diesen Satz nicht aussprechen, aber ich musste. Sonst fühlte ich mich wie die größte Egomanin der Welt. »Wenn Makon und du wirklich so wichtig seid, dann solltest du ihn wieder zu dir zurücknehmen. Mit ihm trainieren. So wie es sämtliche Hortanführer verlangen.« An dieser Stelle waren wir schon einmal gewesen. Damals hatte ich nachgegeben. Diesmal war ich nicht gewillt, das Gespräch ruhen zu lassen.

Ian dachte vermutlich genau wie ich an das letzte Mal und antwortete ähnlich ausweichend, drehte sich dafür von mir fort. Offenbar eine Angewohnheit von ihm, wenn ihm das Gespräch unangenehm war. »Die Hortanführer sehen das große Ganze nicht. Sie sehen nur Makon und mich. Das allein reicht nicht. Shy ist mit in der Gleichung, ob es ihnen passt oder nicht. Ich kann nicht ständig mit Makon trainieren, ohne dass Shy durchdreht. Sie muss beschäftigt werden, geliebt. Kümmere ich mich zu wenig um sie, dreht sie durch. Früher oder später wird das ihr Todesurteil sein.« Er schüttelte den Kopf. »Nein. Das mit dem Drachentausch ist die einzige Option, die uns noch bleibt. Sie verschafft mir die Zeit, Shy wieder in die Spur zu bringen. Und sie verschafft Makon die benötigte Ruhe, um zu verzeihen.«

Ich starrte seinen Rücken an und kämpfte mit dem Drang, ihm die Hand auf die Schulter zu legen. Keine Ahnung, warum ich ihn so unbedingt berühren, spüren wollte. Das war langsam nicht mehr normal. Da er das aber nicht gewollt hätte, zügelte ich mich.

»Dann bleibt es bei unserem Plan«, sagte ich zu seinem Rücken. »Ich pass auf Makon auf. Versprochen.«

Ian nickte und drehte sich selbst dann nicht zu mir um, als ich ging. Ein wenig konnte ich ihn verstehen. Es musste schwer für ihn sein, Makon gehen zu lassen.

»Du machst dir keine Vorstellung«, hörte ich in meinen Gedanken.

Es klang unendlich traurig. Und auf seltsame Weise ausgesprochen besorgt.

12

Aufsatteln. Antreten. Wir fliegen heute. Los!« Die Stimme des Drachentrainers riss uns aus unserem Frühstück. Anders als sonst murrte heute keiner. Auf Flugstunden waren alle scharf.

Alle, bis auf mich.

Nach dem Gespräch mit Ian war mir noch immer ganz seltsam zumute. Er hatte deutlich gemacht, dass er mir Makon nicht wegnehmen würde. Trotzdem brannte da ein ungutes Gefühl. Unser Plan fühlte sich falsch an, obwohl er mir den Hintern rettete.

Ich war die Letzte, die sich erhob. Auch ich würde aufsatteln, allerdings bestimmt nicht losfliegen. Außerdem war ich nicht erpicht darauf, mit allen anderen nach draußen zu rennen und dabei ihre Blicke zu spüren. Sie hatten die Szene von gestern nicht vergessen. Wie denn auch?

Als mich der Lehrer noch im Raum entdeckte, bellte er doppelt so laut los. »Beeilung, Elaja. Ich habe mit Ian gesprochen. Du sollst so schnell wie möglich mitfliegen. Vorzugsweise heute. Also los!«

Das waren mal Nachrichten. Jetzt rannte ich doch – und zwar doppelt so schnell wie die anderen. Ich jagte an ihnen vorüber in den Stall, wo Makon bereits den Kriegszaum im Maul herumbaumeln ließ.

»Ich bin bereit, wenn du es bist«, sagte er zur Begrüßung.

»Jetzt ist es endlich so weit«, freute ich mich und knuddelte Makons Nase zum bestimmt dritten Mal.

Er schnaufte als Antwort. *»Bring uns nur bitte nicht um.«*

»Wie denn? Du bist mit Ian schon tausendmal gestartet. Was soll da schiefgehen?«

Wie immer, wenn ich Ians Namen auch nur erwähnte, versteifte sich der Drache fast unmerklich. Er bemühte sich natürlich, das vor mir zu verbergen, nur gelang ihm das eigentlich nie. Ians Verlust war noch immer ein Stachel in seinen Schuppen.

»Deine Magie könnte meine angreifen, weil sie auf einmal zu deutlich spürbar wird. Oder du könntest Panik bekommen, weil du Höhenangst hast. Oder du –«

»Es ist nicht mein erster Ritt. Ich bin schon mit Sean geflogen«, unterbrach ich ihn und wechselte dabei selbst in Gedankensprache.

»Trotzdem ist es der erste mit mir, und vor allem der erste, bei dem du zaubern musst. Meine Magie ist stark und könnte dich mit einem einzigen Schlag niederknüppeln.«

»Ernsthaft? Das erzählst du mir jetzt? Willst du mir unbedingt Angst machen, sodass ich es mir anders überlege?«

»Quatsch. Ich wollte nur, dass du vorgewarnt bist.«

»Danke für deine Unterstützung. Jetzt bin ich einigermaßen beunruhigt. Also? Willst du nun mit mir fliegen oder nicht?«

»Klar.«

»Dann hör auf, mir Schauergeschichten zu erzählen.«

»Wenn ihr zwei mit eurer lautlosen Diskussion fertig seid – könnten wir dann zu eurem ersten Übungsflug aufbrechen?«, unterbrach Neth unser stummes Duell. Sie stand bereits neben Naim und sah uns erwartungsvoll an.

»Klar, bin so weit«, sagte ich zu ihr und zu Makon: »Vertrau uns als Drachengespann, ja?«

Makon nickte und folgte mir, doch ich spürte seine Unruhe. Ihm war die bevorstehende Prüfung unheimlicher als mir. Anscheinend misstraute er unserer Magiekopplung wirklich extrem. Sollte mich das beunruhigen? Vermutlich. Ich ignorierte es trotzdem.

Kaum waren wir auf der Startbahn angekommen, wurde ich bereits von drei Lehrern gleichzeitig in Beschlag genommen. Einer kletterte sogar mit mir auf Makons Rücken und überprüfte meine

Halterungen. Dabei malte auch er mir sämtliche Horrorszenarien aus. Wenigstens gab er mir noch mögliche Lösungen an die Hand.

»Solltest du beim Start bemerken, dass sich Makons Magie auf dich stürzt und dich bezwingt, brich den Start ab und geh runter zur Landung. Aber nur bis etwa hundert Meter. Danach müsst ihr eine Kurve drehen, sonst verpasst ihr die Landebahn. In dem Fall hast du Rückenwind. Das bedeutet, dass euer Sinkflug weniger ausgeprägt sein wird und ihr länger segelt. Sollte Makon in Panik geraten, weil seine Magie durchdreht, versuch sie zu unterdrücken. Ihr müsst klären, welche Magieart stärker ist. Entsprechend wird sich euer ganzer Flug verändern. Falls du ohnmächtig wirst –«

»Ich mach das schon«, unterbrach ich seine Szenarien recht ruppig. Es war ja nett, dass sich alle um sich sorgten, doch allmählich bekam ich Panik. Die komplette Vorfreude war verschwunden. »Makon kann auch ohne mich starten und landen. Ian und ich haben besprochen, dass ich meine Magie erst in der Luft einsetze, wo es sicherer ist. Sollte ich angegriffen werden, haue ich mich selbst ohnmächtig und Makon landet ganz schnell wieder.«

Der Prüfer wirkte etwas verdutzt ob meiner Erklärung, gab sich damit aber zum Glück zufrieden. »Gut. Dann Schwingen- und Schwanzbruch. Viel Erfolg!«

Während er wieder nach unten kletterte, grunzte Makon amüsiert vor sich hin. *»Von dem Plan höre ich heute das erste Mal.«*

»Ich habe ihn mir auch gerade eben erst ausgedacht.«

»Und was ist, wenn der Prüfer Ian danach fragt?«

»Dann sind wir hoffentlich schon längst in der Luft. Wo ist Ian überhaupt?«

»Der hält sich vornehm zurück und steht mit Shy angekettet ganz hinten. Auf ihn können wir eh nicht zählen. Sollte er eingreifen, wird das ein Magiefiasko.«

Das wurde ja immer schlimmer. Ich schüttelte diesen Gedanken ab. »Wir sind bereit. Los jetzt!«

Ein schlauer Kopf hatte sich ausgedacht, dass Makon und ich als Erste fliegen sollten. Falls etwas schiefging, konnten sich die Lehrer ganz auf uns konzentrieren und mussten nicht auch noch eine Horde panischer Jungdrachenreiter in der Luft beaufsichtigen.

Also los. Ich straffte mich, atmete tief durch und zeichnete dann die Rune für die Startvorbereitungen auf Makons Nackenschuppe. Ein Drache wurde nicht mit Zügeln geritten, sondern mit Handzeichen und Magie. Da wir Letztere im Moment vermeiden wollten, blieb mir also nur das Zeichnen übrig. Ich hatte die Grundzeichen bis zur Unendlichkeit geübt und war trotzdem sehr nervös. Hoffentlich befahl ich Makon nicht versehentlich einen Überschlag.

»Ab sofort keine Gedankenübertragung mehr«, sagte ich überflüssigerweise laut zu Makon. Der antwortete, wie erwartet, nicht, sondern stellte sich breitbeinig und mit ausgebreiteten Flügeln an die Startposition.

Die Muskelberge unter mir waren beeindruckend. Ein tiefes Grollen setzte in Makons Kehle ein. Vermutlich ließ er damit einen Teil seiner Nervosität abgleiten. Auch er hatte Angst vor unserem ersten gemeinsamen Start.

»Wir schaffen das«, flüsterte ich und hieb gleichzeitig mit der Hand auf die Schuppe. Das Startsignal.

Makon schlug mit den Flügeln und rannte los, schneller und schneller. Seine Hinterbeine spannte er nur Sekunden später an und katapultierte uns in die Höhe. Ich quiekte vor Schreck laut auf und lachte gleichzeitig, als ich den frischen Wind in meinen Haaren spürte. Wir flogen! Wir flogen!

Makon schlug nur dreimal mit den Flügeln und hatte dann bereits die magische Grenze von über hundert Meter erreicht. Ab sofort gab es kein Zurück mehr. Warum auch? Es war herrlich.

Ich lehnte mich in die Haltegurte, hob die Arme und jubelte so laut ich konnte. Wir flogen gemeinsam!

»Klappt doch gut!«

»Makon! Vermeide Magie!«

»Entschuldige. Alte Angewohnheit. Trotzdem wiederhole ich es gern noch mal: klappt gut! Wir leben noch, obwohl ich Magie gebrauche. Zwar in kleinen Dosen, aber Test bestanden, würde ich sagen.«

Ich gab ihm recht. Meine Magie war natürlich längst aktiv, um Makons Worte zu übersetzen. Sie umtanzte mich, genau wie seine. Anstatt allerdings aufeinander loszugehen, spielten sie zusammen. Sie kommunizierten.

Ich breitete erneut die Arme aus und schrie meinen Triumph in die Welt hinaus. Ich war eine Drachenreiterin. Eine waschechte Drachenreiterin.

Auch Makon freute sich, und gleichzeitig spürte ich seine Trauer. Es musste seltsam für ihn sein, mit jemand anderem als mit Ian zu fliegen. Auch für ihn war das Neuland. Auch er musste sich umgewöhnen.

Unter uns meinte ich Ian sogar zu erkennen. Er stand wie immer abseits von allen anderen. Zu den Drachenreitern auf der Startbahn. Zu seinen Fliegerkameraden. Sogar zu Shy. Ein einsamer Punkt, der in dieser Sekunde die Hand hob, um zu grüßen. Zumindest bildete ich mir das ein.

»*Mir ist bewusst, dass ich Ian nicht ersetzen kann*«, sagte ich per Magieübertragung zu Makon. »*Das will ich auch gar nicht. Ich will aber, dass ihr wisst, wie unendlich dankbar ich euch bin. Ohne euch wäre ich verloren.*«

»*Ich weiß. Das ist auch das einzig Gute an unserer momentanen Situation. Dass wir dir helfen können. Alles andere ist zum Heulen.*«

Wie immer sparte ich es mir, an dieser Stelle genauer nachzufragen. Es brachte nichts, meinen Drachen zu verärgern. Vor allem nicht, wenn wir gerade unseren ersten Landeanflug in Angriff nahmen.

Wir landeten butterweich im Gras. Ich schnallte mich in Windeseile ab, sprang auf den Boden und umarmte ungestüm den riesigen Kopf meines Drachen.

»Du bist der Beste. Ich schwöre dir: Ich werde gut auf dich aufpassen. Gemeinsam helfen wir uns. Alles wird gut. Ganz bestimmt!«

Makon wirkte erfreut, doch äußerst skeptisch. Sofort versetzte mir das einen tiefen Stich ins Herz. Dieser Drache war völlig entwurzelt und verzweifelt. Ähnlich wie sein Herr. Die Sache mit Shy ging allen dreien an die Nieren.

»Wir finden eine Lösung«, versprach ich ihm leise und schwor mir, genau das zu tun. Einen Plan ersinnen, der uns vieren den Hintern retten würde. Für Makon wollte ich Berge versetzen. Das war ich ihm schuldig.

Hora erreichte mich als Erste, um mich ungestüm zu umarmen. Neth folgte etwas langsamer und knuffte mir gegen die Schulter. »Bin ich froh, dass ihr das überlebt habt. Selbst wenn ich die Wette verloren habe.«

»Ihr habt auf mich gewettet?«

»Ja. Die meisten waren der Meinung, dass ihr abstürzt und euch schwer verletzt. Einige wenige waren sich sicher, dass ihr bei diesem Versuch draufgeht. Nur Narel streicht den gesamten Pott ein. Er war sich sicher, dass alles gut geht.«

Ich hob die Arme, um Narel in Empfang zu nehmen. Der große Kerl grinste breit und umarmte mich so fest, dass meine Wirbel knackten.

Die Lehrer lösten schließlich unsere kleine Gruppe auf, gratulierten mir knapp mit einem anerkennenden Nicken und deuteten dann nach links. »Wir müssen die Landebahn frei machen. Das Jagdgeschwader will starten, um nach Janara zurückzufliegen.«

Erstaunt drehte ich mich und entdeckte etwa zehn Drachen auf Startposition. Als ich einen roten dazwischen entdeckte, fühlte ich einen harten Schlag in den Magen. Zumindest mental. »Sie kommen doch wieder?«, fragte ich entsetzt.

»Nein. Sie bleiben erst mal da und trainieren dort weiter. Los jetzt. Zur Seite. Danach startet ihr direkt wieder. Ihr müsst viel aufholen.«

Der Lehrer ging fort und ließ uns tief erschüttert zurück. Makon rührte zunächst keine Pfote. Ich musste ihn mehrmals anstupsen. »Jetzt komm. Mach die Landebahn frei«, sagte ich zu ihm.

»Aber … aber er kann nicht einfach so wegfliegen«, sagte mein Drache zu mir. *»So ganz ohne Abschied.«*

»Das wird er bestimmt noch tun. Mental.«

Makon schüttelte sein riesiges Haupt. *»Nein. Das bezweifle ich. Er hat die Verbindung mit mir gekappt. Ich bin allein. Er … hat mich allein gelassen.«*

Ich spürte Makons Erschütterung bis in meine Seele und bemühte mich darum, mein inneres Gleichgewicht dagegenzusetzen. Das war schwer. Unendlich schwer. Dazu war die Verletzung zu tief. »Ich fürchte, Ian ist kein Freund großer Worte und vermutlich im Abschiednehmen etwa so schlecht wie im Trösten«, sagte ich nach einer Weile. »Er kommt zurück zu dir. Versprochen.«

Makons Skepsis war spürbar, doch schließlich gab er nach. Langsam stapfte er zur Seite, sodass nur wenige Sekunden später das Jagdgeschwader starten konnte.

Als ein roter Drache an uns vorüberschwebte, sah ich Ian ein letztes Mal. Er hob knapp die Hand zum Gruß. Dann war er verschwunden.

Makon hob daraufhin den Kopf in den Nacken und schrie seinen Frust in den Himmel hinauf. Sein Reiter war fortgeflogen. Für einen Drachen das Schlimmste überhaupt.

Ich wartete, bis er sich halbwegs wieder in der Gewalt hatte. Dann sah ich ihn fest von unten an. »Wir müssen das Beste aus der Situation machen, Makon. Du und ich. Wir werden eine neue Einheit bilden. Die beste. Noch besser als Ian und Shy. Wir werden trainieren, bis wir nicht mehr denken können. Niemand wird uns nachsagen können, dass ich deiner Entwicklung im Weg stehe, und niemand wird behaupten können, dass dieser Drachentausch der größte Fehler unseres Lebens war. Ian weiß, was er tut. Wir müssen ihm vertrauen. Also kneif den Drachenhintern zusammen und hör auf zu trauern. Da kommt ein Krieg auf uns zu, und wir müssen vorbereitet sein. Wir beide.«

Makon senkte sein riesiges Haupt, um mich besser ansehen zu können. Aus seinen tiefschwarzen Augen blickte er mich an, musterte mich bis ins Kleinste. Dann seufzte er leise auf.

»In Ordnung. Ab sofort bin ich dein Drache. Von der Schwanzspitze bis zum letzten Zahn. Nur mein Herz – ich fürchte, das gehört für immer Ian.«

»So soll das ja auch sein. Reservier mir nur ein kleines Stück davon. Die rechte Herzklappe, zum Beispiel. Die reicht mir völlig.«

Wir grinsten uns verschwörerisch an und umarmten uns, hielten uns aneinander fest. Der verstoßene Drache und die verrückte Reiterin. Was für ein Gespann. Aber wir würden es allen zeigen.

Und wir würden Ian den Rücken frei halten, so gut es ging. Das schwor ich mir.

13

Von da an trainierten wir wie die Irren. Wir nahmen jede noch so kleine Übungseinheit wahr, lernten bald schon sicher zu landen, punktgenau anzufliegen, Winde im Flug zu erspüren und zu slippen. Das war ein Manöver, bei dem sich der Drache seitlich in den Wind drehte, um so die Sinkgeschwindigkeit zu erhöhen. Auf diese Weise konnte man sogar Felsvorsprünge anfliegen.

Wochen vergingen. Schließlich sogar Monate.

Schon bald machte uns im Fliegen kaum noch einer was vor. Wir durften mit einer Gruppe Auserwählter einen kleinen Überlandflug starten, um Nahrung zu einem Einsiedlerdorf zu schaffen. Waren Teil eines Suchtrupps für eine Herde verirrter Rinder in den Bergen und halfen mit, Wasser in riesigen Behältern über einer in Flammen stehenden Scheune zu leeren. Das war schon ziemlich kompliziert. Mein Schwall verpasste leider sein Ziel, da Makon und ich die Aufwinde durch das Feuer falsch eingeschätzt hatten. Unser Ausbilder blieb gelassen. Er hatte nicht wirklich mit Erfolg gerechnet und löschte die Flammen höchstpersönlich.

Trotzdem war es eine aufregende und spannende Zeit. Ich wurde sogar auf einen Notfalleinsatz mitgenommen. Ein Soldat war in den Bergen bei einem Übungstraining abgestürzt und musste dringend ins Hospital gebracht werden. Makon und ich durften mitfliegen.

Zwar sollten wir uns im Hintergrund halten, aber es war trotzdem aufregend zu sehen, wie die eingespielte Dracheneinheit erst den Schwerverletzten versorgte und dann auf einer Trage auf dem Drachenrücken befestigte. Unwillkürlich erinnerte ich mich an den Tag auf dem Hügel, als ich mich vor Maai versteckt und den einzelnen Alarmsignalen zugesehen hatte. Damals hatte ich mir so sehr gewünscht, zumindest als Heilerin mitfliegen zu dürfen. Jetzt saß ich sogar auf einem eigenen Drachen.

Wann immer ich Zeit und Ruhe hatte, ließ ich meine magische Essenz abtropfen, um das Echo in den Griff zu bekommen. Es half tatsächlich. Meine Visionen wurden weniger oder so schwach, dass ich es aushalten konnte. Das machte mir Mut und sorgte für mehr Selbstbewusstsein. Ich blühte auf und ging sogar auf Mitschüler zu, die ich vorher gemieden hatte. Ich wurde Stück für Stück integriert und akzeptiert. Ein ungewohntes Gefühl.

Es war zu schön, um wahr zu sein.

Die Realität holte mich auch zügig genug ein. Alles bezüglich höherer Magie blieb uns verwehrt. Vor allem die Pfortenwelt.

Ich durfte lediglich nach den magisch glitzernden Bereichen, den sogenannten Heimatpforten, in der Luft suchen. Sie zu durchqueren war auf einem fremden Drachen unmöglich. Leider war es ein wichtiger Teil der Zwischenprüfung. Um andere Pforten zu sehen als die direkt am Hort, musste ich lange Flüge unternehmen. Andere Schüler sprangen von einer zur nächsten, um sie alle kennenzulernen und zu trainieren, sie zu durchqueren.

Das war etwas, das mir verboten blieb.

Selbst Makon zu Hause zu lassen und mit den Trainern zu fliegen, funktionierte nicht. Meine Magie brachte die der Lehrer völlig durcheinander. Nur der Drache und der Reiter durften durch die Pfortenwelt gehen. Magielose konnten noch mitgenommen werden, Magiewesen jedoch nicht. Auch mit Nahrung war das so eine Sache. Wurde ein Kartoffelsack durch die Pfortenwelt getragen, musste die Nahrung unverzüglich gegessen werden. Am nächsten Tag war sie meist ungenießbar. Ähnlich verhielt es sich mit Kräutern. Jetzt verstand ich endlich, warum ich für die Rettungstrupps jeden Tag neue

Koffer hatte packen müssen. Ich hatte mich schon gefragt, warum sie so verschwenderisch damit umgingen.

Von Ian und Shy hörten wir in dieser Zeit wenig. Sie hielten sich von Makon und mir fern. Das machte meinen Drachen sehr traurig, mich hingegen erleichterte es. Was brachte es, wenn er nach einem Anstandsbesuch nur wieder Abschied nehmen musste?

Allerdings war ich noch immer der Meinung, dass Ian sich nicht einfach so hätte davonstehlen dürfen. Ein Abschied tat weh, war jedoch auch eine Zäsur. Eine Zäsur, die Makon gut hätte gebrauchen können.

Ab und zu kam zum Glück Sean vorbei, um nach uns zu sehen. Er wirkte immer bulliger, durchtrainierter und ernster. Trotzdem war er immer noch Sean, der mich ungeniert in den Arm nahm und ganz fest knuddelte. Wenn Neth sich nicht rechtzeitig verdrückte, machte er bei ihr das Gleiche – obwohl sich die beiden ständig zankten.

Heute begrüßte er mich mit seiner üblichen Umarmung bereits auf der Landebahn und grinste breit, als ich laut aufstöhnte. »Es ist immer wieder schön, dich knuddeln zu dürfen«, spottete er und lief danach mit Zair und mir an der Seite zum Zaun. Wie neuerdings üblich, trug er volle Kriegsmontur und sah entsprechend martialisch aus.

»Bist du allein?«, staunte ich.

»Ja, ich hab mich freiwillig für einen kleinen Botengang gemeldet, um Jama streng geheime Unterlagen zu bringen.« Er wackelte lustig mit den aschblonden Augenbrauen. »Bitte mich ja nicht darum, sie dir zu zeigen. Ich könnte schwach werden.«

Wir wussten beide, dass er das niemals tun würde, dazu war er zu dienstbeflissen. »Ich hab den Eindruck, dass sich die Lage etwas beruhigt hat«, sagte ich stattdessen. »Unsere Lehrer haben den täglichen Drill ein wenig zurückgefahren, und auch die Erwachsenen üben nicht mehr so hysterisch.«

»Das denkst auch nur du. Schau mal auf Riata vorbei. Da ist die Hölle los. Aber ja. Bei euch Schülern hat man beschlossen, dass ihr langsamer hineinwachsen sollt. Der erwartete Angriff ist ausgeblieben. Jetzt warten wir ab.«

Mittlerweile wusste ich, dass ich gar nicht nachfragen brauchte. Niemand antwortete auf die Frage, wer denn eigentlich angreifen würde. Allmählich glaubte ich, dass das keiner wirklich wusste. Es war eher ein Gefühl. Ärger in der Luft.

Nur bei Ian hatte ich durchaus den Eindruck gehabt, dass er besser informiert gewesen war als der Rest. Vermutlich lag es daran, dass er in den obersten Riegen mit eingeladen wurde und daher Dinge hörte, die anderen verborgen blieb.

»Und Ian? Wie geht es dem?«, fragte ich möglichst nebenbei.

»Im Moment sehen wir uns nicht oft. Er trainiert bei Xana über den Eisbergen. Frag mich nicht wieso. Dieser Hort ist schon lange verwaist. Trotzdem hat Larian beschlossen, ihn als Speerspitze wiederzubeleben. Ian soll aber bald nach Riata versetzt werden. Dann können wir uns hoffentlich bald mal wiedersehen.«

Spannende Neuigkeiten. Ich bemühte mich um einen neutralen Gesichtsausdruck. Wenn ich zu interessiert nachfragte, versiegte oft das Gespräch. Ein Balanceakt.

Ich musterte Sean und sah erst jetzt tiefe Schatten unter seinen Augen. Schatten, die normalerweise nicht dort vorhanden waren.

»Was ist los?«, fragte ich sanft. »Und behaupte bitte nicht, dass alles in Ordnung ist. Du siehst traurig aus.«

»Sieht man mir das so sehr an? Dabei bemühe ich mich, nach außen hin lässig und entspannt zu wirken.«

»Ich bin eine gute Beobachterin. Willst du drüber reden?«

Sean schüttelte zunächst den Kopf, dann fuhr er sich mit der Hand übers Gesicht und seufzte. »Ich hab Liebeskummer, schätze ich. Als wäre meine Ausbildung und die panische Drachenwelt nicht schon schlimm genug.«

Überrascht riss ich die Augen auf. »Wer ist es denn?«, platzte es aus mir heraus. »Kenn ich sie? Oder ihn?«

»Sie heißt Velia. Eine wunderbare Frau. Mutig, freundlich und kämpferisch. Sie hat mich vom ersten Moment an beeindruckt.«

»Eine Drachenreiterin?«

»Nein. Sie ist nicht mal von hier. Letztlich ist das auch egal, denn sie ist von jetzt auf gleich weggegangen. Ohne ein Wort. Einfach nicht mehr da.«

Ich hörte die Trauer aus jeder Silbe heraus. Zögernd legte ich meine Hand auf Seans Schulter, drückte leicht zu. Bei Ian hätte ich so etwas nicht gewagt, aber Sean und ich waren mittlerweile Freunde. Da ging das in Ordnung. »Das tut mir leid. Vielleicht taucht sie ja wieder auf?«

»Das bezweifle ich.« Sean atmete tief ein und straffte sich. »Genug gejammert. Wie läuft es denn bei dir?«

»Es geht so. Die Zwischenprüfungen stehen an, und ich darf noch immer nicht durch die Pfortenwelt gehen. Ich hab schon Ian deswegen angeschrieben, nur noch immer keine Antwort bekommen. Der Reiter der Botendrachen hat mir aber bestätigt, dass er den Brief bekommen hat. Jama verdrängt das Problem und behauptet, ich könne auch ohne Pfortenprüfung bestehen. Das bezweifle ich stark.«

»Bei dir wird es echt nicht langweilig.«

»Ich bin halt ein Sonderfall, mit dem sich niemand so richtig gern beschäftigt. Dass ein Drache nicht durch die Pfortenwelt gehen darf, ist noch nie vorgekommen.« Sean wirkte mit einem Schlag ganz verkniffen. Sofort witterte ich Lunte. »Oder?«, hakte ich erbarmungslos nach.

Er druckste herum und winkte jemandem hektisch zu, den er zu kennen schien. »Entschuldige, Elaja. Da muss ich kurz hin.«

Und weg war er!

Fassungslos sah ich ihm hinterher und nahm mir fest vor, unser unterbrochenes Gespräch fortzuführen. Doch leider gelang es ihm geschickt, mir für den Rest des Tages auszuweichen, und sobald ich ihn endlich wieder festnageln konnte, gesellten sich Hora und Neth dazu. In deren Anwesenheit wollte ich nicht nach solchen Dingen fragen.

Als er sich schließlich verabschiedete und zu den Räumlichkeiten für die Lehrkräfte lief, sahen wir ihm hinterher. Ich finster, Hora schmachtend und Neth augenverdrehend.

»Der Kerl ist zu charmant für diese Welt«, schnaufte sie.

»Und soooo attraktiv«, merkte Hora an.

»Vor allem ist er ein fieser Geheimniskrämer«, brummte ich.

Neth seufzte und knuffte mich in die Seite. »Ist dir klar, dass gleich zwei der begehrtesten Jungreiter ständig deine Nähe suchen? Sean ist ein echter Herzensbrecher und Ian … Ian ist einfach nur scharf.«

Wie immer fühlte ich mich unwohl, wenn Neth solche Sachen von sich gab.

»Sean ist lediglich ein Kumpel. Wir wollen nichts voneinander.«

»Euer Glück, immerhin wird er Hortanführer.«

Verwirrt sah ich sie an. »Ja, und?«

»Mann, Elaja! Politischer Aufbau der Drachengemeinschaft. Hortanführerinnen und Hortanführer heiraten untereinander. Das wird vom Rat bestimmt. Da ist nicht viel mit großer Liebe und freier Wahl.«

Ach ja. Da war was gewesen. Ich fand das etwas hinterwäldlerisch, verbiss mir jedoch jeden Kommentar. Was das anging, hatte ich einfach eine andere Einstellung. Für Sean und Velia tat es mir natürlich leid. Selbst wenn die Sache zwischen ihnen bereits vorüber war, hätte ihre Liebe ohnehin unter einem schlechten Stern gestanden. Der arme Kerl. Gleichzeitig spürte ich einen leichten Stich im Unterleib. Wenn die Ehevorgaben für Hortanführer galten, dann bestimmt auch für angehende Fürsten wie Ian. Wobei Larian meines Wissens nach ungebunden war.

Hoppla. Wo kam denn dieser Gedanke her?

»Wir sollten lernen«, knurrte ich, um uns alle von diesem Thema abzulenken. Ein Seufzen antwortete mir, und wir trollten uns gemeinsam zu den Lernräumen.

Denn ungeachtet der allgemein herrschenden Alarmbereitschaft kamen wir um eine Sache nicht herum: um die Zwischenprüfung.

Je näher sie rückte, desto nervöser wurden wir alle. Ich besonders, denn noch immer hatte niemand eine Lösung für mein Pfortenwelt-Problem. Makon genauso wenig. Er traute sich nach wie vor nicht, sich in Gedankensprache mit Ian in Verbindung zu setzen. Seitdem sich sein Reiter von ihm abgekapselt hatte, war da eine Wand zwischen ihnen, die er nicht einzureißen wagte.

»Wenn es wirklich dringend ist, dann versuche ich es mal«, bot er schließlich an.

Ich überlegte. Noch zwei Wochen Zeit. »Lass uns eine Woche abwarten. Wenn sich bis dahin keine Lösung auftut, dann müsstest du über deinen Schatten springen.«

Jeden Tag nervte ich. Meine Lehrer. Jama. Die Prüfer. Ich schrieb Briefe und bemühte mich. Letztlich blieb es dabei: Niemand war gewillt, sich mit dem Problem hinreichend zu befassen. Ich lernte parallel und bemühte mich, positiv zu bleiben. Letztlich gab ich auf.

»Du musst wohl doch mal Ian fragen. Vielleicht hat er gar nichts mehr dagegen, wenn wir es zusammen versuchen. Unsere Magie hat sich derart aneinander gewöhnt, dass es funktionieren könnte.«

Makon wirkte nervös und zappelte auf dem Vorplatz herum. Allein beim Gedanken, unerlaubt mit seinem Herrn Kontakt aufzunehmen, brach ihm der Schweiß aus.

»Ian wird garantiert schimpfen.«

»Und ich fall sonst durch meine Prüfung«, antwortete ich. Dann streichelte ich ihn sanft. »Komm schon. Mach es für mich. Du darfst mir auch die Schuld in die Schuhe schieben.«

Also atmete Makon tief ein und konzentrierte sich. Sein Körper war dabei so angespannt, als wollte er jeden Moment losfliegen. Eine Weile geschah nichts, dann richtete er sich noch mehr auf, streckte sogar die Flügel von sich, schlug mit ihnen.

»Was ist?«, fragte ich alarmiert.

»Ian. Ich … da stimmt was nicht. Er …«

Der Drache verstummte. Lauschte mit schräg gelegtem Kopf. Ich sah ihm immer nervöser werdend zu, während sich in Makons Miene zunächst nichts ablesen ließ. Dann wirkte er plötzlich traurig. Nervös. Angespannt. Wieder traurig. Verletzt. Wütend. Eingeschnappt.

Schließlich hörte ich ihn tief aufseufzen.

»Die gute Nachricht ist, dass ich Ian erreicht habe. Er ist sauer, dass ich unser Schweigen gebrochen habe. Ob er verstanden hat, wie immens wichtig das war, weiß ich nicht genau. Er wirkte hektisch und irgendwie … flackernd.«

»Flackernd?«

»Nicht so stark wie sonst. Vielleicht befindet er sich momentan sehr weit weg oder ist extrem müde. Jedenfalls war die magische Verbindung zu schwach, um sich lange zu unterhalten.«

»Aber du hast ihn erreicht«, stellte ich fest, doch Makon wirkte mit einem Schlag unruhig. Nervös trat er von einem Bein aufs andere. »Was hat er denn gesagt? Darf ich durch die Pfortenwelt?«

»Zu dieser Frage bin ich gar nicht gekommen. Ian hat mich vorher angepflaumt, dass ich aus seinem Kopf verschwinden soll. Danach hat er mich rausgeschmissen. Ich … Elaja. Da stimmt was nicht.«

»Beruhig dich. Mit Ian wird schon alles in Ordnung sein«, sagte ich zu ihm.

»Wirklich? So hab ich ihn noch nie erlebt. Ich mach mir Sorgen.«

Mein Herz war schwer. Letztlich blieb mir nichts anderes übrig, als meine Hand auf seine Schuppen zu legen und ihm stumm zu sagen, dass ich für ihn da war. »Wir können nichts tun«, sagte ich. »Lass uns ein Problem nach dem nächsten angehen. Erst mal die Zwischenprüfung. Danach sehen wir weiter, in Ordnung?«

»In Ordnung«, sagte Makon nach einer langen Pause.

Doch nichts war in Ordnung. Das spürten wir beide.

Am Morgen des Prüfungstages war ich völlig fertig mit mir und der Welt. Die Prüfer kamen aus jedem Hort angereist. Fünf Männer, eine Frau. Da es Goldin und Xana nicht mehr gab, stellten die beiden größten Horte Riata und Janara gleich zwei. Alle Prüfer wirkten eher finster und wenig zugänglich.

Wir Schüler bekamen am Morgen kaum einen Bissen hinunter und waren froh, als es endlich losging. Zunächst stand das Herrichten der Drachen auf dem Programm. Putzen, Körperpflege, Aufsatteln. Das ging uns leicht von der Hand. Die unbequemen Fragen der Prüfer waren da schon etwas anderes.

»Warum musst du die Brustschuppe nicht einreiben? Warum wählst du dieses Zaumzeug? Weshalb hast du den Festhaltegurt nicht längst befestigt? Sieht der Wassereimer von deinem Drachen immer so aus? Was für Futter gibst du ihm?« Das waren alles Fragen, mit denen ich bombardiert wurde und die mir den Schweiß auf die Stirn zauberten. Ob ich die korrekte Antwort lieferte, wusste ich nicht. Den Prüfern war absolut nicht anzusehen, ob sie etwas gut oder schlecht fanden.

Endlich durften wir den Stall verlassen und sollten vor der Startbahn aufsitzen. Neth sah bedenkenswert blass aus, während Hora war Aufregung knallrot im Gesicht war. Mir zitterten die Hände.

Tief durchatmen, dachte ich in einer Tour, während die Drachen nacheinander aufgerufen wurden und losstarten durften. Fünf Prüfer befanden sich bereits in der Luft, während der sechste noch mit seinem Klemmbrett bewaffnet Namen vorlas. Er war groß und drahtig, hatte eine etwas zu große Nase und einen sehr kleinen Mund. Seine Stimme war dafür umso lauter.

Neth wurde aufgerufen. Danach Narel. Nur ich war noch übrig – und blieb es auch. Fassungslos musste ich mitansehen, wie der Prüfer sein Klemmbrett wegpackte und Anstalten machte, zu seinem Drachen zu gehen.

»He!«, stoppte ich ihn. »Ich bin auch noch da!«

»Du fliegst nicht mit. Bis zur Bodenübung durftest du die Prüfung ablegen. Der Luftteil muss auf unbestimmte Zeit vertagt werden. Was bringt dir der Test, wenn du ohnehin nicht durch die Pfortenwelt fliegen darfst?«

»Bitte was? Ich dachte, ich könnte zumindest die Start- und Landeübungen absolvieren. Den Überlandflug. Die Zielabwürfe. Die Pfortenwelt ist doch nur ein einziger Punkt in einer langen Liste.«

»Aber der wichtigste.« Als er meine entgeisterte Miene bemerkte, seufzte er so laut auf, dass ich es sogar von meiner erhöhten Position aus hören konnte. »Es tut mir leid, dass dir das niemand gesagt hat. Eigentlich sollte dir dein Hortanführer längst mitgeteilt haben, dass deine Prüfung ausgesetzt wurde.«

Mein Hortanführer? Jama! Wie hatte er mir so etwas verschweigen können?

So langsam hatte ich den Eindruck, dass sich mir immer ein neues Hindernis in den Weg stellte, sobald ich das vorherige weggeräumt hatte. Erst der Drache. Dann der Flug. Jetzt die Pfortenwelt. Es war zum Verrücktwerden.

Der Prüfer hatte mich derweil einfach stehen lassen. Ganz offensichtlich hatte er keine Lust mehr darauf, mit mir über das müßige Thema zu sprechen.

Ich starrte ihm hinterher und spürte pure Wut in mir aufsteigen. Und Frust. Und eine endlose Traurigkeit.

Zeit, etwas zu unternehmen, bevor mich meine Gefühle übermannten. Hastig sprang ich von Makons breitem Rücken und beeilte mich, den Prüfer einzuholen.

»Sprich mit Jama darüber«, sagte er genervt, bevor ich überhaupt ein Wort hervorgebracht hatte.

»Der hat mir gesagt, er würde sich um das Problem kümmern.«

»Dann hat er die entsprechenden Stellen wohl nicht überzeugen können. In unserer Kladde steht, dass du nicht zugelassen bist.« Kurz vor seinem Drachen blieb der Prüfer noch mal stehen und warf einen Blick in meine Unterlagen. »Du darfst ohne die Erlaubnis von dem Herrn deines Drachen nicht starten. Diese Erlaubnis fehlt.«

»Aber …«

Der Lehrer sah mich finster an. »Hast du den Reiter mal zur Pfortenwelt gefragt?«

»Ich … bin dran.«

»Dann nerv ihn weiter und nicht mich. Klär das, und zwar schnell. Sobald die Prüfungen durch sind, kann ich nichts mehr für dich tun.«

Verdammt, verdammt, verdammt!

Nur zu gut erinnerte ich mich an Ians Worte. Er hatte bei unserem ersten Gespräch, als er mir Makon angeboten hatte, die Pfortenwelt kategorisch ausgeschlossen. Ich verstand das sogar. In diese unheimliche Welt überzuwechseln war für Jungreiter mit einem eigenen Drachen bereits gefährlich. Was geschah mit einer magiefremden Einheit? Mittlerweile waren Makon und ich aber gut aufeinander eingespielt. Wir vertrauten einander. Selbst unsere Magie war sich näher, als ich je gedacht hätte. Es war möglich. Sogar Makon konnte sich diesen Flug vorstellen.

Blieb die Frage, ob Ian das genauso sah.

»Ich … nehme Kontakt mit ihm auf«, sagte ich schließlich kleinlaut. Der Prüfer nickte erfreut und machte, dass er auf seinen Drachen kam.

Zurück ließ er mich verzweifelter denn je. Ian hatte hinreichend klargemacht, dass er nicht gestört werden wollte.

»Makon? Könntest du es bei Ian noch mal versuchen?«, fragte ich lautlos in meinem Kopf.

Makons Antwort ließ ungewöhnlich lang auf sich warten. *»Ich glaube nicht, dass mir das gelingen wird.«*

»Versuch es trotzdem. Bitte! Sonst war alles umsonst. Das muss er doch erkennen.« Instinktiv sprach ich diesmal laut.

Also versuchte es Makon. Dass es ihm gelang, sah ich sofort an seinem Gesichtsausdruck. Er zuckte zusammen, als hätte man ihn geschlagen.

»Ian ist echt sauer. Ich hab ihn gefragt, ob er herkommen könnte. Er sagt, er schafft es nicht vor morgen Abend.«

Mir rutschte das Herz bis in die Hose. Das war zu spät. Bis dahin waren sämtliche Prüfungen gelaufen. »Er muss kommen. Sag ihm, dass es um meine Zukunft geht«, sagte ich scharf.

»Ich kann nicht. Er hat mir verboten, mich noch mal bei ihm zu melden. Er ist gerade mit Shy unterwegs und landet gleich auf Riata. Da braucht er seine volle Konzentration. Befehl ist Befehl.«

Vor Frust hätte ich beinahe gegen Makons Brustpanzer geschlagen und stoppte mich erst in letzter Sekunde. Gleichzeitig blieb ein Wort hängen. Riata.

Das war unser Hauptstadthort, etwa vier Stunden Flugzeit von hier entfernt. Zwei, wenn man richtig schnell flog und die eigentlich verbotene Route über die Berge nahm. Wir waren mit der Klasse bereits dort gewesen. Die anderen waren durch die Pfortenwelt dorthin gewechselt, ich war mit einem Lehrer rübergeflogen. Den langen Weg kannte ich, den kurzen zumindest in der Theorie.

»Nein! Vergiss es! Wir haben keine Starterlaubnis! Erst recht nicht für so einen langen Flug.«

Makon hatte offenbar meine Gedankengänge aufgefangen. »Wir fliegen nach Riata«, unterbrach ich alle weiteren Ausführungen meines Drachen. »Das ist meine einzige Möglichkeit. Für wie wahrscheinlich hältst du es, dass ich dich noch zwei Jahre lang behalten darf? Wie hoch ist die Wahrscheinlichkeit, dass ich in zwei Jahren diese Prüfung nachholen kann? Sie ist nicht vorhanden. Also riskiere ich jetzt lieber eine Strafe und setze alles auf eine Karte, als passiv abzuwarten, was andere für mein Leben entscheiden. Niemand steht für mich ein. Niemand. Das muss ich selbst für mich machen.«

Mit diesen Worten saß ich bereits auf Makons Rücken und dirigierte ihn mit fester Hand zum Startplatz. Solch klaren Anordnungen konnte sich der Drache nicht widersetzen. Das war das oberste Gebot. So wie er Ian nicht erneut kontaktieren konnte, musste er mir jetzt gehorchen.

»Wenn du die hohen Herren erzürnst, wirst du niemals Drachenreiterin. Die stehen auf Regeln. Du hast schon zu viele gebrochen und warst zu oft die Ausnahme, als dass sie dir solch ein eigenmächtiges Handeln durchgehen lassen. Wir sollten lieber über Alternativen nachdenken, um mit Ian in Kontakt zu treten.«

Makon gehorchte meinem Willen, ließ sich allerdings nicht mundtot machen. Ich ignorierte seine Worte, atmete tief ein und aus und gab ihm dann den Befehl zum Start.

Das würde Ärger geben. Vermutlich den Ärger meines Lebens. Aber verdammt noch mal! So schnell gab ich nicht auf.

14

Wir legten einen Bilderbuchstart hin, der von sämtlichen Prüfern in der Luft verwirrt beobachtet wurde. Ich grüßte zwei von ihnen sogar noch dreist aus der Ferne, bevor ich Makon den Befehl erteilte, nach Riata zu fliegen. Er hasste es, folgte jedoch meinem Befehl.

Wir setzten uns ab und brachen zum Überlandflug auf. Relativ rasch entschied ich mich für die gefährlichere Route über die Berge. Wenn wir hoch genug flogen, sparten wir Zeit und kamen den Klippen und Abwinden auch nicht zu nahe. Außerdem war Makon ein erfahrener Drache.

Makon gehorchte äußerst unwillig und hatte letztlich keine Wahl. Also nahmen wir die Berge in Angriff, stiegen höher und höher, bis ich vor Kälte kaum noch atmen konnte. Ich biss die Zähne zusammen und sorgte dafür, dass es meinem Drachen schön warm war.

Die nächsten Stunden verbrachten wir in brütendem Schweigen. Makon war sauer auf mich, ich total nervös. Auf dem gigantischen Hort Riata zu landen war außerdem so eine Sache. Das hatten wir tatsächlich nicht geübt, weil zu diesem Zeitpunkt zu viel los gewesen war. Unsere Lehrer hatten sich dagegen entschieden und uns stattdessen zurückbeordert. Jetzt ärgerte ich mich doppelt über die verpasste Ausbildungsmöglichkeit.

Wir schaffen das, feuerte ich mich an und verdrängte den Gedanken, was alles schiefgehen konnte. Wir könnten die Landung versauen. Oder Shy in den Anflug geraten. Oder …

Wird schon werden, riss ich mich aus meinen eigenen Grübeleien.

Je näher wir dem Haupthort kamen, desto voller wurde der Luftraum. Patrouillen über Patrouillen flogen an uns vorüber. Hilfe. Wo wollten die denn allesamt hin?

Eine setzte sich neben mich und der Anführer fragte mich per Zeichensprache, wohin ich denn bitte unterwegs sei.

Riata, antwortete ich.

Allein?

Ich nickte knapp.

Der Anführer blieb misstrauisch, und so kam es, dass ich mit einer gesamten Patrouille landen musste. Makon wirkte gelassen, immerhin kannte er das bereits von Flügen mit Ian. Ich hingegen starb tausend Tode. Im Landeanflug auf andere Drachen achten zu müssen, überforderte mich dann doch. Unsere Landung sah auch entsprechend aus. Zu weit entfernt von den anderen. Zu hampelig. Zu ungenau.

Kein Wunder, dass der Patrouillenführer direkt mit grimmigster Miene auf mich zugestürmt kam.

»In Ordnung, junge Dame. Ich hoffe, du hast eine gute Erklärung für deinen Alleinflug«, begrüßte er mich, kaum dass ich abgesessen war. »Was machst du vor allem auf Makon?«

»Ich –«

»Scheiße! Jetzt sag nicht, du bist die Kleine, der Ian seinen Drachen geliehen hat. Bist du wahnsinnig, allein über den Pass zu fliegen? Das ist momentan lebensgefährlich!«

»Ich –«

»Vergiss es. Erklär das nicht mir, erklär das ihm.« Er deutete schräg hinter mich, und ich ahnte, wer da auf mich zukam.

»Ian«, brüllte mein Gegenüber auch schon los. »Gehört die Vollidiotin zu dir?«

»Ja, das tut sie. Ich kümmere mich um sie, Aric. Hast du sie unterwegs aufgegabelt?«

»Ja, und sie ist direkt über das Gebiet der wilden Drachen geflogen. Ein Glück, dass sie überhaupt angekommen ist. Dann regel du das mal schön. Viel Spaß. Machst du auch die Meldung an Larian?«

»Ja.«

Mit diesem einen knappen Wort war Ian heran, und ich brachte endlich den Mut auf, mich zu ihm zu drehen. Sein Gesichtsausdruck war mörderisch. Wut funkelte in seinen stahlgrauen Augen. Zorn sorgte dafür, dass er seine Kiefer hart aufeinanderpresste, sodass die Narben in seinem Gesicht noch deutlicher hervorstanden. Besonders die an der Wange wurde dadurch sichtbarer. Dennoch kam ich nicht umhin, zu bemerken, dass Ian noch dünner geworden war als beim letzten Aufeinandertreffen. Das Verhältnis von Muskeln zum Rest des Körpers stimmte einfach nicht. Als würde ihn etwas auszehren. Er packte mich ruppig am Arm und zog mich die zwei Schritte zu Makon zurück, brachte Abstand zwischen Aric und uns. Der lief zurück zu seiner Formation. Ian wartete noch, bis er außer Hörweite war, ehe er mich zu sich rumriss und schüttelte.

»Bist du wahnsinnig geworden?«, brüllte er mich an. »Ich vertraue dir doch nicht meinen Drachen für derartige Alleingänge an!«

»Es war ein Notfall.«

»Ach ja? Wer stirbt? Denn nur ein Sterbender ist Grund genug, damit du solche dämlichen Aktionen bringst.«

Ich kam ins Schwimmen. »Gilt ein sterbender Traum auch?«, fragte ich etwas zaghafter.

Ian sog zischend die Luft ein. »Ich hatte Makon gesagt, dass ich mich morgen darum kümmern würde.«

»Morgen ist zu spät. Die Prüfung ist heute«, widersprach ich nun ebenfalls lauter. »Heute, Ian! Jama und du hattet lange genug Zeit, um euch darum zu kümmern. Leider habt ihr das nicht getan. Ich hab immer und immer wieder wegen meiner Prüfung nachgefragt. Die Antwort war Schweigen oder ein ›Ich kümmere mich‹. Auf meinen Brief hast du nie reagiert. Makons Kontaktaufnahme hast du abgebügelt. Jetzt ist es zu spät. Denn heute hätte ich mich beweisen müssen. Heute!«

Ian starrte mich an, und für einen winzigen Moment hatte ich Hoffnung, dass ihn sein schlechtes Gewissen packen würde. Doch leider lag ich da falsch. »Und dann schwingst du deinen Hintern einfach auf Makons Rücken und fliegst zu mir? Bist du von allen guten Geistern verlassen? Ohne die Zwischenprüfung ist es dir nicht mal erlaubt, eine Schwanzspitze deines Drachen ohne Erlaubnis vom Boden abheben zu lassen.«

»Was hätte ich denn machen sollen? Offenbar hört mir ja nur einer zu, wenn ich euch Drachenreiter auf die Palme bringe. Erst *dann* reagiert ihr auf mich.«

»Euch Drachenreiter? Elaja! Du *bist* eine Drachenreiterin. Zumindest, falls du dir mit deinem Alleingang nicht alles komplett versaut hast.« Den ersten Satz und meinen Namen hatte er noch gebrüllt. Den letzten Satz hatte er erstaunlich ruhig formuliert. »Scheiße«, setzte er noch hinzu und wandte sich dann übergangslos an Makon. »Und du, mein Freund! Dich hätte ich für vernünftiger gehalten!«

Makon starrte seinen Herrn zwei Sekunden lang an, dann drehte er sich demonstrativ um und zeigte uns seinen beeindruckenden Hintern. Wir blickten eine Weile verdutzt darauf.

»Er kann nichts dafür«, sagte ich schließlich matt. »Du hast ihm jede Kontaktaufnahme verboten, und ich habe ihn zu diesem Flug gezwungen. Was hätte er tun können? Für ihn muss das schrecklich gewesen sein.«

Ian starrte erst mich, danach seinen Drachen beziehungsweise den Hintern von ihm an. Dann seufzte er tief. Ohne ein weiteres Wort an mich ging er an mir vorüber, umrundete Makon und lehnte sich danach an dessen großen Kopf. Zumindest nahm ich das an. Da war ein Drachenhintern in meinem Sichtfeld.

Unschlüssig blieb ich eine Weile an Ort und Stelle stehen, bis es mir zu dumm wurde. Außerdem ärgerte ich mich mit jeder Sekunde mehr. Über die Prüfer. Ians Standpauke. Aber vor allem über mich selbst. Hatte Ian recht und ich hatte mit meinem Alleingang womöglich alles ruiniert, was ich mir bislang aufgebaut hatte?

Ich schauderte. Das wäre nicht das erste Mal gewesen. Hatte ich meine Fehler wiederholt?

Mit unangenehmem Druck im Magen lief ich zu Ian hinüber und wartete, bis er seine Augen endlich wieder öffnete. Vermutlich hatte er sie geschlossen, um mich und seine gesamte Umwelt auszuschließen und Zeit allein mit seinem Drachen verbringen zu können.

Als er mich jetzt anblickte, war der Zorn in seinem Blick verschwunden.

»Es tut mir leid«, sagte ich. »Ich hätte nicht im Alleingang zu dir fliegen dürfen. Das war dumm und gefährlich. Ab sofort werde ich eine bessere Drachenreiterin sein als bisher.«

»Vor allem musst du anfangen, dich als solche zu betrachten.«

Die Bemerkung saß. Insbesondere, weil er recht hatte. Ich dachte noch immer »die Drachenreiter« statt »wir Drachenreiter«, grenzte mich unwillkürlich von der Gruppe ab, zu der ich eigentlich gehören wollte. Vermutlich, weil ich es selbst nicht glaubte, dass es wahr sein konnte. »Ich war noch nie Teil einer Gruppe«, gab ich schließlich leise zu. »Und wenn wir ehrlich sind, bin ich es auch jetzt nicht. Sonst hätte man mich nicht ausgeschlossen. Sonst hätte irgendjemand auf meine Hilfegesuche reagiert.«

Ian wirkte mit einem Schlag nachdenklich. Beinahe defensiv. Dann nickte er. »Du hast recht. Ich hätte mich kümmern müssen. Zu meiner Verteidigung muss ich sagen, dass ich in letzter Zeit unterzugehen drohte. Jeder will was von mir, alle ...« Er brach ab und schüttelte den Kopf, wirkte zu abgekämpft, um sich weiter aufzuregen.

»Ich bin nicht hier, um dir ein schlechtes Gewissen zu bereiten«, sagte ich schließlich vorsichtig. »Ich bin hier, weil ich Hilfe brauche. Dringend. Ich wäre ganz sicher nicht hergekommen, wenn ich eine andere Möglichkeit gesehen hätte, aber ... ich bin so weit gekommen. Jetzt zu scheitern ist unvorstellbar – und dann noch wegen so einer dämlichen Sache.«

Ian überlegte. Lange. Intensiv. Letztlich nickte er. »Verstehe ich«, sagte er knapp. Sobald er allerdings sah, wie sich ein Lächeln auf meine Züge stahl, wirkte er sofort wieder streng und unnahbar. »Ich bin noch immer sauer über deinen Alleingang. Mach dir da mal nichts vor. Am liebsten würde ich dich schütteln, bis dir die Zähne klappern. Vor allem wird es jetzt komplizierter, dafür zu sorgen, dass

Makon bei dir bleiben darf. Die meisten halten mich ohnehin für völlig irre. Eine Anfängerin? Und dann auch noch diese? Sie lauern darauf, dass du versagst. Ausgerechnet du warst es, die ihnen jetzt die Munition geliefert hat, um unsere Abmachung zu zerstören. Und weißt du, an wen du mich dabei total erinnerst?«

Ich schüttelte stumm den Kopf.

»Du bist wie ich, kurz bevor ich Makon bekommen habe. Ständig musst du gegen Windmühlen ankämpfen. Ständig hörst du, dass du dies und das niemals erreichen kannst. Also gehst du gegen jeden vor, der dir im Weg steht. In diesem Fall schwingst du dich auf Makons Rücken, um mich anzubrüllen.«

»Ich habe nicht gebrüllt. Ich habe nur meine Argumente vorgebracht und versucht, dich zu überzeugen. Wenn ich eine richtige Drachenreiterin sein soll, muss ich durch die Pfortenwelt fliegen dürfen. Ich muss die Prüfung bestehen.«

»Du hast gebrüllt. Und auch jetzt kommt diese Wut in dir hoch, die dich seit Jahren quält. Ich kenne sie, und lass dir eins sagen: Atme erst mal tief durch und hör auf, mich mit Blicken zu erdolchen. Ich bin nicht dein Feind. Verstanden?«

Wie befohlen, atmete ich tief durch. »Ja, verstanden. Aber –«

»Kein aber! Ich will weder dich noch meinen Drachen umbringen. Die Pfortenwelt ist tabu für euch. Dabei bleibe ich.«

»Aber –«

»Elaja!« Er knurrte meinen Namen. Das schüchterte mich mehr ein, als wenn er ihn gebrüllt hätte. »Jetzt hör mir endlich zu! Halt deine zu groß geratene Klappe und lass dir mal was sagen.«

Im ersten Moment wollte ich ernsthaft protestieren, doch dann sah ich Makons funkelnde Augen und sein leichtes Kopfschütteln. Klappe halten. Verstanden. Mit viel Mühe riss ich mich zusammen und nickte.

Ian ließ mich noch fünf endlos lange Sekunden schmoren, ehe er endlich weitersprach. »Ich kenne die Fallhöhe, die dir zu schaffen macht. Die anderen jungen Leute im Drachenreiterprogramm haben alle ihre Familien als Sicherheit. Fallen sie durch die Prüfung, sorgen Mama oder Papa dafür, dass sie was anderes machen können. Bei dir ist es alles oder nichts. Der Druck ist enorm. Glaub mir. Ich kenne ihn. Ich kenne ihn auch jetzt noch, obwohl ich Makon habe und sogar im Hortanführerprogramm aufgenommen worden bin. Durch meine Herkunft muss ich doppelt so hart arbeiten, mich viel mehr beweisen, und jeder Fehler wiegt schwerer als bei anderen. Das ist hart. Und unfair. Es zermürbt und entmutigt. Aber weißt du, was? Es macht uns auch zu stärkeren, mutigeren und ausdauernderen Kämpfern. Wo andere aufgegeben hätten, laufen wir uns erst warm. Also kneif die Pobacken zusammen und hör auf rumzuheulen.«

Ich hätte ihn zu gern gefragt, welche Herkunft er meinte. Was seine Geschichte war. Wie er zu den Drachenreitern gelangt war. Ein Blick in sein Gesicht sagte mir jedoch, dass ich noch immer Sendepause hatte. Also schwieg ich tapfer weiter, obwohl es mich innerlich zerriss.

»Du hast nur diese eine Prüfung, um dein Ziel zu erreichen. Dass du mit Makon fliegen musst, senkt deine Erfolgswahrscheinlichkeit immens. Das heißt trotzdem nicht, dass es unmöglich ist. Ich bin mit Shy niemals offiziell durch die Pfortenwelt geflogen – zumindest nicht freiwillig.« Er stockte kurz, als er an seinen beinahe tödlichen Flug mit ihr erinnert wurde. Dann straffte er sich, fing sich wieder. »Und schon gar nicht bin ich mit ihr zur Prüfung durch die Pfortenwelt geflogen. Sie und ich waren nicht so weit. Wahrscheinlich werden wir es nie sein. Mein Hortanführer sah das genauso. Wir wären vermutlich bei dem Versuch umgekommen. Da Drachenleben und Reiter nun mal wertvoll sind, haben die hohen Herren beschlossen, für uns eine Ausnahme zu machen. Wir durften uns anderweitig beweisen. Bereit dazu?«

Ich war noch mit der Überlegung beschäftigt, warum Shy und er vor dem Unfall nie durch die Pfortenwelt geflogen waren und dass Sean garantiert dieses Beispiel im Sinn gehabt hatte, und hätte beinahe seine Frage verpasst. In letzter Sekunde nickte ich hastig.

»Gut, denn wenn ich mich so weit aus dem Fenster lehne und auf eine Menge Zehen trete, dann will ich die Garantie, dass du dich zusammenreißt. Keine Alleingänge mehr. Halt dich an die Regeln. Akzeptier militärische Hierarchien. Hör auf deine Vorgesetzten. Lass das Rebellieren, und vor allem: Bring niemals wieder meinen Drachen in Gefahr.«

Ians Blick ging mir durch und durch. Er war eine Warnung und deutliche Drohung. Noch so ein Fehltritt und ich konnte nicht mehr auf seine Unterstützung zählen.

Kleinlaut nickte ich.

»Es wird haarig. Die anderen werden denken, dass du eine Sonderbehandlung bekommst, die du nicht verdient hast. Beweis das Gegenteil, aber bleib gelassen. Verstanden? Lass dich nicht provozieren.«

Der Kerl kannte mich beunruhigend gut. Er schien sich bestens in meine Gedankengänge hineinversetzen zu können.

Schließlich hatte mich Ian genug mit Blicken gelyncht und ließ mich vom Haken. Er atmete tief durch und sah stattdessen Makon an. »Ich gehe zu Larian und versuche zu retten, was zu retten ist. Du wirst gleich alles geben müssen. Hast du noch genug Energie?«

Makon brummte als Antwort. Natürlich hatte er das.

Ian nickte zufrieden. »Bin gleich wieder da«, sagte er zu mir und rannte in der gleichen Sekunde los. Mir blieb nur übrig, ihm irritiert hinterherzublicken.

»Was hat er vor?«

»Er fordert ein paar Gefallen ein und bezirzt den Hortanführer von Riata. Fürst Larian hat einen Narren an Ian gefressen und fördert ihn, wo er kann. Auch er hat sehr früh seine Eltern verloren. Auch er musste sich allein durchkämpfen und hat daher ein Herz für Außenseiter. Mit ein wenig Glück hält er seine schützende Hand über deinen Kopf und rettet dir deinen Hals beziehungsweise deine Zukunft. Und Elaja?«

»Ja?«

»Bring mich nie wieder in solch eine Situation. Ernsthaft. Ich bin echt sauer auf dich.«

Schweigend legte ich die Arme um den Kopf meines Drachen und entschuldigte mich auf diese Weise bei ihm. Derart verschlungen warteten wir auf Ians Rückkehr.

Als ich ihn schließlich wieder entdeckte, hatte er eine ganze Karawane mit dabei. Zwei große Männer schritten rechts und links neben ihm. Dahinter liefen mehrere Frauen und Männer in Drachenreiteruniform.

Das sah nicht so gut für mich aus.

Hastig stand ich auf und glättete meine Kleidung. Bemühte mich um ein möglichst tadelloses Aussehen. Denn den Mann neben Ian hatte ich noch nie gesehen, aber so autoritär, wie er lief, und so finster, wie er mich musterte, konnte das nur einer sein: der Hortanführer von Riata. Larian.

Er war gertenschlank und hochgewachsen. Rotblonde Haare, die sich ganz leicht lockten. Insgesamt ein eher heller Typ mit fast weißer Haut voller Sommersprossen, auch im Gesicht. Seine Augen waren etwas schmaler als normal und seine Nase etwas zu lang. Klassisch schön war er nicht, doch das machte er durch seine beeindruckende Aura ganz klar wieder wett. Er war der Anführer hier. Das bewies allein sein Gang.

Der Tross blieb etwa zwei Meter vor mir stehen. Larian wirkte weiterhin verärgert, aber zum Glück auch interessiert. Der mir unbekannte Mann daneben hingegen sah aus, als wollte er mich fressen. Er war ein bulliger Kerl mit finsterem Blick und unheimlicher Aura. Ein Mann, mit dem man sich nicht anlegen sollte.

»Du bist also Elaja«, begrüßte mich Larian schließlich mit dröhnender Stimme und musterte mich mit stechend grünen Augen.

Ich machte hektisch eine wirre Mischung aus Knicks und Verbeugung. »Die bin ich. Bitte entschuldigt mein Auftreten, doch ich –«

»Sie wollte um Verzeihung bitten«, unterbrach mich Ian herrisch. »Einfach nur um Verzeihung.« Sein Blick war deutlich.

Kein aber. Das musste ich mir offenbar in Anwesenheit von Drachenreitern abgewöhnen. »Ja, natürlich. Bitte entschuldigt. Kommt nicht wieder vor.«

»Du hast dir also in deinen Dickschädel gesetzt, mit Ians Drachen durch die Pfortenwelt zu wechseln. Schon mal was von einem Magieschock gehört? Der dürfte dir nämlich sicher sein, wenn du das versuchst.«

»Das passiert nur, wenn man sich überanstrengt. Makons und meine Magie sind gut aufeinander abgestimmt. Wir ergänzen uns erstaunlich gut, statt uns gegenseitig zu bekämpfen. Macht Euch diesbezüglich keine Sorgen.«

Blitzende Augen. Sowohl bei Ian als auch bei Larian. Ups. Da war ich wieder über das Ziel hinausgeschossen. Bevor ich meine Worte abmildern konnte, sprach Larian bereits.

»Diese Sorgen sind durchaus angebracht. Es ist Ians Drache, den du reitest, und meine Verantwortung, wenn du dabei draufgehst. Du magst eine fähige Reiterin sein, bist aber dennoch eine blutige Anfängerin. Entschuldige, wenn ich dann skeptisch bin, wenn du eine Übung ausführen willst, die euch beide umbringen könnte.«

»Ich bin gut. Richtig gut. Soll ich es beweisen?«

Ian seufzte leise auf. Ich hingegen streckte mich kampfesmutig, um größer und selbstbewusster zu wirken. In Wahrheit schlug mir das Herz viel zu schnell bis in die Kehle. Ich spürte bereits, dass mir das Gespräch entglitt. Vermutlich war ich zu trotzig rübergekommen. Dabei war ich eigentlich nur verzweifelt.

Larian lachte zu unser aller Überraschung leise. »Du bist mir ja eine. Immer schön nach vorn preschen, wenn zurück nicht funktioniert. Ian sagte mir bereits, dass du so was versuchen wirst.« Er wandte sich dem jungen Mann neben sich zu. »Also? Was ist dein Plan?«

Ian zögerte keine Sekunde. »Ich würde Euch bitten, sie die Prüfung wie bei Shy und mir fliegen zu lassen. Nachgestellte Pforten. Ansonsten wie gehabt. Den Überlandflug hat sie ja bereits hinter sich, genau wie die Landung an einem fremden Hort. Fehlt noch das allgemeine Flugtraining und das Aufspüren von Pfortenmagie.«

Ich verstand nicht so wirklich die volle Tragweite seiner Worte, doch Larian wirkte interessiert. Der bullige Kerl neben ihm schnaubte hingegen verächtlich. »Noch eine Sonderbehandlung? Langsam wird das albern.«

Ian wandte sich ihm mit versteinerter Miene zu. »Die Alternative wäre ein Verlust für die gesamte Drachenreitergesellschaft. Elaja ist nicht nur eine gute Reiterin. Sie ist magisch hochbegabt.«

Wieder das verächtliche Schnauben. »Ach ja? Hochbegabt? Das ist lächerlich. Dieses Mädchen macht nur Ärger. Sie soll wieder dahin zurück, wo sie hergekommen ist. Ohne Drachen wird sie nie etwas reißen können. Was soll das alles überhaupt? Ihr deinen Drachen zu geben und ihr vorzugaukeln, dass sie eine Zukunft als Drachenreiterin hat. Das ist bescheuert. Willst du ihr dauerhaft deinen Drachen ausleihen?«

»Sie wird einen Drachen finden«, erwiderte Ian scharf.

»Ach ja? So einen wie Shy? Dann sollte sie es besser gleich lassen.«

Ians Reaktion war beängstigend. »Du Arsch«, sagte er noch, ehe er die Fäuste ballte und nach dem Kerl schlug. Mit der Faust. Zum Glück wich der in letzter Sekunde aus und entging dem Hieb. Gleichzeitig ging Larian dazwischen.

»He, ihr beiden! Seid ihr verrückt geworden?«

»Sie hat wenigstens reagiert, als ich um Hilfe geschrien habe«, brüllte Ian und ignorierte seinen Hortanführer ganz einfach. Stattdessen versuchte er, um ihn herum zu gehen und den fremden Kerl noch mal zu packen. Der wich aus. »Sie hat es geschafft, mich über mehrere Hundert Kilometer hinweg in der Pfortenwelt auszumachen. In der Pfortenwelt! Das allein war schon eine Leistung. Und das ist nicht mal das Bedeutende. Sie hat sich nicht weggeduckt wie du. Tu nicht so. Ich weiß, dass du mich gehört haben musst. Deine und meine Magie sind sich ähnlich, und zumindest ich habe dich gespürt. Und weißt du, was Elaja getan hat? Sie hat sich mir zugewandt, nach mir gesucht und zugegriffen, immer und immer wieder – bis sie mich hatte. Sie hat mir geholfen.

Das macht jemanden der Drachenreitergesellschaft aus. Diesen Mut, dieses Zupacken in letzter Sekunde vergesse ich ihr nie. Nie! Von daher: Ja, ich gebe ihr jede Möglichkeit, die sie braucht, um Drachenreiterin zu werden. Denn obwohl niemand ihre Qualitäten sehen will, sind sie da. Sie ist mutig und schaut nicht weg, wenn andere Hilfe brauchen. Sie kämpft für diejenigen, die zu schwach sind, um sich selbst zu helfen. An solchen Taten sollten wir uns als Drachenreitergesellschaft messen. Das sollte unser Maßstab sein. Dass sie leider wie eine Brechstange vorgeht, zielgenau die Zehen findet, auf die sie nicht treten sollte, und Regeln ihr scheißegal sind, ist natürlich ein echtes Problem. Aber damit kommen wir definitiv besser klar als mit solchen aufgeblasenen Wichtigtuern wie dir!

Reden schwingen kann jeder. Du bist da ganz besonders begnadet drin. Wie wir handeln und was wir wirklich tun, *das* zeigt, was für ein Mensch wir sind. Sie gehört jedenfalls weit mehr zu den Drachenreitern als du.«

»Du kleiner –« Diesmal ging der fremde Kerl auf Ian los und nicht umgekehrt. Larian schob ihn zurück, und endlich konnte ich auch meine Schockstarre abschütteln. Hastig trat ich vor und schnappte mir Ians drohend erhobenen Arm, drückte ihn runter.

»Deine kleine Göre hat genauso wenig was bei uns verloren wie du«, brüllte der Kerl indes. »Dein wahnsinniger Drache ist eine Schande für den gesamten Hort, und deine bevorzugte Behandlung kotzt mich an. Du …«

»Kjell, noch ein Wort und du bekommst Platzverbot«, ging Larian mit donnernder Stimme dazwischen, doch Kjell war so richtig schön in Fahrt. Jetzt keifte er nicht länger Ian an, sondern den Fürsten.

»Wenn du dieser Göre eine vereinfachte Prüfung erlaubst, dann werde ich dagegen vorgehen«, drohte er mit hochrotem Kopf. »Und Ians Drachenvieh gehört geschlachtet.«

In Ordnung. Der Mistkerl hatte es verdient. Ich ließ Ian umgehend los und trat höchstpersönlich nach Kjell. Anders als es bei Ian der Fall war, hielt mich niemand auf. Offenbar hatte mich jeder unterschätzt und nicht als Gefahr eingestuft. Wie immer. Ich zog Kjell umgehend mit einem Bein den Boden unter den Füßen weg, sodass er sich unvermittelt wie ein Käfer auf dem Rücken wiederfand.

Diesmal war es Ian, der mich nach hinten zog, allerdings meinte ich so etwas wie ein zufriedenes Grinsen auf seinem Gesicht entdeckt zu haben. Larian hingegen wirkte genervt.

»Das reicht«, sagte er streng. »Kjell, du verziehst dich jetzt. Ich will dich für den Rest des Tages nicht mehr sehen. Und Ian, bring deine Schülerin unter Kontrolle. Elaja? Du steigst jetzt auf deinen verdammten Drachen, und dann wollen wir mal dein wahres Können sehen. Pfortenprüfung. Jetzt. So wie es Ian vorgeschlagen hat. Von der Hortpforte bleibst du mindestens fünfhundert Meter weg. Unterschreitest du die Grenze, bist du durchgefallen. Meine nachgemachten Pforten erkennst du an einem bläulichen Glitzern. Ich werde es dir nicht einfach machen, also konzentrier dich. Und *wehe*, du sagst jetzt auch nur noch einen Ton, Kjell. Sonst darfst du gern mit meinem Kerker Bekanntschaft machen.«

Weil ich mich nicht rührte, zog mich Ian schließlich zu Makon. Der stand aufrecht da und wartete angespannt auf uns.

»Guter Treffer«, murmelte Ian mir zu.

»Was für ein Arsch!«

Ian nickte und sagte ansonsten nichts dazu. Stattdessen schob er mich regelrecht auf Makons Rücken drauf. Erst das letzte Stück kletterte ich selbstständig hoch.

»Und was jetzt?«, fragte ich, sobald ich korrekt saß und mich verschnürt hatte.

Larian war mittlerweile neben Ian getreten. »Als Erstes zeigst du mir ein paar Flugmanöver. Überzeug mich, dass du es draufhast. Rückenflug. Looping. Männchen. Verkürzter Anflug. Richtungswechsel. Langsamflug. Schwebe.«

Erst jetzt begriff ich es endlich richtig. Ich machte heute doch noch meine Prüfung, wenn auch anders als erwartet. Mit einem Schlag war ich schrecklich nervös und dirigierte Makon mit eher zitternden Fingern zur Startbahn. Dabei bemerkte ich, dass sich ein regelrechter Pulk um uns versammelt hatte. Die Drachenreiter witterten eine Sensation und wollten zusehen.

O Mann.

»Schätze, wir sollten besser nicht durchfallen. Sonst lyncht uns Ian höchstpersönlich oder sperrt uns mit Kjell in einer Zelle ein.«

Selbst Makons Stimme in meinem Kopf klang ein wenig zittrig.

»Wo ist denn Shy?«, fragte ich bange.

»Angekettet hinter den Stallungen. Das schmeckt ihr gar nicht, aber im Moment kann sie nichts tun, um uns zu terrorisieren. Ian wird als unser Übersetzer fungieren müssen. Daher hat er keine Zeit, sich um sie zu kümmern.«

Angekettet? Selbst im Heimathort? Wie schrecklich. Unwillkürlich schauderte ich. Hatte Kjell womöglich recht mit seiner Aussage? War Shy gefährlich?

»Hör auf, dir über Shy den Kopf zu zerbrechen. Konzentrier dich auf die Prüfung.«

»Entschuldige.« Ich atmete tief durch und brachte Makon in Stellung. Wenige Sekunden später hoben wir ab – und wären beinahe von einer hammermäßigen Böe vom Himmel geholt worden.

Ich reagierte im letzten Moment, bevor Makon ins Trudeln übergegangen wäre. Die Böe hatte uns nicht nur einen Schlag unter die rechte Schwinge versetzt, sondern uns gleichzeitig die Fluggeschwindigkeit genommen. Ein gefährlicher Moment des Abkippens drohte. Drachen regelten solche Flugsituationen normalerweise selbst, immerhin konnten sie auch allein fliegen. Leider hatte sich Makon ein wenig zu sehr auf mich verlassen oder war abgelenkt wegen Ian, Shy und der gesamten Situation gewesen.

Jedenfalls war es knapp.

Ich jagte ihm einen kleinen Magiestoß unter die Flügel, sodass wir uns stabilisierten und wieder eine sichere Geschwindigkeit erreichten. Danach waren wir definitiv wach.

»Wo zur Hölle kam denn die Böe her?«, keuchte ich schockiert.

»Das war Larian. Ein Test. Wir hätten beinahe nicht bestanden«, brummte Makon schlecht gelaunt. *»Entschuldige. Das war mein Fehler.«*

Das war ein verdammter Test gewesen? Was dachten die sich? Wollten die uns umbringen?

»Elaja. Hör auf, in Gedanken zu wüten. Larian reizt dich absichtlich, weil er deinem Temperament nicht vertraut. Also zügel es und beweise, dass er sich irrt.«

Oh. Das ergab tatsächlich Sinn. Vor allem, als uns die nächste Magiewelle fast vom Himmel holte. Larian konnte wirklich fiese Abwinde produzieren!

»Ist das eine Arbeitsbeschreibung für Hortanführer? Mörderböen erschaffen?«, knurrte ich gereizt, als wir endlich wieder gerade in der Luft hingen und mit unseren vorgegebenen Übungen begannen. Dabei achtete ich sehr genau darauf, dass uns keine Magiewelle überraschte. Doch während unserer Loopings, Drehungen und Seitwärts-Slips verzichtete Larian auf weitere Angriffe.

»Ian ist zufrieden«, meldete Makon schließlich. Dass er sich heimlich mit seinem Herrn gedanklich austauschte, gefiel mir nicht. Das bedeutete, dass die beiden sich magisch miteinander verbanden. Ein Umstand, der unser gesamtes Dreiergespann durcheinanderbringen konnte. Auf der anderen Seite war es praktisch. Normalerweise hätten wir jetzt erst landen müssen, um uns mit Larian auszutauschen – oder wir hätten über Larians Drachen gehen müssen, der die Worte seines Herrn an Makon weitergegeben hätte, um sie mir auszurichten. Eine mühsame Art der Kommunikation.

»Gleich wird Larian das erste Portal nachbilden. Du musst es finden und durchfliegen.«

Konzentriert sah ich mich um. Wir Schüler hatten Tag und Nacht büffeln müssen, um uns die Positionen der einzelnen Portale einzuprägen. Meist versetzte sie der Wind um einige Meter, sodass sie nie exakt dort hingen, wo sie zuvor aufzufinden gewesen waren. Man musste sie magisch sichtbar machen.

Auch das hatte ich bereits geübt. Nur durchfliegen war mir nicht gestattet gewesen. Stattdessen hatte ich sie großräumig meiden müssen, während die anderen Schüler hineingeflogen waren. Je nach Winkel gelangte man zu verschiedenen Stellen im Land. Auch das musste geübt werden. Zumindest wenn man kein Portalverbot hatte wie ich.

Da! Das Portal. Meine tastende Magie fand es etwa fünf Meter von mir entfernt. Da das richtige Portal auf der anderen Seite des Hortes schwebte, musste es das von Larian sein.

Ich lenkte Makon dorthin und hielt die Luft an, als wir es passierten. Außer einem leichten Prickeln auf der Haut geschah nichts.

»Ian meckert, wir wären für eine richtige Durchquerung zu langsam gewesen. Larian formt noch ein neues Portal.«

Mist. Das stimmte. Ich hatte unsere sanfte Gleitgeschwindigkeit beibehalten.

»Dann mach mal Zunder unter deine Flügel. Da drüben ist Larians zweites Portal.« Ich zeigte Makon durch Zeichensprache die Richtung, und der Drache legte sich wie befohlen in die Kurve.

»Bist du sicher? Das sieht so komisch aus.«

»Magisches Flirren. Eindeutig.« Makon zögerte noch eine kurze Sekunde, dann waren wir schon durch die Pforte, und ich merkte sofort, dass etwas nicht in Ordnung war.

Das Atmen fiel mir zwei Atemzüge lang seltsam schwer, und meine Sicht verschwamm. Es wurde dunkel um mich herum. Kalt. Seltsam still. Als der Druck auf Ohren und Lunge nachließ, befand ich mich plötzlich nicht mehr über Riata, sondern über einem äußerst dicht bewachsenen Wald, der sich noch dazu in gefährlicher Höhe zu uns befand. Makon wich einem besonders großen Baum in letzter Sekunde aus und schlug hastig mit den Flügeln, um aus der Gefahrenzone zu gelangen. In der gleichen Sekunde zog uns wieder das Flirren ein und …

Wir befanden uns wieder über Riata.

»Was zur Hölle –«, hob ich an, woraufhin Makon mich unterbrach.

»Die nachgestellte Pforte. Links von uns. Wenn wir die nicht erwischen, ist die Prüfung gelaufen.«

Hastig gab ich Makon den korrekten Befehl, und er legte sich beinahe senkrecht in die Kurve. Wir drehten in einer Steilkurve um und erwischten die immer kleiner werdende Pforte im letzten Moment. Diesmal geschah glücklicherweise nichts, außer dass uns eine fiese Böe packte. Larian erschwerte uns erneut den Flug.

Ich bemühte mich wirklich, mich auf meine Prüfung zu konzentrieren, doch der Schreck saß mir in den Gliedern. Die Finsternis. Die Kälte. War das etwa die Pfortenwelt gewesen? Aber wo war das Teil denn hergekommen? Auf dieser Seite des Hortes gab es die Dinger nicht. Und selbst –

»Elaja! Pass auf!«

Ich riss mich zusammen. Als Nächstes sollten wir in die Übungsschlucht runtergehen und uns dort beweisen. Die Schlucht bei unserem Hort kannte ich bis in jeden Winkel. Diese hier war neu und entsprechend knifflig. Als Aufgabe hatte ich, so schnell es ging zwischen den Felswänden herzufliegen, dabei durch schwebende Ringe zu manövrieren und magischen Bällen auszuweichen. Das alles beschäftigte mich zumindest so sehr, dass ich keine Zeit mehr hatte, mir um seltsame Pforten Gedanken zu machen. Als wir endlich wieder die Ziellinie passierten, war ich schweißgebadet. Fünf Stangen hatte ich beim Slalom verpasst, einen Ring nicht erwischt und eine Kurve so knapp genommen, dass Makons Flügelspitze die Wand gestreift hatte. Dafür, dass ich den Parkour nicht gekannt hatte, war ich trotzdem ganz zufrieden.

Wir landeten nur wenig später mit nur einem kleinen Wackler auf dem vorgegebenen Punkt. Auch das war Teil der Prüfung. Noch im Anflug ärgerte uns Larian ein wenig, aber bei der Landung selbst ließ er uns zum Glück in Ruhe. Vermutlich wollte er nicht auf den letzten Metern noch eine Verletzung riskieren.

Ich blieb einen Moment wie benommen auf dem Rücken meines Drachen sitzen, ehe ich ihm seine Schuppen durchklopfte. Zumindest so weit, wie ich drankam. »Ich glaube, das haben wir ganz gut gemeistert«, sagte ich zu ihm und vermied dabei den Gedanken an das seltsame Gefühl bei der einen Pforte.

»Äh. Ja.«

Makon klang skeptisch und mindestens so verwirrt wie ich.

In der Sekunde erreichte uns der Tross. Ganz vorn lief Larian, dahinter mit einem kleinen Abstand Ian. Kjell, der Mistkerl, war zum Glück nicht mit dabei.

Schon an Larians Grinsen erkannte ich, dass ich bestanden hatte. Mit neuem Mut wäre ich beinahe von Makon heruntergehüpft und erinnerte mich in letzter Sekunde daran, dass das eigentlich verboten war. Auch beim Absteigen gab es Regeln. In der Drachenwelt gab es die für jedes kleine bisschen.

Also legte ich einen perfekten Abstieg hin, band die Halteseile korrekt zusammen und drehte mich erst dann zu Larian. Der hielt mir umgehend die Hand hin, um sie kräftig zu schütteln.

»Glückwunsch, Frau Anwärterin. Du hast bestanden. Neunzig von hundert Punkten. Das kann sich doch wirklich sehen lassen. Bei der einen Pforte frage ich mich zwar, wohin du wolltest, aber du hast sie ja noch in letzter Sekunde erwischt. Dein Zeugnis lasse ich dir umgehend ausfertigen und werde noch ein Anschreiben für deinen Hortanführer beilegen. Er darf sich eine passende Strafe für deinen unerlaubten Überlandflug ausdenken. Ansonsten bleibt mir nur übrig, dir für deine weitere Karriere viel Erfolg zu wünschen. Wir sehen uns dann bei deinen Abschlussprüfungen. Oh! Und sollte jemand wegen der Pfortenprüfung Zweifel haben, darf er sich sehr gern an mich wenden.« Mit diesen Worten klopfte er mir kurz auf die Schulter und wollte gehen. Im letzten Moment drehte er sich noch mal zu Ian um. »Sorgst du dafür, dass sie sicher nach Hause kommt? Kein Flug über die Berge. Die sind nicht sicher.«

Ian nickte schweigend. Erst jetzt bemerkte ich, dass er sich im Gegensatz zu Larian kein Stück freute. Im Gegenteil. Er machte ein Gesicht, als wollte er mich erwürgen.

Zunächst ließen es sich allerdings die anderen Drachenreiter nicht nehmen, mir ebenfalls zu gratulieren. Mir wurden Hände geschüttelt, die Schultern geklopft oder anerkennend zugenickt. Ich war ganz verwirrt von so viel Freundlichkeit und Anteilnahme. Es dauerte eine gefühlte Unendlichkeit, bis der letzte mich beglückwünscht hatte und abgezogen war.

Zurück ließ er Makon, mich – und einen jetzt ganz offensichtlich stinkwütenden Ian.

Bevor ich irgendwas sagen konnte, hatte er mich am Ellbogen geschnappt und ein Stück hinter Makons breiten Rücken gezogen, sodass wir von den Stallungen aus nicht beobachtet werden konnten.

»Was zur Hölle hast du an der Aussage ›Meide die Pfortenwelt‹ nicht verstanden?«, zischte er mich an.

Ich tat zunächst ahnungslos. »Ich bin nicht mal in die Nähe der Hortpforte gekommen.«

Ian stockte kurz, dann verengte er die Augen zu Schlitzen. »Die meine ich nicht, und das weißt du verdammt genau.«

Wir maßen uns eine ganze Weile mit Blicken. »Erklär es mir«, sagte ich gereizt. »Und füg gleich mal mit an, was zur Hölle ich falsch gemacht haben soll. Ich bin durch nachgeformte Pforten geflogen, bloß war eine nicht so nachgeformt, wie ich dachte. Sie war magisch. Woher hätte ich das wissen sollen? Das stand nicht dran.«

Ian knirschte ernsthaft mit den Zähnen und ballte beide Hände zu Fäusten. Augenblicklich wurde mir unheimlich. Er sah wirklich wütend aus. Und besorgt. Vor allem rang er mit sich und seinen Geheimnissen.

Er war ernsthaft fassungslos.

»Spuck es aus. Was ist los?«, half ich ihm auf die Sprünge.

Er rang ganz offensichtlich mit sich und seinen Überlegungen, dann packte er mich unerwartet an den Schultern und zog mich näher heran. »In Ordnung, Elaja. Das nun Folgende muss unter uns bleiben. Sonst bekommen wir ein Problem. Verstehst du?«

Ich nickte. Da seine Augen so wild glitzerten, wagte ich nicht mal einen flapsigen Spruch. Außerdem schüchterte mich seine plötzliche Nähe total ein. Seine Hände waren warm. Beinahe heiß. Und kräftig. In seinem Griff konnte ich mich kaum noch rühren.

Wieder einmal registrierte ich, wie schön seine Augen waren. Und zwar wirklich schön. Faszinierend. Das dunkle Stahlgrau. Der schwarze Rand drum herum, der diesmal noch breiter erschien. Wenn sie nur nicht so gefährlich glitzern würden.

»Kjell hat in einer Sache recht«, sagte er schließlich. »Ich bekomme ständig eine Sonderbehandlung. Kein normaler Reiter hätte ohne Pfortenprüfung an einer Prüfung teilnehmen können. Keinem normalen Reiter hätten sie erlaubt, einen Drachen wie Shy an den Hort zu bringen. Und sie hätten auch keiner Reiterin gestattet, einen fremden Drachen für die Ausbildung zu nehmen. Das alles liegt daran, dass Larian über mich und mein Können Bescheid weiß. Als ich ihm klarmachte, dass ich dir Makon geben muss, um zu überleben, hat er keine Sekunde gezögert. Du bist vermutlich so wie ich – nur tu uns beiden den Gefallen und behalte das für dich. Niemand darf das wissen. Weder Jama noch Larian und schon gar kein Schüler. Wenn du dich jedoch weiterhin wie die Axt im Walde verhältst, fliegen wir bald auf.«

»Ich verstehe kein Wort. Echt nicht. Soviel ich weiß, bin ich total normal.«

»Sind wir nicht. Diese Pforte, die da direkt vor deiner Nase aufgetaucht ist, war vorher nicht da. Sie existierte bis vor fünf Minuten nicht einmal.«

Meine Augen wurden groß, als ich begriff. Endlich ließ mich Ian auch los. »Diese Pforte, meine liebe Elaja, hast *du* erschaffen. Das können nur sehr wenige Drachenreiter. In den letzten dreihundert Jahren gab es niemanden, der dazu imstande war. Ich kann es – und wie es scheint, du ebenfalls.«

Die Nachricht musste ich erst mal sacken lassen. »Aber … wie? Wie hab ich das gemacht?«

Ian lachte humorlos. »Dass du das nicht mal weißt, sagt viel über deine Magie aus. Sie ist wild und ungestüm, doch vor allem ist sie mächtig. Sie bricht einfach aus dir heraus, wenn es ihr passt. Das müssen wir in den Griff bekommen. So schnell es geht. Zum Glück hab vermutlich nur ich diesen Alleingang mitbekommen. Du warst für wenige Sekunden verschwunden und bist dann wieder aufgetaucht. Ein Augenblinzeln. Die meisten haben gedacht, sie hätten sich verguckt. Ich hingegen habe es gespürt. Du hast Makon durch die Pfortenwelt gelenkt. Kein sehr angenehmes Gefühl. Das kann ich dir garantieren. Zumal das eine sehr instabile Pforte gewesen ist. Wir hatten Glück, dass ihr nur so kurz drüben gewesen seid, sonst wäre Makon garantiert abgestürzt. Ein ohnmächtiger Drache kann nicht fliegen.«

»Aber –«

»Elaja! Kein aber! Gewöhn dir das ab! Hier geht es nicht nur um dein Überleben als Drachenreiterin oder darum, dass du meinen Drachen nicht umbringen sollst. Es geht darum, dass du so etwas eigentlich gar nicht können solltest. Normale Drachenreiter fliegen durch die Heimatpforten. Durch feste, dauerhafte Pforten. Wir hingegen können unsere eigenen Eingänge erschaffen. Jederzeit und überall. Sie bestehen nur einen kurzen Moment, und in dieser Zeit können auch andere Drachen hindurchfliegen, ohne dass die Magie sie angreift. Wir sind Pfortenwächter.«

Ich konnte Pforten erschaffen? Magische Pforten, durch die Drachen hindurchfliegen konnten? Das klang … unglaublich. Wie der Wahnsinn. »Bist du dir sicher?«, fragte ich instinktiv noch einmal nach.

»Ja. Du bist wie ich. Eine Pfortenwächterin. Sehr selten und eher ungern gesehen.«

»Warum denn das?« Ich war irritiert. Und beunruhigt, denn das klang nach Ärger. »Ist doch stark, wenn wir so was können.«

Ian atmete tief durch, ehe er antwortete. »Ist es nicht. Wann immer ein Pfortenwächter aufgetaucht ist, gab es Krieg. In irgendeiner Form. Da kommen üble Zeiten auf uns zu, und wir müssen zusehen, dass wir uns gut aufstellen. Deshalb ist Larian auch so angespannt. Deshalb sind die Horte in ständiger Alarmbereitschaft. Aber du … du vergisst das alles ganz schnell. Denn egal was du bist oder was du meinst zu können: Du darfst niemals wieder solch eine Pforte erschaffen. Zumindest so lange nicht, wie du auf dem Rücken meines Drachen fliegst. Kapiert? Das hätte euch beide umbringen können. Ich habe das Beißen deiner Magie bis in meinen Körper gespürt, genau wie Makon. Andere Drachen können unsere Pforten passieren. Pfortenwächter untereinander aber nicht. Das bringt sie um.«

Ich wollte bereits ein »Aber« formulieren und stoppte mich hastig, als ich Ians mörderischem Blick begegnete. Kleinlaut nickte ich schließlich. »In Ordnung. Ich pass auf und meide künftig jede Form von Pforte, ob Heimatpforte oder versehentlich selbst erschaffen. Zufrieden?«

Ian nickte und entspannte sich in der gleichen Sekunde sichtbar. Fast zeitgleich hob er die Hand und wuschelte mir auf eine seltsam freundschaftliche Weise durch die Haare. Dabei grinste er. »Herzlichen Glückwunsch zur Prüfung«, sagte er, zögerte nur kurz und zog mich dann mit einem Ruck in die Arme. »Gut gemacht«, flüsterte er mir ins Ohr, woraufhin meine Wangen heiß und mein Herzschlag merkwürdig schnell wurden.

15

Sean war von Larian herangepfiffen worden mit dem Auftrag, mich auf Zair zurückzubringen. Ian sollte Makon fliegen. Im ersten Moment wollte ich protestieren, immerhin konnte ich das auch selbst erledigen, aber dann bemerkte ich, wie aufgeregt mein Drache über die Nachricht war. Sein Herr würde endlich wieder mit ihm unterwegs sein.

Ich kannte den Stich der Eifersucht längst und ignorierte ihn. Makon und Ian waren eine Einheit. Ich würde niemals dazwischenkommen.

Sean begrüßte mich eher distanziert. Er gratulierte mir und blieb ansonsten auf Abstand. War er während meiner Prüfung bereits dabei gewesen? Ich war mir nicht sicher. Jedenfalls musterte er mich so komisch.

»Was ist los?«, fragte ich genervt, kaum dass wir mit Zair auf der Startbahn standen. »Du bist so seltsam zu mir.«

»Ich weiß nur nicht, ob ich dich schlagen oder knuddeln soll.«

Noch waren wir nicht aufgesessen, sodass wir gut miteinander reden konnten. Seans Gesichtsausdruck war finster.

»Was meinst du denn damit?«, fragte ich scharf.

Ich hatte Sean noch nie wütend gesehen, aber jetzt war er es. Und wie! »Ich weiß ja, dass du ein echter Hitzkopf bist. Dass du Makon und dich allerdings derart in Gefahr bringst, hätte ich nicht gedacht. Allein über die Berge zu fliegen war Wahnsinn. Mir ist dadurch bewusst geworden, dass du keine Ahnung hast, was für einen Vertrauensvorsprung dir Ian gegeben hat. Und was machst du? Du zerstörst ihn sehenden Auges.«

Ich spürte, wie mir die Hitze in den Kopf stieg. Dass Sean so schlecht von mir dachte, erschütterte mich. Gleichzeitig kam sofort der Drang hoch, mich verteidigen zu wollen. »Ian und ich haben uns ausgesprochen.«.

Sean schnaubte verächtlich. »Das kann ich mir denken.«

»He! Was willst du denn jetzt damit sagen?«

»Ian hat gar keine Wahl. Er muss dir weiter Makon geben und beten, dass du seinen Drachen nicht umbringst. Ich will gar nicht wissen, wie er sich dabei fühlt. Wenn es nach mir gegangen wäre, hätte er dir Makon wieder weggenommen, aber das wollte er nicht. Die Alternative wäre gewesen, Shy in Makons direkter Nähe zu haben – oder den Bullen an einen weit entfernten Hort zu bringen, wo er gar nicht bewegt und beachtet wird. Makon hat dagegen protestiert. Also bleibt der Drache bei dir. Ist dir die Bedeutung klar?« Sean baute sich ernsthaft drohend vor mir auf. Ich musste mich zusammenreißen, um nicht zurückzuweichen. »Du wirst dich ab jetzt zusammenreißen, verstanden? Regeln sind nicht dazu da, um sie zu brechen. Sie retten Leben.«

Dass mich Sean so bitterböse anstarrte, ging mir durch und durch. Ich hätte nie gedacht, dass er überhaupt zu solchen Gefühlen fähig war. Bislang war er mir so ruhig, so freundlich erschienen. Jetzt zeigte er seine andere Seite. Ich hatte den Drachen seines Freundes in Gefahr gebracht. Da hörte der Spaß auf.

Betreten blickte ich zu Boden, ließ den Kopf hängen und nickte. »Ich hab meine Lektion gelernt«, sagte ich leise.

»Die wäre?«

»Keine Alleingänge mehr, kein Kopf durch die Wand, Regeln befolgen und keine Drachen umbringen. Ich passe von nun an so gut auf Makon auf, als wäre ich Ian. Versprochen.«

Ich spürte noch einen unendlich langen Moment Seans stahlharten Blick auf mir ruhen, ehe er sich abrupt abwandte und auf seinen Drachen kletterte. Makon war in der Zwischenzeit neben uns getreten. Auf seinem Rücken saß Ian.

»Alles in Ordnung?«, rief er zu mir runter.

»Ja. Ja klar.« Hastig wischte ich mir eine Träne aus dem Augenwinkel fort und machte, dass ich hinter Sean herkletterte. Er bedachte mich noch mit einem weiteren zornigen Blick, ehe ich mich hinter ihn setzte und so sein Gesicht nicht mehr sehen konnte. Sein Oberkörper suggerierte aber weiter eine eigene Sprache. Sean war wütend für zwei.

Ich hakte mich zunächst in die Sicherungsseile ein und legte ihm dann eher zögernd die Arme um die Hüften. Sean saß natürlich vorn, damit er an die spezielle Schuppe herankam. Ich war quasi das Gepäck, wegen dem sie nicht durch die Pfortenwelt fliegen konnten. Mit meiner unberechenbaren Magie war das viel zu gefährlich.

Den Rest des Fluges verbrachte ich also tief in Gedanken. Das hatte ich auch bitter nötig, denn es gab viel, über das ich nachdenken musste. Ich. Eine Pfortenwächterin. Etwas Besonderes. Nur dass die Welt das anders sah. Für die Führungselite waren die Pfortenwächter offenbar das Zeichen für einen beginnenden Krieg.

Der Gedanke erschütterte mich. Immer wieder horchte ich in mich hinein, suchte nach Antworten in meiner Magie, die ich nicht fand. Meine Visionen. Das Echo. All das hing eindeutig mit meiner Pfortenwächtermagie zusammen. Da hatte ich endlich meinen Platz bei den Drachenreitern gefunden, und dann stellte sich heraus, dass ich trotzdem nicht normal war.

Offenbar musste ich mich damit abfinden.

Ich atmete tief ein, ließ meinen Blick über diese Welt schweifen. Wir umrundeten großzügig die Berge und stiegen so hoch, wie ich noch nie gewesen war. In weiter Ferne entdeckte ich den gewaltigen Vulkankrater, der einst unsere Welt beinahe in den Untergang gerissen hatte. Daneben erhoben sich die majestätischen Spitzen des Koloss. Ich liebte diesen Anblick. Das Gefühl, die Berge auf dem Rücken eines Drachen zu umrunden oder sogar überfliegen zu können.

Ich liebte diese Welt. Die Drachen. Die Reiter. Und ich würde für immer ein Teil davon sein. Das schwor ich mir.

Dass es eiskalt war, versuchte ich zu ignorieren. Sean und Ian trugen gewiss die sündhaft teure Wärmekleidung für Drachenreiter. Sie war eigentlich Pflicht. Leider hatte ich dafür kein Geld übrig gehabt und stattdessen drei Hemden übereinander angezogen. Entsprechend kalt war mir. Wenigstens entschädigten mich der Ausblick und das Gefühl purer Freiheit für meine klappernden Zähne.

Es war der Wahnsinn.

Zair war ein kräftiger Drache, der unglaublich weit gleiten und sich mit jedem Flügelschlag enorm schnell in die Höhe schrauben konnte. Es machte Spaß, seinen Bewegungen nachzuspüren. Er war ein klein wenig rechtslastig. Das glich er durch ein leicht angewinkeltes Bein auf der entsprechenden Seite aus. Jede seiner Bewegungen war elegant und wunderschön. Zair war ein Wahnsinnsdrache. Und trotzdem flog der wahre Meister neben uns.

Makons schwarze Schuppen glänzten mit dem schwindenden Abendlicht. Wir mussten uns beeilen. Entsprechend schnell flogen wir. Jeder Flügelschlag von meinem Drachen ließ mich glücklich lächeln. Er sah toll aus. Wunderschön. Vermutlich das unglaublichste Wesen, das die Welt je gesehen hatte. Er war der König der Lüfte.

»Wir sollten tiefer gehen. Du erfrierst uns noch«, unterbrach Makon meine Schwärmerei.

»Du darfst dich nicht während des Fluges mit mir unterhalten. Das bringt nachher alles durcheinander«, schalt ich ihn auf dem gleichen lautlosen Weg.

»Dafür hab ich gerade schon einen Anschiss von Ian kassiert. Dennoch bleibt es dabei. Du kannst nicht mehr lang durchhalten. Ich nehme an, du willst nicht, dass ich dein Kleidungsproblem anspreche?«

»Wehe!«, warnte ich ihn und gab möglichst viel Drohung in meine Gedanken hinein.

Makons Seufzen war ein lautloses Aufploppen in meinem Kopf. Danach war er wieder fort. Anscheinend hatte er unsere Verbindung gekappt, bevor er noch mehr Ärger mit Ian bekam.

Ich hob entschuldigend die Hand, um dem Reiter zuzuwinken. Der grüßte kurz zurück und bedeutete in der gleichen Bewegung Sean, tiefer zu gehen.

Hoffentlich hatte sich Makon eine andere Erklärung ausgedacht als die Wahrheit. Mir war meine Armut schon immer unangenehm gewesen. Natürlich konnte ich nichts dafür, doch in den Augen der reicheren Gesellschaft wurde ich trotzdem herabgestuft.

Alle Drachenreiter sind gleich. Nur manchen fehlt halt das Geld, um gleich zu sein, dachte ich bitter.

Dann erinnerte ich mich an mein Versprechen. Keinen Frust über den Dünkel der Drachenreiter schieben. Ich war ein Teil davon. Mich als solchen zu fühlen, war für mich harte Arbeit, doch es war absolut notwendig. Leider half der Unterschied zwischen privilegiert und benachteiligt nicht gerade dabei, mich zugehörig zu fühlen.

Zair glitt von nun an immer tiefer. Ein sanfter Sinkflug, der mein Herz vor Freude jubeln ließ. Die Welt sah von hier oben so winzig, so unbedeutend aus. All die kleinen Punkte, die Dramen, die Kämpfe wurden vom Grün der Bäume und dem Braun der Äcker verschluckt. Alles wirkte friedlich und still. Die goldene Stunde des Tages tauchte uns in ihr Licht. Ich nahm den darin schimmernden Frieden tief in meine Seele auf und beschloss in der gleichen Sekunde, bei Wut und Ärger immer an diesen Moment zurückzudenken. Nie wieder wollte ich wegen meines aufbrausenden Temperaments meine Zukunft als Drachenreiterin in Gefahr bringen. Niemand sollte sagen, dass ich nicht Teil dieser Welt war. Ich musste mich als würdig erweisen – und das würde ich auch tun.

Als wir schließlich am Hort landeten, fühlte ich mich seltsam wackelig und wie neugeboren. Natürlich war das albern, aber etwas in mir hatte sich verschoben. Mir war bewusst geworden, was ich hätte verlieren können. Um das Risiko zu minimieren, musste ich an meinen Schwächen arbeiten und meine Stärken bekräftigen.

Ich musste besser werden.

Meine Arme und Beine waren vor Kälte ganz taub, doch ich schluckte eine Bemerkung darüber hinunter. Stattdessen ging ich auf und ab und versuchte unauffällig, warm zu werden. Makon sah mir besorgt dabei zu, während Ian und Sean kurz mit dem zuständigen Landeplatzwärter sprachen. Heute durften Sean und Ian nicht mehr zurückfliegen. Zu spät.

»Wir werden wohl hierbleiben«, seufzte Sean. »Geht das denn mit Shy?«

»Keine Ahnung. Wir werden es sehen.« Ian wirkte besorgt und pfiff mich gleich darauf heran. »Ich kümmere mich um Makon. Du gehst und suchst Jama, um dir deine Standpauke anzuhören und die Strafe zu kassieren.«

Ach Mist. Das hatte ich glatt vergessen.

Müde nickte ich, klopfte Zair beim Vorbeigehen dankend auf den geschuppten Brustpanzer und winkte Sean zu, ehe ich zu den Wohnräumen losrannte. Vielleicht wärmte mich das ja möglichst zügig auf. Meine Muskeln stöhnten protestierend, und nur ganz allmählich wurden meine anfangs steifen Bewegungen flüssiger.

Ich war gerade am Zaun der Landebahn angekommen, als ich zwei Gestalten aus dem Speisesaal stürmen sah. Neth und Hora. Wir trafen uns auf der Mitte des Vorplatzes und kreischten uns gegenseitig an.

»Wir haben es gehört. Du hast die Prüfung bestanden«, jubelte Hora und warf sich jauchzend in meine Arme. Ich fing sie gerade noch auf, sonst wäre sie der Länge nach hingeschlagen. Neth sprang gleich hinterher.

»Glückwunsch«, jubelte sie und hüpfte begeistert auf und ab.

»Und ihr?«, rief ich.

»Wir haben auch bestanden!«

Wir kreischten vor Begeisterung noch lauter und hüpften schneller, wurden dann aber von einem Türklappern und dem dröhnenden Befehl »Elaja, auf ein Wort!« unterbrochen.

Es wurden dann eine ganze Menge Worte. Jama war noch wütender als Sean. Er brüllte mich bereits auf den Gängen an, machte in seinem Amtszimmer weiter und brüllte selbst dann noch, als er mir längst seine Strafe aufgebrummt hatte. Erst am Ende sagte er: »Herzlichen Glückwunsch zur Prüfung, Elaja. Und jetzt raus!«

Das ließ ich mir natürlich nicht zweimal sagen. So schnell war ich noch nie aus einem Raum gerannt. Im ersten Moment wollte ich mich zu meinen Freunden in die Schlafräume flüchten und entschied mich dann dagegen.

Stattdessen wandte ich mich an den einzigen Menschen, der mich gut genug mit all meinen Macken kannte und mich trotzdem lieb hatte: Maai. Ich brauchte jetzt ein wenig Aufmunterung nach all der Schreierei. Zu meiner grenzenlosen Erleichterung war sie tatsächlich anwesend, saß in ihrer winzigen Stube und erledigte Papierkram. Sobald sie mich bemerkte, schob sie die Unterlagen zur Seite und lächelte. »Elaja, welch seltener Besuch. Vor allem so spät. Was verschafft mir die Ehre?«

Autsch. Die Spitze hatte ich verdient. »Entschuldige«, sagte ich zerknirscht. »Ich hätte mich wirklich öfter hier blicken lassen müssen.«

»Schon gut. Ich weiß ja, dass du viel zu tun hast.« Sie angelte sich unter ihrem Schreibtisch eine Kiste mit gewaschenen, aber durcheinanderliegenden Mullbinden hervor und stellte sie aufs Bett. Den Wink verstand ich sofort. Es war eine alte Angewohnheit von uns, bei tiefgreifenden Gesprächen gleichzeitig sinnvolle Dinge zu erledigen. Also setzte ich mich auf ihre Matratze und begann, die Mullbinden aufzuwickeln.

»Was ist los?«

»Ich … bin genervt von mir selbst, schätze ich. Ich übe mich gerade darin, eine bessere Drachenreiterin zu werden. Mich zugehörig zu fühlen. Weißt du, was passiert ist?«

»Dein Alleingang? Der war in aller Munde.« Maai lächelte träge. »Ich nehme an, die Standpauke hast du dir schon abgeholt?«

»Jama hat mich eine ganze Stunde lang angebrüllt.«

»Dann muss ich das ja nicht mehr machen.«

Ich nickte und schluckte hörbar. »Ich hab wirklich Mist gebaut, und gleichzeitig … fühle ich mich weiterhin unfair behandelt. Was hätte ich denn tun sollen? Die wollten mich ernsthaft durch meine Prüfung rasseln lassen. Weil ich nicht durch die Pfortenwelt fliegen darf. Weil mir der eigene Drache fehlt. Das wussten sie schon seit mehr als einem Jahr. Wie sie vorgegangen sind, war gemein und …« Ich atmete tief durch, um mich nicht in Rage zu reden. Dachte an die goldene Stunde. An den Flug auf Zair. Sofort beruhigte ich mich. »Alle Welt suggeriert mir, dass ich dankbar dafür sein sollte, die Ausbildung zur Drachenreiterin machen zu dürfen«, sagte ich nun ruhiger. »Vermutlich haben sie auch recht damit. Gleichzeitig frustriert es mich. Die anderen Schüler hatten lediglich das Glück, privilegierter geboren worden zu sein. Sie sind auch nicht jeden Tag dankbar für die Möglichkeit, sondern eher stolz. Ich darf das nicht sein. Stattdessen muss ich für jeden kleinen Fortschritt kämpfen und bekomme dadurch erst richtig Probleme.«

Ich warf Maai über die Binden hinweg einen fragenden Blick zu, rechnete mit einem strengen Ausdruck in ihrem Gesicht oder gar Verärgerung. Stattdessen ließ sie die Mullbinde sinken und seufzte tief. »Du bist eben eine Kämpferin. Sonst wärst du niemals da, wo du jetzt bist. Du hast die Prüfung bestanden. Du hast es ihnen gezeigt. Freu dich doch über diesen Sieg.«

»Aber es ist ein Sieg, der fade schmeckt. Er wird mich nicht retten können. Ich bin meinem Traum vom eigenen Drachen keinen Schritt näher gekommen. Stattdessen verliebe ich mich hoffnungslos in einen Drachen, der mir jederzeit weggenommen werden kann. Ein falscher Schritt. Eine weitere Dummheit und das war es. Was mache ich dann?«

»Dann findest du einen neuen Weg, um weiterzumachen.« Jetzt legte Maai sogar die Binde zur Seite und ihre Hand auf meine. Das hatte sie in den letzten Jahren nie getan. »Du bist etwas Besonderes. Das habe ich nie aufgehört zu glauben. Jetzt fang du nicht an, daran zu zweifeln. Ich weiß, dass du müde bist. Dass du mehr strampeln musst als andere und gleichzeitig weniger Anerkennung bekommst. Das hältst du aus. Irgendwann wirst du dafür belohnt. Solange du jetzt nicht aufgibst.«

Ich bemühte mich, möglichst gelassen zu wirken. Trotzdem traten mir Tränen der Rührung in die Augen. Vielleicht waren es auch Tränen der Frustration. Der Erschöpfung. »Glaubst du wirklich?«

»Ich glaube es nicht, ich weiß es. Geht es um die Sache mit dem Pfortenwechsel?«

»Du weißt davon?«

»Alle diskutieren das Thema. Dass du eine Ausnahmegenehmigung für deine Prüfung bekommen hast, findet nicht jeder gut. Viele regen sich fürchterlich darüber auf und wollen dich lieber früher als später ausscheiden sehen. Beruhig dich! Du brauchst gar nicht erst wütend zu werden. Statt dich darüber aufzuregen, sollten wir uns lieber überlegen, wie wir Geld für einen Drachen aufbringen.«

Ich brauchte einen Moment, um zu verstehen. »Wir?«, fragte ich ungläubig.

»Natürlich. Ich bin sehr stolz auf deine bisherigen Leistungen. Auf mein Erspartes kannst du zählen. Ich hab auch schon ein wenig Geld von den anderen Heilern sammeln können. Trotzdem fehlt noch einiges. Frag doch mal Ian, wie er es geschafft hat. Woher er das Geld für gleich zwei Drachen bekommen hat. Da muss es Möglichkeiten geben, die wir nicht kennen.«

Ian. Da war wieder der Name. Anscheinend kam ich um den Mann nicht herum. »Ian war ganz schön sauer auf mich«, seufzte ich. »Weil ich übers Ziel hinausgeschossen bin. Er hat sich wieder beruhigt, aber das wenige Vertrauen, das er in mich hatte, ist erschüttert.«

»Dann rede mit ihm.«

»Das mache ich. Versprochen. Im Moment gönne ich ihm allerdings die Zeit allein mit seinem Drachen. Die beiden haben das bitter nötig.«

»So schlimm?«

»Ian sieht jedenfalls nicht gut aus. Ich mache mir Sorgen um ihn – obwohl ich ihn weiterhin eher unheimlich finde. Er hat so eine spezielle Art, die einen einschüchtert.« Noch während ich das sagte, wusste ich, dass ich mir da was vormachte. Ich mochte Ian und schätzte ihn mehr, als ich je für möglich gehalten hätte. Er hatte viel für mich riskiert. Nicht nur er war mir dankbar. Das galt auch umgekehrt.

Maai musterte mich eingehend und grinste dann. »Bis du mal jemanden in dein Herz schließt, dauert das seine Weile. Bei Ian und dir bin ich guter Dinge. Reiß dich einfach ein wenig am Riemen. Dann wird das schon. Wie ich gehört habe, hast du bereits Freunde unter den Drachenreitern gefunden. Das hätte vor Kurzem auch niemand gedacht. Also … niemand sonst hätte das gedacht. Ich war mir sicher, dass da ein weicher Kern unter deiner granteligen Schale stecken muss.«

»Also wirklich!« Ich warf ihr spielerisch den Mull ins Gesicht und folgte gleich hinterher. »Danke«, hauchte ich. »Danke für deinen Glauben an mich.«

Maais Augen funkelten ungestüm, als sie die Umarmung erwiderte. Danach drückte sie mich vehement von sich. »Dann mal los. Erweich Ians Herz und hol dir sein Vertrauen zurück. Aber sei lieblich, ja?«

Ich lachte sie schamlos aus. Lieblich und ich würden niemals zusammenpassen. Dennoch sprang ich auf, gab Maai einen flüchtigen Kuss und eilte aus ihrer kleinen Kammer.

Bevor ich jedoch zu Ian und Makon in die Stallungen lief, machte ich noch einen Abstecher zum Speisesaal. Eine hungrige Elaja war die Hölle. Da war es besser, wenn ich mich vor diesem Gespräch stärkte. Ich schmierte mir hastig zwei Brote und lief danach zum Stall. Da war etwas, was mir keine Ruhe ließ. Maai hatte es eher nebenbei vorgeschlagen, und dennoch war es die beste Idee, die mir in letzter Zeit gekommen war.

Frag Ian, woher er seine beiden Drachen hat.

So einfach. So simpel.

16

Als ich in der Box meines Drachen angekommen war, blieb ich zunächst wie schockgefroren stehen. Ian lag dicht an Makon gekuschelt im Stroh und schlief. Der riesige Drachenbulle hatte schützend einen Teil seiner Schwinge über ihn ausgebreitet. Eine Angewohnheit, die sie sonst nur pflegten, wenn sie verletzte Artgenossen vor neugierigen Blicken schützen wollten. In dem Fall war es sein Reiter. Ich sah lediglich die Schuhspitzen und eine Hand.

Instinktiv wollte ich mich wegdrehen. Ihnen den stillen Moment der Zweisamkeit lassen, doch Makon hatte mich bemerkt.

»Komm ruhig näher. Vor allem, wenn du Nahrung dabeihast. Ian isst ganz offensichtlich viel zu wenig in letzter Zeit.«

Da war er wieder. Der seltsam intensive Blick von Makon. Als wollte er mir etwas mitteilen, nur durfte er es nicht.

Ich runzelte die Stirn, zögerte. Alles in mir widerstrebte es, auf die beiden zuzugehen. Ich liebte Makon – und wenn ich die beiden so sah, regte sich eine schwer zu ertragende Eifersucht in mir. In dieser Sekunde konnte ich mich selbst nicht leiden. Daher wäre ich der Situation gern entkommen.

Makon spürte vermutlich mein Gefühlschaos und ignorierte es geflissentlich. Stattdessen zog er den Flügel von Ian fort und stupste ihn sanft mit dem Maul an. Die Reaktion, die nun folgte, war grässlich.

Ian schoss in die Höhe und schrie leise auf, wirbelte herum. Sekundenschnell wurde er weiß wie die Wand, während er sich duckte und kampfbereit seinem Drachen zuwandte. Als müsste er sich schützen. Sich vor einem Angriff in Sicherheit bringen.

Makon starrte ihn mindestens so geschockt an wie ich und wich zurück, brummte beruhigend. Ian hingegen verharrte in seiner Stellung. Angespannt. Beinahe wie in Todesangst.

Hilfe, dachte ich als Erstes. *Was ist denn jetzt kaputt?*

Dann erinnerte ich mich an Maais Lektionen über Schock und halb wache Panikpatienten und schaltete in den Krisenmodus um. »Ian«, sagte ich sanft in die angespannte Stille hinein und bewegte mich dabei ganz langsam auf ihn zu. »Alles ist gut.«

Ich stand jetzt vor ihm, traute mich jedoch nicht, ihn zu berühren. Er war eindeutig noch nicht richtig wach, nicht ganz in der Welt. Erst als Makon erneut leise brummte, schien er allmählich zu sich zu kommen.

»Du bist bei Makon«, sagte ich. »In Sicherheit.«

Endlich kamen meine Worte an. Er ließ seine Hände und Arme langsam sinken und die Anspannung wich aus seinen Muskeln. Kopfschüttelnd legte er eine Hand auf das Maul seines Drachen, schloss die Augen, schluckte. Erst dann drehte er sich zu mir herum. »Was willst du?«, fragte er unfreundlich.

Ich durchschaute seine schlechte Laune sofort als Ablenkungsversuch und ging gar nicht darauf ein. Stattdessen hielt ich ihm beide Brote hin. »Hier. Iss.« Dass mein Magen dabei vernehmlich protestierte, trieb mir die Röte in die Wangen. Trotzdem blieb ich standhaft.

Ian musterte erst mich, danach das Essen. Schließlich rupfte er mir ein Brot aus den Fingern und biss bereits hinein, ehe er sich wieder neben Makon ins Stroh sinken ließ.

Ich setzte mich mit einigem Abstand ebenfalls dazu und beschäftigte mich etwas zu intensiv mit meinem Brot, ehe ich mir ein geeignetes Gesprächsthema überlegt hatte. Bevor ich meinen kläglichen Versuch startete, begann Ian zum Glück bereits zu reden.

»Können wir das gerade Geschehene für uns behalten?«, fragte er vorsichtig.

Mit dem Vorschlag hatte ich bereits gerechnet. Noch ein Geheimnis, das ich bewahren sollte. Es passte mir nicht, trotzdem nickte ich. »Ich hab nichts gesehen, aber … Ian?«

»Hm?«

»Du brauchst Hilfe.«

Ian atmete geräuschvoll ein, ehe er mich endlich ansah und schließlich ganz leicht nickte. Das war offenbar alles, was er zu dem Thema zu sagen hatte. Stattdessen deutete er auf mich. »Und? Hat dir Jama den Kopf abgerissen?«

Aha. Themenwechsel. Ich ging darauf ein, weil mir nichts anderes übrig blieb. »Mein Kopf ist noch dran, wie du siehst. Zumindest halbwegs. Ich muss drei Monate lang die Latrinen putzen. Alle. Ansonsten werde ich weiterhin ausgebildet.«

Ian lachte leise in sich hinein. »Glück gehabt«, murmelte er.

Ich pflichtete ihm gedanklich bei, doch gleichzeitig brannten so viele Fragen in mir. »Wieso macht er das?«, platzte ich schließlich heraus.

»Jama? Was meinst du?«

»Weiß er das mit mir und dir? Mit der Pfortensache, über die ich nicht reden darf?«

Ian ließ sich Zeit mit der Antwort. Erst biss er noch einmal von seinem Brot ab und kaute danach eine Ewigkeit darauf herum. Appetit sah anders aus. Obwohl ich es nicht wollte, machte ich mir ernsthaft Sorgen um ihn. Noch immer sah seine Gesichtsfarbe ungesund aus. »Jama weiß zumindest, dass deine Magie ähnlich ist«, gab er schließlich zu. »Dass ich dich für eine Pfortenwächterin halte, ahnt er hoffentlich nicht einmal. Er hält dich schlicht für sehr begabt. Ich hab ihm noch an meinem Krankenlager direkt nach dem beinahe tödlichen Flug von deinem Eingreifen erzählt. Dabei habe ich erwähnt, wie mächtig du mir erscheinst. Daher war er auch einverstanden damit, dass du Makon bekommst, solange du noch keinen eigenen Drachen hast.«

Jetzt!, dachte ich und nahm meinen gesamten Mut zusammen. »Wie bist du denn an Shy und Makon gekommen?«, fragte ich möglichst beiläufig, doch darauf fiel Ian nicht herein.

Sein Blick sprach Bände. »Shy war die Dummheit meines Lebens, Makon mein größtes Glück. Ich kann dir nur raten, die Regeln zu befolgen. Ansonsten fällst du wie ich aufs Maul, und ich kann dir sagen: Die Landung ist echt hart.« Mit dem Rest des Brotes deutete er auf mich. »Zügel deine Ungeduld und komm ja nicht auf so dumme Pläne wie den Überlandflug nach Riata. Apropos.« Jetzt verengte er die Augen zu Schlitzen, musterte mich noch eindringlicher. »Dass du schrecklich gefroren hast, ist mir keineswegs entgangen. Hast du keinen Kälteschutz?«

Ertappt. »Ich hab dafür kein Geld«, gab ich schlecht gelaunt zu.

Ian seufzte leise auf. »Diese verdammte Drachenreitergesellschaft«, murmelte er. Als er meinen fragenden Blick sah, verdrehte er die Augen. »Es gibt kein Programm, um schlechter gestellte Reiter zu unterstützen. Friss oder stirb.« Abrupt stand er auf und ging zu seinem kleinen Reisebeutel. Eine Weile kramte er darin herum, ehe er zu mir zurückkam. Dabei hielt er ein seltsam aussehendes Hemd in den Händen, das schimmerte und glitzerte. »Das ist mein bester Kälteschutz, aber ich fürchte, er ist zu groß für dich und würde seine Wirkung gar nicht entfalten. Ich hab ihn zur Sicherheit mitgenommen, weil ich momentan ständig friere.« Er zog es auseinander und präsentierte mir ein recht dünnes Vlies, das tatsächlich golden glimmerte. Ich kannte solch ein Hemd bereits von Hora. Ihr Vater hatte es ihr zum Geburtstag geschenkt. Es kostete ein Vermögen. Ian musterte erst das Hemd, danach meine Figur.

»Definitiv zu groß.« Daraufhin warf er mir einen zweiten Beutel zu, der kleiner war als sein Kleidungssack. »Nimm. Das sollte für einen Schutz aus zweiter Hand reichen.«

Der Beutel wog in meiner Hand viel schwerer, als er eigentlich war. Vor allem, weil es darin klimperte. Geld. »Das kann ich nicht annehmen«, protestierte ich schwach und wagte es nicht mal, hineinzusehen.

»Wenn mich Sean nicht unterstützt hätte, wäre ich in meinem ersten Ausbildungsjahr erfroren. Solange die Drachenreitergesellschaft nicht auf Außenseiter wie uns aufpasst, müssen wir es eben gegenseitig tun.« Ian kniete sich nun mit einigem Abstand vor mir hin. Dabei wirkte er nachdenklich. »Bis du deinen eigenen Kälteschutz hast, kannst du meinen nehmen. Den, den ich momentan trage. Er ist deutlich schmaler geschnitten. Ich muss eh endlich wieder zunehmen, das sagen sämtliche Ausbilder.« Ian schnitt dabei eine Grimasse. Offenbar ein schwieriges Thema.

Bevor ich etwas erwidern konnte, hatte er sich bereits seinen Wollüberzieher über den Kopf gezogen und machte Anstalten, sich das Leinenhemd darunter auszuziehen.

»Was tust du?«, fragte ich irritiert.

Das Leinenhemd folgte dem Wollüberzieher. Darunter glitzerte es mir entgegen. Der Kälteschutz. Er war definitiv deutlich enger als der, den Ian mir zunächst hatte geben wollen. Und er bewies, wie dünn Ian momentan war. Das Teil passte ihm wie angegossen, obwohl ich es vermutlich ebenfalls tragen konnte.

Der Schutz lag lediglich an seinem Oberkörper an, sodass ich seine nackten Arme sehen konnte. Erneut fiel mir die lange Narbe an seinem linken Arm auf. Sie musste ihn für lange Zeit schwer behindert haben und sah nicht so aus, als wäre sie von einem Profi versorgt worden. Eher, als wäre ein Metzger oder ein absoluter Laie am Werk gewesen.

»Ich werde morgen zeitig mit Sean zurückfliegen, und bevor wir keine Gelegenheit mehr haben, gebe ich es dir lieber gleich. Allzeit bereit«, riss mich Ian aus meiner Betrachtung und zog sich den Schutz über den Kopf. Da sah ich es.

Es war nur ein kurzer Moment. Ein Aufblitzen. Doch ich erkannte Mull sofort, wenn ich ihn sah. Vor allem blutigen Mull.

Ian hatte gewiss nicht vorgehabt, mir die unterste Lage seiner Kleidung zu zeigen. Direkt unter dem Kälteschutz trug er ein längeres Unterhemd. Vermutlich, um den teuren Schutz vor den Verbänden abzugrenzen. Beim Ausziehen war alles verrutscht.

Ich war lange genug Maais Schülerin gewesen, um umgehend eins und eins zusammenzuzählen. Ians Blässe. Sein abgekämpftes Äußeres. Der fehlende Appetit. Blutige Verbände.

Ohne auch nur eine Sekunde länger darüber nachzudenken, kam auch ich auf die Knie und zog ihm das Unterhemd nach oben, bevor er mich daran hindern konnte. »Was ist das?«, fragte ich, sobald ich die blutigen Fetzen darunter sehen konnte.

Ian reagierte auf der Stelle und schlug mit funkelnden Augen meine Hand zur Seite. »Was meinst du, was du da tust?«, fuhr er mich an.

Ich ignorierte seinen Protest und griff stattdessen um seine zur Abwehr erhobenen Hände herum, um einen Zipfel vom Verband zu erwischen. Zum Glück war das Unterhemd noch nicht wieder drübergeschoben. Ian zuckte zurück und versuchte, die Wahrheit vor mir zu verbergen. Doch zu spät.

»Die Wunden sind tief und bluten«, sagte ich finster zu ihm. »Vermutlich müssen sie genäht werden.«

»Das ist nichts. Gar nichts. Mach dir keinen Kopf. Ich komme klar.«

»Das da ist nicht nichts. Das da kann dich umbringen«, protestierte ich und musste trotzdem hilflos dabei zusehen, wie er sich vehement das Unterhemd darüberschob und Anstalten machte, das Gleiche mit dem Wollüberzieher zu machen. Parallel dazu drückte er mir den Kälteschutz in die Hände.

»Ich wollte dir einen Gefallen tun«, grummelte er. »Nichts weiter. Alles andere ist meine Sache.«

Ich haderte für den Bruchteil einer Sekunde, dann entschied ich mich. So ärgerlich es auch war, aber meine neugierige Nase würde ich genauso wenig zähmen können wie meinen Hang, mich ständig in Schwierigkeiten zu bringen. »Wenn du mich das nicht ansehen lässt, dann melde ich es«, sagte ich ungerührt.

Ian erstarrte in der Bewegung. Der Blick, der mich nun traf, war schrecklich, doch ich erwiderte ihn möglichst gelassen. »Ich mein es ernst«, setzte ich hinzu. »Lass mich das ansehen. Ich bin Pflegeschülerin und gut im Verarzten. Sagt zumindest Maai.«

Ian zögerte für eine Sekunde, dann schüttelte er den Kopf. »Alles fein.«

Er stand ernsthaft auf, ich ebenfalls. Allerdings trat ich ihm entschlossen in den Weg. »Ich werde dich wirklich verpetzen«, sagte ich ruhig.

»Wenn du das meldest, wirst du Makon verlieren«, antwortete er in eisigem Tonfall.

»Drohst du mir?«

»Nein. Das ist eine Tatsache. Das eine hängt mit dem anderen zusammen.«

Ich brauchte mehrere Sekunden, bis ich seine rätselhafte Antwort zumindest im Ansatz verstand. »Du verheimlichst die Verletzung, weil …«, setzte ich an, doch Ian hob hastig eine Hand.

»Sprich es nicht aus. Denk es nicht mal«, sagte er barsch.

Ich verstand es ehrlich nicht. Was war so schlimm, dass ein Reiter eine Verletzung verheimlichte? Eine so schwere, dass …

»Es war Shy«, unterbrach Makon meine verwirrten Gedanken. *»Die Verletzung stammt von ihr.«*

Offenbar hatte Makon den Satz auch zu Ian gesagt, denn er wirbelte herum. »Makon«, schnauzte er ihn an.

Der Drache beantwortete Ians bösen Blick mindestens genauso finster. *»Shy ist unberechenbar. Sie hat dich angegriffen. Deshalb hast du auch so Angst vor mir. Vor einem Drachenmaul. Das hat nichts mit mir zu tun, nur mit Shy. Lass Elaja die Wunde ansehen, Ian. Dir geht es viel schlechter, als du wahrhaben willst. Wir können ihr vertrauen. Sie wird nichts sagen. Nicht wahr?«*

Der Drache sah mich so flehend an, dass ich umgehend nickte. »Euer Schicksal ist meines«, sagte ich fest und wandte mich danach entschlossen Ian zu. »Was immer es ist, du kannst mir vertrauen. Ich werde schweigen.«

Jetzt verstand ich endlich auch, was in den letzten Monaten geschehen war. Als Makon Ian das erste Mal gedanklich angesprochen hatte, war er verwirrt gewesen. Beunruhigt. Wahrscheinlich hatte er die Schmerzen seines Herrn gespürt. Kein Wunder, dass der ihn aus seinen Gedanken verbannt hatte.

Und dann, auf der Landebahn in Riata, war es erneut geschehen. Makon hatte die Wahrheit begriffen. Nur hatte er vermutlich von Ian einen Maulkorb verpasst bekommen. Das hatten die hilflosen Blicke meines Drachen bedeutet. Ich hatte sie nur nicht enträtseln können.

Von Ians heftiger Reaktion beim Aufwachen ganz zu schweigen. Seine Angst vor Makon hatte ich mir tatsächlich nicht eingebildet, bloß war es lediglich ein Stellvertreterkrieg gewesen: Ian hatte die Panik vor Shy auf den anderen Drachen übertragen.

Ian haderte mit sich, stand ganz starr, musterte mich eingehend. Vermutlich diskutierte er lautlos mit Makon. Eine Unterhaltung, aus der sie mich ganz gezielt ausschlossen. Er wollte meine Hilfe nicht annehmen, mir nicht noch mehr Geheimnisse offenbaren. Doch letztlich nickte er, drehte sich um und stellte sich halb hinter seinen Drachen, um sich vor neugierigen Blicken zu schützen. Ich stand seitlich, sodass ich ihn weiterhin sehen konnte.

Er zog sich erst seinen Wollüberzieher aus und endlich auch das Unterhemd. Als ich den Verband nun komplett sehen konnte, wurde mir schlecht.

Es waren vier blutige Flecke. Vorn zwei. Hinten zwei.

»Sie hat dich gebissen«, flüsterte ich tonlos.

Ian war mittlerweile bleich wie die Wand. »Wenn das jemand erfährt, wird man sie umgehend töten. Das kann ich nicht zulassen. Es muss einen anderen Weg geben, um uns drei zu retten.«

Wie immer sprach Ian zunächst in Rätseln. Diesmal verstand ich jedoch schneller. Wenn Shy starb, brachte ihr Tod das gesamte Trio durcheinander. Gut möglich, dass Ian es nicht überstand – und wenn er es nicht schaffte, ging auch Makon drauf.

»Bleib hier«, antwortete ich, nachdem ich meine Sprache wiedergefunden hatte. »Ich hole Verbandszeug und bin dabei so diskret wie nur irgend möglich.«

Ians Nicken sah ich nur noch aus den Augenwinkeln, schon war ich losgelaufen. Dabei schlotterten mir meine Gliedmaßen dermaßen, dass ich erst mal stehen bleiben musste, sobald ich außer Sichtweite war. *Verdammt,* dachte ich. *Das ist übel. Richtig übel.*

»Du machst dir keine Vorstellung«, mischte sich Makon in meine Gedanken ein. *»Er verheimlicht das schon viel zu lang. Dass er es dir überhaupt gezeigt hat, beweist, dass er am Ende ist.«*

Das brachte mich dazu, mich zu beeilen. So schnell es ging, huschte ich in die Heilerunterkünfte, stibitzte dort Maais Notfallkoffer für besondere Umstände und hastete damit bewaffnet zurück in den Stall. Natürlich sahen mich eine Menge Leute, nur keiner sprach mich an. Manchmal hatte es auch Vorteile, als unheimlich und seltsam zu gelten.

Als ich zu Makons Box zurückkehrte, war dort die Emsigkeit ausgebrochen. Offenbar war gerade eine Reiterei angekommen, die normalerweise zu einem anderen Hort gehörte und jetzt die Gästeboxen belegte.

»Hier können wir das nicht mehr machen«, begrüßte mich Ian. Er hatte sich bereits vollständig angezogen und hielt mir den Kälteschutz entgegen. »Nimm. Dann gehen wir zu mir. Ich hab als Hortanführeranwärter ein eigenes Zimmer. Als potenziell neuer Fürst sowieso.«

Als ich das hörte, zögerte ich zunächst. Es widerstrebte mir, mich allein mit ihm zu treffen. Solange Makon noch dabei war, fühlte es sich anders an. Aber …

»Keine Sorge. Wir sind vorsichtig, und es wird niemand mitbekommen. Kein Klatsch. Kein Tratsch.« Ian sah aus, als ob er am Ende seiner Nerven wäre, also fügte ich mich und folgte ihm raus aus dem Stall, rüber zu den Schlafräumen. Dort bedeutete er mir, am Ende des Ganges zu warten. »Die letzte Tür rechts«, sagte er zu mir, ging vor und verschwand in besagtem Raum. Ich wartete noch ein wenig, bis der Gang menschenleer war. Dann folgte ich ihm mit angehaltenem Atem. Als ich in sein Zimmer schlüpfte, dröhnte mir das Herz unnatürlich laut in den Ohren. Für eine Schülerin gehörte es sich ganz gewiss nicht, sich in den Privaträumen der angehenden Prüfergeneration aufzuhalten. Vermutlich war es sogar verboten. Da mich Regeln jedoch wenig abschreckten, lag meine extreme Nervosität eher an etwas anderem.

Ich würde ganz allein mit Ian sein.

Der hatte bereits die zwei kleinen Fenster mit den Vorhängen abgedunkelt, drei Magiekugeln zum Leuchten gebracht und das Bett in den Raum geschoben. Fleißig, fleißig. Jetzt saß er darauf und zog sich ohne Umschweife den Wollüberzieher über den Kopf. Schon wieder.

Ich blieb weiterhin wie festgewurzelt an der Tür stehen und sah ihm dabei zu. Unter anderen Umständen hätte das bestimmt echt interessant werden können, aber so …

Der schale Geschmack in meinem Mund wurde schlimmer, je mehr Lagen er ablegte. Zum ersten Mal hatte ich einen ungehinderten Blick auf seinen Oberkörper, und mir wurde seltsam flau im Magen. So viele Narben. Viel mehr als üblich. Natürlich war die Ausbildung bei den Drachenreitern nicht gerade zimperlich. Es kam häufig vor, dass sich Schüler verletzten. Prellungen, Schnitte, manchmal auch Brüche. Mir war auch klar, dass Ian deutlich härter unterrichtet wurde als der Rest. Aber das erklärte nicht derart viele Narben.

Ich entdeckte eine großflächige Brandwunde, die sich von seinem Hals bis quer über die Brust zog. Mehrere längliche Schnitte. Eine große, tiefe Narbe oberhalb seines Herzens. So wie sie aussah, musste sie ihn beinahe umgebracht haben. Ob er ähnliche Verletzungen unterhalb des Bauchnabels hatte, konnte ich nicht erkennen. Dort blockierten die Verbände meine Sicht.

Erst als er Anstalten machte, genau die abzuwickeln, löste ich mich aus der Starre und ging zu ihm rüber. Noch zögerte ich, Ian so nahe zu kommen, dass ich ihn berühren konnte. Ich wusste, dass er Abstand schätzte. Erst als er die letzte Lage gelöst hatte und mir seine neuesten Wunden zeigte, beugte ich mich vor, um besser sehen zu können.

Ian hatte seltsamerweise die Augen geschlossen, als wollte er meinen schonungslosen Blick ausblenden. Er wusste natürlich, dass ich nicht nur seine neuesten Wunden bemerken würde, sondern auch die älteren. Wobei einige so aussahen, als wären sie erst in den letzten paar Monaten hinzugekommen.

Konzentrier dich gefälligst auf das eigentliche Problem, ermahnte ich mich und musterte die beiden blutigen Löcher in seinem Bauch, danach trat ich um ihn herum. Als ich seinen Rücken sah, sog ich erst mal scharf die Luft ein.

Ian war es eindeutig gewohnt, mit Verletzungen umzugehen. Ich entdeckte eine Vielzahl kleinerer und größerer Narben. Alle älter. Die neuesten am unteren Rücken waren dabei eindeutig die schlimmsten. Das waren die von Shys Angriff.

»Wann ist das passiert?«, fragte ich. Die ganz rechte war tief. Die andere zum Glück nicht ganz so. Ich beugte mich seitlich, musterte die am Bauch. Dann stockte ich. »Hast du die Wunden selbst genäht?«, fragte ich entsetzt, als ich das Massaker an Stichen bemerkte.

»Was hätte ich denn tun sollen? Jeder Heiler mit Verstand hätte die Wunden sofort als Drachenzahnspuren erkannt. Shy wäre es noch am gleichen Abend an den Kragen gegangen. Also habe ich die Wunden vorn selbst so gut es ging genäht, aber sie gehen immer wieder auf. Hinten habe ich, soweit ich konnte, Kräuter aufgetragen und mich bemüht, dass sich die Wunden nicht entzünden.«

Er erzählte schneller als normalerweise. Vermutlich war auch er nervös. Vor allem als ich mich hinter seinem Rücken auf das Bett setzte, verspannte er sich sichtbar. Die ganze Situation behagte ihm ganz und gar nicht. Nun. Das beruhte definitiv auf Gegenseitigkeit.

Ich atmete zunächst tief ein, ehe ich mich ans Werk machte. Als Erstes wusch ich mir die Hände noch einmal mit dem mitgebrachten Wasser in einer Schüssel. Danach überprüfte ich die Wunden auf mögliche Entzündungen oder Eiter. Definitiv. Das sah übel aus. Kein Wunder, dass er keinen Appetit hatte und aussah wie der leibhaftige Tod.

»In Ordnung«, seufzte ich nach einer eingehenden Untersuchung. »Wie lange ist der Biss jetzt her?«

Ian zuckte zusammen, als hätte ich ihn geschlagen. Der Biss. Da ich momentan die Rückenwunden untersuchte, musste er sich zu mir umdrehen, um mich ansehen zu können. »Sie hat nur zugeschnappt. Nicht gebissen.«

»Sie hat vier Löcher in dich reingestanzt. Natürlich hat sie dich gebissen.«

Ian erbleichte. Dass das überhaupt noch möglich war, hätte ich nicht gedacht. Dabei sah er mich so intensiv an, dass es mich bis ins Mark erschütterte. So traurig. So verzweifelt.

»Sie hat nicht gebissen«, wiederholte er.

Ich war versucht, ihm eine Definition von Zubeißen zu präsentieren, doch letztlich gab ich auf. Diskutieren war zwecklos. »Wann genau?«, fragte ich stattdessen.

»Vor etwa sechs Wochen.«

»Sechs …?« Herrje. Dafür sahen die Wunden sogar noch ganz in Ordnung aus, nur heilten sie schlecht. »Ach, Ian«, seufzte ich. »Das nächste Mal kommst du früher zu mir.«

»Ich hoffe sehr, dass es kein nächstes Mal geben wird.«

»Auch wieder wahr.« Kopfschüttelnd legte ich mir mein Heilerbesteck bereit, misstrauisch von Ian beäugt. Spritze. Nähnadeln. Tinkturen. Wundverband. Heilsalbe.

»So schlimm?«, fragte er nach einer Weile.

Ich ersparte ihm die Antwort und begann stattdessen, die Wunden großräumig zu betäuben. Dass Ian nicht mal darauf reagierte, sagte eine Menge aus. Offenbar überstrahlte der Wundschmerz alles andere.

Sobald die Betäubung wirkte, sah es ich es an Ians Körperhaltung. Er entspannte sich insgesamt und atmete vermutlich zum ersten Mal seit Langem richtig durch.

»Du bist ein Idiot«, schimpfte ich milde mit ihm und schnitt parallel seine alten, stümperhaft durchgeführten Nähversuche am Bauch auf. Verdammt. Die Naht ähnelte verdächtig der am Arm. Hatte er die etwa auch selbst genäht?

Ich warf einen raschen Blick nach links und sah meinen Verdacht bestätigt. Definitiv dieselbe Art zu nähen. Ausgerechnet in der Sekunde öffnete Ian seine Augen und bemerkte meine Musterung. Unsere Blicke begegneten sich.

»Frag bitte nicht«, sagte er ruhig.

»Als deine Heilerin sollte ich das aber tun. Du weißt schon, dass du der Heilergilde vertrauen kannst? Wir … sie … wir wissen, was wir tun.« Genervt über mein Rumgehampel runzelte ich die Stirn. Zu wem fühlte ich mich denn jetzt zugehörig? Zu den Heilern? Oder den Drachenreitern?

»Die meisten dieser Narben sind entstanden, bevor ich zu den Drachenreitern kam. Die letzten vier konnte ich aus den bekannten Gründen nicht melden«, antwortete Ian.

Das erklärte einen Teil der Narben, aber nicht alle. »Du musst besser auf dich achtgeben und Larian sagen, dass sie dich umbringen, wenn sie dich weiter auf diese Art trainieren«, brachte ich schließlich eher defensiv hervor. Danach beugte ich mich wieder über die Wunde am Bauch, um weiterzuarbeiten. Es wäre einfacher gewesen, wenn sich Ian lang auf den Rücken hätte legen können, doch leider ließen das die hinteren Wunden nicht zu. Also nähte ich ihn in sitzender Position, wodurch es ungleich komplizierter wurde – und seltsamer. Ich saß jetzt direkt vor ihm. So nah, dass ich seinen Atem im Nacken und seinen Blick als Prickeln auf der Haut spüren konnte. »Bei derartigen Wunden musst du zu den Heilern. Egal wie viele Geheimnisse du hütest.«

»Ich trage die Verantwortung für Shy. Sie zu beschützen ist die Aufgabe ihres Reiters. Ich konnte die Wunden nicht vorzeigen. Nicht diese.«

Ich blickte kurz auf, damit er mein Stirnrunzeln auf jeden Fall mitbekam. »Die Aufgabe eines Drachen ist, seinen Reiter mit seinem Leben zu verteidigen. Da hat Shy wohl in der Schule nicht aufgepasst.«

Unsere Blicke kreuzten sich, blieben aneinander hängen. Mein leiser Spott verpuffte sofort, als ich den Ausdruck in Ians Augen bemerkte. Er sah aus wie jemand, der mit dem Rücken zur Wand stand und das genau wusste.

»Was stimmt nicht mit Shy?«, wagte ich endlich die Frage zu stellen, die mir schon die ganze Zeit unter den Nägeln brannte.

»Ist das nicht offensichtlich?«

»Nicht so wirklich«, gab ich zu.

Ian zögerte noch einen winzigen Moment, dann schloss er die Augen und sagte leise: »Shy ist kein Hortdrache. Sie gehört eigentlich zur wilden Herde.«

17

Langsam und ungläubig ließ ich die Schere in der Hand sinken. Shy? Ein wilder Drache?

Dann erinnerte ich mich an den glühenden Ausdruck in ihren Augen. Sah sie zornig mit ihren Flügeln schlagen. Spürte ihren Frust und erinnerte mich an die sehnsüchtigen Blicke gen Horizont.

Jetzt ergab das alles Sinn.

»Erzähl«, forderte ich Ian knapp auf, ehe ich das Skalpell zur Hand nahm und mich nach vorn beugte. »Und wehe, du weigerst dich diesmal. Ich will wissen, woher Shy stammt und wie du an Makon gekommen bist.«

Ian schwieg zunächst, vermutlich war er kurz wegen des Skalpells direkt an seiner Haut abgelenkt. »Du lässt nicht locker«, stellte er fest.

»Rück raus mit der Sprache, sonst nähe ich dir ein Herzchen in die Haut.«

Er versuchte vermutlich abzuschätzen, wie ernst ich es meinte, dann gab er nach. Kluger Junge. Das mit dem Herzchen hätte ich durchaus durchgezogen. »Ich bin als Straßenjunge aufgewachsen, weil mein Vater ein übler Trinker und Schläger war.« Er räusperte sich kurz und deutete mit einer Hand auf einige Narben an der Brust. »Wenn ich nicht gehorchte, wurde er brutal. Er schickte mich zum Betteln nach draußen, allerdings war ich dafür denkbar ungeeignet. Die Leute spürten instinktiv, dass ich magisch bin.

Die Menschen haben mich gemieden wie die Pest, und die anderen Kinder schlugen mich, um mich fernzuhalten. Weil ich nicht genug Geld heimbrachte, setzte mich mein Vater irgendwann komplett vor die Tür. Dann bin ich Sean begegnet. Er war auf Patrouille mit seinen Lehrern und fand mich halb tot in einer Ecke. Anders als die meisten sah er nicht weg. Er half mir und sorgte dafür, dass ich zu den Drachenreitern kam. ›Du bist magisch‹, sagte er zu mir. ›Ich spüre es genau.‹ Er gab mir mit diesen zwei Sätzen ein Ziel in meinem Leben. Ich wollte Drachenreiter werden und diesem elenden Leben entkommen.« Ian unterbrach sich zischend. Offenbar hatte ich ihm wehgetan.

»Entschuldige«, murmelte ich. »Was ist mit deinen Eltern geschehen?«

»Keine Ahnung. Meine Mutter starb, als ich drei war. Mein Vater trank danach viel zu viel. Was aus ihm nach meinem Rausschmiss geworden ist, weiß ich nicht. Ist letztlich auch egal. Seit ich denken kann, musste ich mich allein durchschlagen. Als Kleinkind hatte man noch den Mitleidsbonus. Je älter ich wurde, desto schwerer wurde es. Ich muss sechzehn gewesen sein, als Sean und ich uns begegnet sind. Jedenfalls hatte ich ab da die fixe Idee, die auch dich umtreibt.« Er warf mir einen bedeutsamen Blick zu, den ich mit einem schmalen Lächeln erwiderte. O ja. Wir zwei waren uns ähnlicher als gedacht.

»Sean machte den Fürsten der Drachenreiter auf meine magische Begabung aufmerksam, und der zog es durchaus in Betracht, mich als Drachenreiter auszubilden. Nur war das ohne Drachen eben schwierig. Mir war recht schnell klar, dass ich in diesem Jahrhundert keinen Drachen zugeteilt bekommen würde. Ich war so mittellos wie du, vermutlich sogar noch ärmer. Dann hörte ich von den wilden Drachen in den Bergen.« Erneut atmete Ian zischend ein und aus, als ich mich der Wunde am Rücken zuwandte. Sie nur zu berühren brachte ihn an seine Grenzen, Schmerzmittel hin oder her.

Er brauchte eine Weile, um sich zu sammeln. Dann erzählte er weiter, allerdings stockender. »Larian setzte sich für mich ein, damit ich am Hort bleiben konnte, und stand dabei auf verlorenem

Posten. Sein einziger Erfolg war eine Anstellung als Stalljunge. Ich hielt einen Monat Drachendungschaufeln durch, dann war mir klar, dass ich bei dieser Arbeit vor die Hunde gehen würde. Also beschloss ich, mir einen Drachen zu besorgen. Ich …« Er unterbrach sich, schluckte. »Entschuldige, Elaja. Mir dreht sich der Magen«, sagte er schwach und beugte sich in der gleichen Sekunde nach vorn, atmete zitternd ein und aus.

Ich stoppte hastig meine Näherei, holte eine Schüssel und hielt sie ihm hin, legte beruhigend eine Hand auf die Schulter. »Lass es raus«, sagte ich sanft.

Er brauchte eine ganze Weile, bis er nicht mehr Galle spuckte und wieder ein wenig Farbe im Gesicht hatte. Ich gab ihm was zum Mund ausspülen und sorgte danach dafür, dass er sich seitlich auf die Liege legte. Sein Kreislauf bereitete mir langsam Sorgen, genau wie sein gesamter Zustand. Er litt schon zu lange unter hohem Blutverlust.

Ich überlegte. »Kennst du deine Blut- und Magiegruppe?«, fragte ich schließlich.

»Du passt perfekt zu ihm«, antwortete Makon in meinem Kopf. *»Das hab ich schon längst überprüft. Sean hat ihm nach der Pfortenwelt-Sache Blut gespendet, nur ist seine Magie nicht optimal.«*

»Bist du dir sicher?«, antwortete ich ihm lautlos, sodass Ian das gar nicht mitbekam. Er hielt die Augen fest geschlossen und konzentrierte sich aufs Atmen.

»Ja, ich bin mir sicher«, antwortete mir Makon.

Also holte ich ganz anderes Werkzeug aus meinem Koffer, stach erst Ian und dann mir selbst in den Arm und verband uns mit einem kurzen Schlauch. Ian öffnete erst die Augen, als der erste Tropfen von meinem Blut in seinem Körper angekommen war.

»Was tust du?«, murmelte er.

»Ich sorge dafür, dass du mir das Ende der Geschichte erzählen kannst.« Nach kurzem Überlegen lagerte ich meinen Arm oberhalb von seinem Kissen und setzte mich halb neben ihn auf das Bett. Das war eine seltsam intime Position, aber zumindest war es bequemer. »Du hast verdammtes Glück, dass ich Ahnung von Medizin habe«, brummte ich verstimmt. »Sonst wärst du noch heute Abend gestorben.«

»Ich hab nur so lange durchgehalten, bis ich einen sicheren Hafen gefunden habe«, antwortete er kaum hörbar. »Das bist dann offenbar du.«

Ich? Ein sicherer Hafen? Kein Einziger in diesem Hort hätte ihm da beigepflichtet. Ich ließ zumindest für den Moment das warme Gefühl in meinem Inneren zu, das er mit seinen Worten ausgelöst hatte. Dass mir jemand sein Leben anvertraute, war eine Ehre. Gleichzeitig brach mir langsam der Schweiß aus. Was sollte ich machen, wenn es ihm noch schlechter ging?

»Schlaf ein wenig. Ich pass auf dich auf«, sagte ich und rutschte etwas runter, um nach einer Mullbinde zu angeln, die ich über seinen Körper hinweg hinten auf die nur halb zugenähte Wunde drückte. Das kam einer Umarmung schon ziemlich nahe. Ein seltsames Gefühl, zumal ich jetzt seinen Atem auf meinem Gesicht fühlte. Der war bedenkenswert schwach. Trotzdem ließ er es sich nicht nehmen, noch einmal die Augen zu öffnen und mich anzusehen. Bittend. Drängend.

»Du darfst nichts verraten«, flüsterte er.

Ich nickte beruhigend und strich ihm instinktiv mit meiner oberhalb von seinem Kopf ruhenden Hand über die verschwitzten Haare. »Ich mach das schon. Vertrau mir.«

Er musterte mich noch einmal intensiv, dann gab er der bleiernen Müdigkeit in seinem Körper nach und schlief hoffentlich ein. Oder war er ohnmächtig geworden?

Scheiße.

Je länger ich so lag, desto nervöser wurde ich. Nicht auszudenken, wenn Ian unter meiner Aufsicht starb.

»Makon?«, sagte ich schließlich laut. »Kannst du das einschätzen?«

»Dein Blut tut ihm gut. Jetzt keine Panik. Gib ihm Zeit. Er ist zäh.«

Also gab ich ihm Zeit und so viel Blut von mir, wie ich es wagte. Als das erste Piepen und Rauschen in meinen Ohren auftrat, kappte ich die Verbindung zwischen uns, trank einen halben Liter Wasser und versorgte in doppelter Geschwindigkeit die fiesen Löcher in Ians Körper. Danach rannte ich in die Küche, erbettelte mir von dort eine übrig gebliebene Hühnersuppe und flößte sie anschließend

Ian mit ganz viel Mühe ein. Er wurde nie richtig wach, machte aber wenigstens die Schluckbewegungen mit.

Als ich jedoch den ersten Vogel verschlafen piepen hörte, wurde mir klar, dass ich Ian nicht rechtzeitig auf die Beine bekam. Nur noch wenige Stunden, dann musste er theoretisch mit Sean heimfliegen.

»Sag Zair Bescheid«, trug ich nach einer weiteren Stunde Makon auf.

»Und was erzähl ich ihm? Drachen spüren immer, wenn sie angelogen werden.«

»Dann versuch es mit einer Halbwahrheit. Sag ihm, dass Ian am Kotzen ist.«

Makon blieb skeptisch. Trotzdem versuchte er es zumindest. Das Ergebnis war, dass es nur eine halbe Stunde später vehement an der Tür klopfte. »Ian? Was ist los? Wir müssen zu Shy zurück. Die nimmt sonst den Hort auseinander.«

Nein, nein, nein!

Ich kaute vor Nervosität und Angst ernsthaft an meinen Fingernägeln. Als Sean ein weiteres Mal klopfte, gab ich auf. Zunächst deckte ich Ian so zu, dass man nichts mehr von seinen Wunden sah, dann zog ich die Tür auf und winkte Sean rein. Der folgte mir verwirrt in den Raum und erstarrte, als er die blutigen Mullbinden auf dem Nachtschränkchen und Ians leblose Gestalt im Bett erblickte.

»Verdammte Scheiße, was ist denn hier passiert? Seid ihr euch an die Gurgel gegangen, oder was?«

»Frag nicht. Ich hab Ian versprochen, nichts zu sagen. Krempel lieber die Ärmel hoch. Ich brauch dein Blut.«

»Jetzt?«

»Jetzt.«

Dass Sean mir einfach gehorchte, sagte viel. Vermutlich erkannte er den Ernst der Lage sofort, vielleicht war ich auch ungewöhnlich autoritär. Jedenfalls setzte er sich und sah mir dabei zu, wie ich Ians Körper mit seinem verband. Erst als sein Blut durch den kleinen Schlauch floss, entspannte ich mich etwas. Immerhin war ich jetzt nicht mehr länger allein mit der gesamten Verantwortung.

»Bekommst du ihn innerhalb der nächsten vier Stunden abflugbereit?«, fragte Sean schließlich, nachdem wir uns gut fünf Minuten angeschwiegen hatten.

»Unmöglich. Du siehst ihn doch. Ich bin schon froh, wenn er diesen Tag übersteht.«

»So schlimm? Gestern Abend wirkte er noch ganz munter.«

»Purer Wille.«

Sean seufzte. »Hab verstanden. Ich frag nicht weiter nach. Vermutlich will ich es gar nicht wissen. Wobei ... Elaja ... wenn es das ist, was ich befürchte, dann –«

»Nicht! Spar dir deine Worte. Es ist Ians Entscheidung, und er war da recht eindeutig.«

»Ian denkt nicht klar, wenn es um seine Drachen geht. Er will nicht wahrhaben, in welche Gefahr er sich jeden Tag begibt. Das geht nicht mehr lang gut.«

Ich setzte mich ans Bettende und erwiderte Seans dunklen Blick eher hitzig. »Wir bekommen das hin«, sagte ich fest.

»Und wie? Ich muss gleich zurück. Da gibt es keine Diskussion. Wenn Ian nicht mitfliegt, wirft das Fragen auf. Fragen –«

»Gib mir noch eine Stunde, dann hat Elaja mich wieder auf die Beine gebracht«, unterbrach Ian Seans Ausführung. Er konnte kaum die Augen aufhalten, geschweige denn sich aufrichten.

»Wenn du dich sehen könntest, würdest du dir selbst nicht glauben«, antwortete Sean milde lächelnd. »Eine Leiche sieht erholter aus.«

Ian knurrte etwas Unfreundliches, dann drehte er sich, um mich ansehen zu können. »Bist du fertig?«

»Wenn du den Grund für deinen Blutverlust meinst, dann ja. Allerdings bist du mir beim Nähen kollabiert. Dein Kreislauf war weg, du hast gekotzt und jetzt fieberst du. An einen Flug ist nicht zu denken.«

»Ich muss aber.«

Fragend sah ich Sean an, der hilflos mit den Schultern zuckte. »Er hat recht. Er muss. Ich hab von Fürst Larian eine Nachricht bekommen. Wenn sich Shy bis heute Abend nicht wieder normaler verhält, wird er sie nicht länger schützen können und wollen.« Jetzt sah Sean seinen Freund so ernst an, dass mir ganz anders wurde. »Ich bin mir mittlerweile nicht mehr so sicher, ob du das Richtige tust. Shy ist außer Kontrolle. Bleib hier. Bleib bei Makon. Den Rest erledige ich.«

Ians Reaktion darauf war beängstigend. Er kam schneller hoch, als wir ihn runterdrücken konnten. Entschlossen warf er das Laken von sich, das ich ihm zum Schutz vor neugierigen Blicken übergeworfen hatte. Gleichzeitig schwang er die Beine über den Rand. »Wir fliegen«, sagte er noch, ehe er die Augen verdrehte und seitlich in sich zusammensackte. Zum Glück fiel er aufs Bett. Zusammengekrümmt und zitternd. Die Schläuche hatte er sich rausgerissen, sodass überall Blutstropfen auf dem Boden verteilt waren. Ich drückte ihn wieder aufs Bett.

»Mann, Ian. Du bist ein echter Horrorpatient.«

»Shy kann nichts dafür«, flüsterte er und blickte nun mich flehend an. »Ich bin damals in die Berge gegangen, voller Verzweiflung, mit dem Wissen, dass das meine einzige und letzte Möglichkeit ist. Über Tage habe ich die wilde Herde beobachtet, bis ... bis ... ich endlich ein Ei stehlen konnte. Das Drachenbaby war kurz vorm Schlüpfen. Ich habe gewartet, bis das Ei aufzubrechen begann. Dann bin ich damit zum Hort gegangen. Sie mussten mich nun aufnehmen, denn ich hatte einen Drachen.«

»Shy. Der wilde Drache.«

»Ja.« Ian nickte langsam, während ihm der Schweiß von der Stirn rann. »Wilde Drachen lassen sich nicht zähmen. Das wissen wir nur leider erst jetzt. Shy kämpft gegen mich an. Jeden Tag. Jede Minute. Doch zurück zu den wilden Drachen kann sie auch nicht.«

»Bist du dir sicher?«

»Ja«, sagte Sean für Ian, der sichtbar nach Atem rang. »Wir haben es versucht. Die wilden Drachen haben Shy beinahe in Stücke gerissen. Wir haben Wochen gebraucht, um sie wieder aufzupäppeln.«

»Sie gehört nirgendwo mehr hin. Nicht zu den wilden Drachen. Nicht zu den Hortdrachen. Wegen mir.« Ian wandte sich verzweifelt an Sean. »Du darfst nicht zulassen, dass man sie tötet. Das hat sie nicht verdient. Bitte! Ihr müsst mich wieder auf die Beine bringen.«

Ich zögerte lange und nickte letztlich. »Gebt mir zwei Stunden. Dann hab ich dich so weit wieder hinbekommen, dass du zumindest rüberfliegen kannst. Anschließend musst du aber ins Bett, verstanden? Schon dich! Sean? Bleib hier. Ich muss was holen.«

Die Antwort wartete ich gar nicht erst ab, sondern eilte bereits los. Zu meiner Überraschung war mir Sean gefolgt. Er holte mich ein, als ich die Tür gerade schließen wollte. Kurzerhand tat er das selbst, sodass unser Gespräch vor Ian verborgen blieb.

»Sie hat zugebissen, nicht wahr?«, sagte er im Flüsterton zu mir. Trotzdem hörte ich heraus, wie aufgebracht er war.

Ich bemühte mich um ein neutrales Gesicht, bis es mir zu dumm wurde und ich kaum merklich nickte.

Sean holte zischend Luft. »Er will es nicht wahrhaben, doch dieser Drache wird seinen Tod bedeuten. Sie hat nun schon zum zweiten Mal versucht, ihn umzubringen.«

»Zum zweiten Mal?«

»Der Flug in die Pfortenwelt war garantiert kein Unfall. Shy will ihren Reiter töten.«

»Aber dabei geht sie selbst drauf.«

»Die wilden Drachen sind anders als unsere. Viel tierischer. Ian kann sich nicht auf die Weise mit ihr unterhalten, wie wir es bei Zair oder Makon tun. Shy projiziert ihren Hass auf die Welt auf Ian. Wenn wir das nicht melden, wird sie beim dritten Mal Erfolg haben.«

»Wenn ihr Shy heute oder morgen tötet, wird Ian das in seinem Zustand niemals überleben – genauso wenig wie Makon«, widersprach ich heftig. »Außerdem ist es Ians Entscheidung und sein Risiko. Er weiß durchaus, wie gefährlich sein Drache ist, und er wird vorsichtig sein.«

»Sie wird ihn töten«, machte Sean erneut deutlich.

»Nicht heute oder morgen. Heute geht es erst mal um Schadensbegrenzung. Wir müssen Ian auf die Beine bringen. Danach überlegen wir, was wir mit Shy machen.«

Sean wollte protestieren. Ihm gefiel mein Plan überhaupt nicht. Gleichzeitig sah ich in seinen Augen, dass er die Wahrheit erkannte. Ich hatte recht. Ian würde Shys Tod momentan nicht verkraften. Also nickte er und trat endlich zur Seite, sodass ich zu Maai eilen konnte.

Während ich rannte, kämpfte ich mit meinen widerstreitenden Gefühlen. Vor Sean war ich selbstbewusst aufgetreten, doch in Wahrheit fragte ich mich längst, ob Ian nicht wirklich einen riesigen Fehler beging. Vielleicht war es eine Lösung, Shy auf unbestimmte Zeit anzuketten? Um das zu tun, musste die Führungselite erst mal wissen, wie gefährlich das Tier war.

»Vertrau Ian. Er war ein einziges Mal unachtsam, und Shy hat das ausgenutzt. Sobald er wieder halbwegs auf den Beinen ist, kommt er mit ihr klar.«

In Makons Stimme vernahm ich die Zuversicht, die mir gefehlt hatte. Entschlossen ging ich schneller und bat Maai um einen Stärkungstrank der Extraklasse. Einen Trank, den sie normalerweise nie herausrückte.

»Wozu brauchst du den?«, fragte sie misstrauisch.

»Das willst du nicht wissen. Ich würde dich nicht darum bitten, wenn es nicht dringend nötig wäre.«

Sie maß mich mit einem langen Blick, dann händigte sie mir das Gewünschte aus. »Sei vorsichtig damit. Er ist so stark, dass man sich schnell verschätzt. In einem Moment denkt man noch, man könnte Bäume ausreißen. Im nächsten versagt das Herz, weil der Körper eigentlich nicht mehr kann. Schmerzen sind wichtig. Sie warnen uns vor Überlastung.«

Ich nickte brav, dann nahm ich die kleine Phiole an mich und umarmte Maai zu ihrer und meiner Überraschung heftig. »Danke für dein Vertrauen«, flüsterte ich ihr ins Ohr und flitzte danach zurück zu Ian, um ihn so schnell es ging wieder auf die Beine zu bringen.

Ob das jetzt klug war oder nicht.

Wir flößten ihm den Stärkungstrank ein und warteten danach nervös darauf, dass er seine Wirkung tat. Es war beinahe unheimlich, wie schnell das geschah. Schon fünf Minuten später hatte Ian zum ersten Mal, seit ich ihn kannte, wirklich Farbe im Gesicht.

»Besser?«, fragte ich.

»Viel besser. Was ist das für ein Zeug?«

»Etwas, das Maai normalerweise nie anwendet. Er wirkt auch nicht besonders lang. Jetzt wäre der richtige Zeitpunkt, um nach Riata zu fliegen.«

Wir halfen Ian beim Anziehen, ich verstaute die blutigen Verbände in einem Sack und wischte weitere Spuren grob weg. Danach brachten wir Ian zu Zair, der bereits nervös auf dem Vorplatz wartete, das Zaumzeug im Maul. Natürlich wusste der Drache, worum es hier ging.

Makon gesellte sich ebenfalls zu uns. Schweigend sahen wir zu, wie Ian hinter Sean aufsaß und uns noch einmal zuwinkte. Ich hob ebenfalls die Hand und betete gleichzeitig, ihn nicht in den Tod zu schicken. Hoffentlich hatte ich richtig entschieden.

Erst als wir Zair längst nicht mehr sehen konnten, fiel mir eine Sache auf: Woher Ian Makon bekommen hatte, blieb weiterhin ein Rätsel.

Als ich meinen Drachen daraufhin direkt ansprach, brummte der nur vor sich hin.

»Ich bin aus einem Ei gekrabbelt und Ian in die Arme gefallen. Seitdem sind wir Reiter und Drache. Ende der Geschichte.«

Dass das alles war, bezweifelte ich stark, doch so wie es aussah, musste ich mich noch ein wenig gedulden, bis ich Ian deswegen fragen konnte.

Falls er die nächsten Wochen überstand.

18

Da ich zu spät zum Appell gekommen war, wurde ich zum zweiten Mal von meinem Ausbilder angebrüllt. Leider konnte ich schlecht verraten, was ich die vergangenen zwei Stunden getrieben hatte. Mein Schweigen kam noch sehr viel schlechter an.

Der Ausbilder machte mich vor versammelter Mannschaft nieder und ließ mich fünfzig Liegestütze machen, die er ab Nummer zwanzig auf die gesamte Schülerschaft ausdehnte. Kollektive Strafe. Der Horror. Wenn Blicke hätten töten können, wäre ich Geschichte.

Danach standen wir erhitzt und müde in Reih und Glied und harrten der Dinge, die da kamen. Wir hatten gestern bis auf zwei Schüler alle bestanden. Entsprechend gespannt waren wir auf die neuen Ausbildungspläne.

Als Jama auftauchte, beschleunigte sich mein Herzschlag unwillkürlich – zumal er ernst guckte und mehrere Blätter Papier mit dabei hatte. Das sah wichtig aus.

»Herzlichen Glückwunsch zur bestandenen Prüfung«, begann er, kaum dass er sich vor uns aufgebaut hatte. »Nun geht es für euch an die Spezialisierung. Wir haben euch nach unseren Einschätzungen eingeteilt und geben euch drei Fächer vor, aus denen ihr am Ende eins auswählen müsst. Dafür habt ihr ein Jahr Zeit. Sobald ihr euch entschieden habt, wechselt ihr nach Janara, um euch endgültig zu spezialisieren. Einzige Ausnahmen sind die zukünftigen Hortanführer. Die sind abwechselnd mal auf Riata, mal auf Janara stationiert. Ich lese jetzt die einzelnen Namen der Rekruten vor und die von uns gewählten Fächer. Hora: Versorgung, Angriff, Instandhaltung. Neth: Strategie, Führungstraining, Verteidigung. Narel: Heiler, Feuerbekämpfung, Angriff. Nella: Diplomatie, Bodentrupp, Trainer …« so ging es immer weiter. Mein Herz wummerte bei jedem Namen schneller, und mein Kopf wurde heißer und heißer. Vor Nervosität konnte ich kaum still stehen. In Horas und Neths Gesichtern konnte ich absolut nicht erkennen, ob sie mit der Wahl einverstanden waren. Bei Hora konnte ich mir jedes Fach gut vorstellen, aber bei Neth?

Mittlerweile waren fast alle Namen aufgerufen worden. Ich war schon wieder die Letzte. Wie immer. Dann endlich!

»Elaja: Heiler.«

Ein Raunen ging durch die Menge. Ungläubig starrte ich Jama an, der in diesem Moment sein Papier sinken ließ. »Elaja, auf ein Wort«, sagte er dann zu mir.

Ja bitte!

Ich folgte seiner Aufforderung ungewöhnlich schnell und stand dann mit weit aufgerissenen Augen vor ihm. »Habt Ihr Euch verzählt?«, fragte ich irritiert. »Da fehlen noch Fächer für mich zur Auswahl.«

»Nein«, antwortete er ruhig. »Solange du keinen eigenen Drachen hast, senken wir dein Pensum auf ein Minimum. Hat Ian dir nichts erzählt?«

Ian hatte mir eine Menge erzählt, doch das meiste war geheimer Kram gewesen. »Was genau meint Ihr?«, fragte ich beunruhigt.

»Wir haben Shy auf Probe gesetzt. Als er hier bei uns war, ist sie offenbar völlig ausgerastet. Larian ist besorgt und hält sie für untragbar. Noch ein Fehler und wir ziehen für Ian die Reißleine. Er selbst wird das niemals tun, daher bleibt uns keine Wahl. Er ist wichtig für diese Welt, womöglich wichtiger als jeder andere Drachenreiter. Daher ist es unsere Aufgabe, ihn zu schützen. Gleichzeitig muss er trainieren. Da das mit Shy unmöglich ist, muss er sich Makon wieder annähern.«

Zusätzlich zur Hitze in meinem Kopf wurde mir jetzt kalt. »Was meint Ihr?«

»Wir wollen, dass er Makon wieder zu sich holt. So schnell es geht.«

»Aha«, sagte ich gedehnt. »Und was ist mit mir? Mir fehlt in diesem Fall was mit Flügeln und Schuppen. Wenn Ian Makon zu sich holt, hab ich keinen Drachen mehr.«

»Wir arbeiten dran.«

»So intensiv wie an meiner letzten Prüfung?«

»Elaja!« Das kam jetzt gefährlich geknurrt heraus.

Hastig hob ich die Hände. »Hab verstanden. Ich bin mal wieder das schwächste Glied in der Kette, Ian ist wahnsinnig wichtig und ich habe mich unterzuordnen und lieb und brav darauf zu warten, dass Ihr mir einen Drachen organisiert.« Dass ich darauf vermutlich lange warten musste, ließ ich unerwähnt. Stattdessen schwor ich mir, so viel Geld wie möglich zur Seite zu schaufeln, um mir zur Not das mickrigste Ei der Welt leisten zu können.

Jama warf mir noch einen warnenden Blick zu. »Ian wird ebenfalls soeben über die Neuerungen in Kenntnis gesetzt. Ich wollte es ihm eigentlich noch vor seinem Abflug heute Morgen gesagt haben, aber Fürst Larian wollte das selbst erledigen. Vermutlich wird sich Ian erst mal sträuben. Unser Plan ist, dass er in den nächsten Tagen nach Lark kommt. Dann klären wir alles Weitere. Versuch gar nicht erst zu diskutieren. Wir haben entschieden.«

Drei Worte. Wie konnten drei Worte meine gesamte Zukunft vernichten? Fassungslos musste ich mitansehen, wie sich Jama davonmachte und mich als seelisches Wrack zurückließ.

»Noch ist es ja nicht so weit. Noch können wir dein wahres Können zeigen«, mischte sich Makon beruhigend in meine Gedanken. Parallel versuchte er, seine Aufregung vor mir zu verheimlichen. Dass sein Reiter womöglich kam, um ihn zurückzuholen, musste ihm viel bedeuten. Selbst wenn es auf Anweisung von oben erfolgt war.

»Ich brauche einen eigenen Drachen«, knurrte ich und legte direkt mal los. Als Erstes verkaufte ich Ians wertvollen Kälteschutz an einen überreichen Schüler namens Ken. Ja, das war fies, aber es war mein wertvollster Besitz. Zusammen mit Maais Geld und Ians Spende konnte ich mir damit vielleicht die Membran vom Ei kaufen. Anschließend organisierte ich mir Spätschichten in der Küche und eine kleinere Aufgabe in Maais Heilergilde. Wenn ich ohnehin nur ein einziges Fach belegte, konnte ich auch Geld verdienen.

Es war deprimierend. Meine Ausbildung lag von jetzt auf gleich auf Eis. Der Rettungstrupp der Drachenreiter fing natürlich ganz von vorn an, was für mich völlig lächerlich war. Ich arbeitete seit meiner Kindheit in diesem Bereich, da musste ich keine Verbandswechsel üben. Das konnte ich im Schlaf.

Stattdessen ergatterte ich jede kleinste bezahlte Arbeit, die sich mir bot. Ich machte wieder meine Botengänge, verkaufte heimlich gestohlene Süßigkeiten, bot meine selbst geschnitzten Holzfiguren an und schrubbte, kochte und putzte. Zwischendurch musste ich immer wieder meine Strafarbeit abbrummen. Die hatte wenigstens den Vorteil, dass ich ohnehin im Putzbereich zugange war. Auf diese Weise fiel mir auf, wo sich bezahlte Arbeit auftat.

Zwischendurch ließ ich meine Magie abtropfen, denn eine mörderische Vision konnte ich jetzt nicht auch noch gebrauchen. Es war alles schon schwierig genug. Ich schuftete und schuftete so sehr, dass ich nicht mal Zeit hatte, mich um Ian zu sorgen. Makon hatte vermeldet, dass er gut angekommen sei. Seitdem herrschte Funkstille. Das ließ Jamas bedrohliche Aussage gleich noch doppelt schwer wirken. War Shys Angriff womöglich aufgefallen? Mein Drache versuchte ihn regelmäßig zu erreichen, doch das misslang. Kein Wunder, dass Makon zusätzlich immer nervöser wurde.

»Es geht ihm bestimmt gut«, sagte ich jeden Morgen zu ihm, und danach beinahe stündlich. »Wahrscheinlich ist er zu erschöpft, um dich über diese große Distanz zu erreichen.«

»Dann geht es ihm aber nicht gut.«

»Er hat ja auch ordentlich was abbekommen. Jetzt werd nicht hysterisch.«

Schließlich sah ich ein, dass wir das so nicht stehen lassen konnten. »Dann versuch es über Zair«, sagte ich.

»Hab ich schon. Der ist außerhalb meiner Reichweite. Von Drache zu Drache funktioniert das über so eine Distanz nur in seltenen Fällen. Können wir nicht rüberfliegen?«

Ich lachte trocken auf. »Willst du meine Karriere für immer beenden? Noch so einen Flug und man zweiteilt uns endgültig.«

Ich war kurz davor, Jama um eine Flugerlaubnis zu bitten, als sich unser Problem von selbst erledigte: Ian kam, wie bereits angekündigt, zu uns geflogen. Jama informierte uns viel zu spät darüber, sodass ich Makon erst in letzter Sekunde aus dem Weg schaffen konnte. Shy startete trotzdem dreimal durch, bevor Ian sie endlich dazu bringen konnte, auf unserem Hort zu landen. Ganz am Ende der Bahn ließ er sie stehen und kam zu Fuß zu uns.

Jama und ich waren das kleine Empfangskomitee. Alle anderen waren momentan beim Essen, was vermutlich genau so geplant gewesen war.

»Jama«, grüßte Ian meinen Hortanführer als Erstes und verbeugte sich gleichzeitig. Sein Gesicht wirkte stahlhart und wenig freundlich. Für mich hatte er lediglich ein Nicken übrig. »Ich sollte herkommen?«

Ich starrte ihn an und bemühte mich, durch seine Fassade zu blicken. Er sah besser aus. Nicht toll, aber besser. Seine Haut war nicht mehr grau, seine Augenringe nicht mehr so dunkel – und wenn ich mich nicht irrte, hatte er tatsächlich ein wenig zugenommen. Das stand ihm ausgesprochen gut.

»Hat Larian mit dir geredet?«, entgegnete Jama.

Ian nickte knapp und warf mir einen Blick zu, den ich nicht recht enträtseln konnte. »Meine Ausbildung soll intensiviert werden.«

»Korrekt. Dafür benötigst du Makon. Du hast jetzt die Wahl: Entweder du nimmst ihn mit nach Riata oder du bleibst hier bei uns. Deine Entscheidung. Hauptsache, du kannst wieder mit Makon üben.«

»Unmöglich. Shy und Makon würden sich zerfleischen.«

»Dann denk dir etwas aus. Du musst trainieren. Jetzt.«

Ian sagte nichts mehr. Stattdessen sah er mich auffordernd an. »Hast du Zeit?«

»Wenn ich mir noch eben schnell ein Brot schmieren darf, dann ja.«

»Schmier mehr. Das wird eine lange Nacht.«

Jama runzelte daraufhin die Stirn. »Was hast du vor?«

»Elaja und ich müssen klären, wie wir weiter vorgehen. Was für uns beide das Beste ist.«

»Elajas Ausbildung liegt im Moment brach. Du hast Vorrang. Klär das gern mit ihr, doch unsere Entscheidung steht. Makon gehört zu dir.«

Der Blick, den Ian Jama zuwarf, erschreckte mich zutiefst. Er war eisig. »Das werden wir ja sehen«, sagte er, packte mich und zog mich einfach von meinem Hortanführer weg.

»He«, protestierte ich. »Wenn du dich wie ein Trampel aufführen willst, dann kannst du das gern tun. Aber zerstör bitte nur deine eigene Karriere!«

Ian antwortete nicht und hielt mich weiterhin derart gepackt, dass ich mich kaum rühren konnte. Mir blieb nichts anderes übrig, als ihm ins Gebäude für die Schlafbereiche zu folgen, dann den Gang entlang, bis zu einer Tür, die ich bereits kannte. Offenbar hielt man Ian diesen Raum auch für längere Zeit frei.

Kaum waren wir durch die Tür, knallte er sie hinter sich zu und ließ mich endlich los. Dann sah er mich an, und das Eis in seinem Blick schmolz. »Es tut mir leid«, sagte er. »Ich hatte gehofft, dich und Makon raushalten zu können, es zu verhindern, aber …« Er seufzte tief und fuhr sich müde übers Gesicht. »Die haben deine Ausbildung echt ausgesetzt?«

»Ich hab nur ein einziges Ausbildungsfach zugeteilt bekommen. Heilertrupp. Da ich da ohnehin bereits bewandert bin, hast du es richtig formuliert: Ja, sie haben meine Ausbildung ausgesetzt.« Ich stand mitten im Raum, Ian lehnte mehr oder weniger an der Tür und mied meinen Blick.

»Wie ist es dir denn ergangen?«, fragte ich schließlich vorsichtig. »Das letzte Mal, als wir in diesem Raum gewesen sind, hatte ich Angst um dein Leben.«

Endlich löste sich Ian von seinem Posten, trat an mir vorbei und setzte sich aufs Bett. »Ich lebe noch, aber es ist aufgefallen, dass ich nicht mehr mit Shy fliege. In meinem geschwächten Zustand war es unmöglich, mich mit meinem Drachen anzulegen. Wahrscheinlich haben die hohen Herren die falschen Schlüsse gezogen. Sie denken, dass Shy nicht mehr länger reitbar ist. Dabei war ich nur … indisponiert. Ich hab mein Training schleifen lassen, und jetzt haben wir den Salat.«

»Es geht um die Pfortenwächtersache, richtig? Darum drehen sie jetzt alle durch. Weil nur du diese speziellen Pforten öffnen kannst.«

Ian starrte eine Weile stumpf vor sich hin, dann nickte er. »Ja.«

»Und ich? Wenn ich genau wie du Pforten erschaffen kann, bin ich doch eigentlich genauso wertvoll. Wäre es nicht sinnvoll, meine Ausbildung zu intensivieren, statt zu torpedieren? Wir müssten nur verraten, dass ich Pforten erschaffen kann und …«

»Nein!« Ian war aufgesprungen. »Auf keinen Fall! Vergiss das ganz schnell wieder.«

»Aber –«

»Elaja! Wenn du diese Bombe platzen lässt, fliegt uns alles um die Ohren.«

»Das sehe ich anders! Wenn Jama wüsste, wie besonders ich bin, dann würde er mit mehr Energie nach einem Drachen suchen.«

Ian starrte mich an. Auf eine Weise, die mich nicht nur nervös machte, sondern die mir eisige Schauer den Rücken runterlaufen ließ.

»Was?«, hakte ich bockig nach, weil er nichts sagte. »Meine Schlussfolgerungen sind doch logisch!«

Langsam trat Ian auf mich zu, stellte sich dicht vor mich. So nahe, dass sich unsere Schuhspitzen berührten. Als er mich an den Schultern packte, verhinderte ich nur mit Mühe ein Zurückweichen. Vor allem, weil sich seine Miene noch weiter verfinstert hatte.

»Es gibt keinen Drachen für dich, Elaja«, sagte er tonlos. »Nicht hier. Nicht in dieser Welt.«

»Was meinst du?«

»Elaja! Es gibt immer nur einen Wächter. Einen einzigen! Ich bin der Wächter dieser Welt. Du hingegen nicht.«

»Dieser Welt?«, hakte ich irritiert nach. »Wie viele Welten gibt es denn? Was redest du da für Unsinn?«

Ian ließ sich Zeit mit der Antwort, wollte mir ein wenig Raum geben, um das Gehörte zu verarbeiten. Dann sagte er: »Es gibt viele Welten. Ich kenne bislang drei, vermutlich ist das aber nur ein kleiner Teil. Tatsache ist, dass ich der Wächter dieser Welt bin. Und du …«

Ich fühlte, dass mir das Blut aus dem Gesicht wich, als ich seine Unterstellung begriff. »Ich bin genauso ein Teil dieser Welt«, protestierte ich, woraufhin Ian vehement den Kopf schüttelte.

»Nein, das denke ich nicht. Dein Drache lebt vermutlich in einer anderen Welt. Hier jedenfalls nicht. Deshalb fühlst du dich auch seit deiner Kindheit fremd. Als würdest du nicht zu uns gehören. Nicht zu diesen Drachenreitern. Du spürst es, tief in dir. Du gehörst nicht hierher.«

»Aber …« Ich brach ab, versuchte das Gehörte zu verstehen. »Woher soll ich denn dann kommen?«

Ian überging die Frage, seufzte stattdessen. »Wann immer Pfortenwächter auftauchen, gibt es Krieg zwischen den Welten. Ausnahmen gab es bislang nie. Unsere Führung wird dich aus dem Verkehr ziehen, sobald sie von deinen Fähigkeiten wissen. Das bedeutet Kerker. Vielleicht Schlimmeres. Daher muss das unter uns bleiben, in Ordnung?«

»Diese Welt ist meine Heimat«, versicherte ich ihm. »Ich würde sie nie verraten.«

»Das glaube ich dir, nur bezweifle ich, dass andere das genauso sehen. Sie bemerken lediglich die Rebellin in dir, die von Anfang an angeeckt ist und große Schwierigkeiten hatte, sich anzupassen. Sie werden dich auseinandernehmen. Deine einzige Möglichkeit ist es, die Klappe zu halten.«

Meine Knie waren zu weich, um mich noch länger zu tragen. Also löste ich mich aus Ians Griff, ging zum Bett und ließ mich darauf sinken. Ian folgte meinem Beispiel. »Scheiße«, brachte ich lediglich hervor. Dann sah ich ihn fest an. »Warum hilfst ausgerechnet du mir?«

Sein Blick wurde sanft. So sanft, wie ich es noch nie bei ihm gesehen hatte. »Du hast mich gerettet. Schon zweimal. Ich bin dir was schuldig. Außerdem hältst du deine schützende Hand über Makon.

Solange ich kann, werde ich dich verteidigen. Das bedeutet jedoch auch, dass du unauffällig sein musst. Keine Alleingänge mehr. Kein Rumgezicke. Keine Prügeleien.«

»Rumgezicke? Ich zicke nie rum.« Als ich seinen zweifelnden Blick sah, verdrehte ich genervt die Augen. »In Ordnung, geschenkt. Und was machen wir jetzt mit Makon und Shy? Diese Sache ist mehr als auffällig.«

Ians Blick verdunkelte sich wieder. »Ich werde mich widersetzen. Shy kann nicht hierbleiben. Das ist zu gefährlich. Ich bin eigentlich nur hierhergekommen, um mit dir zu reden. Um dir klarzumachen, was auf dem Spiel steht. Du bist schon viel zu sehr in den Mittelpunkt gerückt. Momentan halten dich Larian und Jama für eine Kuriosität. Hoffen wir, dass sie nie die korrekten Schlüsse ziehen.«

Wir starrten uns an, und Ian gab mir einen Moment Zeit, seine Worte zu verstehen. Dass ich eine Pfortenwächterin war, hatte ich mittlerweile akzeptiert. Jetzt musste ich erst mal verkraften, dass ich nicht nur Pforten innerhalb dieser Welt öffnen, sondern sogar zwischen verschiedenen Welten wechseln konnte.

»Erzähl mir von den anderen Welten«, bat ich Ian schließlich.

Sofort verfinsterte sich seine Miene. »Da gibt es nicht viel zu berichten. Ich war bislang sehr vorsichtig, was solche Weltensprünge angeht. Auf keinen Fall wollte ich die anderen Pfortenwächter aufschrecken oder gar einen Krieg provozieren. Daher kann ich dir nicht viel dazu berichten. Ich weiß nur, dass man für einen Weltensprung Kontakt zu dem eigenen Wächterdrachen braucht. Kleinere Pforten innerhalb dieser Welt kann ich auch von der Erde aus öffnen. Bei Weltenpforten funktioniert das nicht. Man braucht einen Wächterdrachen, um zu wechseln.«

Ich sah die Frage hinter dieser Feststellung. Das Rätsel aller Rätsel. »Und wie komme ich dann hierher?«

»Ich weiß es nicht – und das ist mit ein Punkt, der mich beunruhigt. Zwei Pfortenwächter in einer Welt. Das hat es noch nie gegeben. Ich sollte dich einsperren lassen, statt dein Geheimnis zu hüten und dich zu schützen.«

Er sagte das so neutral, als würde er über das Wetter sprechen. Dass das Gegenteil der Fall war, lag auf der Hand. Er ging ein hohes Risiko ein, wenn er sich vor mich stellte. »Warum tust du das dann?«, fragte ich mit zitternder Stimme.

Ian zuckte mit den Schultern, versuchte locker und lässig zu wirken. In Wirklichkeit sah ich hinter seine Fassade. Er war angespannter denn je. »Du musst dich um Makon kümmern, insofern kann ich nur hoffen und bangen, dass ich mich nicht in dir täusche. Und außerdem … Ich vertraue dir, obwohl ich das vermutlich nicht tun sollte. Aber Ja. Ich vertraue dir.«

»Das kannst du auch!«

Er lächelte, doch so richtig erreichte es nicht seine Augen. »Könntest du dir dann noch mal meine Wunden ansehen? Ich habe mich bemüht, sie zu versorgen, nur ist es schwierig. Sean hat die Verbände gewechselt. Zu mehr war er nicht in der Lage.«

Ich nickte, dankbar für die Ablenkung. Während sich Ian erneut den wollenen Überzieher auszog und danach das Hemd abstreifte, versuchte ich nicht allzu genau hinzusehen. Aber verdammt. Ian war weiterhin zu mager für meinen Geschmack und trotzdem gut gebaut. Die breiten Schultern zogen meinen Blick geradezu magisch an, und unwillkürlich musterte ich den Rest seines Oberkörpers. Die Narben wirkten bedrohlich auf mich und erzählten eine Geschichte, die Ian zu verstecken versuchte. Aber der Rest seines Körpers hatte sich eindeutig erholt. Ich sah schön geformte Brustmuskeln, die vorher nicht so deutlich zu erkennen gewesen waren. Eindrucksvolle Bauchmuskeln, die in eine schmale Taille übergingen. Kräftige Sehnen und dezent gebräunte Haut. Außerdem war er nicht zu behaart, aber auch nicht völlig nackt. Genau mein Ding.

»Elaja, du starrst«, unterbrach mich Ian und klang dabei einen Hauch amüsiert und ein wenig unangenehm berührt.

Ich spürte, dass ich rot wurde. »Als deine Heilerin habe ich nur deinen Gesamtzustand einschätzen wollen.«

»Und? Wie ist das Urteil?«

Süß. Und lecker. Sehr attraktiv und unheimlich anziehend. Das sagte ich natürlich nicht laut. »Du siehst besser aus«, stellte ich stattdessen fest.

Mich traf ein beredtes Funkeln aus Ians dunklen Augen, dann drehte er sich so herum, dass ich nun nur noch seinen Rücken betrachten konnte. »Die Wunden verheilen prima«, merkte ich an, nachdem ich die Verbände abgenommen und die Narben genauer inspiziert hatte. »Ein wenig Heilsalbe und du solltest bald schmerzfrei sein.«

»Das ist gut. Für das Folgende brauche ich meine gesamte Energie. Mich mit Larian und Jama anzulegen wird kein Spaß.«

»Kannst du dich überhaupt weigern?«

Er schwieg zunächst, dann räusperte er sich. »Die Wächter sind in der Rangfolge über dem Hortanführer angesiedelt. Zumindest im Kriegsfall.«

Ich ließ vor Schreck die Salbe fallen, sodass sie zu Boden plumpste. Als ich sie mit hochrotem Kopf aufhob, spürte ich bereits, wie ich dunkelrot im Gesicht wurde. »Du bist der Anführer der Drachenreiter? Der Oberanführer? Der Ober-Oberanführer? Der –«

»Noch nicht. Solange es keine Angriffe gibt, mache ich Fürst Larian seinen Posten ganz gewiss nicht streitig. Aber ja. Im Kriegsfall habe ich das Sagen.«

»Oder ich.« In der Sekunde, in der ich es sagte, schlug ich mir bereits auf den Mund, brachte mich selbst zum Schweigen. Mit großen Augen starrte ich Ian an. »Allmählich verstehe ich, warum wir das mit mir geheim halten müssen«, murmelte ich.

Ian verkniff sich einen spitzen Kommentar und wartete lediglich darauf, dass ich die Salbe ordentlich auftrug und anschließend die Verbände um ihn herumwickelte. Dabei kam ich ihm näher, als ich im Moment gebrauchen konnte. Mann. Der Kerl roch wirklich gut. Dafür, dass er vermutlich genauso viel stressgeschwitzt hatte wie ich, bemerkte ich keine unangenehmen Gerüche. Nur den Hauch von Leder, Drache und frischem Wind, den alle Drachenreiter innehatten.

»Sag mal, schnüffelst du an mir?«

Der Mann war zu aufmerksam für diese Welt. »Hab nur ein Kribbeln in der Nase. Bild dir nichts ein«, antwortete ich mit noch röter werdendem Kopf. Ging das überhaupt?

Ich war froh, als ich endlich seine Verbände korrekt angelegt hatte und er sich wieder anzog. Das verschaffte mir einen Moment

Zeit, um meine Libido abzukühlen und meine Gedanken zu klären. »Warum sollten uns die fremden Welten angreifen?«, fragte ich schließlich das Erstbeste, was mir in den Sinn kam.

»Es geht um Rohstoffe, um Dracheneier, um Sklavenhandel und um frisches Magieblut. Da gibt es viele Gründe.«

»Sklavenhandel?«

»Neue Magielinien sind begehrt.«

Ich musterte ihn mit zusammengekniffenen Augen. »Woher weißt du so viel darüber?«

»Es gibt ein einziges Buch, das den verheerenden Vulkanausbruch und das Abbrennen der Hauptbibliothek überstanden hat. Darin geht es um die Weltenkriege. Es ist nicht sehr detailliert, aber durchaus informativ.«

»Das will ich auch lesen. Wo finde ich es?«

Ian erwiderte meinen bohrenden Blick eher gelassen. »Bei Fürst Larian. Um es studieren zu dürfen, müsstest du dich leider aus der Deckung wagen.«

Mein Arbeitseifer verpuffte wie ein Drachenpups. Traurig ließ ich die Schultern sacken und drehte mit gesenktem Kopf das Töpfchen der Salbe wieder zu. »Glaubst du wirklich, dass ich keinen eigenen Drachen bekommen werde?«

Er wartete, bis ich ihn ansah. Dann legte er mir sanft eine warme Hand auf den Unterarm, drückte ganz leicht zu. »Falls es einen gibt, finden wir ihn. Versprochen. Doch es sieht schlecht aus. Einen Wächterdrachen würde ich spüren – genau wie du.«

Ich runzelte die Stirn. »Würde ich?«

»Definitiv. Bei den Wächterdrachen läuft es anders ab als bei normalen Dracheneiern. Es ist egal, wer es gekauft hat. Der Drache wird ihn oder sie niemals anerkennen, sondern sucht nach seinem wahren Reiter. Das wärst in dem Fall du, doch leider ist mir solch ein besonderes Ei noch nicht untergekommen.«

»Vielleicht haben wir es nur übersehen?«

»Wohl kaum. Unsere Magie ist unverkennbar. Du hast Makon gespürt, so wie er dich. Ich hatte dich schon längst im Visier, da hast du dich noch auf dem Hügel vor der Arbeit gedrückt.«

Sofort war ich alarmiert. »Du hast mich verfolgt?«, rief ich empört.

»Nur beobachtet. Und erzähl mir nicht, dass ich dir nicht aufgefallen bin.«

Jetzt fühlte sich mein Kopf an, als würde er gleich explodieren. Ian war mir aufgefallen. Jedes Mal. Ich hatte kaum meinen Blick von ihm abwenden können. Vor allem, weil er damals noch wesentlich kräftiger und muskulöser gewesen war. Ein Bild von einem Mann. Herrje. Ich würde gut auf mich und mein heimlich schwärmendes Mädchenherz aufpassen müssen, sobald er sich mal von seiner Krankheitsphase erholt hatte. Ich stand voll auf ihn. Kein Zweifel.

Ian schien mir meine Gedanken an der Nasenspitze ablesen zu können, denn sein Grinsen wurde immer breiter. »Dachte ich es mir doch«, sagte er zufrieden. Dann wurde er abrupt ernst. »Ich höre mich nach besonderen Dracheneiern um – und du ziehst den Kopf ein. Jama wird über meine Aktion wenig begeistert sein und es vermutlich an dir auslassen.«

Wenig begeistert war die Untertreibung des Jahrhunderts. Fuchsteufelswild traf es eher. Jama brüllte Ian in seinem Amtszimmer so laut an, dass wir es sogar noch draußen hören konnten. Ians Antworten blieben dabei nervtötend ruhig, was Jama natürlich noch mehr reizte.

Letztlich zog es Ian aber durch. Er stapfte wortlos im Stall an mir vorüber, verabschiedete sich noch kurz von Makon und flog dann mit Shy davon, als wäre das total normal.

Zurück ließ er einen traurigen Drachenbullen, eine erleichterte Elaja und einen wutschnaubenden Hortanführer. Jama war dann wenigstens so gerecht, seinen Frust nur ein wenig an mir auszulassen. Ich bekam zusätzlich zu den Latrinen noch die Duschräume zum Putzen. Damit konnte ich leben. Hauptsache, ich durfte weiterhin Makon reiten.

Nur die Sache mit meinem eigenen Drachen lag mir schwer im Magen. Hatte Ian recht und ich musste mich nicht länger bemühen? War es zwecklos und ich kämpfte auf verlorenem Posten?

Dass ich nicht von dieser Welt stammen sollte, konnte ich einfach nicht glauben. Ja, ich hatte mich oft fehl am Platz gefühlt. Weggestoßen. Allein. Aber gleichzeitig war ich mir so sicher gewesen, meinen Platz noch finden zu können. Und verdammt, ich hatte ihn gefunden. Hier in dieser Drachenreitergesellschaft.

Dass ich womöglich niemals ein Teil davon sein konnte, weil ich aus einer anderen Welt stammte, ließ mich frösteln. Es war ein deprimierender Gedanke, der mir den Boden unter den Füßen wegzuziehen drohte.

19

In Ordnung, Elaja. Das kann man sich langsam nicht mehr mit ansehen. Was ist los?« Neth war zu mir in die Duschräume gekommen und sah mir dabei zu, wie ich lustlos vor mich hin schrubbte. Sie hatte ihre blonden Haare wie immer zu einem kunstvollen Knoten hochgewunden, allerdings waren ihr diesmal zwei, drei Strähnen entkommen und die ringelten sich vorwitzig an ihrer Schläfe und an den Ohren.

»Ich arbeite meine Strafe ab. Das ist los«, antwortete ich gereizt.

»Du bläst Trübsal. Wenn ich es nicht besser wüsste, würde ich behaupten, du bist von einem Tag auf den anderen depressiv geworden. Maai sagt, du hast deine tausend bezahlten Arbeitsstellen gekündigt?«

Mist. Ertappt. Ich ließ den Schrubber klappernd zu Boden plumpsen und richtete mich stöhnend auf. »Das wurde mir alles zu viel«, log ich.

»Erzähl das einer anderen. Du warst so motiviert, jede Krone zur Seite zu legen, um dir ein Ei zu kaufen. Und mit einem Schlag interessiert dich das nicht mehr? Was ist passiert?«

Hastig wich ich ihrem bohrenden Blick aus und nahm den Schrubber wieder an mich, um mich zu beschäftigen. Dann fiel mir das Lügen einfacher. Hoffte ich zumindest.

Doch Neth war zäh. Sie trat mir entschlossen in meinen Schrubberweg und hielt mir einen Beutel unter die Nase. »Horas und mein

Anteil am Ei«, erklärte sie. »Narel ist pleite, aber sobald er wieder Geld von seinen Eltern zugesteckt bekommt, will er auch was spenden.«

Ich starrte den Beutel verwirrt an, und als ich begriff, traten mir Tränen der Rührung in die Augen. Ähnlich wie bei Maai konnte ich einfach nicht fassen, dass mich jemand genug mochte, um so etwas Tolles für mich zu tun. »Das ist nicht nötig. Wirklich nicht«, brachte ich mit ganz viel Mühe hervor.

»Du hast sogar deinen Kälteschutz verscherbelt. Tu nicht so. Ich hab das genau bemerkt. Was ist passiert? Was hat Ian zu dir gesagt, das dich derart demotiviert hat?«

Ach herrje. Detektivin Neth war unterwegs. »Das hat nichts mit Ian zu tun«, sagte ich viel zu hastig, woraufhin Neth spöttisch eine blonde Braue hochzog.

»Du lügst, und das nicht mal gut.« Aus ihrer hinteren Hosentasche zog sie einen zerknitterten Zettel hervor. »In Ordnung. Ich weiß nicht, was los ist, ich weiß allerdings, dass du Hilfe brauchst, um wieder auf den richtigen Pfad zurückzukommen. Das hier wird helfen.« Sie wedelte vor meiner Nase mit dem Zettel herum.

Ich wollte eigentlich nicht fragen, nur meine Neugierde war anderer Meinung. »Was ist das?«

»Das sind drei Termine, an denen Eier versteigert werden.« Sie machte eine dramatische Pause. »Dracheneier«, konkretisierte sie.

Ich riss die Augen auf. »So was gibt es?«

»Selten, aber es kommt vor.« Sie faltete den Zettel auseinander und las vor. »Am Dienstag werden zwei Eier versteigert. Eins hat seit zehn Jahren einen Riss, und es wird vermutet, dass der Drache darin schon längst verendet ist. Im anderen rührt sich seit dreißig Jahren nichts. Äußerlich ist es eigentlich ganz in Ordnung. Es wird noch bebrütet, daher gehen die Drachenreiter davon aus, dass es Hoffnung gibt.« Sie blätterte um. »Am Mittwoch wird dann ein besonders kleines Ei versteigert. Das können wir laut Sean vergessen. Er hat es sich angesehen und geht davon aus, dass es zu einer horrenden Summe versteigert wird. Der Drache ist darin erkennbar und braucht vermutlich nur etwas länger, um zu schlüpfen. Weshalb wir zum Donnerstag kommen.« Sie tippte aufs Blatt. »Da wird ein Ei versteigert, das alle Horrorkriterien erfüllt: Es ist zu klein, die Schale sieht komisch aus, es ist voller Risse und einen Drachen sieht man auch nicht drin. Seit fünfzehn Jahren ist da nichts geschlüpft.«

»Und das ist unser Favorit?«

»Ja, denn im Gegensatz zum Rissei vom Dienstag wird es nicht mal mehr bebrütet. Wird es in dieser Runde nicht gekauft, soll es entsorgt werden.«

Ich starrte Neth an. »Ich warte noch immer auf die gute Nachricht.«

»Das Anfangsgebot liegt bei zehn Goldkronen«, antwortete sie trocken.

Zehn Goldkronen? Das war fast geschenkt! Ich hatte acht zusammengespart. Plus das Geld in diesem Beutel … und trotzdem … »Das Ei klingt nicht so, als würde da jemals ein Drache rausschlüpfen«, sprach ich schließlich unsere gemeinsamen Gedanken aus.

»Bei dir hätte auch niemals jemand gedacht, dass du mal Drachenreiterin wirst – und dann auch noch ohne Drachen. Alles ist möglich. Speziell, wenn es um dich geht. Also? Soll ich dich einschreiben?«

»Da muss man sich anmelden?«

»Klar. Bislang hat das noch niemand getan, und vermutlich wird es auch niemand tun – außer uns. Wir wären übrigens Käufer Nummer 315. So oft wurde es gekauft, wieder verkauft, gekauft, wieder verkauft … und jetzt kommt es halt unter den Hammer. Allerdings müsstest du für die Unterbringung in der Höhle aufkommen. Pro Jahr eine Goldkrone, wenn es nicht mehr bebrütet werden soll. Zehn, wenn der Drache sich noch mal draufhockt.«

Ich starrte Neth an. Dachte an Ians hoffnungslose Worte. Daran, dass ich womöglich nicht von dieser Welt war. Ich dachte an das Gefühl, das seine Erklärung in mir ausgelöst hatte.

Wenn mein Drache in dieser Welt leben würde, dann hätten wir es längst gespürt.

All meine Träume. Meine Hoffnungen. Meine Pläne und Ziele – zerstört. Und jetzt kam Neth hierher und wedelte mit diesem komischen Zettel.

»Kann ich es mir vorher mal ansehen?«, platzte ich heraus und wusste gleichzeitig, dass ich es ohnehin machen würde. Ich war einfach so. Aufgeben kam nicht infrage, und ich schnappte nach jeder kleinsten Möglichkeit.

»Es liegt in Riata, also falls du einen Flug ergattern kannst, nur zu. Ansonsten habe ich Sean für uns organisiert. Er kommt am Donnerstag her, damit wir an der Versteigerung teilnehmen können. Die Anmeldung schicke ich per Botendrache weg. Jetzt musst du nur noch sagen, ob du willst oder …«

Ich warf meinen Schrubberstiel zur Seite und fiel Neth um den Hals. »Ja!«, brüllte ich sie an. »Verdammt noch mal, ja! Ich will dieses Ei. Niemand will es haben? Keiner setzt große Hoffnungen darin? Es wird maßlos unterschätzt und naserümpfend betrachtet? Verdammt! Das klingt doch so was von nach mir!«

Fast sofort kehrte meine Energie zurück. Vielleicht hatte Ian recht und ich würde nie einen Drachen in dieser Welt finden. Vielleicht irrte er sich aber auch, und ganz vielleicht warteten ja auch mehr als einer auf mich. Ian hatte schließlich auch nicht nur einen erhalten.

Wir schickten gemeinsam die Anmeldung ab. Danach meldete ich mich wieder bei meinen vielen Arbeitsstellen zurück und konzentrierte mich deutlich intensiver auf meine Ausbildung. Dass ich im Heilertrupp nicht viel Neues dazulernen konnte, hatte mich natürlich ebenfalls demotiviert. Auf der anderen Seite lernte man nie aus. Ich musste mich nur wieder mehr engagieren.

Und vor allem schlich ich mich zu den anderen Unterrichtsstunden.

Der erste Lehrer ließ meinen Versuch noch durchgehen, der nächste war wohl vorgewarnt. Er verbot mir die Teilnahme, woraufhin ich mich bei Jama beschwerte. Ich hatte Zeit, und es tat doch niemandem weh, wenn ich mich in die Vorträge von Strategie und Diplomatie setzte. Auch zum Schwerttraining gesellte ich mich und flog bei sämtlichen Übungsflügen mit, bei denen ich Zeit hatte.

Irgendwann gaben die Lehrer es genervt auf, mich wegschicken zu wollen. Sie akzeptierten meine Anwesenheit und taten so, als wäre ich Luft. Das war ich gewohnt und mir so was von egal.

Bis wir zu einem Flug gerufen wurden, an dem ausgewählte Schüler teilnehmen sollten. Das veränderte wiederum alles.

20

Dieser Übungsflug entpuppte sich als purer Horror. So schlimm, dass ich langsam Angst bekam. Es war viel zu kalt. Der Frost fraß sich jetzt schon seit geraumer Weile durch meinen Körper und hatte meine Knochen bis in den hintersten Winkel erobert.

Eigentlich hatten wir nur kurz einige Säcke mit Lebensmitteln zu einem abgelegenen Grenzposten in den Bergen bringen sollen. Normalerweise erledigten das die erwachsenen Drachen, doch die waren mal wieder in seltsame Übungen verwickelt gewesen. Jemand war dann auf die Idee gekommen, dass wir das übernehmen konnten. Fünf Schüler und zwei Lehrer.

Wir waren bei gutem Wetter gestartet, dann aber in diesen Höllensturm mit Sturm, Schnee und Eisregen geraten. Allmählich wurde es brenzlig. Das merkte ich nicht nur an meinen schwindenden Kräften, sondern auch an den abgehackten Bewegungen der gesamten Drachenschar.

Ich klapperte seit Stunden geräuschvoll mit den Zähnen, meine Knie waren taub vom langen Sitzen und meine Füße spürte ich längst nicht mehr. Am schlimmsten waren wohl meine Finger dran. Die waren noch nicht mal mit einem schützenden Mantel aus Stoff umhüllt und daher der beißenden Kälte schutzlos ausgeliefert.

Ich konnte sie nur leider nicht mit Handschuhen bedecken. Drachen reagierten nun einmal nur auf die verschiedenen Zeichen, die der Reiter ihnen durch Druck der Hände zu verstehen gab. Dabei machten sie sogar zwischen linker und rechter Hand einen Unterschied, zwischen fest und leicht, zwischen gewunden und eckig.

Jeder noch so leichte Hauch wurde interpretiert, jedes Beben, jedes Zittern. Und mit Handschuhen war das eben kaum möglich. Mit eiskalten Fingern aber auch nicht.

Diese Tatsache machte mir allmählich ernsthaft Sorgen, denn Makon hatte mein Zeichen schon zweimal falsch verstanden.

Natürlich hätten wir uns auch einfach in Gedanken miteinander absprechen können, doch das war bei Kampfeinsätzen unüblich. Auf Dauer zehrte der ständige Einsatz der Magie an den Kräften. Wenn sich außerdem jeder Reiter mit seinem Drachen unterhielt, konnte das die gesamte Formation verwirren. Ein einziges Magiegemisch wäre die Folge, und womöglich griff sich die Magie untereinander an. Eine echte Katastrophe.

Die Kälte konnte uns gefährlicher werden, als ich es je für möglich gehalten hätte. Drachen waren Kaltblüter, die bei zu niedrigen Temperaturen dazu neigten, in die Kältestarre zu gehen. Nicht sehr angenehm im Flug. Um genau dies zu verhindern, blieb mir nichts anderes übrig, als Makon auf magische Weise zu wärmen.

Natürlich hatten wir das geübt. In der Theorie wusste ich genau, wie es funktionierte. Auch die praktischen Tests hatten gut geklappt, nur hatten wir das nie über einen solch langen Zeitraum probieren müssen. Ich wurde müde und das Ungleichgewicht unserer Magiearten dadurch immer größer. Eine gefährliche Situation.

Jetzt saß ich schon drei Stunden auf meinem Tier, fror mir den Hintern ab und brauchte meine gesamte Aufmerksamkeit einerseits, um im Geschwader meine Position zu halten, und andererseits, um meinen Drachen am Einfrieren zu hindern.

Konzentrier dich, dachte ich und sah dabei zu Neths Drachen, der dumpf vor sich hin flog. Meine Freundin war nur als kleiner Schatten hinter dem riesigen Hals des Tieres zu erkennen. Es hatte erneut angefangen zu schneien, und die Sicht wurde immer schlechter.

Schnee oben in der Luft war so ziemlich das Schlimmste überhaupt. Nicht nur, dass man nach einiger Zeit zusätzlich zur Kälte durchnässt war, nein, der Flug in einer Drachenformation wurde zu einem Abenteuer. Der vordere Drache war lediglich als Schemen zu erkennen.

In der Sekunde tauchten vier weitere Drachen aus dem Schneegestöber auf. Zunächst erkannte ich lediglich Schemen. Je näher sie kamen, desto aufgeregter wurde ich. Das waren keine Drachen aus unserem Hort.

Auch Makon hatte sie bemerkt und begrüßte sie mit einem Trompeten. Sofort stimmte unsere gesamte Trainingseinheit mit ein.

»Die Lehrer haben um Hilfe gebeten. Sie befürchten allmählich, dass die Schüler nicht mehr lange durchhalten. Das ist die gute Nachricht.«

»Und die schlechte?«

»Ian ist unter unseren Rettern. Offenbar hat ihm niemand gesagt, dass wir dabei sind. Der Schneesturm hat leider meine Magie so lange verdeckt, dass er es nicht bemerkt hat. Jetzt ist es zu spät. Sie sind bereits angekommen. Er reitet natürlich Shy.«

Ich hörte die unausgesprochene Angst in Makons lautloser Stimme. Er machte sich große Sorgen. Nein. Er war in heller Aufregung.

»Wir packen das schon«, sagte ich beruhigend zu ihm und glaubte gleichzeitig selbst nicht so recht daran.

Beunruhigt bemerkte ich, was die Anwesenheit von Ian bei Makon auslöste. Das alte Heimweh meines Drachen traf mich mit der Wucht eines Hammerschlags. Gleichzeitig mischten sich weitere Gefühle darunter, vor allem Zorn auf Shy. Dass sie Ian angegriffen hatte, war für Makon etwas, das er niemals verzeihen konnte.

»Du musst dich jetzt konzentrieren«, rief ich ihm laut zu. »Sonst können wir einpacken.«

Makon nickte als Antwort, doch ich spürte, wie er sich versteifte. Er richtete sich auf Ärger ein. Als wäre die gesamte Situation nicht bereits schlimm genug. Der Schnee flog mir immer heftiger in die Augen. Verzweifelt zog ich meine Schutzbrille von der Stirn vor die Augen und zuckte dennoch bei jeder Flocke zusammen, die daran kleben blieb. Jetzt war mein Gesicht besser geschützt, allerdings die

Sicht noch eingeschränkter. Drachenmist. Ich fühlte mich in meiner Schutzkleidung seltsam von der Außenwelt abgeschirmt. So hilflos. Allein.

In der Sekunde hatten uns die Reiter aus dem anderen Hort erreicht und setzten sich neben uns. Undeutlich sah ich durch das Schneegestöber, dass uns alle vier mit Handzeichen etwas zu verstehen gaben. Ich erkannte kein einziges. Dazu waren die Flocken einfach zu dicht und die Sicht zu schlecht.

»Kapier ich nicht«, sagte ich schließlich zu meinem Drachen.

»Ian sagt, wenn es nicht gleich besser wird, dann werden wir hier irgendwo landen. Es ist zu gefährlich, weiterzufliegen.«

Ich runzelte die Stirn. Das waren keine guten Nachrichten. Noch viel schlimmer war die Tatsache, dass sich mein Drache mit seinem eigentlichen Herrn verständigt hatte.

»Makon«, hob ich an, woraufhin mich der Drachenbulle unterbrach.

»Schon gut, schon gut. Ich weiß, dass ich nicht mit Ian reden darf, weil sonst alles durcheinanderkommen könnte, doch ich musste zumindest Hallo sagen. Kommt nicht wieder vor.«

»Ich bin mir nicht sicher, ob ich begeistert davon sein soll, in einem Schneesturm auf einem spitzen Felsmassiv zu landen. Allerdings …« Alles war besser, als sich weiter hier oben die Glieder abzufrieren. Ich sah mich nach Ian um, konnte ihn und Shy aber nicht von den anderen unterscheiden. Eventuell der Drache schräg gegenüber von –

»Aaaah!« Ich brüllte erschrocken auf, als Makon mit einem Mal nach links kippte und dabei einen seltsamen Haken schlug. Gleichzeitig schoss Naim von unten heran, setzte sich knapp neben uns und trompete laut. Ängstlich, irritiert.

Durch unser abruptes Manöver geriet die gesamte Formation durcheinander, woraufhin ich wild fluchte. »Makon, frag Naim, was das gerade sollte und …« Ich vergaß meinen eigenen Satz, als ich einen Schatten genau an der Stelle ausmachte, an der eigentlich Naim sein sollte. Da flog jetzt plötzlich ein weiterer Drache. Was tat der da? Es war streng verboten, einen fremden Platz einzunehmen. Selbst wenn dieser versehentlich frei geworden war.

»Was macht der Verrückte da?« Langsam stieg der Schneesturm anscheinend allen zu Kopf.

Naim hatte sich mittlerweile ein Stück nach links entfernt, sodass es zwischen Makon und ihr wieder genügend Abstand gab. Mein Mitschüler Klim hingegen hatte genau wie sein Drache unser Manöver noch gar nicht bemerkt. Er flog weiterhin seinen Kurs und rückte dabei Makon immer dichter auf die Pelle.

Prüfend warf ich einen Blick nach unten zu dem unbekannten Drachen und stutzte. »Wo zum Teufel ist er?«

»Direkt unter mir.«

»Was macht der direkt unter dir?«, fragte ich verständnislos. Drachen flogen stets versetzt zueinander, damit sich die Reiter besser sehen und untereinander durch Handzeichen verständigen konnten.

Gleich darauf schrie ich erneut auf. Makon schlug mit einem Brüllen mit den Flügeln und katapultierte uns dadurch ein ganzes Stück nach oben. Ich wurde dabei in die Haltegurte gedrückt und hielt mich rasch an einer Schuppe fest. Trotzdem drehte sich die Welt um mich herum. Machte Makon ohne meine Hilfe eine Drehung um sich selbst?

Beinahe beiläufig sah ich, dass Naim ebenfalls auswich und vom Schnee verschluckt wurde. Einzig Klim konnte ich noch undeutlich ausmachen.

»Festhalten, Elaja! Wir haben ein Problem.«

Mein Drache legte abrupt die Flügel an und ließ sich nach unten sacken. Daraufhin machte mein Magen seltsame Dinge, genau wie der Schrei in meiner Kehle. Der blieb einfach stecken. Mit einem Mal war der fremde Drache plötzlich neben mir, und ich konnte einen schnellen Blick darauf werfen.

Es war ein riesiges Tier, und allein an seinen Bewegungen erkannte ich, dass es ein erfahrener Drache sein musste. Farbe und Gattung konnte ich aufgrund des Schneegestöbers leider nicht erkennen, doch ich sah magische Schlieren um ihn herumwabern. Im Gegensatz zu Makon stand der Drache noch unter der vollständigen Kontrolle seines Reiters. Mein Drache tat hingegen einzig das, was er gerade für richtig hielt.

Zum Glück für mich.

Als ich eine riesige Kralle auf mich niederfahren sah, zog ich lediglich den Kopf ein. Als ob mich das hätte retten können. Zu meiner Verteidigung sei gesagt, dass mein Verstand die Kralle registrierte, damit jedoch nichts anfangen konnte. In meinem Gehirn waren nun mal keine angreifenden Drachen als Gefahr gespeichert.

Bei Makon anscheinend schon, denn er warf sich nach rechts, vollführte eine merkwürdig gedrehte Kurve und brachte damit mich und sich selbst aus der Gefahrenzone der zupackenden Krallen.

Und endlich machte es klick bei mir.

Nein, Elaja, das war kein Traum, sondern ein realer Drache, der ganz eindeutig angriff. Warum auch immer. Mein Herz übersprang vor Schreck einen Schlag. Schweiß brach mir aus.

Natürlich hatte ich die verschiedenen Kampftechniken geprobt. Immer und immer wieder. Doch eine Übung und die Realität waren nun einmal nicht das Gleiche. Ich sah den Drachen auf uns zukommen. Wusste, dass er uns erneut angreifen würde. Ahnte, dass ich dringend etwas tun musste.

Aber was?

»Wir müssen zurück zum Geschwader«, rief ich. Entschlossen übernahm ich wieder die Kontrolle über unseren Flug, indem ich meinem Drachen die Hand auf die Zeichenschuppe legte. Makon reagierte sofort und wandte sich nach rechts unten, wo wir beide das Geschwader vermuteten.

»Zieh den Kopf ein. Das wird knapp!«

Makons Warnung kam keine Sekunde zu früh. Der Angreifer war wieder da und hätte mir um ein Haar den Scheitel rasiert. Mein Drache ließ sich in eine extrem steile Kurve fallen, die ich mehr schlecht als recht mit meiner Magie unterstützte. Der steile Absturz presste mir die Luft aus der Lunge, und ich spürte die verschiedenen Kräfte, die mit einem Mal hundertfach auf mir lasteten. Meine Glieder wurden bleischwer, gleichzeitig arbeitete mein Verstand auf Hochtouren.

Naim hatte den Angriff des fremden Tieres ebenfalls mitbekommen. *Hoffentlich, bitte lass sie die anderen verständigt haben. Lass Ian kommen. Bitte, bitte!*

Hinter mir hörte ich einen Wutschrei, als der Angreifer unser Vorhaben bemerkte. Ihm war klar, dass wir uns bei den anderen in Sicherheit bringen wollten. Zum Glück wusste ich, dass ich mich auf meinen Drachen verlassen konnte. Makon war schnell und erfahren.

Er fing sich nach drei Drehungen bereits, und ich stabilisierte uns. Danach waren wir beide zerzaust, außer Atem, ziemlich in Panik und völlig allein. Einzig der Schnee leistete uns Gesellschaft.

Von der Reiterei und dem Angreifer war nichts mehr zu sehen. Wir hatten beide durch unser Manöver abgehängt. Ich entschied mich dazu, tiefer zu gehen, und gab den entsprechenden Befehl. Makon zögerte.

»Ian hat mir befohlen, an der Stelle zu bleiben, wo ich bin. Und jetzt?«

Erst verstand ich seine Frage nicht, dann begriff ich. Der Drache wusste nicht, ob er nun meinem Befehl oder dem seines Herrn befolgen sollte. Ich sagte weiterfliegen, Ian befahl zu warten. Da ich mich im Moment hilflos wie ein Baby fühlte und mich über jeden Rat dankbar erwies, war ich nur allzu geneigt, Ian beizupflichten.

»Allerdings müssten wir etwas höher gehen. Unter uns sind nämlich die …«

Makon schlug hastig mit den Flügeln, als ein dunkler Schatten direkt unter uns auftauchte. Zunächst dachte ich, es handelte sich wieder um den Angreifer, doch dann erkannte ich es. Die Berge. Ich hatte schlicht unsere gefährliche Umgebung vergessen.

Mein Herz klopfte immer noch heftig, als Makon längst in den Schwebezustand überging, unterstützt von dem letzten bisschen Magie, das ich in meiner Hektik und Angst zusammenkratzen konnte.

»Elaja, ganz ruhig. Ich bin deine Augen und deine Ohren. Ich bin dein Beschützer. Dir passiert nichts. Konzentriere dich nur bitte darauf, dass du mich warm hältst!«

Ich nickte fahrig. Drache schweben lassen, Drache wärmen, mich ein wenig wärmen und auf die Umgebung horchen. Das bekam ich hin. Wenn nur der Schneesturm nicht noch mehr an Fahrt aufnahm. Die Böen wurden immer heftiger. Ich brauchte zusehends mehr Kraft, um Makon schwebend in der Luft zu halten.

Wir wurden unweigerlich abgetrieben, da uns der Sturm versetzte. Angesichts der Windgeschwindigkeiten wollte ich mir lieber nicht ausrechnen, wie weit wir uns bereits von unserer ursprünglichen Position entfernt hatten.

»Wenn der Sturm noch schlimmer wird, werden wir auch ohne Lehrer landen müssen«, sprach ich schließlich meine Gedanken laut aus. Die Gänsehaut kam nun nicht mehr allein von der Kälte, sondern auch von meiner puren Panik. Es war bereits ein Albtraumgedanke, überhaupt in einem Schneesturm in den Bergen zu landen, aber das zu tun, ohne jemanden, der einen geleitete und beschützte, war schlicht entsetzlich.

»Ich weiß. Das wird hässlich.«

»Was sagt Ian?«, fragte ich, von Sekunde zu Sekunde nervöser und müder. Es strengte mich furchtbar an, so viel Magie aufzuwenden. Zumal ich immer öfter das Piksen von Makons Magie spürte. Sie bemerkte bereits das Ungleichgewicht unserer Kräfte und wurde unruhig.

Wie lange konnte das noch gut gehen?

Makon ließ sich Zeit mit der Antwort auf meine Frage. Erst schüttelte er sich, um die Schneemassen auf seinem Körper loszuwerden. Sie fielen langsam zu Boden, wo sie schon bald aus meinem Sichtfeld verschwanden. Verschluckt vom übrigen Schnee, verschluckt von der weißen Schwärze um mich herum.

»Die anderen sind gelandet. Auf einem Felsplateau, wo sie das Schlimmste abwarten wollen. Ian hadert noch mit sich, ob er wieder starten soll, um uns zu suchen.«

»Sag ihm, dass wir zu ihm kommen. Er soll bloß nicht losfliegen. Das bringt nur alle in Gefahr.«

»Der Ansicht ist er auch, nur hat er Sorge, dass uns der Angreifer wiederfinden könnte.«

Auch wieder wahr. Ich dachte kurz nach, dann entschied ich mich. »Du spürst, wo dein Herr ist? Dann los! Wir finden ihn. Wird schon schiefgehen.«

Das hätte ich besser nicht gesagt. Meine ohnehin gereizte Magie berührte eher nebenbei etwas Unbekanntes. Ein Wispern. Ein Knistern in der Luft. Instinktiv tastete ich danach und stieß auf eine sehr mächtige Magiebarriere. Die fremde Magie wandte sich ruckartig mir zu, griff nach mir. Ich stieß mich in letzter Sekunde davon ab und zog mich zurück. Doch zu spät. Sie hatte mich natürlich entdeckt und folgte mir wie ein Raubtier seiner Beute.

»Scheiße«, fluchte ich, als mir mein Fehler bewusst wurde. Der Angreifer. Ich hatte den Angreifer angestupst. Wie blöd konnte man sein? Wenn er jetzt meiner Magiespur nachging, hatten wir ein Problem.

»Makon? Ich glaube, ich hab was Dummes gemacht. Der Angreifer …«

»Ich weiß. Er kommt. Und zwar ziemlich schnell. Ich spüre seine Magie wie eine Bugwelle auf mich zukommen.«

Makons riesige Muskeln spannten sich, als er sich für den möglichen Angriff wappnete. Der ließ nur Sekunden auf sich warten. Makon warf sich herum, ehe ich den anderen Drachen überhaupt im Schneegestöber ausmachen konnte. Ich verlor für einen Moment die Orientierung, wusste nicht mehr, wo oben und wo unten war. Dann spürte ich einen harten Schlag, als ob ich selbst getroffen worden wäre. Ich hörte Makons Wutschrei, vermischt mit meinem eigenen erschrockenen Ausruf, vernahm eine fremde Drachenstimme, die den Kriegsschrei ausstieß.

Der Angreifer rammte uns. Mit voller Wucht. Er warf uns herum, trieb Makon seine Krallen in die Unterseite und wirbelte ihn wie eine Puppe zur Seite. Ich hatte das Manöver bereits bei der Übung auf Lark gesehen. Drachen versuchten, den anderen in die Rückenlage zu bringen, um dessen Flugfähigkeit zu behindern. Und: Der angreifende Drache zielte immer auf die verwundbarste Stelle des Gegners. Wenn er mit den Krallen zupackte, versuchte er gleichzeitig mit dem Maul den gegnerischen Reiter zu erwischen.

War dieser tot, so war der Gegner besiegt.

Kaum hatte ich das gedacht, sah ich auch schon das riesige, mit Zähnen bestückte Maul aufklaffen und auf mich zukommen. Ich hatte kein Schwert. Keinen Bogen. Nur meinen Drachen als Waffe.

Diesmal reagierte ich erstaunlich schnell und gab Makon den verzweifelten Befehl, dem Ziehen der Krallen nachzugeben und sich auf den Rücken zu drehen. Auf diese Weise brachte ich seinen Körper zwischen mich und das Maul. Zumindest in der Theorie.

Makon war darauf trainiert, die Befehle seines Reiters zu befolgen. Grummelnd warf er sich herum, sodass die zuschnappenden Zähne ihr Ziel nur knapp verfehlten. Ich hörte den Knall, als die riesigen Zähne ins Leere bissen und krachend aufeinanderstießen.

Durch den Rückenflug konnte ich den Angreifer nicht mehr sehen, da mir Makons gesamter Körper die Sicht versperrte. Ich konnte lediglich seine riesigen Schwingen erkennen, die unheilvoll weit ausgebreitet über uns schwebten und nun den Körper meines Drachen halten mussten, der durch den Rückenflug nur bedingt selbst fliegen konnte.

Makon hing wie eine Fledermaus in der Luft, allerdings eine, die am Bauch an einem Ast aufgespießt worden war. Zum Glück war sein Brustpanzer dort ausgesprochen dick. Ich bezweifelte, dass die Krallen bis ins Fleisch vorgedrungen waren.

Makon war jetzt eindeutig in der schlechteren Position. Dennoch versuchte er mit kräftigen Bissen und Schlägen, seinen Gegner von sich herunterzubekommen.

Die wilden Schreie der Drachen hallten durch den Schnee, wurden aber gleich wieder verschluckt. Selbst ich hörte sie nur gedämpft, obwohl der Kampf direkt über mir stattfand.

Was konnte ich tun? Ich musste …

Die fremde Magie des Reiters griff mich an. So abrupt, dass ich beinahe zu spät reagierte. In letzter Sekunde blockte ich sie mit einem eher brüchigen magischen Schild ab. Mein Gegner war definitiv kein Anfänger. Er zog sich kurz zurück und griff dann wieder an. Ihn erneut abzuwehren war jetzt schon bedeutend schwieriger. Ich musste was anderes versuchen!

In Panik kratzte ich die letzten Reste meiner zerbröselnden Magie zusammen und warf sie unter Makons linke Schwinge. Der Drachenbulle schrie verblüfft auf, als er herumrissen wurde. Plötzlich befand er sich nicht mehr im Rückenflug, sondern hing mehr oder weniger senkrecht in der Luft. Der Angreifer war nun nicht mehr über, sondern ein Stück unter ihm.

»Mach ihn fertig«, brüllte ich, obwohl mich garantiert niemand hören konnte. Trotzdem handelte Makon umgehend. Er warf sich noch ein wenig herum, sodass sich nun der andere Drache im Rückenflug befand. Der fauchte aufgebracht und biss und kratzte, doch Makon blieb davon unbeeindruckt. Ich hingegen hatte Mühe, nicht vom Drachenrücken zu fallen. Die Halteriemen für den Übungsflug waren nicht so effektiv wie ein Kriegszaumzeug.

Der andere Drache gab schließlich auf und löste sich von Makon, ließ sich im Rückenflug nach unten fallen. Zwei Sekunden konnte ich ihn über die Schulter meines Drachen hinweg noch sehen, dann wurde er von den fallenden Schneemassen verschluckt. Dass wir ihn damit los waren, glaubte ich keine Sekunde.

»Bist du in Ordnung, Elaja?«

Eher nicht. Ich war völlig außer Atem, zitterte am ganzen Körper und der Schock hatte seinen Weg in meinen Körper gefunden. Mal ganz davon abgesehen, dass mir kotzübel war.

In meinem Kopf drehten sich bunte Punkte um sich selbst, rundherum, rundherum. Magiestränge, Schnee und fremde Drachen vermischten sich zu einem verwaschenen Bild. Ich blinzelte verzweifelt und bemühte mich, klarer im Kopf zu werden und gegen die Panik anzugehen, die immer stärker in mir wütete.

Was war los?

»Du hast dich magisch überanstrengt«, schlussfolgerte Makon.

Ich hatte keine Kraft, um zu antworten. Stattdessen krallte ich mich in die Riemen und zog sie noch ein wenig fester an. Da kam was auf uns zu. Erneut. Schon wieder.

»Achtung! Von unten«, warnte ich meinen Drachen und gab ihm hastig das Zeichen zum Ausweichen. Zu spät.

Die Krallen verfehlten uns, aber der Rest des Drachenkörpers nicht. Es krachte, als die gewaltigen Leiber in der Luft zusammenprallten. Flügel umwirbelten mich, sowohl feindliche als auch bekannte. Schwingen, meterlang, fegten mich beinahe vom Rücken. Rot. Oder braun? Egal! Ich duckte mich so tief ich konnte und betete, nicht getroffen zu werden.

Gleichzeitig ging es abwärts. Durch den Aufprall verloren wir etliche Meter an Höhe, und mit einem Mal war die Angst vor den Bergen wieder in mir. Diese rauen, zerklüfteten Felsen, spitz wie Nadeln, riesig in ihrer Länge und Breite, bereit dazu, einen Drachen für immer aus der Luft zu holen.

Makon schien meine Gedanken gelesen zu haben, denn er versuchte verzweifelt, mit seinen Schwingen zu schlagen, irgendwie an Höhe zu gewinnen, doch der andere Drache hatte sich derart in ihn verkrallt, verhakt, dass dies ein Ding der Unmöglichkeit war.

Beide Drachen fielen und fielen, der Erde und damit dem Tod immer näher kommend.

Ich fragte mich, ob der andere Reiter die Gefahr ebenfalls erkannte. Und wenn ja, warum tat er nichts dagegen? Er musste erkennen, dass es uns beiden nichts nutzte, wenn wir draufgingen.

Da hörte ich einen weiteren Drachenschrei, wütend, befehlend. Er kam näher und näher. Ein roter Punkt. Blitzschnell und schrecklich zornig. Shy!

Das Drachenweibchen tauchte wie ein Pfeil aus dem tobenden Schneesturm heraus auf und griff ohne Umschweife an. Diese Attacke war gezielt, genau berechnet und saß da, wo es dem fremden Drachen am meisten wehtat.

Am Rücken, in der Nähe, wo der Reiter saß.

Der fremde Drache reagierte sofort. Er ließ hastig von Makon ab und drehte sich seitlich, versuchte seinen Reiter zu schützen und sich gleichzeitig ruckartig aus Shys tödlicher Umklammerung zu befreien.

Die Drachen brüllten sich an. Ich hörte das Krachen von Zähnen und Krallen, die über Schuppen schabten. Makon kam vollständig frei und flog hastig aus der Kampfzone. Fast sofort verlor ich Shy und den Angreifer aus den Augen. Sie wurden verschluckt vom Schneesturm.

»Wir müssen höher rauf«, rief ich gleichzeitig und gab das entsprechende Zeichen. »Weg von den Bergspitzen.« Tatsächlich meinte ich dunkle Schatten unter mir zu erkennen. Felsen. Hoffentlich entgingen Shy und Ian dieser Todesfalle.

Erst jetzt bemerkte ich, dass ich ein gutes Stück von meiner eigentlichen Sitzposition verrutscht war. Ich saß jetzt mehr oder weniger auf der Mitte von Makons Rückgrat und hatte mich hoffnungslos in den Schnüren verfangen. Zum Glück. Sonst wäre ich garantiert längst abgestürzt. Mühsam krabbelte ich nach vorn und setzte mich an meinen angestammten Platz zwischen den zwei riesigen Vorderpfotenmuskeln, knapp hinter dem mächtigen Hals.

Eine Weile war ich damit beschäftigt, die Halteriemen zu sortieren. Mit schockgefrorenen Eisfingern und überanstrengten Körpermuskeln gar nicht mal so einfach. Dann erst hatte ich Zeit, mir um unsere Situation Sorgen zu machen.

»Sollen wir Ian helfen?«, erkundigte ich mich.

»Nein, wir würden nur hinderlich sein. Zwei kämpfende Drachen sind für denselben Herrn nicht tragbar. Er würde völlig durcheinanderkommen.«

Ich spürte dennoch Makons Verunsicherung. Den Drang von ihm, seinem Herrn zu Hilfe zu kommen, den Frust darüber, es nicht zu können. Sein Verstand befahl ihm zu bleiben, wo er war, aber sein Herz, das eng mit dem seines Herrn verbunden war, schrie danach, seiner Berufung zu folgen. Seinem Reiter zu helfen, was immer auch geschah.

»In dem Fall bleiben wir besser, wo wir sind, und warten.« Das stellte sich schon nach wenigen Minuten als Zerreißprobe heraus. Die Zeit verging zäh und zerrte an meinen Nerven. Nur das wirbelnde Weiß um mich herum, der eisige Wind und das Schlottern meiner Knochen – das machte mürbe.

Plötzlich schoss ein Schatten dicht neben uns hervor. Makon brummte erschrocken und brüllte protestierend, als ein Drachenmaul nach seinem Hals schnappte, ihn fast erwischte und dann von seinem Reiter zur Ordnung gerufen wurde.

Shy.

Ich konnte sie lediglich undeutlich in dem Treiben erkennen. Ein Stückchen Braun-Rot schimmerte durch das Weiß hindurch. Mehr nicht. Die langen, geschwungenen, eleganten Konturen ihrer Figur waren nur undeutlich auszumachen. Trotzdem. Ich kannte keinen anderen Drachen, der so zierlich und gleichzeitig so mächtig aussah.

Kaum war sie da, fing sie auch schon Streit an.

»Makon. Lass dich auf keinen Kampf ein. Das pack ich nicht«, warnte ich meinen Bullen. Der rückte rasch von Shy ab und knurrte warnend.

»Keine Sorge. Ich hab alles unter Kontrolle, und Ian ist auch noch da.«

Der grüßte mit einem kurzen Handwink und bedeutete mir, mich seitlich neben Shy zu setzen. Jetzt war ich dankbar, die vielen Handzeichen wie eine Irre gebüffelt zu haben – selbst wenn sie in diesem Schneechaos schwer zu entziffern waren.

Die nächsten Handzeichen verstand ich dann leider nicht. Der Schnee fiel zu dicht. »Was sagt er?«, fragte ich seufzend.

»Ian will auf einem nahen Felsplateau landen, das hier in der Nähe ist. Er hält es für zu gefährlich, zu den anderen zurückzufliegen. Der Schneesturm wird schlimmer.«

»Und der Angreifer?«

»Der ist erst mal weg.«

Ich schauderte, riss mich dann aber zusammen. Ein Problem nach dem anderen. Es war schon Herausforderung genug, meinen Drachen in den Bergen in einem Schneesturm zu landen.

Zum ersten Mal wurde mir die Verantwortung, die ich trug, vollends bewusst. Ich war dafür zuständig, meinen Drachen zu beschützen, ihn zu geleiten. Ian ging ein großes Risiko ein, wenn er solch ein Vertrauen in mich setzte.

Entschlossen, ihn nicht zu enttäuschen, befahl ich Makon, Ian mein Einverständnis zu übermitteln. Danach verdrängte ich meinen körperlichen Zustand und die Angst vor dem unsichtbaren Angreifer.

Zunächst musste ich mich voll auf das Felsplateau konzentrieren.

»Ian landet zuerst. Danach sind wir dran.«

Das klang einfach, war es nur nicht. Zunächst beobachtete ich, wie Ian auf dem Plateau aufsetzte, als wäre das ein Kinderspiel. Danach winkte er uns herrisch heran. Zumindest meinte ich das im Schneegestöber erkannt zu haben.

Dann mal los. Ich atmete tief ein und rief alles Gelernte über schwierige Landetechniken ab. Schweben. Wärmen. Fallwinde beachten. Das volle Programm. Makon half gekonnt mit, sodass wir nur zwei Atemzüge später beinahe genauso sanft landeten wie Shy.

Uff.

Ich hätte erleichtert sein sollen, doch stattdessen spürte ich … nichts. Nur eisige Kälte, die mich umgab. Ich entkam ihr nicht einmal hier unten auf der Erde. Wieso nur hatte ich meinen Kälteschutz verkauft? Ich war so dumm! Zitternd versuchte ich mich aus den vielen Halteriemen zu lösen, verhedderte mich allerdings nur noch mehr. Dann eben nicht. Frustriert steckte ich die Hände unter die Achseln und kugelte mich ein, im verzweifelten Bemühen, mich zu sammeln. Neue Energie aufzutreiben, um vom Drachenrücken und diesem eisigen Wind runterzukommen.

Es war einfach nur schrecklich kalt. Der Wind laugte mich aus, genau wie die Magie, die ich noch immer dazu benutzte, um Makon zu wärmen.

Ich hatte selbst dann keine Energie übrig, als mich jemand an der Schulter berührte und vorsichtig schüttelte. Ian war auf Makon geklettert, um nach mir zu sehen.

»Elaja«, sagte er. »Steh auf, du musst …« Er unterbrach sich, als er meinen Zustand bemerkte. Vermutlich musste ich noch schlimmer aussehen, als ich mich fühlte. Er wirkte schockiert. »Verdammt. Was ist los?« Er packte mich recht grob und zog mich zu sich ran, sodass ich seinem Gesicht jetzt näher war als erwartet. Sein Dreitagebart stand ihm beinahe unverschämt gut, obwohl seine Haut von der Kälte gerötet war. Wenigstens sah die Strickmütze an ihm genauso unattraktiv aus wie an mir.

»Kalt«, brachte ich zwischen klappernden Zähnen hervor.

»Das sehe ich.« Er zog mich einen Moment fest an sich, spendete mir ein wenig Körperwärme, während er mir kräftig über die Arme und den Rücken rubbelte. »Beweg die Zehen, damit dein Kreislauf in Schwung kommt. Deine Lippen sind blau, und ich sehe am Auge ein blaues Geflecht. Wir müssen gegen den Magieschock vorgehen.«

Ach herrje. Der hätte mir noch gefehlt. Die Dinger konnten schnell tödlich für jeden Reiter enden. Mit magischen Überlastungen war nicht zu spaßen.

Also zappelte ich fleißig mit den Zehen beziehungsweise ich hoffte, dass ich das tat. Viel fühlen konnte ich nicht. Mein gesamter Fuß war taub und kaum spürbar, genau wie meine Finger.

»Kannst du aufstehen? Wir müssen von Makons Rücken runter und aus dem eiskalten Wind raus.« Ian drückte mich etwas von sich fort, sah mir prüfend in die Augen.

»Zur Not lass ich mich einfach plumpsen«, brachte ich mit vielen Pausen dazwischen hervor und fand es gleichzeitig sehr bedauerlich, als sich Ian von mir entfernte. Die Körperwärme war schön gewesen, genau wie das Gefühl, nicht allein in diesem Schneegestöber zu sein. Obwohl Ian sich nur etwa einen Meter von mir entfernt hatte, sah ich ihn kaum noch. Er sprang von Makons Rücken runter, woraufhin er komplett aus meinem Sichtfeld verschwand. Der Boden blieb verschluckt.

»Lass dich fallen. Ich fang dich«, hörte ich ihn von unten rufen.

Wie erniedrigend war das denn? Trotzdem blieb mir keine Wahl. Ich schob mich wie eine alte Dame an den Rand von Makons Rücken und rutschte dann noch ein kleines Stück an ihm runter, bevor ich komplett den Halt verlor. Die Landung war dann erstaunlich sanft, denn Ian stand, wie versprochen, bereit und hielt meinen Sturz gekonnt auf. Trotzdem taumelte ich gegen ihn und umschlang seinen Körper ganz ungefragt auf der Suche nach Wärme.

»Hoppla! Nicht so stürmisch«, sagte er daraufhin und klang leicht amüsiert. Ich hingegen fand das alles gar nicht komisch. Das fühlte sich alles ganz unangenehm an.

»Ich versteck euch unter meinen Flügeln. Das hält den Wind fern.«

Makon hob bereits die Schwingen, und Ian zog mich an den Drachenkörper heran, lehnte mich gegen den Brustkorb des Giganten. »Ich hol von Shy unser Notfallpaket. Bin gleich wieder da. Bleib wach, ja?« Ian klang jetzt wieder ernst.

Ich nickte mühsam und ließ mich an dem Schuppenpanzer meines Drachen in den Schnee darunter plumpsen. Mein Schutzanzug hielt zum Glück die Nässe ab, allerdings nicht die Kälte. Sofort begann ich zu zittern.

Ian brauchte enervierend lang, vor allem, weil ich dabei jede Menge Gekeife vernahm. Shy fand es gar nicht lustig, auf einem schmalen Felsvorsprung neben ihrem Erzfeind Makon zu stehen. Entsprechend war ihre Laune.

Als Ian endlich zurückkam, wirkte er noch viel besorgter und mehr als angespannt. »Ich hab Angst, dass Shy angreift«, erklärte er auf meinen fragenden Blick hin. Hektisch wühlte er in einem Päckchen herum und zog dann eine zusammengefaltete weiche Unterlage hervor. »Hier. Setz dich da drauf. Das isoliert dich vom kalten Untergrund. Und trink das.« Er drückte mir eine Phiole in die Hand, in der gräuliches Zeug schwappte.

»Was ist das? Sieht eklig aus.«

»Es rettet dir das Leben, also runter damit. Der Magieschock wird noch von der Kälte aufgehalten. Sobald du wieder warm bist und sich die Magieadern weiten, könntest du einen Herzstillstand erleiden.«

Ich schluckte das Zeug umgehend und rang danach gut zwei Minuten nach Luft. Scheiße! Das brannte wie die Hölle und schmeckte gleichzeitig scheußlich, bitter und ekelig. »Das soll Medizin sein?«, krächzte ich, während mein Magen in Flammen stand.

»Seans Selbstgebrannter für Notfälle. Er sollte sich das patentieren lassen. Es hat mir schon einmal den Arsch gerettet. Das wird schon.« Ian klopfte mir grinsend auf die Schultern, wobei er mich weiterhin prüfend musterte. »Ich muss Shy einen Felsvorsprung weiter wegbringen. Kann ich dich allein lassen?«

Ich nickte schwach. »Mach ruhig. Ich bin eh mit meinem Magen beschäftigt.«

»Nicht kotzen, sonst wirkt das Zeug nicht.«

Ian verschwand im Schneegestöber, und Makon senkte wieder seine Flügel über meinem Körper ab. Jetzt fühlte es sich fast wie in einer Höhle an. Es war weiterhin kalt, aber wenigstens war ich vor dem Schnee geschützt. Dank der Hitze in meinem Magen fühlte ich mich auch nicht mehr ganz so elend. Trotzdem war ich froh, als Ian endlich zurückkehrte und sich vor mich hockte.

»Du siehst besser aus«, stellte er fest.

»Geht auch besser«, klapperte ich hervor. »Was ist mit dem Angreifer?«

»Fort. Zumindest vorerst.«

»Vorerst?«

Ian zuckte mit den Schultern. »Shy hat ihn ziemlich erwischt, und ich konnte dem Reiter eine fiese Salve verpassen. Falls er das überlebt hat, wird er trotzdem kaum in der Lage dazu sein, uns in diesem Schneegestöber zu suchen. Vermutlich ist er abgestürzt.«

Ich wartete darauf, erleichtert zu sein, doch das Gefühl blieb aus. Es war niemals eine Freude, wenn ein Drache oder ein Mensch starb. »Es geht los, nicht wahr?«, flüsterte ich heiser.

Ian wich meinem bohrenden Blick aus und nickte schließlich nach einer Weile. »Scheint so.« Dann runzelte er die Stirn. »Eigentlich müsste dir langsam warm werden. Der Kälteschutz sollte die Wärme auffangen und vervielfachen. Oder ...« In seinen grauen Augen blitzte es auf, als er begriff. Ehe ich ihn wegstoßen konnte, hatte er mir bereits meine viel zu dünne Jacke und die drei Wollhemden darunter hochgezogen. »Mann, Elaja«, fluchte er, als er nicht das fand, was er erwartet hatte. »Wo ist der verdammte Kälteschutz?«

»Hab ich verkauft.«

»Was? Bist du irre?«

»Ich spare. Für meinen Drachen.«

Ian ließ verärgert meine Kleidungslagen sinken und schüttelte den Kopf. »Darüber sprechen wir noch«, knurrte er und zog sich gleichzeitig seine dicke Jacke aus. »Hier. Zieh die an.«

»Dann erfrierst du nachher.«

»Im Gegensatz zu dir trage ich einen Kälteschutz. Jetzt mach. Du musst wieder auf die Beine kommen. Zwei Drachen auf einmal zu wärmen, und das in diesem Sturm, übersteigt meine Kraft.«

Sofort biss mich das schlechte Gewissen. Also nahm ich die Jacke an und zog sie mir mit schlotternden Knochen über. Fast sofort ging es mir ein wenig besser. Sie war von Ian vorgewärmt und roch auf eine sehr angenehme Weise nach ihm. Nicht zu aufdringlich und sehr beruhigend.

»Und jetzt? Wie ist der Plan?«, fragte ich erschöpft.

Statt einer Antwort, schwenkte Ian seine Hand und mehrere kleine Feuerchen tauchten direkt vor mir im Schnee auf. Erschrocken zog ich die Beine an. Die Flammen waren warm! »Du kannst magische Hitze erschaffen?« So etwas hatte ich noch nie gehört.

»Das könntest du auch, wenn du dich, statt deinen Kälteschutz zu verkaufen, auf deine Ausbildung konzentrieren würdest.« Der Tadel in seiner Stimme war unüberhörbar. »Ich setze draußen noch Feuer rund um Makon. Das entlastet meine Magie ein wenig. Beweg du mal schön deine Gliedmaßen. Das solltest du hinbekommen, ohne Unfug anzustellen.«

Ich streckte ihm die Zunge raus, tat dann aber, wie mir befohlen. Mann. Das mit dem Kälteschutz ärgerte mich maßlos. Dass Ian mich jetzt wieder für völlig verantwortungslos hielt, war unangenehm. Dabei hatte ich ihm geschworen, mich zusammenzureißen. Auf der anderen Seite war für mich ein eigener Drache nach wie vor Priorität Nummer eins. Selbst wenn er bezweifelte, dass es einen gab.

Als er zurückkam, war er schneebedeckt und fror jetzt ebenfalls. Eigentlich hatte ich damit gerechnet, dass er sich vor sein magisches Feuerchen setzte. Stattdessen trat er neben mich und bedeutete mir, aufzustehen. Irritiert kam ich auf die Beine und sah ihm dabei zu, wie er sich auf meine schön warme Unterlage setzte. Dann zeigte er auf seinen Schoß. »Jetzt setz dich schon.«

»Ich setz mich nicht auf deinen Schoß!«

»Alternativ könnte ich mich auf deinen setzen, doch das wird definitiv ausgesprochen ungemütlich für uns beide. Jetzt stell dich nicht an. Du hast mich schon halb nackt gesehen. Da wird dich ein bisschen kuscheln nicht umbringen. Ich setz mich bestimmt nicht in den Schnee. Der Kampf hat mich genauso erschöpft wie dich. Los, du bockiges Kleinkind.«

Ich knirschte mit den Zähnen und wusste genau, dass er mich absichtlich so genannt hatte, um mich an meinem Stolz zu packen. Verdammt. Es funktionierte. Mit hochrotem Gesicht und glühenden Wangen trat ich also neben ihn und setzte mich eher widerwillig hin. Natürlich nicht breitbeinig. Himmel! Ich wäre gestorben. Stattdessen ließ ich mich eher sittsam seitlich auf seine Oberschenkel nieder. Er zog mich umgehend an sich, während er sich mit einem leisen Seufzer gegen Makons Brustpanzer lehnte.

Ich saß stocksteif auf ihm und wünschte mich ganz weit fort. »Wenn du das jemals jemandem erzählst, werde ich alles leugnen«, sagte ich in die Stille hinein.

»Jetzt lehn dich an mich und halt die Klappe. Lass uns einen Moment Atem schöpfen, ehe wir uns wieder streiten.«

Ich zögerte. Vielleicht sollte ich mich besser in den Schnee setzen? Das wäre weniger peinlich gewesen, nur leider auch kälter und anstrengender. Hatte ich nicht auch so eine Unterlage in meinem Gepäck? Beim Gedanken, mich auf Makons Rücken zu quälen, wurde mir allerdings ganz anders. Also gab ich auf, zog die Beine an den Bauch und lehnte mich an Ians breite Brust. Parallel zog ich die Jacke auf und nestelte sie als Deckenersatz um ihn herum.

»Wir ziehen uns aber nicht aus, um unsere Körperwärme zu teilen«, brummte ich schlecht gelaunt. »Das hier muss reichen.«

Ian lachte leise und legte dann innerhalb seiner Jacke sanft seine Arme um mich. Ich spürte seine warmen Hände auf meinem Rücken, und ja, ich gab es nicht gern zu, das war schon schön.

Bevor ich die Situation überbewerten konnte, dachte ich mir rasch ein Gesprächsthema aus. Da gab es eigentlich nur eins. »Jetzt, wo du mir nicht mehr entkommen kannst, erzähl mir bitte, woher du Makon hast.«

Ian versteifte sich prompt unter mir. Es war nur eine Sekunde gewesen, doch ich hatte es genau gespürt. Sofort legte ich den Kopf etwas zurück, um ihn besser sehen zu können. »Und keine Ausflüchte«, sagte ich streng.

Ich sah in seinen dunklen Augen, dass er mich lieber von sich runtergeschubst hätte, als zu antworten. Letztlich siegte seine Vernunft. »Ich spreche da nicht gern drüber.«

»Warum nicht?«

»Weil es den Moment markiert, in dem Shy von mir fortgedriftet ist. Ständig frage ich mich, ob ich das hätte verhindern können. Was ich anders hätte tun können, um es zu verhindern. Das quält mich, und dennoch ist es nicht zu ändern.«

Ich konnte nicht anders. Wir waren uns so nahe, sein Gesicht nur ein paar Zentimeter von mir entfernt. Beinah instinktiv strich ich ihm mit dem Finger über die Wange. Versuchte ihm mit dieser kleinen Berührung klarzumachen, dass ich ihn nicht verurteilen würde. »Erzähl«, forderte ich ihn erneut auf.

Er haderte kurz mit sich und gab dann nach. »Shy war ein echter Wildfang und ich ein kompletter Neuling in der Drachenschule. Keine gute Kombination. Trotzdem schlugen wir uns ganz wacker. Ich hatte schnell raus, dass wir beide immer wieder Freiraum brauchten, also bin ich so oft wie möglich mit ihr in die Berge gegangen und hab sie spielen lassen. In diesen Momenten war sie wahrhaftig glücklich und wir näherten uns an. Wir wurden Freunde. Eine Familie. Sie begann mir zu vertrauen. Noch immer konnte ich mich nicht auf magische Weise mit ihr verständigen, allerdings reichte unsere Körpersprache, um das auszugleichen. Wir wuchsen zu einer Einheit zusammen. Gleichzeitig fiel mein magisches Geschick im Unterricht auf. Ich konnte bedeutend mehr als andere, lernte schneller und ließ die anderen meiner Klasse schnell hinter mir. Das Einzige, was mich wirklich hemmte, war mein Drache. Shy konnte nicht mithalten. Also beschloss Larian, mir verschiedene Eier vorzustellen, die seit Jahren niemand beachtet hatte. Sie waren längst in einer Auktion gelandet und standen kurz davor, für immer vernichtet zu werden.«

Ich dachte an meine Auktion. An mein Gebot für das vermutlich erfolgloseste Ei dieser Welt. Sofort pikte mich das schlechte Gewissen, doch ich hütete mich, Ian gegenüber etwas zu erwähnen. Er hätte es mir nur ausreden wollen.

»Ich habe meine Hand auf jedes dieser Eier gelegt, doch keines schien zu passen. Beinahe hatte ich die Hoffnung aufgegeben, da schlüpfte ein kleines Drachenbaby aus einem bereits verkauften Ei. Anders als sonst hopste es zielstrebig an seinem eigentlichen Besitzer vorbei und rannte wie der Blitz quer durch den ganzen Hort bis zum Übungsplatz, wo ich gerade trainierte.« Ich hörte sein Lächeln aus seinen Worten heraus, obwohl ich es nicht sah. Allein die Erinnerung machte ihn glücklicher, als ich ihn je erlebt hatte. »Der Drache warf sich einfach auf mich drauf. Schwarz wie die Nacht und sogar noch wilder als Shy. Er verband sich umgehend mit mir und stellte sich mir als Makon vor, mein Wächterdrache. Ich war völlig überfordert. Für Larian war es nun amtlich, dass ich etwas Besonderes sein musste. Ein komplett schwarzer Drache, der sich seinen Reiter selbst aussuchte? Das musste etwas bedeuten. Wir bekamen Sonderbehandlungen ohne Ende, Extratrainings und spezielle Magieausbildungen. Makon wuchs schneller als jeder andere Drache und konnte innerhalb von einem halben Jahr von mir geritten werden. Es war unglaublich.« Ian machte eine Pause, sammelte sich.

»Shy ist dabei auf der Strecke geblieben«, schlussfolgerte ich für ihn.

Er nickte. »Ich hatte keine Zeit mehr für ausgelassene Stunden in den Bergen. Keine Zeit mehr, um mich auf angemessene Weise um sie zu kümmern. Sie hätte extraviel Aufmerksamkeit benötigt, um sie auf Dauer an mich zu binden, nur fraß mich meine Ausbildung auf. Abends war ich oft zu erschöpft, um mich noch großartig um sie zu kümmern. Mit der Zeit wurde sie immer zickiger und übellauniger. Sie machte ständig Ärger, biss Makon und knurrte selbst mich an. Es wurde schlimmer und schlimmer. Ich bemerkte natürlich, auf was wir uns zubewegten, sah die Katastrophe kommen. Shy war neidisch, fühlte sich zurückgewiesen und allein in einer Welt, in der sie nichts zu suchen hatte. Ihr Frust war verständlich, doch was hätte ich machen sollen? Also ließ ich sie frei, und für einen winzigen Moment dachte ich, dass sie ihren Frieden hatte finden können. Bis sie zerbissen und halb tot zu uns zurückkehrte. Die wilden Drachen hatten sie nicht akzeptiert. Ich versuchte ihr mehr Zeit zu schenken, umsorgte und pflegte sie, trotzdem war der Schaden immens. Ich hatte sie fortgeschickt – in eine Welt, die sie hatte töten wollen. Das war vermutlich der größte Vertrauensbruch überhaupt. Ab da ging es steil bergab, bis … bis …« Ian verstummte.

»Bis sie mit dir in die Pfortenwelt geflogen ist«, brachte ich den Satz zu Ende.

Ian seufzte leise auf. »An jenem Tag drehte sie einfach durch, wechselte ohne mein Einverständnis zum ersten Mal in die Pfortenwelt und ignorierte meine Zeichen. Stattdessen flog sie uns tiefer und tiefer in dieses schwarze Nichts, voller Verzweiflung und Hass. So viel Hass. Sie wollte sich dafür rächen, dass ich sie damals von ihrer Familie weggeholt, dass ich ihr Makon vorgezogen, sie fortgeschickt und dadurch beinahe getötet hatte. Das war heftig. Und das Schlimmste: Ich konnte sie sogar verstehen.« Ian sah mich traurig an. »Alle sehen nur das Monster in ihr. Den irren Drachen. Das ist sie nicht. Sie ist die tragische Figur in dieser Geschichte. Das Opfer, das zur Täterin wurde. Wegen mir.«

Ich hob erneut meine Finger, ließ sie diesmal auf seiner Wange liegen. »Ihr findet bestimmt eine Lösung. Sie wirkt doch schon viel ruhiger.«

»Das ist sie nur so lang, wie sie meine volle Aufmerksamkeit hat. Sobald Makon in der Nähe ist, kehrt der Hass zurück. Sie möchte sich auch jetzt auf ihn stürzen. Für sie ist er der Grund, warum ich mich von ihr entfernt habe. Er hat mich ihr weggenommen. Wie ich diese Wunde jemals heilen soll, ist mir ein Rätsel. Falls du also eine Idee hast, nur zu. Ich bin für jeden Versuch dankbar.«

Wir sahen uns tief in die Augen, und zum ersten Mal fühlte ich mich ihm beinahe so nah wie Makon. Er war ähnlich wie der Drache sanft und freundlich, nur versteckte er das besser. Ein Mann, der für die Wesen, die er liebte, alles tun würde. Selbst sich jeden Tag aufs Neue in Lebensgefahr zu bringen.

»Wir finden eine Lösung«, wiederholte ich diesmal fester. »Versprochen.«

»Wenn du das so sagst, könnte ich es beinahe glauben.« Er lächelte, dann zog er mich fest an sich, umarmte mich. Seine Art, Danke zu sagen. Angesichts der Tatsache, dass ich genau wusste, wie ungern er berührt wurde, war das eine große Geste.

Ich ließ das für diesen Moment zu, bis mir seine Nähe zu peinlich wurde. Als er mich letztlich wieder losließ, war ich einerseits erleichtert, andererseits merkwürdig wehmütig. Was war das nur zwischen uns?

Während ich seinen gleichmäßigen Atemzügen lauschte, entspannte ich mich schließlich, lehnte mich vorsichtig an ihn und döste ein wenig ein. Mit jeder Minute ging es mir besser. Mein Magen grummelte noch immer verärgert vor sich hin, aber die Wärme vertrieb zumindest die Übelkeit und sorgte für ein Kribbeln in sämtlichen Gliedmaßen. Das Kribbeln in meinem Bauch kam hingegen vermutlich von Ians Nähe. Ein Umstand, der mich maßlos ärgerte. Mir wäre lieber gewesen, wenn ich total lässig mit der Situation hätte umgehen können. Leider war das unmöglich. Dafür fand ich Ian zu … spannend. Und anziehend. Und … sexy.

»Gleich platzt dir der Schädel«, mischte sich Ian in meine hysterischen Überlegungen. »Worüber denkst du gerade nach? Dein Gesicht wechselt im Sekundentakt die Farbe. Zumindest soweit ich es aus dieser Position erkennen kann.«

In Ordnung. Das reichte. Ich sprang auf und deutete in den Schnee. Makon hatte nach wie vor die Flügel wie eine Höhle um uns gelegt, doch an den Spitzen konnte ich nach draußen sehen. »Der Sturm hat sich gelegt. Wir können los.«

»Es schneit noch immer wie die Hölle. Wir bleiben«, antwortete Ian. »Jetzt sei nicht so zimperlich und komm wieder her. Denk an rosa Enten. Das mach ich auch schon die ganze Zeit.«

Verdutzt sah ich ihn an. »Rosa Enten?«

»Ja, meinst du, diese Stellung ist nur für dich seltsam? In einem Schneesturm mit einer hübschen Frau auf diese Weise zu kuscheln, bringt mich echt an die Grenzen meiner Enthaltsamkeit.«

»Du findest mich hübsch?«

Ian verdrehte die Augen, dann hob er die Hand. »Komm her. Wir stehen das gemeinsam durch.«

Ich war noch nicht gewillt, ihn vom Haken zu lassen. »Ich dachte immer, ich wäre voll das Neutrum für dich. Die nervige Schülerin, der du deinen Drachen anvertrauen musstest.«

»Elaja! Ich dachte, du wärst klüger. Du … na gut. Du nervst manchmal schon, vor allem, wenn du gegen meinen Rat deinen Kälteschutz verscherbelst, aber irgendwie … das bist eben du. Ich hätte es kommen sehen müssen.« Jetzt lächelte er mich sanft an und wurde unvermittelt wieder ernst. »In einem anderen Leben hätte ich meine rechte Hand dafür gegeben, mit dir in diesem Schneesturm zu stranden, nur leider ist das Leben eben ungerecht. Aus uns kann nur eine Vollkatastrophe werden.«

Endlich rührte ich mich. Langsam trat ich wieder näher und ließ mich an meinem alten Platz nieder. Allerdings starrte ich ihn diesmal dabei in Grund und Boden. »Denkst du gerade an rosa Enten?«

»An eine? An einen ganzen Schwarm.« War es Zufall, dass sein Blick auf meine Lippen flatterte? Bestimmt nicht. Mein Herz schlug augenblicklich schneller, und mein Magen zog sich zusammen.

»Ich hatte noch nie einen Freund. Nur zwei eher unbedeutende Kerle, um mich auszuprobieren.« Keine Ahnung, warum ich ausgerechnet *das* zu ihm sagte, doch es platzte einfach so aus mir heraus.

Ian sah entsprechend verdutzt aus. »Das ist sehr bedauerlich für die Männerwelt«, sagte er nach einer längeren Pause.

»Und du?«

»Einen Freund? Ich mag Sean, nur nicht unbedingt auf diese Weise.«

Ich knuffte ihn. »Du warst bestimmt ein Herzensbrecher.«

»War? Das bin ich noch immer.« Er grinste schelmisch. Als er meine ernste Miene bemerkte, verschwand sein süffisanter Ausdruck sofort. »Ich habe engere Bindungen vermieden. Zu viel Aufwand. Zu wenig Zeit. Das werde ich auch weiterhin so halten.«

Jetzt war ich es, die auf seine Lippen blickte. Eigentlich hatte ich nie vorgehabt, mich auf diese Weise Ian anzunähern. Im Leben nicht. Doch nun, wo wir hier so saßen – inmitten eines Schneesturms, umgeben von endloser Weite, eng aneinandergekuschelt –, kam ich definitiv auf dumme Gedanken.

Meine bisherigen Erfahrungen waren jetzt nicht so überragend gewesen. Da hatten die Gefühle gefehlt. Ich hatte es einfach hinter mich bringen und mit jemandem schlafen wollen. Dass mein Erster nicht der Richtige gewesen war, hatte ich schon beim ersten Kuss bemerkt. Da war keine Spannung zwischen uns gewesen. Kein Kribbeln. Keine Chemie. Trotzdem hatte ich es durchgezogen, denn mal ehrlich: Verrückte wurden eher selten geküsst oder gar verführt. Ich hatte mich also glücklich schätzen können, dass er sich überhaupt auf mich eingelassen hatte.

Dass er am nächsten Tag eine Anstellung als Küchenjunge an einem weit entfernten Ort hatte antreten wollen, war dabei ein nicht ganz unwichtiger Aspekt gewesen. So hatte er wenigstens keine Zeit gehabt, Geschichten über seine eine Nacht mit der Verrückten weiterzuerzählen. Mein Plan war so weit auch aufgegangen, allerdings hatte er einen schalen Geschmack hinterlassen.

Auch mein zweites Mal war eher mäßig gewesen. Ich hatte den jungen Mann gemocht. Mehr aber auch nicht. Küsse. Berührungen. Sex. Das sollte eigentlich mehr sein als das, was ich da erlebt hatte.

Dass dem so war, spürte ich jetzt zum ersten Mal. Das zwischen Ian und mir fühlte sich so vollkommen anders an. Von meinem Magen breitete sich ein wildes Kribbeln quer durch meinen gesamten Körper aus, sodass ich instinktiv den Atem anhielt. Ich meinte die Energie zwischen uns knistern zu hören, und vor allem war ich mir sicher, dass es ihm ganz ähnlich ging.

Instinktiv näherte ich mich ihm, stützte mich mit den Händen erst an seiner Brust ab und ließ sie dann hoch zu seinem Hals wandern. Fühlte seinen schneller schlagenden Puls und die Wärme seiner Haut. Auch er hielt die Luft an und blickte mir tief in die Augen, ließ mich einen kurzen Moment seine Gefühle und Gedanken sehen.

Er wollte mich küssen. Mich an sich ziehen. Mich festhalten und spüren. Doch kurz bevor ich mich ihm mit den Lippen nähern konnte, wandte er den Kopf ab und zog mich energisch an sich heran, presste mich an sich und hielt sogar meinen Hinterkopf fest, damit ich nur ja nicht in die Nähe seiner Lippen kam.

»Nicht«, sagte er mit rauer Stimme. »Das macht alles nur noch komplizierter. Wir sind Freunde. Das sollten wir bleiben.«

Ein Schwall eisiges Wasser hätte ungefähr dieselbe Wirkung gehabt. Ich war traurig und durcheinander, sehnsuchtsvoll, und fühlte mich zurückgestoßen. Gleichzeitig verstand ich ihn. Er hatte recht. Ein Kuss würde alles nur noch komplizierter gestalten.

Also nickte ich und vergrub den Kopf in seiner Halsbeuge, akzeptierte die Umarmung und versuchte mir einzureden, dass auch das schön war. Eine Umarmung unter Freunden.

Nur fühlte es sich einfach anders an.

21

Wir waren beide froh, als sich der Sturm gelegt und der Schneefall vorbei war. Endlich konnten wir wieder die nötige Distanz eingehen, ohne gewisse Schwellen zu überschreiten. Ians Zurückweisung war deutlich gewesen und nagte an mir.

Mann. Außerdem war es peinlich.

Er weigerte sich, seine Jacke anzuziehen, und sorgte dafür, dass ich sie mit auf Makons Rücken nahm. Auch das ärgerte mich. Ich wollte nicht als die Prinzessin erscheinen und er als mein heldenhafter Retter. Einem Kerl hätte er seine Jacke garantiert nicht überlassen. Auf der anderen Seite hatte ich sie bitter nötig. Ein Umstand, der mich noch mehr nervte.

»Wir treffen uns mit den anderen am Bergdorf. Es bringt jetzt nichts, sie erst suchen zu müssen. Ich habe Makon gesagt, dass er das deinen Lehrern sagen soll, bin mir aber nicht sicher, wie gut das geklappt hat. Die Übertragung von Drache zu Drache ist mühsam«, rief mir Ian hinauf.

Ich hob einen Daumen und wartete dann, bis er auf Shy gestiegen war. Die Drachendame warf mir einen glühenden Vernichtungsblick zu. Wenn sie gekonnt hätte, wäre sie auf mich losgegangen. Ein Schauer rann über meinen Rücken.

»Ignorier Shy. Sie will Ian ganz für sich haben. Jeden, den er mag, will sie vernichten.«

»Na, das sind ja schöne Aussichten«, antwortete ich Makon lautlos. Dann erst erkannte ich, dass der Drache deutlich gemacht hatte, dass Ian mich mochte.

»Er mag dich sogar sehr«, schob Makon hinterher.

»Lass ihn ja nicht wissen, dass du mit mir über sein Gefühlsleben tratschst«, warnte ich ihn amüsiert. *»Sonst verpasst er dir für immer einen Maulkorb. Das kann ich dir garantieren.«*

Makon schnaubte. *»Ich will nur sicherstellen, dass er sich nicht wieder selbst im Weg steht. Er ist ein lieber Kerl, der das leider gut zu verstecken weiß.«*

Nein, diesbezüglich hatte ich ihn längst durchschaut. Bevor ich das jedoch magisch meinem Drachen kundtun konnte, hatte Ian mir per Handzeichen bedeutet, dass es losging.

Auf in die Luft.

Unser Start war wackelig, aber solide. Shy hingegen startete, als würde es hier keine fiesen Abwinde und plötzlich auftauchende Aufwinde geben. Mittlerweile hatte ich mich so weit erholt, dass ich Makons Aufwärmen vollständig übernommen hatte und mich wieder als seine vollwertige Reiterin fühlte. Zum Glück. Ian hatte mit Shy genug zu tun. Sie zappelte in der Luft herum und drehte tollkühne Rollen um sich selbst. Und das in dieser gefährlichen Umgebung.

»Die bringt sich und Ian noch um«, knurrte Makon, und ich hörte die Sorge um seinen Reiter deutlich heraus.

Ein Blitz erschien aus Ians Hand. Shy schrie auf, zuckte. Ungläubig sah ich dem Schauspiel zu. »Hat er …«, setzte ich an.

»Hat er. Wilde Drachen beißen sich in der Herde gegenseitig, um sich zur Raison zu bringen. Sie erziehen sich ziemlich brutal. Wenn Shy so drauf ist, bleibt Ian nichts anders übrig, um sie daran zu erinnern, wer das Sagen hat.«

Ich schauderte bei dem Gedanken, meinem Drachen Schmerzen zuzufügen, um ihn zur Unterordnung zu zwingen. Auf der anderen Seite konnte Shys Gezappel wirklich tödlich enden.

Und …

Meine Gedanken machten eine Vollbremsung, als ich etwas spürte. Ein kurzes Aufflackern von Magie, ein ganzes Stück unter uns. Und ein weiteres seitlich oberhalb.

»Makon«, sagte ich alarmiert. »Siehst du was?«

Der Drache musterte die Umgebung. *»Ian hat es auch bemerkt. Wir sollen schneller fliegen.«*

Ich gab Makon mein Einverständnis, und gleich darauf sausten wir so schnell wie noch nie zwischen spitzen Felsen hindurch. Shy setzte sich dicht hinter uns. Ich meinte ihren Atem unangenehm in meinem Nacken prickeln zu spüren. Mittlerweile war sie allerdings meine kleinste Sorge, denn wir hatten acht Schatten ausgemacht. Fünf unter uns, drei über uns.

»Eventuell eine Reiterei, die nach uns sucht?«, überlegte ich.

»Wenn sie welche von uns wären, hätten sie sich längst bemerkbar gemacht. Nein. Die suchen gerade nach Schwachstellen, bevor sie angreifen.«

Na super. Dann hatten sie mich bestimmt schon längst als ihr primäres Ziel ausge–

Die Hölle brach los. Von einer Sekunde zur anderen ließen sich die Drachen über uns fallen und die unter uns katapultierten sich mit wenigen Flügelschlägen beinahe auf unsere Höhe. Einer drehte sich im Flug, bereit, Makon am Bauch zu packen.

Wir entkamen durch eine Seitwärtsrolle und kollidierten dadurch beinahe mit einem auf uns niederstoßenden Drachen. Er war rot. Dunkelrot. Mit hellbraunen Flecken. Ganz ähnlich wie Shy.

Länger konnte ich den Drachen nicht erkennen, denn wir entkamen ihm eher zufällig. Gerade wollte ich aufatmen, als mich ein völlig verzweifelter, entsetzter Schrei erreichte. *»Runter, Makon. Tauch ab! Sie wollen sie, tauch endlich ab!«*

Makon schien verdutzt zu sein, genauso wie ich. Ian? Seit wann bekam ich mit, wenn sich Herr und Drache unterhielten? Das war mehr als ungewöhnlich, und ich hatte von so etwas noch nie gehört. Makon brauchte dennoch keine halbe Sekunde, um sich zu entscheiden, auf welchen Befehl er nun reagieren sollte. Er folgte aus alter Gewohnheit seinem Herrn, nicht mir. Mit einem triumphierenden Schrei zog er noch im Steigflug die Flügel an, klappte nach unten weg und stürzte wie ein angreifender Bussard nach unten, mitten hinein in das unter uns fliegende Geschwader.

Mit dem Manöver hatten sie definitiv nicht gerechnet. Ich ja auch nicht. Makon fand eine Lücke, schoss hindurch und sorgte auf diese Weise dafür, dass wir jetzt nur noch Angreifer über uns hatten. Die setzten natürlich sofort zur Verfolgung an.

»Pforten. Elaja! Öffne eine verdammte Pforte und flieg hindurch. Das ist eure einzige Überlebenschance! Ihr seid zu steil. Gleich prallt ihr auf.«

Bitte was?! Ich dachte im ersten Moment, mich verhört zu haben, doch Makon machte tatsächlich Anstalten, noch schneller zu fliegen. Aber die Pforten waren verboten! Und das nicht ohne Grund.

»Wenn ich für dich eine Pforte öffne, bringe ich dich damit um«, brüllte ich Makon an.

»Tu es einfach, Elaja!«

Der hatte gut reden. Wie denn?

»Stell dir einfach vor, du öffnest die Tür deines Kleiderschranks und willst darin ein bestimmtes Kleid finden. Das Kleid ist der Hort, die Tür ist die Pforte. Und jetzt mach! Die Berge kommen näher, und unsere Verfolger haben uns gleich erreicht.«

Scheiße. Ich fluchte laut, im Kopf und mit Magie. Dann stellte ich mir einen Kleiderschrank vor. Den Moment, als ich bei meiner Prüfung versehentlich die Pforte geöffnet hatte, spürte meiner Magie nach, wünschte, zauberte …

Und tatsächlich. Wie eine Welle breitete sich plötzlich direkt vor unserer Nase ein kleines schimmerndes Loch aus, das mit einem Schlag gigantisch wurde und uns direkt verschluckte.

Meine Magie umspülte mich wie eine Welle. Es war, als würde ich in mich selbst eintauchen. Als wäre mein innerster Magiekern nach außen verlagert. Es war ein schönes und zugleich beängstigendes Gefühl. Erst wurde alles schwarz, dann bunt mit Punkten. Eisige Kälte ergriff mich, schnappte nach mir. Schemen rechts und links lockten und sangen, um uns vom Weg abzubringen. Der ergoss sich aus einem schimmernden Strom direkt vor mir.

»Da lang«, wollte ich Makon zurufen und spürte erst jetzt, dass etwas ganz und gar nicht in Ordnung war.

Mein Drache schrie. Lautlos. Er krümmte sich im Flug und konnte sich vor Schmerzen kaum rühren, geschweige denn mit den Schwingen schlagen. Wir kamen fast sofort ins Trudeln. Ich sah den vorgegebenen Weg an uns vorüberkippen und schrie, als ich das bodenlose Nichts bemerkte, auf das wir zustürzten.

In meiner absoluten Not riss ich an der Schwärze. Einmal. Zweimal. Zunächst tat sich nichts, aber dann erkannte ich einen Spalt, den ich so weit öffnete, dass Makons schlaffer Körper mit mir drauf einfach hindurchfallen konnte.

Abrupt wurde es wieder hell. Ich konnte atmen und spürte Sonnenschein auf der Nase. Es war heiß. Tropisch warm. Hastig versuchte ich zu erkennen, wo wir uns befanden.

Noch am Himmel. Das war die gute Nachricht. Unter uns befanden sich Wälder. Grüne Wipfel, dicht an dicht. Direkt daneben eine Lichtung mit wogendem Gras und bunten Blumen. Wir stürzten darauf zu. Unaufhaltsam.

Denn Makon war ohnmächtig.

Momentan waren wir hoch genug. Wir würden noch ein paar Sekunden fallen. Vielleicht sogar Minuten. Ich bezweifelte jedoch, dass ich Makon bis dahin wieder wach bekam.

»Makon«, brüllte ich verzweifelt und schoss einen kleinen Magieblitz in ihn hinein, versuchte ihn zu wecken. Nichts. Der Wind zerrte an meiner Kleidung, an den Sicherheitsriemen. Wir stürzten und stürzten in unseren sicheren Tod.

»Spring ab, Elaja!«

Das war Ian, erneut in meinen Gedanken. So klar zu hören, als stünde er direkt neben mir. Ich drehte meinen Kopf und sah Shy aus einem schwarzen Kreis am Himmel herausschießen. Ians Pforte. Dicht hinter uns. Wie hatte er uns bloß gefunden?

Erst dann begriff ich seine Worte. Springen? Aber …

Der Boden kam näher. Wir würden zerschellen. Makon und ich. Ein Sprung würde nichts daran ändern. Oder?

Was immer Ian plante, es war zumindest eine Idee. Hoffentlich beinhaltete die, dass sie sowohl Drache als auch mich rettete.

Hektisch band ich meine Schnüre los. Als das nicht schnell genug ging, zerschnitt ich sie mit meinem Messer – und sprang. Ich nahm so viel Schwung wie ich konnte, um von Makons fallendem Körper wegzukommen. Der Wind packte mich sofort und riss mich von ihm weg, zur Seite. Dann erfasste mich die Schwerkraft und ich stürzte Makon hinterher.

Zu einem Schrei kam ich allerdings nicht mehr, denn ein Schatten sauste heran, nach dem ich instinktiv griff. Ein Körper. Riesig. Mit Schuppen. Er tauchte seitlich unter mir durch, dann sah ich eine Hand von jemandem, der nach mir griff.

Ian.

Ich packte zu und spürte, wie ich ruckartig aus der Luft nach unten gepflückt wurde. Der Aufprall war mörderisch, vor allem, weil ich gleichzeitig nach vorn geschleudert wurde. Mein Magen wusste längst nicht mehr, wo unten und wo oben war, genau wie mein Gehirn.

»Halt dich fest, ich muss Makon retten«, brüllte mich Ian an.

Eine noch funktionierende Gehirnzelle registrierte das Kriegszaumzeug, das über Shys Körper spannte. Instinktiv griff ich zu, hielt mich fest. Trotzdem war der Wind bedenkenswert heftig. Er tat alles, um mich von Shy runterzuzerren, zumal das Weibchen zu bocken begann.

Ich lag direkt hinter Ian, sein breiter Rücken ragte vor mir in die Höhe. Anscheinend hatte er mich im Flug erwischt und quasi hinter sich auf Shys Rücken geschleudert. Ein beeindruckendes Manöver.

Zu weiteren bewundernden Gedanken kam ich nicht, denn Shy ging in den Sturzflug über und sorgte dafür, dass ich heftig gegen Ian prallte. Ich hörte ihn fluchen und sah den Boden wieder beängstigend schnell auf uns zukommen. Da! Endlich erhaschte ich einen Blick auf Makon. Nein, nein, nein! Der Drache war noch immer nicht wach und kurz vorm Aufprall.

Der Boden. Er kam immer näher.

In der Sekunde hob Ian die Hand und erschuf direkt unter seinem Drachen eine Pforte, die sich diesmal laut hörbar mit einem

Knall öffnete. Makon stürzte hinein und wurde direkt verschluckt. Shy machte Anstalten, hinterherzufliegen.

Scheiße. Wenn wir Ians Pforte passierten, grillte mich seine Magie!

Ian schien zum gleichen Schluss gekommen zu sein, denn er ließ Shy ganz knapp davor abdrehen. Gleichzeitig knallte es diesmal oberhalb von mir und …

Ein weiterhin ohnmächtiger Makon fiel erneut aus großer Höhe Richtung Boden. Erst jetzt begriff ich Ians Handeln.

»Ich muss ihn irgendwie wecken«, rief mir Ian zu, während wir Makons Sturz fassungslos mitansahen. Erneut öffnete Ian die Pforte, erneut wurde Makon verschluckt und diesmal noch weiter oberhalb ausgespuckt. »Das können wir ja nicht ewig so machen.«

Äh. Nein. Da wurde mir ja schon vom Hinsehen schlecht. Zumal das Manöver garantiert kräftemäßig herausfordernd war.

»Sprich ihn an, Elaja. Piesack ihn. Ich kümmere mich um die Pforten und bete, dass uns niemand entdeckt.«

Rasch schaltete ich mich in Makons Gehirn. *»Aufwachen! Makon! Komm zu Bewusstsein! Mach die Augen auf!«*

Als das nichts half, wartete ich, bis er erneut direkt neben uns herfiel, und jagte ihm einen Lichtblitz ins Gesicht. Das sorgte zumindest dafür, dass er zuckte und die Nase rümpfte.

»Sehr gut, noch mal!«, brüllte Ian, woraufhin ich das Manöver wiederholte. Und siehe da, Makon blinzelte zumindest, wurde dann aber wieder von der Pforte verschluckt.

Sobald Makon erneut sichtbar wurde, drehte sich Ian zu mir um. »Ich wechsel jetzt zu ihm und helfe ihm bei der Landung. Kommst du klar?«

»Bist du irre?«

»Zeig Shy, wer das Sagen hat, und lande direkt neben uns in dem Dickicht da.« Er zeigte grob unter sich, dann begann er sich bereits abzuschnüren.

»Ian, Shy wird mich umbringen«, protestierte ich.

»Und du hast fast Makon umgebracht. Ich meinte eine stinknormale Pforte. Keine Weltenpforte! Also zick nicht rum und gehorch mir gefälligst.«

Das hatte gesessen. Sofort hielt ich die Klappe, als ich in Ians zornfunkelnde Augen blickte. Er drückte mir die Führungsleine in die Hand und stand trotz des heftigen Windes auf. Vermutlich stabilisierte er sich auf magische Weise. Sobald der Platz frei war, rutschte ich auf den Reitersitz und begann damit, mich abzusichern. So schnell hatte ich mich noch niemals verschnürt.

Ian hingegen war voll auf Makons fallenden Körper konzentriert. Sobald er auf der richtigen Höhe war, lief er los, nahm Schwung – und sprang. Er hätte Makon dennoch verfehlt, wenn ich ihm nicht einen magischen Schubs verpasst hätte. Dadurch krachte er etwas heftiger auf, erreichte aber immerhin sein Ziel.

Mit angehaltenem Atem sah ich zu, wie die beiden in die Tiefe stürzten. Makon hatte mittlerweile beide Augen geöffnet und verlangsamte seinen Sturz, doch von Fliegen war er weit entfernt. Hoffentlich …

»Aaaaah!« Shy machte eine Vorwärtsrolle. So abrupt, so ohne Vorankündigung, dass ich damit echt nicht gerechnet hatte. Ich wurde hart in die Seile geworfen und hielt mich an allem fest, was ich ergattern konnte. Parallel krümmte sich der Drache, als wollte er …

Verdammte Scheiße! Die versuchte mich zu erreichen, um zuzubeißen. Ich verpasste ihr den härtesten magischen Schlag, den ich zustande brachte. »Mistvieh«, brüllte ich zornentbrannt, woraufhin sie sich zur Seite drehte und mindestens zwanzig Rollen hinlegte. Bei der achtzehnten hatte ich aufgehört zu zählen.

Ich schickte eine Salve unter einen ihrer Flügel, der sie an der nächsten Rolle hinderte, woraufhin sie vor Verärgerung keifte und bockte. Diesmal war ich auf alles vorbereitet – nur nicht darauf, dass sie Makon in der Luft zu rammen versuchte.

Sie verpasste ihn nur knapp und brüllte wütend hinterher, setzte nach. In der gleichen Sekunde breitete Makon endlich seine Flügel aus. Er flog, wenn auch wackelig und ungelenk. Ich hingegen war mir sicher, dass Shy ihn aus purer Boshaftigkeit vom Himmel holen würde. Entschlossen legte ich meine Hände auf die empfindliche Stelle am Rückenpanzer und knurrte: »Wenn du das tust, grille ich dich. Und glaub nicht, dass ich das nicht wahr mache.«

Shy zögerte genau die Sekunde, die Makon brauchte, um wenig elegant durch die Baumwipfel zu krachen und zu landen. Ich hörte den Aufschlag als dumpfes Geräusch sogar über das Brausen des Windes hinweg. Shy reagierte einen Bruchteil zu spät. Bevor sie ihren Flug verlangsamen konnte, hatten auch wir den Wald erreicht. Äste schlugen mir ins Gesicht. Ein Stamm hätte mich beinahe gepfählt, und Blätter behinderten meine Sicht wie zuvor die Schneeflocken.

Dann schlugen auch wir auf. Meine Zähne krachten so heftig aufeinander, dass mir das Gebiss wehtat, gleich darauf ruckte ich nach vorn und schlug mir die Nase blutig. Aber immerhin. Wir waren unten.

Shy war vom Aufschlag ebenfalls benommen. Sie taumelte und ließ sich zur Seite fallen. Das nutzte ich, um mich hastig aus den Verschnürungen zu lösen und mich von ihr fallen zu lassen. Schon rannte ich los, weg von dem Biest, das garantiert jeden Moment hinter mir nachsetzen würde, um mich zu verschlingen.

Dass das ausblieb, lag vermutlich nur an Ians Auftauchen. Ich stolperte regelrecht in ihn rein und riss ihn herum. Er fing sich zum Glück, im Gegensatz zu mir. Ich landete auf der Erde und überlebte dadurch. Shy schnappte nämlich nach mir und musste nur damit aufhören, um ihren Herrn nicht zu erwischen.

»Shy«, sagte Ian schneidend. »Hör auf damit.«

Ich krabbelte auf den Knien zunächst ein Stück weiter, ehe ich mich schwer atmend umdrehte. Dadurch sah ich noch, wie sich Shy drohend über Ian aufrichtete. Der hingegen hatte die Hände in die Luft erhoben. Sie leuchteten magisch, bereit, sich zu verteidigen. Ich sah den irren Glanz in Shys Augen und Ians angespannten Körper. Für zwei Atemzüge lang war ich mir sicher, dass sie angreifen würde, doch dann entschied sie sich dagegen, zischelte mich noch einmal böse an und trat einen Schritt zurück. Augenblicklich entspannten wir uns alle.

»Scheiße«, brachte ich schwach hervor und kam dann auf die Beine. »Wo ist Makon?«, rief ich, während ich bereits losrannte, meinem magischen Instinkt folgend.

Ich fand meinen Drachen keine zehn Meter von uns entfernt. Er sah zerschrammt, blutig und geschockt aus, aber wenigstens atmete er. Unverzüglich fiel ich ihm ums Maul und drückte mich fest an seine endlich wieder warmen Schuppen.

»Es tut mir so, so, soooo sehr leid«, stammelte ich. »Ich schwöre dir, ich bringe dich nie wieder durch eine meiner Pforten. Entschuldige. Das war … Scheiße! Entschuldige!«

»Beruhige dich, Elaja. Du hattest keine Wahl. Es geht mir gut.«

Er stupste mich an, woraufhin mir die Beine wegklappten. Ich ließ mich an Ort und Stelle auf den Boden sinken, zu müde, um mich noch weiter aufzuregen.

In der Sekunde erreichte uns der ebenfalls atemlose Ian. »Hast du sehen können, wie groß die Schneise ist, die wir geschlagen haben?«

Ich starrte ihn verdutzt an. »Ich war mit abstürzen und einem mich töten wollenden Drachen beschäftigt«, antwortete ich trocken. »Also nein.«

Ian fluchte leise und blickte besorgt nach oben ins Blätterdach. Von hier aus konnte ich gut den blauen Himmel erkennen, samt abgeknickten Bäumen. Noch immer segelten Blätter und Äste zu uns runter.

»Ich würde behaupten, dass wir einen regelrechten Krater geschlagen haben. Von oben garantiert gut zu sehen.« Mühsam rappelte ich mich auf, sah mich um. »Wo zur Hölle sind wir hier?«

»Sag du es mir. Du hast die Pforte hierher geöffnet. Ich bin lediglich Makons magischer Spur gefolgt und hatte keine Zeit, um Karten zu studieren.« Ian klang gereizter, als ich ihn je erlebt hatte.

Kritisch beäugte ich ihn und stellte erschrocken fest, dass er kurz vor einer Panik stand. »Ian? Was glaubst du denn, wo wir sind?«

»Nicht mehr in unserer Welt. Das steht fest. Die Lichtung. Der Wald. Die Lichtverhältnisse. Ich glaube …« Er unterbrach sich mitten im Satz und wurde gleichzeitig weiß wie die Wand. Es war unheimlich zu sehen, vor allem, weil sich sein Blick komplett in sich kehrte. Makon verharrte ebenfalls, wurde ganz still.

Ich sah mich hektisch um, doch da war nichts. Weder im Wald noch über uns. »Was?«, fragte ich mit leicht kieksender Stimme.

Keine Antwort. Ian stand weiterhin genauso reglos wie zuvor und wirkte wie entrückt. »Ich spüre sie nicht mehr«, sagte er tonlos.

Ich starrte ihn verständnislos an. »Wen spürst du nicht?« Hilflos drehte ich mich zu Makon um, der sich hoch aufgerichtet hatte. Als würde er sich auf einen Angriff vorbereiten.

»Es gibt bestimmt eine Erklärung dafür, Ian. Dreh jetzt nicht durch«, hörte ich ihn in meinem Kopf. Da er Ian dabei ansah, waren die Worte vermutlich nicht für mich bestimmt gewesen. Er hatte sie eher versehentlich an uns beide gesendet. Offenbar geschah etwas zwischen uns. Ian, Makon und ich waren magisch noch enger zusammengerückt. Mittlerweile konnte ich nicht nur Ians Worte in meinem Kopf vernehmen, sondern auch Gespräche zwischen Makon und ihm. Das war … unheimlich.

Ian erzitterte sichtbar, und zu meinem Entsetzen erkannte ich Tränen in seinen weit aufgerissenen Augen. Sein Brustkorb hob und senkte sich immer schneller, und ich sah Schweiß auf seiner Stirn. »Sie sind tot.« Seine Worte waren kaum zu vernehmen. Ich las sie ihm eher von den Lippen ab.

»Wer ist tot?«, hakte ich nach. »Ian? Was ist hier los?«

Weil er weiterhin nicht auf mich reagierte, trat ich schließlich zu ihm, versuchte so seine Aufmerksamkeit auf mich zu lenken. Vergebens. Er blickte geradewegs durch mich hindurch.

Eine Träne verließ sein rechtes Auge, rollte langsam seine Wange hinunter. Als ich das sah, wusste ich, dass wir ein ernstes Problem hatten. Das blutleere Gesicht. Der entrückte Ausdruck. Die pure Trauer in den Augen. Entschlossen trat ich dicht an ihn und nahm seinen Kopf zwischen meine Hände, zwang ihn vehement, mich anzusehen.

»Ian«, sagte ich eindringlich zu ihm. »Egal was du gerade fühlst und spürst, wir müssen hier weg!«

Als Antwort schloss Ian einfach die Augen, noch immer seltsam starr. Als hätte er soeben die schlimmste Nachricht seines Lebens erhalten. Als würde seine Welt einstürzen und er mit ihr.

»Ian«, sagte ich erneut seinen Namen. »Sieh mich an. Atme tief durch. Wir sind hier in einer fremden Welt. Gestrandet auf einer

Lichtung und …« Ich unterbrach mich, als ich ein Geräusch vernahm. Ich meinte ein leises Flappflapp in weiter Ferne zu hören. »Drachen«, flüsterte ich. »Sie haben uns bemerkt. Ian! Zum Durchdrehen haben wir jetzt keine Zeit.«

Endlich öffnete Ian die Augen wieder. Ein sichtbarer Ruck ging durch seinen gesamten Körper. Ehrlich gesagt, fand ich den noch unheimlicher als sein Erbleichen kurz zuvor. In seinen Blick mischte sich eine Härte, die mich erschreckte. Kälte. Wut.

Er atmete, wie von mir empfohlen, tief durch und straffte sich. Wappnete sich für das Kommende. »Unser Absturz ist nicht unbemerkt geblieben«, stellte er dann nüchtern fest. Seine Stimme vibrierte nur ganz leicht. Kaum wahrnehmbar. Trotzdem verließ noch eine einzelne Träne sein Auge. Diesmal das linke.

»Ja«, bestätigte ich zögernd und ließ ihn los. Trat einen Schritt zurück, um ihn eingehend zu mustern. Er wirkte auf den ersten Blick beinahe normal, doch da ging etwas von ihm aus, das mir ganz und gar nicht gefiel.

Er schottete sich von mir ab. Mit jeder Sekunde, die verrann. Mit jedem Blick, jeder Bewegung seines Körpers. Er entfernte sich, obwohl er direkt neben mir stand. Was zur Hölle war hier los?

Um meinem Blick auszuweichen, hatte er den Kopf in den Nacken gelegt, musterte die gigantischen Löcher, die zwei Drachen ins Geäst geschlagen hatten.

»Kannst du fliegen?«, fragte er Makon.

Der Drachenbulle antwortete mit einem leisen Grollen. »*Ich bin wackelig, aber so weit ganz in Ordnung. Meine Flügel haben nichts abbekommen. Mir ist noch etwas übel, und kräftemäßig bin ich nicht wirklich auf der Höhe. Für einen kurzen Flug sollte es reichen.*«

Die beiden wechselten einen Blick, der mir keineswegs entging. Als müssten sie sich gegenseitig Halt geben.

»Du wirst den Blitzstart deines Lebens hinlegen müssen. Sobald wir aus den Bäumen raus sind, müssen wir durch die Pforten gehen. Am besten, bevor die fremden Drachen da sind«, sagte Ian zu ihm.

»Äh … Ian? Hast du da nicht was vergessen?«, mischte ich mich zaghaft ein. Ich war ja noch Neuling auf dem Gebiet, aber die letzte

Aktion war mir eine Lehre. »Ich kann für Makon keine Pforte öffnen, und leider kann ich auch nicht durch deine fliegen.«

Ian sah mich schweigend an. So lang, bis ich begriff.

»Wir haben nur diese Möglichkeit. Ich nehme dich mit auf Makons Rücken, und du hilfst mir, beide Drachen in die Höhe zu katapultieren. Dann öffne ich für beide die Pforte und wir fliegen durch. Es wird dir höllisch wehtun, doch wir sind alternativlos.«

»Alternativlos? Wie kommst du darauf? Eventuell sind die Drachen, die auf uns zukommen, viel friedlicher, als du denkst«, protestierte ich schwach.

»Sie kommen, um uns zu töten. Wenn sie uns erwischen, sind wir geliefert. Mein Plan ist die einzige Möglichkeit, die wir haben.«

Ich überlegte etwa drei Sekunden und kam zu dem Schluss, dass er recht hatte. Mist, Mist, Mist. Seine Weltenpforte konnte mich wirklich umbringen.

Ian saß bereits auf Makons Rücken und flickte mit deutlich zitternden Fingern die Riemen zusammen. Ich hatte einige durchgeschnitten, andere waren hoffnungslos verknotet. Eher zögernd saß ich hinter ihm auf. Mein schlechtes Gefühl rebellierte in meinem Magen und sorgte dafür, dass ich mittlerweile selbst kurz vor einer Panik stand.

Ian hingegen hatte komplett in den Krisenmodus geschaltet. Er reichte mir ein Knäuel. »Sicher dich so gut es geht und halt dich zusätzlich an mir fest. Du …« Er stockte, überlegte. »Du solltest dich besser vor mich setzen. Sobald du ohnmächtig wirst, kann ich dich zumindest festhalten.«

Sobald. Nicht falls. Na prima.

Also setzte ich mich ungewöhnlicherweise vor ihn. Jetzt konnte er die weiche Schuppe nicht mehr erreichen und Makon nur unzureichend Zeichen geben. Das würde ich dann wohl übernehmen müssen – so lang, wie ich dazu in der Lage war.

Shy grollte neben uns.

»Schafft sie es denn allein durch die Pfortenwelt?«, fragte ich nervös.

»Sie muss und sie wird. Wir reiten sie jedenfalls nicht. Ich mag mein Leben.« Er klang bitter – und wütend.

»Bereit für unseren Blitzstart?«, fragte ich.

»Bereit.«

»Veto. Die Reiterei hat uns gleich erreicht. Wir sollten kurz abwarten, was geschieht. Hoffen wir, dass sie uns übersehen. Ich höre sie seitlich über uns.«

Ich hielt instinktiv die Luft an und blickte nach oben. Da war nichts zu sehen, nur hieß das nicht viel. Die Formation hielt sich vermutlich seitlich zu dem Loch auf, das wir geschlagen hatten.

Ian spannte sich neben mir an und löste seine Hände um meine Hüften, ließ sie erglühen. »Sobald sie über uns auftauchen, versuche ich sie in der nächsten Pforte zu versenken. Wenn sie aber ihren Pfortenwächter dabeihaben, sieht es übel aus.«

Nervös blickten wir über uns in den Himmel und warteten. Und warteten. Ich meinte einen Schatten zu sehen, doch der war schnell wieder verschwunden. Das Rauschen wurde leiser.

»Sie haben uns passiert«, flüsterte ich.

»Geben wir ihnen noch einen Moment. Vielleicht sind sie nur durch Zufall hier und fliegen weiter geradeaus.«

Wir lauschten. Gerade wollte ich mich entspannen, dann hörte ich es. Das leiser werdende Flügelschlagen wurde wieder lauter. »Mist. Sie müssen umgedreht haben.«

»Schätze, sie haben uns bemerkt«, mischte sich Makon ein.

»Dann sollten wir nicht warten, bis sie über uns sind. Auf drei! Eins, zwei, drei!«

Ians magischer Schlag unter Makons Flügel war heftig. Ich bemühte mich, ihn zu unterstützen, sodass er das gleiche Manöver bei Shy machen konnte. Die hatte immerhin keine zwei Reiter auf sich sitzen.

Tatsächlich brachte ich Makon durch das Gestrüpp nach oben, ohne dass er ein einziges Mal mit den Flügeln schlagen musste. Wie ein Pfeil schoss er heraus und brüllte erschrocken, als wir beinahe mit einem ahnungslos vor sich hin gleitenden Drachen kollidierten. Zum Glück reagierte das Tier schnell genug und wich uns aus.

»Los, Makon! Schneller! Sonst schaffen wir es nicht durch die Pforte«, brüllte ich ihm zu und gab das entsprechende Zeichen.

Mein Drache ging daraufhin vom Steigflug in die normale Flugposition und bemühte sich, Geschwindigkeit aufzunehmen.

Erst jetzt registrierte ich, dass wir regelrecht umzingelt waren. Die Reiterei musste sich über dem Waldgebiet aufgeteilt haben, um es systematisch abzusuchen. Jetzt drehten alle zu uns um, versuchten uns festzunageln.

Blau. Sie waren blau.

Endlich sah ich auch Shy aus den Baumwipfeln hervorschießen. Sie war wesentlich schneller und ließ es sich nicht nehmen, nach Makon zu schnappen.

In der gleichen Sekunde öffnete Ian eine Pforte direkt vor Makons Nase.

»Stirb mir bitte nicht«, hörte ich Ian mir zuflüstern, dann hatte uns die Pforte verschluckt – und der Schmerz explodierte in meinem Körper. So schnell. So heftig, dass ich unverzüglich das Bewusstsein verlor.

22

Elaja, hörst du mich? Verdammt! Atme! Komm schon!«

»Lass sie sterben, Ian. Es ist besser so.«

»Nein!« Das eine Wort hallte tief in meinem Brustkorb wider. Wie ein Echo. Es schmerzte, so wie eigentlich alles an meinem Körper. »Nicht sie auch noch.«

»Sie war ohnehin nicht zu retten. Lass sie gehen. Bitte.«

»Nein, nicht so. Nicht auf diese Weise.«

»Sie ist eine Gefahr – und das weißt du. Hör auf. Hör auf! Sie muss so oder so sterben. Es gibt kein Zurück mehr. Nicht nach heute. Sie sind tot, Ian. Wegen ihr!«

»Nein! So kann das nicht enden. Nein!«

Ich spürte einen Druck, so heftig, dass der Schmerz universell war. Einmal. Noch mal. Ein weiterer Schmerz. Reißend. Ziehend. Drückend. Alles in einem. Mir war kalt und heiß zugleich. Ich spürte Ians Hände auf meinem Brustkorb. Er lehnte sich auf mich. Noch mal. Erneut. Mein Herz reagierte unwillkürlich darauf. Es schlug ihm entgegen.

»Sie atmet wieder«, hörte ich Makon prompt in meinen Gedanken. Er wirkte überrascht – und merkwürdig beunruhigt. Beinahe enttäuscht. *»Hör auf zu pressen, du brichst ihr sonst den Brustkorb.«*

Zwei Stimmen. Eine in meinem Kopf, die andere von außen. Ians schweres Atmen in meinem Ohr, das Seufzen von Makon in meinem Kopf.

»Wenn sie lebt, müssen wir das Ei so schnell wie möglich aus dem Weg schaffen«, sagte der Drache. So wie er klang, wusste er noch immer nicht, dass ich mithörte. Er sprach mit Ian. Nicht mit mir.

»Sie lebt. Das ist fürs Erste das Wichtigste.«

»Nein. Das ist mittlerweile ein ernstes Problem. Manila wird in drei Tagen schlüpfen. Ich spüre es. Sobald das geschehen ist, wird Elaja unkontrollierbar. Sie wird uns angreifen, Ian. Du weißt das – und ich weiß es. Also lass es jetzt und hier enden.«

Das aus dem Mund meines Drachen zu hören tat schrecklich weh. Ein Stich in mein Herz. So tief, dass sich die Wunde vermutlich niemals wieder schließen würde. Dass er mich für eine feindliche Pfortenwächterin hielt, hatte er mich nie spüren lassen. Nie. Im Gegenteil. Ich war mir sicher gewesen, dass wir uns nahestanden.

Oder träumte ich das alles nur?

Ich fühlte mich seltsam entrückt. Wie zwischen zwei Visionen. Oder zwei Welten.

Welten. Lichtung.

Abrupt öffnete ich die Lider und blickte direkt in Ians aufgerissene Augen. Luft! Ich brauchte Luft! Verzweifelt riss ich den Mund auf, wollte schreien, atmen, aber da saß gefühlt ein ganzer Drache auf meinem Brustkorb. Meine Magie rebellierte. Kniff. Biss. Keifte.

In der gleichen Sekunde riss mich Ian in eine sitzende Position und hieb mir kräftig auf den Rücken. Ein Schlag, der meinen Körper dazu veranlasste, den so immens wichtigen Atemzug zu tun. Zischend füllte sich meine Lunge mit Sauerstoff, während ich bunte Sterne vor meinen Augen tanzen sah.

»Scheiße«, hörte ich Ian neben mir murmeln und spürte gleichzeitig, wie er mich in seine Arme schloss. Mich an sich zog. »Ich hab echt gedacht, dass ich dich jetzt auch verloren habe.«

Seine Stimme brach beim letzten Wort, woraufhin er mich nur noch fester an sich zog.

Ich genoss einen kurzen Moment seine Wärme und den Halt, den er mir gab, obwohl er selbst zitterte wie Espenlaub. Verzweifelt bemühte ich mich, die Welt geradezurücken. Ich musste mich konzentrieren. Begreifen. Verstehen. Die Lichtung. Ians Entsetzen.

Unser Entkommen durch die Pfortenwelt. Seine Magie, die offenbar einen Herzstillstand bei mir verursacht hatte.

Ians Tränen.

Er weinte auch jetzt, während er mich fest an sich drückte. Ich hatte es nur einen kurzen Moment sehen können, spürte aber die Nässe an meiner Stirn. Er weinte. Lautlos. Was es nur noch unheimlicher machte.

»Ian«, brachte ich schließlich schwach hervor. »Was ist denn nur los?«

»Reiß dich zusammen. Sie wird schon misstrauisch«, hörte ich Makons unfreundliche Stimme in meinem Kopf.

Mein Magen verkrampfte, als ich das hörte. Ian reagierte ganz ähnlich, indem er sich versteifte. Ich hingegen schaffte es irgendwie, mich aufzurichten und mich umzusehen.

Ich lag quer über Ians Knie, und er hielt meinen Oberkörper aufrecht, stützte mich. Eine Landebahn. Wir saßen mitten drauf. Nebel umwaberte uns, und es war stockdunkel. Ich meinte im Hintergrund einen Berg zu erkennen. Riata. Ja, eindeutig. Ian hatte mich zum Haupthort gebracht und war unbemerkt vom Rest der Drachengemeinschaft gelandet.

Ians Bewegung unterbrach meine Überlegung. Er wollte mich von sich schieben, sich von mir lösen. Ich hielt dagegen und drehte mich stattdessen in seinem Griff, sodass ich ihm endlich ins Gesicht blicken konnte. Er sah verweint und tief geschockt aus.

»Rede mit mir«, sagte ich in die Stille zwischen uns, und etwas zerbrach in ihm. Ich sah es genau. Der Schutzwall, den Makon mit seinen harschen Worten hervorgezaubert hatte, bröckelte. Ian wollte mit mir reden. Mir verraten, was dort auf der Lichtung geschehen war. Was ihn derart aus der Fassung gebracht hatte, doch Makon grätschte dazwischen.

»Du musst sie ausschalten. Jetzt. Wenn du sie schützen willst, gibt es keinen anderen Weg.«

Ian und ich starrten uns an, und zum ersten Mal bekam ich es mit der Angst zu tun. Mit einer so unbändigen Panik, dass ich sie kaum niederringen konnte. Ich sah die Zerrissenheit in Ians Blick.

Sah, wie er mit sich rang, wie er kämpfte und sich aus einer Falle zu befreien versuchte, die ich nicht verstand.

Bevor er sich für die eine oder andere Seite entscheiden konnte, zog ich ihn an mich, legte meine Arme um seinen Hals und hielt ihn so fest, wie ich es in meinem Zustand schaffte. Er erwiderte meine Umarmung genauso verzweifelt, schöpfte Kraft aus dem Halt, den wir uns gegenseitig gaben.

»Ich weiß nicht, wer gestorben ist, aber ich sehe deinen Schmerz«, flüsterte ich ihm in sein Ohr. »Ich spüre den Druck, der auf dir lastet. Lass nicht zu, dass Makon ihn noch erhöht. Gib ihm jetzt nicht nach. Gib nicht auf. Wir finden eine Lösung.«

Ians Nicken war kaum merklich, vor allem, weil mich das Gefühl seiner Wangen auf meiner Haut ablenkte. Seine Hände lagen mittlerweile an meinem Hinterkopf, er strich mir über die Haare. Sanft und zärtlich.

»Ich pass auf dich auf und du auf mich. Du erinnerst dich?«, setzte ich noch hinzu, und diesmal fiel sein Nicken deutlich stärker aus. Er straffte sich. Gleichzeitig drückte er mich vehement nach hinten, löste sich aus meinen Armen.

Sein Blick ging mir durch und durch. Verletzlichkeit mischte sich mit Stahl. Trauer mit Entschlossenheit. Verzweiflung mit Härte.

»Ich gebe nicht auf«, sagte er zu mir. »Und dich auch nicht. Aber es wird hässlich, fürchte ich.« Er griff meine Hand, hielt sie einen Moment fest. Mit der freien strich er mir über die Wange, verharrte an meinen Lippen, fuhr fast unmerklich darüber und beendete seine Erkundung schließlich an meiner Schläfe. »Wenn du aufwachst, wird nichts mehr so sein wie zuvor. Füg dich in dein Schicksal. Vielleicht überleben wir dann beide.«

Ein scharfer Schmerz sauste durch meinen Kopf. Ich sah Ian kurz doppelt, danach Makon. Als die Welt um mich herum kippte, bemerkte ich Shy im Hintergrund. Auch sie war auf Riata gelandet.

Ihre Augen waren weit aufgerissen, als sie mich anstarrte. Ihr Blick war der letzte, den ich registrierte, ehe ich in Ians Armen zusammensackte.

So voller Hass. Und Angst.

»Tief einatmen, Elaja. Noch tiefer. Viel tiefer.«

»Was ist das für ein Zeug, das du ihr da unter die Nase hältst?«

»Stinkwurz.«

»Klingt nicht danach, als wäre das mit der Heilerin abgesprochen.«

Ein leises Lachen folgte. »Nein. Die hat mir mit dem Tod gedroht, sollte ich Elaja gewaltsam wecken, nur langsam rinnt uns die Zeit davon.«

»Es wird weitere Eier geben, die sie ersteigern kann.«

»Aber nie wieder so ein günstiges! Also, Elaja. Atme noch mal ein.«

Endlich erkannte ich die Stimme meiner Freundin Neth, die beharrlich zu mir sprach und mir definitiv etwas unter die Nase hielt, das … äh! Widerlich!

Ich öffnete die Augen, keuchte und setzte mich abrupt auf, hustend und prustend. Ein Brechreiz schüttelte mich so heftig, dass ich meinte zu ersticken. Verzweifelt versuchte ich den Geschmack und den Geruch in meiner Nase loszuwerden, indem ich würgte, nur kam da nichts. Nichts, außer ein bisschen Spucke.

»Neth! Du solltest sie wecken und nicht umbringen!«

Jetzt blickte ich in Seans besorgte Augen. Er stand seitlich von mir, hatte mich gepackt und klopfte mir liebevoll auf den Rücken. »Ruhig, Elaja. Alles ist gut.«

Neth verstaute derweil ihr Teufelszeug in der Hosentasche und hielt mir stattdessen ein Glas Wasser unter die Nase. »Trinken! Essen!« Sie drückte mir ein zermatschtes Brot in die Hand. »Du musst in fünf Minuten auf den Beinen sein.«

»Jetzt gib ihr einen Moment, um wieder klarzukommen«, schimpfte Sean.

»Diesen Moment haben wir nicht. Die Versteigerung hat schon angefangen.«

»Wir sind zuletzt dran. Das Ei will eh niemand haben.«

»Und wenn es sich jemand als Trophäe ins Wohnzimmer stellen will? Dracheneier sind begehrt, selbst wenn da nichts mehr drin wächst.«

Ich blickte verwirrt zu Sean, dann zu Neth und bemühte mich krampfhaft, in die Wirklichkeit zurückzukehren. Hatte ich nicht bis gerade eben mit Ian auf der Landebahn gesessen? Ich erinnerte mich dunkel an einen bewegenden Moment, den ich nicht zu packen bekam. Wie war ich in dieses Bett gelangt? Mir tat alles weh. Vom kleinen Zeh bis zur letzten Haarspitze. »Was ist passiert?«, krächzte ich und nahm einen Schluck Wasser. Besser.

»Du bist mit Ian durch seine Pforte geflogen und fast daran krepiert«, sagte Neth. »Zum Glück konnte er zügig landen und hat dich noch auf der Landebahn wiederbelebt. Die Heiler haben dich dann in eine Art Trancezustand versetzt, damit du zur Ruhe kommst. Da solltest du eigentlich bis übermorgen drin verweilen, leider ging das nicht.«

Heiler? Nein, nein. Das fühlte sich falsch an. Ich kniff die Augen zusammen, bemühte mich verzweifelt, mich zu sammeln. Mir war schrecklich übel, und die Welt drehte sich.

»Ihr habt mich früher geweckt als geplant?«, fragte ich mit zitternder Stimme, und aus irgendeinem Grund wusste ich, dass dieses kleine Detail wichtig war.

Drei Tage. Irgendwas war mit drei Tagen gewesen.

»Ja, Neth macht mir schon die ganze Zeit die Hölle heiß. Sie ist sich auf einmal ganz sicher, dass du unbedingt dieses verflixte Ei kaufen musst.«

Ei. Da war was gewesen. Ei.

Ich kniff die Augen zusammen, versuchte mich zu konzentrieren. Noch ein Schluck Wasser. Vielleicht half das ja.

»Die Versteigerung ist heute?«, brachte ich schließlich hervor.

»Nein. Die Versteigerung ist *jetzt*. Also Beeilung.« Neth zog mir ernsthaft die Decke weg, dirigierte meine Beine zum Bettrand und schob mir Hausschuhe an die Füße. Dass ich lediglich ein weißes Nachthemd trug, ignorierte sie einfach. Stattdessen zog sie mich auf die Beine und hielt mich, als ich schwankte. »Sean, stabilisier sie auf der anderen Seite. Zur Not tragen wir sie.«

»Ich bin mir mittlerweile nicht mehr so sicher, ob ich dich in deinem Wahn unterstützen sollte.«

»Sean!« Die Drohung in Neths Worten war unüberhörbar. »Die nächste Versteigerung ist erst in zwei Jahren. Ich höre mir bestimmt nicht monatelang Elajas Gejammer an. Außerdem hat sie innerhalb von zwei Jahren viel zu viel Zeit, um aus dem Programm geworfen zu werden. Also hilf gefälligst!«

Das machte Sean tatsächlich Beine. Er kam ums Bett herum und hakte mich auf der anderen Seite unter. Ich taumelte mehr oder weniger zwischen den beiden herum und schob mir dabei hektisch das Brot zwischen die Zähne. Die Schmerzen waren zum Glück aushaltbar.

Als ich jedoch einen Schritt getan hatte, blieb ich wieder stehen. Ein Zittern ging durch meinen gesamten Körper. Das hier war so surreal. So absurd. Es gab etwas, das wichtiger war als jedes Ei.

Wichtiger als alles andere.

Leider verschwammen meine Gedanken immer wieder ineinander. Wie Wasserfarben, die sich mischten. Ein Satz, den Neth nebenbei gesagt hatte. Die Pforte. Ich war durch Ians Pforte geflogen. Und nicht durch irgendeine.

Durch eine Weltenpforte.

Unwillkürlich packte ich Seans Arm fester, starrte ihn an. »Wo ist Ian?«, fragte ich.

»Keine Ahnung. Der verhält sich seit eurem kleinen Abenteuer total merkwürdig, ist ständig wie vom Erdboden verschluckt, und wenn er doch mal da ist, dann spricht er kaum ein Wort. Ich mach mir Sorgen um ihn, wobei … so wie du mich anguckst, mach ich mir gerade eher Sorgen um dich. Elaja? Alles in Ordnung?«

Ich blinzelte und versuchte, seine Worte und Bilder übereinzubekommen, die auf mich einprasselten.

»Da waren rote Drachen, die uns angegriffen haben. In den Eisbergen«, sagte ich tonlos.

»Ja, seitdem drehen hier alle durch. Larian geht davon aus, dass der Krieg begonnen hat. Ein feindlicher Pfortenwächter war hier, um das Gebiet zu erkunden. Sie wollten an Ian und Makon ran und haben euch vier in die Zange genommen. Wir dachten schon, dass ihr das nicht überlebt habt.«

Ich richtete meinen Blick in mich, haschte verzweifelt nach meinen verwirrten Erinnerungen. Neth hingegen zupfte an mir herum. »Wir müssen los, sonst verpassen wir die Versteigerung.«

»Jetzt mach mal halblang. Elaja geht es dreckiger als gedacht«, schnappte Sean.

»Rote Drachen«, wiederholte ich. »Und blaue. Die Lichtung. Und Makon …«

»Du redest wirr.« Entschlossen trat Neth vor mich, schüttelte mich an den Schultern. »Komm schon, Elaja. Das ist deine letzte Möglichkeit, an ein Ei zu kommen. Ich würde dich nicht so antreiben, wenn es nicht wichtig wäre. Was immer du erlebt hast, musst du kurz hintanstellen. Erst sollten wir das Ei ersteigern. Einverstanden?«

Ich nickte zögernd und ließ mich weiterführen. Sean hingegen wirkte nicht recht überzeugt, machte aber mit.

»Wir müssen jetzt an den Heilern vorbei. Also sieh möglichst gesund aus und versuch nicht zu kotzen, die Augen zu verdrehen oder zusammenzuklappen«, instruierte mich Neth und schob die Tür auf, um nach rechts und links zu linsen.

Offenbar war die Luft rein, denn gleich darauf zerrten mich die beiden rasant quer durch den Gang, durch einen weiteren Flur, eine Treppe runter und raus auf einen Innenhof. »Wo sind wir überhaupt?«, fragte ich verwirrt.

»Auf Riata. Ein echter Glücksfall, sonst hätten wir dich niemals rechtzeitig hier rübergeschafft. Da drüben in den Bruthöhlen liegt dein Ei.« Neth deutete grob voran und stapfte bereits los. Ich war bemüht, mich nicht allzu sehr hängen zu lassen, aber bei aller Liebe, von gesund war ich weit entfernt. Mein Magen rebellierte, und etwas schrie mir zu, dass ich mich an etwas ganz Entscheidendes erinnern musste.

»Wir müssen Jama Bescheid geben. Er wollte dringend mit Elaja sprechen. Das klang immens wichtig. Und Ian muss wissen, dass sie wach ist. Er macht sich große Sorgen. Außerdem …«

»Sean! Momentan mach ich mir nur Sorgen um die Auktion. Jetzt konzentrier dich. Wo müssen wir hin?«

Die sonst so sanfte Neth mutierte zur ruppigen Herrscherin und hatte damit erstaunlicherweise Erfolg. Sean führte uns augenblicklich durch eine Tür in eine Art Höhlengebäude. Rauer Felsen spannte sich neben, unter und über mich. Ein Tunnel, der uns geradewegs tiefer und tiefer in den Berg führte. Statt kühler wurde es allerdings wärmer. Die Bruthöhle.

Ein sanftes Glimmen empfing uns, als wir eine Art Grotte betraten, die kniehoch mit warmem Sand angefüllt war. Hier ruhte der Stolz der Drachenwelt: glitzernde Eier in verschiedenen Größen. Die, aus denen bald Drachenbabys schlüpften, lagen am rechten Rand und wurden von drei Weibchen bewacht und bebrütet. Die kleineren ruhten im dunkleren Bereich weiter hinten, wo es noch wärmer war. Auch hier huschten Weibchen umher. Wir Reiter hatten in dem Gebiet nichts zu suchen. Eier mit mittlerer Größe befanden sich mittig, sodass …

Waah! Neth zog mich abrupt in eine Höhle hinter der Höhle. Hier war es deutlich dunkler und kühler. Fackeln beleuchteten die Umgebung, genau wie magische kleine Kugeln. Ein älterer Herr übergab soeben einem strahlenden Jungen ein Ei. »Du darfst es zu denen in der Mitte legen. Herzlichen Glückwunsch«, sagte der Mann, während die Eltern des Jungen vor Freude sogar ein paar Tränchen verdrückten.

Die Auktion. Offenbar hatten die drei soeben ihr Ei erstanden. Hoffentlich war das nicht meins.

Dann fiel mein Blick auf das kleinste, verschrumpelte und hässlichste Ei im ganzen Universum. Es lag unbeachtet hinter dem Auktionator, sorglos an die Wand gelehnt – voller Dellen und Schrammen, tiefer Risse und definitiv schwarzer Flecken. Und da wusste ich es einfach: Das war es. Mein Ei mit meinem Drachen darin!

Wie hypnotisiert lief ich darauf zu, ließ dafür sogar Sean und Neth hinter mir. Vergessen war meine Schwäche. Vergessen meine Verwirrung. Nur dieses Ei war wichtig. Erst der ältere Herr stoppte mich, indem er mir eine Hand auf die Brust legte. »Wo willst du denn hin?«, fragte er unfreundlich.

Ich zeigte aufs Ei. »Das da ist meins.«

»Sagt wer?«

Neth war hinter mir herangewuselt und hielt unseren Schein hoch. »Wir haben ein Angebot abgegeben.«

»Für das olle Ei?«

Wir nickten alle drei fleißig, woraufhin der Mann in seinen Unterlagen kramte und seufzte. Dann blickte er auf seine Uhr. »Die Auktion läuft erst in einer Minute ab«, stellte er fest.

»Darf ich es mir vorher schon mal ansehen?« Meine Müdigkeit war verschwunden. Stattdessen durchflutete mich pure Vorfreude. Ich spürte es ganz genau. Das da war es. Mein Babydrache! Er hatte nur darauf gewartet, von mir beziehungsweise von Neth entdeckt zu werden.

»Nur zu. Normalerweise ist Anfassen verboten, aber bei dem Teil kann ja nicht mehr viel kaputtgehen.«

Ehrfürchtig hockte ich mich vor das Ei und atmete tief durch, bevor ich es berührte. Es war beunruhigend kalt und fühlte sich leblos und leer an. Die Schale bröckelte unter meinen Fingern, und ich meinte ein leises Knacken zu hören. Verdammt.

»Das Baby friert bestimmt da drin. Wenn ich so behandelt werden würde, dann würde ich auch nicht mehr wachsen«, murmelte ich.

»Da wächst seit fünfzehn Jahren nichts mehr. Glaub mir. Wir haben es immer und immer wieder magisch durchleuchtet. Es ist ein unbefruchtetes Ei.«

Ich ignorierte die negativen Kommentare des Mannes und griff stattdessen beherzter zu, zog es auf meinen Schoß. Das arme Ding war sogar ganz staubig. Ich wischte den schlimmsten Dreck weg und kuschelte es an mich, gab ihm so viel Geborgenheit, wie es verdiente.

Bis eine Uhr klingelte und mich zusammenfahren ließ.

»Die Auktion ist abgelaufen«, erklärte der Herr und zog einen Briefumschlag hervor, aus dem er einen Zettel zog. »Ich nehme an, du bist Elaja?«

»Korrekt. Dann ist das da wohl mein Gebot.«

Der Mann nickte mit ernster Miene und zog zu meinem Entsetzen einen zweiten Umschlag hervor. Sofort sackte mir das Blut aus den Wangen. »Bitte sagt mir, dass das kein weiteres Gebot ist.«

»Bedaure. Zu unserer Überraschung gibt es tatsächlich zwei Interessenten.« Er zog den Zettel heraus und las ihn mit gerunzelter Stirn, fassungslos von Sean, Neth und mir beobachtet. Vor allem, weil er mir einen definitiv bedauernden Blick zuwarf.

Ich verstand sofort. »Wie hoch ist es?«, fragte ich tonlos.

»Dreißig Kronen.«

Dreißig? Ich starrte ihn an, danach Neth, dann wieder ihn. »So viel hab ich nicht.«

»Du benötigst auch einunddreißig, um ihn zu überbieten. Bekommst du das in den nächsten drei Minuten organisiert?«

Ich? Was? »Nein«, rief ich. »Das hier ist mein Ei.«

»Da muss ich leider widersprechen. Im Moment gehört es jemand anderem. Also? Keine einunddreißig Goldkronen?«

Neth, Sean und ich schüttelten stumm den Kopf, während der Auktionator schwungvoll etwas unterschrieb und einen Hammer hob. »Eins, zwei, drei, verkauft an den geheimen Bieter.«

»Geheim?«, ging jetzt endlich Neth dazwischen. »Ist das überhaupt legal?«

»Es handelt sich dabei um einen verbrieften Drachenreiter, der um Diskretion gebeten hat. Also ja. Das ist durchaus möglich, wenn auch unüblich.«

»Wer ist es?«, hakte Neth nach.

»Man nennt es einen geheimen Bieter, weil ich seinen Namen nicht nennen darf«, antwortete der Auktionator genervt und drehte sich zu mir um, hob ernsthaft die Hände. »Wenn ich jetzt also um das Ei bitten dürfte. Es soll nach Embra gebracht werden.«

Ich erstarrte, als sich alles in mir zusammenzog und mein Verstand gegen den Gedanken rebellierte, dieses Ei jemals wieder aus meinen Händen zu geben.

Und ich erinnerte mich – wenn auch schwach. An Worte tief in meinem Kopf. Dunkel. Vertraut und dadurch noch viel erschreckender.

Wenn sie lebt, müssen wir das Ei so schnell wie möglich aus dem Weg schaffen.

Das hatte Makon gesagt. Das Ei. Mein Ei. Mein Drache.

Manila wird in drei Tagen schlüpfen. Ich spüre es. Sobald das geschehen ist, wird Elaja unkontrollierbar. Sie wird uns angreifen, Ian.

Der Name. Manila. Ich kannte ihn. Hatte ihn schon tausendmal auf einer Landebahn gerufen, gefesselt durch meine Visionen. Manila.

Endlich wusste ich die Bedeutung dieses Namens. So würde mein Drache heißen. Zumindest unter der Voraussetzung, dass Ian nicht vorher das Ei in die Finger bekam.

Es war etwa so groß wie mein Oberkörper und wog nicht viel mehr als ein Wassereimer. Nach meinem kleinen Abenteuer in der Winterwelt und dem Abstecher auf eine unbekannte Lichtung war ich geschwächt, aber keineswegs handlungsunfähig. Vor allem war ich entschlossen. Fest entschlossen.

Ich sprang auf die Beine und rannte los. Das Ei nahm ich natürlich mit.

»He, junge Dame«, brüllte mir der Auktionator nach. »Wo willst du denn hin? Du kannst es nirgendwo verstecken!«

»Stopp, Elaja«, brüllte Sean.

»Lauf, Elaja!«, rief Neth.

Ich beschloss, auf meine Freundin zu hören, und jagte wie ein Pfeil den Gang hinunter. Meine schnellen Schritte blieben natürlich nicht unbemerkt. Als ich an der Bruthöhle vorbeirannte, hoben die Drachendamen dort die Köpfe und grummelten mich böse an. Ich beachtete sie nicht, zumal ich wie der Blitz an ihnen vorüber war.

Mittlerweile meinte ich ebenfalls rennende Schritte zu vernehmen. Der Auktionator, der seine Verblüffung überwunden hatte und mich verfolgte.

Mist. Langsam begann ich das Ei doch zu spüren, vor allem, weil ich damit vorsichtiger rennen musste als üblich. Nicht auszudenken, wenn ich …

Krach!

Ich war aus der Bruthöhle rausgeflitzt und für eine Millisekunde vom grellen Sonnenschein geblendet gewesen. Dadurch hatte ich den Kerl übersehen, der soeben eintreten wollte. Beinahe ungebremst knallte ich gegen ihn und hörte das grässliche Geräusch von brechender Eierschale. Ein lauter Knacks, der mir durch und durch ging. Zu einem Schrei kam ich nicht mehr, denn der Aufprall riss mich geradewegs von den Füßen. Immerhin war ich so geistesgegenwärtig, das Ei mit meinem Körper zu schützen, indem ich mich rücklings zu Boden fallen ließ.

Auch mein Gegner strauchelte, fing sich allerdings bedeutend schneller wieder. »Elaja?«, hörte ich ungläubig, doch zum Reden hatte ich keine Zeit.

Hastig kam ich auf die Knie und drehte das Ei. Nein, nein, nein! Braune, zähe Flüssigkeit sickerte zu Boden, und ein so tiefer Riss ging durch die Schale, dass ich hineinlinsen konnte.

Ich war mir sicher, dort nichts als Leere vorzufinden. Ich irrte mich. Und wie.

23

Ein Leuchten begrüßte mich. Hell. Fast weiß. Das immer größer und größer wurde, sodass ich geblendet blinzeln musste. Tatsache. Das Ei leuchtete jetzt sogar von außen. Als hätte jemand darin eine Fackel angezündet. Weiß-rotes Licht, das an einer winzig kleinen Stelle in der Mitte unterbrochen wurde. Dort entdeckte ich einen schwarzen Schemen. Mit Flügeln. Und Schwanz. Und Schnauze.

Mein Babydrache, der mit erstaunlicher Geschwindigkeit größer und größer wurde.

Die Schritte hinter mir hörte ich eher am Rande. Sie stoppten direkt neben mir, gepaart mit keuchenden Atemzügen. Der Auktionator, der mich mittlerweile eingeholt hatte und schnaufend nach Luft rang. »Beim Drachenei«, brachte er schwach hervor, als er den immer größer werdenden Schatten darin erkannte. Parallel wuchs das Ei. Wurde breiter, höher, nahm an Gewicht zu.

Ich musste es auf den Boden stellen, denn zum Tragen wurde es beinahe sofort zu schwer. Jetzt registrierte ich auch, gegen wen ich gerannt war. Ian. Genau wie ich starrte er das Ei an, das ein unglaubliches Eigenleben entwickelte.

»Wächst da gerade ein Drache im Eiltempo heran?«, fasste Sean unsere Beobachtungen zusammen. Offenbar waren auch Neth und er mittlerweile bei uns angekommen.

Inzwischen strahlte das Ei eine Hitze ab, als wäre es ein Minilagerfeuer. Es glühte und pulsierte. Der schwarze Schatten füllte es beinahe gänzlich aus, sodass sich das Baby zusammenkrümmen musste. Die Schnauze lag nun um den Schwanz gewickelt, die Flügel eng angewinkelt.

Und es brodelte.

Instinktiv traten wir alle einen Schritt zurück, den Blick starr auf das Wunder gerichtet, das sich vor uns ausbreitete. Das Knacken, das wir nun hören konnten, klang ganz anders als das letzte. Viel voller. Viel natürlicher. Normaler.

»Es schlüpft«, merkte der Auktionator ungläubig an. »Aber … da war kein Drache drin! Ich war mir sicher.«

Wir antworteten ihm nicht, denn in dieser Sekunde brach der obere Teil des Eis einfach auseinander und ich sah die erste Schuppe meines Drachen.

Weiß. Schneeweiß.

Ein Kamm tauchte kurz auf, danach eine schnüffelnde Schnauze. Ehrfürchtig trat ich näher, um in das Loch hineinzulinsen. Diesmal gab es kein helles Licht, sondern … ein Auge, mit dem mich ein verschlafener Drache anzwinkerte. Wie in Trance streckte ich meine Hand aus, wollte in das Ei greifen, meinem Drachen helfen, ihn streicheln und in dieser Welt willkommen heißen – doch leider mischte sich der Auktionator ein.

»Bedaure, junge Dame. Dieser Drache gehört dir nicht«, sagte er mit fester Stimme.

Ich versuchte ihn abzuschütteln, ohne Erfolg. Der Mann war eine echte Klette. Zum Glück ging Ian dazwischen, indem er ihn recht grob zurückzog. »Lasst sie«, sagte er so finster, dass der Auktionator tatsächlich zurücktrat.

Und dann war es so weit. Ich berührte meinen Drachen. Ein Weibchen. Das spürte ich schon allein an der Aura, den filigranen Knochen, dem gesamten Körperbau. Es hatte zwei kleine Hörner vorn auf der Stirn, die bald zu der typischen Schädelplatte zusammenwachsen würden. Mein Mädchen. Meine Freundin. Meine Wegbegleiterin. Das Wesen, auf das ich schon so lange hatte warten müssen und von dem ich der festen Überzeugung gewesen war, dass es existieren musste. Irgendwo.

Sie war warm. Lebendig. Voller Kraft und Anmut. Der Drache drückte sich fast sofort gegen meine Hand. Zunächst mit dem Kamm, danach mit dem halben Gesicht und schließlich mit der Schnauze. Er leckte mir kurz begeistert über die Haut und streckte sich, kam mir entgegen. Das Ei riss noch weiter auf, teilte sich in zwei Hälften – und entließ endlich meinen kleinen Drachen in die Freiheit.

Manila.

Sie war der absolute Wahnsinn. Grazil und komplett schneeweiß. Von der Schwanzspitze bis zum Kamm. Selbst die Augen. Vor allem bestand sie gefühlt fast nur aus Flügeln, über die sie prompt stolperte und eher zufällig in meinen Armen landete.

Ich hielt sie ganz fest an mich gedrückt und genoss das Gefühl puren Glücks, das über mich hinwegspülte. Da war sie. Mein Geschenk des Himmels. Das schönste Wesen dieser Welt.

Sie fiepte leise und verwirrt und steckte mir danach eher vorsichtig die Schnauze unter die Achseln, schnüffelte dort herum. Wie ein Hund wedelte sie mit dem Schwanz aufgeregt hin und her. Er war gespickt mit scharfen kleinen Stacheln und endete in einer rasiermesserscharfen Klinge. So etwas hatte ich noch nie gesehen. Auch ihre winzigen Krallen sahen aus wie Dolche. Das Horn auf der Nase war so spitz, dass es mich pikte. Ansonsten wirkte sie wie ein tapsiges, niedliches Drachenkind. Als sie nieste, tat sie das allerdings wenig babymäßig. Ein gewaltiger Riesennieser mit ganz viel Eischleim mit dabei.

Statt mich zu ekeln, lachte ich nur und drückte sie ein wenig von mir fort, nahm den Zipfel meines Nachthemdes und strich ihr liebevoll das Zeug aus Nase und Augen. Sie strahlte mich daraufhin an, zwinkerte. Als sie Sean und Neth bemerkte, begrüßte sie die beiden ebenfalls mit einem Schwanzwedeln, das noch heftiger wurde, als sie die grünen Drachen im Hintergrund sah, die neugierig ihre Hälse reckten.

»Willkommen«, sagte ich gerührt und drückte sie fest an mich. Umschlang sie. Meine kleine Drachendame. Die leider in dieser Sekunde erstarrte, als sie etwas rechts von uns entdeckte.

Ich blickte in die Richtung, in die sie sah, und bemerkte Ian, der meinen Drachen genau wie alle anderen fassungslos musterte. Allerdings sah ich noch etwas anderes in seinem Blick. Das Gleiche, das ich auch in den Augen meines Babys aufblitzen sah.

Hass.

Dann reagierte Manila erschreckend schnell. In der einen Sekunde hatte sie sich noch an mich geschmiegt, in der nächsten warf sie mich um und sprang Ian an – und zwar direkt an die Gurgel. Der hatte vermutlich mit einem Angriff gerechnet, denn er drehte sich erstaunlich flink zur Seite und entkam nur dadurch dem garantiert tödlichen Biss. Trotzdem hatte er gegen den schweren Drachenkörper wenig auszurichten, der gegen ihn krachte und ihn einfach umriss.

Mein Drache brüllte, keifte, grollte. Mit den Krallen versuchte er Ians Bauch aufzureißen, und mit den Zähnen schnappte er nach seinem Gesicht. Ian hielt den Drachen nur auf Abstand, indem er mit beiden Händen gegen dessen Gurgel drückte und gleichzeitig die Beine gegen den Drachenbauch stemmte.

Ich brauchte noch etwa zwei Atemzüge, ehe auch ich reagierte und hinzusprang, die viel zu langen Flügel meines Drachen packte und versuchte, ihn von Ian runterzuzerren. Der fluchte mittlerweile eher gepresst, während mein Drache vor Wut schäumte.

Endlich sprang auch Sean dazu, genau wie Neth. Zu dritt bemühten wir uns, das Tier von Ian runterzubekommen. Es klappte allerdings erst, als Ian ihm einen festen Schlag gegen die Gurgel gab, von dem es benommen zurücktaumelte. Das verschaffte Ian den Platz, um wieder auf die Beine zu kommen. Hastig brachte er sich einige Sprünge vor ihr in Sicherheit und hob die Hände.

»Manila, nicht«, rief er, während das zornige Bündel in meinen Händen tobte und versuchte, an mir vorbeizukommen. Ich stemmte mich gegen sie und spürte gleichzeitig, wie sich etwas erneut in mir verschob.

Manila.

Auch er kannte ihren Namen. Natürlich. Makon hatte ihn wie selbstverständlich genannt. Genau wie Ian meinen Namen auf der

Landebahn gewusst hatte. Damals. Als er nach seinem Unfall mit Shy verletzt vor mir gelegen hatte.

Er wusste so viel mehr. So viel, dass es für mich immer schwerer wurde, die Wahrheit von der Lüge zu unterscheiden.

Und dann endlich erinnerte ich mich wieder vollständig an die Szene direkt nach unserer Weltenpfortendurchquerung. Ian, der mir etwas Wichtiges mitteilen wollte und sich letztlich dagegen entschieden hatte – weil Makon das so verlangt hatte. Ian, der mir seinen Finger auf die Schläfe legte und mich betäubte.

Drei Tage lang.

Damit ich das Ei nicht finden konnte. Damit mein Drache unentdeckt blieb. Er hatte verhindern wollen, dass ich zur vollständigen Pfortenwächterin wurde.

Die Pfortenwächterin einer anderen Welt. Einer Welt, die sich womöglich bereits auf einen Krieg mit dieser vorbereitete. Die nur noch auf ihre Pfortenwächterin wartete, um einen Konflikt auszutragen, der vor Jahrhunderten begonnen hatte.

Manila schob mich plötzlich so brutal aus dem Weg, dass sie mich ein paar Schritte mitschleifte. Ian tänzelte zur Seite, um uns auszuweichen, die Hände noch immer erhoben. »Hör auf«, sagte er zu meinem Drachen, der nur Augen für ihn hatte. »Ich will dir nichts tun!«

Das sah Manila definitiv anders. Sie täuschte rechts an, und ich fiel leider darauf herein, sodass sie links an mir vorbeigelangt wäre. Allerdings kam sie nicht weit.

Ich hörte noch Flügelschlagen. Ein Drache, der sich mit beinahe absurder Geschwindigkeit näherte. Nein. Zwei Drachen. Alarmiert blickte ich auf, sah in die Richtung. Sah rote Schwingen. Ein aufgerissenes Maul. Rot glühende Augen, genauso hasserfüllt aufgerissen wie Manilas.

Shy.

Im ersten Moment nahm ich an, sie würde auf meinen Babydrachen losgehen, immerhin griff der ihren Reiter an. Jeder normale Drache hätte vermutlich seinen Reiter verteidigt, doch Shy dachte anders.

Ich erinnerte mich an den Ausdruck auf der Landebahn. Das Glühen in ihren Augen. Das Grollen. Sie war so zornig wie noch nie gewesen. Der Flug durch die Weltenpforte hatte sie erschüttert. Wie immer bündelte sie ihren Zorn auf denjenigen, der sie ihrer Meinung nach in diese Lage gebracht hatte.

Ihr Ziel war nicht Manila.

Ihr Ziel war Ian.

Ich rief ihm noch hastig eine Warnung zu, brüllte, schrie. Gleichzeitig riss ich meinen Drachen an mich und schützte Manila mit meinem Körper. In der nächsten Sekunde war Shy schon da – und Ian beinahe zu langsam.

Er stand einfach nur da und sah ungläubig zu, wie das riesige Maul auf ihn zukam. Seine Drachendame nach ihm schnappte.

Ich hingegen bekam einen Zipfel seines Hemdes zu fassen und riss ihn nach unten. Der Biss ging ins Leere. Leider setzte Shy mit den Pfoten nach, versuchte ihn mit den Krallen zu erwischen.

Ich warf mich aus der Bahn und betete, dass Ian das Gleiche tun würde. Mittlerweile schrie nicht nur ich, sondern so ziemlich jeder in unserer direkten Nähe. Ein roter Schwanz peitschte keinen halben Meter über Manila und mich hinweg. Ich sah für den Bruchteil eines Moments in Ians weit aufgerissene Augen, sah, wie er wieder auf die Beine kam und zeitgleich die Hände hob, Shy stumm darum bat, es nicht zu tun. Eine Bitte, die bei ihr auf Granit stieß.

Ihrem Grollen folgte direkt der nächste tödliche Biss, während Ian reglos dastand und es einfach zuließ, den Tod nicht mal zu verhindern versuchte.

Makon hingegen schon.

Der Drachenbulle war so plötzlich da, dass mein Verstand kaum hinterherkam. Er erwischte Shys Hals, kurz bevor sie ihre Zähne in Ian graben konnte, riss sie herum und warf sich gleich hinterher. Manila und ich waren mittendrin, duckten uns weg und beteten, dass uns Krallen verfehlten und Pfoten verpassten.

»Elaja«, schrie mich jemand an. Sean. Er hatte sich anders als ich noch außer Reichweite gebracht und hielt mir die Hand entgegen, als könnte mich das irgendwie retten.

Wenigstens riss mich sein Ruf aus der Schockstarre, sodass ich mir meinen Drachen schnappte und das keifende Bündel Richtung Sean schob. Eine Kralle verfehlte uns nur knapp. Von wem die stammte, wusste ich nicht. Letztlich war es auch egal. Wir mussten hier weg. Sofort! Endlich tat sich eine Lücke auf, durch die ich die sich sträubende Manila vehement manövrierte.

»Rüber jetzt!«, schnauzte ich sie an. »Das ist ein Befehl!«

Zu meinem unendlichen Erstaunen reagierte sie, gab ihr Gezappel auf und wandte sich Sean zu, um auf ihn zuzuhoppeln.

In der gleichen Sekunde veränderte sich das Gebrüll über mir. Makon und Shy kämpften noch heftiger als zuvor. Ihre Kiefer krachten gegeneinander. Krallen schlugen gegen Schuppen. Und mittendrin war Ian.

Irgendwo.

Ich sah Manila nach, die soeben neben Sean angekommen war. Dann wandte ich mich um, geduckt, angespannt. Wo? Wo steckte Ian?

Als ich ihn endlich entdeckte, blieb mir fast das Herz stehen. Er versuchte allen Ernstes seine Drachen mit Magie auseinanderzutreiben. Schrie. Brüllte. Bat. Die ignorierten ihn allerdings, waren völlig von Sinnen.

Ich dachte nicht länger nach und rannte los, mitten hinein ins Getümmel. »Ian, komm da weg«, schrie ich verzweifelt, versuchte ihn zu erreichen. Krallen rissen um mich herum den Erdboden auf, Körper und Pfoten versperrten mir den Weg.

Ian ging zu Boden. In dem einen Moment hatte ich ihn noch gesehen, im nächsten wurde er vom aufgewühlten Staub der Erde verschluckt. Trotzdem hielt ich auf die Stelle zu, an der ich ihn das letzte Mal gesehen hatte – ungeachtet der Tatsache, dass ich mich damit direkt unter Makons und Shys Körper bewegte.

Da! Endlich sah ich Ian zusammengerollt am Boden liegen. Er hielt sich den Kopf und krümmte sich. Vermutlich hatte er einen heftigen Schlag abbekommen.

Ich warf mich neben ihn, darauf hoffend, dass mich die Krallen nicht erwischten, dass kein fallender Körper auf mich fiel und mich zerquetschte.

Ian lag von mir fortgedreht, sodass ich eigentlich nur seinen Rücken und den Hinterkopf richtig erkennen konnte, also packte ich ihn und drehte ihn mit einem Ruck herum.

Er war aschfahl und blutete stark aus einer Stirnwunde, sodass sein gesamtes Gesicht von roten Striemen überzogen war. Der Schlag machte ihn noch immer benommen, denn er blinzelte mich verwirrt an, ehe er mich erkannte. »Elaja«, flüsterte er. »Was machst du hier? Bist du irre?« Noch ehe ich antworten konnte, zog mich Ian hastig an sich, als irgendetwas Großes über mich hinwegfegte. Ob es nun eine Kralle, eine ganze Pfote oder ein Schwanz war, das war in all dem Chaos gar nicht mehr auszumachen. War im Prinzip auch egal.

Wir mussten hier raus, nur das zählte.

Ich hörte die Schreie der Drachen über mir, das Geräusch zuschnappender Kiefer, den dumpfen Laut, wenn Zähne in lebendes Fleisch fuhren, wenn Krallen sich in Haut gruben.

Mir wurde schlecht, besonders als ich all das Blut an meiner Kleidung wahrnahm. Ians Blut. Scheiße.

»Steh auf!«, schrie ich ihn an, packte ihn an den Schultern und versuchte ihn hochzuziehen. Er reagierte nicht, schien unter Schock zu stehen. Also sprang ich über ihn hinweg, schob meine Hände unter seinen Achseln hindurch und zog ihn dadurch auf meine Knie, wie ich es gelernt hatte. Er stöhnte nur leise, als ich ihn wenig sanft hinter mir herschleifte, langsam, stetig, aber wir kamen vorwärts. Ich hatte keine Ahnung, wo genau ich jetzt hinzugehen hatte, doch hier inmitten der stampfenden Körper konnten wir auf jeden Fall nicht bleiben.

Dann plötzlich hörte ich einen seltsamen Laut. Erst war es ganz eindeutig das Geräusch von Zähnen in Fleisch, anschließend erklang ein merkwürdiges Gurgeln und einer der Giganten fiel wie ein gefällter Baum, ich sah den Körper über mir zusammenbrechen.

Ich schrie auf und warf mich instinktiv über Ian, eine völlig unnütze Geste, denn wenn einer der Drachen wirklich auf uns landete, würden wir beide unweigerlich zerquetscht werden.

Wir hatten Glück.

Wir hockten direkt unter dem zusammenbrechenden Drachen, aber dieser fiel seitlich, knickte nicht einfach nur in die Knie ein und zerquetschte uns mit dem Bauch, sondern prallte auf dem Boden direkt neben uns auf.

Es war Shy, die zusammengebrochen war.

Ihre Beine lagen gespenstisch neben uns, ausgestreckt, lang. Ein roter Flügel überspannte uns wie ein Segel, allerdings ein zerfetztes.

Endlich sah ich wieder so etwas wie Licht durch die Membran fluten, sah die Menschen, die verzweifelt versuchten, sich zu nähern.

Ich sah Sean, Sean sah mich. Augenblicklich versuchte er nach vorn zu sprinten, zu mir, zu uns, um uns zu Hilfe zu kommen, doch zwei Männer hielten ihn auf, wollten nicht, dass er sich ebenfalls in Gefahr brachte.

Denn die Drachen standen jetzt zwar nicht mehr direkt über uns, doch wir hockten weiterhin zwischen wirbelnden Pfoten, Krallen und Leibern. Immerhin wusste ich jetzt, in welche Richtung ich mich wenden musste.

Entschlossen richtete ich mich wieder auf, packte Ian abermals und zog ihn weiter. Nur weg hier. Fort von den tobenden Riesen.

Endlich half er auch mit, kam halb auf die Beine, taumelte neben mir her. »Shy«, murmelte er. »Makon.«

Endlich wagte ich einen Blick auf die Drachen und blieb abrupt stehen, spürte, wie sich Ian in der gleichen Sekunde neben mir anspannte.

Makon hatte Shys Hals gepackt, drückte ihr die Gurgel zu. Das Weibchen knurrte noch leise, kämpfte weiterhin, doch ihre Gegenwehr erlahmte. Ihre Krallen fuhren ins Nichts und verfehlten Makon. Die Bewegungen wurden langsamer. Ungelenker.

Ian verstand in der gleichen Sekunde und riss sich aus meinem Griff. Stolperte einige wenige Schritte auf Makon zu. »Nicht«, brüllte er. »Makon, hör auf!«

Tatsächlich reagierte der Bulle auf den Ruf und löste sich von Shy, wandte sich seinem Herrn zu, der auf ihn zutaumelte.

Vermutlich war nur ich es, die auf Shy blickte, sah den Hass und die Wut. Sie drehte sich mit erstaunlicher Geschwindigkeit in Makons Krallengriff – und versuchte ernsthaft nach Ian zu schnappen. Makon war allerdings schneller.

Diesmal schlug er richtig zu, seine Zähne bohrte er tief in die Kehle seiner Gegnerin. Ich hörte Shys wütenden Schrei, sah den Schmerz in ihren Augen und wusste genau, dass sie tödlich getroffen worden war.

Doch vor allem hörte ich Ians Schrei.

Er machte zwei Schritte nach vorn, ehe er fassungslos mitansehen musste, wie das Leben aus Shys gesamtem Körper wich. Sie hatte keine Kraft mehr, um ihren Hals selbstständig zu halten. Noch im Klammergriff ihres Gegners gefangen sank ihr Kopf zu Boden, ähnlich wie Ian. Langsam fiel er auf die Knie, während sein Weibchen einen letzten, schwachen Atemzug tat. Ein Jammern. Ein Gurgeln. Dann nichts mehr.

Makon hielt sie dennoch eine ganze Weile fest, ehe er sich endlich von ihrer Kehle löste. Blut rann an seinen Lefzen hinab, blitzte auf seinen Zähnen auf. Eher zögernd trat er einen Schritt zurück und starrte genau wie wir auf das Drachenweibchen, das lang ausgestreckt vor ihm lag.

Gut fünf Sekunden herrschte gespenstische Stille. Jeder am Hort hielt die Luft an. Jeder. Als müsste das Unfassbare erst in die Gedanken der Drachen und Menschen hineinsickern.

Makon hatte Shy getötet.

Schließlich legte Makon den Kopf in den Nacken, schloss die Augen und schrie sein Leid in die Welt hinaus. Er brüllte, dass es in meinen Ohren wehtat und in meinem Herzen widerhallte.

Shy war tot.

Andere Drachen stimmten eher zögernd mit ein, wurden immer lauter und lauter, sodass um uns herum ein Lärm entstand, der meinen Kopf dröhnen ließ.

Nur Ian blieb still. Völlig reglos. Er hockte noch immer auf Knien ein kleines Stück von mir entfernt, mit dem Rücken zu mir, und starrte seine beiden Drachen an.

Den toten und den lebendigen.

24

Ich zögerte. Sollte ich zu Ian rübergehen? Und was dann? Letztlich konnte ich ihn schlecht dort sitzen lassen, also näherte ich mich ihm, umrundete ihn.

Er war leichenblass, mal von den vielen roten Linien in seinem Gesicht abgesehen. Aus seiner Kopfwunde kam immer neues Blut hinzu. Es floss ihm in die Augen, sodass er blinzeln musste. Er sah gespenstisch aus.

Vorsichtig ließ ich mich seitlich neben ihm nieder, streckte meine Hand aus. Er ruckte zurück, zog seinen Arm aus meiner Reichweite. Endlich sah er mich auch an.

»Nicht«, sagte er mit erstaunlich fester Stimme. »Nicht anfassen.«

Ich ließ meine Hand sinken und wartete, während er seinen seltsam flackernden Blick wieder von mir löste und Makon dabei zusah, wie er Luft holte und erneut seinen Trauerschrei in die Welt schickte. Es war ein Laut, der mir die Gänsehaut meines Lebens verursachte. Dennoch drehte ich mich nicht zu ihm und behielt stattdessen Ian im Auge.

»Deine Kopfwunde muss versorgt werden«, wagte ich schließlich zu sagen. Ian reagierte nicht auf mich. Hinter ihm bemerkte ich Sean, der sich langsam näherte, natürlich mit meinem kleinen Drachen im Schlepptau. Manila wirkte verwirrt und eher neugierig interessiert. Vermutlich war das für einen gerade erst geschlüpften

Drachen völlig normal. Konventionen waren ihr egal. Sie war noch viel zu sehr mit sich beschäftigt, als dass sie angemessen auf solch eine Situation hätte reagieren können.

Ich hob die Hand, um Sean am Näherkommen zu hindern, woraufhin der sofort stehen blieb und fragend eine Augenbraue hob. Ich bedeutete ihm, dass Ian eine Kopfwunde hätte und formte mit dem Mund das Wort »Verband«. Sean verstand tatsächlich und nickte, drehte sich um. Dabei stolperte er quasi über Manilas auf dem Boden schleifenden Schwingen. Das Drachenbaby hatte sich mittlerweile auf den Popo gesetzt und gähnte herzhaft, während es blinzelnd Makon zusah.

Ich versuchte ihr mit Blicken klarzumachen, dass sie da sitzen bleiben sollte. Offenbar kam die Botschaft an, denn sie legte sich auf den Boden und seufzte laut auf. Ob ihr klar war, dass sie dieses Drama ausgelöst hatte? Vermutlich nicht.

Ian hatte indes bemerkt, dass ich abgelenkt war, und drehte sich zu Manila um. Ich hielt die Luft an, als sie sich ansahen. Manila bleckte ganz leicht die Lefzen und knurrte, blieb ansonsten aber liegen. Ians Gesicht konnte ich leider nicht sehen, doch seine Körpersprache war deutlich. Er spannte sich an.

»Sollte sie mich erneut angreifen, wird sie das nicht überleben«, sagte er tonlos. »Ich lasse mich nicht mehr von Drachen zerfetzen. Nie wieder. Meine Geduld ist erschöpft.«

»Sie wird sich benehmen«, versprach ich ihm. »Darf ich jetzt deine Kopfwunde versorgen?«

Als er nickte, riss ich rasch einen Streifen vom Nachthemd ab und rutschte zu ihm rüber. Ganz langsam, um Ian nicht zu verschrecken, drückte ich den Stoff gegen die tiefe Wunde oben am Kopf und umfasste mit der anderen Hand seinen Hinterkopf, um Gegendruck zu erzeugen. Dadurch waren wir uns natürlich unglaublich nah. Ich sah die vielen Kratzer zusätzlich zu seinen alten Narben in seinem Gesicht, bemerkte seine zerrissene Kleidung und mehrere teils tiefere, teils oberflächliche Schürfwunden. Eine Kralle hatte seinen Oberarm erwischt. Das musste vermutlich genäht werden, doch nichts war jetzt wichtiger als diese Kopfwunde und vor allem seine immer müder werdenden Augen.

»Du musst wach bleiben«, sagte ich zu ihm. »Und kämpfen. Für Makon.«

»Er hat sie getötet«, flüsterte Ian eher zu sich selbst als zu mir.

»Er wollte dich verteidigen. Du bist sein Reiter. Das Wichtigste in seiner Welt. Wende dich nicht von ihm ab, sondern ihm zu. Ihr braucht euch jetzt gegenseitig.«

Ians Blick flatterte von Makon zurück zu mir, dann ließ er sich mit einem leisen Seufzer gegen mich sinken, vergrub sein Gesicht an meiner Schulter. Ich war gezwungen, meinen Druckverband loszulassen. Stattdessen nahm ich ihn in den Arm, zog ihn an mich, hielt ihn und schirmte ihn von den vielen Blicken der anderen Drachenreiter ab. Unweigerlich erinnerte ich mich an eine ganz ähnliche Szene vor exakt drei Tagen. Ian und ich, ähnlich umschlungen. Auf der Landebahn. Allerdings war es da um etwas anderes gegangen. Um einen anderen Tod, den ich nicht verstanden hatte. Nur war momentan kaum der Moment, um ihn danach zu fragen.

»Ich war abgelenkt von Manila und habe in der entscheidenden Sekunde nicht aufgepasst«, sagte er mit zitternder Stimme. »Sie hat das ausgenutzt. Aber warum?«

»Sie hat deinen Tod schon vor langer Zeit beschlossen. Das weißt du«, antwortete ich ihm. »Du wolltest es nur nie wahrhaben.«

»Sie war keine Bestie. Nur verzweifelt.«

Ich zog ihn noch etwas fester an mich, hielt ihn und versuchte ihm dabei zu verdeutlichen, dass er nicht allein war. Hoffentlich verstand er die stumme Botschaft. »Wir schaffen das zusammen«, flüsterte ich ihm ins Ohr.

»Wir sind gemeinsam eine einzige Katastrophe«, antwortete er mir kaum hörbar. »Und es wird in einem Blutbad enden.«

25

Meine Gänsehaut verstärkte sich, als ich das hörte. Im ersten Moment fiel mir keine Erwiderung ein. Zum Glück erreichte uns Sean in diesem Moment, in den Händen gleich zwei Verbandstaschen.

Er hockte sich neben uns und legte seine Hand auf den Rücken seines Freundes. Ian reagierte zunächst nicht sichtbar, sodass ich gezwungen war, ihn von mir fortzudrücken. Er griff daraufhin nach meiner Hand, hielt sie, als müsste er sich daran verankern.

»Ich muss deinen Kopf versorgen, Ian«, sagte ich zu ihm, doch er gab meine Hand nicht frei, schwankte. Sean packte fester zu und stützte ihn, während ich mit einer Hand in die Taschen griff und Dinge hervorzog, die ich benötigte.

Ein Schatten fiel auf uns, und gleich darauf hockte sich Larian, der Hortanführer von Riata und Fürst der Drachenreiter, neben uns. Er wirkte besorgt – und stinkwütend.

»Wehe, du stirbst. Du schuldest mir noch einige Erklärungen wegen des weißen Drachen«, knurrte er und half Sean dabei, Ian in einer sitzenden Position zu halten. »Ernsthaft, Ian? Elaja ist eine Pfortenwächterin? Und das verschweigst du mir?«

Verdammt. Jetzt war die Katze aus dem Sack. Pfortenwächterdrachen waren offenbar einfarbig und gut zu erkennen. Makons schwarze Schuppen. Manilas weiße Farbe. Wie sah wohl der dritte Pfortenwächterdrache aus?

Makon brüllte noch immer. Minute um Minute. Es zerrte an meinen Nerven. Niemand bat ihn, damit aufzuhören. Vermutlich hätte er es ohnehin nicht getan. Mental erreichte ich ihn längst nicht mehr. Es war, als hätte er sich komplett von mir abgeschottet. Einzig Ian wirkte halbwegs in dieser Welt. Er hatte die Augen einen kleinen Spalt geöffnet, um Larian anzusehen.

»Elaja muss ausgebildet werden«, flüsterte er. »Schnell.«

Larian sah ihn böse an. »Bestimmt nicht. Sei froh, wenn ich sie nicht sofort wegsperre oder hinrichten lasse.«

Ians Griff um meine Hand verstärkte sich, während ich zunächst nichts verstand. Redete Larian über mich? Mir wurde kalt, als ich begriff.

»Sie ist nicht der Feind«, sagte Ian nach einer langen, unangenehmen Pause. »Nicht, wenn wir sie als Freundin behandeln. Bitte, Larian! Sollte ich das hier nicht überstehen, dann wirst du sie brauchen.«

Larians Blick war weiterhin hart und unnachgiebig, als er erst Ian musterte und danach mich. »Wir werden sehen«, sagte er langsam. »Das Beste ist, wenn du Shys Tod überlebst. Kollabier einfach nicht, in Ordnung? Ich muss dich noch anschreien.«

Zu meiner Überraschung nickte Ian und ließ endlich meine Hand los, sodass ich hastig mit beiden Händen meine Arbeit erledigen konnte. Selten war ich so froh über Maais gute Ausbildung gewesen. Die Handgriffe waren mir in Fleisch und Blut übergegangen, und ich konnte die Wunde zügig verschließen und versorgen. Ian hielt in der Zeit still, rechts und links von Sean und Larian gestützt. Wir hatten uns stumm darauf verständigt, ihn in genau dieser Position zu belassen, damit er Makon sehen konnte.

»Hast du noch was gegen den Magieschock in deinen Taschen?«, fragte ich ihn schließlich. »Das Zeug, das du mir im Schnee gegeben hast?«

Als Ian nicht auf meine Frage reagierte, untersuchte ich selbst seine Kleidung und fand die kleine Phiole nach längerem Suchen. Sie war halb geleert. Offenbar war es die gleiche von damals. Ich setzte sie entschlossen an seine Lippen. »Trink!«

Ian befolgte meinen Rat und war danach gut zehn Minuten mit Husten beschäftigt. Larian ließ ihn gezwungenermaßen los, während Sean ihn weiter stützte. Ich nahm erneut seine Hand und gab ihm auf diese Weise zu verstehen, dass wir da waren.

»Seine Gesichtsfarbe verändert sich«, merkte Sean zwischen den verschiedenen Hustern an. »Es geht los.«

Larian nickte, während ich zunächst nicht recht verstand. Dann sah ich es auch. Die Magieadern traten hervor. Überall. Gleichzeitig wurde Ians Atem deutlich schneller und die Hand heißer und heißer. Er bekam Fieber.

Der Kollaps kam auf ihn zu. Ein Kollaps, den siebzig Prozent aller Reiter nicht überlebten.

Ich packte daraufhin Ians Nacken und zog ihn näher zu mir heran. »Sieh mich an, Ian«, sagte ich eindringlich. »Mach die verdammten Augen auf!«

Er gehorchte mit einiger Verspätung. Sein Blick war in sich gekehrt und wie im Fieberwahn. Ich bezweifelte, dass er mich überhaupt noch sehen konnte. Als er mich jedoch mit erstaunlicher Kraft an den Oberarmen packte, hielt ich unwillkürlich den Atem an. Der Blick klärte sich abrupt. »Du musst mein Volk retten«, sagte er heiser zu mir. »Hol … deine Leute … zurück!« Seine Augen wurden flehend. »Bitte.«

»Natürlich«, versprach ich ganz instinktiv. »Aber es sind unsere Leute. In Ordnung? Ich hab es mittlerweile verstanden. Wir retten unser Volk. Gemeinsam.«

»Unser Volk«, bestätigte er leise und tat etwas Seltsames. Er legte seine Hand vorn auf meine Brust. Atmete tief ein und aus. »Wehr dich nicht. Lass es einfach zu«, sagte er noch … und mein Kopf explodierte.

Bilder wechselten sich rasend schnell ab. Mal mehr, mal weniger gut zu erkennen. Gefühle, Empfindungen und das Gefühl zu verbrennen stürzten auf mich ein, bis ein Bild verharrte und mich verschluckte.

Ich lag auf Makons Rücken in der Sonne. Völlig entspannt. Warm und behaglich. Im Hintergrund sah ich Drachen landen und starten. Eine ganz alltägliche Szene. Dann spürte ich einen stechenden Schmerz. Ein Gefühl, innerlich zu zerreißen. Alarmiert setzte ich mich auf, und da sah ich sie. Hunderte, wenn nicht sogar Tausende Drachen rasten auf mich zu. Glutrote Schuppen glänzten in der Sonne. Feuerrote Krallen streckten sich nach mir aus. Makon fuhr herum, allerdings zu spät. Sie hatten uns erreicht und wir starben. Zerfetzt. Zerrissen. Vernichtet.

Zum Schreien kam ich nicht mehr, denn das Bild wechselte erneut. Ich flog mit Makon hoch oben in der Luft. Über und unter mir wimmelte es von blauen Drachen, durchmischt mit Lila und Azur. So viele. Unendlich viele. Ich war entschlossen und voller Verzweiflung. Mutig und nervös zugleich. Es wurde kurz schwarz um mich herum, dann fand ich mich mitten in einem Luftkampf wieder. Blaue Drachen stürzten sich auf dunkelgrüne. Auch ich wurde angegriffen, doch mein Ziel lag woanders.

Ich hatte einen ganz speziellen Gegner.

Endlich entdeckte ich den Drachen, den ich gesucht hatte. Er war schneeweiß und riesig. Makon warf sich auf ihn und wir kämpften. Um unser Leben. Um unsere Freiheit. Für unser Volk.

Wir verloren und erneut wurde alles schwarz.

Jetzt stand ich auf einer verkohlten Landebahn. Um mich herum herrschte Finsternis. Makon lag reglos neben mir. Ich spürte, dass er tot war, und wusste, dass die Zeit ablief. Verzweifelt blickte ich mich um, und da sah ich sie.

Sie kam langsam auf mich zu. Das Schwert erhoben, das Gesicht grimmig und zu allem entschlossen. Ich hob die Hände. »Das muss nicht so enden«, sagte ich.

»Doch«, antwortete sie. »Du lässt mir keine Wahl.«

»Man hat immer eine Wahl.«

Statt zu antworten, griff sie direkt an. Ich hatte lediglich einen Dolch und entkam ihrer Klinge eher mit Glück und setzte danach alles auf eine Karte. Wenn sie überlebte und ich nicht, würde mein Volk untergehen. Sie musste sterben. Als sie erneut zuschlug, akzeptierte ich den Treffer, um näher an sie heranzukommen. Dann schlug ich ihr den Dolch tief in den Hals, sodass wir gemeinsam zu Boden gingen.

Wir starben. Nebeneinander im Dreck. Ineinander verhakt. Und während ich ihren letzten Atemzügen lauschte, verstand ich, dass ich den Fehler meines Lebens begangen hatte. Um ihn zu korrigieren, war es allerdings zu spät.

Erneut wechselten die Bilder. Wieder und wieder. Ich war ein kleiner Junge, der sich versteckte. Ich spürte seine Angst. Seine Panik. Ich sah mich, wie ich einen mir fremden Mann umarmte. Mich verabschiedete. Ich sah Shy schlüpfen und sah Makon, wie er sich aus einem viel zu kleinen Ei quetschte, wie ich ihn voller Hoffnung in die Arme schloss. Ich spürte, wie ich Sean in mein Herz schloss. Meine neue Familie. Ich sah mich in der Ausbildung, und dann sah ich, wie mich Shy in die Dunkelheit führte und sich alles änderte. Wie der Terror in mein Leben zurückkehrte.

Und ich sah, wie ich die Augen aufschlug und ausgerechnet sie über mir kniete. Sie sah etwas anders aus. Jünger. Doch die beinahe weißen Augen waren unverkennbar. Ihr Haar war noch hellblond, und dennoch hatte ich keinen Zweifel, dass sie bald schneeweiß werden würden.

Ich sah sie und wusste, dass sie meine Feindin über den Tod hinaus war. Ich wusste, dass sie meinen Untergang bedeuten würde – und dennoch war sie die letzte Hoffnung, um meinen Drachen zu retten. Also übergab ich ihr Makon stumm, von allen unbemerkt. Ich band ihn gegen seinen Willen an sie, damit er überlebte und ihr eines Tages erklären konnte, warum sie sich all die Jahrhunderte über geirrt hatte.

»Ich bin nicht dein Feind«, sagte ich zu ihr. Ein Satz, den sie vermutlich nicht verstand.

Denn sie war Asrai. Die Pfortenwächterin, die ihre letzten Leben vergaß. Die Mächtigste von uns allen. Diejenige, die ständig alles durcheinanderbrachte.

Ich war Shetai. Der Pfortenwächter, der niemals vergaß. Der all seine Leben noch wusste. Und jeden einzelnen verdammten Tod.

26

Abrupt kehrte ich in meinen eigenen Körper zurück und starrte Ian ungläubig an. Erst jetzt begriff ich, dass ich nicht ich gewesen war. Ich war Ian gewesen. Hatte mit seinen Augen gesehen. Seine Gefühle erlebt. Seine Tode gefühlt.

Er hatte noch immer seine Hand auf meine Brust gelegt und wartete. Abwartend. Fragend. »Ich bin nicht dein Feind«, wiederholte er die Worte, die er schon häufiger gesagt hatte, bloß ergaben sie nun Sinn. »Nicht in diesem Leben. Nicht in unseren Herzen. Und vor allem nicht, wenn wir es verhindern können. Egal was andere sagen.«

Ich erwiderte seinen Blick und konnte endlich nachempfinden, was in all der Zeit in ihm vorgegangen sein musste. Er hatte mich natürlich sofort erkannt. Als diejenige, die in dieser Welt nichts zu suchen hatte. Doch anstatt auf mich loszugehen, hatte er mir das Wertvollste anvertraut, das er besaß.

Seinen Drachen.

Endlich brachte ich ein Nicken zustande. Meine Kehle war staubtrocken, und in meinem Kopf geisterten noch immer diese schrecklichen Bilder herum. Bilder, die ich kaum zuordnen konnte. Kaum zu erfassen vermochte, so unglaublich und absurd waren sie.

»Keine Feinde«, bestätigte ich ihm schließlich leise. »Nicht diesmal.«

Er starrte mich mehrere Herzschläge lang an, dann nickte auch er und sank abrupt nach vorn gegen mich, legte erneut seine Stirn gegen meine Schulter. Ich schwankte, ehe ich ihn zu fassen bekam und ihn in die Arme schließen konnte. In dieser Stellung blieben wir lange. Sehr lange.

»Ich muss leben«, murmelte er. »Lass mich ja nicht gehen.«

»Ich pass auf.«

Er atmete, und ich versuchte zu ergründen, was ich da gesehen hatte. All die Angriffe. All die Kämpfe. Waren das die vergangenen Jahrhunderte gewesen? War das unser Schicksal? Immer und immer wieder aufeinander loszugehen? Aber warum?

Und vor allem: Welches dieser Völker gehörte zu mir? Ich hatte die mir bekannten grünen Drachen gesehen. Ians Welt. Dann waren da noch die blauen gewesen. Einige lilafarben, andere so dunkel wie die tiefste Stelle im Meer. Mein Magen zog sich zusammen, als mir klar wurde, dass ich sie bereits einmal gesehen hatte. Damals auf der Lichtung. Blaue Drachen.

Ich war in ihrer Welt gelandet. War instinktiv dorthin geflogen, um mich in Sicherheit zu bringen. War das womöglich meine Welt?

Oder … gehörte ich zu den roten Drachen? Zu denen, die mit einer schauerlichen Präzision angegriffen hatten? Aber wie kamen sie in diese Welt, wenn ich ihre Pfortenwächterin war? Nein. Nicht die roten Drachen. In ihren Augen hatte ich den gleichen Hass gesehen wie in Shys.

Shy … die genauso rot war wie diese Drachen. Wie die wilden Drachen in dieser Welt.

Ich blinzelte verwirrt, versuchte all die Puzzleteile zu erhaschen, die sich in meinem Kopf herausschälten. Fragen, auf die ich dringend Antworten finden musste. Warum war Manila in dieser Welt geschlüpft? Obwohl sie hier eigentlich nichts zu suchen hatte?

Mein Hirn verknotete sich bei den Möglichkeiten, die sich vor mir ausbreiteten, und lief heiß bei den Fragen, die sich auf mich stürzten. Eine ragte heraus: Wie bin ich in diese Welt gekommen, wenn ich eigentlich zu einer anderen gehörte?

Meine Beine schliefen ein, genau wie meine Füße, doch das ignorierte ich. Ich saß nur da, hielt Ian und hoffte und bangte, dass er stark genug war und überlebte. So viele Fragen. So viele Rätsel, auf die ich keine Antworten hatte.

Larian kam und ging. Jemand legte eine Decke über uns, bot mir Essen an. Ich reagierte auf nichts, sondern horchte lediglich auf Ians kaum wahrnehmbares Atmen. Ich spürte, wie die Magie in ihm arbeitete. Wie er gegen sie und mit ihr kämpfte. Ein stummer, stiller Kampf, den er mal mehr, mal weniger zu gewinnen schien.

Neth saß zwischendurch neben mir, danach Hora. Sean. Jemand fütterte Manila mit Fleischbrei, woraufhin sie sich endlich näher heranwagte. Makons Gebrüll verstummte daraufhin und wandelte sich in ein Grollen. Zumindest ließ er es zu, dass sich mein Weibchen dicht an mich kuschelte und dabei natürlich auch Ian berührte. Falls er es mitbekam, so protestierte er nicht.

Es wurde Nacht.

Sean zündete Fackeln um uns herum an, und Makon sank nieder, zu erschöpft, um weiter standhaft zu bleiben. Es dauerte eine Weile, aber schließlich ließ der Drache sogar zu, dass sich Neth und Sean um seine vielen Wunden kümmerten. Der Kampf hatte auch bei ihm tiefe Spuren hinterlassen. Innerlich und äußerlich. Ich spürte, dass er litt. Obwohl er sich weiterhin vor mir abschottete, schwappten ab und zu Empfindungen zu mir herüber.

Er machte sich Sorgen um Ian. Kämpfte gegen sein schlechtes Gewissen an. War traurig und zornig zugleich. Wütete innerlich und geriet manchmal sogar in Panik, weil er Angst vor der Zukunft hatte.

Einer Zukunft, in der er einen Drachen getötet hatte. Ians Drachen.

Dabei starrte er mich an und errichtete dabei Mauern aus Stahl um sein Herz und seine Gedanken. Er schloss mich aus. Mit aller Macht. Dass er bemerkt hatte, wie häufig er mich in seine Gespräche mit Ian eingeschlossen hatte, glaubte ich nicht. Doch jetzt, wo Manila auf der Welt war, wollte er nichts mehr mit mir zu tun haben.

Er hasste mich. Das hatte auf der Lichtung begonnen. Was war da nur geschehen, das uns derart auseinandergeschoben hatte? Shys Tod machte alles noch undurchsichtiger. Ihr regloser Körper ragte noch immer wie ein dunkler Schatten hinter mir in die Höhe. Sich ihr zu nähern hatte noch keiner gewagt.

Ich bekam all das mit und auch wieder nicht. Ian hatte sich weit in sich zurückgezogen. Ob Seans Heiltrank wirkte, konnte ich nicht sagen. Aber er atmete, und mit jeder Minute, die er ohne Shy überlebte, wurde er stärker.

Als er schließlich die Augen öffnete und sich nach hinten lehnte, machte er einen klareren Eindruck. »Ich muss mich verabschieden«, sagte er mit rauer Stimme und versuchte, auf die Beine zu kommen.

Sean sprang hinzu, und gemeinsam brachten wir ihn auf die Beine. Ich rempelte Manila an, die leise quietschte und sofort Platz machte. Ian warf ihr lediglich einen kurzen Blick zu, dann ließ er sich von uns zu Shys Kopf führen. Sie hatte die Augen noch immer weit geöffnet und starrte blicklos ins Nichts. Ein schauerlicher Anblick.

Ian schloss ihre Lider beinahe liebevoll. Dafür, dass sie ihn kurz zuvor angegriffen und definitiv hatte töten wollen, zeigte er keinerlei Groll. Ich wusste auch den Grund dafür. Dass Shy ihn hatte töten wollen, lag in seinen Augen an ihm. Er hatte sie in eine unmögliche Lage und das Unglück damit in Gang gebracht.

Dass ich das anders sah, merkte ich lieber nicht an. Shy war ein gefährlicher Drache gewesen und hatte ihr Schicksal selbst gewählt. Ian hatte ihr mit seiner grenzenlosen Liebe genügend Rettungsseile zugeworfen. Dass sie alle ignoriert hatte, war ihre Entscheidung gewesen.

Larian trat beinahe lautlos zu uns und räusperte sich, um unsere Aufmerksamkeit zu erlangen. Ich fand das pietätlos, aber vermutlich brannten seine Fragen noch drängender als meine. »Geht es dir besser?«, fragte er direkt.

Ian verharrte noch eine Weile mit der Hand auf der Schnauze seines toten Drachen. Dann erst drehte er sich um. »Etwas. Ich war nie so eng mit Shy verbunden wie mit Makon. Meine Magie schreit, doch ich komme klar.«

Larian musterte ihn lange und nickte schließlich. »Darf ich dich in dem Fall anschreien?«

»Wenn es sein muss.«

Larian holte ernsthaft tief Luft und zeigte anklagend auf mich. »Sie ist eine verdammte Pfortenwächterin?«, brüllte er so laut, dass es garantiert jeder an diesem Hort vernahm. »Bist du wahnsinnig, mir das zu verheimlichen? Warum hast du das getan? Du bringst uns alle in Todesgefahr!«

Ian zuckte mit keiner Wimper und versteifte sich lediglich. Ich hingegen ließ ihn los und trat nach vorn, bereit, mich selbst zu verteidigen. Sofort zog mich Ian am Hemd zurück, mogelte sich vor mich. Dass er sich dabei durchaus an mir abstützen musste und leicht schwankte, merkte vermutlich nur ich.

»Sie ist auf unserer Seite«, sagte Ian ruhig zu Larian.

Der starrte Ian an, als wollte er ihn lynchen. »Woher willst du das wissen?« Erneut zeigte er auf mich. »Wenn sie die Asrai ist, dann weiß sie momentan nur nicht, was los ist. Was machen wir, wenn sie sich erinnert? Was geschieht, wenn sie sich all unsere Strategien einverleibt und sie an ihre Welt verrät? Was machen wir *dann*, Ian?«

»Sie –«, fing Ian an und wurde von Larian überbrüllt.

»Sie ist eine tickende Zeitbombe! Und das weißt du genau, deswegen hast du sie auch ständig nah bei dir gehalten. Im Gegensatz zu dir bin ich nicht völlig verblendet. Du denkst nicht klar.«

»Doch, das tue ich. Ich –«

»Du schützt sie nur, weil du meinst, ihr etwas zu schulden. Du irrst. In der Sekunde, in der sie sich erinnert, wird sie uns die Hölle heiß machen.«

»Sie ist anders als die letzten Male.«

»Ach ja? Sie ist wild. Sie ist ungestüm. Sie passt sich nicht an. Sie ist eine Rebellin durch und durch, und ihr verdammter Drache hatte nichts Besseres zu tun, als aus seinem Ei zu krabbeln und dir direkt an die Gurgel zu gehen. Dir! Unsere einzige Verteidigungslinie gegen ihr verdammtes Volk!« Larian brüllte so laut, dass ich instinktiv einen Schritt zurücktrat.

Gleichzeitig begriff ich langsam, warum Ian mich so lange hatte verstecken wollen. Genau vor dieser Reaktion hatte er Angst gehabt und sie vermutlich kommen sehen. Larian war außer sich.

Ich warf Manila einen warnenden Blick zu, doch ausnahmsweise knurrte meine Drachendame nicht. Sie musterte Larian vielmehr äußerst interessiert und beinahe brav.

»Wir haben jetzt die Möglichkeit, Frieden mit ihr zu verhandeln. Sie ist hier aufgewachsen. In dieser Welt leben die Menschen, die sie lieben und die sie liebt. Sie kennt ihre Welt doch gar nicht. Lass sie uns nicht gleich vorverurteilen.«

Da sich Ian vor mich geschoben hatte, konnte ich nur einen Teil von Larians Gesicht sehen. Jetzt trat ich entschlossen nach vorn. »Das hier ist meine Heimat«, sagte ich fest. »Dass ich andere Drachen gegen euch aufhetzen werde, halte ich für ausgeschlossen. Das ist eine friedliche Welt – und wenn es nach mir geht, wird sie das auch bleiben.« Ich bemühte mich, Larians lodernden Blick möglichst gelassen zu beantworten. In Wirklichkeit fühlte ich mich wie die Maus in der Falle. Erneut war es passiert. Man stieß mich von sich fort. Wollte mich nicht akzeptieren. Schloss mich aus.

Wie immer.

Lediglich Ian hielt zu mir. Und Sean, denn der sagte in der Sekunde: »Elaja ist in Ordnung. Loyal, freundlich, zugänglich. Sie würde sich niemals gegen uns wenden.«

»Sie weiß ja auch nicht mehr über ihre vergangenen Leben Bescheid«, schnappte Larian. »Sobald das geschieht, wird sie uns angreifen.« Jetzt hob er den Finger, drohte erst mir, danach Ian damit. »Wenn es nach mir geht, würde ich sie einsperren oder gleich hinrichten lassen. Das wirst du vermutlich nicht zulassen, daher bist du ab sofort für sie verantwortlich. Wehe, du lässt sie unbeobachtet. Wehe, sie dreht durch. Du hast unsere Welt schon einmal in den Untergang geführt. Hoffentlich bist du diesmal schlauer.«

Damit stapfte Larian davon. Wir sahen ihm ungläubig hinterher.

»Na«, sagte Ian nach einer Weile. »Das lief besser als gedacht.«

»Besser?«, krächzte ich. »Wäre es noch schlechter gegangen?«

»Er hätte dich an Ort und Stelle töten lassen können. Da du noch lebst, lief es eigentlich ganz gut.«

Sean sah von mir zu ihm und entließ danach zischend die angehaltene Luft. »Könnte mir mal jemand das alles hier erklären?«, fragte er genervt.

Ian winkte ab und löste sich stattdessen, um zu Makon hinüberzugehen. Seine Schritte waren zunächst unsicher, wurden dann aber gezielter. Sein Drache erwartete ihn mit weit aufgerissenen Augen. Ich spürte seine Verzweiflung und seine Angst, von seinem Herrn verurteilt zu werden. Doch da irrte er sich. Ian legte ihm die Arme um die breite Schnauze und schloss die Augen, unterhielt sich vermutlich in Gedanken mit ihm. Makon entspannte sich beinahe sofort.

»Geben wir den beiden einen Moment«, schlug ich vor und ging ein paar Schritte fort, gefolgt von Sean.

Der musterte mich eindringlich von der Seite. »Ihr zwei schuldet mir noch immer jede Menge Erklärungen«, sagte er. »Was ist das für ein Blödsinn mit den Pfortenwächtern? Was soll das überhaupt sein?«

Als ich ihm antworten wollte, sah ich so etwas wie Panik in Seans Augen. Er blickte immer wieder erst mich an, danach Ian. Dabei war er ganz grau im Gesicht. Seine gesamte Körperhaltung war so angespannt, als wäre er kurz vorm Ausrasten.

Ich wollte etwas zur Beruhigung sagen, kam aber nicht mehr dazu, denn in dieser Sekunde traten zwei hochgewachsene Krieger zu uns. »Elaja, Fürst Larian wünscht dich zu sprechen.«

Auweia. Das war garantiert kein Grund zur Freude. Etwas hilflos warf ich erst Sean einen Blick zu, anschließend Ian. Der hatte allerdings weiterhin die Augen geschlossen und war versunken in dem so immens wichtigen Gespräch mit seinem Drachen. Vermutlich gaben sie sich gerade gegenseitig den Halt, den sie brauchten, um die nächsten Stunden zu überstehen. Auf seine Rückendeckung konnte ich nicht zählen.

Also straffte ich mich. »Ich komme«, sagte ich.

»Ich auch«, erklärte Sean.

Die Krieger wirkten kurz verunsichert und nickten dann zur Bestätigung. Sean war mittlerweile ein hoch geachteter Mann, der immerhin eine Ausbildung zum Hortanführer absolvierte. Sein Wort hatte Gewicht. Eine Tatsache, die ich besser nicht vergaß.

Schweigend schlossen wir uns den Männern an, verfolgt von Manila, die eher tapsig durch die Gegend wankte. Sie war erst so kurz auf der Welt und hatte schon Unglaubliches erlebt. Kein Wunder, dass sie erschöpft war. Wir mussten immer wieder auf sie warten. Als wir endlich das Hauptgebäude erreichten, waren wir alle erleichtert. Riata war riesig und voller Leben. Den neugierigen Blicken der anderen Drachenreiter auszuweichen kam mir sehr gelegen.

Kurz bevor wir das Gebäude jedoch betraten, kam eine weitere Gruppe auf uns zu. In ihrer Mitte schritt eine grauhaarige Frau. Allein an ihrer Körperhaltung hätte ich sie erkannt, spätestens an ihren herrischen Schritten.

»Maai«, rief ich, dann flog ich schon an den verdutzten Wachen vorüber in ihre Arme. Sie fing mich auf und drückte mich fest an sich.

»Was ist hier los?«, murmelte sie in mein Ohr. »Man hat mich unverzüglich hierherbeordert und meine Fragen einfach ignoriert. Hast du was angestellt?«

Ich löste mich aus ihren Armen und sah sie fest an. »Vermutlich stecke ich in Schwierigkeiten«, gab ich zu, woraufhin Maai tief seufzte.

»Weiter«, drängte ein Mann neben uns und schob mich bereits Richtung Tür. Ich gab nach und betrat neben meiner Mentorin einen breiten, hellen Gang, der uns in immer dunklere Bereiche des Gebäudes führte. Offenbar hatte die Führungselite keinen großen Anspruch auf Schmuck oder eine hübsche Atmosphäre. Je tiefer wir hineingelangten, desto trister wurde die Umgebung, bis wir schließlich in einem schlichten Amtszimmer landeten.

Sechs Führende erwarteten uns dort mit finsteren Blicken. Sie alle musterten mich, als wäre ich der Feind. Sofort sank mein Mut ins Nirgendwo. Vier Männer, zwei Frauen. Jama war darunter, genau wie Larian. Die anderen kannte ich zumindest aus meinen Lehrbüchern. Die vier Hortanführer und Hortanführerinnen der existierenden Horte und zwei Stellvertreter, welche die aufgegebenen Horte Xana und Goldin symbolisieren sollten. Alle Leitenden meiner Welt.

Hoffentlich meiner Welt.

Maai riss die Augen auf, als sie die Führungselite ebenfalls erkannte. »Was hast du angestellt?«, zischte sie mir zu, bevor sie sich hastig verbeugte. Ich tat es ihr gleich und trat nach einem auffordernden Wink seitens Larian zögernd an den langen Tisch.

»Wir haben ein paar Fragen an euch«, begrüßte uns Larian eher unfreundlich und bedeutete uns, uns zu setzen. Ich tat das mit eher zitternden Beinen. Maai ließ sich erstaunlich grazil auf den Stuhl sinken. Es rumpelte, als Manila sich unter meinen Stuhl drängte und versuchte, es sich dort gemütlich zu machen. Ein Scharren erklang. Sie buddelte auf dem Teppich herum. »Manila«, ermahnte ich sie leise, doch ich hätte auch gleich laut sprechen können. Meine Worte waren gut zu hören.

»Genau wegen deines Drachen und deiner Geschichte sind wir hier. Ich habe die Führenden so schnell es geht hierherbeordert, um die Situation zu besprechen. Zunächst möchten wir uns gern mit Maai unterhalten.«

Die Angesprochene richtete sich augenblicklich noch gerader auf und atmete scharf ein. »Was wird meiner Tochter vorgeworfen?«

Tochter.

So hatte sie mich wirklich noch nie genannt. Allein mit diesem einen Wort hatte sie den Anwesenden deutlich gemacht, auf welcher Seite sie stand. Sie würde mich schützen. So gut sie es eben vermochte.

Ein warmes Gefühl breitete sich in meinem Magen aus. Ich hatte Maai schon immer geliebt, es aber nie ausgesprochen. Es zu sagen hätte es real werden lassen. Und was hätte ich fühlen sollen, wenn sie mich abgewiesen hätte? Wenn sie mich auf meinen Platz als Waisenkind verwiesen hätte? Das hätte ich vermutlich nicht verkraftet.

Dass sie mich jetzt als Tochter bezeichnete, bedeutete mir die Welt.

»Wir möchten gern wissen, wie Ihr sie gefunden habt. Wer waren ihre Eltern? Wo habt Ihr sie zu Euch genommen?«

Jetzt wurde Maai nervös. Sie warf mir einen verunsicherten Blick zu. »Ich habe sie als Baby zu mir geholt. Ihre Eltern waren beide an den Pocken verstorben, kurz nach ihrer Geburt.«

»Also seid Ihr nicht bei der Geburt dabei gewesen? Seid nicht die Hebamme gewesen?«

Oje. Ich wusste jetzt endlich, worauf das hier hinauslaufen sollte. Die Führung wollte beweisen, dass ich nicht von dieser Welt stammte. Arme Maai. Jedes ihrer Worte würde gegen mich verwendet werden. Ich kannte die Geschichte bereits, denn Maai hatte sie mir häufig erzählt.

Maai straffte sich. Dann begann sie mit fester Stimme zu erzählen. »Ich war für diesen Tag die zuständige Hebamme in Bereitschaft.

Ein Notsignal ging ein, und wir wurden in ein Bergdorf gerufen. Offenbar gab es Probleme bei der Geburt. Da es jedoch gewittrig war, hatten wir Schwierigkeiten, dort hinzugelangen. Es dauerte ungewöhnlich lang. Vermutlich fünf Stunden. Als wir ankamen, war das Baby bereits auf der Welt. Es lag in den Armen der Mutter, eingewickelt in mehrere Laken. Niemand im Dorf hatte es gewagt, das Haus zu betreten. Sowohl Mutter als auch Vater hatten sich eine Woche zuvor mit der meist tödlich verlaufenden Pockenkrankheit angesteckt. Den Vater fanden wir später im Innenhof, nur notdürftig begraben. Vermutlich war er etwa drei Tage vor der Geburt verstorben. Die Mutter brachte noch ihr Kind auf die Welt und erlag wenige Stunden vor unserer Ankunft ihrer Krankheit. Das Kind hingegen war wohlauf. Ich nahm es an mich und brachte es an den Hort, wo wir ihm den Namen Elaja gaben. Das Mädchen wuchs bei mir auf und wurde als Heilerin ausgebildet. Den Rest der Geschichte kennt Ihr.«

»Und die Mutter hat das Kind definitiv geboren?«

Maai runzelte die Stirn. »Es gab keine Hinweise darauf, dass das nicht der Fall gewesen sein könnte. Die Bewohner hatten uns gerufen, weil sie seit Tagen nichts von der Schwangeren gehört hatten. Sie trauten sich nicht ins Haus wegen der hohen Ansteckungsgefahr. Also ja. Ich bin mir sicher.«

»Ihr seid nicht dabei gewesen, als das Kind geboren worden ist?«

»Nein, aber die Mutter hatte definitiv kurz vorher ein Baby entbunden. Da gab es keine Zweifel.«

Jemand bewegte sich neben mir. Sean, der unruhig von einem Bein auf das andere trat, und ich sah die steile Falte zwischen seinen Augenbrauen. Die nachdenklich gekrauste Stirn. Etwas war ihm aufgefallen, was ihn verwirrte. Verunsicherte. Augenblicklich nahm ich mir vor, ihn danach zu fragen, doch zunächst musste ich mich auf dieses Gespräch konzentrieren.

»Wie abgelegen lag das Haus?«, fragte Larian.

»Sehr abgelegen. Etwa eine Stunde Fußmarsch vom Dorf entfernt. Was hat das denn mit Elaja zu tun? Ihre Mutter starb an den Pocken. Ich bin mir sicher.«

»Wir haben da durchaus unsere Zweifel. Berechtigte Zweifel. Habt Ihr die Eltern untersucht? Sind sie definitiv durch die Pocken ums Leben gekommen?«

»Wir haben die beiden nie angefasst, um uns nicht selbst anzustecken.«

»Gab es Hinweise auf einen Einbruch?«

»Was? Ich verstehe die Frage nicht. Es waren zwei Eheleute, die auf tragische Weise ums Leben kamen und ein Baby hinterließen. Nicht mehr und nicht weniger.«

Larian atmete zischend ein, dann warf er einen Blick in die Runde. »Es könnte möglich sein, dass Elaja gegen das wahre Baby ausgetauscht worden ist. Ein Kuckuckskind, um uns einen falschen Wächter unterzuschieben. Oder ihre Eltern kamen aus der anderen Welt herüber. Ganz klären werden wir das wohl nie.« Er wandte sich wieder Maai zu. »Danke, Ihr dürft gehen.«

»Das war es? Ihr stellt mir merkwürdige Fragen über meine Ziehtochter und dann soll ich einfach wieder gehen? Was habt Ihr mit ihr vor? Was soll das Ganze? Sie ist ein liebes Kind, das solch eine Behandlung nicht verdient hat!«

»Sie könnte womöglich den Untergang unserer Welt bedeuten. Und als lieb würde ich Elaja nun wirklich nicht bezeichnen.«

»Weil ihr nie jemand eine Möglichkeit gegeben hat«, brauste Maai auf. »Ständig musste sie gegen alles und jeden ankämpfen. Nie war sie für etwas gut genug. Und das nur, weil die Menschen sie unheimlich fanden.«

Sofort horchte Larian auf. »Auch das ist mir zu Ohren gekommen. Sie kam in der Heilerinnenschule nicht zurecht?«

Maai erkannte ihren Fehler und versuchte zurückzurudern. Doch zu spät. Sie musste antworten. »Als Kleinkind hatte sie häufig mit Albträumen zu kämpfen. Sie waren so real, dass sie oft lange gebraucht hat, um in die Realität zurückzufinden. Als Jugendliche hatte sie das an manchen Tagen auch während des Unterrichts. Dann stand sie einfach nur da und hat in die Luft gestarrt, war ganz entrückt. Das hat den Leuten Angst gemacht, zumal sie danach häufig Unsinn erzählt hat.«

»Was für Unsinn?«

Maai warf mir einen langen, entschuldigenden Blick zu. Ihr war klar, dass sie antworten musste und dass mich das noch tiefer in den Abgrund ziehen würde. »Über Drachenkämpfe. Schwarze Löcher. Einen Krieg. Über rote Drachen, die kommen und sie holen würden. Sie war sich schon als Fünfjährige sicher, dass sie eines Tages Drachenreiterin werden würde. Dass wir das alle lächerlich fanden, interessierte sie nicht. Ich dachte immer, sie sei einfach sehr selbstbewusst. Etwas Besonderes.«

Jetzt, wo sie es aussprach, erinnerte ich mich an all diese Träume. Ich hatte sie verdrängt, weil sie mir Angst gemacht hatten. Als Kind hatte ich noch von meinen Visionen erzählt. Schon bald hatte ich erkannt, dass das den Leuten Angst machte. Also hatte ich das meiste für mich behalten.

Jetzt holte ich sie wieder in mein Bewusstsein zurück.

Schwarze Löcher. Ich war hineingefallen oder seltsam geflogen. Heute wusste ich, dass das Pforten gewesen waren und ich auf dem Rücken eines Drachen gesessen hatte. An rote Schuppen erinnerte ich mich nur vage, doch die Kampfszenen kamen mit Wucht zurück. Sie deckten sich auf unheimliche Weise mit Ians Erinnerungen. Wir hatten miteinander gekämpft und waren beide gestorben.

Und gleichzeitig tat sich etwas in mir. Es brodelte. Kochte. Da drängte eine Vision an die Oberfläche, die ich unbedingt sehen musste. Die womöglich Licht ins Dunkel bringen würde. Blaue Schwingen. Grüne Schuppen. Rote Krallen. Je mehr ich mich bemühte, desto weniger konnte ich den Gedanken packen.

Ich war so in meinen Erinnerungen gefangen, dass ich zu spät bemerkte, dass mich Larian direkt angesprochen hatte. Nur mühsam zwang ich die Bilder in meinem Kopf nieder und ermahnte mich zur Konzentration. »Was?«, musste ich dennoch nachfragen.

Larian starrte mich an. »Du erinnerst dich«, stellte er trocken fest.

Leugnen war zwecklos, also nickte ich knapp. »Nur an Bruchstücke. An nichts Konkretes. Kämpfende Drachen, Weltenpforten, Schwerter und ganz viel Rauch.« Und an eine bestimmte Handbewegung.

Ich hatte sie wieder und wieder geträumt. Bloß war der weiße Untergrund kein Boden gewesen, sondern der Rücken meines Drachen. Manila. Ich hatte auf ihr gesessen und diese eine Handbewegung gemacht. Gezaubert. Diese Welt hatte seltsam fremd auf mich gewirkt. Die Bäume waren viel größer gewesen als hier und mit dichten Geflechten bewachsen. Farn hatte den Boden bedeckt, ein wogendes Meer aus Grün. Doch nach meinem Wink war alles schwarz und dunkel, schattenhaft und leer. Eine Wüste, die sich vor mir erstreckte. Endlos und öde.

Mittlerweile war ich mir sicher, dass ich mich in einer anderen Welt befunden hatte. In meiner? Aus irgendeinem Grund bezweifelte ich das.

Als ich Larians Blick begegnete, wusste ich, dass ich verloren hatte. Sein Urteil stand längst fest. Dennoch war ich nicht gewillt, kampflos aufzugeben. Daher sah ich Jama fest an. »Ihr kennt mich mein ganzes Leben lang. Ja, ich bin rebellisch. Ja, ich kann nerven und hatte ein festes Ziel vor Augen: Ich wollte Drachenreiterin werden. Eine Drachenreiterin dieser Welt. Diese Welt, die ich liebe. Für die ich mein Leben geben würde. Ich habe hier mittlerweile Freunde gefunden. Eine Familie. Das würde ich niemals verraten. Schon gar nicht für eine Welt, die ich überhaupt nicht kenne.« Ich meinte so etwas wie Verständnis in Jamas Augen zu erkennen, leider unterbrach uns Larian.

»Ich glaube dir sogar. Für den Moment. Doch wenn es sogar schon so weit ist, dass du Erinnerungsblitze hast, müssen wir uns absichern. Wir können es einfach nicht riskieren, dich weiter frei herumlaufen zu lassen. Wir –«

»Sie steht unter meinem Schutz«, unterbrach ihn jemand von hinten mit harscher Stimme.

Wir drehten uns alle synchron um und entdeckten Ian, der beinahe lautlos hereingekommen sein musste und jetzt vor Wut sogar etwas Farbe im Gesicht hatte. »Was soll das hier? Und warum hat mich keiner über dieses Treffen informiert?«

»Wir waren uns einig, dass du im Moment nicht klar denken kannst. Nach dem Tod deines Drachen und –«

»Ich habe nie klarer gedacht«, ging Ian erneut scharf dazwischen und deutete auf mich. »Wenn ihr Elaja jetzt wegsperrt und von uns fortdrängt, beschwört ihr damit den nächsten Krieg. Im Moment ist sie uns wohlgesonnen. Sie ist auf unserer Seite. Jetzt haben wir die Gelegenheit, den Teufelskreis zu durchbrechen und einen friedlichen Weg zu finden. Das geht aber nicht, wenn wir sie einsperren.«

»Du bist verblendet. Mir ist bewusst, dass sie dir und deinem Drachen das Leben gerettet hat, doch das hat sie womöglich mit Hintergedanken getan. Sie –«

»Ihr Schicksal steht hier nicht zur Debatte«, unterbrach Ian erneut.

Larians Gesicht verfärbte sich vor Ärger. »Unterbrich mich gefälligst nicht ständig«, sagte er hitzig. »Ich bin immerhin dein Fürst.«

»Noch.«

Das Wort saß. Totenstille senkte sich über den Raum, während wir alle Ian anstarrten. Der blieb vollkommen ungerührt. Obwohl er einen dicken Verband am Kopf trug, seine Kleidung zerrissen und blutig war und ihm sogar die Schuhe fehlten, sah er in dieser Sekunde so Respekt einflößend wie selten zuvor aus. Vor allem sein zorniger Blick war unübersehbar. Er setzte auf Konfrontation. Mit voller Absicht. Und er ging noch weiter.

»Der Fürst ist nur so lang an der Macht, bis der erste Angriff eines Pfortenwächters erfolgt ist. Das ist geschehen. Unsere Reiterei wurde im Schneegestöber angegriffen. Von fremden Drachen. Ich habe bislang verzichtet, das Amt an mich zu reißen. Zwingt mich nicht dazu, das nachzuholen.«

»Du bist nicht mal ausgebildeter Hortanführer.«

»Glaubt mir. Ich habe diese Ausbildung schon mindestens sechsmal durchlaufen. In meinen anderen Leben. Ich weiß, was zu tun ist. Und ich weiß, was auf dem Spiel steht. Wenn ihr Elaja wegsperrt, müsst ihr auf meine Hilfe verzichten. Uns gibt es in diesem Jahrhundert nur zu zweit. Mir reicht es langsam, dass man uns rumschubst.«

»Du erpresst dein eigenes Volk?«, fragte Larian ungläubig.

»Nein. Ich mache euch nur auf Tatsachen aufmerksam. Mein Ziel ist Frieden – und das werde ich mit allen Mitteln verteidigen. Elaja.

Komm. Wir sind hier fertig.« Ian hob auffordernd die Hand, doch ich zögerte. Wenn ich jetzt aufstand, war der Graben zur Führungselite dieser Welt womöglich unüberwindbar.

»Ich bin nicht Euer Feind«, sagte ich ruhig in die Runde. »Das war ich nie und werde ich nie sein. Ihr habt zwei Pfortenwächter an Eurer Seite. Das solltet Ihr zu Eurem Vorteil nutzen.«

Noch einmal sah ich Larian flehend an, danach Jama. Der nickte ganz leicht. Zumindest er glaubte mir.

Mit einem schlechten Gefühl in der Magengegend stand ich auf, um zu Ian hinüberzugehen. Manila warf beim Aufspringen den Stuhl um und hoppelte hinter mir her, leise grummelnd. Wahrscheinlich war sie aus dem Tiefschlaf hochgeschreckt. Armes Drachenbaby. Ian wartete, bis ich an ihm vorübergelaufen war, dann folgte er mir, genau wie Sean. Wir schwiegen, bis Ian die Flügeltür hinter uns einrasten ließ. Dann entließ er seine angehaltene Atemluft. »Das lief nicht so gut«, stellte er fest.

»Ian«, setzte Sean an, doch Ian schüttelte vehement den Kopf.

»Nicht hier. Lasst uns weitergehen.«

Ich lief neben Ian her, Manila an meiner Seite, während Sean etwas langsamer folgte. »Danke für die Rückendeckung«, sagte ich schließlich leise.

Ian warf mir einen glühenden Blick zu. »Ich habe mich ziemlich weit aus dem Fenster gelehnt. Verrat mich bloß nicht an deine Welt.«

27

Manila braucht Essen, Ian Schlaf und du einen Moment zum Durchatmen«, mischte sich Sean in unser Gespräch ein. »Und ich Antworten auf sehr viele Fragen!«

Ian blieb so abrupt stehen, dass sein Freund in ihn hineinlief. »Was willst du wissen?«

Sean maß ihn mit einem langen Blick und seufzte leise. »Du siehst aus wie der Tod. Geh in dein Zimmer und leg dich hin. Und leg dich bitte in ein richtiges Bett, statt neben Makon auf die Landebahn. Wenn du uns zusammenklappst, wird alles nur schlimmer. Ich geleite Elaja zur Futterstation, damit Manila noch mal Babynahrung bekommt. Danach treffen wir uns bei dir. Einverstanden?«

Ian wog kurz die Möglichkeiten ab und nickte. »Lasst euch nicht in Gespräche verwickeln, bevor wir miteinander gesprochen haben«, sagte er und sah dabei besonders mich an. »Die Lage ist heikel.«

Ach? Das hatte selbst ich mittlerweile verstanden.

Müde winkte ich ihm zu und lief neben Sean durch verwinkelte Gänge, ehe wir auf der anderen Seite des Gebäudes herauskamen. Hier befanden sich die Ställe der Drachen und die Schlachterei. Drachen fraßen erstaunlich wenig Fleisch, doch einmal in der Woche benötigten sie tierische Fette. Ansonsten kamen sie gut als Vegetarier über die Runden. Bei Babys sah die Sache anders aus. Die futterten alles in rauen Mengen.

Kurz bevor wir zur Ausgabe gelangten, blieb Sean abrupt stehen. »Bist du in Ordnung?«, fragte er mich eindringlich.

Ich nickte knapp. »Alles etwas viel, aber ich komm klar.«

Seans Blick wurde intensiver. »Die haben sich alle ziemlich auf dich eingeschossen.«

»Hab ich bemerkt.«

»Gibt es dafür Gründe, die ich wissen sollte?«

Ich erwiderte seine Musterung möglichst fest. »Nein, Sean. Ich bin genau die, die du zu kennen meinst.«

Die Asrai. Ich schauderte gedanklich. Ein anderer Name für mich als Pfortenwächterin. Mein Name. Der Name, der die Jahrhunderte überdauerte und immer gleich war. Nur dass ich das offenbar jedes Mal vergaß. Warum hatte Ian das mir gegenüber bloß nie erwähnt?

Er war der Shetai. Der Pfortenwächter, der alle seine Leben bewusst in sich trug.

Ein letzter eindringlicher Blick, dann nickte Sean und wollte zur Ausgabe gehen, als uns jemand in den Weg sprang und sich mir quasi um den Hals warf.

»Endlich hab ich euch gefunden!« Neth. Meine Freundin drückte mich noch fester an sich, tätschelte beinahe nebenbei Manilas Kopf und sah dann Sean finster an. »Ich bin fast gestorben vor Angst. Da kauft man ein harmloses Ei und plötzlich gehen alle Drachen aufeinander los. Und niemand redet mit mir!« Sie trat einen Schritt zurück, um Manila zu mustern. »So ein kleines Dingelchen und so viel Drama.«

Manila legte den Kopf schief und grummelte vor sich hin.

»Reiz sie nicht, sonst greift sie nachher an«, sagte Sean trocken.

»He«, ging ich dazwischen. »Sie ist total harmlos.« Wir dachten vermutlich alle an das kleine Monster, das Ian direkt nach dem Schlüpfen an die Gurgel gegangen war. Warnend warf ich Manila einen Blick zu. »Benimm dich!«

Manila gähnte als Antwort und ließ dabei eine kleine rosafarbene Zunge und nadelspitze Zähnchen aufblitzen.

Neth wirkte dagegen eher verärgert – und ausgesprochen besorgt. »Was ist hier los? Muss ich mir Sorgen machen? Was wollen all die wichtigen Leute von dir? Und warum mischt sich Ian in alles ein? Immer wenn er in Elajas Nähe ist, gibt es Stress für sie. Was ist es diesmal?«

»Elaja wird vorgeworfen, in ferner Zukunft unser Volk zu verraten, weil sie angeblich von einer anderen, ausgesprochen kriegerischen Welt stammt«, fasste Sean trocken zusammen.

Neth riss die Augen auf. »Wer denkt sich denn so einen Blödsinn aus? Ian? Der sollte lieber still sein, immerhin hat einer seiner Drachen den anderen umgelegt. *Das* ist unnormal, wenn ihr mich fragt. Lass dir von Ian auf keinen Fall einreden, dass du nicht von dieser Welt bist. Das bist du. Bis zur letzten Haarschuppe.«

Seans Gesicht wurde deutlich blasser, als Neth so ruppig ihre Argumente gegen Ian vorbrachte. Dass er für mich in die Bresche gesprungen war, wusste sie schließlich nicht.

In der Sekunde reichte es Manila. Sie hatte Hunger. Sie war ein Baby. Sie war mies drauf. Kein Wunder, dass sie an uns vorbeistapfte und ihrer Nase folgte, immer dem Duft von Fleisch nach. Ich machte, dass ich ihr hinterherkam. Vor allem, weil sie bereits halb auf der Theke saß und in das schockierte Gesicht des Mannes starrte, der für die Essensausgabe zuständig war. »Sie hat Hunger«, sagte ich erklärend zu ihm.

»Das merke ich. Babynahrung?«

»Ja bitte.« Wie sich herausstellte, bestand die Babynahrung aus einem übel riechenden Matsch, in dem komische Bröckchen herumschwammen. Manila stürzte sich umgehend darauf und schmatzte gut fünf Minuten genüsslich vor sich hin.

Ich wollte mich gerade wieder Neth zuwenden und unser Gespräch fortführen, als Jama aus dem Gebäude gestapft kam. Kaum hatte er uns entdeckt, hielt er umgehend auf uns zu.

»Ihr drei! Auf ein Wort«, brüllte er uns zu.

Wir waren zu langsam, um uns zu verdrücken. Also blieb uns nichts anderes übrig, als uns dem Zorn unseres Hortanführers zu stellen.

»Wer hat euch erlaubt, auf ein altes Ei zu bieten?«, schnauzte er als Erstes mich, danach Sean an. »Und wie seid ihr darauf gekommen, dass da ein Wächterdrache drinsteckt?«

Wir sahen alle Neth fragend an. Die zog den Kopf ein. »Was ist denn ein Wächterdrache? Und warum ist eine Auktion verboten? Ich hab die Anzeige gesehen und gedacht, dass das Elajas beste Möglichkeit ist, um an einen Drachen zu gelangen. Ende der Geschichte.«

Jama glaubte ihr kein Wort. Das war offensichtlich. »Deine Freundin hat auf ein Ei geboten, das womöglich das Ende unserer Welt bedeuten könnte«, brüllte er sie an. »Und was machst du überhaupt hier? Du solltest auf Lark deine Ausbildung verfeinern.«

»Ich –«

»Nein! Hör auf mit deinen Ausreden. Sean? Du bringst sie jetzt auf dem schnellsten Weg zurück nach Lark. In zwei Stunden geht die Patrouille, da kannst du mitfliegen. Anschließend haben wir zwei auch noch ein Wörtchen miteinander zu sprechen.«

»Aber –«

»Los! Und nimm Maai auch mit. Die brüll ich später an.«

Sean wollte zunächst protestieren und erkannte dann Jamas mörderischen Blick. Er nickte und packte die sich sträubende Neth am Arm, zog sie weg.

Ich sah meinen beiden Freunden sehnsüchtig hinterher und wünschte, mit ihnen gehen zu können. Nur Manila war glücklich. Sie schmatzte zufrieden vor sich hin und war über und über mit gräulichem Schleim bedeckt. »Brüllt Ihr mich jetzt auch an?«, fragte ich Jama müde. »Wenn ja, dann bringen wir es bitte einfach hinter uns.«

Zu meiner Überraschung schüttelte Jama langsam den Kopf, dann legte er mir eine Hand auf die Schulter. »Du hast mir immer den letzten Nerv geraubt, aber gerade durch deine penetrante Art kenne ich dich ganz gut. Du bist keine Verräterin. Das habe ich dem Rat bereits gesagt, und doch ist die Situation weiter angespannt. Also mach, dass du aus diesem öffentlichen Bereich wegkommst. Wenn Larian dich in die Finger bekommt, wird er dich mit Fragen durchlöchern oder womöglich etwas wirklich Dummes tun.«

»Wo soll ich denn hin?«

»Geh zu Ian. Er ist deine beste Möglichkeit, um lebend aus dieser Sache rauszukommen. Und bleib unauffällig. Zumindest so unauffällig, wie du kannst.« Sein Blick wurde sanfter. Erstaunlich sanft.

»Sean, Neth und Maai glauben fest an dich. Genau wie ich. Enttäusch uns nicht.«

Ich wusste keine Antwort. Also nickte ich lediglich, schnappte mir die endlich gesättigte Manila und lief danach wieder zurück ins Gebäude. Ians Zimmer zu finden gestaltete sich schwieriger als erwartet. Die Leute sprachen ungern mit mir. Offenbar hatte sich bereits herumgesprochen, dass mit mir etwas nicht stimmte. Zwei Männer wiesen mir schließlich den Weg, sodass ich nach einer Weile vor Ians Tür stand. Zunächst atmete ich noch mal tief durch, versuchte Makon ein letztes Mal zu erreichen.

Dass er seit der Lichtung so seltsam war, nagte an mir. Vor allem das belauschte Gespräch brannte in meinem Herzen. Wie hatte er sich nur gegen mich wenden können? Er wusste am besten, dass man mir trauen konnte. Da waren keine finsteren Pläne, die es zu vereiteln gab. Nur Elaja, die versuchte, das Richtige zu tun.

Doch Makon blieb stumm.

Schließlich klopfte ich mit dem letzten Rest Mut in meinem Herzen und wartete dann nervös auf Antwort. Als keine kam, trat ich trotzdem ein. Jama hatte recht. Ich konnte nirgendwohin. Der Hort war fremd für mich. Meine Freunde hatte Jama fortgeschickt. Verbündete fehlten. Nur Larian, der mir ans Leder wollte. Der mich als Feind betrachtete.

Ein schreckliches Gefühl, solch einen mächtigen Mann gegen mich aufgebracht zu haben. Und das für etwas, das lediglich auf einer Theorie basierte. Vielleicht gab es ja doch zwei Pfortenwächter zugleich in einer Welt? Wer wusste das schon?

Als ich Ian im Bett liegen sah, beantwortete ich mir die Frage selbst. Er wusste es. Immerhin erinnerte er sich noch an seine vergangenen Leben. Dafür, dass er angeblich den Durchblick hatte, war er verdammt verschlossen. Es wurde dringend Zeit, nicht länger passiv darauf zu warten, dass mir jemand etwas erklärte. Der Moment war gekommen, Antworten einzufordern.

Ich näherte mich eher vorsichtig dem Bett, in das Ian sich angezogen, zerschunden und stinkend hineingelegt hatte. Das zeigte den Grad seiner Erschöpfung mehr als deutlich. Allerdings konnte ich darauf keine Rücksicht nehmen.

Ich gab mir einen Moment, um Ian eingehend mustern zu können. Im Zimmer wurde es langsam dunkler. Dieser gefühlt endlose Tag war endlich vorübergezogen. Eine Katastrophe hatte sich an die andere gereiht. Ich war kaum zum Luftholen gekommen. Jetzt gönnte ich mir den Luxus, meine Gedanken zu ordnen.

Und den Mann zu betrachten, in den ich mich bereits seit langer Zeit zu verlieben begonnen hatte.

Er war mir weiterhin ein Rätsel, aber vielleicht machte das auch meine Faszination aus. Das, und die Tatsache, dass er sich immer in den entscheidenden Momenten hinter mich gestellt hatte.

Oder?

Ich runzelte bei dem Gedanken die Stirn und verstand dann, woher dieser Moment des Zweifels kam. Neth. *Lass dir von Ian auf keinen Fall einreden, dass du nicht von dieser Welt bist*, hatte sie gesagt. Ach, Neth. Wie gern hätte ich das genauso gesehen.

Ian sah blass und selbst im Schlaf angespannt aus. Seine Finger waren krampfhaft zur Faust geballt und die Beine hatte er schützend an den Bauch angezogen. Eine seltsame Stellung für einen gestandenen Krieger. Einige seiner Deckhaare hatten sich aus dem sonst strengen Zopf gelöst, sodass sie ihm ins Gesicht hingen. Trotzdem konnte ich die dunklen Ringe darin kaum übersehen.

Als ich ihn sanft am Arm berührte, öffnete er eher träge die Augen. Er wirkte wenig überrascht, dass ich neben ihm am Bett lehnte. Vielleicht hatte ihn Makon bereits vorgewarnt. Wortlos rückte er zur Seite und strich über die Matratze. Ich brauchte einen Moment, um die Einladung zu verstehen, und zögerte keine Sekunde.

Noch immer schweigend schlüpfte ich genauso angezogen wie er neben ihn und ließ es zu, dass er mir einen Arm über die Schulter legte, mich an sich zog. Unsere Nasen berührten sich beinahe, und ich spürte seinen Atem über meine Wangen tanzen. Die Augen hatte er bereits wieder geschlossen, zu erschöpft, um sie offen zu halten.

Ich gönnte mir diesen wunderschönen Moment und prägte mir seinen Geruch ein. Das Gefühl seiner schützenden Arme um mich. Sein Gesicht, so nah an mir. So vertrauensvoll. Zugewandt.

Dann sammelte ich all meinen Mut zusammen und flüsterte: »Erzähl mir mehr über meine vergangenen Leben. Warum hasst mich dein Volk so sehr? Was habe ich getan? Verrat mir Einzelheiten über die Pfortenwächter, damit ich verstehe.«

Ganz langsam öffnete Ian seine Augen wieder, und zum allerersten Mal waren sie nicht stahlgrau, sondern schwarz. So schwarz wie Makon. Die Magie der Pfortenwächter sickerte genau wie bei mir immer tiefer in ihn hinein. Meine Haare waren mittlerweile beinahe weiß, ähnlich wie meine Augen. Ich hatte nur einmal kurz in den Spiegel geblickt und schaudernd fortgesehen.

Ich veränderte mich. Innerlich und äußerlich. Und das machte mir Angst.

Ian fuhr mit seiner Hand an meinem Rücken höher, strich mir von hinten über die Haare. Eine so liebevolle Geste, dass sie in meiner Seele schmerzte. »Sprich mit mir«, sagte ich, obwohl ich viel lieber reglos neben ihm gelegen hätte. Seine Berührungen ließen mein Herz flattern und meinen Verstand erzittern.

Ian schluckte hörbar, dann drehte er sich auf den Rücken. Fort von mir. Starrte die Decke an. »Du warst ein Monster«, erzählte er tonlos. »Rücksichtslos und entfesselt. Du hast so viele Leben auf dem Gewissen, dass ich sie nicht mehr erfassen kann. Als ich dich in dieser Welt auf dem Hügel gesehen habe, hat alles in mir mich angeschrien, dich augenblicklich zu töten. Ich habe dich erkannt. Deine Augen. Die Art, wie du dich bewegst. Aber dann hast du gelächelt und meine Welt ist in sich zusammengestürzt. Also habe ich dich für den Moment leben lassen, vor allem, weil es seltsam erschienen wäre, wenn ich ohne ersichtlichen Grund eine Heilerschülerin angegriffen hätte.«

Ich erinnerte mich an den Moment auf dem Hügel. An seinen Gesichtsausdruck. An die Abneigung in seinem Blick. Ich war daran schon so gewöhnt gewesen, dass ich mir keine großen Gedanken darüber gemacht hatte. Dass ich dem Tod nur knapp entkommen war, ließ mich im Nachhinein schaudern.

»Ich bin kein Monster«, sagte ich, nachdem ich meine Sprache wiedergefunden hatte. »Nur ein Mädchen, das für seine Welt einsteht.«

Er drehte den Kopf, sah mich aus diesen dunklen, unheimlichen Augen an. »Das hast du vermutlich in deinen vergangenen Leben ebenfalls gedacht. Dass du das Richtige tust. Für dein Volk. Das hast du dann auch durchgezogen – ohne Rücksicht auf Verluste. Du hast uns fertiggemacht. Und zwar richtig.«

»Aber …«

»Erinnerst du dich an die Drachenpest vor dreihundert Jahren, der fast neunzig Prozent aller Drachen zum Opfer gefallen sind?«

Irritiert nickte ich. Natürlich kannte ich die Krankheit. Wir hatten sie ständig im Unterricht durchgekaut. Die Drachenpest. Erst der verheerende Vulkanausbruch, danach die Krankheit. Vermutlich gab es einen Zusammenhang. Die Pest war so schnell wieder verschwunden, wie sie aufgetaucht war. Nur die jüngsten Drachen hatten überlebt und …

Ich riss die Augen auf, als ich verstand.

Ian nickte bitter. »Das war keine Drachenpest. Das waren Pfortenwächter. Ein Krieg, der erbittert zwischen dir und Rai geführt wird. Mein Volk ist zwischen die Fronten geraten und hat einen hohen Preis gezahlt. Rai hat meine Welt mit Feuer überzogen, und du … du hast uns dann den Rest gegeben.«

»Rai?«

»Er gehört zu den roten Drachen. Zu denen, die uns in den Bergen angegriffen haben. Ein gruseliger Kerl, der offenbar einen sehr persönlichen Krieg gegen dich führt. Alle dreihundert Jahre mit erbitterter Härte. Ein Kreislauf, in den meine Welt immer wieder hineingezogen wird. Es ist meine Welt, die blutet.«

»Hab ich etwa den Vulkanausbruch ausgelöst?«, fragte ich entsetzt.

»Nein. Das war Rai. Jeder Pfortenwächter hat eine spezielle Gabe, die er mit einem Handwink auslösen kann. Rai kann Pforten in der Erde erschaffen, sie bis zum Erdkern aufreißen, wenn er will. Er erschuf auf diese Weise den verdammten Vulkan, überzog diese Welt mit Feuer und verbrannte ganze Landstriche, alle Aufzeichnungen, alle Hinweise. Um sich zu wehren, flogen die erwachsenen Drachen einen Angriff. Sie kamen nie zurück. Die überlebenden Jungreiter haben danach alles auf den Vulkanausbruch geschoben und das Märchen einer angeblichen Drachenpest erfunden. Die hat es in der Form nie gegeben. Sämtliche erwachsenen Drachen waren von einem Moment zum anderen fort. Zurück blieben nur die Jungtiere, die sich zum Zeitpunkt des Angriffs nicht in der Luft befunden hatten. Diese Generation verdrängte die Wahrheit, weil sie zu erschreckend war, sodass sich heute nur noch die Lügen erzählt werden. Nur ich weiß es. Und du erinnerst dich ebenfalls. Das ist das Feuer, von dem Maai erzählt hat. Die brennende Erde und die sterbenden Drachen. Das ist die Vision, wegen der du ein Baby aus seiner Wiege gestohlen hast und schreiend durch die Gänge gelaufen bist. Der Vulkanausbruch. Das regnende Feuer. Das habt ihr ausgelöst. Du und Rai. Euer Krieg zerstört ganze Welten.«

»Warum sollten wir denn immer wieder aufeinander losgehen?«

»Keine Ahnung. Ich weiß nur, dass meine Welt nicht der Aggressor war. Das waren Rai und du.« Ian schluckte hörbar. »Rai hat dich hier entdeckt – und er wird kommen, um dich zu holen.«

Ich schauderte, vor allem, weil ich die Härte in Ians Blick registrierte.

»Wenn er kommt, werde ich unmöglich für dich kämpfen können«, sagte er ruhig. »Wir dürfen auf keinen Fall wieder in euren Krieg mit hineingezogen werden. Selbst wenn ich mir den Kopf darüber zerbreche, was zwischen euch vorgefallen sein könnte. Falls du also Hinweise hast, wäre das jetzt der Moment, sie mir zu sagen.«

»Ich … nein! Von einem Rai höre ich heute zum ersten Mal. Die roten Drachen gehören also zu einer dritten Welt?« Ich riss die Augen auf. »Shy auch?«

Sofort sah ich den Schmerz in Ians Augen aufblitzen und bedauerte, ihren Namen ausgesprochen zu haben. Auf der anderen Seite brauchte ich Antworten, um das hier überleben zu können.

»Shy wurde in dieser Welt geboren, aber ich glaube, dass die wilden Drachen ursprünglich aus Rais Welt stammen. Wahrscheinlich wurden sie vor sechs- oder neunhundert Jahren zurückgelassen, als sich die Pforten schlossen. Die roten Drachen sind anders. Wilder. Tierischer. Sie verbinden sich nicht auf die gleiche Art mit ihren Reitern, wie es bei uns der Fall ist. Soviel ich bisher herausfinden konnte, reden sie auch nicht. Shy hat es jedenfalls nie versucht und auch nie zugelassen. Stirbt der Reiter, interessiert sie das wenig. Sie sind dressierte, sehr gefährliche Reittiere, die durch Gewalt gefügig gemacht wurden. Ich habe mir eingebildet, mit Liebe zu Shy durchzudringen, doch selbst das hat nur bedingt funktioniert. Sie gehorchen lediglich, wenn man ihren Willen bricht. Schlägt das fehl, greifen sie an, sobald sich die Gelegenheit ergibt. Das Ergebnis hast du heute gesehen.« Er wandte wieder den Kopf ab, starrte zur Decke, um meinem Blick auszuweichen.

»Rai gehört also zu den roten Drachen«, sagte ich in die Stille hinein. »Und … ich?«

»Ich dachte, du gehörst zu uns«, antwortete Ian leicht aggressiv.

»Du weißt, wie ich es meine. Ich habe sie gesehen. In deiner Erinnerung, die du mir gezeigt hast. Die blauen Drachen. Die Tiere, die ich auf der Lichtung gesehen habe. Ich gehöre zu ihnen, oder? Zumindest vor dreihundert Jahren.«

Ian starrte mich an, eine gefühlte Unendlichkeit, in der ich einfach nur die Luft anhielt. Zu meinem Entsetzen füllten sich seine Augen erneut mit Tränen. Als er bemerkte, dass ich es registriert hatte, schloss er hastig die Lider.

»Ian, was ist denn nur los?«, hakte ich verzweifelt nach.

Als Antwort verschränkte er beide Arme über dem Gesicht. »Es ist ein Desaster«, stöhnte er laut auf. »Und egal wie sehr ich mir den Kopf zermartere, ich finde keine Lösung. Ich habe mir ernsthaft eingebildet, dass wir um den großen Konflikt herumkommen und es diesmal keine brennenden Welten geben wird, nur ist jetzt alles schlimmer als zuvor.«

»Deshalb hast du auch das Ei vor mir verstecken wollen. Damit ich meine Kräfte nicht entfalten kann«, sprach ich meinen Verdacht aus.

Ian leugnete es nicht mal und nickte. »Jetzt, wo Manila in dieser Welt ist, wird sich alles ändern. Du wirst dich verändern, und ich muss darauf reagieren – ob ich will oder nicht. Und ich will nicht.« Endlich nahm er seine Arme vom Gesicht, sah mich aus schmerzerfüllten Augen an. »Ich will nicht«, wiederholte er.

»Dann tu es auch nicht.«

Langsam schüttelte er den Kopf. »Es ist viel komplizierter. Mir bleibt keine Wahl.«

Ich spürte instinktiv, dass er ab sofort schweigen würde. Wann immer ich ihn zu sehr bedrängt hatte, war er vor mir zurückgewichen. Also verzichtete ich auf einen Versuch. Stattdessen beugte ich mich über ihn, schob mich in sein Blickfeld. »Ich bin nicht das Monster, das dir in den vergangenen Leben begegnet ist«, sagte ich mit fester Stimme. »Ich bin Elaja. Die Frau, die deinem Drachen einen Unterschlupf gab. Die dich mag und die du magst. Ich bin eine Drachenreiterin von dieser Welt, die unbedingt dazugehören wollte und das endlich geschafft hat. Ich bin die Freundin von Hora und Narel, liebe Neth und Sean, verehre Jama und bin die Ziehtochter von Maai. Ich habe meinen Platz gefunden.« Zaghaft legte ich ihm meine Hand auf seine Brust, wo ich sein Herz viel zu schnell schlagen spürte. »Ich bin nicht deine Feindin. Und das weißt du genau.«

Als er nickte, beugte ich mich tiefer. Langsam. Vorsichtig. Diesmal wich er nicht aus, als ich meine Lippen zart auf seine legte, über seine strich. Im Gegenteil. Er legte mir seine Hände auf den Hinterkopf, zog mich näher, sodass sich unser Kuss vertiefte. Ein süßer Kuss mit einer Mischung aus Verzweiflung und Sehnsucht. Eine Sekunde, zwei. Dann zog sich Ian zurück, unterbrach den Kontakt unserer Lippen.

»Wir sollten das nicht tun«, murmelte er.

»Vielleicht ist das die Antwort auf den Teufelskreis. Liebe.«

Er starrte mich an, und ich sah, wie sich alles in ihm zusammenzog. Wie widerstreitende Gefühle miteinander rangen. All die Jahrhunderte war er darauf getrimmt worden, mich zu hassen. Da war es für ihn verständlicherweise schwierig, jetzt das Gegenteil zu empfinden.

Und dennoch war es so. Ich sah es an seinem Blick. Spürte es an der zarten Berührung seiner Hände auf meiner Haut. Vermutlich bemerkte er nicht einmal, wie sanft er mich streichelte.

»Wenn du mir so nah bist, kann ich kaum vernünftig denken, doch sobald du fort bist, habe ich das Gefühl, auf eine Katastrophe zuzuschlittern. Stehst du hingegen neben mir und ich kann dich sogar berühren, und sei es nur so flüchtig, dann wirkt alles eindeutiger. Als gäbe es da eine Lösung, die nur wir zwei herausfinden können«, flüsterte Ian.

Ich lehnte noch immer über ihm, sodass sich nun eine meiner langen Haarsträhnen nach vorn mogelte, in sein Gesicht fiel. Sie war weiß. Da gab es keinen Zweifel. Ich verwandelte mich nach und nach in die Asrai, die er kannte. In das Wesen mit den weißen Haaren und den unheimlichen Augen.

»Ich bleibe Elaja«, sagte ich mit fester Stimme. »Nicht Asrai. Nicht Shetai. Nur Ian und Elaja. Wir finden eine Lösung. Gemeinsam.«

Da küsste er mich. Richtig. So intensiv, so leidenschaftlich, dass eindeutig war: Wir konnten keine Feinde sein. Niemals. Nicht in diesem Leben.

28

Ian war schließlich in meinen Armen eingeschlafen. Seine Erschöpfung ging zu tief. Ich hielt ihn, betrachtete ihn, verliebte mich noch mehr, obwohl mein Herz seltsam schwer war. Warum nur konnte er mir nicht endlich sagen, was ihn so belastete?

Zart strich ich ihm mit dem Finger über den angespannten Kiefer, prägte mir seine Gesichtszüge ein, seinen Geruch, seine Art zu atmen. In meinem Magen kribbelte es daraufhin wie wild, und ich war glücklich und besorgt zugleich. Wenn ich hier so neben ihm lag, war ich mir sicher, dass alles gut werden würde. Und gleichzeitig war da dieses Stimmchen, das mir tief in meinem Herzen immer und immer wieder zurief, dass etwas falsch war.

An Ians Erzählung. An meinen Schlussfolgerungen. An unserer gemeinsamen Geschichte.

Etwas stimmte nicht, doch ich kam nicht darauf.

Mein Blick fiel auf Manila, die unten am Boden lag und leise vor sich hin schnarchte. So klein und so viel Drama. Neths Worte. Es beschrieb meinen Drachen recht gut. Wobei er sich in ihrer und Seans Anwesenheit ganz hervorragend verhalten hatte.

Der Gedanke ließ mich stutzen. Manila hatte sich nicht nur bei ihnen gut benommen. Nein. Bei der Versammlung war sie ein Musterbeispiel an Ruhe und Ausgeglichenheit gewesen. Als würde sie sich in dieser Umgebung sehr wohlfühlen.

Nur wenn es um Ian ging, drehte sie durch.

Etwas ballte sich in mir zusammen. Das ungute Gefühl, das sich mit aller Macht an die Oberfläche kämpfte. Mich zu würgen begann. Eine der vielen Ungereimtheiten, die mir schon lang auf der Seele brannten, die ich aber nicht zu packen bekam.

Manila fühlte sich hier wohl, genau wie ich. Meine jahrelange Zerrissenheit war wie fortgeblasen. Ich war jetzt eine Drachenreiterin und hatte meinen Platz gefunden. Als Heilerin hatte ich rebelliert und ständig das Gefühl gehabt, nicht dazuzugehören. Weil ich im Herzen eine Drachenreiterin war.

Eine Drachenreiterin dieser Welt. Das hier war meine Heimat. Meine Welt. Die Welt der grünen Drachen.

Grün.

Abrupt richtete ich mich auf, hielt die Luft an, als da etwas in meinem Kopf auftauchte. Ein Gedanke. Ein Bild. Ich hatte bislang nie auf dieses Detail geachtet, denn damals hatte ich nichts von fremden Welten gewusst. Nicht geahnt, dass die Farbe der Drachen einmal relevant sein würde.

Jetzt blieb mir die Luft weg, als ich die Bilder in meinem Kopf heraufbeschwor. Jene Vision, die mir die Karriere als Heilerin zerstört hatte. Die brennende Welt. Meine Verzweiflung. Die Drachen.

Grün. Sie waren grün gewesen. Alle meine Freunde. Alle meine Gefährten. Grün. Grüne Schuppen. Grüne Krallen. Grüne Augen.

Aber …

Nein, war mein erster Gedanke. *Unmöglich*, mein zweiter. Und dennoch spürte ich, dass sich abrupt eine Wahrheit vor mir ausbreitete, die mich bis ins Mark erzittern ließ. Da tauchte nämlich noch ein weiteres Bild in meinem Kopf auf. Ians Vision. Wie er auf Makon saß und im Hintergrund ein Drache startete. Alltag an einem Drachenhort. Die Vision war so schnell vorübergezogen, dass ich es zunächst nicht bemerkt hatte. Aber jetzt. Jetzt sah ich es.

Dieser Drache war blau gewesen.

Langsam blickte ich auf Ian hinunter, der selbst im Schlaf angespannt wirkte. Als wäre er allein unter Feinden. Allein in einer fremden Welt, die ihn sofort töten würde, sollte er entdeckt werden.

Nein. Der Gedanke war zu schrecklich, um ihn zu Ende zu denken – und trotzdem musste ich es tun. Ian. Er hatte immer gesagt, dass er der Pfortenwächter dieser Welt sei. Ich hatte das nie angezweifelt. Keine Sekunde.

Doch was war, wenn er das lediglich behauptet hatte?

Fassungslos spürte ich, wie sich alles zu einem Bild zusammenfügte, das ich nicht glauben wollte. Nicht glauben konnte.

Ian, der einsam auf der Landebahn saß und sich von den anderen fernhielt, wann immer es ging. Als wollte er gar nicht erst in Versuchung geraten, Kontakte zu knüpfen. Einzig Sean war eine Ausnahme. Und ich.

Shy, die auf ihn losgegangen war. Als gehörte er nicht zu ihr – oder zu dieser Welt.

Manila, die sich knurrend auf ihn warf und zu den anderen Menschen dieser Welt vollkommen friedfertig war.

Und seine Erzählungen. Meine Welt. Diese Welt. Er hatte da immer einen Unterschied gemacht. Ich hatte es sonst nie bemerkt, nur während unseres letzten Gesprächs war es mir aufgefallen.

Er war ständig hin- und hergesprungen.

Mein Volk ist zwischen die Fronten geraten und hat einen hohen Preis gezahlt. Rai hat meine Welt mit Feuer überzogen, und du … du hast uns dann den Rest gegeben, hatte er gesagt. *Es ist meine Welt, die blutet.*

Doch als ich ihn auf den Vulkanausbruch ansprach, hatte er über diese Welt gesprochen – ein kleiner, feiner Unterschied.

Auf die Frage, ob ich zu den blauen Drachen gehöre, hatte er nie geantwortet. Weil ich eine Lüge womöglich bemerkt hätte. Stattdessen hatte ich pure Trauer in seinen Augen gesehen.

Die blauen Drachen. Seine Drachen. Die Welt, die er liebte und in der etwas Schreckliches geschehen war. Die unterzugehen drohte.

Ich bekam die Gänsehaut meines Lebens, als sich die nächste Schlussfolgerung aufdrängte. Die Lichtung. Es war die Welt der blauen Drachen gewesen. Wir hatten sie gesehen. Sie hatten uns bemerkt, waren auf uns zugeflogen. Hatten sie uns wirklich angreifen wollen? Oder hatten sie lediglich nach ihrem Pfortenwächter geschaut?

Sie sind tot, hatte Ian gesagt. Das hatte alles verändert. Der Besuch in dieser Welt war markerschütternd für ihn gewesen. Was genau geschehen sein konnte, wusste ich noch immer nicht. Makon verhielt sich seitdem jedenfalls feindselig. Als hätte er durch diesen Besuch in der fremden Welt etwas bemerkt, was sein Denken und Handeln mir gegenüber verändert hatte.

Alles nur Indizien, dachte ich verzweifelt. *Möglichkeiten. Thesen.* Aber die grünen Drachen in meiner Vision und die blauen in Ians Erinnerung ließen sich nicht wegdiskutieren.

Ian hatte häufiger gesagt, dass es keine Aufzeichnungen über Pfortenwächter geben würde. Alles verbrannt. Bis auf ein Buch. Ob es das wirklich gab? Selbst Larian schien nicht viel über Pfortenwächter zu wissen. Die einzige Informationsquelle war Ian selbst gewesen.

Eine Quelle, die niemand hatte überprüfen können.

Pure Panik ballte sich in mir zusammen, drohte mich zu überspülen. Ich kämpfte dagegen an und rang um einen klaren Gedanken. Sean fiel mir ein. Er hatte seltsam reagiert, als mich Larian wegen meiner Vergangenheit ausgefragt hatte. Als wäre ihm etwas aufgefallen.

Ich musste ihn sprechen. Sofort. Hoffentlich war er nicht schon weg.

Zitternd schob ich mich aus dem Bett und hielt den Atem an, als sich die Matratze verräterisch bewegte. Zum Glück war Ian zu erschöpft, um sich zu rühren. Der Tod seines Drachen, der anschließende Magieschock und der Streit um meine Zukunft hatten ihn ausgelaugt. Ganz davon abgesehen, dass er emotional bereits angeschlagen gewesen war – wegen der Sache auf der Lichtung.

Verdammt. Ich brauchte Antworten. Sofort.

Ich bedeutete Manila, mir zu folgen. So leise ich konnte, öffnete ich die Tür, schlüpfte hindurch und ließ meinen kleinen Drachen passieren. Das Weibchen gähnte herzhaft und streckte sich.

In der Sekunde rannte ich los. So schnell ich konnte. Ich raste durch die Gänge, rempelte Leute an und spurtete quer über den Sammelplatz zu den Startbahnen. *Bitte*, dachte ich verzweifelt, *lass sie noch hier sein!*

Manila galoppierte verwirrt neben mir her und ließ dabei locker ihre Flügel in der Luft wehen.

Als ich Zair bei den Stallungen erspähte, hätte ich vor Erleichterung beinahe weinen können. Eigentlich hatten Sean und Neth direkt aufbrechen sollen. Offenbar hatte sich der Abflug verspätet. Ich stürzte auf den dunkelgrünen Drachen zu wie auf meinen letzten Rettungsanker. Vor allem, weil ich wenig später auch Neths Drachen dahinter entdeckte. Die beiden waren noch da!

Völlig atemlos kam ich neben Zair an und winkte hektisch zu Sean hoch, der leicht genervt wirkte. »Wo zur Hölle ist Maai?«, rief er zu mir runter. »Wir hätten schon seit Stunden losgemusst, doch sie weigert sich beharrlich, mit uns zu kommen. Jama dreht uns bald den Hals um, wenn wir seinem Befehl nicht endlich folgen.«

»Ich muss mit dir reden. Sofort!«, schrie ich zurück. »Ich brauche deine Hilfe.«

Sean wirkte einen Moment verdutzt, dann sprang er unverzüglich von seinem Drachen. »Bist du krank?«, fragte er. »Seit wann willst du Hilfe von jemandem annehmen?«

Neth sah uns zwei voreinander stehen und stieg ebenfalls ab, kam zu uns herüber. Das rief den Platzwart heran. »Ihr müsstet längst los sein. Bringt man euch auf Lark keine Regeln bei?«

Ich ignorierte ihn, packte stattdessen Neth am Arm und zog sie weg von neugierigen Ohren. Sie ließ sich ziehen und bedeutete Sean, uns zu folgen. Der kam eher zögernd hinterher. Wahrscheinlich wusste er genau, dass er sich damit eine ganze Menge Ärger einhandelte.

»Was ist geschehen?«, fragte er mich, kaum dass ich endlich stehen geblieben war. Wir hatten uns nun ein Stück von den wartenden Drachen entfernt. Die Patrouillenreiter, die Neth und Sean eigentlich hätten geleiten sollen, sahen entsprechend genervt aus.

»Sean«, brach es aus mir heraus. »Kennst du Ians Eltern? Hast du sie kennengelernt?«

Sean verstand sofort. Das allein bewies, dass er selbst darüber nachgedacht hatte. Sein Blick flackerte. Ich sah es, und da wusste ich es. »Auch du hast Zweifel an Ian«, stellte ich trocken fest.

»Nein. Ja. Na ja. Vielleicht.« Unruhig trat Sean von einem Bein aufs andere, dann gab er nach. »Ian sah schlimm aus, als ich ihm das erste Mal begegnet bin. Fast verhungert. Zusammengeschlagen. Man hatte ihm übel mitgespielt. Sein Vater, sagte er. Der sei ein schlimmer Mann.«

»Hast du ihn jemals gesehen?«

Sean schüttelte kaum merklich den Kopf. »Nein. Ian hat ihn auch nie wieder erwähnt, nachdem er sich entschlossen hatte, von zu Hause fortzugehen. Ich habe gedacht, er wollte nicht gern auf seinen grässlichen Vater angesprochen werden. Dass es ihn gar nicht geben könnte … darauf bin ich nie gekommen. Erst als man dich wegen deiner Eltern so derart in die Mangel genommen hat, bin ich nachdenklich geworden. Für die Anwesenheit deiner Eltern gibt es jedenfalls mehr Beweise als für Ians.« Die Stille zwischen uns war bezeichnend.

»Ich bin die Pfortenwächterin dieser Welt«, sagte ich tonlos. »Ich. Nicht Ian.«

Sean trat einen Schritt von mir fort und schüttelte vehement den Kopf. »Nein. Du irrst dich.« Doch ich sah es genau. Auch er hielt die Möglichkeit für sehr wahrscheinlich.

Ich kniff die Augen zusammen. »Gibt es noch mehr, was ich wissen sollte? Weitere Hinweise auf Ians Vergangenheit?«

Sean wurde so bleich, wie ich ihn noch nie gesehen hatte. »Ja«, sagte er schließlich knapp. »Da gibt es so einiges. Er war oft fort. Über Nacht. Manchmal sogar am Tag. Wie vom Erdboden verschluckt. Ständig hatte er Verletzungen. Meistens kleinere, manchmal größere. Er behauptete, sie seien vom Training. Ich … ich hab mich immer gewundert. Ihn deswegen gefragt. Ihn bedrängt. Er hatte immer logische Antworten für viele Seltsamkeiten. Ich habe ihm vertraut und ihm geglaubt. In allem. Und er hat mir immer das Gefühl gegeben, dass dieses Vertrauen berechtigt ist.« Sean atmete tief ein, und ich sah die Qual in seinen Augen. Die Erkenntnis, dass sein bester Freund, jener Mann, den er als seinen Bruder ansah, womöglich nicht der war, der er zu sein vorgegeben hatte. »Ian und ich haben ein Geheimnis. Mehrere, um genau zu sein. Ich hatte den

Eindruck, das Richtige zu tun. Leben zu retten. Zu helfen. Jetzt … bin ich mir da nicht mehr so sicher.«

Mein Herzschlag beschleunigte sich, wurde immer schneller und schneller. »Was für Geheimnisse?«, hakte ich unbarmherzig nach.

Sean schüttelte vehement den Kopf. »Ich kann dir nichts davon erzählen. Ich habe ein Versprechen gegeben, von dem Menschenleben abhängen.«

»Hier geht es um einen Krieg epischen Ausmaßes«, antwortete ich scharf. »Wir müssen wissen, was mit Ian nicht stimmt, verdammt noch mal.«

Sean rang mit sich. Dann ließ er die Schultern mit einem Schlag sacken. »Ich glaube, wir wissen beide, was mit Ian nicht stimmt. Er ist nicht von dieser Welt. Er ist nicht unser Pfortenwächter. Das bist du. Ian hat uns belogen. Die ganze Zeit.«

Ich hatte erwartet, erleichtert über Seans Feststellung zu sein. Stattdessen fühlte ich eine bodenlose Traurigkeit. Und ich hatte Angst. Große Angst.

Ein ähnliches Gefühl sah ich in Seans Augen aufblitzen. »Ian war häufig fort, nachdem ihr zwei nach dem Angriff in den Bergen wieder aufgetaucht seid. Er ist mit Makon geflogen und wurde ständig von der Führungselite vermisst. Glaubst du, er war in seiner Welt?«

»Ich fürchte, ja. Da ist etwas …«

»Ian, wach auf! Sie weiß es! Elaja weiß es!«

Der Gedankenruf galt gewiss nicht mir, doch ich vernahm ihn dennoch. Sobald Makon in höchster Aufregung war, schien er sich nicht vor mir abschotten zu können. Seine Warnung ging mir durch Mark und Bein, und ich erstarrte. Lauschte.

»Was ist los?«, fragte Sean alarmiert.

Ich spürte Makon eher, als dass ich ihn sehen konnte. Er trat auf den Vorplatz. Hoch aufgerichtet. Würdevoll – und blickte zu uns herüber. In seinen Augen sah ich Entschlossenheit und eine alles verzehrende Wut.

Makon. Mein Makon. Oder auch nicht.

Ich fühlte bei seinem Anblick eine wirre Mischung aus Entsetzen und verzweifelter Hoffnung, dass es andere Begründungen gab als die, die sich uns im Moment aufdrängten.

Dass wir uns irrten.

Ich liebte diesen Drachen so sehr. Hatte ihm mein Leben anvertraut und gespürt, dass auch er mich mochte. Oder war das nur vorgetäuscht gewesen? Kaum vorstellbar. Die Beziehung zwischen uns hatte sich erst abrupt verändert, seitdem … seitdem …

Ich blickte auf Manila herunter, die Makon mit zusammengepressten Augenschlitzen anstarrte. Ihr Schwanz peitschte nervös hin und her. Der gesamte Körper war angespannt. Für sie war er der Feind. Unumstößlich. Aber wie konnte das sein?

Wieso …

Eine Vision brach über mich herein. Seitdem ich in die Eisberge geflogen war, hatte ich meine Essenz nicht mehr abtropfen lassen. Das rächte sich jetzt. Ich kannte die Szene. Hatte sie bereits in Ians Erinnerung erlebt, nur dass ich in meinem eigenen Kopf steckte und Ian anstarrte. Den gegnerischen Krieger, den es unbedingt zu erledigen galt.

Um uns brannte die Welt, und diesmal wusste ich instinktiv, dass es nicht meine war. Über uns kämpften Drachen. Grün gegen Blau. Bloß waren die grünen die Angreifer. Nicht andersherum. Wir waren in Ians Welt. Die Welt der blauen Drachen.

Ich maß den Mann vor mir mit einem langen Blick, denn es ging um alles oder nichts. Um Überleben oder Niedergang. Wir umkreisten uns, die Waffen fest in den Händen. Ian hob die Hand. Sagte etwas in erstaunlich ruhigem Tonfall. Ich erinnerte mich daran. Er hatte mich angefleht, es nicht zu tun. Und dennoch griff ich an.

Ich kehrte genauso abrupt in meinen Körper zurück, wie mich die Vision überfallen hatte. Keuchend versuchte ich noch, stehenzubleiben, dann brach ich in die Knie.

Verdammt.

»Was ist los?« Sean stützte mich, bis ich mich wieder in der Gewalt hatte.

Die Bilder wurde ich trotzdem nicht los. »Eine Vision«, keuchte ich und korrigierte mich. »Eine Erinnerung. Sie kommen jetzt wieder häufiger. Ian hat mir gezeigt, wie ich sie abstellen kann, nur … verdammt! Er hat mir gezeigt, wie ich sie abstellen kann. Wahrscheinlich, damit ich ihm nicht noch schneller auf die Schliche kommen kann. Diese hier hätte er allerdings nicht vor mir verstecken müssen. Sie lässt mich eher im schlechten Licht dastehen.«

»Inwiefern?«

Ich schluckte, wollte es nicht aussprechen, und doch: Wenn wir die Wahrheit finden wollten, mussten wir ehrlich zueinander sein. »Wir mögen Ian gerade misstrauen, nur in einer Sache hat er nicht gelogen: Ich habe ihn tatsächlich angegriffen. Vor dreihundert Jahren. Er hat versucht, mich davon abzuhalten. Wollte argumentieren. Mit mir reden. Ich habe gar nicht zugehört, sondern … ihn getötet.«

Ein winzig kleiner Teil von mir hatte sich gewünscht, dass Ians Erinnerungen fehlerhaft gewesen sein könnten. Dass er sie womöglich genauso manipuliert hatte wie seine Worte. Aber nein. Jetzt hatte ich die Bestätigung.

Ich hatte ihn tatsächlich getötet. Wieder und wieder.

Manila war besorgt zu mir getreten, starrte mich fragend an. Dann schlabberte sie mir quer durchs Gesicht und gurrte beruhigend. Mir hingegen brannten Tränen in den Augen. Ich wollte nicht das Monster sein. Ich wollte das nicht!

Doch so wie es aussah, sprach zumindest dieser Punkt gegen mich.

»Was ist denn nur geschehen?«, flüsterte ich Manila zu und umschlang zum ersten Mal ihren Hals, drückte mich fest an sie. An meinen Drachen, für den ich so lang hatte kämpfen müssen. Auf den ich gewartet hatte. Den ich ersehnt hatte.

Und jetzt, wo er hier war, jagte mir allein seine Existenz nackte Panik durch den Körper. Es war jedenfalls nicht zu leugnen, dass alles den Bach runtergegangen war, seitdem sie aus diesem verdammten Ei geschlüpft war.

Makon legte in dieser Sekunde den Kopf in den Nacken und brüllte. Er brüllte so laut, dass sich sämtliche Drachen am Hort erstaunt zu ihm umdrehten. Er war aufgeputscht, aufgebracht. Außer sich. Seine Augen glühten unheimlich rot, was ich noch nie an ihm gesehen hatte. Eine Herausforderung an mich. Er wollte, dass ich zu ihm kam.

»Bleibt hier«, sagte ich tonlos zu meinen Freunden. »Das müssen wir unter uns klären.« Schon rannte ich los, rüber zum Vorplatz. Manila folgte mir natürlich, den Blick fest auf den schwarzen Drachenbullen geheftet. Er klang so zornig, dass ich augenblicklich stoppte. Manila antwortete mit einem gutturalen Knurren.

Auch ich hatte es gesehen. Makon hatte Manila fixiert. Voller Hass. Angefüllt mit Mordlust. Instinktiv stellte ich mich vor das Weibchen und erwiderte den lodernden Blick meines geliebten Drachenbullen mindestens genauso herausfordernd.

»Leg dich nicht mit Manila an«, sagte ich lautlos zu ihm.

In der Sekunde trat Ian neben seinen Bullen. Sein Anblick verschlug mir die Sprache. Er trug volle Kampfmontur. Vom Bogen bis zur Schutzkleidung. Eine Hand legte er auf den Brustpanzer seines Drachen, die andere lag locker auf seinem Schwertgriff. Eine stumme Drohung, die ich durchaus verstand.

»Dann weißt du es jetzt also«, sagte er zu mir. »Die verdrehte Wahrheit, die ich jongliere.« Er musterte mich so ernst, dass mir kalt wurde. »Ich habe versucht, auf dich zuzugehen, mich daran geklammert, dass es eine andere Lösung geben muss. Eine friedliche. Leider hat mich Manila sofort angegriffen, als sie mich gesehen hat. Euer Hass überdauert selbst die Jahrhunderte.«

»Ian«, hob ich flehend an, aber er unterbrach mich mit einer ärgerlichen Handbewegung.

»Ich wollte dich da raushalten. Deshalb hab ich das Ei verstecken wollen. Kein Drache, keine Elaja zwischen allen Fronten. Doch Manila lebt, und du verwandelst dich in das Wesen, das wir seit Jahrhunderten fürchten. Daher bleibt mir keine Wahl, denn Makon hat recht. Frieden ist unmöglich. Es tut mir leid. Ich kann nicht mehr zurück.«

Abrupt trat er von mir fort und machte eine Handbewegung, die mich an jene in meinen Visionen erinnerte. Alte Drachenmagie. Mächtig und gefährlich.

Jener Handwink, der die spezielle Gabe jedes Pfortenwächters hervorrief.

Ich spürte das Ziehen in meinem Innersten, den Moment, in dem pure Magie von ihm ausging. Spürte, wie um mich herum die

Atmosphäre aufgerissen wurde. Wie die Welt aufstöhnte und überall schwarze Löcher im Himmel entstanden. Anscheinend konnte Ian das auch ohne auf Makons Rücken zu sitzen. Dass es Weltenpforten waren, spürte ich sofort.

Und daraus kamen sie hervor. Dutzende, wenn nicht sogar Hunderte Drachen. Ihre Schwingen waren so blau wie ihre Leiber. Die meisten von ihnen waren etwas kleiner als unsere grünen, doch das machten sie durch ihre Geschwindigkeit und ihren puren Hass wieder wett.

Ich sah sie und auch wieder nicht. Für einen wahnsinnigen Moment dachte ich, ich würde mich wieder in einer verrückten Vision befinden. Leider nein. Das hier war Realität.

»Du bist wirklich der feindliche Pfortenwächter«, flüsterte ich, während ich hilflos mitansehen musste, wie sich der erste blaue Drache auf einen am Boden stehenden grünen stürzte. »Warum tust du uns das an?«

Ich drehte mich zu Ian, und da sah ich es. Kein Fitzelchen Gnade mehr in seinem Gesicht. »Weil ihr fast mein gesamtes Volk ausgelöscht habt.«

»Ich glaube dir kein Wort. All deine Erklärungen. Deine Worte. Alles Lügen.«

»Nein. Ich habe dir die Wahrheit erzählt und lediglich die Völker vertauscht. Du und dein Volk der grünen Drachen habt uns vor dreihundert Jahren angegriffen. In unserer Welt. Wir haben uns gewehrt, aber ihr seid zu stark gewesen. Das Einzige, was ich erreichen konnte, war dein Tod – mein schwerster Fehler überhaupt. Eure gesamte Streitmacht befand sich in unserer Welt. Ihr habt alles gewagt und alles verloren, denn mit unserem Tod schlossen sich die Weltenpforten und dein Volk blieb in meiner Welt zurück. Seitdem terrorisiert ihr uns. Seit Jahrzehnten. Jahrhunderten. Meine einzige Überlebensmöglichkeit war, in eure Welt überzuwechseln und den Jägern deines Volkes auf diese Weise zu entkommen. Der Drache meines Vaters brachte mich hierher. Es war sein letzter Flug, denn er starb in den Bergen und ich war allein in dieser Welt gestrandet. Makon hatte ich in seinem Ei dabei, doch er brauchte noch Zeit, um zu schlüpfen. Ich mogelte ihn zwischen die anderen Eier in der Bruthöhle und stahl ein Ei der wilden Drachen, um meine Ausbildung beginnen zu können und ein Teil dieser Drachengemeinschaft zu werden. Dabei war mein Auftrag klar: dich finden und töten. Doch deine Leute in meiner Welt haben in der Zwischenzeit unseren versteckten Hort gefunden und dem Erdboden gleichgemacht.« Seine Stimme kippte kurz, und für einen Moment sah ich wieder die Zerrissenheit, die Verzweiflung und Trauer in seinem Blick aufblitzen. »Meine Geschwister kamen alle ums Leben. Das war vor drei Tagen. Die Antwort kommt heute.« Er funkelte mich aus tiefschwarzen Augen an. »Deine Welt gehört jetzt mir. Larian wird sterben – und ich werde neuer Fürst. Der Fürst der grünen Drachen. Ich werde dafür sorgen, dass dein Volk in dieser und in meiner Welt aufeinander losgeht. Es wird Krieg geben und danach Frieden für mein Volk. Ob deins das überlebt, bleibt abzuwarten.«

»Das glaubst auch nur du. Ich werde dich zur Strecke bringen.«

»Ach ja? Versuch es doch. Niemand wird dir glauben.«

Mit diesen Worten griff er an.

DANKSAGUNG

Ich kann problemlos ein ganzes Buch schreiben, aber an der Danksagung beiße ich mir die Zähne aus. Ist wirklich so. Daher verzeiht mir das kommende Durcheinander.

Allen voran danke ich wie immer meinem Mann. Der hat nämlich vor zwanzig Jahren schon gesagt, dass ich dieses Buch veröffentlichen soll. Damals fehlte mir der Mut. Jetzt habe ich es endlich gewagt.

Danke, liebe Astrid, dass du dieser Geschichte ein Zuhause gibst. Sie hat wohl nur auf dich gewartet und schlappe zwanzig Jahre auf meinem Laptop randaliert. Jetzt darf sie dank dir und dem Drachenmond Verlag endlich in die Welt fliegen.

Danke, liebes Drachenmond-Team, fürs Einpacken, Mithelfen und Unterstützen. Ich drücke euch alle und will euch nicht mehr missen.

Danke, lieber Alexander Kopainski, für dieses unfassbar geile Cover. Ich habe es gesehen und sofort haben wollen. Selbst wenn ich eigentlich nicht auf dunkle Cover stehe – du hast zum Glück meine Panik ignoriert und das perfekteste aller perfekten Cover gezaubert. Danke!

Einen riesigen Schubs für die Geburt dieses Buches hat wohl auch mein heiß geliebtes Bloggerteam gegeben. Leute! Ich liebe euch! Vielen Dank für die Unterstützung, das Mutmachen und vor allem für eure offenen Ohren. Ganz besonderer Dank geht in diesem Zusammenhang an Pac, Carmela und Inken, die laaaaaange und viiiiiele Sprachnachrichten formuliert haben, damit Ian Elaja endlich küsst und jeder das Ende verstehen kann. Liebe Anett, danke fürs Tippfehler finden – das war beeindruckend!
Ich liebe euch!

Danke auch an euch, liebe Jenny und liebe Janina, dass ihr meine Panik erhört habt und euch nach einem »Waaah! Da ist ein neues Drachenbuch auf dem Markt, ein Bestseller! Ich habe voll Angst, dass das zu ähnlich sein könnte!!!!«-Drama das Manuskript geschnappt und alle zufälligen Ähnlichkeiten, die nicht absolut notwendig waren, gekillt habt. Danke fürs Einspringen und Beruhigen. Ihr habt dafür gesorgt, dass ich wieder schlafen konnte.

Vielen Dank natürlich auch an meine Patreons (oder heißt es Patrons??? Ich weiß das immer nicht so genau), und vor allem an Thessa, Yvonne und Anita! Eure Namensvorschläge fließen in das nächste Buch mit ein. Dank eurer Unterstützung kann ich in Ruhe schreiben und auch so schöne Sachen wie Lesezeichen in Auftrag geben. Eure Hilfe ist mir sehr viel wert.

Ein besonderer Dank geht an meine liebe Lektorin Michaela Retetzki, die entgegen meiner felsenfesten Überzeugung NICHT in Irland wohnt. Keine Ahnung, wie ich darauf kam, aber immerhin haben wir jetzt endlich mal miteinander telefoniert und wild über Anführungszeichen, Kursivsetzung und Gedankensprache bei Drachen philosophiert.

Am Ende geht dann der Dank an all die Leser*innen, die jetzt gerade diese Zeilen lesen. Danke, dass ihr das Buch gekauft habt. Danke für eure vielen Nachrichten, eure Begeisterung und eure Rezensionen.

Folgt mir sehr gern auf Instagram, Facebook oder holt euch meinen Newsletter auf meiner Website

www.liane-mars.de

Da erfahrt ihr dann nämlich auch exklusiv, wie es mit unserer Asrai weitergehen wird. Denn mal im Ernst: Dieses Ende … dieser Cliffhanger … das schreit nach einem zweiten Teil – und den bekommt ihr natürlich auch.

Ich freue mich, von euch zu hören!
Eure Liane

Liane Mars

Asrai – Die Magie der Drachen

Band 2

ISBN 978-3-95991-533-5, Softcover mit Farbschnitt

Epische Enemies to Lovers Romantasy

Wer ist der Feind?

Der Drache an ihrer Seite? Oder die Magie in ihr?

Elaja besitzt endlich ihren eigenen Drachen, nur ist der ganz anders als erwartet: dominant, kriegerisch und grummelig. Zusätzlich kämpft sie mit der in ihr erwachenden uralten Magie, die entschlossen den Mann töten will, den Elaja liebt. Um ihn zu retten und einen Krieg zu verhindern, muss sie die Asrai in sich besiegen. Ein Wagnis, das die gesamte Drachenwelt erschüttert.

Liane Mars
Asrai – Das Herz der Drachen
Band 3
ISBN 978-3-95991-536-6, Softcover mit Farbschnitt

Wovor fürchtet sie sich mehr?
Vor ihrem Drachen, der ihr vorherbestimmt ist?
Oder vor dem Mann, der ihr Seelengefährte sein soll?

Eigentlich will Linnea nur in Ruhe als Dorfheilerin leben. Stattdessen wird sie an den Drachenhort gerufen, weil sie die wiedergeborene ASRAI sein soll. Leider weiß sie nichts mehr von ihren vergangenen Leben. Weder erinnert sie sich an Manila, den mächtigsten Drachen aller Zeiten, noch an den Mann, den sie einst unendlich liebte. Der hingegen weiß noch jedes Detail und setzt alles daran, seine frühere Seelengefährtin zurückzugewinnen. Doch Linnea ist nicht Elaja und will um ihrer selbst willen geliebt werden. Bis sie entdeckt, dass ihr Seelengefährte ein tödliches Geheimnis verbirgt.

Liane Mars

Funkenmagie – Farbenspiel der Nacht

ISBN: 978-3-95991-776-6, Softcover mit Farbschnitt

Lass die Funken in dein Herz!

Eigentlich hat Inea schon genug Schwierigkeiten, ihre zwei kleinen Drachen und sich selbst am Leben zu erhalten. Doch dann wird auch noch das Schloss belagert, in dem sie als Kaminkehrerin arbeitet. Ausgerechnet in diesen unsicheren Zeiten verliebt sie sich in den Kriegsmagier Eamon. Zu spät begreift sie, dass er zum Fürsten gewählt wurde: Ein unberechenbares Wesen aus Feuer und Magie, das in Zeiten höchster Not erschaffen wird. Sobald der Kriegsfürst seine Aufgabe erfüllt hat, muss er sterben. Auf keinen Fall darf er sich verlieben, sonst verliert er seine Macht. Doch Eamons Herz gehört Inea.

Nur wenn er sie tötet, kann er sein Volk retten.

Inea kämpft daraufhin. Für ihre Drachen und ihr Leben. Für ihr Volk.

Doch vor allem für ihre Liebe.

Katharina V. Haderer
Die Drachen von Talanis
Blue Scales & Green Scales
ISBN 978-3-95991-632-5, Softcover mit Farbschnitt

Drei Gründe, deinen leiblichen Vater nicht zu suchen:
1. Deine Familie versucht mit aller Macht, dich von ihm fernzuhalten.
2. Seine Spur führt zur gefürchteten Triade der Drachenwandler.
3. Du hast momentan andere Probleme –
ein verdammter Alpha-Wolf ist dir auf den Fersen.

Nie hätte die 18-jährige Christie Song gedacht, dass sie mal in Familienangelegenheiten hineingezogen werden würde. Als außereheliches Kind fühlt sie sich weder zugehörig, noch hat sie eine der magischen Gaben geerbt, die der Familie Song die Vorherrschaft in ihrer Heimatstadt sichern. Doch dann taucht ein Rudel wölfischer Gestaltwandler auf, das eine alte Rechnung mit dem Familienoberhaupt zu begleichen hat. Für den Rachefeldzug pickt sich ihr Anführer ausgerechnet Christie heraus. Das Einzige, das sie ihm neben ihrem Bike-Polo-Schläger entgegenhalten kann, ist die Hoffnung, dass die mysteriösen Schuppen auf ihrem Rücken doch zu etwas gut sind. Ist ihr leiblicher Vater womöglich der Schlüssel dazu, die gefährlichen Duelle zu bestehen?
Dumm nur, dass die Hinweise auf seinen Verbleib ausgerechnet in die Stadt der Drachenwandler führen …

Britta Strauss

Der Smaragddrache – Sammelband

ISBN: 978-3-95991-063-7, Softcover mit Farbschnitt

Zwei verfeindete Völker.
Eine verbotene Liebe.
Und ein Schicksal, so alt wie die Sterne.

Gemma ist die wohlbehütete Prinzessin des Reiches der Grauen Küste. Ihr Leben verbringt sie in einem goldenen Käfig, doch eines kalten Wintertages nimmt ihr Schicksal eine folgenschwere Wendung. Sie wird von ihrem eigenen Vater an Antares, den grausamen König des Südens, verkauft. Fern ihrer Heimat wird sie zu einer Schachfigur im Spiel der Mächtigen. Denn ein magischer Spiegel prophezeit, dass allein sie in der Lage ist, Antares' Todfeind in eine Falle zu locken: Tarek, der Prinz eines geheimnisumwitterten Dschungelvolkes, bietet der Armee des Königs unbeugsam die Stirn. Zahllose Legenden ranken sich um seine Macht. Selbst die tödlichsten Kreaturen des Waldes beugen sich seinem Willen.

Es heißt, in seiner Brust schlägt ein Herz aus Smaragd.
Es heißt, in seinen Adern fließt das Blut eines Drachen.